新中国文学经典丛书 精选本

戏剧 卷

孟繁华 主编

作家出版社

编委会主任：

吴义勤　孟繁华

编委会委员：
（按姓氏笔画排序）

丁　帆	王　干	王　尧	王兆胜	王彬彬
石一宁	白　烨	吉狄马加	李一鸣	李少君
李建军	李敬泽	杨　扬	杨晓升	吴义勤
吴　俊	邱华栋	何向阳	张志忠	张　柠
陈汉萍	陈思和	陈剑晖	陈晓明	陈福民
孟繁华	郜元宝	施战军	贺绍俊	阎晶明
梁鸿鹰	彭学明	彭　程	程光炜	路英勇

出版说明

中国当代文学经过70多年的探索、创作，逐渐形成了具有中国特色和经验的文学世界。这个世界丰富、绚丽、迷人，不仅从一些方面表达了当代中国的思想、情感和精神面貌，而且已经成为世界文学重要的组成部分。为了展示中国文学的巨大成就，进一步树立文化自信和文学自信，我们特别策划了这套具有一定规模的"新中国文学经典丛书·精选本"。

丛书共计十二卷，包含小说（中短篇）、诗歌、散文、报告文学、戏剧五个文学门类，其中短篇小说两卷、中篇小说六卷、诗歌一卷、散文一卷、报告文学一卷、戏剧一卷。在时间上，所选均是1949年新中国成立之后所发表或出版的优秀文学作品。在版式编排上，统一按照当前规范要求，采用简体字横排方式，字词用法也遵照当前最新标准规范。

丛书邀请著名评论家孟繁华担任主编。入选丛书的作品经过了专家论证委员会的认真评审，专家评审从文学性、思想性、时代性等多方面进行综合考察，选取了各个时期、各个体裁最具代表性的作家作品。正是这些作家作品，构筑了中国当代文学最为坚实和亮丽的文学大厦，在一定意义上，它们就是一部特殊形态的中国当代文学史，代表了新中国文学70多年所取得的不凡成就。

文学是时代的一面镜子，通过这套大型丛书，读者一方面可以了解和领略中国当代文学的发展历程和高端成就，满足精神文化发展的需求；也可以更好地了解新中国成立70多年来我们党和人民所走过的光辉道路，了解我们的祖国所发生的翻天覆地的变化。鉴古知今，面向未来，更好地投身于实现中华民族伟大复兴中国梦的新征程中去。

　　需要特别说明的是，尽管在篇目的遴选上，我们经过了认真的论证和反复的研究，但关于作品优劣的认定和选择的标准见仁见智，正所谓一千个读者眼中有一千个哈姆雷特，每个人心中都有自己认为优秀的作品。因此，这套书仅仅代表的是面对新中国70多年文学成就的一种眼光、一个角度。同时，由于丛书体量有限，遗珠之憾在所难免，恳请读者朋友理解并谅解，同时更盼批评指正。

作家出版社
2023年1月

目录

茶馆	老 舍	1
关汉卿	田 汉	53
蔡文姬	郭沫若	123
霓虹灯下的哨兵	沈西蒙 漠雁 吕兴臣	172
狗儿爷涅槃	锦 云	247
天下第一楼	何冀平	297
窝头会馆	刘 恒	366

茶馆

老 舍

主要人物：

　　王利发——男。最初与我们见面，他才二十多岁。因父亲早死，他很年轻就做了裕泰茶馆的掌柜。精明、有些自私，而心眼不坏。

　　唐铁嘴——男。三十来岁。相面为生，吸鸦片。

　　松二爷——男。三十来岁。胆小而爱说话。

　　常四爷——男。三十来岁。松二爷的好友，都是裕泰的主顾。正直，体格好。

　　李　三——男。三十多岁。裕泰的跑堂的。勤恳，心眼好。

　　二德子——男。二十多岁。善扑营当差。

　　马五爷——男。三十多岁。吃洋教的小恶霸。

　　刘麻子——男。三十来岁。说媒拉纤，心狠意毒。

　　康　六——男。四十岁。京郊贫农。

　　黄胖子——男。四十多岁。一流氓头子。

　　秦仲义——男。王掌柜的房东。在第一幕里二十多岁。阔少，后来成了维新的资本家。

　　老　人——男。八十二岁。无依无靠。

　　乡　妇——女。三十多岁。穷得出卖小女儿。

　　小　妞——女。十岁。乡妇的女儿。

　　庞太监——男。四十岁。发财之后，想娶老婆。

　　小牛儿——男。十多岁。庞太监的书童。

宋恩子——男。二十多岁。老式特务。
吴祥子——男。二十多岁。宋恩子的同事。
康顺子——女。在第一幕中十五岁。康六的女儿。被卖给庞太监为妻。
王淑芬——女。四十来岁。王利发掌柜的妻。比丈夫更公平正直些。
巡　警——男。二十多岁。
报　童——男。十六岁。
康大力——男。十二岁。庞太监买来的义子，后与康顺子相依为命。
老　林——男。三十多岁。逃兵。
老　陈——男。三十岁。逃兵。老林的把弟。
崔久峰——男。四十多岁。做过国会议员，后来修道，住在裕泰附设的公寓里。
军　官——男。三十岁。
王大拴——男。四十岁左右，王掌柜的长子。为人正直。
周秀花——女。四十岁。大拴的妻。
王小花——女。十三岁。大拴的女儿。
丁　宝——女。十七岁。女招待。有胆有识。
小刘麻子——男。三十多岁。刘麻子之子，继承父业而发展之。
取电灯费的——男。四十多岁。
小唐铁嘴——男。三十多岁。唐铁嘴之子，继承父业，有做天师的愿望。
明师傅——男。五十多岁。包办酒席的厨师傅。
邹福远——男。四十多岁。说评书的名手。
卫福喜——男。三十多岁。邹的师弟，先说评书，后改唱京戏。
方　六——男。四十多岁。打小鼓的，奸诈。
车当当——男。三十岁左右。买卖现洋为生。
庞四奶奶——女。四十岁。丑恶，要做皇后。庞太监的四侄媳妇。
春　梅——女。十九岁。庞四奶奶的丫鬟。
老　杨——男。三十多岁。卖杂货的。
小二德子——男。三十岁。二德子之子，一打手。
于厚斋——男。四十多岁。小学教员，王小花的老师。

谢志勇——男。三十多岁。与于厚斋同事。

小宋恩子——男。三十来岁。宋恩子之子,承袭父业,做特务。

小吴祥子——男。三十来岁。吴祥子之子,世袭特务。

小心眼——女。十九岁。女招待。

沈处长——男。四十岁。宪兵司令部某处处长。

傻　杨——男。数来宝的。

茶客若干人,都是男的。

茶房一两个,都是男的。

难民数人,有男有女,有老有少。

大兵三五人,都是男的。

公寓住客数人,都是男的。

押大令的兵七人,都是男的。

宪兵四人。男。

第一幕

时　间　一八九八年（戊戌）初秋,康梁等的维新运动失败了。早半天。
地　点　北京,裕泰大茶馆。
人　物　王利发、刘麻子、庞太监、唐铁嘴、康六、小牛儿、松二爷、黄胖子、宋恩子、常四爷、秦仲义、吴祥子、李三、老人、康顺子、二德子、乡妇、茶客甲、乙、丙、丁、马五爷、小妞、茶房一二人。

[幕启：这种大茶馆现在已经不见了。在几十年前,每城都起码有一处。这里卖茶,也卖简单的点心与饭菜。玩鸟的人们,每天在遛够了画眉、黄鸟等之后,要到这里歇歇腿、喝喝茶,并使鸟儿表演歌唱。商议事情的,说媒拉纤的,也到这里来。那年月,时常有打群架的,但是总会有朋友出头给双方调解；三五十口子打手,经调人东说西说,便都喝碗茶,吃碗烂肉面（大茶馆特殊的食品,价钱便宜,做起来快当）,就可以化干戈

为玉帛了。总之,这是当日非常重要的地方,有事无事都可以来坐半天。

〔在这里,可以听到最荒唐的新闻,如某处的大蜘蛛怎么成了精,受到雷击。奇怪的意见也可以在这里听到,像把海边上都修上大墙,就足以挡住洋兵上岸。这里还可以听到某京戏演员新近创造了什么腔儿,和煎熬鸦片烟的最好的方法。这里也可以看到某人新得到的奇珍——一个出土的玉扇坠儿,或三彩的鼻烟壶。这真是个重要的地方,简直可以算作文化交流的所在。

〔我们现在就要看见这样的一座茶馆。

〔一进门是柜台与炉灶——为省点事,我们的舞台上可以不要炉灶,后面有些锅勺的响声也就够了。屋子非常高大,摆着长桌与方桌、长凳与小凳,都是茶座儿。隔窗可见后院,高搭着凉棚,棚下也有茶座儿。屋里和凉棚下都有挂鸟笼的地方。各处都贴着"莫谈国事"的纸条。

〔有两位茶客,不知姓名,正眯着眼,摇着头,拍板低唱。有两三位茶客,也不知姓名,正入神地欣赏瓦罐里的蟋蟀。两位穿灰色大衫的——宋恩子与吴祥子,正低声地谈话,看样子他们是北衙门的办案的(侦缉)。

〔今天又有一起打群架的,据说是为了争一只家鸽,惹起非用武力解决不可的纠纷。假若真打起来,非出人命不可,因为被约的打手中包括着善扑营的哥儿们和库兵,身手都十分厉害。好在,不能真打起来,因为在双方还没把打手约齐,已有人出面调停了——现在双方在这里会面。三三两两的打手,都横眉立目,短打扮,随时进来,往后院去。

〔马五爷在不惹人注意的角落,独自坐着喝茶。

〔王利发高高地坐在柜台里。

〔唐铁嘴踏拉着鞋,身穿一件极长极脏的大布衫,耳上夹着几张小纸片,进来。

王利发　唐先生,你外边遛遛吧!
唐铁嘴　(惨笑)王掌柜,捧捧唐铁嘴吧!送给我碗茶喝,我就先给您相相面吧！手相奉送，不取分文！（不容分说，拉过王利发的手来）今年是光绪二十四年，戊戌。您贵庚是……

王利发　（夺回手去）算了吧，我送你一碗茶喝，你就甭卖那套生意口啦！用不着相面，咱们既在江湖内，都是苦命人！（由柜台内走出，让唐铁嘴坐下）坐下！我告诉你，你要是不戒了大烟，就永远交不了好运！这是我的相法，比你的更灵验！

〔松二爷和常四爷都提着鸟笼进来，王利发向他们打招呼。他们先把鸟笼子挂好，找地方坐下。松二爷文绉绉的，提着小黄鸟笼；常四爷雄赳赳的，提着大而高的画眉笼。茶房李三赶紧过来，沏上盖碗茶。他们自带茶叶。茶沏好，松二爷、常四爷向临近的茶座让了让。

松二爷
常四爷　您喝这个！（然后，往后院看了看）
松二爷　好像又有事儿？
常四爷　反正打不起来！要真打的话，早到城外头去啦。到茶馆来干吗？

〔二德子，一位打手，恰好进来，听见了常四爷的话。

二德子　（凑过去）你这是对谁甩闲话呢？
常四爷　（不肯示弱）你问我哪？花钱喝茶，难道还叫谁管着吗？
松二爷　（打量了二德子一番）我说这位爷，您是营里当差的吧？来，坐下喝一碗，我们也都是外场人。
二德子　你管我当差不当差呢！
常四爷　要抖威风，跟洋人干去，洋人厉害！英法联军烧了圆明园，尊家吃着官饷，可没见您去冲锋打仗！
二德子　甭说打洋人不打，我先管教管教你！（要动手）

〔别的茶客依旧进行他们自己的事。王利发急忙跑过来。

王利发　哥儿们，都是街面上的朋友，有话好说。德爷，您后边坐！

〔二德子不听王利发的话，一下子把一个盖碗搂下桌去，摔碎。翻手要抓常四爷的脖领。

常四爷　（闪过）你要怎么着？
二德子　怎么着？我碰不了洋人，还碰不了你吗？

马五爷　（并未立起）二德子，你威风啊！

二德子　（四下扫视，看到马五爷）喝，马五爷，你在这儿哪？我可眼拙，没看见您！（过去请安）

马五爷　有什么事好好地说，干吗动不动地就讲打？

二德子　嗻！您说得对！我到后头坐坐去。李三，这儿的茶钱我候啦！（往后面走去）

常四爷　（凑过来，要对马五爷发牢骚）这位爷，您圣明，您给评评理！

马五爷　（立起来）我还有事，再见！（走出去）

常四爷　（对王利发）邪！这倒是个怪人！

王利发　您不知道这是马五爷呀！怪不得你也得罪了他！

常四爷　我也得罪了他？我今天出门没挑好日子！

王利发　（低声地）刚才您说洋人怎样，他就是吃洋饭的。信洋教，说洋话，有事情可以一直地找宛平县的县太爷去，要不怎么连官面上都不惹他呢！

常四爷　（往原处走）哼，我就不佩服吃洋饭的！

王利发　（向宋恩子、吴祥子那边稍一歪头，低声地）说话请留点神！（大声地）李三，再给这儿沏一碗来！（拾起地上的碎瓷片）

松二爷　盖碗多少钱？我赔！外场人不做老娘们事！

王利发　不忙，待会儿再算吧！（走开）

〔纤手刘麻子领着康六进来。刘麻子先向松二爷、常四爷打招呼。

刘麻子　您二位真早班儿！（掏出鼻烟壶，倒烟）您试试这个！刚装来的，地道的英国造，又细又纯！

常四爷　唉！连鼻烟也得从外洋来！这得往外流多少银子啊！

刘麻子　咱们大清国有的是金山银山，永远花不完！您坐着，我办点小事！（领康六找了个座儿）

〔李三拿过一碗茶来。

刘麻子　说说吧，十两银子行不行？你说干脆的！我忙，没工夫专伺候你！

康　六　刘爷！十五岁的大姑娘，就值十两银子吗？

刘麻子　卖到窑子去，也许多拿一两八钱的，可是你又不肯！

康　六　那是我的亲女儿！我能够……

刘麻子　有女儿，可你养活不起，这怪谁呢？

康　六　那不是因为乡下种地的都没法子混了吗？一家大小要是一天能吃上一顿粥，我要还想卖女儿，我就不是人！

刘麻子　那是你们乡下的事，我管不着。我受你之托，叫你不吃亏，又叫你女儿有个吃饱饭的地方，这还不好吗？

康　六　到底给谁呢？

刘麻子　我一说，你必定从心眼里乐意！一位在宫里当差的！

康　六　宫里当差的谁要个乡下丫头呢？

刘麻子　那不是你女儿的命好吗？

康　六　谁呢？

刘麻子　庞总管！你也听说过庞总管吧？伺候着太后，红得不得了，连家里打醋的瓶子都是玛瑙的！

康　六　刘大爷，把女儿给太监做老婆，我怎么对得起人呢？

刘麻子　卖女儿，无论怎么卖，也对不起女儿！你糊涂！你看，姑娘一过门，吃的是珍馐美味，穿的是绫罗绸缎，这不是造化吗？怎样，摇头不算点头算，来个干脆的！

康　六　自古以来，哪有……他就给十两银子？

刘麻子　找遍了你们全村儿，找得出十两银子找不出？在乡下，五斤白面就换个孩子，你不是不知道！

康　六　我，唉！我得跟姑娘商量一下！

刘麻子　告诉你，过了这个村可没有这个店，耽误了事可别怨我！快去快回！

康　六　唉！我一会儿就回来！

刘麻子　我在这儿等着你！

康　六　（慢慢地走出去）

刘麻子　（凑到松二爷、常四爷这边来）乡下人真难办事，永远没个痛痛快快！

松二爷　这号生意又不小吧？

刘麻子　也甜不到哪儿去，弄好了，赚个元宝！

常四爷　乡下是怎么了？会弄得这么卖儿卖女的！

刘麻子　谁知道！要不怎么说，就是条狗也得托生在北京城里嘛！

常四爷　刘爷，您可真有个狠劲儿，给拉拢这路事！

刘麻子　我要不分心，他们还许找不到买主呢！（忙岔话）松二爷（掏出个小时表来），您看这个！

松二爷　（接表）好体面的小表！

刘麻子　您听听，嘎噔嘎噔地响！

松二爷　（听）这得多少钱？

刘麻子　您爱吗？就让给您！一句话，五两银子！您玩够了，不爱再要了，我还照数退钱！东西真地道，传家的玩意儿！

常四爷　我这儿正咂摸这个味儿：咱们一个人身上有多少洋玩意儿啊！老刘，就看你身上吧：洋鼻烟、洋表、洋缎大衫、洋布裤褂……

刘麻子　洋东西可真是漂亮呢！我要是穿一身土布，像个乡下脑壳，谁还理我呀！

常四爷　我老觉乎着咱们的大缎子，川绸，更体面！

刘麻子　松二爷，留下这个表吧，这年月，戴着这么好的洋表，会叫人另眼看待！是不是这么说，您哪？

松二爷　（真爱表，但又嫌贵）我……

刘麻子　您先戴几天，改日再给钱！

〔黄胖子进来。

黄胖子　（严重的沙眼，看不清楚，进门就请安）哥儿们，都瞧我啦！我请安了！都是自家兄弟，别伤了和气呀！

王利发　这不是他们，他们在后院哪！

黄胖子　我看不大清楚啊！掌柜的，预备烂肉面，有我黄胖子，谁也打不起来！（往里走）

二德子　（出来迎接）两边已经见了面，您快来吧！

〔二德子同黄胖子入内。

〔茶房们一趟又一趟地往后面送茶水。老人进来，拿着些牙签、胡梳、耳挖勺之类的小东西，低着头慢慢地挨着茶座儿走；没人买他的东西。他要往后院去，被李三截住。

李　三　老大爷，您外边遛遛吧！后院里，人家正说和事呢，没人买您的东西！（顺手儿把剩茶递给老人一碗）

松二爷　（低声地）李三！（指后院）他们到底为了什么事，要这么拿刀动杖的？

李　三　（低声地）听说是为一只鸽子。张宅的鸽子飞到了李宅去，李宅不肯交还……唉，咱们还是少说话好，（问老人）老大爷您高寿啦？

老　人　（喝了茶）多谢！八十二了，没人管！这年月呀，人还不如一只鸽子呢！唉！（慢慢走出去）

　　　　〔秦仲义，穿得很讲究，满面春风，走进来。

王利发　哎哟！秦二爷，您怎么这样闲在，会想起下茶馆来了？也没带个底下人？

秦仲义　来看看，看看你这年轻小伙子会做生意不会！

王利发　唉，一边做一边学吧，指着这个吃饭嘛。谁叫我爸爸死得早，我不干不行啊！好在照顾主儿都是我父亲的老朋友，我有不周到的地方，都肯包涵，闭闭眼就过去了。在街面上混饭吃，人缘儿顶要紧。我按着我父亲遗留下的老办法，多说好话，多请安，讨人人的喜欢，就不会出大岔子！您坐下，我给您沏碗小叶茶去！

秦仲义　我不喝！也不坐着！

王利发　坐一坐！有您在我这儿坐坐，我脸上有光！

秦仲义　也好吧！（坐）可是，用不着奉承我！

王利发　李三，沏一碗高的来！二爷，府上都好？您的事情都顺心吧？

秦仲义　不怎么太好！

王利发　您怕什么呢？那么多的买卖，您的小手指头都比我的腰还粗！

唐铁嘴　（凑过来）这位爷好相貌，真是天庭饱满、地阁方圆，虽无宰相之权，而有陶朱之富！

秦仲义　躲开我！去！

王利发　先生，你喝够了茶，该外边活动活动去！（把唐铁嘴轻轻推开）

唐铁嘴　唉！（垂头走出去）

茶馆

秦仲义　小王，这儿的房租是不是得往上提那么一提呢？当年你爸爸给我的那点租钱，还不够我喝茶用的呢！

王利发　二爷，您说得对，太对了！可是，这点小事用不着您分心，您派管事的来一趟，我跟他商量，该涨多少租钱，我一定照办！是！嗻！

秦仲义　你这小子，比你爸爸还滑！哼，等着吧，早晚我把房子收回去！

王利发　您甭吓唬着我玩，我知道您多么照应我、心疼我，决不会叫我挑着大茶壶，到街上卖热茶去！

秦仲义　你等着瞧吧！

　　［乡妇拉着个十来岁的小妞进来。小妞的头上插着一根草标。李三本想不许她们往前走，可是心中一难过，没管。她们俩慢慢地往里走。茶客们忽然都停止说笑，看着她们。

小　妞　（走到屋子中间，立住）妈，我饿！我饿！

　　［乡妇呆视着小妞，忽然腿一软，坐在地上，掩面低泣。

秦仲义　（对王利发）轰出去！

王利发　是！出去吧，这里坐不住！

乡　妇　哪位行行好？要这个孩子，二两银子！

常四爷　李三，要两个烂肉面，带她们到门外吃去！

李　三　是啦！（过去对乡妇）起来，门口等着去，我给你们端面来！

乡　妇　（立起，抹泪往外走，好像忘了孩子；走了两步，又转回身来，搂住小妞吻她）宝贝！宝贝！

王利发　快着点吧！

　　［乡妇、小妞走出去。李三随后端出两碗面去。

王利发　（过来）常四爷，您是积德行好，赏给她们面吃！可是，我告诉您这路事儿太多了，太多了！谁也管不了！（对秦仲义）二爷，您看我说得对不对？

常四爷　（对松二爷）二爷，我看哪，大清国要完！

秦仲义　（老气横秋地）完不完，并不在乎有人给穷人们一碗面吃没有。小王，说真的，我真想收回这里的房子！

王利发　您别那么办哪，二爷！

秦仲义　我不但收回房子，而且把乡下的地，城里的买卖也都卖了！
王利发　那为什么呢？
秦仲义　把本钱拢到一块儿，开工厂！
王利发　开工厂？
秦仲义　嗯，顶大顶大的工厂！那才救得了穷人，那才能抵制外货，那才能救国！（对王利发说而眼看着常四爷）唉，我跟你说这些干什么，你不懂！
王利发　您就专为别人，把财产都出手，不顾自己了吗？
秦仲义　你不懂！只有那么办，国家才能富强！好啦，我该走啦。我亲眼看见了，你的生意不错，你甭再耍无赖，不涨房钱！
王利发　您等等，我给您叫车去！
秦仲义　用不着，我愿意溜达溜达！
　　　　〔秦仲义往外走，王利发送。
　　　　〔小牛儿搀着庞太监走进来。小牛儿提着水烟袋。
庞太监　哟！秦二爷！
秦仲义　庞老爷！这两天您心里安顿了吧？
庞太监　那还用说吗？天下太平了：圣旨下来，谭嗣同问斩！告诉您，谁敢改祖宗的章程，谁就掉脑袋！
秦仲义　我早就知道！
　　　　〔茶客们忽然全静寂起来，几乎是闭住呼吸地听着。
庞太监　您聪明，二爷，要不然您怎么发财呢！
秦仲义　我那点财产，不值一提！
庞太监　太客气了吧？您看，全北京城谁不知道秦二爷！您比做官的还厉害呢！听说呀，好些财主都讲维新！
秦仲义　不能这么说，我那点威风在您的面前可就施展不出来了！哈哈哈！
庞太监　说得好，咱们就八仙过海，各显其能吧！哈哈哈！
秦仲义　改天过去给您请安，再见！（下）
庞太监　（自言自语）哼，凭这么个小财主也敢跟我斗嘴皮子，年头真是改了！（问王利发）刘麻子在这儿呢？
王利发　总管，您里边歇着吧！

茶馆　　　　　　　　　　　　　　　　　　　　　　　　　　　11

　　　　　［刘麻子早已看见庞太监，但不敢靠近，怕打搅了庞太监、秦仲义的谈话。

刘麻子　喝，我的老爷子！您吉祥！我等您好大半天了！（搀庞太监往里面走）

　　　　　［宋恩子、吴祥子过来请安，庞太监对他们耳语。

　　　　　［众茶客静默一阵之后，开始议论纷纷。

茶客甲　谭嗣同是谁？
茶客乙　好像听说过！反正犯了大罪，要不，怎么会问斩呀！
茶客丙　这两三个月了，有些做官的、念书的，乱折腾乱闹，咱们怎能知道他们搞的什么鬼呀！
茶客丁　得！不管怎么说，我的铁杆庄稼又保住了！姓谭的，还有那个康有为，不是说叫旗兵不关钱粮，去自谋生计吗？心眼多毒！
茶客丙　一份钱粮倒叫上头克扣去一大半，咱们也不好过！
茶客丁　那总比没有强啊！好死不如赖活着，叫我去自己谋生，非死不可！
王利发　诸位主顾，咱们还是莫谈国事吧！

　　　　　［大家安静下来，都又各谈各的事。

庞太监　（已坐下）怎么说？一个乡下丫头，要二百银子？
刘麻子　（侍立）乡下人，可长得俊呀！带进城来，好好地一打扮、调教，准保是又好看又有规矩！我给您办事，比给我亲爸爸做事都更尽心，一丝一毫不能马虎！

　　　　　［唐铁嘴又回来了。

王利发　铁嘴，你怎么又回来了？
唐铁嘴　街上兵荒马乱的，不知道是怎么回事！
庞太监　还能不搜查搜查谭嗣同的余党吗？唐铁嘴，你放心，没人抓你！
唐铁嘴　嗻，总管，您要能赏给我几个烟泡儿，我可就更有出息了！

　　　　　［有几个茶客好像预感到什么灾祸，一个个往外溜。

松二爷　咱们也该走啦吧！天不早啦！
常四爷　嗻！走吧！

　　　　　［二灰衣人——宋恩子和吴祥子走过来。

宋恩子　等等！
常四爷　怎么啦？
宋恩子　刚才你说"大清国要完"？
常四爷　我，我爱大清国，怕它完了！
吴祥子　（对松二爷）你听见了？他是这么说的吗？
松二爷　哥儿们，我们天天在这儿喝茶。王掌柜知道：我们都是地道老好人！
吴祥子　问你听见了没有？
松二爷　那，有话好说，二位请坐！
宋恩子　你不说，连你也锁了走！他说"大清国要完"，就是跟谭嗣同一党！
松二爷　我，我听见了，他是说……
宋恩子　（对常四爷）走！
常四爷　上哪儿？事情要交代明白了啊！
宋恩子　你还想拒捕吗？我这儿可带着"王法"呢！（掏出腰中带着的铁链子）
常四爷　告诉你们，我可是旗人！
吴祥子　旗人当汉奸，罪加一等！锁上他！
常四爷　甭锁，我跑不了！
宋恩子　谅你也跑不了！（对松二爷）你也走一趟，到堂上实话实说，没你的事！

［黄胖子同三五个人由后院过来。

黄胖子　得啦，一天云雾散，算我没白跑腿！
松二爷　黄爷！黄爷！
黄胖子　（揉揉眼）谁呀？
松二爷　我！松二！您过来，给说句好话！
黄胖子　（看清）哟，宋爷，吴爷，二位爷办案哪？请吧！
松二爷　黄爷，帮帮忙，给美言两句！
黄胖子　官厅儿管不了的事，我管！官厅儿能管的事呀，我不便多嘴！（问大家）是不是？

茶馆　　　　　　　　　　　　　　　　　　　　　　　　　13

众　　　嘁！对！

　　　　　〔宋恩子、吴祥子带着常四爷、松二爷往外走。

松二爷　（对王利发）看着点我们的鸟笼子！
王利发　您放心，我给送到家里去！

　　　　　〔常四爷、松二爷、宋恩子、吴祥子同下。

黄胖子　（唐铁嘴告以庞太监在此）哟，老爷在这儿呢？听说要安份儿家，我先给您道喜！
庞太监　等吃喜酒吧！
黄胖子　您赏脸！您赏脸！（下）

　　　　　〔乡妇端着空碗进来，往柜上放。小妞跟进来。

小　妞　妈！我还饿！
王利发　唉！出去吧！
乡　妇　走吧，乖！
小　妞　不卖妞妞啦？妈！不卖了？妈！
乡　妇　乖！（哭着，携小妞下）

　　　　　〔康六带着康顺子进来，立在柜台前。

康　六　姑娘！顺子！爸爸不是人，是畜生！可你叫我怎办呢？你不找个吃饭的地方，你饿死！我弄不到手几两银子，就得叫东家活活地打死！你呀，顺子，认命吧，积德吧！
康顺子　我，我……（说不出话来）
刘麻子　（跑过来）你们回来啦？点头啦？好！来见总管！给总管磕头！
康顺子　我……（要晕倒）
康　六　（扶住女儿）顺子！顺子！
刘麻子　怎么啦？
康　六　又饿又气，昏过去了！顺子！顺子！
庞太监　我要活的，可不要死的！

　　　　　〔静场。

茶客甲　（正与茶客乙下象棋）将！你完啦！

　　　　——幕落

第二幕

时　间　与前幕相隔十余年，现在是袁世凯死后，帝国主义指使中国军阀进行割据、时时发动内战的时候。初夏，上午。

地　点　同前幕。

人　物　王淑芬、报童、康顺子、李三、常四爷、康大力、王利发、松二爷、老林、难民数人、宋恩子、老陈、巡警、吴祥子、崔久峰、押大令的兵七人、公寓住客二三人、军官、唐铁嘴、刘麻子、大兵三五人

〔幕启：北京城内的大茶馆已先后相继关了门。裕泰是硕果仅存的一家了，可是为避免被淘汰，它已改变了样子与作风。现在，它的前部仍然卖茶，后部却改成了公寓。前部只卖茶和瓜子什么的，"烂肉面"等等已成为历史名词。厨房挪到后面去，专包公寓住客的伙食。茶座也大加改良：一律是小桌与藤椅，桌上铺着浅绿桌布。墙上的"醉八仙"大画，连财神龛，均已撤去，代以时装美人——外国公司的广告画。"莫谈国事"的纸条可是保存了下来，而且字写得更大。王利发真像个"圣之时者也"，不但没使裕泰灭亡，而且使它有了新的发展。

〔因为修理门面，茶馆停了几天营业，预备明天开张。王淑芬正和李三忙着布置，把桌椅移了又移、摆了又摆，以期尽善尽美。

〔王淑芬梳时兴的圆髻，而李三却还带着小辫儿。

〔二三学生由后面来，与他们打招呼，出去。

王淑芬　（看李三的辫子碍事）三爷，咱们的茶馆改了良，你的小辫儿也该剪了吧？

李　三　改良！改良！越改越凉，冰凉！

王淑芬　也不能那么说！三爷你看，听说西直门的德泰、北新桥的广泰、鼓楼前的天泰，这些大茶馆全先后脚儿关了门！只有咱们裕泰还开着，为什么？不是因为拴子的爸爸懂得改良吗？

李　三　哼！皇上没啦，总算大改良吧？可是改来改去，袁世凯还是要做皇上。袁世凯死后，天下大乱，今儿个打炮，明儿个关城，改良？哼！我还留着我的小辫儿，万一把皇上改回来呢！

王淑芬　别顽固啦，三爷！人家给咱们改了民国，咱们还能不随着走吗？你看，咱们这么一收拾，不比以前干净、好看？专招待文明人，不更体面？可是，你要还带着小辫儿，看着多么不顺眼哪！

李　三　太太，您觉得不顺眼，我还不顺心呢！

王淑芬　哟，你不顺心？怎么？

李　三　你还不明白？前面茶馆，后面公寓，全仗着掌柜的跟我两个人，无论怎么说，也忙不过来呀！

王淑芬　前面的事归他，后面的事不是还有我帮助你吗？

李　三　就算有你帮助，打扫二十来间屋子，侍候二十多人的伙食，还要沏茶灌水、买东西送信，问问你自己，受得了受不了？

王淑芬　三爷，你说得对！可是呀，这兵荒马乱的年月，能有个事儿做也就得念佛！咱们都得忍着点！

李　三　我干不了！天天睡四五个钟头的觉，谁也不是铁打的！

王淑芬　唉！三爷，这年月谁也舒服不了！你等着，大拴子暑假就高小毕业，二拴子也快长起来，他们一有用处，咱们可就清闲点啦。从老王掌柜在世的时候，你就帮助我们，老朋友、老伙计啦！

〔王利发老气横秋地从后面进来。

李　三　老伙计？二十多年了，他们可给我涨过工钱？什么都改良，为什么工钱不跟着改良呢？

王利发　哟！你这是什么话呀？咱们的买卖要是越做越好，我能不给你涨工钱吗？得了，明天咱们开张，取个吉利，先别吵嘴，就这么办吧！All right？

李　三　就这么办啦？不改我的良，我干不下去啦！

〔后面叫：李三！李三！

王利发　崔先生叫，你快去！咱们的事，有工夫再细研究！

李　三　哼！

王淑芬　我说，昨天就关了城门，今儿个还说不定关不关，三爷，这里的事交给掌柜的，你去买点菜吧！别的不说，咸菜总得买下点呀！

［后面又叫：李三！李三！

李　三　对，后边叫，前边催，把我劈成两半儿好不好。（愤愤地往后走）

王利发　拴子的妈，他岁数大了点，你可得……

王淑芬　他抱怨了大半天了！可是抱怨得对！当着他，我不便直说；对你，我可得说实话：咱们得添人！

王利发　添人得给工钱，咱们赚得出来吗？我要是会干别的，可是还开茶馆，我是孙子！

［远处隐隐有炮声。

王利发　听听，又他妈的开炮了！你闹，闹！明天开得了张才怪！这是怎么说的！

王淑芬　明白人别说糊涂话，开炮是我闹的？

王利发　别再瞎扯，干活儿去！嘿！

王淑芬　早晚不是累死，就得叫炮轰死，我看透了！（慢慢地往后边走）

王利发　（温和了些）拴子的妈，甭害怕，开过多少回炮，一回也没打死咱们，北京城是宝地！

王淑芬　心哪，老跳到嗓子眼里，宝地！我给三爷拿菜钱去。（下）

［一群男女难民在门外央告。

难　民　掌柜的，行行好，可怜可怜吧！

王利发　走吧，我这儿不打发，还没开张！

难　民　可怜可怜吧！我们都是逃难的！

王利发　别耽误工夫！我自己还顾不了自己呢！

［巡警上。

巡　警　走！滚！快着！

［难民散去。

王利发　怎么样啊？六爷！又打得紧吗？

巡　警　紧！紧得厉害！仗打得不紧，怎能够有这么多难民呢！上面交派下来，你出八十斤大饼，十二点交齐！城里的兵带着干粮，才能出去打仗啊！

王利发　您圣明，我这儿现在光包后面的伙食，不再卖饭，也还没开张，

茶馆　　　　　　　　　　　　　　　　　　　　　　　　　　　　17

别说八十斤大饼，一斤也交不出啊！

巡　警　你有你的理由，我有我的命令，你瞧着办吧！（要走）

王利发　您等等！我这儿千真万确还没开张，这您知道！开张以后，还得多麻烦您呢！得啦，您买包茶叶喝吧！（递钞票）您多给美言几句，我感恩不尽！

巡　警　（接票子）我给你说说看，行不行可不保准！

　　　　［三五个大兵，军装破烂，都背着枪，闯进门口。

巡　警　老总们，我这儿正查户口呢，这儿还没开张！

大　兵　屌！

巡　警　王掌柜，孝敬老总们点茶钱，请他们到别处喝去吧！

王利发　老总们，实在对不起，还没开张，要不然，诸位住在这儿，一定欢迎！（递钞票给巡警）

巡　警　（转递给兵们）得啦，老总们多原谅，他实在没法招待诸位！

大　兵　屌！谁要钞票？要现大洋！

王利发　老总们，让我哪儿找现洋去呢？

大　兵　屌！揍他个小舅子！

巡　警　快！再添点！

王利发　（掏）老总们，我要是还有一块，请把房子烧了！（递钞票）

大　兵　屌！（接钱下，顺手拿走两块新桌布）

巡　警　得，我给你挡住了一场大祸！他们不走呀，你就全完，连一个茶碗也剩不下！

王利发　我永远忘不了您这点好处！

巡　警　可是为这点功劳，你不得另有份意思吗？

王利发　对！您圣明，我糊涂！可是，您搜吧，真一个铜子儿也没有啦！（掀起褂子，让他搜）您搜！您搜！

巡　警　我干不过你！明天见，明天还不定是风是雨呢！（下）

王利发　您慢走！（看巡警走去，跺脚）他妈的！打仗，打仗！今天打，明天打，老打，打他妈的什么呢？

　　　　［唐铁嘴进来，还是那么瘦，那么脏，可是穿着绸子夹袍。

唐铁嘴　王掌柜！我来给你道喜！

王利发	（还生着气）哟！唐先生？我可不再白送茶喝！（打量，有了笑容）你混得不错呀！穿上绸子啦！
唐铁嘴	比从前好了一点！我感谢这个年月！
王利发	这个年月还值得感谢！听着有点不搭调！
唐铁嘴	年头越乱，我的生意越好，这年月，谁活着谁死都碰运气，怎能不多算算命、相相面呢？你说对不对？
王利发	Yes，也有这么一说！
唐铁嘴	听说后面改了公寓，租给我一间屋子，好不好？
王利发	唐先生，你那点嗜好，在我这儿恐怕……
唐铁嘴	我已经不吃大烟了！
王利发	真的？你可真要发财了！
唐铁嘴	我改抽"白面儿"啦。（指墙上的香烟广告）你看，哈德门烟是又长又松，（掏出烟来表演）一顿就空出一大块，正好放"白面儿"。大英帝国的烟，日本的"白面儿"，两个强国侍候着我一个人，这点福气还小吗？
王利发	福气不小！不小！可是，我这儿已经住满了人，什么时候有了空房，我准给你留着！
唐铁嘴	你呀，看不起我，怕我给不了房租！
王利发	没有的事！都是久在街面上混的人，谁能看不起谁呢？这是知心话吧？
唐铁嘴	你的嘴呀比我的还花哨！
王利发	我可不光耍嘴皮子，我的心放得正！这十多年了，你白喝过我多少碗茶？你自己算算！你现在混得不错，你想着还我茶钱没有？
唐铁嘴	赶明儿我一总还给你，那一总才几个钱呢！（搭讪着往外走）

［街上卖报的喊叫："长辛店大战的新闻，买报瞧，瞧长辛店大战的新闻！"报童向内探头。

报　童	掌柜的，长辛店大战的新闻，来一张瞧瞧？
王利发	有不打仗的新闻没有？
报　童	也许有，您自己找！
王利发	走！不瞧！

报　童　掌柜的,你不瞧也照样打仗!(对唐铁嘴)先生,您照顾照顾?
唐铁嘴　我不像他,(指王利发)我最关心国事!(拿了一张报,没给钱即走)

〔报童追唐铁嘴下。

王利发　(自言自语)长辛店!长辛店!离这里不远啦!(喊)三爷,三爷!你倒是抓早儿买点菜去呀,待一会儿准关城门,就什么也买不到啦!嘿!(听后面没人应声,含怒往后跑)

〔常四爷提着一串腌萝卜,两只鸡,走进来。

常四爷　王掌柜!
王利发　谁?哟,四爷!您干什么哪?
常四爷　我卖菜呢!自食其力,不含糊!今儿个城外头乱乱哄哄,买不到菜;东抓西抓,抓到这么两只鸡,几斤老腌萝卜。听说你明天开张,也许用得找,特意给你送来了!
王利发　我谢谢您!我这儿正没有辙呢!
常四爷　(四下里看)好啊!好啊!收拾得好啊!大茶馆全关了,就是你有心路,能随机应变地改良!
王利发　别夸奖我啦!我尽力而为,可就怕天下老这么乱七八糟!
常四爷　像我这样的人算是坐不起这样的茶馆喽!

〔松二爷走进来,穿得很寒酸,可是还提着鸟笼。

松二爷　王掌柜!听说明天开张,我来道喜!(看见常四爷)哎哟!四爷,可想死我喽!
常四爷　二哥!你好哇?
王利发　都坐下吧!
松二爷　王掌柜,你好?太太好?少爷好?生意好?
王利发　(一劲儿说)好!托福!(提起鸡与咸菜)四爷,多少钱?
常四爷　瞧着给,该给多少给多少!
王利发　对!我给你们弄壶茶来!(提物到后面去)
松二爷　四爷,你,你怎么样啊?
常四爷　卖青菜哪!铁杆庄稼没有啦,还不卖膀子力气吗?二爷,您怎么样啊?

松二爷　怎么样？我想大哭一场！看见我这身衣裳没有？我还像个人吗？
常四爷　二哥，您能写能算，难道找不到点事儿做？
松二爷　嚜，谁愿意瞪着眼挨饿呢！可是，谁要咱们旗人呢！想起来呀，大清国不一定好啊，可是到了民国，我挨了饿！
王利发　（端着一壶茶回来。给常四爷钱）不知道您花了多少，我就给这么点吧！
常四爷　（接钱，没看，揣在怀里）没关系！
王利发　二爷，（指鸟笼）还是黄鸟吧？哨得怎样？
松二爷　嚜，还是黄鸟！我饿着，也不能叫鸟儿饿着！（有了点精神）你看看，看看，（打开罩子）多么体面！一看见它呀，我就舍不得死啦！
王利发　松二爷，不准说死！有那么一天，您还会走一步好运！
常四爷　二哥，走！找个地方喝两盅儿去！一醉解千愁！王掌柜，我可就不让你啦，没有那么多的钱！
王利发　我也分不开身，就不陪了！

　　［常四爷、松二爷正往外走，宋恩子和吴祥子进来。他们俩仍穿灰色大衫，但袖口瘦了，而且罩上青布马褂。

松二爷　（看清楚是他们，不由得上前请安）原来是你们二位爷！

　　［王利发似乎受了松二爷的感染，也请安，弄得二人愣住了。

宋恩子　这是怎么啦？民国好几年了，怎么还请安？你们不会鞠躬吗？
松二爷　我看见您二位的灰大褂呀，就想起了前清的事儿！不能不请安！
王利发　我也那样！我觉得请安比鞠躬更过瘾！
吴祥子　哈哈哈哈！松二爷，你们的铁杆庄稼不行了，我们的灰色大褂反倒成了铁杆庄稼，哈哈哈！（看见常四爷）这不是常四爷吗？
常四爷　是呀，您的眼力不错！戊戌年我就在这儿说了句"大清国要完"，叫您二位给抓了走，坐了一年多的牢！
宋恩子　您的记性可也不错！混得还好吧？
常四爷　托福！从牢里出来，不久就赶上庚子年；扶清灭洋，我当了义和团，跟洋人打了几仗！闹来闹去，大清国到底是亡了，该亡！我是旗人，可是我得说公道话！现在，每天起五更弄一挑子青菜，绕到十点来钟就卖光。凭力气挣饭吃，我的身上更有劲了！什么时候洋人敢再动兵，我姓常的还准备跟他们打打呢！我是旗人，旗人也是中国人哪！您二位怎么样？

吴祥子　瞎混呗！有皇上的时候，我们给皇上效力，有袁大总统的时候，我们给袁大总统效力；现而今，宋恩子，该怎么说啦？

宋　恩　谁给饭吃，咱们给谁效力！

常四爷　要是洋人给饭吃呢？

松二爷　四爷，咱们走吧！

吴祥子　告诉你，常四爷，要我们效力的都仗着洋人撑腰！没有洋枪洋炮，怎能够打起仗来呢？

松二爷　您说得对！嗻！四爷，走吧！

常四爷　再见吧，二位，盼着你们快快升官发财！（同松二爷下）

宋恩子　这小子！

王利发　（倒茶）常四爷老是那么又倔又硬，别计较他！（让茶）二位喝碗吧，刚沏好的。

宋恩子　后面住着的都是什么人？

王利发　多半是大学生，还有几位熟人。我有登记簿子，随时报告给"巡警阁子"。我拿来，二位看看？

吴祥子　我们不看簿子，看人！

王利发　您甭看，准保都是靠得住的人！

宋恩子　你为什么爱租学生们呢？学生不是什么老实家伙呀！

王利发　这年月，做官的今天上任，明天撤职，做买卖的今天开市，明天关门，都不可靠！只有学生有钱，能够按月交房租，没钱的就上不了大学啊！您看，是这么一笔账不是？

宋恩子　都叫你咂摸透了！你想得对！现在，连我们也欠饷啊！

吴祥子　是呀，所以非天天拿人不可，好得点津贴！

宋恩子　就仗着有错拿，没错放的，拿住人就有津贴！走吧，到后边看看去！

王利发　二位，二位！您放心，准保没错儿！

宋恩子　不看，拿不到人，谁给我们津贴呢？

吴祥子　王掌柜不愿意咱们看，王掌柜必会给咱们想办法！咱们得给王掌柜留个面子！对吧？王掌柜！

王利发　我……

宋恩子　我出个不很高明的主意：干脆来个包月，每月一号，按阳历算，你把那点……

吴祥子　那点意思！

宋恩子　对，那点意思送到，你省事，我们也省事！

王利发　那点意思得多少呢？

吴祥子　多年的交情，你看着办！你聪明，还能把那点意思闹成不好意思吗？

李　三　（提着菜筐由后面出来）喝，二位爷！（请安）今儿个又得关城门吧！（没等回答，往外走）

　　　　〔二三学生匆匆地回来。

学　生　三爷，先别出去，街上抓夫呢！（往后面走去）

李　三　（还往外走）抓去也好，在哪儿也是当苦力！

　　　　〔刘麻子丢了魂似的跑来，和李三碰了个满怀。

李　三　怎么回事呀？吓掉了魂儿啦！

刘麻子　（喘着）别，别，别出去！我差点叫他们抓了去！

王利发　三爷，等一等吧！

李　三　午饭怎么开呢？

王利发　跟大家说一声，中午咸菜饭，没别的办法！晚上吃那两只鸡！

李　三　好吧！（往回走）

刘麻子　我的妈呀，吓死我啦！

宋恩子　你活着，也不过多买卖几个大姑娘！

刘麻子　有人卖，有人买，我不过在中间帮帮忙，能怪我吗？（把桌上的三个茶杯的茶先后喝净）

吴祥子　我可是告诉你，我们哥儿们从前清起就专办革命党，不大爱管贩卖人口，拐带妇女什么的臭事。可是你要叫我们碰见，我们也不再睁一眼闭一眼！还有，像你这样的人，弄进去，准锁在尿桶上！

茶馆

刘麻子　二位爷，别那么说呀！我不是也快挨饿了吗？您看，以前，我走八旗老爷们、宫里太监们的门子。这么一革命啊，可苦了我啦！现在，人家总长次长、团长师长，娶姨太太讲究要唱落子的坤角，戏班里的女名角，一花就三千五千现大洋！我干瞧着，摸不着门！我那点芝麻粒大的生意算得了什么呢？

宋恩子　你呀，非锁在尿桶上，不会说好的！

刘麻子　得啦，今天我孝敬不了二位，改天我必有一份儿人心！

吴祥子　你今天就有买卖，要不然，兵荒马乱的，你不会出来！

刘麻子　没有！没有！

宋恩子　你嘴里半句实话也没有！不对我们说真话，没有你的好处！王掌柜，我们出去绕绕；下月一号，按阳历算，别忘了！

王利发　我忘了姓什么，也忘不了您二位这回事！

吴祥子　一言为定啦！（同宋恩子下）

王利发　刘爷，茶喝够了吧？该出去活动活动！

刘麻子　你忙你的，我在这儿等两个朋友。

王利发　咱们可把话说开了，从今以后，你不能再在这儿做你的生意，这儿现在改了良，文明了！

　　　　〔康顺子提着个小包，带着康大力，往里边探头。

康大力　是这里吗？

康顺子　地方对呀，怎么改了样儿？（进来，细看，看见了刘麻子）大力，进来，是这儿！

康大力　找对啦？妈！

康顺子　没错儿！有他在这儿，不会错！

王利发　您找谁？

康顺子　（不语，直奔刘麻子去）刘麻子，你还认识我吗？（要打，但是伸不出手去，一劲地颤抖）你，你，你个……（要骂，也感到困难）

刘麻子　你这个娘儿们，无缘无故地跟我捣什么乱呢？

康顺子　（挣扎）无缘无故？你，你看看我是谁？一个男子汉，干什么吃不了饭，偏干伤天害理的事！呸！呸！

王利发　这位大嫂,有话好好说!
康顺子　你是掌柜的?你忘了吗?十几年前,有个娶媳妇的太监?
王利发　您,您就是庞太监的那个……
康顺子　都是他(指刘麻子)做的好事,我今天跟他算算账!(又要打,仍未成功)
刘麻子　(躲)你敢,你敢!我好男不跟女斗!(随说随往后退)我,我找人来帮我说说理!(撒腿往后面跑)
王利发　(对康顺子)大嫂,您坐下,有话慢慢说!庞太监呢?
康顺子　(坐下喘气)死啦。叫他的侄子们给饿死的。一改民国呀,他还有钱,可没了势力,所以侄子们敢欺负他。他一死,他的侄子们把我们轰出来了,连一床被子都没给我们!
王利发　这,这是……?
康顺子　我的儿子!
王利发　您的……?
康顺子　也是买来的,给太监当儿子。
康大力　妈!你爸爸当初就在这儿卖了你的?
康顺子　对了,乖!就是这儿,一进这儿的门,我就晕过去了,我永远忘不了这个地方!
康大力　我可不记得我爸爸在哪里卖了我的!
康顺子　那时候,你不是才一岁吗?妈妈把你养大了的,你跟妈妈一条心,对不对?乖!
康大力　那个老东西,掐你,拧你,咬你,还用烟签子扎我!他们人多,咱们打不过他们!要不是你,妈,我准叫他们给打死了!
康顺子　对!他们人多,咱们又太老实!你看,看见刘麻子,我想咬他几口,可是,可是,连一个嘴巴也没打上,我伸不出手去!
康大力　妈,等我长大了,我帮助你打!我不知道亲妈妈是谁,你就是我的亲妈妈!
康顺子　好!好!咱们永远在一块儿,我去挣钱,你去念书!(稍愣了一会儿)掌柜的,当初我在这儿叫人买了去,咱们总算有缘,你能不能帮帮忙,给我找点事做?我饿死不要紧,可不能饿死这个无依无靠的好孩子！

〔王淑芬出来，立在后边听着。

王利发　你会干什么呢？
康顺子　洗洗涮涮、缝缝补补、做家常饭，都会！我是乡下人，我能吃苦，只要不再做太监的老婆，什么苦处都是甜的！
王利发　要多少钱呢？
康顺子　有三顿饭吃，有个地方睡觉，够大力上学的，就行！
王利发　好吧，我慢慢给你打听着！你看，十多年前那回事，我到今天还没忘，想起来心里就不痛快！
康顺子　可是，现在我们母子上哪儿去呢？
王利发　回乡下找你的老父亲去！
康顺子　他？他是死是活，我不知道。就是活着，我也不能去找他！他对不起女儿，女儿也不必再叫他爸爸！
王利发　马上就找事，可不大容易！
王淑芬　（过来）她能洗能做，又不多要钱，我留下她了！
王利发　你？
王淑芬　难道我不是内掌柜的？难道我跟李三爷就该累死？
康顺子　掌柜的，试试我！看我不行，您说话，我走！
王淑芬　大嫂，跟我来！
康顺子　当初我是在这儿卖出去的，现在就拿这儿当作娘家吧！大力，来吧！
康大力　掌柜的，你要不打我呀，我会帮助妈妈干活儿！（同王淑芬、康顺子下）
王利发　好家伙，一添就是两张嘴！太监取消了，可把太监的家眷交到这里来了！
李　三　（掩护着刘麻子出来）快走吧！（回去）
王利发　就走吧，还等着真挨两个脆的吗？
刘麻子　我不是说过了吗？等两个朋友。
王利发　你呀，叫我说什么才好呢！
刘麻子　有什么法子呢！隔行如隔山，你老得开茶馆，我老得干我这一行！到什么时候，我也得干我这一行！

［老林和老陈满面笑容地走进来。

刘麻子　（二人都比他年轻，他却称呼他们哥哥）林大哥，陈二哥！（看王利发不满意，赶紧说）王掌柜，这儿现在没有人，我借个光，下不为例！

王利发　她（指后边）可是还在这儿呢！

刘麻子　不要紧，她不会打人！就是真打，他们二位也会帮助我！

王利发　你呀！哼！（到后边去）

刘麻子　坐下吧，谈谈！

老　林　你说吧！老二！

老　陈　你说吧！哥！

刘麻子　谁说不一样啊！

老　陈　你说吧，你是大哥！

老　林　那个，你看，我们俩是把兄弟！

老　陈　对！把兄弟，两个人穿一条裤子的交情！

老　林　他有几块现大洋！

刘麻子　现大洋？

老　陈　林大哥也有几块现大洋！

刘麻子　一共多少块呢？说个数目！

老　林　那，还不能告诉你咧！

老　陈　事儿能办才说咧！

刘麻子　有现大洋，没有办不了的事！

老林、老陈　真的？

刘麻子　说假话是孙子！

老　林　那么，你说吧，老二！

老　陈　还是你说，哥！

老　林　你看，我们是两个人吧？

刘麻子　嗯！

老　陈　两个人穿一条裤子的交情吧？

刘麻子　嗯！

茶馆　　　　　　　　　　　　　　　　　　　　　　　　　27

老　林　没人耻笑我们的交情吧?

刘麻子　交情嘛,没人耻笑!

老　陈　也没人耻笑三个人的交情吧?

刘麻子　三个人?都是谁?

老　林　还有个娘儿们!

刘麻子　嗯!嗯!嗯!我明白了!可是不好办,我没办过!你看,平常都说小两口儿,哪有小三口儿的呢!

老　林　不好办?

刘麻子　太不好办啦!

老　林　(问老陈)你看呢?

老　陈　还能白拉倒吗?

老　林　不能拉倒!当了十几年兵,连半个媳妇都娶不上!他妈的!

刘麻子　不能拉倒,咱们再想想!你们到底一共有多少块现大洋?

　　　　[王利发和崔久峰由后面慢慢走来。刘麻子等停止谈话。

王利发　崔先生,昨天秦二爷派人来请您,您怎么不去呢?您这么有学问,上知天文,下知地理,又做过国会议员,可是住在我这里,天天念经,干吗不出去做点事呢?你这样的好人,应当出去做官!有您这样的清官,我们小民才能过太平日子!

崔久峰　惭愧!惭愧!做过国会议员,那真是造孽呀!革命有什么用呢?不过自误误人而已!唉!现在我只能修持、忏悔!

王利发　您看秦二爷,他又办工厂,又忙着开银号!

崔久峰　办了工厂、银号又怎么样呢?他说实业救国,他救了谁?救了他自己,他越来越有钱了!可是他那点事业,哼,外国人伸出一个小指头,就能把他推倒在地,再也起不来!

王利发　您别这么说呀!难道咱们就一点盼望也没有了吗?

崔久峰　难说!很难说!你看,今天王大帅打李大帅,明天赵大帅又打王大帅。是谁叫他们打的?

王利发　谁?哪个浑蛋?

崔久峰　洋人!

王利发　洋人?我不能明白!

崔久峰　慢慢地你就明白了。有那么一天，你我都得做亡国奴！我干过革命，我的话不是随便说的！

王利发　那么，您就不想想主意、卖卖力气，别叫大家做亡国奴？

崔久峰　我年轻的时候，以天下为己任，的确那么想过！现在，我可看透了，中国非亡不可！

王利发　那也得死马当活马治呀！

崔久峰　死马当活马治？那是妄想！死马不能再活，活马可早晚得死！好啦，我到弘济寺去，秦二爷再派人来找我，你就说，我只会念经，不会干别的！（下）

〔宋恩子、吴祥子又回来了。

王利发　二位！有什么消息没有？

〔宋恩子、吴祥子不语，坐在靠近门口的地方，看着刘麻子等。

〔刘麻子不知如何是好，低下头去。

〔老陈、老林也不知如何是好，相视无言。

〔静默了有一分钟。

老　陈　哥，走吧？

老　林　走！

宋恩子　等等！（立起来，挡住路）

老　陈　怎么啦？

吴祥子　（也立起）你说怎么啦？

〔四人呆呆相视一会儿。

宋恩子　乖乖地跟我们走！

老　林　上哪儿？

吴祥子　逃兵，是吧？有些现大洋，想在北京藏起来，是吧？有钱就藏起来，没钱就当土匪，是吧？

老　陈　你管得着吗？我一个人揍你这样的八个。（要打）

宋恩子　你？可惜你把枪卖了，是吧？没有枪的干不过有枪的，是吧？（拍了拍身上的枪）我一个人揍你这样的八个！

老　林　都是兄弟，何必呢？都是兄弟！

吴祥子　对啦！坐下谈谈吧！你们是要命呢，还是要现大洋？

茶馆　　　　　　　　　　　　　　　　　　　　　　　　29

老　陈　我们那点钱来得不容易！谁发饷，我们给谁打仗，我们打过多少次仗啊！

宋恩子　逃兵的罪过，你们可也不是不知道！

老　林　咱们讲讲吧，谁叫咱们是兄弟呢！

吴祥子　这像句自己人的话！谈谈吧！

王利发　（在门口）诸位，大令过来了！

老陈、老林　啊！（惊慌失措，要往里边跑）

宋恩子　别动！君子一言，把现大洋分给我们一半，保你们俩没事！咱们是自己人！

老陈、老林　就那么办！自己人！

　　　　〔"大令"进来：二捧刀——刀缠红布——背枪者前导，手捧令箭的在中，四持黑红棍者在后。军官在最后压队。

吴祥子　（和宋恩子、老林、老陈一齐立正，从帽中取出证章，叫军官看）报告官长，我们正在这儿盘查一个逃兵。

军　官　就是他吗？（指刘麻子）

吴祥子　（指刘麻子）就是他！

军　官　绑！

刘麻子　（喊）老爷！我不是！不是！

军　官　绑！（同下）

吴祥子　（对宋恩子）到后面抓两个学生！

宋恩子　走！（同往后疾走）

　　　　——幕落

第三幕

人　物　王大拴、明师傅、于厚斋、周秀花、邹福远、小宋恩子、王小花、卫福喜、小吴祥子、康顺子、方六、常四爷、丁宝、车当当、秦仲义、王利发、庞四奶奶、小心眼、茶客甲、乙、春梅、沈处长、小刘麻子、老杨、宪兵四人、取电灯费的、小二德子、小唐铁嘴、谢勇仁。

时　间　抗日战争胜利后，国民党特务和美国兵在北京横行的时候。秋，清晨。
地　点　同前幕。

　　[幕启：现在，裕泰茶馆的样子可不像前幕那么体面了。藤椅已不见，代以小凳与条凳。自房屋至家具都显着暗淡无光。假若有什么突出惹眼的东西，那就是"莫谈国事"的纸条更多，字也更大了。在这些条子旁边还贴着"茶钱先付"的新纸条。
　　[一清早，还没有下窗板。王利发的儿子王大拴，垂头丧气地独自收拾屋子。
　　[王大拴的妻周秀花，领着小女儿王小花，由后面出来。她们一边走一边说话儿。

王小花　妈，晌午给我做点热汤面吧！好多天没吃过啦！
周秀花　我知道，乖！可谁知道买得着面买不着呢！就是粮食店里可巧有面，谁知道咱们有钱没有呢！唉！
王小花　就盼着两样都有吧！妈！
周秀花　你倒想得好，可哪能那么容易！去吧，小花，在路上留神吉普车！
王大拴　小花，等等！
王小花　干吗？爸！
王大拴　昨天晚上……
周秀花　我已经嘱咐过她了！她懂事！
王大拴　你大力叔叔的事万不可对别人说呀！说了，咱们全家都得死！明白吧！
王小花　我不说，打死我也不说！有人问我大力叔叔回来过没有，我就说他走了好几年，一点消息也没有！
　　[康顺子由后面走来。她的腰有点弯，但还硬朗。她一边走一边叫王小花。
康顺子　小花！小花！还没走哪？
王小花　康婆婆，干吗呀？

茶馆　　　　　　　　　　　　　　　　　　　　　　　　　31

康顺子　小花，乖！婆婆再看你一眼！（抚弄王小花的头）多体面哪！吃得不足啊，要不然还得更好看呢！

周秀花　大婶，您是要走吧？

康顺子　是呀！我走，好让你们省点嚼裹呀！大力是我拉扯大的，他叫我走，我怎能不走呢？当初，我刚到这里的时候，他还没有小花这么高呢！

王小花　看大力叔叔现在多么壮实、多么大气！

康顺子　是呀，虽然他只在这儿坐了一袋烟的工夫呀，可是叫我年轻了好几岁！我本来什么也没有，一见着他呀，好像忽然间我什么都有啦！我走，跟着他走，受什么累，吃什么苦，也是香甜的！看他那两只大手、那两只大脚，简直是个顶天立地的男子汉！

王小花　婆婆，我也跟您去！

康顺子　小花，你乖乖地去上学，我会回来看你！

王大拴　小花，上学吧，别迟到！

王小花　婆婆，等我下了学您再走！

康顺子　哎！哎！去吧，乖！（王小花下）

王大拴　大婶，我爸爸叫您走吗？

康顺子　他还没打好了主意。我倒怕呀，大力回来的事儿万一叫人家知道了啊，我又忽然这么一走，也许要连累了你们！这年月不是天天抓人吗？我不能做对不起你们的事！

周秀花　大婶，您走您的，谁逃出去谁得活命！喝茶的不是常低声儿说：想要活命得上西山。

王大拴　对！

康顺子　小花的妈，来吧，咱们再商量商量！我不能专顾自己，叫你们吃亏！老大，你也好好想想！（同周秀花下）

　　　　　［丁宝进来。

丁　宝　嗨，掌柜的，我来啦！

王大拴　你是谁？

丁　宝　小丁宝！小刘麻子叫我来的，他说这儿的老掌柜托他请个女招待。

王大拴　姑娘，你看看，这么个破茶馆，能用女招待吗？我们老掌柜呀，穷得乱出主意!

[王利发慢慢地走出来,他还硬朗,穿得可很不整齐。

王利发　老大,你怎么老在背后褒贬老人呢?谁穷得乱出主意呀?下板子去!什么时候了,还不开门!

[王大拴去下窗板。

丁　宝　老掌柜,你硬朗啊?

王利发　嗯!要有炸酱面的话,我还能吃三大碗呢,可惜没有!十几了?姑娘!

丁　宝　十七!

王利发　才十七?

丁　宝　是呀!妈妈是寡妇,带着我过日子。胜利以后呀,政府硬说我爸爸给我们留下的一所小房子是逆产,给没收啦!妈妈气死了,我做了女招待!老掌柜,我到今天还不明白什么叫逆产,您知道吗?

王利发　姑娘,说话留点神!一句话说错了,什么都可以变成逆产!你看,这后边呀,是秦二爷的仓库,有人一瞪眼,说是逆产,就给没收啦!就是这么一回事!

[王大拴回来。

丁　宝　老掌柜,您说对了!连我也是逆产,谁的胳臂粗,我就得侍候谁!他妈的,我才十七,就常想还不如死了呢!死了落个整尸首,干这一行,活着身上就烂了!

王大拴　爸,您真想要女招待吗?

王利发　我跟小刘麻子瞎聊来着!我一辈子老爱改良,看着生意这么不好,我着急!

王大拴　您着急,我也着急!可是,您就忘记老裕泰这个老字号了吗?六十多年的老字号,用女招待?

丁　宝　什么老字号啊!越老越不值钱!不信,我现在要是二十八岁,就是叫小小丁宝,小丁宝贝,也没人看我一眼!

[茶客甲、乙上。

王利发　二位早班儿!带着叶子哪?老大拿开水去!(王大拴下)二位,

茶馆　　　　　　　　　　　　　　　　　　　　　　　　　　　　33

　　　　　对不起，茶钱先付！
茶客甲　没听说过！
王利发　我开过几十年茶馆，也没听说过！可是，您圣明：茶叶、煤球儿都一会儿一个价钱，也许您正喝着茶，茶叶又涨了价钱！您看，先收茶钱不是省得麻烦吗？
茶客乙　我看哪，不喝更省事！（同茶客甲下）
王大拴　（提来开水）怎么？走啦！
王利发　这你就明白了！
丁　宝　我要是过去说一声："来了？小子！"他们准给一块现大洋！
王利发　你呀，老大，比石头还顽固！
王大拴　（放下壶）好吧，我出去遛遛，这里出不来气！（下）
王利发　你出不来气，我还憋得慌呢！
　　　　　[小刘麻子上，穿着洋服，夹着皮包。
小刘麻子　小丁宝，你来啦？
丁　宝　有你的话，谁敢不来呀！
小刘麻子　王掌柜，看我给你找来的小宝贝怎样？人才、岁数打扮、经验，样样出色！
王利发　就怕我用不起吧？
小刘麻子　老头儿，你都甭管，全听我的，我跟小丁宝有我们一套办法！是吧，小丁宝？
丁　宝　要是没你那一套办法，怎会缺德呢！
小刘麻子　缺德？你算说对了！当初，我爸爸就是由这儿绑出去的。不信，你问王掌柜。是吧，王掌柜？
王利发　我亲眼得见！
小刘麻子　你看，小丁宝，我不乱吹吧？绑出去，就在马路中间，咔嚓一刀！是吧，老掌柜？
王利发　听得真真的！
小刘麻子　我不说假话吧？小丁宝！可是，我爸爸到底差点事，一辈子混得并不怎样。轮到我自己出头露面了，我必得干得特别出色。（打开皮包，拿出计划书）看，小丁宝，看看我的计划！

丁　宝　我没那么大的工夫！我看哪，我该回家，休息一天，明天来上工。
王利发　丁宝，我还没想好呢！
小刘麻子　王掌柜，我都替你想好啦！不信，你等着看，明天早上，小丁宝在门口儿歪着头那么一站，马上就进来二百多茶座儿！小丁宝，你听听我的计划，跟你有关系。
丁　宝　哼！但愿跟我没关系！
小刘麻子　你呀，小丁宝，不够积极！听着……

　　　　　〔取电灯费的进来。

取电灯费的　掌柜的，电灯费！
王利发　电灯费？欠几个月的啦？
取电灯费的　三个月的！
王利发　再等三个月，凑半年，我也还是没办法！
取电灯费的　那像什么话呢？
小刘麻子　地道真话嘛！这儿属沈处长管。知道沈处长吧？市党部的委员，宪兵司令部的处长！你愿意收他的电费吗？说！
取电灯费的　什么话呢，当然不收！对不起，我走错了门儿！（下）
小刘麻子　看，王掌柜，你不听我的行不行？你那套光绪年的办法太守旧了！
王利发　对！要不怎么说，人要活到老学到老呢！我还得多学！
小刘麻子　就是嘛！

　　　　　〔小唐铁嘴进来，穿着绸子夹袍、新缎鞋。

小刘麻子　哎哟，他妈的是你，小唐铁嘴。
小唐铁嘴　哎哟，他妈的是你，小刘麻子！来，叫爷爷看看！（看前看后）你小子行，洋服穿得像那么一回事，由后边看哪，你比洋人更像洋人！老王掌柜，我夜观天象，紫微星发亮，不久必有真龙天子出现，所以你看我跟小刘麻子，和这位……
小刘麻子　小丁宝，九城闻名！
小唐铁嘴　……和这位小丁宝，才都这么才貌双全、文武带打，我们是应运而生，活在这个时代，真是如鱼得水！老掌柜，把脸转正了，我看看！好，好，印堂发亮，还有步好运！来吧，给我碗喝吧!

王利发　小唐铁嘴!

小唐铁嘴　别叫我唐铁嘴,我现在叫唐天师!

小刘麻子　谁封你做了天师?

小唐铁嘴　待两天你就知道了。

王利发　天师,可别忘了,你爸爸白喝了我一辈子的茶,这可不能世袭!

小唐铁嘴　王掌柜,等我穿上八卦仙衣的时候,你会后悔刚才说了什么!你等着吧!

小刘麻子　小唐,待会儿我请你去喝咖啡,小丁宝作陪,你先听我说点正经事,好不好?

小唐铁嘴　王掌柜,你就不想想,天师今天白喝你点茶,将来会给你个县知事做做吗?好吧,小刘你说!

小刘麻子　我这儿刚跟小丁宝说,我有个伟大的计划!

小唐铁嘴　好!洗耳恭听!

小刘麻子　我要组织一个"托拉斯"。这是个美国字,也许你不懂,翻成北京话就是"包圆儿"。

小唐铁嘴　我懂!就是说,所有的姑娘全由你包办。

小刘麻子　对!你的脑力不坏!小丁宝,听着,这跟你有密切关系!甚至于跟王掌柜也有关系!

王利发　我这儿听着呢!

小刘麻子　我要把舞女、明娼、暗娼、吉普女郎和女招待全组织起来,成立那么一个大"托拉斯"。

小唐铁嘴　(闭着眼问)官方上疏通好了没有?

小刘麻子　当然!沈处长做董事长,我当总经理!

小唐铁嘴　我呢?

小刘麻子　你要是能琢磨出个好名字来,请你做顾问!

小唐铁嘴　车马费不要法币!

小刘麻子　每月送几块美钞!

小唐铁嘴　往下说!

小刘麻子　业务方面包括:买卖部、转运部、训练部、供应部,四大部。

谁买姑娘，还是谁卖姑娘；由上海调运到天津，还是由汉口调运到重庆；训练吉普女郎，还是训练女招待；是供应美国军队，还是各级官员，都由公司统一承办，保证人人满意。你看怎样？

小唐铁嘴　太好！太好！在道理上，这合乎统制一切的原则。在实际上，这首先能满足美国兵的需要，对国家有利！

小刘麻子　好吧，你就给想个好名字吧！想个文雅的，像"柳叶眉，杏核眼，樱桃小口一点点"那种诗那么文雅的！

小唐铁嘴　嗯——"托拉斯"，"托拉斯"不雅！拖进来，拉进来，不听话就撕成两半儿，倒好像是绑票儿撕票儿，不雅！

小刘麻子　对，是不大雅。可那是美国字，吃香啊！

小唐铁嘴　还是联合公司响亮、大方！

小刘麻子　有你这么一说！什么联合公司呢？

丁　宝　缺德公司就挺好！

小刘麻子　小丁宝，谈正经事，不许乱说！你好好干，将来你有做女招待总教官的希望！

小唐铁嘴　看这个怎样——花花联合公司？姑娘是什么？鲜花嘛！要姑娘就得多花钱，花呀花呀，所以花花！"青是山，绿是水，花花世界"，又有典故，出自《武家坡》！好不好？

小刘麻子　小唐，我谢谢你，谢谢你！（热烈握手）我马上找沈处长研究一下，他一赞成，你的顾问就算当上了！（收拾皮包，要走）

王利发　我说，丁宝的事到底怎么办？

小刘麻子　没告诉你不用管吗？"托拉斯"统办一切，我先在这里实验实验。

丁　宝　你不是说喝咖啡去吗？

小刘麻子　问小唐去不去？

小唐铁嘴　你们先去吧，我还在这儿等个人。

小刘麻子　咱们走吧，小丁宝！

丁　宝　明天见，老掌柜！再见，天师！（同小刘麻子下）

小唐铁嘴　王掌柜，拿报来看看！

王利发　那，我得慢慢地找去。两年前的也许还有几张！

小唐铁嘴　废话！

　　　　［进来三位茶客：明师傅、邹福远和卫福喜。明师傅独坐，邹福远与卫福喜同坐。王利发都认识，向大家点头。

王利发　哥儿们，对不起啊，茶钱先付！
明师傅　没错儿，老哥哥！
王利发　唉！"茶钱先付"，说着都烫嘴！（忙着沏茶）
邹福远　怎样啊？王掌柜！晚上还添评书不添啊？
王利发　实验过了，不行！光费电，不上座儿！
邹福远　对！您看，前天我在会仙馆，开三侠四义五霸十雄十三杰九老十五小，大破凤凰山，百鸟朝凤，棍打凤腿，您猜上了多少座儿？
王利发　多少？那点书现在除了您，没有人会说！
邹福远　您说得在行！可是，才上了五个人，还有俩听蹭儿的！
卫福喜　师哥，无论怎么说，你比我强！我又闲了一个多月啦！
邹福远　可谁叫你跳了行，改唱戏了呢？
卫福喜　我有嗓子、有扮相嘛！
邹福远　可是上了台，你又不好好地唱！
卫福喜　妈的唱一出戏，挣不上三个杂和面饼子的钱，我干吗卖力气呢？我疯啦？
邹福远　唉！福喜，咱们哪，全叫流行歌曲跟《纺棉花》给顶垮喽！我是这么看，咱们死，咱们活着，还在其次，顶伤心的是咱们这点玩意儿，再过几年都得失传！咱们对不起祖师爷！常言道：邪不侵正。这年头就是邪年头，正经东西全得连根儿烂！
王利发　唉！（转至明师傅处）明师傅，可老没来啦！
明师傅　出不来喽！包监狱里的伙食呢！
王利发　您！就凭您，办一二百桌满汉全席的手儿，去给他们蒸窝窝头？
明师傅　那有什么办法呢，现而今就是狱里人多呀！满汉全席？我连家伙都卖喽！
　　　　［方六拿着几张画儿进来。
明师傅　六爷，这儿！六爷，那两桌家伙怎样啦？我等钱用！
方　六　明师傅，您挑一张画儿吧！

明师傅　啊？我要画儿干吗呢？

方　六　这可画得不错！六大山人、董弱梅画的！

明师傅　画得天好，当不了饭吃啊！

方　六　他把画儿交给我的时候，直掉眼泪！

明师傅　我把家伙交给你的时候，也直掉眼泪！

方　六　谁掉眼泪，谁吃炖肉，我都知道！要不怎么我累心呢！你当是干我们这一行，专凭打打小鼓就行哪？

明师傅　六爷，人总有颗人心哪，你还能坑老朋友吗？

方　六　一共不是才两桌家伙吗？小事儿，别再提啦，再提就好像不大懂交情了！

　　　　〔车当当敲着两块洋钱，进来。

车当当　谁买两块？买两块吧？天师，照顾照顾？（小唐铁嘴不语）

王利发　当当！别处转转吧，我连现洋什么模样都忘了！

车当当　那，您老人家就细细看看吧！白看，不用买票！（往桌上扔钱）

　　　　〔庞四奶奶进来，带着春梅。庞四奶奶的手上戴满各种戒指，打扮得像个女妖精。卖杂货的老杨跟进来。

小唐铁嘴　娘娘！

方六、车当当　娘娘！

庞四奶奶　天师！

小唐铁嘴　侍候娘娘！（让庞四奶奶坐，给她倒茶）

庞四奶奶　（看车当当要出去）当当，你等等！

车当当　嗻！

老　杨　（打开货箱）娘娘，看看吧！

庞四奶奶　唱唱那套词儿，还倒怪有个意思！

老　杨　是！美国针、美国线、美国牙膏、美国消炎片。还有口红、雪花膏、玻璃袜子细毛线。箱子小，货物全，就是不卖原子弹！

庞四奶奶　哈哈哈！（挑了两双袜子）春梅，拿着！当当，你跟老杨算账吧！

车当当　娘娘，别那么办哪！

庞四奶奶　我给你拿的本钱，利滚利，你欠我多少啦？天师，查账！

茶馆　　　　　　　　　　　　　　　　　　　　　　　　　　　39

小唐铁嘴　是！（掏小本）

车当当　天师，你甭操心，我跟老杨算去！

老　杨　娘娘，您行好吧！他能给我钱吗？

庞四奶奶　老杨，他坑不了你，都有我呢！

老　杨　是！（向众）还有哪位照顾照顾？（又要唱）美国针……

庞四奶奶　听够了！走！

老　杨　是！美国针、美国线，我要不走是浑蛋！走，当当！（同车当当下）

方　六　（过来）娘娘，我得到一堂景泰蓝的五供儿，东西老，地道，也便宜，坛上用顶体面，您看看吧？

庞四奶奶　请皇上看看吧！

方　六　是！皇上不是快登基了吗？我先给您道喜！我马上取去，送到坛上！娘娘多给美言几句，我必有份人心！（往外走）

明师傅　六爷，我的事呢?!

方　六　你先给我看着那几张画！（下）

明师傅　你等等！坑我两桌家伙，我还有把切菜刀呢！（追下）

庞四奶奶　王掌柜，康妈妈在这儿哪？请她出来！

小唐铁嘴　我去！（跑到后门）康老太太，您来一下！

王利发　什么事？

小唐铁嘴　朝廷大事！

［康顺子上。

康顺子　干什么呀？

庞四奶奶　（迎上去）婆母！我是您的四侄媳妇，来接您，快坐下吧！（拉康顺子坐下）

康顺子　四侄媳妇？

庞四奶奶　是呀，您离开庞家的时候，我还没过门哪。

康顺子　我跟庞家一刀两断啦，找我干吗？

庞四奶奶　您的四侄子海顺呀，是三皇道的大坛主，国民党的大党员，又是沈处长的把兄弟，快做皇上啦，您不喜欢吗？

康顺子　快做皇上？

庞四奶奶　啊！龙袍都做好啦，就快在西山登基！

康顺子　在西山？

小唐铁嘴　老太太，西山一带有八路军。庞四爷在那一带登基，消灭八路，南京能够不愿意吗？

庞四奶奶　四爷呀都好，近来可是有点贪酒好色。他已经弄了好几个小老婆！

小唐铁嘴　娘娘，三宫六院七十二嫔妃，可有书可查呀！

庞四奶奶　你不是娘娘，怎么知道娘娘的委屈！老太太，我是这么想：您要是跟我一条心，我叫您老太后，咱们俩一齐管着皇上，我这个娘娘不就好做一点了吗？老太太，您跟我去，吃好的喝好的，兜儿里老带着那么几块当当响的洋钱，够多么好啊！

康顺子　我要是不跟你去呢？

庞四奶奶　啊？不去？（要翻脸）

小唐铁嘴　让老太太想想，想想！

康顺子　用不着想，我不会再跟庞家的人打交道！四媳妇，你做你的娘娘，我做我的苦老婆子，谁也别管谁！刚才你要瞪眼睛，你当我怕你吗？我在外边也混了这么多年，磨炼出来点了，谁跟我瞪眼，我会伸手打！（立起，往后走）

小唐铁嘴　老太太！老太太！

康顺子　（立住，转身对小唐铁嘴）你呀，小伙子，挺起腰板来，去挣碗干净饭吃，不好吗？（下）

庞四奶奶　（移怒于王利发）王掌柜，过来！你去跟那个老婆子说说，说好了，我送给你一袋子白面！说不好，我砸了你的茶馆！天师，走！

小唐铁嘴　王掌柜，我晚上还来，听你的回话！

王利发　万一我下半天就死了呢？

庞四奶奶　呸！你还不该死吗？（与小唐铁嘴、春梅同下）

王利发　哼！

邹福远　师弟，你看这算哪一出？哈哈哈！

卫福喜　我会二百多出戏，就是不懂这一出！你知道那个娘儿们的出身吗？

茶馆　　　　　　　　　　　　　　　　　　　　　　　　　41

邹福远　我还能不知道！东霸天的女儿，在娘家就生过……得，别细说，我看这群浑蛋都有点回光返照，长不了！

［王大拴回来。

王利发　看着点，老大。我到后面商量点事！（下）

小二德子　（在外边大吼一声）闪开了！（进来）大拴哥，沏壶顶好的，我有钱！（掏出四块现洋，一块一块地放下）给算算，刚才花了一块，这儿还有四块，五毛打一个，我一共打了几个？

王大拴　十个。

小二德子　（用手指算）对！前天四个，昨天六个，可不是十个！大拴哥，你拿两块吧！没钱，我白喝你的茶；有钱，就给你！你拿吧！（吹一吹，放在耳旁听听）这块好，就一块当两块吧，给你！

王大拴　（没接钱）小二德子，什么生意这么好啊？现大洋不容易见到啊！

小二德子　念书去了！

王大拴　把"一"字都念成扁担，你念什么书啊？

小二德子　（拿起桌上的壶来，对着壶嘴喝了一气，低声说）市党部派我去的，法政学院。没当过这么美的差事，太美，太过瘾！比在天桥好得多！打一个学生，五毛现洋！昨天揍了几个来着？

王大拴　六个。

小二德子　对！里边还有两个女学生！一拳一拳地下去，太美，太过瘾！大拴哥，你摸摸，摸摸！（伸臂）铁筋洋灰的！用这个揍男女学生，你想想，美不美？

王大拴　他们就那么老实，乖乖地叫你打？

小二德子　我专找老实的打呀！你当我是傻子哪？

王大拴　小二德子，听我说，打人不对！

小二德子　可也难说！你看教党义的那个教务长，上课先把手枪拍在桌上，我不过抡抡拳头，没动手枪啊！

王大拴　什么教务长啊，流氓！

小二德子　对！流氓！不对，那我也是流氓喽！大拴哥，你怎么绕着脖子骂我呢？大拴哥，你有骨头！不怕我这铁筋洋灰的胳膊！

王大拴　你就是把我打死，我不服你还是不服你，不是吗？

小二德子　喝，这么绕脖子的话，你怎么想出来的？大拴哥，你应当去教党义，你有文才！好啦，反正今天我不再打学生！

王大拴　干吗光是今天不打？永远不打才对！

小二德子　不是今天我另有差事吗？

王大拴　什么差事？

小二德子　今天打教员！

王大拴　干吗打教员？打学生就不对，还打教员？

小二德子　上边怎么交派，我怎么干！他们说，教员要罢课。罢课就是不老实，不老实就得揍！他们叫我上这儿等着，看见教员就揍！

邹福远　（嗅出危险）师弟，咱们走吧！

卫福喜　走！（同邹福远下）

小二德子　大拴哥，你拿着这块钱吧！

王大拴　打女学生的钱，我不要！

小二德子　（另拿一块）换换，这块是打男学生的，行了吧？（看王大拴还是摇头）这么办，你替我看着点，我出去买点好吃的，请请你，活着还不为吃点喝点老三点吗？（收起洋钱，下）

〔康顺子提着小包出来。王利发与周秀花跟着。

康顺子　王掌柜，你要是改了主意，不让我走，我还可以不走！

王利发　我……

周秀花　庞四奶奶也未必敢砸茶馆！

王利发　你怎么知道？三皇道是好惹的？

康顺子　我顶不放心的还是大力的事！只要一走漏了消息，大家全完！那比砸茶馆更厉害！

王大拴　大婶，走！我送您去！爸爸，我送送她老人家，可以吧？

王利发　嗯——

周秀花　大婶在这儿受了多少年的苦，帮了咱们多少忙，还不应当送送？

王利发　我并没说不叫他送！送！送！

王大拴　大婶，等等，我拿件衣服去！（下）

周秀花　爸，您怎么啦？

王利发　别再问我什么，我心里乱！一辈子没这么乱过！媳妇，你先陪

　　　　　大婶走，我叫老大追你们！大婶，外边不行啊，就还回来！
周秀花　老太太，这儿永远是您的家！
王利发　可谁知道也许……
康顺子　我也不会忘了你们！老掌柜，你硬硬朗朗的吧！（同周秀花下）
王利发　（送了两步，立住）硬硬朗朗的干什么呢？
　　　　［谢勇仁和于厚斋进来。
谢勇仁　（看看墙上，先把茶钱放在桌上）老人家，沏一壶茶来。（坐）
王利发　（先收钱）好吧。
于厚斋　勇仁，这恐怕是咱们末一次坐茶馆了吧？
谢勇仁　以后我倒许常来。我决定改行，去蹬三轮儿！
于厚斋　蹬三轮一定比当小学教员强！
谢勇仁　我偏偏教体育，我饿，学生们饿，还要运动，不是笑话吗？
　　　　［王小花跑进来。
王利发　小花，怎这么早就下了学呢？
王小花　老师们罢课啦！（看见于厚斋、谢勇仁）于老师，谢老师！你们都没上学去，不教我们啦？还教我们吧！见不着老师，同学们都哭啦！我们开了个会，商量好，以后一定都守规矩，不招老师们生气！
于厚斋　小花！老师们也不愿意耽误了你们的功课。可是，吃不上饭，怎么教书呢？我们家里也有孩子，为教别人的孩子，叫自己的孩子挨饿，不是不公道吗？好孩子，别着急，喝完茶，我们开会去，也许能想出点办法来！
谢勇仁　好好在家温书，别乱跑去，小花！
　　　　［王大拴由后面出来，夹着个小包。
王小花　爸，这是我的两位老师！
王大拴　老师们，快走！他们埋伏下了打手！
王利发　谁？
王大拴　小二德子！他刚出去，就回来！
王利发　二位先生，茶钱退回，（递钱）请吧！快！
王大拴　随我来！

［小二德子上。

小二德子　街上有游行的，他妈的什么也买不着！大拴哥，你上哪儿？这俩是谁？

王大拴　喝茶的！（同于厚斋、谢勇仁往外走）

小二德子　站住！（三人还走）怎么？不听话？先揍了再说！

王利发　小二德子！

小二德子　（拳已出去）尝尝这个！

谢勇仁　（上面一个嘴巴，下面一脚）尝尝这个！

小二德子　哎哟！（倒下）

王小花　该！该！

谢勇仁　起来，再打！

小二德子　（起来，捂着脸）喝！喝！（往后退）喝！

王大拴　快走！（扯二人下）

小二德子　（迁怒）老掌柜，你等着吧，你放走了他们，待会儿我跟你算账！打不了他们，还打不了你这个糟老头子吗？（下）

王小花　爷爷，爷爷！小二德子追老师们去了吧？那可怎么好！

王利发　他不敢！这路人我见多了，都是软的欺、硬的怕！

王小花　他要是回来打您呢？

王利发　我？爷爷会说好话呀。

王小花　爸爸干什么去了？

王利发　出去一会儿，你甭管！上后面温书去吧，乖！

王小花　老师们可别吃了亏呀，我真不放心！（下）

［丁宝跑进来。

丁　宝　老掌柜，老掌柜！告诉你点事！

王利发　说吧，姑娘！

丁　宝　小刘麻子呀，没安着好心，他要霸占这个茶馆！

王利发　怎么霸占？这个破茶馆还值得他们霸占？

丁　宝　待会儿他们就来，我没工夫细说，你打个主意吧！

王利发　姑娘，我谢谢你！

丁　宝　我好心好意来告诉你，你可不能卖了我呀！

王利发　姑娘，我还没老糊涂了！放心吧！

丁　宝　好！待会儿见！（下）

　　　　［周秀花回来。

周秀花　爸，他们走啦。

王利发　好！

周秀花　小花的爸说，叫您放心，他送到了地方就回来。

王利发　回来不回来都随他的便吧！

周秀花　爸，您怎么啦？干吗这么不高兴？

王利发　没事！没事！看小花去吧。她不是想吃热汤面吗？要是还有点面的话，给她做一碗吧，孩子怪可怜的，什么也吃不着！

周秀花　一点白面也没有！我看看去，给她做点杂和面疙瘩汤吧！（下）

　　　　［小唐铁嘴回来。

小唐铁嘴　王掌柜，说好了吗？

王利发　晚上，晚上一定给你回话！

小唐铁嘴　王掌柜，你说我爸爸白喝了一辈子的茶，我送你几句救命的话，算是替他还账吧。告诉你，三皇道现在比日本人在这儿的时候更厉害，砸你的茶馆比砸个砂锅还容易！你别太大意了！

王利发　我知道！你既买我的好，又好去对娘娘表表功！是吧？

　　　　［小宋恩子和小吴祥子进来，都穿着新洋服。

小唐铁嘴　二位，今天可够忙的？

小宋恩子　忙得厉害！教员们大暴动！

王利发　二位，"罢课"改了名儿，叫"暴动"啦？

小唐铁嘴　怎么啦？

小吴祥子　他们还能反到天上去吗？到现在为止，已经抓了一百多，打了七十几个，叫他们反吧！

小宋恩子　太不知好歹！他们老老实实的，美国会送来大米、白面嘛！

小唐铁嘴　就是！二位，有大米、白面，可别忘了我！以后，给大家的坟地看风水，我一定尽义务！好！二位忙吧！（下）

小吴祥子　你刚才问，"罢课"改叫"暴动"啦？王掌柜！

王利发　岁数大了，不懂新事，问问！

小宋恩子　哼！你就跟他们是一路货！

王利发　我？您太高抬我啦！

小吴祥子　我们忙，没工夫跟你费话，说干脆的吧！

王利发　什么干脆的？

小宋恩子　教员们暴动，必有主使的人！

王利发　谁？

小吴祥子　昨天晚上谁上这儿来啦？

王利发　康大力！

小宋恩子　就是他！你把他交出来吧！

王利发　我要是知道他是哪路人，还能够随便说出来吗？我跟你们的爸爸打交道多少年，还不懂这点道理？

小吴祥子　甭跟我们拍老腔，说真的吧！

王利发　交人还是拿钱，对吧？

小宋恩子　你真是我爸爸教出来的！对啦，要是不交人，就把你的金条拿出来！别的铺子都随开随倒，你可混了这么多年，必定有点底！

　　　　　［小二德子匆匆跑来。

小二德子　快走！街上的人不够用啦！快走！

小吴祥子　你小子管干吗的？

小二德子　我没闲着，看，脸都肿啦！

小宋恩子　掌柜的，我们马上回来，你打主意吧！

王利发　不怕我跑了吗？

小吴祥子　老帮子，你真逗气儿！你跑到阴间去，我们也会把你抓回来！

　　　　　（打了王利发一掌，同小宋恩子、小二德子下）

王利发　（向后叫）小花！小花的妈！

周秀花　（同王小花跑出来）我都听见了！怎么办？

王利发　快走！追上康妈妈！快！

王小花　我拿书包去！（下）

周秀花　拿上两件衣裳，小花！爸，剩您一个人怎么办？

王利发　这是我的茶馆，我活在这儿，死在这儿！

　　　　　［王小花挎着书包，夹着点东西跑回来。

周秀花　爸爸!

王小花　爷爷!

王利发　都别难过,走!(从怀里掏出所有的钱和一张旧相片)儿媳妇,拿着这点钱!小花,拿着这个,老裕泰三十年前的相片,交给你爸爸!走吧!

　　　　[小刘麻子同丁宝回来。

小刘麻子　小花,教员罢课,你住姥姥家去呀?

王小花　对啦!

王利发　(假意地)儿媳妇,早点回来!

周秀花　爸,我们住两天就回来!(同王小花下)

小刘麻子　王掌柜,好消息!沈处长批准了我的计划!

王利发　大喜,大喜!

小刘麻子　您也大喜,处长也批准修理这个茶馆!我一说,处长说好!他呀老把"好"说成"蒿",特别有个洋味儿!

王利发　都是怎么一回事?

小刘麻子　从此你算省心了!这儿全属我管啦,你搬出去!我先跟你说好了,省得以后你麻烦我!

王利发　那不能!凑巧,我正想搬家呢。

丁　宝　小刘,老掌柜在这儿多少年啦,你就不照顾他一点吗?

小刘麻子　看吧!我办事永远厚道!王掌柜,我接处长去,叫他看看这个地方。你把这儿好好收拾一下!小丁宝,你把小心眼找来,迎接处长!带点香水,好好喷一气,这里臭烘烘的!走!(同丁宝下)

王利发　好!真好!太好!哈哈哈!

　　　　[常四爷提着小筐进来,筐里有些纸钱和花生米。他虽年过七十,可是腰板还不太弯。

常四爷　什么事这么好哇,老朋友!

王利发　哎哟!常四爷!我正想找你这么一个人说说话儿呢!我沏一壶好的茶来,咱们喝喝!(去沏茶)

　　　　[秦仲义进来。他老得不像样子了,衣服也破旧不堪。

秦仲义　王掌柜在吗？

常四爷　在！您是……

秦仲义　我姓秦。

常四爷　秦二爷！

王利发　（端茶来）谁？秦二爷？正想去告诉您一声，这儿要大改良！坐！坐！

常四爷　我这儿有点花生米，（抓）喝茶吃花生米，这可真是个乐子！

秦仲义　可是谁嚼得动呢？

王利发　看多么邪门，好容易有了花生米，可全嚼不动！多么可笑！怎样啊？秦二爷！（都坐下）

秦仲义　别人都不理我啦，我来跟你说说：我到天津去了一趟，看看我的工厂！

王利发　不是没收了吗？又物归原主啦？这可是喜事！

秦仲义　拆了！

常四爷、王利发　拆了？

秦仲义　拆了！我四十年的心血啊，拆了！别人不知道，王掌柜你知道我从二十多岁起，就主张实业救国。到而今……抢去我的工厂，好，我的势力小，干不过他们！可倒好好地办哪，那是富国裕民的事业呀！结果，拆了，机器都当废铜烂铁卖了！全世界，全世界找得到这样的政府找不到？我问你！

王利发　当初，我开得好好的公寓，您非盖仓库不可。看，仓库查封，货物全叫他们偷光！当初，我劝您别把财产都出手，您非都卖了开工厂不可！

常四爷　还记得吧？当初，我给那个卖小妞的小媳妇一碗面吃，您还说风凉话呢。

秦仲义　现在我明白了！王掌柜，求您一件事吧，（掏出一二机器小零件和一支钢笔管来）工厂拆平了，这是我由那儿捡来的小东西。这支笔上刻着我的名字呢，它知道，我用它签过多少张支票，写过多少计划书。我把它们交给你，没事的时候，你可以跟喝茶的人们当个笑话谈谈，你说呀：当初有那么一个不知好歹的秦某人，爱办实业。办了几十年，临完他只由工厂的土堆里捡回来这么点小东西！你应当劝告大家，有钱哪，就该吃喝嫖赌，胡作非为，可千万别干好事！告诉他们哪，秦某人七十多岁了才明白这点大道理！他是天生来的笨蛋！

王利发　您自己拿着这支笔吧，我马上就搬家啦！

常四爷　搬到哪儿去？

王利发　哪儿不一样呢！秦二爷，常四爷，我跟你们不一样：二爷财大业大心胸大，树大可就招风啊！四爷你，一辈子不服软，敢作敢当，专打抱不平。我呢，做了一辈子顺民，见谁都请安、鞠躬、作揖。我只盼着呀，孩子们有出息，冻不着，饿不着，没灾没病！可是，日本人在这儿，二拴子逃跑啦，老婆想儿子想死啦！好容易，日本人走啦，该缓一口气了吧？谁知道，（惨笑）哈哈，哈哈，哈哈！

常四爷　我也不比你强啊！自食其力，凭良心干了一辈子啊，我一事无成！七十多了，只落得卖花生米！个人算什么呢，我盼哪，盼哪，只盼国家像个样儿，不受外国人欺侮。可是……哈哈！

秦仲义　日本人在这儿，说什么合作，把我的工厂就合作过去了。咱们的政府回来了，工厂也不知怎么又变成了逆产。仓库里（指后边）有多少货呀，全完！哈哈！

王利发　改良，我老没忘改良，总不肯落在人家后头。卖茶不行啊，开公寓。公寓没啦，添评书！评书也不叫座儿呀，好，不怕丢人，想添女招待！人总得活着吧？我变尽了方法，不过是为活下去！是呀，该贿赂的，我就递包袱。我可没有做过缺德的事，伤天害理的事，为什么就不叫我活着呢？我得罪了谁？谁？皇上、娘娘那些狗男女都活得有滋有味的，单不许我吃窝窝头，谁出的主意？

常四爷　盼哪，盼哪，只盼谁都讲理，谁也不欺侮谁！可是，眼看着老朋友们一个个的不是饿死，就是叫人家杀了，我呀就是有眼泪也流不出来喽！松二爷，我的朋友，饿死啦，连棺材还是我给他化缘化来的！他还有我这么个朋友，给他化了一口四块板的棺材；我自己呢？我爱咱们的国呀，可是谁爱我呢？看，（从筐中拿出些纸钱）遇见出殡的，我就捡几张纸钱。没有寿衣，没有棺材，我只好给自己预备下点纸钱吧，哈哈，哈哈！

秦仲义　四爷，让咱们祭奠祭奠自己，把纸钱撒起来，算咱们三个老头子的吧！

王利发　对！四爷，照老年间出殡的规矩，喊喊！

常四爷　（立起，喊）四角儿的跟夫，本家赏钱一百二十吊！（撒起几张纸钱）

秦仲义、王利发　一百二十吊！

秦仲义　（一手拉住一个）我没得说了，再见吧！（下）

王利发　再见！

常四爷　再喝你一碗！（一饮而尽）再见！（下）

王利发　再见！

　　　　［丁宝与小心眼进来。

丁　宝　他们来啦，老大爷！（往屋中喷香水）

王利发　好，他们来，我躲开！（捡起纸钱，往后边走）

小心眼　老大爷，干吗撒纸钱呢？

王利发　谁知道！（下）

　　　　［小刘麻子进来。

小刘麻子　来啦！一边一个站好！

　　　　［丁宝、小心眼分左右在门内立好。

　　　　［门外有汽车停住声，先进来两个宪兵。沈处长进来，穿军便服；高靴，带马刺；手执小鞭。后面跟着二宪兵。

沈处长　（检阅似的，看丁宝、小心眼，看完一个说一声）好（蒿）！

　　　　［丁宝摆上一把椅子，请沈处长坐。

小刘麻子　报告处长，老裕泰开了六十多年，九城闻名，地点也好，借着这个老字号，做我们的一个据点，一定成功！我打算照旧卖茶，派（指）小丁宝和小心眼做招待。有我在这儿监视着三教九流、各色人等，一定能够得到大量的情报，捉拿共产党！

沈处长　好（蒿）！

茶馆　　　　　　　　　　　　　　　　　　　　　　　51

［丁宝由宪兵手里接过骆驼牌烟，上前献烟；小心眼接过打火机，点烟。

小刘麻子　后面原来是仓库，货物已由处长都处理了，现在空着。我打算修理一下，中间做小舞厅，两旁布置几间卧室，都带卫生设备。处长清闲的时候，可以来跳跳舞、玩玩牌、喝喝咖啡。天晚了，高兴住下，您就住下。这就算是处长个人的小俱乐部，由我管理，一定要比公馆里洒脱一点，方便一点，热闹一点！

沈处长　好（蒿）！

丁　宝　处长，我可以请示一下吗？

沈处长　好（蒿）！

丁　宝　这儿的老掌柜怪可怜的。好不好给他做一身制服，叫他看看门，招呼贵宾们上下汽车？他在这儿几十年了，谁都认识他，简直可以算是老头儿商标！

沈处长　好（蒿）！传！

小刘麻子　是！（往后跑）王掌柜！老掌柜！我爸爸的老朋友，老大爷！（入。过一会儿又跑回来）报告处长，他也不知怎么上了吊，吊死啦！

沈处长　好（蒿）！好（蒿）！

——幕落·全剧终

《收获》1957年1期

关汉卿

田 汉

人　物（按出场先后）

　　刘大娘——酒店女掌柜。
　　二　妞——刘大娘的女儿，后名秋燕。
　　关汉卿——元代大剧作家，又号已斋。
　　谢小山——书会朋友，艺人，精通金代俗曲的教师。
　　欠耍俏——伶人，赛帘秀的丈夫。
　　公子模样的人——阿合马的第二十五子。
　　歪帽子——刘大娘叫他"崔四爷"。
　　朱帘秀——元代大都擅演杂剧的名歌妓。
　　燕山秀——朱帘秀的徒弟。
　　马　二——燕山秀的丈夫。
　　赛帘秀——朱帘秀的徒弟。后为欠耍俏的妻子。
　　香　桂——朱帘秀的侍女。
　　阿　母——阿合马的母亲。
　　贵　妇——阿合马第二十五子之妻。
　　春　鹃——阿母的婢女。
　　关　忠——关汉卿的老仆。
　　玉　梅——当时的笛王。
　　杨显之——关汉卿的老友，外号"杨补丁"。元代大剧作家。
　　叶和甫——混在当时杂剧界的败类。
　　王和卿——关汉卿的老友。

何总管——玉仙楼总管。

后台管事

王　著——益都千户。

郝　祯——中书省左丞,阿合马死党。

和礼霍孙——大司徒,后任中书省右丞相。

阿合马——中书省平章政事,元世祖的宠臣。

狱　吏

禁　子

禁　婆

狱　卒

周福祥——差官,二妞的丈夫。

彻里·不花——和礼霍孙的心腹幕僚。

李武、王能——解差

王实甫——元代大剧作家,关汉卿的合作者。

梁进之——曲家兼医生。

小　吏

行政总管

行政总管的手下人

鸨　母

刘大爷——二妞的爸爸。

周老汉——二妞的公公。

青年农民

时　间

元世祖至元十八年到十九年(1281~1282)

第一场

[元世祖(忽必烈)至元十八年(1281)的大都。

[靠城边小酒店的街口,许多人堵列着,看行刑的行列。

[在呜呜的长号筒声中,马队旗伞簇拥着骑马的蒙古监斩官如飞而过。然后,竹板子响,差役们高喊:"行人闪开!行人闪开!!"]

[一会儿破锣破鼓响着,高插边翎拿着法刀的刽子手和载着垂头披发背插斩标的女犯骡车走过,后面紧跟着一个老妇人高喊:"孩子,孩子!天哪,救救我的孩子!这不能啊!"等等,不断被如狼似虎的差役们喝骂着:"老太婆滚开!滚开!不要命吗!"]

[小酒店的女店主刘大娘,提着一个竹篮子,内藏酒、肉、纸钱之类,原来似乎想挤进去拦住这可怕的行列的,见不可能,就退出来了,低叫了几声"可怜的孩子!"泪如雨下。恰好几个蒙装家郎走过,她警惕地咽住哭声,擦干眼泪,叫唤还在街边呆看着的女儿二妞。二妞虽是家常打扮,却是个出色美丽的姑娘。]

刘大娘　二妞!尽瞅着干吗呀?还不来照顾点儿家里的事!
二　妞　就来了,娘。(但她还是望着)
刘大娘　"就来了",动也不动。咳,这样的热闹这条街上每个月都短不了一两回,有什么好看的?
二　妞　(这才勉强走过来,抓住她娘的手)娘,太可怜了,那么年轻轻的小媳妇儿会是杀人犯吗?
刘大娘　谁说她是杀人犯!她是跟你一样的好孩子。你忘了,前年春天来找过我们的小兰姑娘。
二　妞　小兰姑娘?你说陈二奶奶的儿媳妇?
刘大娘　可不就是她!(擦眼泪)
二　妞　完全变了个样儿了?娘,还有什么办法救救小兰姑娘吗?能吗?
刘大娘　傻孩子,还有什么办法?(指竹篮)备了几样酒菜想祭祭她。也没有敢哩。小兰真命苦,怎么就碰上——(赶忙停住)

[关汉卿——当时的大剧作家,起先也站在人后头看着,这会儿听得她们娘儿俩讲话,赶忙插进来。]

关汉卿　(低声)刘大娘,你认识她?
刘大娘　哎呀,关大爷,您也来瞧热闹?
关汉卿　不,我到城外去看个朋友,打这儿经过,净了街了,碰上的。
二　妞　啊,关伯伯来了,进来坐一会儿吧。(她很快地沏茶)请喝茶。

关汉卿　谢谢，二妞越长越俊了，还记得关伯伯?
刘大娘　我们是老邻居，您搬开这儿才两年多点儿，怎么就能忘了呢! 坐吧。
关汉卿　好。(入座)生意还好吗?
刘大娘　还可以，就是人手不够，又请不起帮忙的。老头子在宛平乡下的时候多，一个月难得回来一两趟。
关汉卿　不要紧，二姑娘又是你一个好帮手了。
刘大娘　可不是，要是个小子就好了，女孩子家抛头露面的，是非多哇。
关汉卿　唔，那也是。刘大娘，你认识刚才这女犯人?
刘大娘　认识，我跟她婆婆家还沾点儿亲哩。咳，眼看着这孩子平白无故地落得这个结果，又没办法救救她，真是……(擦泪)
关汉卿　她是怎么回事?年轻轻的犯这么大罪?
刘大娘　她哪有什么罪呀?她是个好孩子。
关汉卿　那为什么?
刘大娘　(望街上人慢慢地散了，小声)关大爷，底下这些事都是这孩子的婆婆告诉我的，没有什么虚假，您救不了活的，将来也替死的申申冤吧。
关汉卿　唔。你说。
刘大娘　这苦命的孩子姓朱，叫小兰。她家原是襄阳的农户。那儿不是打过好几年仗吗?城破了，阿里海牙大人圈地养马，把她家几亩地全圈掉了，还让她爸爸当看马的奴才，她爸爸一气逃走了。剩小兰母女俩，活不下去，到大都来找她舅舅。碰得不巧，她舅舅不在，就寄住在同乡陈二奶奶家里。小兰的娘感染风寒，一病半年多，请大夫吃药什么的，借了二奶奶十两银子。二奶奶有个孩子叫文秀，人也老实，就是从小病病歪歪的，也没有定亲。二奶奶一天问小兰娘要那十两银子，小兰娘哪来钱?没法子就把小兰许给二奶奶做儿媳妇，也是一半还债的意思。小兰娘的病哩老是好一阵坏一阵的，到去年秋天就去世了。
关汉卿　唔，那么小兰呢?
刘大娘　后来小兰就跟文秀结了亲了，小两口儿倒也不错，二奶奶也心

　　　　　肝宝贝似的疼爱她，小日子也还过得下去，可是哪知道祸起萧墙哩！

二　　妞　娘别说这些个了，有什么办法救救小兰姑娘没有哇？真急死人！能不能让关伯伯想想办法呀？快呀！快呀！

刘大娘　傻孩子，关伯伯这位大夫，只能救人家伤风咳嗽，怎么救得了杀头哇？娘在说话，别扰我吧。

　　　　　[二妞见没有办法又跑出去了。

关汉卿　刘大娘，你说怎样"祸起萧墙"呢？

刘大娘　陈二奶奶娘家姓李，有个叔伯兄弟叫六顺，年纪老了就住在二奶奶家里，二奶奶家人手单，托他照料些家事，前年六顺多年不见的儿子也找来了。他儿子叫李宜，人家顺口叫他李驴儿，是个不安分的家伙，多年在军队里混，据说跟萨千户到南方打过仗，到临安还捞了一把回来了。一回来就看上了小兰，想娶她。小兰不理他。后来小兰跟文秀结了亲了，李驴儿还是不死心。一天文秀出外没回来，隔了两天才知道是被人推落在水里淹死了，有人说这就是李驴儿干的事。

关汉卿　（击桌）有这样恶毒的家伙！他算把良善的人吃定了。（向刘大娘）他当然还是为的娶小兰，对吗？

刘大娘　对。刚把文秀葬了，小兰日夜啼哭，李驴儿死皮赖脸地向小兰提亲，小兰说她不嫁，情愿伺候她婆婆一辈子。二奶奶因她儿子死了也哭成了病，一天，想吃羊肚汤，小兰给婆婆做好了汤，李驴儿借个由头支使开小兰，在汤里搁上了砒霜，原想把二奶奶毒死，好娶小兰的。谁知道二奶奶忽然觉着不舒服，没有吃，李六顺是个嘴馋的，就端过去吃了，当时就七窍流血死了。李驴儿威胁小兰，说只要肯嫁他，就一字不提，要不就要抓她见官，小兰问心无愧，说："见官就见官吧。"谁知道这孩子命苦，偏偏就碰上了一个赃官！

关汉卿　咳，于今不赃的官就太少了，她可碰上谁了？

刘大娘　（小声）官司打到了大兴府，知府大人忽辛您是知道的，要钱如命，可又死好名，老叫人送万民伞。他是个色目人，见小兰是蛮子女儿，又是个逃亡户，心里就不喜欢，李驴儿交给忽辛一封萨千户的信，又给了他一些银子，那还有不向着他的？尽管小兰上堂去把出事的情形原原本本地说了，这位知府大人半点也不听她的，一个劲地用苦刑逼她招供怎样药死李驴儿的父亲的。可是小兰死也不招。

关汉卿　对呀，她万不能招啊。

刘大娘　后来，忽辛大人说，既然朱小兰不招，那一定是陈婆婆下的毒了，就叫把陈二奶奶拖下去打八十板子。小兰见官要拷打她婆婆，一想婆婆那么大年纪，怎么挨受得起？她把心一横，就屈招了。

关汉卿　糟糕！她为什么要招呢？

刘大娘　她不招，那赃官不就得打死她婆婆？

关汉卿　这是万万招不得的呀，招了就得抵命，她没想到吗？

刘大娘　她怎么能想不到，可是要救她婆婆，她啥也不顾了。小兰这孩子就这么个爽快性子。

关汉卿　真是个烈性子女人，可是，哎，就没有一个细心点儿的官问问她吗？

刘大娘　哎哟，关大爷，谁还细心问她？于今杀一个汉人还不如杀一匹驴哩。小兰前儿个才问过一堂，今天不就判斩了吗？

关汉卿　全是这样草菅人命的狗官！

刘大娘　（低声）关大爷，您快别这样说！

　　　　［街上的人又涌过去。二妞跑回来。

二　妞　（拉她母亲）娘，快想办法呀，（望关汉卿）关伯伯快呀，您不是认识很多人吗，快想想法子呀！

　　　　［远处闻炮声。

刘大娘　还有啥法子想！已经没有人了。可怜的小兰！（她坐下来，掩面而哭）

　　　　［二妞随着她也哭。

关汉卿　（无限惨怅）这是什么世界！（起身）刘大娘，谢谢你，我走了。（自言自语地）咳，我当真只能救得人家的伤风咳嗽吗？

刘大娘　您慢走，关大爷，有工夫常来家坐坐。回去吗？
关汉卿　哦，不，我上城外找朋友去。
　　　　[他拖着沉重的步子刚要往城外走，他的书会朋友谢小山和艺人欠耍俏从街那面人丛中走过来。
　　　　[谢小山见了汉卿一把抓住他。关汉卿因正在想事，吃了一惊。
谢小山　哎呀，老关，正要找你，到你家里，不在，原来你在这儿喝酒。
关汉卿　不是喝酒。我正跟刘大娘谈起刚才过去的女犯人哩。
谢小山　这我也知道一点，听说是冤枉的。
欠耍俏　听说是人家要娶她，她不愿意，人家才害她的。
关汉卿　刚听刘大娘谈起，把我给气坏了。
谢小山　咳，气什么。于今是十案九冤，都认真去气它就没法儿活了。有事情请教你，上我们那儿喝酒去吧。
关汉卿　不，我要到城外去。你有什么事？
谢小山　一位先生请我教他唱你那支《南吕·四块玉》，第一首我记得是"渴时饮，饥时餐，醉时歌"。可是欠耍俏一定说是"渴时饮啊醉时歌"，没有"饥时餐"三个字，好，现在对证一下你这"古本"，究竟谁错了？
关汉卿　都对。
欠耍俏　这话就算没有说。究竟谁对吧？
关汉卿　原来是你对，"饥时餐"是后来加上的，为了好唱。有人说加上去腔反而硬了，不如原来的灵巧。
谢小山　唔，是有这毛病。我还是照原来的教吧。那位先生非常欢喜你后面那几句。"南亩耕，东山卧，世态人情经历多。闲将往事思量过。贤的是他，愚的是我，争什么？"他说你写得真好。
关汉卿　(他从心底否定了这种闲适趣味)不，一点也不好！贤的也不一定是他，愚的也不一定是我，我们就是要争，就是要把贤愚是非争个明白。我看，小山，你就别教这个了。
谢小山　怎么啦？你变了？那么，那段《风流体》你还学不学呢？
关汉卿　要学的。我回头上你那儿去。(向欠耍俏)朱四姐今天在院里吗？
欠耍俏　大约在吧。

关汉卿　"大约在吧"？赛帘秀呢？她的病好了吗？

欠耍俏　（摇头）不知道。

关汉卿　不知道？你不是跟赛帘秀挺热乎的吗？

谢小山　他们的事吹了。这家伙噇醉了酒，在台上忘词儿，被赛帘秀狠狠地批了一顿，他受不了，跑出来好几天了。

关汉卿　欠耍俏，不管你是多好的角儿，咱们唱戏的应不应该在台上忘了词儿，你说？

欠耍俏　那当然不应该。

关汉卿　那么人家为你好，说你，你干吗生气？

欠耍俏　因为，因为……

关汉卿　因为人家是女人，对不对？天下道理只有一个，还分男女？我去看四姐，快同我回去，跟赛帘秀赔不是。（向刘大娘）刘大娘，二妞，我们走了。

刘大娘　您慢走。

　　　　[他们一道走出来。

关汉卿　（到街口与小山作别）小山，替我约约打鼓老任四和吹笛子的玉梅，我想打一个新戏，跟他们商量一下场子跟牌子。

谢小山　行。（他往城内走）

　　　　[关汉卿和欠耍俏向城外方向走。

　　　　[正在这个时候，刚走过去的蒙装家郎又转过来，随着一个装束阔气的公子和歪戴帽子的人，进入刘大娘的酒店。

刘大娘　公子爷，您请坐。

公子模样的人　不坐了，（对歪帽子）你说说吧。

歪帽子　刘大娘，昨儿个跟你提的事，怎么样了？

刘大娘　昨天提的事？哦，崔四爷，不是跟您说过的吗？我们二妞已经有了人家了。张六爷做的媒，男家是宛平周家，虽是个种地的，儿子周福祥可在大司徒和礼霍孙大人府里当差。只等今年麦秋后就要过门子了。（示意女儿进去）

　　　　[二妞逃进屋里。

歪帽子　不用说了，这些我都知道，也跟公子回过了。公子说："这不要紧，别说是司徒府当差的，就是司徒的公子也得让出来。给些钱让那姓周的另娶一房得了。"

刘大娘　孩子已经有了人家了，这于情于理都办不到的呀。

歪帽子　哪有那么些情呀理的？伯罗·阿合马大人的第二十五公子看上了你女儿，这就是天大的情理。别人家还高攀不上，你们却修得公子爷亲自登门好几趟。别给脸不要脸的了，你倒是肯不肯呢？

刘大娘　四爷，你跟公子美言一句吧，二妞已经许过人家了，她没有这份福气。

歪帽子　（向公子）您看呢？

公　子　别跟她啰唆了，带走！

歪帽子　（对家郎）带走！

〔家郎们从屋里拖出二妞。

二　妞　（抗拒）娘啊！救命啊！救命啊！

刘大娘　四爷，公子，这可不能！她爸爸到宛平去了，我不能做主，等她爸爸回来吧。四爷，四爷，我给您跪下了。（跪）

歪帽子　她爸爸回来要他来找我。

刘大娘　那不行。

歪帽子　不行也得行。

〔他们不由分说地把二妞拖走了，歪帽子走在最后，大娘起来一把拖住他的袍角，死也不放。

刘大娘　怎么青天白日抢人家孩子，你们不要王法吗？

歪帽子　别死心眼儿了，刘大娘，咱们阿合马老大人一家二十年来就这么个德行。你要王法，到大兴府去告去吧！你去打听打听。大都路总管兼大兴府知府忽辛大人就是我们家大少爷！（甩开刘大娘扬长而去）

刘大娘　天哪，我怎么得了！我怎么得了！我不能活了！（伏地大哭）

——暗转

第二场

[大都附郭朱帘秀的家,当时的行院所在。壁上挂着琵琶、箫管、宝剑、拂尘之类。

[帘秀,姓朱,行四,元时歌妓的艺名多带一个秀字,如"顺时秀"之类。朱艺名作"珠帘秀"。她得名甚早,歌喉极佳,演杂剧独步一时,驾头、花旦、软末泥无不佳妙。弟子有赛帘秀、燕山秀等。交往的时人有胡紫山、冯海粟之辈,关汉卿跟她关系最密。她的艺名有一个"帘"字,所以关赠她《南吕·一枝花》中,有"手掌儿里奇擎着耐心儿卷"的句子,朱帘秀演过他的许多杂剧如《救风尘》《调风月》《望江亭》《拜月亭》等。她出身良家,为人豪侠尚义,敢于担当。

[帘秀穿着紫色衫子,这是当时妓女的官定服色。至元五年十月因"娼妓之家多与官员士庶同着衣服,不分贵贱"规定娼妓各分等第,穿着紫皂衫子、戴着冠儿。帘秀因是出名歌妓,穿得较一般华美。

[侍女香桂忙着用精致的茶具给汉卿添茶。

[这时汉卿显然已经把朱小兰的故事告诉帘秀了。

关汉卿　你看,就这样残暴无耻地断送了一条高贵的性命,可他们还把自己说成是"民之父母"!(击桌)

朱帘秀　(急扶住茶杯)干吗这样跟桌子杯子过不去啊,我的关大爷?

关汉卿　你能不生气吗,四姐?你看这还成个世界吗?

朱帘秀　怎么能不气?我可是气够了,都麻木了。有的人简直把这看成理所当然的了。只有你,头发都有好些根白的了,可心儿还跟年轻人一样,碰上不公正的事,就气成这个样儿。(走近他)人家爱重你,就为的你有这个好处,你知道吗?

关汉卿　得了吧。(起身躲开她)让我去想想,是不是我不够老成,所以想的跟你们不一样?

朱帘秀　不是你不够老成,是你还没有失掉你常说的"赤子之心"。可是那些该气也不气了的，也不尽因为他们比你坏，许是他们比你苦。你们爷儿们有才华，有学问，飞得高，跳得远，有受委屈的时候，也容易有扬眉吐气的时候，像我们就可怜了。我也是好人家子女啊，就为了还不清不花王爷糊里糊涂派给的租子，老爷子坐牢死了，我卖给行院当歌妓，坑在这里十来年了，还不是照样负屈衔冤没地方申诉吗？比起来我还算好点儿的哩，这大都城外两万五千个姐妹们谁过的是人的日子？有的求生不能，求死不得，还不如干脆挨那么一刀哩。

关汉卿　你们当然有许多苦处，可我们念过些书的男人们又能飞得多高，跳得多远？七匠、八娼、九儒、十丐，这年头我们的地位还不如你们哩。平常私下里我也有些自负不凡，杜甫说的"读书破万卷，下笔如有神"，老觉得自己总有些办法。可是今天在街上眼睁睁看见一群吃人血的家伙把一个无辜的女子拉到法场去杀头，我却想不出一星星办法。我写过《包待制三勘蝴蝶梦》，王石和被救出来以后，我让他母亲唱着"黑漫漫填满了这沉冤海，昏腾腾打出了迷魂寨"。我多么盼望出现包待制那样的青天来填满这冤海啊！可是出现在我们眼前的是吃人的豺狼，对着这群豺狼我们束手无策。刘大娘说得好：关汉卿这位大夫只救得人家的伤风咳嗽！她把我给骂苦了，可是骂得真对呀，我就是这么一个专会开薄荷、甘草的大夫。一字不识的黑旋风李逵敢在江州劫法场，可我呢？只能站在大家后头忍气吞声，袖手旁观。这就是我，这就是自负不凡的关汉卿！我真看不起我自己。

朱帘秀　（握着他的手安慰他）李逵虽勇，独自一个人劫得了法场吗？那是梁山泊的英雄们打算好了的呀。你偶然间路见不平，能有什么办法呢？

关汉卿　古人路见不平，拔刀相助，我是无刀可拔，只有一支破笔！

朱帘秀　笔不就是你的刀吗？杂剧不就是你的刀吗？你在剧本里骂过杨衙内，骂过葛彪，骂过鲁斋郎，看过戏的人都跟随着我们一起恨这些不明道德、陷害良善、鱼肉百姓的人。干吗不把李驴儿、忽辛这些人的鬼脸给勾出来，替屈死的女子们申冤呢？

关汉卿　这些邪恶的东西可不是一个两个，而是好多好多个结成一伙儿来吃人的。他们的鬼脸勾得完吗？以前我觉得这世道不公正，天地鬼神总是公正的，有眼睛的，于今才知道天地鬼神也是不公正的，没有眼睛的！

朱帘秀　鬼东西太多，你拣那最凶恶的勾吧。天地鬼神不公正，没有眼睛，你就骂天地，骂鬼神吧。

关汉卿　对，刚才在路上我想来着，一定得把朱小兰这件案子写成一个杂剧，一定得把这些滥官污吏的嘴脸摆在光天化日之下示众；一定得替那些负屈衔冤的好心女子鸣鸣冤，吐吐气，让大家知道在百姓们的心里还是有公道的，还是看得清是非的。

朱帘秀　那太好了。这位知府大人忽辛的事我也知道一些，他倚仗他爸爸的势耀，无恶不作。上回断错了一桩案子，许衡许大人来查案，他托病不见，许大人拿他也没有办法。

关汉卿　对，多替我搜集他的罪状吧，决不能让他逃脱我们的照妖镜。词儿我都想好一些了，女主角的名字我也想好了，可就是一桩——

朱帘秀　一桩什么？

关汉卿　怕戏写出来没人敢演。

朱帘秀　（想了一下）汉卿，写吧。只要你还愿意给我们演，我们想试试，行吗？

关汉卿　为什么不愿意给你们演了呢？

朱帘秀　你不是对人家说：良家子弟扮的杂剧才是你们"行家生活"，我们倡优扮的不过是"供笑献勤，奴隶之役"，只能叫作"戾家把戏"吗？

关汉卿　得了，别听人家说的那些个了，今天良家也好，倡优也好，都是被欺压、被践踏的，都是奴隶！我哪会说那样的话？

朱帘秀　那么你敢写我就敢演！

关汉卿　你敢演，我一定写，而且一定很快地把它写成。

朱帘秀　那太好了。人家夸我赵盼儿、谭记儿、王瑞兰、燕燕都演得不错。于今为着朱小兰，为着普天下衔冤负屈的女子，我一定演好这个新的角色！

关汉卿　四姐,你!(感动地抓紧她的双手)
朱帘秀　这个女角色你安排叫她什么?
关汉卿　我安排叫她窦娥。
朱帘秀　窦娥?好!我知道你曾经想写孝女曹娥来着,你于今改写孝媳窦娥了。对不对?
关汉卿　正是这个意思,你猜得对。

　　［燕山秀、马二夫妇和赛帘秀、欠要俏笑说着进来。

燕山秀　(向朱帘秀)师父,出了稀奇事儿了。欠要俏跟小二姐赔不是了。
马　二　这真得谢谢关大爷。我还当这一对冤家结定了哩。
关汉卿　哈哈哈哈。他很执拗,一路上费了好大劲才把他给劝过来。
朱帘秀　你当然得劝劝他。他还是在学你的样儿哩。他老说关大爷自称是"普天下郎君领袖,盖世界浪子班头",他呀,至少也是个小郎君、小浪子。
关汉卿　那好哇。不过我们演戏讲究入情入理,做人就讲究通情达理。倘使我们不通情理,甚而至于蛮不服理,那还算什么郎君、浪子呢。
朱帘秀　(向欠要俏们)听得了没有?讲道理,爱重自己的玩意儿,才算是真正的郎君浪子哩。哦,赛帘秀,告诉你一个好消息,关大爷又要打一个新本儿了。这新本儿意思好极了。关大爷说让咱们演演看。
赛帘秀　那可太好了。就怕我们演不好。
关汉卿　别客气了,小二姐。
赛帘秀　那您就快写吧。我病好了,正愁没戏演哩。
马　二　关大爷,欠要俏也老没演戏了,您先给他打一个《莽李逵负荆请罪》吧。

　　［大家笑了。

欠要俏　哈哈哈哈。(转话题)哦,我想起来了,京西六郎庄做会,烦咱们演您的《单刀会》,您能去看看吗?
关汉卿　什么时候?
欠要俏　下个月初。日子定了我通知您。

关汉卿　　　　　　　　　　　　　　　　　　　　　　　　65

关汉卿　只要有工夫我一定去。我在六郎庄还串过戏的哩。

马　二　关大爷，近来少见您上台了，也来一出吧。就来您自己的《玉镜台》，四姐的刘倩英，您的温峤，赛帘秀的刘夫人，燕山秀的梅香，欠要俏的媒人，还少不了我的王府尹。

关汉卿　哈哈，你分派得不错，可是六郎庄的庄稼汉不一定喜欢这样文绉绉的东西。来个《鲁斋郎》吧。四姐的李氏，你的张珪，欠要俏的银匠李四，我来个包待制吧。

马　二　对，这个戏好。（他背词）"说那个鲁斋郎胆有天来大，他为臣不守法，将官府敢欺压，将妻女敢夺拿，将百姓敢踏踏，赤紧地他官职大的忒稀诧。……"

欠要俏　现在老百姓像"箭穿着大雁口似的，没有一个人敢咳嗽"，演这个戏会大快人心的。

马　二　好，那就准看您的包公吧。

　　　　［鸨母上来，向关汉卿略略招呼一下，对大家说。

鸨　母　刚才总管来吩咐，今儿晚上丞相府有堂会，请波斯国的客人，你们快点去排戏吧。

燕山秀等　关大爷，您坐会儿。（他们随鸨母下去了）

赛帘秀　关大爷，我不陪您了。（向朱帘秀）师父，留留关大爷吧。（她跟欠要俏亲热地下去了）

关汉卿　（起身）好，四姐，我也走了。

朱帘秀　你要家去写本子吗？（热情地）别走了，汉卿。我去排戏，你就在这儿写，回头咱们一块儿吃饭。赛帘秀的老爷子送了几条好鲤鱼，他从湖里打上来的，你也领领他的情吧。（向侍女）香桂！你给关大爷好好地点几杯茶，用我那包最好的双薰。（见香桂点头）可不许扰关大爷，吓？把门关上，别让他听到外面的锣鼓家伙。

香　桂　哼，关大爷才不怕闹呢！前儿个他不是在后台写戏吗？前面吹啊唱的他好像一点也听不见似的。真是好本事！

朱帘秀　傻丫头！关大爷的本事我还不知道？这戏可不比往常，就得让他静下来，不能扰他，知道吗？

香　桂	是。知道了。
关汉卿	四姐，你真好，替我谢谢小二姐。本子还没有太想好，恐怕得过几天才能动笔哩。现在我还得去西山看一个病人。
朱帘秀	看一个病人？
关汉卿	对。（笑）我还是一个大夫，你忘了？接到太医院的通知不管哪儿你就得去。有些病人还不许打听他的身份。看过好几次了，还不知病人姓什么，叫什么。
朱帘秀	干吗你还要搞这个劳什子行业呢？干脆辞掉，专心写东西不好吗？
关汉卿	辞了太医院我就得出好些捐税，应好些别的差使，还不如专当这一门差，反而可以挤出工夫做自己的事。再说，五医，六工，七匠，八娼，九儒，我干作家比你们还低一等，干太医就比你们要高好几等了。哈哈哈哈。
朱帘秀	哈哈，原来这样儿。那也好，我不留你了。祝你妙手回春，财源茂盛，我的关大夫！
关汉卿	瞧你！

——暗转

第三场

［城外西山林园中，当时权臣阿合马的华丽的别邸。

［阿合马的母亲正受着关汉卿的诊视。贵妇和侍女春鹃在伺候着。

关汉卿	老太太今天怎么样？
阿　母	好得太多了。大夫你真高明。我这病也不是三年五年的了，经过了多少有名的大夫，现在才算一天天见好了，真不容易啊。
贵　妇	您真是太高明了。老太太这几天不只是心痛止了，胃口也跟好人一样了，昨儿个吃了好些东西，也不觉得撑得慌了。住在西山从不知道西山是个什么样儿，今天才第一次上外头走了一下，老太太可高兴哩。
阿　母	是啊，真是叫人高兴，以前我算白活了好些年，哪儿也没有去

瞧过。这可得好好谢谢大夫，吓？

贵　　妇　是哪，已经要管事的给预备了。春鹃扶老太太到套间去一下。哦，先去叫秋燕来给大夫换点心。

春　　鹃　是，少奶奶。（下去）

阿　　母　（亲切地问）大夫今年多大了？

关汉卿　四十八了。

阿　　母　家里老太太还康健吗？夫人有几位令郎啦？

关汉卿　家母托福还算康健，荆妻亡故好几年了，只有一个孩子，目下不在身边。

阿　　母　那可不好啊，您也是上年纪的人了，没有人侍候，行吗？

关汉卿　还好，老太太。

〔春鹃下去了一下，又上来。秋燕端点心上来，与汉卿相见各吃一惊。

秋　　燕　哎呀，关——

春　　鹃　关什么？

〔适轻风吹起窗帘。

秋　　燕　你关关窗子吧，春鹃姐。

春　　鹃　对。（关了窗子，扶老太太下去）

〔贵妇也下去了。

关汉卿　（机警地）你不是二妞吗，怎么在这儿？

秋　　燕　关伯伯，阿合马第二十五公子要娶我，他少奶奶知道了，把我送到西山来侍候老太太。刚才这个就是二十五少奶奶。可是二十五少爷还是常来，快想法子把我给救出去吧。

关汉卿　这——

秋　　燕　什么这那的，难道您还是一点办法也没有吗？

〔阿母换了件外衣，扶着贵妇和春鹃又出来了。贵妇走开，秋燕帮着老太太坐下。

阿　　母　大夫，你来过好些次了，知道我们这儿是谁的家吗？

关汉卿　不知道，老太太，太医院不许问的。

阿　　母　大夫很懂规矩。你把我医好了，也是你的造化，够你受用一辈子的了。春鹃，端礼物来谢大夫。
春　鹃　是。(端一个大盘子上来，上面盖着彩缎，显然有许多珠宝金银)
阿　母　一点薄礼，请大夫收下吧。
关汉卿　不，老太太，您病大好了，我们当大夫的就够体面的了，厚礼万不敢受。
阿　母　莫非嫌轻？
关汉卿　哪儿的话。
阿　母　你医好了我的病不是一件小事啊，哪有不谢的道理。莫非大夫另外有什么心愿？好吧，不是我夸口，除了天上的星星、龙宫的珠宝，只要人世间的好东西寒家都还备办得出，你说说吧，到底要什么？
关汉卿　说出来老太太不要吝惜才好。
阿　母　哪有吝惜的道理！
关汉卿　晚生是白璧、黄金都不羡，只要谢家堂上燕。(望着二妞)
阿　母　哈哈，大夫眼力不错，看上我们秋燕了。只是秋燕这孩子(望贵妇)只怕使不得吧。
贵　妇　(与阿母耳语)奶奶，使得的。
阿　母　好，使得，使得。(顾二妞)秋燕，你愿意吗？
二　妞　(含羞点头)……
阿　母　好，另送中统钞二十万做添妆的费用，送他们下山吧。

——暗转

第四场

[关汉卿的书斋。壁上悬有琴、剑。

[汉卿对着残烛时而哦吟、构思，时而伏案狂草，时而起身伸腰，抽宝剑起舞，谯楼敲鼓三点。

[鸡叫了，他还在拼命地写。老家人关忠披衣进来。

关　忠　大爷，您还在写，睡吧。都快天亮了。
关汉卿　不要紧。只要再赶出第三折，这戏的架子就算搭起来了。

关　忠　您自己是大夫，老劝人家别熬夜，说熬夜伤神，怎么自己倒犯了哩？

关汉卿　你不懂。这完全是两码事，当医家劝人别熬夜，当作家就得熬夜。

关　忠　这我真不懂。您写得太晚了，又冷又饿，家里可又没什么吃的。去煮几个鸡子儿吧。先前，夫人在世的时候照顾您多周到，您也还算听夫人的话，不像现在这样高兴写到多晚就写到多晚。我原也想好好照顾您的，可是这几年人老了，耳聋眼花的，心有余而力不足啊！

关汉卿　哎！别提这些了。谁要你招扶！你睡去吧。

关　忠　您想想，您这样拼命似的写，我能睡吗？去煮个鸡子儿吧。

关汉卿　真是我不饿。你帮帮忙，别扰我，睡去吧。

关　忠　好，我不扰你，写完了就早点儿睡吧。明天一早，刘大娘夫妻俩还要来跟您道谢哩。

关汉卿　要他们来谢个什么呀！明天我有事。（停笔）怎么，你把二妞送去的时候，刘大爷也在家吗？

关　忠　岂止刘大爷回来了，二妞的女婿周福祥也来了，他们全家团圆，就别提多高兴了。他们哪，把您当祖宗似的感激，说若不是亏了关大爷，连二妞的下落也问不着。周福祥说明儿个也要来，就是在和大人那儿当差的。二妞就要过门子了。这次您真是做了一桩天大的好事。按这份阴功，您也应该得一位好太太，将来膝下说不定还有五男二女哩。

关汉卿　得了，别胡扯了。睡去吧！

关　忠　（走到窗边）瞧，东方都快发白了。

关汉卿　哦，给我换一支蜡吧。

关　忠　得了，大爷，别换了。就写完这一支蜡吧。（剔去烛泪）

关汉卿　也好。（他正继续伏案辛勤地写下去）

　　　　　[鸡鸣。

　　　　　[忽有人叩门。

关　忠　咦，谁啊？

外面人声　我。

关　　忠　你是谁？这么晚的。

外面人声　怎么我的声音还听不出？我姓谢，找老关的。

关汉卿　快开门吧。是谢老板。

关　　忠　（一面开门）哎呀，谢老板，您真不怕晚啦。

　　　　　〔鸡鸣。

谢小山　天还没亮就来奉看，这嫌晚吗？

　　　　　〔大家笑了。玉梅跟着走进来，手里提着一个小长布袋，内装箫、笛，他是当时杂剧界有名的"笛王"。

关汉卿　（起来招呼）哦，玉梅也来了，快请坐。

谢小山　你要我约任四和玉梅。任四被人家邀到通州去了，玉梅有戏，我等到现在才等着他，他想回去睡觉，我活拉硬攒地才把他给拉来了。

关汉卿　怎么这么晚呢？

玉　　梅　汝里·铁木耳将军家里堂会，从昨天下午一直唱到今儿早晨，前后点了三出大戏，五出小戏，看的人也困了才让歇。我嘴唇都吹出血来了，这一行真不是人干的。

谢小山　玉梅到现在还没有吃晚饭哩。

关汉卿　哎呀！……（望关忠）有什么吃的没有？

关　　忠　还是煮几个鸡子儿吧（他倒好茶）对不起，喝杯凉茶。（他下去了）

关汉卿　你们两位来得真是时候。（向小山）我不是跟你谈过《窦娥冤》吗？写到第三折了，碰上一件为难的事，正要请教你们。

谢小山　还是你前回跟我谈过的那个架子吗？挺好嘛，有什么为难的？

关汉卿　请你们看看前几折的牌子。

谢小山　（接过去与玉梅同看）唔，第一折《点绛》起，使的"仙吕"；第二折《一枝花》起，"南吕"；第三折《牧羊关》《骂玉郎》《感皇恩》《采茶歌》……还是"南吕"，唔，你用这来写窦娥在公堂上申诉、受刑、屈招，"婆婆，我到把你来便打的，打的来恁的。若是我不死，如何救得你。"这《尾声》很好。

关汉卿

关汉卿　可是为难就在这里。底下我紧接着写斩窦娥。我要把窦娥写得悲愤慷慨，她怨天恨地，发下三个誓愿，头落之后她要血溅旗枪，六月下雪，三年不雨。这样的情感"南吕"就不合适了。因此从《端正好》起，我改用了"正宫"，你看这支《滚绣球》是我比较满意的。临到最后要开刀了，再起《耍孩儿》《二煞》《一煞》，这一折戏里头宫调三变，我写是这么写了，又怕不合规矩，你们看行吗？

谢小山　有什么不行呢？宫调是跟着情感走的，情感变了，宫调当然可以变。（向玉梅）玉梅你看呢？

玉　梅　你说得对。我觉得杂剧的规矩就是应该变一变了。平时不显，昨晚上在一个地方一连吹了三个大戏，就觉得有点儿腻了。为什么一个戏只许用四折呢？为什么一折只许用一个宫调呢？为什么全折只许一个人唱呢？这些规矩我看迟早都要打破的。去年在汴京看到有人把您的《五侯宴》改成那儿的戏，这些规矩全没有了。

关汉卿　真的，改成南方戏了？

玉　梅　可不。我看了心里还真痛快。（郑重向关汉卿）您是我们杂剧界领路的人，最好把大家领上阳关大道，别人好走，您自家儿走起来也舒服，别尽领羊肠小道，别人辛苦，自己也容易栽跟头。关先生，您说是吗？

［大家笑了。

谢小山　羊肠小道还是好的，还有人尽领大家钻牛角尖哩。

［关忠端一碗鸡子上来。

关　忠　哎呀，真对不起，三个鸡子一个给小猫打碎了，剩两个了。怎么办呢？

关汉卿　两位客人，一人一个吧。

谢小山　不，我不饿，全给玉梅吃。

玉　梅　那怎么好？

谢小山　你就别客气了。

［玉梅吃鸡子。

关汉卿　（向谢小山）小山，趁这工夫你把三折全给我哼一下，看顺不顺，哪一句绕口。

谢小山　行。（他热心地看稿子）

玉　梅　（吃完了）嗬！这两个鸡子儿可救了我的命！

谢小山　要不怎么说帮人要帮在节骨眼儿上呢。（他发现了问题）唔，玉梅，你看这一句是不是减去两个字反而好唱一些？

玉　梅　哪儿？（看，他吹了一下笛子）唔，对。

谢小山　喂！老关，这里减去两个字吧。

　　　　［关汉卿不答。

玉　梅　哼，他已经睡着了。

谢小山　老关！老关！

玉　梅　别叫他了，他写得太累了。你就给他删去两个字不得了。

谢小山　对。（他删了）关忠，你扶他到床上睡去。我们也走了。

关　忠　（扶关汉卿）大爷！大爷。（扶他到床上去）

　　　　［关汉卿已经鼾声大起。

谢小山　玉梅，这里离我家近，你到我那里去睡一觉，回头请你喝二两。

玉　梅　不行。天亮了，我这就得上南天秀那儿给她吊嗓去。

谢小山　你不要命了吗？

玉　梅　有什么法子呢，拿人家的请受嘛。

谢小山　好，关忠，我们走了，明儿见。（出门）

关　忠　您慢走，明儿见。（关门）哎呀，真该睡一忽儿了。

　　　　［鸡鸣。天亮。

　　　　——暗转

第五场

　　　　［仍然是关汉卿的书斋。
　　　　［他的好友杨显之，就是外号"杨补丁"的，在看已写成的几折。关汉卿站在他的后面。

关汉卿　显之，你看这样写还行吗？

杨显之　行。我看这倒是你的压卷之作。不过有几点想问问你。第一，蔡婆婆这人物你是当好人写呢，还是当坏人写呢？当作坏人写吧，她又是窦娥的婆婆，窦娥是为了救她才屈死了的。

关汉卿　这个女人大体上还是善良的，她不是很爱窦娥的吗？

杨显之　不过你当她是好人吧，她又是一个放高利贷的，借给你五两银子，隔一年连本带利要你十两；借给你十两，隔一年要你二十两。没有钱还她，你就得把女儿卖给她做儿媳妇。这样的女人还能是好人？我倒是赞成赛卢医那个办法，用绳子勒死她的。

关汉卿　勒死她就没有人再放高利贷了？

杨显之　那当然还有。

关汉卿　却又来！于今这世道就是个高利贷的世道。在放高利贷的女人中间，蔡婆婆还是比较好一点的。要找真正的好人除非世界上没有高利贷了。

杨显之　好，这一点算过去了吧。第二点，山阳县逼供之后，马上说"明日杀窦娥"，既不经三审六问，也不申请刑部批准，就处决犯人，当作一个前代的戏，不是太不合中国惯例了吗？

关汉卿　你问得很好。可是我问你，于今我们大元朝杀人必须经过三审六问、刑部批准吗？忽辛杀朱小兰，不是刚问过一堂，第二天就糊里糊涂把她给砍了吗？

杨显之　哦，原来你是这个用意，那就没有说的了。此外在文字上我觉得第二折那支《感皇恩》很好，"……我恰还魂，才苏醒，又昏迷。挨千般打拷，见鲜血淋漓；一杖下，一道血，一层皮！"写得又生动又深刻。后面那支《滚绣球》，"地啊，你不分好歹难为地，天啊，我今日负屈衔冤哀告天"，我看干脆改成"你错勘贤愚枉做天"，不是更强烈更有力一些吗？

关汉卿　好，你就那么改吧。

杨显之　不，你自己斟酌吧，我说得不一定对。

关汉卿　不，你说得很对，改吧。

　　　　［从桌上落下一张纸头，杨显之忙拾起。

杨显之　（看了一下，轻念）"天地有正气，杂然赋流形，下则为河岳，

	上则为日星。于人曰'浩然',沛乎塞苍冥……"这是谁写的?
关汉卿	(低声)文丞相写的。
杨显之	文丞相?谁?哦,你是说宋朝的文天祥?
关汉卿	对,就是他。
杨显之	你见了他吗?
关汉卿	不,梁进之见了他。
杨显之	不是说看管得很严吗?
关汉卿	看管得很严,可是我们当大夫的就常常有这个机会。
杨显之	文丞相害病了?
关汉卿	在那样潮湿的地方一住几年,有个不病的?还算他修养好,神凝体实,病毒不容易侵犯他,要不然早没有人了。
杨显之	不是说皇上很看重宋朝的降臣吗?怎么让他住在那样的地方?
关汉卿	就因为他始终不降嘛。宋朝亡了三年了,伯颜丞相、孛罗丞相先后劝过他不知多少次,他就是执意不降,只求一死,他真是个铁汉子。
杨显之	最近徐威卿有一首诗说:"大元不杀文丞相,君义臣忠两得之。"你看皇上会不会始终不杀他呢?
关汉卿	这就难说了。你以为皇上真那么宽大吗?进之带出来文丞相这篇近作《正气歌》,我读了感动极了,你要看看吗?
杨显之	好。我今天还有事,我走了。
关汉卿	有什么事,这么忙?
杨显之	看了你的新作,想起我那个《临江驿潇湘秋夜雨》来了。我也想把骂崔通的地方加强一点。你有什么意见吗?
关汉卿	《临江驿》你写得好,读起来就好像跟张翠鸾一道淋着秋雨,听着秋雨似的,你把人同雨都写活了。可是结尾的地方能不能再紧凑有力一些?像处理崔通那些地方?
杨显之	对,我也感到,所以要改。《酷寒亭》我改了些了。好,文丞相的诗我带走了。
关汉卿	诗别丢了,也别告诉人家。
杨显之	知道。(匆匆地走出去了)

关汉卿　　　　　　　　　　　　　　　　　　　　　　　　　　75

［关汉卿把经杨显之改过的前三折看了一遍，不觉朗诵起来。关忠进来告诉他有客人来了，也没有注意。

［叶和甫，一个猥琐的文人，交通官府而与杂剧界混得很熟，他也以此为资本向官府讨好。他此时止住关忠，轻轻走进来。一直听完关汉卿的朗诵。

关汉卿　（兴奋地朗诵《正宫·端正好》）"没来由犯王法，葫芦提遭刑宪，叫声屈动地惊天！我将天地合埋怨。天也，你不与人为方便。"（接诵《滚绣球》）"有日月朝暮显，有鬼神掌着生死权；天也，却不把清浊分辨，可知道错看了盗跖颜渊：有德的受贫穷更命短，造恶的享富贵又寿延。天也，做得个怕硬欺软！不想天地也顺水推船。地也，你不分好歹难为地！天也，你错勘贤愚枉做天！哎，只落得两泪涟涟。"

关　忠　（提醒他）大爷，叶先生来看你来了。

关汉卿　谁？（他从艺术的世界醒过来似的）哦，和甫。

关　忠　叶先生来了好一会儿了。

关汉卿　请坐，请坐。没有知道你来了，失迎得很。

叶和甫　哪里，还是我来得莽撞，扰乱你的文思了。

关汉卿　好说。关忠，点茶。

关　忠　是。（端茶给叶和甫）您请喝茶。

叶和甫　昨儿个帘秀告诉我，你在给她打一个新本子，就是你刚念的这个吗？

关汉卿　对。

叶和甫　已经完稿了？

关汉卿　没有。还差一折，不过也快完了。

叶和甫　一定又是个杰作吧，刚念的这支《滚绣球》就不错。让我先睹为快吧。（他接过前几折，看了一下）

关汉卿　哦，不，还是所谓"乱头粗服"。刚才想请显之给仔细改一改，他又没工夫。

叶和甫　乱头粗服，丰韵天然，这正是你的特色嘛。不过听刚才念的，你火气不小啊。什么"不分好歹难为地，错勘贤愚枉做天"，连天地也骂起来了。不能像往常那样轻松愉快一点吗？

关汉卿　你是内行，当然知道戏的写法要随情节而定。这戏原本不是轻松愉快的情节，就不能按轻松愉快的写法。我甚至鄙薄那些过于轻松愉快的写法，我觉得那都是些甘草、薄荷，只能管管伤风、咳嗽。

叶和甫　（不了解）哦，不，还是往常那样的好。你开的薄荷、甘草的店，人家就向你买薄荷、甘草，这不是很自然的吗？

关汉卿　你们那样看我？

叶和甫　哦，这是开玩笑。（转话题）刚才这个戏是写的哪个朝代的故事？

关汉卿　也没有确定是哪个朝代，也许是汉朝的吧。你知道汉朝东海地方有一个孝妇被东阿太守给冤杀了，后来那地方三年没下雨。

叶和甫　直到于公治狱，把这案子给平反了，这才下雨，对不对？事隔一千多年了，你还这样气愤，不是太替古人担忧吗？

关汉卿　可是这样的冤狱现在还在重复着哩。

叶和甫　唔，帘秀告诉我，你对最近朱小兰一案很抱不平。

关汉卿　对，每一个有良心的人都要为她不平的。

叶和甫　是啊，街头巷尾，议论纷纷，何况你这样多情的文人呢？不过别人尽管去议论去，你可千万别写。

关汉卿　（反感）那为什么？

叶和甫　我觉得第一，你近来几个戏像《救风尘》《金线池》《望江亭》等等，都称得起洛阳纸贵，名重一时，歌台舞榭，没有你的戏就不卖座。人家把你看成"烟花粉黛"的大师，你于今忽然写起公案戏来了。成功固然好，一旦不中，你的盛名就要一落千丈，很不值得。

关汉卿　胡说，我哪是什么烟花粉黛的大师？我也写过烟花粉黛的故事：我写《救风尘》是歌颂赵盼儿那样急人之难的侠妓；我写《金线池》是同情杜蕊娘那样可怜的遭遇；我写《望江亭》是赞美谭记儿那样机智勇敢，保卫自己幸福的寡妇。可是我痛恨那压迫妇女的周舍；痛恨逼女当娼的杜婆婆；痛恨倚势害人，破坏人家夫妇的杨衙内。我的戏，不管是写什么，从来也没有饶过这些狗男女！我更没有拿我的戏谄媚过这些狗男女！我一生几乎什么都写，我也写过《蝴蝶梦》《鲁斋郎》一类的公案戏。我只求代替受冤屈的百姓们，吐这胸中一口怨气，我也不求什么盛名，我怕什么一落千丈！

叶和甫　（遮住他）不要生气，听我说完。其次，朱小兰一案其说不一，你不要听人家一面之词。据李驴儿传出的话，朱小兰原想药死她婆婆跟他成亲的，不想反而药死了驴儿的父亲——

关汉卿　（怒）你这就不是"一面之词"？李驴儿这狗杂种，把个无辜的女子陷害死了，还要血口喷人，玷污她的清节吗？

叶和甫　汉卿，别忙。第三，你刚才埋怨皇天"怕硬欺软"。其实，我们做事说话就得把谁硬谁软好好地估量一下，李驴儿当然是一个无足轻重的人，可是他后面有萨千户，还有忽辛大人。忽辛原也没有什么，其人贪赃枉法，不辨贤愚，不分好歹也是众所周知的。不是我恭维你，你还骂得真对。但是有什么办法呢？他可是阿合马大人的长公子，而阿合马大人又是当今皇上信任最专的财神爷，没人敢说他半个坏字眼儿，谁说了谁就倒霉。没有听得说吗？监察御史白栋参了他一本，至今白大人还关在刑部狱里。宿卫秦长卿秦大人是皇上把他从民间请来的，够面子了吧，他也参过阿大人一本，没有动得阿大人半根毫毛不用说，他自己却被人家用湿纸头封闭鼻子嘴，活活给闷死在监狱里。这就告诉我们，于今世界上谁是硬的，谁是软的。阿大人好比一块又大又硬的石头，其余的人全是些鸡蛋。别说是人，皇天见他也不敢碰，你能碰他？

关汉卿　怎么，你是来威胁我的吗？

叶和甫　（正起劲）听我说，你现在写的这个本子不管你假托哪一个朝代的事，只要一演出来，人家谁都知道是写谁的。瞧你第三折竟然用丑角来扮山阳县，说什么"我做官人甚殷勤，告状来的要金银。若是上司来刷卷，在家推病不出门。"谁不知你这是挖苦忽辛大人的？你还让那官儿跟告状的下跪，说"但来告状的就是我的衣食父母"，你想想，那些当官的看了还受得了吗？只要人家在阿合马大人面前说上这么几句，不管是写戏的、演戏的，都得掉脑袋。

关汉卿　不要瞎说，我这戏跟阿合马什么相干！

叶和甫　怎么不相干？你骂忽辛，会跟他老子不相干？反过来说，阿合马大人还真看重你的戏。已斋，告诉你一个好消息，前儿个郝祯郝大人派人来找我，要调帘秀到公馆里唱《望江亭》，郝大人是阿合马老大人的亲信，那还不就是老大人的意思。你的戏给财神爷迷上了，就够你吃呀喝的了。连我们这些人都沾你的光，该多么好。

关汉卿　叶先生你说完了？

叶和甫　唔，算说完了吧。

关汉卿　那好。我也说两点：第一，你们都说我写的戏爱把女子当主角，这戏虽跟往常的不大一样，可也还是写出一个出色的女子，她的舍己救人的性格感动了我，使我不能不写，却不是单为的骂什么人，你千万替我解释解释；第二，我是爱上了戏才写戏的，不是为吃喝，为发财。若是为发财，也许就不写戏了。你看我们写戏的朋友谁发了财了？因此，我不想沾别人的光，也没有什么光好让别人沾的。古人说得好，"士各有志"，您请吧。我既然决定写，就对我写的负责任，生死祸福自己去当，别连累了您吧，叶先生。

叶和甫　哎呀，这是什么话？我们也算是老朋友了，我见得到的提醒你一下，信不信在你嘛。（见朱帘秀从外面进来，像得了解救似的）哦，帘秀来了，好极了！来，你劝劝汉卿吧。他还是坚持要写，我看写出来祸多福少，何苦呢？你是最关心他的人，汉卿也最听你的话，你的话比我的准要灵一些，来吧。

朱帘秀　（见关汉卿怒形于色，对叶和甫）好，叶二爷您走吧，我来劝劝他。

叶和甫　对，你好好劝劝他吧。我还得去回郝大人的话。《望江亭》你一定演？

朱帘秀　郝大人赏脸，还能不去？

关汉卿　　　　　　　　　　　　　　　　　　　　　　　　　　79

叶和甫　那好，一切包在我身上，财神爷照顾上了，赏赐轻不了。
朱帘秀　您多多照顾吧。
叶和甫　那么，汉卿，回见，你仔细想一想。
关汉卿　你这——

　　　　[叶和甫见关汉卿没好气，他就溜了。

朱帘秀　怎么哪？你们闹翻了？
关汉卿　这家伙说话越说越不带人味儿了。
朱帘秀　就他说，也是一番好心。
关汉卿　(反感)怎么，他威胁利诱，双管齐下，还是一番好心？
朱帘秀　他无非是怕你得罪了财神爷，回头吃不了兜着走啊。
关汉卿　(怒目对帘秀)怎么，你当真来劝我来了？
朱帘秀　(笑)是啊，劝你来了。
关汉卿　那你劝吧。(用双手掩着耳朵)
朱帘秀　(掀开他的手)劝你快点儿写，你快点写完，我们好快点上演，我的关大爷！
关汉卿　(这才笑了)唔，这才像四姐的话。前面的你都看过了？
朱帘秀　岂止看过了，我都快背熟了。我挺爱第二折那支《梁州》，"哪一个似卓氏般当垆涤器？哪一个似孟光般举案齐眉？近时有等婆娘每，道着难晓，做出难知。旧恩忘却，新爱偏宜；坟头上土脉犹湿，架儿上又换新衣。哪里有走边廷哭倒长城？哪里有浣纱处甘投大水？哪里有上青山便化顽石？可悲，可耻！妇人家只恁无人意，多淫奔，少志气。亏杀了前人在那里，便休说百步相随。"这一段把弃旧从新毫无节操的女人们给骂苦了，可又是窦娥这样贤德媳妇骂她婆婆的。尽管这样骂，赶到赃官要拷打她婆婆，她又为了救她婆婆毫不迟疑地把罪名担下来，情愿挨那一刀。这是多么美的性格。汉卿，你放心，我一定演好这个角色。
关汉卿　那太好了。你把窦娥的性格把握得这样深，一定能演得好。你当然知道那支《梁州》虽说都举的是女人的例子，还不如说是骂那些弃旧从新毫无操节的男人们的。我曾经想，要不是"亏杀了前人"，我们这一代人真太不成话了。可是自从读了文丞相的《正气歌》，才知道现在也还有这样不愧前人的地维、天柱，这就大大增加了我的勇气了。

朱帘秀　汉卿，你的勇气真不错啊，我说天地不正你就骂天地吧，你当真骂起来了："不分好歹难为地，错勘贤愚枉做天"，骂得真够劲儿啊！

关汉卿　你再看末一段，我改成这样了。

朱帘秀　（接过来兴奋地朗诵）"你道是天公不可期，人心不可怜，不知皇天也肯从人愿。做什么三年不见甘霖降？也只为东海曾经孝妇冤，于今轮到你山阳县。这都是官吏们无心正法，使百姓有口难言！"好一个"官吏们无心正法，使百姓有口难言！"你胆子真不小。这戏演出去，台底下准不会是太太平平的。百姓们会感谢我们替他们说话，官吏们被刺痛了的短不了找我们麻烦。

关汉卿　而且麻烦还一定不小！我可是拼着命写的，四姐，你还敢演吗？

朱帘秀　我答应过你的，你拼着性命写，我也拼着性命演。

关汉卿　你不后悔？

朱帘秀　让我用一句屈原的词儿："虽九死其犹不悔！"

关汉卿　（感动地握着她的手）四姐！

朱帘秀　（想了一下严肃地）汉卿，尽管你敢写，我敢演，演得成演不成还不一定。

关汉卿　那为什么？

朱帘秀　我们得有园子啊，园子愿不愿上演这个戏得由园子老板，由不得我。再说这戏窦娥以外还有许多角色，我敢演窦娥，知道他们敢不敢演蔡婆婆、山阳县、张驴儿那些角色？

关汉卿　是啊，这戏算白写了，完了。

朱帘秀　没有完，你也是老内行了，事情哪有那么容易完的？

关汉卿　你不说园子不一定愿演，别的角色也不一定敢演吗？

朱帘秀　"不一定"不就是"一定不"。大家想想办法，也许路还是走得通的。

关汉卿　你想吧，我是一句老词儿叫"忙中无计"。

朱帘秀　园子我还想不出好法子。角儿们我倒有些把握。让我徒弟赛帘秀去蔡婆婆，燕山秀去窦天章，她丈夫马二去张驴儿，欠耍俏去山阳县。这样一来角色还挺硬的。

关汉卿　燕山秀不是演旦的吗？她能去窦天章？

朱帘秀　你真把那孩子看扁了。她可是旦、末不挡，我们这个班子人少戏多，每个人什么都得会。拿我说吧，驾头、花旦、软末泥全来。只要他们几个敢演，别的人我说说好话也差不多了。我那几个徒弟平日还算听我的话，再说她们都闯荡江湖惯了的，也都不是胆小鬼。于今难的就是园子，当然，不能让老板知道这戏演出之后会有人找麻烦，只说你又打出一个新戏了。老板见《望江亭》《拜月亭》都那样上满座，正把你当作他们的摇钱树，能答应咱们也说不定。

关汉卿　（苦笑）什么时候我倒成他们的摇钱树了。

［关忠上来。

关　忠　大爷，王先生来了。

关汉卿　哪一个王先生？

关　忠　和卿先生。

朱帘秀　和卿先生来了，好极了。可以跟他商量一下。他跟老板有交情。

关汉卿　唔，对。

［王和卿，汴京人，也是位散曲大家，在大都做小官，跟关汉卿极要好，常常互相嘲谑。他很熟悉地走进来。

王和卿　（望了他们一眼，急退）哎呀，我来得不是时候。

关汉卿　怎见得呢？

王和卿　瞧这个局面，还容得第三个人来打扰吗？

关汉卿　我们唱地蹦子，正差一个小丑。

王和卿　也不照照镜子，你还好意思扮小生吗？

朱帘秀　得了。少说废话，和卿先生，我们有要紧的事正要找您这位狗头军师，快坐下吧。（拉他坐下）

王和卿　喝！"我们""我们"的，什么时候请我喝喜酒啊？

朱帘秀　真是别来这个了，听我说正经的。汉卿给我写了一个本子，角色也差不多了，就是园子有点为难。您跟陈老板都是汴京的老

	乡，又加沾亲带故的，您跟他说说，一定肯借给我们的。帮帮这个忙吧？吓？
王和卿	唔，本子写好了？
关汉卿	还差一点儿。
王和卿	没有什么关碍官府的地方？
朱帘秀	（急遮掩着说）我想是没有的。
王和卿	行啊。只要不是上《窦娥冤》，我一定替你们跟老陈说去。
关汉卿	我们正是要上《窦娥冤》，你怎么知道的？
王和卿	"若要人不知，除非己莫为"。你写《窦娥冤》，骂天骂地骂官府，让我跟你们找园子，回头出了乱子，还让我跟你们垫背。对不对？
关汉卿	你碰到叶和甫那个鬼东西了？（愤怒地）告诉你吧，《窦娥冤》是演定了。没有园子我们撂地也干。我说过生死祸福我们自己当，用不着尊驾来垫背。好，您也请吧。免得回头出了乱子让您受累。
王和卿	哈哈，蛤蟆虽小，肚皮里气倒不小。请尊驾把眼睛擦亮一点。王和卿不是叶和甫。不找我王某，你还真演不成《窦娥冤》。
朱帘秀	（见机）我不是说大家少说废话吗？（向王和卿）您也别跟汉卿抬杠子。他的牛脾气您还不知道？他写《窦娥冤》您也知道是为打抱不平的。我夸过海口，他敢写我就敢演，可就是为园子作难。刚才叶和甫在这儿泼了他几瓢冷水，您又那样说，他还有不别扭的？
王和卿	怎么，别扭就有园子了？
朱帘秀	是啊，刚才我也说，得大家想法子啊。和卿先生，您在外面活动比汉卿强太多了，认真地帮帮我们忙吧。没有别的。回头至至诚诚地唱几出看家戏您给指教指教。
王和卿	还是四姐说话在理。既然汉卿敢写，你敢演，我也敢替你们找园子。
朱帘秀	那敢情太美了。您今天就去跟陈老板商量好吗？
王和卿	干吗一定得找老陈，他那个破园子有什么好？给你们定玉仙

楼吧。

朱帘秀　玉仙楼？园子漂亮，地方适中，座儿多，再好没有了！我们做梦也没有想到上那样的好园子演戏，他们能租给咱们吗？

王和卿　我说能就能。

关汉卿　老王，人家真心实意找你帮忙，别开玩笑！

王和卿　谁跟你开玩笑！这事让朱四姐出面，你就免开尊口！

朱帘秀　对。快告诉我吧，怎样才能可以租到玉仙楼呢？

王和卿　租玉仙楼还不是最难的，最难的是找到一个比阿合马的腰还要粗的东家，他敢包我们的戏，那就什么都好办了。

朱帘秀　是啊，那该找谁呢？谁的腰比他还粗呢？

王和卿　事有凑巧，于今伯颜丞相不在京城，他的夫人要给老太太做寿，并且要与民同乐。这位老太太是最欢喜吃饱了饭到戏场去擦眼泪的。她想看一个新打的悲戏，一时哪里找这样的戏去？我就跟他们推荐了《窦娥冤》。

朱帘秀　哎呀，真有这样的事！和卿先生，没听说您跟伯颜丞相家里有来往啊。

王和卿　谁说我跟他们有来往？

关汉卿　那——？

王和卿　事情是这样的：为了演这次寿戏，伯颜丞相府里找玉仙楼何总管做戏提调，何总管认识我，知道我跟汉卿是好朋友，又再三托我找汉卿。

关汉卿　他要找我？

王和卿　你别得意，他可不是找你要本子的，他是找你要方子的。

关汉卿　要方子？

王和卿　对。何总管有心疼病，我吹你是太医院的高手，又是祖传医心疼病的专家，他听了定要托我找你。我顺便跟他聊起你新近写的《窦娥冤》情节怎样的悲苦，角色怎样的整齐。他说："对头了，老太太正要看这样的戏。"你看这不是"无巧不成书"吗？只要你能把何总管的心疼病对付好了，那就一帆风顺了。你有把握吗？

关汉卿　怎么能没有把握？
王和卿　我看靠不住。许多文人当大夫的，文章有点高明了，医道就不怎么样了。你一天到晚生、旦、净、末、丑的，心、肝、脾、肺、肾可还记得些吗？
关汉卿　唔，还记得一些。
王和卿　瞧，"记得一些"，那多玄啦！当心把何总管给医死了，《窦娥冤》也就演不成了。
关汉卿　不会的。

〔赛帘秀匆匆来看她师父。

赛帘秀　师父！
朱帘秀　哦，你来干吗？
赛帘秀　家里问，《王魁负桂英》还排不排？他们都等在那儿哩。
朱帘秀　不是说过要赶排《窦娥冤》吗？
赛帘秀　刚才叶先生来说《窦娥冤》不让演了。
朱帘秀　谁说不让演！回去告诉他们，都等着我，我马上回去给他们说《窦娥冤》！

——暗转

第六场

〔玉仙楼后台。

〔关汉卿跟卸了装的马二、燕山秀、赛帘秀们从绣幕的门帘后面紧张地窥着前台的表演的观客席的情况。他们偶然低声说一两句话。后台的管事们和蒙古的卫士们不时走动。

〔场上正演唱着《窦娥冤》的第四折末段：

魂　旦　（唱《尾声》）你将那滥官污吏都杀坏，敕赐金牌势剑吹毛快，与一人分忧，万民除害。（观众席发出的喝彩声。有人叫"与万民除害！"）

魂　旦　（白）父亲，俺婆婆年纪高大，无人侍养。
天　章　好孝顺孩儿也！

魂　旦　（唱）嘱咐你个爷爷，迁葬了奶奶，恩养俺婆婆，可怜见她年纪高大。后将文卷舒开，将俺屈死的于伏罪名儿改。（外场喝彩声）

天　章　天色明了。你将那扬州府官吏哪几个是问窦娥的，都与我拿上来！

张　千　理会的……

[台上还是进行末场戏，朱帘秀作窦娥魂子装下场。

[关汉卿感动地扶着她进后台。徒弟们拥上去，香桂给她茶喝。

关汉卿　快歇会儿，四姐！你演得真好。我自己也没想到这戏有这么大力量。

朱帘秀　（一面卸去魂串）好像有人叫起来了。

关汉卿　有人叫"与万民除害"。

[王和卿与何总管兴奋地赶到后台。

王和卿　哎呀，帘秀，演得真好。这么短的日子赶出这么好的戏！（向关汉卿）汉卿，你还真是了不起的悲剧作者。不过，话又说回来了，不抓这样的机会，这戏也真没法儿演出。

关汉卿　真是得谢谢你。

王和卿　不用谢了，以后再到你府上，别下逐客令就不错了。

[大家大笑。

关汉卿　四姐，快下装吧，你真累坏了。

何总管　别卸了，就这样换上第一折的衣裳，同我见老太太去。老太太今天可高兴呐，黄手绢都擦湿好几块儿啦。她老人家说："从没瞧过这么好的戏。一定得见见那个可怜的小媳妇儿，赏她点什么，别太委屈这孩子了！"伯颜夫人见老太太高兴，也说："这戏不错。"我这戏提调这回算当上了。

[蒙装侍卫急上。

侍　卫　快点儿吧，老太太等急了。

何总管　这就来了，再插几朵花儿，擦上点粉吧，老太太不喜欢太素净的小媳妇儿。

[朱帘秀在徒弟们的帮助下匆匆再化妆。

[后台管事上来。

后台管事　（向何总管）总管，王千户要见见朱大姐跟关解元。
何总管　就是那位益州千户王著吗？请他进来！（管事将下，对关汉卿）一个挺爽快挺热情的人，刚才台底下"与万民除害"就是他叫的，见见他吧。
关汉卿　好。

[王著，一个魁伟的军官，随管事进来。

王　著　（向何总管）何总管，哪一位是刚才演窦娥的？
何总管　（指正在薄施脂粉的朱帘秀）就是这一位。
王　著　你演得真好。你说出了我们心里的话。"官吏们无心正法，使百姓有口难言。"
朱帘秀　谢谢您，这是关解元他写得好。（指关汉卿）
王　著　不过，也亏你唱得那么有情感，有力量，每个字都打进了我们的心。
侍　卫　（向朱帘秀）快去吧，老太太等着哩。
朱帘秀　（向王著）您多指教，我见老太太去，不陪您了。（再对镜整整衣，对徒弟们）你们先回去吧！

[何总管、侍卫们拥朱帘秀下。徒弟们拾掇东西，有的走了。

王　著　（向关汉卿）关先生，看过您好些戏。这出戏最感动我，今天也感动了好些人。恕我冒昧问一声，您这出戏是不是从朱小兰的案子想起来的？
关汉卿　（很窘）哦，不，我是写一件历史故事。
王　著　是。您真该多写这样的历史故事。

[后台管事和叶和甫引左丞郝祯大模大样地走进来。

郝　祯　朱帘秀在哪儿啦？
后台管事　回郝大人，刚才何总管领她见老太太去啦。
郝　祯　唔，哪一位是关汉卿呐？
关汉卿　……
叶和甫　（指关汉卿）这位就是。
郝　祯　（打量关汉卿）你就是打本子的关汉卿？你认识我吗？

关汉卿　　　　　　　　　　　　　　　　　　　　　87

关汉卿　……

叶和甫　左丞郝祯郝大人。

关汉卿　哦，郝——

郝　祯　你不是在太医院吗？还会写戏？

关汉卿　写得不好。

郝　祯　何必过谦呢。写得不错啊，老太太们都给感动了。哈哈哈，咱们阿合马老大人也看了半场。明儿个还要烦一场。《望江亭》不要了，换《窦娥冤》了。知道吗？

关汉卿　……

郝　祯　换可是换，好些地方得请尊驾给修改一下。（向叶和甫）刚才老大人吩咐下来的几个地方都记下来了？

叶和甫　都记下来了。

郝　祯　条儿呢？

叶和甫　在这儿哩。

郝　祯　（顺手接过，交关汉卿）照条儿上记的都给改一改，行吗？

关汉卿　（接过匆匆看了一下）这恐怕不行，把这些全改了，就不成一个戏了。

　　　　［王和卿也接过去看。

郝　祯　本来就不成一个戏嘛。咱们当官的不算，连天地鬼神都骂起来了，还成个戏吗？要不是碍着老太太，我们老大人早动火了，还是我——

叶和甫　对，还是郝大人在旁边好说歹说的，老大人才吩咐"叫关汉卿改一改，明晚再演"。

关汉卿　不，不好改。

郝　祯　"不好改"？回答得挺干脆。可是老大人吩咐："不好改，不许演！"

王和卿　汉卿，那就改一改吧！

关汉卿　不行，宁可不演，不好改。

郝　祯　瞧你这死心眼儿，你们的孔圣人不也说："过则勿惮改"吗？

关汉卿　那是说有过——

郝　祯　难道说你还无过？——

　　　　　［何总管拥朱帘秀抱了好些赏赐回来。

何总管　哎呀，老太太今天可高兴呐。瞧，赏多少东西！这是从来没有过的事啊！

郝　祯　（向何总管）老何，你听着！

何总管　（见形势不对）是、是，郝大人。

郝　祯　明天还是这个时候。

何总管　是。

郝　祯　还是这个园子。

何总管　是。

郝　祯　还是这个戏，咱老大人再烦一场，知道吗？

何总管　是，知道了。

郝　祯　可是本子得全按改过的唱，条儿已经交给关汉卿了。

关汉卿　（决然地）郝大人，请您上复阿合马大人，说这出戏宁可不再演了，不好改动，照那样改动，面目全非，就不是原来的《窦娥冤》了。

郝　祯　哈哈，关汉卿你也够傻的了。你当咱老大人愿意看你原来的《窦娥冤》吗？没有什么说的了，戏是既得改，又得演。不改不演，要你们的脑袋！

　　　　　［侍卫们拥着郝祯怫然下场。
　　　　　［叶和甫留下来。

叶和甫　已斋，我早说过这戏会有麻烦不是？好汉不吃眼前亏，改一改吧！刚才忽辛少座把你戏里头骂他的话都告诉老大人了。你那些词儿有的就简直刺痛了老大人自己，他有个不生气的？咱们搞这行的左不过是"逢场作戏"嘛。马马虎虎修改几条，少说几句，一场天大的风险不就过去了？好，已斋，听听老朋友的话吧！

关汉卿　（忍耐不住）你是什么老朋友，你是奸细！

王和卿　（怕他失言）汉卿！

叶和甫　瞧，人家好心好意地帮你的忙，你还是这样老脾气。

王和卿　老叶，你别说了，汉卿正在火头上。

叶和甫　老大人也正在火头上，那就看谁烧谁了。再见吧。（原形毕露地下去）

王和卿　（目送叶和甫）真没想到他会是这样的家伙！

[王著走出来，热情地拉着关汉卿的手。

王　著　关先生，今天真有幸，不止看了您的好戏，还看了您的为人。您这样爱重自己的戏，用性命保护自己的戏，真叫我们更感动、更爱您。对的，宁可不演，断不能改。再一说，这样的好戏还得大大地演，大都不能演，可以到别的地方去演；北方不能演，可以到南方去演；中国还大得很哩。你们什么时候到我们益都去演呢？我一定款待你们。看了你们的戏，我忍不住叫了起来。你到老百姓中间去演，叫的人一定会更多。是的，我们一定得"为万民除害"，一定不能同滥官污吏们善罢甘休。你们多多保重，我告辞了。（跟大家招呼之后昂然地走了）

王和卿　比起来这就算个人，叶和甫只能算个耗子。

朱帘秀　汉卿，那么怎么办呢？听得台底下叫起来，我就知道一定要出乱子。还有赛帘秀今天也冒上了，她好像又加了几句词儿，我心里直打哆嗦。

何总管　关先生，没别的，您多受累，今天就照条儿上的给改一改吧，明天上半天帘秀他们还得对一对词，晚上还不能演砸了，是不是？刚才老叶也说得对。有的也不用改，少说几句得了。像"官吏们无心正法"什么的，就干脆免了吧。至于骂天骂地，我看唱顺了就唱唱也死不了人。老实说，这些大人、老爷们就怕刺痛当官的，至于怨天恨地，他们觉得事不关己，也就带过去了。

王和卿　您说得对极了。

何总管　好，大家回去吧！帘秀这几天赶出这么个大戏真够累的了。早点回去歇歇，还得养息点气力对付明天的戏。虽说有了这场风波，可是老太太赏给你那么些好东西，还那样疼你，甚至说要收你做干闺女，够你高兴的了。好，明儿见。

大　家　明儿见。

何总管　（回过头来）关先生，大丈夫能屈能伸，改一改吧，吓？

〔何总管领管事们同下。场上剩下卸好了装的朱帘秀和关汉卿、王和卿。

朱帘秀　那么，汉卿、和卿先生，快拿个主意吧。
王和卿　（暂时沉默之后）今天的戏演得真动人。官儿们中间也有感动的，王千户就是一个例子。可是越演得动人，心里有毛病的就越受不了。阿合马在朝势压群僚，多少人倒在他手里，怎么肯轻轻放过咱们？幸而汉卿毕竟是当今名士，他们还不敢轻易动手。再加伯颜老太太又欢喜这个戏，接见了帘秀，不然，真不堪设想。汉卿很坚决是好的。可是于今戏不改就不能演，人家定了场子，不演也不成。生死祸福就看我们自己决定了。
关汉卿　我已经决定了，宁可不演，断然不改。
王和卿　可是刚说的，已经不能够不演啊。
朱帘秀　（决心）那么，照样演，不改。
王和卿　那怎么能瞒得过这些老奸巨猾？你没有听得郝祯说："不改不演，要你们脑袋"吗？
朱帘秀　（想了一下）这么办吧，和卿先生，请您设法让汉卿连夜离开大都。（对关汉卿）汉卿，你走吧。这里的事由我承担，你放心，我宁可不要这颗脑袋，也不让你的戏受一点损失。
关汉卿　那怎么成，不要脑袋就都不要吧！
　　——暗转

第七场

〔玉仙楼的正官厅。
〔中书省平章阿合马陪大司徒和礼霍孙看戏。
〔由于朱帘秀完全照原词演出，没有任何改动，郝祯等负责官吏几次要向阿合马解释和请示，碍于大司徒和礼霍孙在座，不便说话。
〔阿合马已经气得吹胡子瞪眼，但仍在竭力敷衍和礼霍孙。

和礼霍孙　这戏不错哇，阿大人，难怪伯颜太夫人赏识。写本子的人很有些见解，听说是个名手，对吗？

阿合马　对，大司徒，您以前看过他的戏吗？

和礼霍孙　看得很少。您知道歌台舞榭我是不大来的。昨天我就没有能来奉陪。今天阿大人再三宠召，不能不来。

阿合马　哎呀，好说好说。这个写本子的人是有点儿名气的，据说写过五六十个本子。这些念过点儿书的汉人到了本朝没有科考了，不能探花、榜眼地一举成名了，就把心思都移在这个上头了。其实，这也不坏，皇上不正是叫我们想法子让这些人有个消磨才智的地方吗？因此我倒是时常听听他们的玩意儿，一来消遣消遣，二来也考查他们到底在想些什么。

和礼霍孙　阿大人，您这是对的。下次有这样的好戏也让我瞧瞧吧，我一定奉陪。

阿合马　哼！可是这些猴儿崽子也挺难对付。他们永远没有个安分的时候，不是将古比今，指桑骂槐，就是你让他别那样，他偏要那样。您刚才没听到他是怎样刺咱们当官的吗？

和礼霍孙　是啊，听到的。他对贪赃的官吏们刺得很有点儿斤两，可那跟咱们有啥相干呢？

阿合马　大司徒，您太忠厚了，他能骂他们就能骂咱们。

和礼霍孙　让他们骂骂，对整饬纪纲倒也有些好处。

阿合马　不，就是不能让他们说话。你一放松，他们就犯上作乱无所不为了，那还了得！

和礼霍孙　……

　　　　〔和礼霍孙一时找不出适当的客气话回答这骄横狂肆的阿合马，就在这个时候，台上的戏又进入他们的意识。

朱帘秀扮窦娥唱《耍孩儿》：

窦　娥　不是我窦娥发下这等无头愿，委实的冤情不浅。若没些儿灵圣与世人传，也不见得湛湛青天。我不要半星热血红尘洒，都只在八尺旗枪素练悬，等他四下里都瞧见。这就是咱苌弘化碧、望帝啼鹃。

刽子手　你还有甚的说话，此时不对监斩大人说，几时说哪？

窦　娥　大人，如今是三伏天道，若窦娥委实冤枉，身死之后，天降三尺瑞雪，遮掩我窦娥尸首。

监斩官　这等三伏天道，你便有冲天的怨气，也召不得一片雪来，可不胡说！

窦　娥　你道是暑气暄，不是那下雪天，岂不闻飞霜六月因邹衍？若果有一腔怨气喷如火，定要感的六出冰花滚似绵，免着我尸骸现；要什么素车白马，断送出古陌荒阡。……（再跪科）大人，我窦娥死得委实冤枉，从今以后，着这楚州亢旱三年。

监斩官　打嘴！哪有这等说话！

窦　娥　（唱）你道是天公不可期，人心不可怜，不知皇天也肯从人愿。做什么三年不见甘霖降？也只为东海曾经孝妇冤，于今轮到你山阳县。这都是官吏们无心正法，使百姓有口难言！

阿合马　（大怒叫）停下！不许演了！
侍　卫　停下，不许演了！
阿合马　这还了得！（对郝祯）郝祯，你这差是怎么当的？吓？
郝　祯　昨晚照您吩咐的，让他们改。今天开演前，朱帘秀还说是改了的。可是听下来他们一个字也没改。
阿合马　（奸笑）看你平时办事还不错儿，怎么都成了脓包了？吓？快把朱帘秀这臭婊子给抓来！
郝　祯　把朱帘秀给抓来！

［侍卫们冲下，接着把罪衣罪裙的朱帘秀抓来了。

朱帘秀　给老大人叩头。
阿合马　怎么？你就是朱帘秀？
朱帘秀　是。
阿合马　胆子不小啊。（对郝祯）昨儿个你怎么交代的？
郝　祯　卑职说，不改，不演，要他们的脑袋。
阿合马　还有那打本子的关汉卿呢？今天来了吗？
朱帘秀　没有来。
阿合马　哪儿去了？
朱帘秀　不知道。他娘病了，许是回乡下去了。

阿合马　让你们改你偏不改，你们安的是什么心眼儿？吓？

朱帘秀　关先生原是改了的，因为只有半天工夫对词，新词儿我一时背不上来，没法子只好全照旧词儿唱了。真是罪该万死，只求老大人您开恩。

阿合马　新词儿背不上来？你不是有名的钻锅能手吗？瞧你不出，倒是挺有担待，为了救关汉卿，就像窦娥救她婆婆似的，把担子全给自己挑上了。（向和礼霍孙）这倒是一段佳话，和大人，你说是不是？（转向朱帘秀）好吧，就成全了你这一份好心吧。来人哪！

侍　卫　喳！

阿合马　把朱帘秀带出去砍了！

〔侍卫们捆朱帘秀。

〔关汉卿赶过来。

关汉卿　慢着！（向阿合马）阿大人，这戏是我不让改的，不关朱帘秀的事！

阿合马　（对郝祯）他是什么人？

郝　祯　他就是关汉卿。

阿合马　唔，挺身而出不让他的婊子独担罪名，倒也是个有担待的。关汉卿，你也写过好些戏了，难道不知本朝的法律禁止"妄撰词曲，犯上恶言"吗？你那剧本子"犯上恶言"之外还加"讥议他人"，早该杀头的了。老夫念你薄有才名，才让你修改之后再演，你竟敢抗命不改，还让你的婊子原封不动地演出，你这不简直是要造反吗？好，都成全了你们吧。来人哪！

侍　卫　喳！

阿合马　抓出去都给砍了！

〔侍卫如狼似虎捆关汉卿。

〔坐在旁边忍耐不住的和礼霍孙站起来。

和礼霍孙　阿大人，老朽想说说情，能赏这个脸吗？

阿合马　哎呀，老司徒说哪儿的话，您给谁说情呢？

和礼霍孙　女的我不认识，跟这关汉卿倒有一面之雅。他是治心疼病的

　　　　　　高手。老朽也吃过他的方子，倒真是药到病除。朝里头同病的不少，回头有人问起来很有些不便，不是听说您老太太也有这个毛病吗？

阿合马　唔，好，看老司徒的金面，姑且把关汉卿押起来吧！

　　　　　［侍卫押关汉卿下。

郝　祯　那么朱帘秀呢？

阿合马　单把这婊子给砍了吧！

侍　卫　喳！

　　　　　［侍卫正要推朱帘秀下，何总管急走出。

何总管　阿大人，这朱帘秀也杀不得呀。

阿合马　为什么呢？

何总管　昨天伯颜太夫人刚接见过她，赏了她好些贵重东西，还说想收她做干闺女。回头老太夫人问起来，该怎么说呢？

阿合马　怎么着，这些八九等的人渣子都扯上大来头来了？好吧，朱帘秀也押起来。等我奏明皇上再定罪吧。

　　　　　［侍卫们把朱帘秀押下去。

阿合马　（对郝祯）刚才那演蔡婆的叫什么来着？

郝　祯　叫赛帘秀。

阿合马　这些猴儿崽子别扭劲儿，真是一个赛似一个。让咱们爷儿们来医治吧。把赛帘秀抓过来！

　　　　　［片刻，侍卫们把那扮着蔡婆婆的赛帘秀带来了。

赛帘秀　给老大人叩头。

阿合马　你是赛帘秀，你识字吗？

赛帘秀　回老大人，识几个字，会看唱本儿。

阿合马　你刚才上场念的，"何日苍天开眼，要将酷吏剥皮"，是原词吗？

赛帘秀　原词没有。

阿合马　原词没有，你怎么念出来了呢？

赛帘秀　是从别的戏本儿上借来的，像"花有重开日，人无再少年"这类词儿常常是借来借去的。

阿合马　好词多得很，你怎么单借这两句呢？你可有什么来头？

赛帘秀　问小女子的出身么？我原是京西农家的女儿，家里几亩田都被老大人的家丁给霸占了，爸爸没法儿过日子，才把我卖给行院里学唱的。

阿合马　你没有别的来头？

赛帘秀　没有。

阿合马　那好。你想苍天开眼给你报仇是不是？

赛帘秀　小女子哪有这个心思。

阿合马　来人哪！

侍　卫　喳！

阿合马　把她的眼睛给挖下来！

　　　　［侍卫捉住赛帘秀，很熟练地挖下她的眼睛。

赛帘秀　（大叫）救命啊！！

阿合马　赛帘秀，你还想报仇吗？

赛帘秀　小女子还能报什么仇哇？只求——只求老大人把我挖下的眼珠挂在大都的城墙上吧。

阿合马　挂在城墙上干什么呢？

赛帘秀　（无比愤怒地）挂在那里看老大人您的下场头！

阿合马　（大声）把她押到死囚牢里去！

和礼霍孙　（愤然起身）老朽告辞！

　　　　——转暗

第八场

　　　　［元至元十九年（1282）三月末的大都狱中。
　　　　［深夜，狱吏设案问供，狱卒狰狞分列，虽在暮春，气象严冷。
　　　　［狱吏翻案件后，望望管牢房的禁子和禁婆。

狱　吏　这几天关汉卿还安静吗？

禁　子　还好。

狱　吏　谁来看过他？

禁　子　他的家人关忠。

狱　吏　就他吗？

禁　子　还有杨显之、梁进之等人，王实甫也托人送了些吃用的东西。还有一位刘大娘跟她女儿带东西来要见她，没有让她们见。

狱　吏　东西都给了关汉卿吗？

禁　子　照您吩咐的，都给了他。

狱　吏　以后，谁也不让见，也不许人家送东西给他。（望禁婆）朱帘秀也是一样，知道吗？

禁子、禁婆　知道了。

狱　吏　有谁来看过朱帘秀？

禁　婆　她的徒弟燕山秀也来过，何总管也托人送了些东西。

狱　吏　还有呢？

禁　婆　没有了。

狱　吏　从今天起多留点儿神！

禁　婆　是了。

狱　吏　那个赛帘秀呢？还骂吗？

禁　婆　还骂，可是也安静些了。只是眼睛里还出血，给她医吗？

狱　吏　说不定上面要提她，不要死在咱们这里，就把关汉卿开的药买来给她擦上吧。有人来看她吗？

禁　婆　一个唱戏的欠要俏几乎每隔两天就来看她一次。

狱　吏　唔，以后也不让看了。来，提关汉卿！

狱　卒　提关汉卿！

　　　　〔禁子下，不一时，闻铁链镣铐相击声。关汉卿上。

禁　子　跪下！

　　　　〔关汉卿昂然不跪，禁子拿棒要敲他的腿。

狱　吏　（制止）别难为他。（向关汉卿）关汉卿，你坐下吧。（向狱卒）给他一条小凳。

　　　　〔狱卒给凳，关汉卿坐下。

狱　吏　怎么样？这些日子还好吗？

关汉卿　唔，日月照肝胆，霜雪添须眉，可还死不了。

狱　吏　是啊，真是不愿你死啊，你的文章我不懂，可是你的医道真高明，我娘吃了你的药好多了。她是多年的风湿，真没有想到好得那么快，已经能拄着拐杖自己走道儿了。

关汉卿　走走有好处，老年人可也不能太累。

狱　吏　是是，真是谢谢你。可是，关汉卿，你的案情越扯越大了。说老实的，恐怕很难救你，怎么办呢？

［狱卒中也有人交头接耳。

关汉卿　（诧异）"越扯越大"了？

狱　吏　对。大得够瞧的了。你认识一个叫王著的吗？

关汉卿　王著？

狱　吏　对。当益州千户的王著，记得吗？你跟他什么交情？

关汉卿　唔，记起来了，有这么个人，在玉仙楼演《窦娥冤》的时候，他到后台来看过我们。

狱　吏　他看了你们的戏，很受感动，对吗？

关汉卿　他那么说，他很兴奋，还在场子里喊过"与万民除害"。我们就见过他那一次，没有什么交情。

狱　吏　是啊，他后来就当真干起来了！祸闯得不小。你有一位老朋友叫叶和甫的吗？

关汉卿　唔，有那么一个人，不是什么老朋友。

狱　吏　他要来跟你谈谈。

关汉卿　我跟他没有什么可谈的。

狱　吏　谈谈吧，对你许有些好处。（向内）叶先生，请吧！

［叶和甫从里面走出来。

叶和甫　（很关切的口气）哎呀，老朋友，真想不到在这样的地方跟你见面。当初你不听我的话，我害怕总会有这么一天，所以我说《窦娥冤》最好别写，要写必定是祸多福少，现在怎么样？不幸而言中了吧。

关汉卿　（鄙夷地）你要跟我谈什么，快说吧。

叶和甫　瞧你，还这么急性子，不是应该熬炼得火气小一点儿吗？

关汉卿　（不耐）有话快说吧！

叶和甫　（跟狱吏耳语）……

狱　吏　（对狱卒们）你们都走开。

［狱卒们走开。

叶和甫　（低声）好，汉卿，先告诉你一个极可怕的消息，你那位朋友王著跟妖僧高和尚同谋，上个月初十晚上，在上都，把阿合马老大人和郝祯大人都给刺了！

关汉卿　唔，真的？

叶和甫　千真万确的，现在大元朝上上下下都为这事件发抖。你看这是国家多么大的不幸！

关汉卿　你还想告诉我什么呢？

叶和甫　我就是想告诉你，你不听我的劝告，闯出多么大的乱子！逆臣王著就因为看过你的戏才起意要杀阿合马老大人的。

关汉卿　（怒）怎见得呢？

叶和甫　许多人听见他在玉仙楼看《窦娥冤》的时候，喊过"与万民除害"，后来他在上都伏法的时候又喊："我王著与万民除害"，而且你的戏里居然还有"将那滥官污吏都杀坏"的词儿——

关汉卿　（按捺住怒火）你觉得"滥官污吏"应不应该杀呢？

叶和甫　这——"滥官污吏"当然应该杀。

关汉卿　我们应不应"与万民除害"呢？

叶和甫　唔，当然应该。可是王著把刺杀阿合马老大人当作"与万民除害"就不对了。

关汉卿　杀阿合马是否与万民除害，天下自有公论。若说王著看了我的戏才起意要杀阿合马，那么高和尚没有看过我的戏，何以也要杀阿合马呢？

叶和甫　这——

关汉卿　我们写戏的离不开褒贬两个字。拿前朝的人说，我们褒岳飞，贬秦桧。看戏的人万一在什么时候激于义愤杀了像秦桧那样的人，能说是写戏的人教唆的吗？

叶和甫　汉卿，你这话何尝没有一些道理，可是于今正在风头上，皇上和大臣们怎么会听你的？再说，我今晚来看你，倒也不是为了跟你争辩《窦娥冤》的后果如何，（又低声）我是奉了忽辛大人

关汉卿　　　　　　　　　　　　　　　　　　　　　　99

	的面谕来跟你商量一件大事的。你的案情虽说是十分严重，可是只要你答应这件事，还是可以减等甚至释放你的。
关汉卿	我跟忽辛没有什么好商量的！
叶和甫	别这么火气大，老朋友，这事你也吃不了什么亏。反正王著已经死了，没有对证，只要你在大臣问你的时候，供出王著刺杀阿合马大人是想除掉捍卫大元朝的忠臣，联合各地金汉愚民图谋不轨。只要你肯这样招供，不只你的案子可以减轻，忽辛大人为了酬劳你，还预备送你中统钞一百万。这不少哇，老朋友。
关汉卿	（怒火难遏）你还有什么说的？
叶和甫	没有别的了。今晚就为的跟你谈这件大事来的。
关汉卿	你过来我跟你商量商量。
叶和甫	你答应了吗？（过去）
关汉卿	我答应了。（他重重的一记耳光，竟把叶和甫打倒在地下）
叶和甫	汉卿，我好好跟你商量，你怎么动起粗来了？
关汉卿	狗东西，你是有眼无珠，认错了人了。我关汉卿是有名的蒸不烂、煮不熟、捶不扁、炒不爆，响当当的铜豌豆，你想替忽辛那赃官来收买我？我们中间竟然出了你这样无耻的禽兽，我恨不能吃你的肉！
叶和甫	（狰狞无耻的面目毕露）你不答应，好，那你等着死吧。
关汉卿	死也不跟这无耻的禽兽说话了！狱官，让我回号子去。
狱　吏	那么，（对叶和甫）叶先生，您回去吧！
	［叶和甫溜下。狱卒再集合。
狱　吏	关汉卿，你对。你若真照他说的招供了，我们汉人又该倒霉了。你是个好人，又承你医好我娘，只恨我官小力微，帮不到你别的忙，给你送个信儿吧：你也就是这一两天的事了。没有别的，有什么要料理的，或是有什么话要告诉人家的，只要没有什么大关碍，我都可以跟你效劳转达。想吃点什么吗？我也可以给你买些。
关汉卿	（兴奋之后，定了定有些乱的心）谢谢你。我什么也不要吃，也没有什么要料理的。看你倒是挺疼你母亲的，这里有一封信，

等我的事完了，请转给我母亲吧。千万别吓着她老人家，这也是像窦娥不愿走前街一样的心愿吧！

狱　吏　（接信收起）好，我一定照你的意思送到，你可以放心。

关汉卿　明天可以让关忠来一趟吗？

狱　吏　对不起，办不到了。

关汉卿　那也好。

狱　吏　还有什么要对人家说的话吗？

关汉卿　话很多，此时不知从哪里说起，也不知该对谁说。（忽然想起）能不能让我跟朱帘秀再见一面呢？

狱　吏　这——也好吧。我可以担待一下。不过你跟她说有什用呢？她的情形跟你一样。

关汉卿　这也叫"涸辙之鲋，相濡以沫"吧。你能担待一下，就请费心。

狱　吏　（对禁婆）来！提朱帘秀。

禁　婆　是。

〔禁婆下去不久，即领朱帘秀上。她还是窦娥的装扮，罪衣罪裙，铁锁银铛。

朱帘秀　（跪）给老爷叩头。

狱　吏　起来吧。关汉卿有话跟你谈。给你们半刻。（对禁子）谈完了送他们回号子，留心着点儿！（对狱卒）我们撤了吧。

〔他们下。场上只有关汉卿、朱帘秀两人。

朱帘秀　咱们总算又见面了，汉卿。

关汉卿　（沉重地）恐怕也就是这一面吧。

朱帘秀　（受感染地）是吗？

关汉卿　你还记得那位王千户吗？

朱帘秀　玉仙楼后台见过的那位王著？

关汉卿　就是他。

朱帘秀　我只跟他说过两句话，就觉得他是个挺爽快的人，可没想到他能做出这样感天动地的大事，他真不愧是我们《感天动地窦娥冤》的好看客啊。

关汉卿　你还说得这样带劲儿，他杀了阿合马你知道了？

关汉卿

朱帘秀　知道了。昨天来了个同号子的，是王千户住在大都的婶娘。她告诉我王千户临刑的时候还喊着说："我王著与万民除害，我现在死了，将来一定有人把我的事写上一笔的。"他真了不起！

关汉卿　是啊，就有人把这和我们的戏词儿"与一人分忧，万民除害"附会在一起，说我们教唆王著杀害朝廷大臣，所以我们的案情就加重了。

朱帘秀　可不是"与万民除害"吗？阿合马好狠的心，把我徒弟的眼睛都给挖了。

关汉卿　没想到王著给她报了仇，也给我们报了仇。我真想写他一笔，咳，可惜没有时候了。

朱帘秀　没有时候了？

关汉卿　刚才狱官给我送信来了。一两天之内我就完了，你只怕也跟我一样。他要我们趁早把该料理的事，该嘱咐人家的话告诉他，他可以给我们转达。你有什么要他转达的吗？还有，想吃些什么他也可以代买。（见她紧张）哎呀，四姐，你、你、你不害怕吗？

朱帘秀　（变色，但强自镇定）不，不害怕。

关汉卿　四姐，真是对不起，为了我的著作，竟然把你连累到这个地步。

朱帘秀　什么话？我不说过你敢写我就敢演吗？说这话的时候，我就打算有今天的。

关汉卿　可是哪知道这一天来得这么快。

朱帘秀　迟早反正一样。我从没有像这些日子这样活得有意思，我觉得我越来越跟大伙儿在一块了。不是吗？老百姓恨阿合马，我们也恨阿合马，而且敢于跟他们斗！王著替大伙儿除害，他死了，我们也站在王著这一边，跟坏人一直斗到死。窦娥不正是这样的女人吗，她至死也不向坏人低头。我喜欢这样的女人，我也愿意像她一样地死去。瞧我还穿着窦娥的行头，跟窦娥一样的打扮，回头还要跟窦娥一样的倒下去。我一定也不会轻易倒下去的，汉卿，在倒下去以前我一定像窦娥一样的喊着，不，也许像王著一样的喊着："与万民除害呀！"你看行吗？我现在真不知道是在过日子,还是在台上。我要像在台上一样,对着成千上万的看的人一点也不胆怯。说真的,你刚才告诉我我们快要死的消息,我心里还有点乱。这会儿好多了,我会像窦娥那样坚强的,你放心。

关汉卿　你也放心,四姐。我姓关,现在虽算是大都人了,我原籍却是蒲州解良,我也会像我祖宗那样英雄地死去的。"玉可碎而不可改其白,竹可焚而不可毁其节",这也正是我今天的心胸。

朱帘秀　咳,我最不能瞑目的是玉仙楼那天晚上,我托和卿设法让你连夜逃走,你怎么不走,反而第二天晚上来看戏呢?你那样爱看戏吗?

关汉卿　我怎么能走?我怎么能让你一个人承担那样重的担子?

朱帘秀　我有什么?大不了一个唱杂剧的歌妓,怎么能比得你?你是一代作者,你替我们杂剧开了一条路,歌台舞榭没有你的戏,人家就不高兴。你正应该替大伙儿多写些好东西,多替"有口难言"的百姓们说话,多替负屈衔冤的女子们申冤,可是,可是于今你也跟我一样,就这么完了,那怎么行?叫他们杀了我吧,千万把你给留下……(她哭了)

关汉卿　四姐,谢谢你的好心。我们的死不就是为了替百姓们说话吗?人家说血写的文字比墨写的要贵重,也许,我们死了,我们的话说得更响亮。可是你不像我,我已经快五十的人了,你还年轻,功夫好,那么早就成了名角儿,你死了人家要埋怨我的。不是伯颜老太太那样疼你,还说要认你做干闺女吗?干吗不写封信给她,求求她,我想一定有好处的。信可以托何总管转去,准能收到,快点写吧。要不,我给你代笔也成。

朱帘秀　那么你呢?你也求求她吧。

关汉卿　我怎么能求她?

朱帘秀　那为什么我就应该求她呢?她还不是杀人不眨眼的伯颜丞相的老太太吗?她疼我无非我这个女戏子骗了她几滴眼泪。她也不是真懂我们的戏的,她不过让人家说她是多么慈悲。其实呢,伯颜丞相今天在这里屠城,明天在那里杀降,她半点眼泪也没有流过。我就恨这样的女人，我还去求她？死也不求她！

关汉卿　不求她那就得——

朱帘秀　就得死。跟关大爷这样的人一道死，我还有什么不足呢！我修不到跟你生活在一块儿，就让我们俩死在一块儿吧，汉卿！（她紧握着关汉卿的手）

关汉卿　四姐，我觉得我们的心没有比这个时候靠得再紧的了。入狱的时候，我就打算有今天。前天晚上，我写了一个曲子叫《双飞蝶》，想给你看看，他们害怕，不给递，我也没有勉强。现在我亲自交给你吧。要是你能唱该多好。

朱帘秀　给我。（接过去）

关汉卿　写得很乱，你看得清楚吗？

朱帘秀　看得清楚。（她半朗诵，半歌唱地）

　　　　将碧血、写忠烈，
　　　　作厉鬼、除逆贼，
　　　　这血儿啊，化作黄河扬子浪千叠，
　　　　长与英雄共魂魄！
　　　　强似写佳人绣户描花叶，
　　　　学士锦袍趋殿阙，
　　　　浪子朱窗弄风月；
　　　　虽留得绮词丽语满江湖，
　　　　怎及得傲干奇枝斗霜雪？
　　　　念我汉卿啊，
　　　　读诗书，破万册，
　　　　写杂剧，过半百，
　　　　这些年风云改变山河色，
　　　　珠帘卷处人愁绝，
　　　　都只为一曲《窦娥冤》，
　　　　俺与她双沥苌弘血；
　　　　差胜那孤月自圆缺，
　　　　孤灯自明灭；

　　　　坐时节共对半窗云，

　　　　行时节相应一身铁；

　　　　各有这气比长虹壮，

　　　　哪有那泪似寒波咽！

　　　　提什么黄泉无店宿忠魂，

　　　　争说道青山有幸埋芳洁。

　　　　俺与你发不同青心同热，

　　　　生不同床死同穴；

　　　　待来年遍地杜鹃红，

　　　　看风前汉卿四姐双飞蝶。

　　　　相永好，不言别！（她十分感动）

朱帘秀　哦，汉卿！（她拥抱关汉卿）

　　　　[禁子、禁婆上。

禁　子　半刻完了。回去吧。（分开他们）

禁　婆　听你们说得怪可怜的，以后只怕没有见面的时候了。容你们一别吧。

朱帘秀　不。

关汉卿　我们不告别，我们永久在一起的。

禁　婆　那么回号子吧。

　　　　[禁子牵着关汉卿，禁婆牵着朱帘秀，铁锁锒铛地各归狱室。

　　　　——暗转

第九场

　　　　[二妞的家。

　　　　[刘大娘来看她的女儿。

刘大娘　姑爷在家吗？

二　妞　在，刚回来，说是又要去，他今晚值班。娘，您昨天又去了吗？见了关伯伯吗？

刘大娘　又去了，这一趟更不行了。东西也不让送了。眼看着要危险了。

关汉卿

哎呀，怎么办？

［周福祥，半蒙古装的青年人，匆忙进来。

周福祥　娘，您来了。
刘大娘　姑爷，可等着你了。
二　妞　娘昨天又去看关伯伯了，不但见不着人，吃的东西也不让送了。你听到什么消息吗？
周福祥　消息倒是不错，……
刘大娘　（喜）怎么啦，关大爷有了救了？
二　妞　你快说吧，刚才也不告诉我，把我给急死了。
周福祥　这跟关大爷不完全是一件事，所以我没有说。
二　妞　那为什么是好消息呢？
周福祥　皇上调孛罗大人、和礼霍孙老大人、阿里参政到上都办王著高和尚的案子。起先皇上很生气，雷厉风行地抓人、杀人。以至孛罗大人把阿合马二十几年来为非作恶的情形告诉了皇上，皇上说："那么王著杀阿合马是对的呀。"就把阿合马在上都通玄门外开棺戮尸，今儿个把忽辛以下的几个儿子也都抓起来了，您看这不是好消息吗？
二　妞　嗬！真是好消息！
刘大娘　忽辛抓起来了，就没有人追关大爷的案子了。这真太好了。
周福祥　现在我们老大人要调到中书省当右丞相了。阿合马的案子就归他办理。
刘大娘　真的？那你看关大爷是不是会放出来呀？
周福祥　（摇头）所以说这跟关大爷的案子不全是一码事。
刘大娘　那怎么说呢？
周福祥　于今法律最忌的是犯上。不管怎么说，他们认为关大爷总是犯了上，犯上就是大恶，大恶就得杀头。好几位大人主张还是要严办关汉卿，老大人以前还向阿合马保过关大爷的，这趟看样子有点儿"看水流舟"了。
刘大娘　那你跟老大人说说呀，你们受关大爷那么大的恩，好见死不救吗？

周福祥　怎么不想救关大爷，可是我能说什么呢？老大人平日禁止我们谈外边事的。
二　妞　你不说你现在在签押房吗？总有一个机会呀。
刘大娘　哦，谢小山老板今天一早上我们家来，说有一个禀帖是书会朋友们保关大爷和朱帘秀他们的，要你千万找机会递给老大人。（向外）谢老板，您请进来。

[谢小山进来跟周福祥招呼。

谢小山　周姑爷，你好。
周福祥　谢老板，您请坐。
刘大娘　您那禀帖带来了吗？
谢小山　带来了，千万请周姑爷费心。
周福祥　（有难色）可是……
谢小山　你甭说，我知道你为难，我算哪一棵葱呢？这可是一个万名禀。我和书会里一些朋友不分昼夜整整跑了三天，把看过关汉卿的戏，知道一些关汉卿为人，也同情朱帘秀、看过她的戏的人找到了一万多人，都签了名，画了押，不会写字的打了手印，……
刘大娘　（抢过去指她的名字）瞧，我也打上手印了。不管有效没效，咱们尽尽心也是好的，总不叫人家骂我们忘恩负义。你不签一个名字吗？
谢小山　不，要周姑爷递禀帖，就不宜请他签名。
二　妞　那么我签一个吧。（向她丈夫）你给写一个名字——刘秋燕。

[周福祥当真给她写了。二妞立即重重地打了手印。周福祥打开禀帖一看，见大家签的名字麻麻密密的有一两尺长，他不觉感动得流泪了。

谢小山　周姑爷，这是有你岳母娘跟你太太在内的一万多人的意思啊。
二　妞　拼了命也得递上去，不递上去你就别回来！
刘大娘　关大爷帮助你们夫妻团圆不算，还送你们二十万中统钞做添妆费，你不设法递上去就算你"猴儿拉稀，坏了肠子"。
周福祥　（想了一下）娘，谢老板，你们放心，老大人有一位心腹师爷叫彻里·不花的，虽然是个蒙古人，为人很仗义，也挺喜欢关大爷的戏，我求求他，也许能递上去。
谢小山　那就好了，周姑爷，拜托你了！
——暗转

第十场

[和礼霍孙的签押房。

[和礼霍孙虽是个文官，但因去游牧生活未远，壁上也挂着蒙古刀和弓矢，另一面还异样地供着关羽的像，可以知道这位美髯公在北方民族中有许多崇拜者。

[周福祥开了锁悄悄到房里来，看了看案上的文件，发现万名禀被搁置在案边不办的隔架内，赶忙整理好，重又摆在待阅的公文底下，闻远处有脚步声，他把门重复锁了，急忙走出。

[和礼霍孙和他亲信的幕僚彻里·不花一道进来。

彻里·不花　老大人刚从上都回来，太辛苦了，应该歇息一些时候，这些事让我们办得了。
和礼霍孙　可是，阿合马倒了之后，这一笔糊涂账皇上责成我来清理，不好好地用用心就会治丝益棼，怎么对得起皇上？
彻里·不花　是是。这次王著、高和尚真是胆大包天，您给皇上办了这么大案子真是功劳不小。
和礼霍孙　皇上信任阿合马二十多年了，一旦被刺，自然要天颜震怒的。后来知道了阿合马的罪状，皇上也说王著杀得对。实在王著真做了一桩大快人心的事。我虽则看到了他们的死，可是心倒是挺感谢他们的。
彻里·不花　您感谢他们？
和礼霍孙　十几年前，你也知道阿合马在皇上面前说过我的坏话，幸而我还谨慎。没有落入他的陷阱。后来我时时防备着他。亏得王著他们干了这件好事，以后我可以高枕而卧了。这两个人其实我都认识的，三年前还同高和尚一道，到过北边，去年还和王著一道看过戏。王著这人深沉果敢，临难不逃，真是个了不起的人物。说起来也好笑，许是我上年纪了，心力亏了，经不起太大的惊恐吧，从上都回来我老做噩梦，一闭眼睛就看见王著他们。

彻里·不花　哎呀，老大人，这可得想法子禳解禳解才成啊。

和礼霍孙　不用禳解了，我生平奉祀神道，（指关羽像）我想祷告祷告他许会好的。

彻里·不花　是是。

和礼霍孙　（向内叫）周福祥！周福祥！

　　　　　〔周福祥急从外面进来。

周福祥　（敬谨地）老大人叫我？

和礼霍孙　以后每天多劈点檀香，备些酒果，供供神道，（指关像）知道吗？

周福祥　是是。（他赶忙那样做了）

和礼霍孙　（向彻里）你昨天交来的公文里头，不是有一个万名禀吗？

彻里·不花　是啊。他们营救关汉卿的。我查了一下，还不止一万名哩。禀帖倒也写得挺恳切动人的，卑职才敢呈给您看。

和礼霍孙　唔，文章很动人，可是署名的全是些市井小民，和四郊的田夫野老，中书省受理这些民词就没有个完了。

彻里·不花　卑职查过，签名的也不单是些市井小民、田夫野老，也还有像王实甫、杨显之、王和卿等等知名之士。他们这些人愿意跟老大人上万名禀倒是要给老大人道贺的。（他起身一揖）阿合马鱼肉百姓二十二年之久，老百姓都敢怒而不敢言，于今他倒了，老大人上台了，万名禀也来了，可见老大人您深得人心！何况他们所求的也不是什么了不起的大事，不过保一个打戏本儿的和两个女戏子，老大人正可以慷慨地答应他们，趁这机会与民更始，把坏事都推在阿合马身上。这样做，回头皇上也一定高兴的。

和礼霍孙　唔，你这话也有道理。说起来，这关汉卿、朱帘秀、赛帘秀我也都是知道的。我还吃过关汉卿的方子，看过他写的戏，阿合马要杀关汉卿，我还保过他的哩。不过这趟枢密院亨罗大人见王著他居然敢纠结徒党，杀害国家大臣，觉得这种犯上作乱的风气万不可长，所以对妄撰犯上词曲的关汉卿一定要严办。看他那样坚决，我也只好附议了。

彻里·不花　不过，王著一案是军情，关汉卿一案是民事，这是应该中书省做主的。

和礼霍孙　我不好为着这事跟孛罗他们争论，所以把那张万名禀给打下去了；可是奇怪的事儿就来了！

彻里·不花　什么奇怪的事儿呢，老大人？

和礼霍孙　（低声）我把那张禀帖打下去两次，可是两次都回到我的桌上来了。你看这事儿奇怪不奇怪？

彻里·不花　真是奇怪，不过，古来善于断狱的大臣像包待制那样也有过这样的事。您走的时候呢？

和礼霍孙　我走的时候清清楚楚把万名禀搁在这儿的。（翻阅）咦，没有！（急找案上公文，大惊）天哪！又在这儿！

彻里·不花　哎呀，记得禀帖上说关汉卿原籍是蒲州的。

和礼霍孙　那么，莫非？——（他望着香烟缭绕中的关公像）

——暗转

第十一场

［距大都不远的芦沟桥，因为被仕于元世祖朝廷的意大利人马可·波罗描写过，也有人叫它"马可·波罗桥"，其实桥建于距当时八十八年前的金大定二十七年，是中国劳动人民杰出的创造，与马可·波罗无关，桥的两栏有形体多样、雕塑精美的石狮子一百多座。桥边有长亭、垂柳，芦沟春水正涨。这是南下大道的开始，也就是古代大都人送行的地方。

［两个老农荷着锄犁从桥那边走过来。

［一青年农民荷锄过桥去，正与他们相值。

青年农民　周老爹、刘大爷，你们的活儿都干完了吗？

周老汉　差不多了。

青年农民　上年纪的人了，别太累了，老爹。

周老汉　有什么法子呢？沾儿子的光，才把这几亩地发还给我，还能不下点力量吗？小伙子，你上地里去？

青年农民　我去看水去。（过桥去了）

刘大爷　咳，去年大旱，今年水又太多了，回头再淹一下，怎么过日子啊。

周老汉　你总算城里还有一爿小店，亲家母又能干。

刘大爷　她们在城里我总是提心吊胆地怕出事，还不是果然出事了？

周老汉　这年头乡下就不出事了？崔村胡老汉的大姑娘不是照样被秃鲁浑给抢去了？

刘大爷　可也是。城乡都一样。不知哪一年能过几天太平日子啊。

周老汉　（卸下锄）真有点累不起了。在这儿抽一袋烟再走吧，亲家。

刘大爷　（放下犁）好。歇一会儿吧。

　　　　〔他们用燧石击火抽烟。

青年农民　（忽转回）哦，周老爹，你们新媳妇回来了，亲家母也同来了。大娘要我告诉你一声，我刚才忘了。（说完他自去了）

周老汉　好。谢谢你。（向刘大爷）亲家回去吧。

刘大爷　忙什么，现在是娶到家里的媳妇了。歇一会儿吧。

周老汉　也好。（坐下相对抽烟。）

　　　　〔此时王和卿正和家人们从带来的条盒中取出杯、盘、碗、筷之类摆在亭子里的桌上。围着这石桌的是七八张石椅。另有横在石柱的石凳。家人们正在打扫。

　　　　〔杨显之上，向王和卿招呼。

杨显之　和卿好。

王和卿　好。显之，你也来了。

杨显之　我早来了。到宛平看了个朋友。你也来送已斋吗？你不是老爱跟他抬杠的吗？哈哈。

王和卿　是啊。关汉卿一走，这条粗杠子轮着我一个人肩了，真不知以后的日子怎么过呢。哈哈。

　　　　〔刘大爷听到说关汉卿，急忙走过来。

刘大爷　先生，关汉卿怎么啦？

关汉卿　　　　　　　　　　　　　　　　　　111

王和卿　咦，老人家你也知道关汉卿？

刘大爷　怎么不知道？大都人谁没看过他的戏！

周老汉　他的《单刀会》写得真有他祖宗的气概。我还看过他自家儿串的戏哩。他年轻的时候常到我们村里串戏的，我当时就想，这小伙子将来准会成为这一行的状元，现在可不是"戏状元"了吗？

刘大爷　他怎么啦？先生？不是听说被判斩了吗？咱大都这样的好人没有几个啊，干吗不让他多活几年，多写些好东西呢？这世道也真邪门，坏人让他活个没有完，好人都一个个杀掉。

王和卿　老人家，您放心吧。关汉卿于今不判"斩"了，改判"驱逐出境"了，我们正等着送他呢。

刘大爷　怎么？关汉卿今天打这儿走吗？他还活着？要离开咱们了？

王和卿　对啊。

刘大爷　（负犁起身）亲家，咱走吧。（他跟周老汉十分性急地径自走了）

王和卿　（感慨地）咳，我算输了。

杨显之　你输了什么了，和卿？

王和卿　比抬杠，比说废话，汉卿老输给我，今天才知道比接近老百姓，比得民心，我差得太多了。我输了。

〔梁进之与大戏曲家王实甫上，和卿、显之迎上去。

梁进之　显之，和卿，你们来了好久了吧？

杨显之　我们也刚来不久。

王和卿　听说实甫先生身体不舒服，又来吹这样的河风，行吗？

王实甫　出来走走还不要紧，一拿起笔来就头痛。昨天接我儿子的信，知道汉卿要出都南行，我连夜赶来送他，蹇驴走得慢，生怕赶不上，幸而还好。

王和卿　咳，"碧云天，黄花地，西风紧，北雁南飞"，您那首《端正好》，真是呕心之作。现在虽是柳青波绿的时候，可是春行秋令，北雁已经南飞了。

王实甫　这真是想不到的事，古来以文字贾祸的倒是代有其人，在我们朋辈中受祸最惨的怕就算已斋了吧！我让儿子第二次送些东西给已斋的时候，监里都不收了。我当时真着急，怕见不到汉卿

	了。怎么后来又松了呢？是不是因为王著的案子平反了呢？
王和卿	对，亏得皇上一句话，所有与阿合马有关的案子都松了。监察御史白栋白大人也从牢里放出来了。汉卿跟朱帘秀、赛帘秀差点要判斩的，也都改轻了。不然的话，我们就得到菜市口送他们了。
王实甫	谢小山来找我，要我在一张万名禀上签名，我也签了，可不知递上去了没有。
杨显之	是啊，我们都签名了。词儿是大家公拟的，倘使递上去了，我想该有些影响的。
梁进之	我现在还搞不通的，既然阿合马该死，王著杀得对，《窦娥冤》也骂得对，那么汉卿就应该无罪释放了，何以还得驱逐出境呢？
杨显之	你别忘了本朝的法例：王著杀阿合马尽管对，但是以汉人杀蒙古人、色目人就有罪；汉卿骂阿合马父子尽管骂得对，词曲中"犯上恶言"就有罪。听说因为汉卿是一位名士才从轻发落的哩。
王实甫	哦，原来这样。

〔公差王能、李武押关汉卿旅装上，关忠挑行李同上。

王　能	到了芦沟桥了，歇一歇吧。李武哥，你瞧着点儿，我到县里去一趟。
李　武	行。你去吧，这里错不了。

〔王能下。

李　武	（看看亭内）关汉卿，歇歇吧。你朋友都给你送行来了。

〔王和卿等急上前招呼。

王和卿	汉卿，快到这里来坐一会儿。（对公差）你们也歇会儿吧，辛苦了。
李　武	您别客气。（走得稍开一点）
梁进之	大哥，这一包都是新衣裳，还有好些纸笔，预备你路上作诗词和跟我们写信用的。
杨显之	还跟你预备了两匹好马。
关汉卿	谢谢。哦呀，实甫你也来了。真是不敢当。
王实甫	哪儿的话。这趟吃了苦了，身体还好吗？

关汉卿　还能对付。可是几乎见不到你们了。

王实甫　这真是万幸，平反得这样快。

王和卿　刚才还说哩，今天大伙儿到芦沟桥送你，总比到柴市口送你强得多了。

关汉卿　真没想到能活着出来。给我娘的遗书也写好了。进之还是替我瞒着吧，等我平安到了南方，再写信告诉她老人家。

梁进之　好。家里的事你就放心吧，都有我跟显之哩。

杨显之　我离你家近，会照顾伯母的。

关汉卿　拜托拜托。（取出书信给实甫）这是我在狱里给你写的信，我还当这是绝笔了哩。

王实甫　（接过去兴奋地看了）哎呀，你在狱里还这样惦记着我们的《西厢记》。你的意见很好，我一定照改。本来几次想动笔，近来多病，就搁下来了。你说得对，文章比性命要紧。人寿有限而文字却能流传久远。我一定早点改好。听说南方也在演这个戏，你看了千万写信来告诉我。

王和卿　（遥望）喝！于今芦沟桥也正要演这个戏哩。

王实甫　（没有懂）在哪儿?

王和卿　瞧，那不是车儿马儿地来演《西厢》第四折来的吗？"遥望着十里长亭，减了玉肌，此恨谁知？"真切合这个情景。

〔远处朱帘秀和赛帘秀一道赶来了。失去了眼睛的赛帘秀用白绢缠着眼部，扶着欠耍俏和侍女桂香，后面跟着鸨母。

梁进之　哦，真是我们的"莺莺"来了。

〔大家笑了。

关汉卿　（惨然地）怎么赛帘秀也来了，可怜的孩子！

〔朱帘秀换了新装，容彩焕发，她向大家招呼了一下，一径走向汉卿。

朱帘秀　（半带嗔怒）你要走，怎么不告诉我一声?

关汉卿　狱官告诉了我的处分，让我立刻动身，我请狱官通知你，才知你比我早一天出狱了。写了个条儿要关忠交到你院里，没有收到吗?

朱帘秀　没有。一定是院里总管怕我走，没给我。（想了想，有所决定）好吧。（交礼物）这是赛帘秀送给你的。

关汉卿　（郑重地接着，向赛帘秀）谢谢你，小二姐，你这样老远地来送我，真不敢当，眼睛还疼吗？

赛帘秀　还疼，可是好了些了。

关汉卿　我拿什么话安慰你好呢？你是个勇敢的女人，只要关汉卿还活着，我一定帮助你，我的朋友们也一定帮助你。

王实甫　是啊，赛帘秀姑娘，你虽然失掉了一双眼睛，可是你得了许多朋友。

王和卿　实甫先生说得对。我们都是你的朋友，一定帮助你的，你别难过。

赛帘秀　谢谢先生们的好心，我不难过。我求他们把挖下来的眼睛挂在城墙上，让我看阿合马的下场头，没想到这样快就看到了。

关汉卿　这真是大快人心的事！（向欠耍俏）欠耍俏，你该好好地照顾小二姐了，不能像以前那样喝酒了。

欠耍俏　关大爷，您放心，自从她进监以后我就戒了酒了。我们就要办喜事了。我一定做一个好丈夫，我会好好照顾她的。

关汉卿　那真太好了。我知道你是有良心的人。你会值得小二姐爱的。

朱帘秀　赛帘秀也真有心胸，她要你多写像《窦娥冤》这样的戏，说她没有眼睛也能演。不是就有瞎了眼睛也能成名角儿的吗？

王和卿　有，什么样的残疾也限制不了一个有志气的伶工的，何况她原来就是好角儿了。

关汉卿　是，小二姐，我一定写。虽说出狱的时候，狱官劝我，以后"叱奸骂谗"的戏就别写了。

朱帘秀　你怎么说呢？

关汉卿　我说等到中国没有奸没有谗了，我就不写了。他说："阿合马不是已经死了吗？"我说："阿合马死了，能保没有第二个第三个阿合马吗？"

朱帘秀　汉卿，你说得对。

王和卿　是啊，已斋说得对。

关汉卿　狱官说:"像你这样倔强,今天从这里出去,明天保不定还要回来的,皇上就是为了你们才定下好些法律的,你的脑袋只怕终有一天要搬家。"我说:"谁知道呢?到了那时候,再来打扰你吧。"狱官也笑了。

〔大家笑了。

王和卿　有人在狱里墙壁上看过这样两句话:"不到此地非好汉,回头再来是英雄。"可以奉赠已斋。

〔大家笑了。
〔刘大娘、刘大爷和盛装的二妞赶过来。

刘大娘　哎呀,可看到您了,关大爷!

关汉卿　谁?哦,刘大娘!(指二妞)这位是?

二　妞　关伯伯,怎么您又不认识我了,不是您搭救过的二妞吗?

刘大娘　二妞一回来就办了喜事了。这都是您的大恩。二妞,还不跟关伯伯磕头。

〔二妞倒身便拜。

关汉卿　(急扶起二妞)哦,二姑娘。换了打扮,就不敢认了。你们也这么老远地赶来,怎么敢当啊。

刘大娘　您说哪儿的话,再远也要来的。我不告诉过您的吗?我们周家亲戚就住在宛平,我们老头子也在这里种几亩地。二妞今天从城里来看她公公、婆婆,也看看她爸爸,我也一道来了。正在家里跟亲家母柴长米短地谈些家务事,老头子来告诉我说桥边有一些人是送关大爷的,要我来看看,可不就是您来了!我和二妞到监里去看过您好几次都没见着,真把我们给急死了。您救了我们二妞,我们老头子老说别忘关大爷的恩。

刘大爷　(拱手)真是关大爷,我们老庄稼汉拿什么来答谢您哩?二妞是我的命根子,若不是亏了您就见不着这孩子了。

刘大娘　后来听说您跟朱四姐也要判斩了,我每天听得街上有囚车过,就跑去看,可没有像你们的,我才放了心。可是又有人说,好些犯人是在牢里就给折磨死了的。我让我们姑父随时打听您的消息,他若知道您今天走,一定要赶来送行的。

二　妞	谢老板交来的万名禀,我娘和我都打了手印儿的,他告诉我亏着一位蒙古师爷还是给递上去了。
关汉卿	真是谢谢,没有大家的帮忙我们是出不来的。
刘大娘	现在可好了。关大爷您离开大都到南方去散散心也好。只是大娘子不在了,离乡背井的,谁照顾您呢?真叫人不放心。(望朱帘秀)对,朱四姐您这趟真叫人佩服。您的气概男人里头也少有。原谅老婆子不会说话,我看您跟关大爷真是一对。干吗不一道去呢?
关汉卿	刘大娘,你说到哪里去了?
王和卿	哈哈哈。刘大娘说得还真对,真能一道去倒是件大美事。
梁进之	巧了,我们预备了两匹好马。
朱帘秀	……
王和卿	四姐从来很大方的,怎么倒害起臊来了?

[大家笑了。

朱帘秀	我一万个想跟关大爷走,可是人家能让我走吗?
杨显之	是啊,帘秀也虑得是。本朝制度,行院妓女只许嫁给乐人,不许嫁给良家子弟和文人学士。
王和卿	(搓手)这就难办了。
王实甫	汉卿混迹歌场,精通五音六律;时常在歌台舞榭粉墨登场;唱鹧鸪,舞垂手,无所不能;也算个全才的"乐人"了,他倒是有资格当四姐的女婿的。只是行院妓女不许骑马,违者妓女处罚,马匹赏给拿获的人。如果要帘秀同去,非先给她脱籍不可,这怎么来得及呢?
梁进之	咳!就有这许多限制!
关汉卿	四姐,你于今可是释放了吗?
朱帘秀	哪是什么释放?是交行院严加看管。
关汉卿	严加看管?
朱帘秀	(点头)可是这对我一点也不新鲜,打我进院起,他们是一直看管着我的。管吧,总有一天我会像你说的那蝴蝶似的,飞到你身边去的。(她泪随声下)

关汉卿　是啊，在狱里我们还能见面，还能谈我们心里的话，今天一别，就不知道哪一天能再见了。

朱帘秀　别说了。（向杨显之、王和卿）显之先生，和卿先生，能不能跟他们（指公差）商量商量留汉卿半天呢？

杨显之　为什么？

朱帘秀　他们要杀我的时候，汉卿让我写信给伯颜老太太求情，我没有答应。这次听说汉卿要走，我倒是写了封信托何总管送给老太太去了。我让燕山秀夫妇俩在家里等回信。

[杨显之走向公差李武。

杨显之　你们看怎么样呢？能不能让关汉卿在这儿留个一天半日的？

李　武　是是。只是钦限即刻动身，不能逗留，这就得走了。

[王和卿走过去，抓着李武的手，塞给他一锭银子。

王和卿　看诸位先生的面子，做个瞒上不瞒下吧。

李　武　是是。让我跟伙计商量商量，他城里去了还没回哩。（往城那方走去）

王和卿　我们备了一点酒菜，大家跟汉卿饯别了吧。

杨显之　（举杯）已斋兄，芦沟折柳，的确是黯然销魂的事，可是按这趟的情形，也还算不幸中的大幸。此行到杭州，倒是湖山胜处，老百姓把它比做天堂，于今更是"大元新附国，亡宋旧华夷"。你一定会感慨很多，增加你的词兴。这杯酒祝你体笔两健！

关汉卿　（接饮）谢谢你，显之。

王和卿　（满斟一杯交王实甫）实甫先生。

王实甫　（举杯不胜依依惜别之情）咱们说什么好呢？汉卿，老朋友慢慢地少了，保重吧。（他已经是热泪纵横）

关汉卿　（一饮而尽）实甫，你也保重。

梁进之　（举杯）大哥，家里的事都在我和显之身上。

关汉卿　（饮干）拜托你们多去看看我娘，并且请通知我孩子。

杨显之　放心吧，老朋友。

关汉卿　以后写文章不能随时跟你请教了。

杨显之　哪儿的话，再说，我会到南边来看你的。

王和卿　（举酒）老朋友，你走了少一个跟我抬杠的了，我还不知道怎样才能填满这个空虚哩。常常想起家乡，想起西山，想起今天芦沟桥，想起我们这些朋友吧。多给我们捎信，要不就多骂骂我们，让我们在这儿多打几个喷嚏也好。

　　　　［大家笑了。

关汉卿　（饮尽）一定的。你们也多来信。

杨显之　是，一定常常告诉你老伯母的情形。

赛帘秀　（拉欠耍俏）给我一杯酒。

欠耍俏　（赶忙给她酒）对，我们也送送关大爷吧。

赛帘秀　关大爷，为了唱您的本子我被滥官污吏们挖掉了眼睛，可是我还能唱，还要唱，只要能够唱出哪怕是一线光明我是死也甘心的。关大爷，老百姓要《窦娥冤》这样的戏。您多写吧，请喝干这杯酒。

关汉卿　（激动地接过酒一饮而尽）哦，我一定写，小二姐！不管我到哪里去，我永不会离开你们。为了骂滥官污吏你受了这么大伤害，老百姓不会忘记你的，朋友们会关心你的。欠耍俏会好好照顾你的。保重吧，小二姐！

赛帘秀　您多保重，关大爷。

欠耍俏　保重，关大爷。

王和卿　闹了半天，把《西厢》第四折的女主角给忘了，算话吗？帘秀，你来！

朱帘秀　我不会喝酒，也不让汉卿多喝酒了。在南牢里，汉卿赠我一首《双飞蝶》，最后说"相永好，不言别"。我再唱唱这首词吧。

王实甫　那太好了。有人谈起你们在狱中的事，我感动极了，真该祝你们"相永好，不言别"。唱吧。

　　　　［欠耍俏递过琵琶。

关汉卿　好，四姐，你唱吧，多想再听听你唱这首词啊。

　　　　［朱帘秀拨动琵琶，激动地要唱，王能、李武与一小吏急上。

小　吏　奉谕，关汉卿立刻驱逐出境，押往杭州，不许逗留。（对大家）送行的诸位都请转吧。

关汉卿

王和卿　不，朱帘秀有信给伯颜老夫人，等伯颜老夫人的回信到了再说吧！

小　吏　不行，关汉卿必须立刻出境。（对鸨母）把朱帘秀带回去。

鸨　母　是。

〔王能、李武分开关汉卿与朱帘秀。鸨母也来拉朱帘秀。

朱帘秀　不，我不能离开他。

鸨　母　你怎么了？不是说得好好的吗？快回去！

朱帘秀　谁跟你说得好好的了，我死也不回去。

〔行院总管和一个下手赶来，与小吏低语。

小　吏　好，朱帘秀，你们总管来了。

总　管　朱帘秀回去，今晚有堂会，上面单点你的《调风月》，快回去把戏理一理，听得吗？

朱帘秀　不，我不回去。

总　管　四儿，听话，我怕有别扭，才自己赶来的。燕山秀夫妇要来我没答应，就是怕回头误事。四儿，别糊涂了，你是皇上让我们严加看管的人犯，我们会放你跟人家走？上面爱你戏唱得不错，我们才另眼相看，别任性子任过头了。

朱帘秀　不，我死也不回去。

总　管　不回去，上哪儿去呢？大元朝江山一统，你敢违犯国法吗？（变脸）快回去！

朱帘秀　不……

总　管　好说不听，来人哪！把她拉上车子！

〔他的手下人来拉朱帘秀。

〔朱帘秀猛然向芦沟桥下跳去，被王和卿等人拉住。

关汉卿　（叫）四姐！

赛帘秀　师父！

王和卿　（怒）你们想逼出人命吗？

鸨　母　她是严加看管的犯人，你担待得起吗？

王和卿　伯颜老夫人回头要她的干女儿，你们又担待得起吗？

鸨　母　（对总管低语）四儿写了封信给伯颜老夫人……

总　管　（忽然变得和善些）哦哦，原来这样。那也好，（对小吏）就等会儿吧，说不定老夫人会跟四儿脱籍的，我们又何必做恶人呢？

　　　　［燕山秀骑马飞驰而来。

叶要俏　好了，燕山秀来了。

　　　　［燕山秀下马走过来。

燕山秀　总算赶来了。

叶要俏　伯颜老夫人是怎样回信的？！

燕秀山　何总管派人把回信交给我，我立即借了他的马赶来了，没有来得及问。

朱帘秀　信呢？

燕山秀　（从怀里取信交她）在这儿，你快看吧。

　　　　［朱帘秀急拆信。

　　　　［大家紧张地望着她。

王和卿　（忍不住问）信怎么写的？

叶要俏　四姐，伯颜老夫人答应了吗？

朱帘秀　（收信，再取琵琶弹了个调子对关汉卿）汉卿，我唱你写的那支《沉醉东风》吧。（唱）

咫尺的天南地北，
霎时间月缺花飞。
手执着饯行杯，
眼搁着别离泪。
刚道得声"保重将息"，
痛煞煞教人舍不得，
好去者，望前程万里！（没唱完她就哭倒了）

关汉卿　四姐，别难过，我早知道是这么个结果。你唱得好，没想到我当时遣情之作，倒成了今天的写照。可是天南地北分得了我们的形，分不开我们的心。你也保重吧。

小　吏　（看情形知道回信的内容）好，该走了，关汉卿！

关汉卿　（洒脱地）走吧。四姐，再见！朋友们，乡亲们，再见。离开你们我很痛苦，但我的心是永久和你们在一起的。

王和卿、王实甫、杨显之等　汉卿,保重。

刘大娘夫妇、二姐等　关大爷,保重。

欠耍俏、赛帘秀、燕山秀等　关大爷,保重。

　　　〔谢小山、玉梅也赶来了。

谢小山、玉梅等　老关,保重,我们来迟了,书会的朋友们托我们致意你。

关汉卿　谢谢大家,再见。

朱帘秀　(爆发地)啊,汉卿,我不能离开你!(她奔过去)

　　　〔他们拥抱了。

关汉卿　(平静下来,替她拭泪)四姐,我总觉得我们会再见的。四姐,我们联句吧:且忍珍珠落,

朱帘秀　休教鸿雁稀,

关汉卿　鸡声鸣不已,

朱帘秀　终有蝶双飞。

关汉卿　对,"终有蝶双飞"。四姐,保重。(他与朱帘秀持手珍重,再与王和卿、赛帘秀、刘大娘、王实甫等拱手,转身向桥上走去。差役等跟去。)

朱帘秀　(与王实甫、杨显之、王和卿等黯然望着这剧作家的后影,不觉低低叫出)汉卿!

　　　——幕徐落·剧终

蔡文姬

郭沫若

主要人物

  蔡文姬——名琰，初归汉时估计年三十一岁。左中郎将蔡邕之女，没入南匈奴十二年，为左贤王妃。建安十三年由曹操遣使赎回。

  胡　儿——初出场时估计年八岁，蔡文姬之子。

  胡　女——年半岁，尚在襁褓中，文姬呼之为昭姬。后亦归汉，时年九岁。

  赵四娘——文姬之姨母。此人出于假托。

  左贤王——假定年四十岁左右。剧中把他作为匈奴的民族主义者，故以汉初最杰出的匈奴单于冒顿之名名之。

  南匈奴单于呼厨泉——假定年五十岁左右。

  右贤王去卑——假定年三十岁以往，此人乃亲汉派，为曹操所信任。匈奴统治者地位以单于、左贤王、左谷蠡王、右贤王、右谷蠡王等为次，故右贤王位在第四。

  董　祀——曾为屯田都尉，与文姬同为陈留人，文姬归汉后重嫁与他。为处理方便，剧中以此人为曹操派赴匈奴的正使，后升任长安典农中郎将。初使匈奴时假定年三十一岁，与文姬同年，但月份较少，并假定他曾师事蔡邕，是蔡文姬的表弟，其母为赵三娘。

  周　近——假定年四十岁左右。史有此人。

  曹　操——赎回蔡文姬时年五十四岁，其年为建安十三年。当年七月始为丞相，但剧中为方便计已称之为丞相。建安二十一年，晋封魏王。

卞　氏——小曹操四岁，为曹丕、曹彰、曹植之生母。本出娼家，史称其节俭勤谨，宽厚待人，菜食粟饭，不用鱼肉。曹操甚爱之，称其"怒不变容，喜不失节"。

曹　丕——建安十三年时年二十二岁，其时官职不明。建安十六年为五官中郎将，副丞相。剧中为方便起见，初出场即称为五官中郎将。

时间与地点

汉，献帝建安十三年至二十一年（公元208—216年）

【第一幕】

［南匈奴，左贤王的穹庐、仲春的早晨。

［穹庐设在舞台一侧，门外张彩棚，下敷地毯，设备各种必要用具。

［四周有障屏竖立，间隔成一区域，当隔处每有缺口，与外通。背景可适当布置胡中景物。时闻马嘶声。

［蔡文姬，胡装，其装束如维吾尔族。独自一人在彩棚下徘徊，形容憔悴。一时又高兴，一时又有愁思不决之状。忽然又站立着，凝视着远方，似在酝酿诗意。事实上她已三天三夜不睡觉。在失眠中她的《胡笳十八拍》已经做到第十二拍了。

［侍女四人，一人抱胡女，一人抱琴。其他二人捧盘。后台合唱（音乐伴奏）（《胡笳诗》中的"兮"字古本读"啊"音，故一律改为"啊"字）："东风应律啊暖气多，知是汉家天子啊布阳和。羌胡踏舞啊共讴歌，两国交欢啊罢兵戈。忽逢汉使啊称近诏，遣千金啊赎妾身。喜得生还啊逢圣君，嗟别二子啊会无因。十有二拍啊哀乐均，去住两情啊谁具陈。"

蔡文姬　怎么办呢？到底是回去，还是不回去？

［胡儿伊屠知牙师，佩弓，腰悬箭束，自穹庐对侧跑出。

胡　儿　妈！（向文姬跑去）

蔡文姬　（停步）啊，伊屠知牙师，你一早到什么地方去咪？
胡　儿　我去打兔子咪，我听见好些人在说，妈，你就要回汉朝去了，是真的吗？

［蔡文姬迟疑，叹气，掩泪……

胡　儿　（拥抱其母）妈，你在哭吗？你为什么要哭呢？回汉朝去不是好事吗？你不是经常说，要带我们回去吗？我是很高兴的啦！
蔡文姬　（索性哭出声来了）伊屠知牙师！我的儿！（抚抱胡儿，泣不成声。有一会儿，才哽咽着说）娘这几天一直没有告诉你。汉朝的曹丞相派遣了专使来，要把娘接回去，送来了很多的黄金玉器、锦缎绫罗。单于呼厨泉大人已经答应了。我已经考虑了三天，今天已经是第四天了，娘就要做最后的决定啦。
胡　儿　妈，你还没有决定吗？你决定了吧，带我们一道回去，把爹爹，把四姨婆也一道带回去！
蔡文姬　娘是很想回去的。我告诉过你"狐死首丘"的故事，一个人到死都是怀念自己的乡土的。你外公、外婆的坟墓在长安，娘只是十二年前，在来匈奴的途中去扫过一次。娘也很想回去扫墓。特别是你外公有不少的著作，经过战乱遗失了，回去我想总也可以收集得一些。娘十二年来都这样想，可是总得不到回去的机会。现在机会来了，娘当然是喜出望外的！
胡　儿　那么，你为什么不赶快做出决定，把我们一道带回去呢？我多么想去看看万里长城，看看黄河，看看长江，看看东岳泰山啊！
蔡文姬　（悲抑）儿呀，你不知道。娘为这事已经三天三夜没有睡觉了。
胡　儿　哦，难怪你这两天瘦了，我看你饭也不想吃。妈，你是生了病吗，妈？
蔡文姬　（摇头）我啊，我比生病还要难过。（徐缓地）能够回去，我是很高兴的。十二年来，我认为无望的希望竟公然达到了。但是，儿啊，娘要回去，……（欲言又止，终于决绝地说出）却又不得不丢掉你们！
胡　儿　（惊愕）怎么？妈，你说什么？
蔡文姬　（悲痛）娘要回去，就不能不留你们在这儿，留下你和你的妹妹。

蔡文姬　　　　　　　　　　　　　　　　　　　　　　　　　　125

胡　儿　那怎么行呢？妈，难道你不要我们了吗？
蔡文姬　不，不是！是你父亲不放你们走，他甚至于不想让我走。
胡　儿　那怎么行呢？我要和爹爹闹。
蔡文姬　我已经和你爹爹谈了三天了。我说，儿女让我带回去，没有母亲的儿女是很可怜的。他说，不行，你是汉人，我可以让步，让你走；儿女是匈奴人，我不能让步，你不能带走。
胡　儿　（愤愤然，又含着眼泪地）爹爹这样不讲道理吗？匈奴人和汉人不是一家人？
蔡文姬　儿啊，你还小。你爹爹是爱你们的，他不放你们走，你也不能怪他。
胡　儿　哼！我是妈妈的儿，那我要跟着妈妈！我要跟着妈妈！……
　　　　［赵四娘抱着胡女由穹庐中走出。
胡　儿　（回头向赵四娘纠缠）四姨婆，你知道吗？妈妈要回汉朝去了，爹爹不让我们一道去！
赵四娘　你也知道了吗？你妈和我这几天正为这件事伤心啦。
胡　儿　四姨婆是不是也要回去呢？
赵四娘　我吗，我是想回去的。伊屠知牙师呀，你长大了就会知道。一个人谁也要思念自己的故土。……但是，我已经想了三天，昨天晚上我同你妈妈讲明白了，我要留下来。我留下来照顾你们兄妹俩，让你们的妈妈好安心地回去。
　　　　［胡儿放声大哭，叫嚷着要跟妈妈一道回去。文姬、赵四娘也眼泪涔涔。
蔡文姬　四姨娘，我，我，我不想回去了。我们一道都留在这儿。
赵四娘　（苦笑）那，那，那你就太溺爱了！文姬！你应该安心回去。你的儿女，由我在这儿抚养，我保管把他们抚养成人，并且要教他们学好。有我在这儿，你安心，就和你自己在这儿是一样。
胡　儿　我要跟着妈回去，四姨婆你也一同回去！（啰唪）
赵四娘　这是没办法的，你爹爹左贤王执意不肯让你们走。他甚至于还这样说，如果要把你们带走，连你妈妈他也要让她活不下去！
胡　儿　什么，他要杀妈妈？

赵四娘　他是那样说的。他说，你妈妈是汉人，一定要走，他没有办法；你们是匈奴人，断然不能带走。如果把你们带走，那他就要把你们统统杀掉！

胡　儿　（愤恨）什么，他要把我们统统杀掉！哼！我要去和他闹！（作势欲下）

蔡文姬　（一手挽住他）伊屠知牙师，你不能那样，你怎能和你爹爹闹呢？他不肯放你们走，也是由于爱你们。……他虽然那样说，但他对我们是好心好意的。

胡　儿　那么，他为什么不让我们回去呢？

蔡文姬　你还小，你还不懂，你爹也上年纪了。他说过，如果让你们也走，他会活不下去。

胡　儿　我们劝他一道走嘛！

蔡文姬　（不禁苦笑）不行的，那是办不到的事呀！

赵四娘　（插话）伊屠知牙师，你要知道，就跟你妈妈想回汉朝一样，你爹爹是不想离开匈奴。这是一样的道理。

胡　儿　四姨婆，那你为什么不回去？

赵四娘　我不是说过了吗？我是爱你们，也是爱你们的妈妈。我要让你们妈妈把我爱故乡的情感承担回去，我要让我自己把你们妈妈爱儿女的情感承担下来。我是孤孤单单的一个人，年纪已经老了，我如果能够把你们抚养成人，在我就心满意足了。

蔡文姬　四姨娘，二十年来我们形影不相离，你比我亲生的母亲还要疼我，我怎么能够再把做母亲的责任加在你的身上？唉！我回去又能够做些什么呢？

赵四娘　（含谴责意）你总爱那样说！以你的才华，能做的事情多着呢！你难道还不相信我吗？啊，我告诉你，我虽然已经六十岁，但我至少还想再活十五年，我一定要把你的儿女抚养成人，由他们的一代，来代替他们父亲的一代，一定要看到匈奴和汉朝真正成为一家。

［左贤王带胡兵四人匆匆上。

左贤王　（愤愤然）你们在胡闹些什么？胆大包天！什么叫匈奴和汉朝成

为一家？哼！

赵四娘　哎，你们这一家人不就是这样的吗？

左贤王　哼！你说得好听！你难道没有看见吗？我这一家人眼看就要四分五裂了。（回向文姬）文姬，孩子们的妈！今天是第四天了。呼厨泉单于正在给汉朝来的人饯行，今天就动身！

蔡文姬　什么？今天就走吗？

左贤王　是啊，汉朝来的人说，他们受了曹丞相的命令，要在五月以前赶回。在路上还要走两个来月呢。

蔡文姬　汉朝派来的人到底姓甚名谁，我问过你好几次，你都没有弄明白。

左贤王　他们的姓名谁弄得清啊，简单得太不成话！我只记得一个是什么"东师"都尉（董祀），一个是什么"将军"司马（周近）。这些官名我知道，看来他们都是带兵官。那位"东师"都尉倒还和气，那位"将军"司马，却是盛气凌人，全不把人看在眼里，他刚才还私下对我说："你要不把蔡文姬送回汉朝，曹丞相的大兵一到，立即把你们匈奴荡平！"他这气焰我可受不了。我想，他们一定还有大兵在后，这是他们先来试探我们的。我不是对你说过，这是他们惯用的手法？这就叫作"先礼后兵"。如果我不答应你回去，那就会大兵压境，我们南匈奴，就要弄得和北匈奴，和三郡乌桓一样了！孩子们的妈，我是不想让你走的，你叫我怎么办呢？啊，我恨不得把自己剖成两半！

蔡文姬　请你不要那么想吧！我告诉你，我也是不愿意离开你。我把儿女丢下，你叫我怎么能够忍心呢？如果你能让我带走一个，……

左贤王　不行！半个也不行！我这几天都快要发疯了。你要走，我不敢阻拦你。四姨娘你也可以带走。除此之外谁也不准带走！不然，我要杀人！我要把我全家杀尽！

赵四娘　左贤王，请你息怒吧！我已经下了决心：我愿意留下来替文姬抚养儿女，让她一个人回去。

　　　　〔胡儿抱母身，放声痛哭。

胡　儿　我要和妈妈一道走，我要和妈妈一道走！……

左贤王　伊屠知牙师不要哭了！伊屠知牙师不要哭了！（暴怒）你这个小

东西！不准哭！（指挥胡兵）给我把他拉下去！

［胡兵二人向前扭取胡儿，胡儿号啕痛哭，死死不放。左贤王暴跳如雷，几次手按佩刀，欲有动作，赵四娘从旁挽劝。

蔡文姬　（毅然地，叱咤胡兵）你们不准乱动！

［胡兵迟疑，回视左贤王，左贤王勉强示意，胡兵离开文姬，远远侍立。

蔡文姬　（从侍女手中抱过胡女）四姨娘，请你把昭姬小妹抱下去吧。

赵四娘　（抱过胡女，牵引胡儿）好，伊屠知牙师，我引你一道去玩玩。你妈妈不走的。

胡　儿　我要跟妈妈一同回去！我要跟妈妈一同回去！

蔡文姬　（俯视胡儿）伊屠知牙师，我的儿，你是听娘的话的，你也跟着四姨婆下去，等你们长大了，你同妹妹都回汉朝去。你下去吧！

赵四娘　好，我带你们一道到草原上去看跑马。

［胡儿已知世相，默默无言，勉强听从；两眼含泪，随赵四娘下。

蔡文姬　（向左贤王）左贤王，请你不要生气吧。我也知道你的痛苦。我走了。我希望你尊重四姨娘，让她把孩子们抚养成人，说本心话，我很想回去，但又不愿离开你们。你知道，我是愿意匈奴和汉朝长远和好的。可是刚才你说，如果我不回去，曹丞相就要大兵压境，真是这样，那就是不义之师。我决不回去，死，也要死在匈奴！因此，我要向你请求一件事。

左贤王　（转和缓）你总不会让我归顺汉朝吧！

蔡文姬　不是那样使你为难的事。……

［一胡兵上场向左贤王报告。

胡　兵　启禀左贤王，呼厨泉单于大人请你快些驾临王宫。

左贤王　知道了。下去！（胡兵下）你快说，是怎样？

蔡文姬　我希望你请汉朝的使者——请那位你认为比较和气的"东师"都尉吧，请他到我们这里来。我要当面问他：他们到底有没有大兵在后。你可以掩伏在近旁，听我们说些什么话，但不许有人露面。如果有人露面，那汉朝的使者就不会说出真话来了。就是这样一件请求，你能同意吗？

左贤王　（略略考虑一会儿，点头）这倒可以同意。好吧，我去同他们说清楚，立地把使者请来。

［左贤王引胡兵四人下场。

［蔡文姬一人在场上盘旋，她这时又在酝酿着《胡笳诗》第十三拍了。

［后台合唱，音乐伴奏。"不谓残生啊却得旋归，抚抱胡儿啊泣下沾衣。汉使迎我啊四牡騑，胡儿号啊谁得知？与我生死啊逢此时！愁为子啊日无光辉。焉得羽翼啊将汝归？"

［左贤王偕胡兵四人，引汉使董祀上。汉婢二人，一人捧汉衣冠，一人抱琴，随上。

［文姬见董祀，现出惊疑之态。

左贤王　文姬，我把汉朝的使者请来了，这位就是"东师"都尉啦。

董　祀　（向文姬行礼）文姬夫人，你好！我是陈留董祀，我们有十几年不见面了！

蔡文姬　（还礼）啊，公胤，原来是你啊！（回向左贤王）左贤王，谢谢你。这位汉朝来的使者，他姓董名祀字公胤，是我父亲的学生，也是我的一位表弟。他的母亲是我的母亲和四姨娘的亲姐姐。他从小就失掉母亲，是我母亲把他养大的。

左贤王　哦，那就更好了。你们在这里谈谈心，我去陪单于和副使。失陪了！

董　祀　大王请便。

［左贤王与胡兵四人由原路下，掩伏在屏围后。

董　祀　（向文姬）文姬夫人，……

蔡文姬　公胤，还是照你幼时的习惯，称我为大姐吧。

董　祀　啊，大姐，我真没有想到能够再和你见面。

蔡文姬　我也没有想到啊。

董　祀　听说你已经有侄儿侄女了。

蔡文姬　是啊。四姨娘也在这儿。

董　祀　啊。四姨娘也在这儿吗？

蔡文姬　我们是兴平二年一同流落到这儿来的，在这里同住了十二年了。

董　祀　唉！真是没有想到。这些年天下的变化是多么大啊！

蔡文姬　公胤，你请坐。哦，公胤，我倒要问你，你们这一次带来了多少人马？

董　祀　大姐，我们一行就只有三十五个人。我是正使，另一位副使周近，是清河崔琰的学生。此外就是侍从和管车马的人。

蔡文姬　啊哈，周近？不是说什么"将军"吗？

董　祀　那是把音搞错了。我是陈留的屯田都尉，周近是我下边的一个屯田营的司马。

蔡文姬　听说你们还有大兵随后，你们只是先行啊！

董　祀　（诧异）谁这样说？完全是谣言！

蔡文姬　哼！你说是谣言吗？是你们的副使周近亲自对左贤王说的。他说：如果不让我回去，你们的大兵一到，就要荡平匈奴！

董　祀　（惊诧）啊！他说过这样的话！周近他居然这样口不择言，他怎么能够这样说呢！大姐，我们是在正月初旬离开邺下的，临行前曹丞相亲自召见了我们，要我们带来了好些礼品，献给呼厨泉单于和左贤王，专诚来迎接你回去。丞相还派了两个自己府里的侍婢来陪伴你。（指抱琴者）这一位叫侍琴。（侍琴屈半膝敬礼。指抱衣者）这一位叫侍书。（侍书同样敬礼）还给你送来了几套衣服和一具焦尾琴，（指示二汉婢手中所捧抱者）你是知道的，曹丞相是会弹琴的。这焦尾琴是他亲自监制的，是仿照姨夫伯喈先生的焦尾琴制造的。丞相还亲手试过音，他说，你一定会喜欢。

蔡文姬　（故意文不对题地）可我知道曹丞相很会用兵，"兵不厌诈"。他不是惯会使用诈术的吗？我听说，去年打平了三郡乌桓，曹丞相就是全靠诈术。他没有从正面去进攻，是从侧面去偷袭的。可不是吗？

董　祀　大姐，你是只知其一不知其二。曹丞相爱兵如命，视民如伤。他会用兵，但他是不轻易用兵的，他锄豪强，抑兼并，济贫弱，兴屯田，使流离失所的农民又从新安定下来，使纷纷扰攘的天下又从新呈现出太平的景象。现在的中原，大姐，和你十二年前离开的时候是完全两样了。丞相去年远征三郡乌桓，正是证明"王者之师，天下无敌"。三郡乌桓近年来骤然强盛了起来，不仅经常侵犯北边，也经常侵犯匈奴。它把汉人俘虏了十多万户去做奴隶，使北部的边疆连年受到侵害。所以曹丞相才不能坐视，出师亲征，行军千里，把三郡乌桓荡平了。这不仅救了汉人，也救了匈奴人。十多万户被奴役的汉人被他救回来了，不少的匈奴人也被他解救了。他还使乌桓的侯王大人受了他的感化，听从指挥，而今三郡乌桓的骑兵在曹丞相的麾下已经成为天下的劲旅。这假使不是仁义之师，是怎么也不能办到的。大姐，你离开故乡太久，你恐怕不明白真相吧？曹丞相的主张是"天地间，人为贵"。他曾经说过："圣贤之用兵也，戢而时动，不得已而用之。"……

蔡文姬　公胤，我还要问你。曹丞相打发你们来接我，究竟要我回去做些什么？是不是因为我在匈奴住了十二年，熟悉匈奴的情形，要我回去在军事上有所贡献？

董　祀　你怎么谈到军事上来了！我们来的时候，丞相告诉了我们：现在匈奴和汉朝已经和好，朝廷正在广罗人才，力修文治。他说到你的父亲伯喈先生，他是天下名儒，可惜受冤屈而死。他也说到你是伯喈先生的孤女，你是博学多才的人。他说：你的才情不亚于曹大姑班昭；班昭能够继承她父亲班彪的遗业，帮助她哥哥班固撰成了《前汉书》，你也尽可以继承伯喈先生的遗业，参与《续汉书》的撰述。这些都是他亲自对我们说的。曹丞相是要在文治上做一番大事业，他是看中了你的文才，才来接你回去的。

蔡文姬　多谢你的指点。公胤，我感谢你。十二年来，我无日无夜不在思念我的乡土，我也没有忘记要收集我父亲的遗书。可是，公胤，我在这里已经有一儿一女，你是知道的，曹丞相难道不知道吗？

董　祀　曹丞相也是知道的。他原想让你的子女也一道回去。我们也做了很大的努力，但是左贤王执意不肯。他说，大姐走，他可以同意，要带走儿女就万万不行。这层在大姐是一件憾事，在我们也是一件憾事。但我想人各爱其儿女，左贤王不忍放走他的儿女，这也是人之常情。（停一会儿）但是，如今汉朝和匈奴已如一家。大姐，你的子女留在这里也同带回去一样。待他们长大成人了，将来是有机会回去的。（再停一会儿）大姐，你的慈母之心，我是能够体会的，但是请你务必以国事为重。

蔡文姬 （深受感动）啊，公胤啊，你说得我无言对答了。

[此时左贤王和胡兵四人从掩伏处出现。

[董祀出乎意外，以手按佩剑。四婢女亦惊惶，奔赴文姬侧。

左贤王 （急忙向董祀行半跪礼，诚恳地）董祀都尉，我感谢你。（董祀亦答礼，两人相扶，起立）你的话把我的疑团消除了。（回向文姬）文姬，你安心回去吧。你回去，遵照曹丞相的意愿，继承岳父伯喈先生的遗业，撰修《续汉书》，比你在匈奴更有意义。你将来还可以回匈奴来，我一有机会也可以到汉朝去。你回去了，我一定照着你的吩咐，请四姨娘抚养我们的儿女，（解下所佩轻吕刀，再行半跪礼捧呈董祀）董祀都尉，请你接受我这把轻吕刀吧！这把刀我佩带了十年。不知道作了多少次战，也不知道杀过多少次人，我把这把刀献给你！我要对你发誓：从今以后，我要和汉朝永远和好！

董　祀 （深受感动，同样行半跪礼受其刀）谢谢你，左贤王！（相扶起立，将刀佩上，随手将所佩玉具剑解下，捧呈左贤王）左贤王，我这把玉具剑是曹丞相赏赐给我的，这比我的生命还要宝贵，我现在要把它也转赠给你。请你收下吧！

[左贤王受剑，佩之。两人拱手为礼。胡兵、汉婢均屈半膝，蔡文姬亦合掌垂泪含笑。

（幕落）

【第二幕】

[呼厨泉单于大穹庐（等于王宫）。

[布置与第一幕仿佛，但更华丽。处处有旌旗扎结成架，下悬铜锣数面。适当处悬置弓矢、马鞍、鹿角、虎头等。

[在穹庐门外大天幕下，当门处置毡毯，为上位。呼厨泉单于坐在正中，周近坐在他右侧，匈奴人尚左，左侧有席虚设，示为正使董祀之座。两旁亦置毡毯，右贤王去卑座位靠近周近，其对侧有席虚设，备左贤王入座。

[席均贴地而设。别有坐褥，如虎豹皮之类。

[自穹庐中时有胡婢捧出羊糕、马潼酒或干果之类，置主客席前。酒须时时斟添。

[一对对侍女与仪仗队从两侧走出。继而右贤王与周近上场。周近为屯田司马。曹魏屯田制度，郡国设典农中郎将或典农校尉，依郡国大小而异：大者为中郎将，职较高；小者为校尉；其下置屯田都尉，或称典农都尉。又其下分营屯田，营置司马。故屯田司马在屯田都尉之下，但简称"司马"则俨然大官，周近即隐隐以此自炫。此人颇自尊大，有大国主义的臭味儿。

[周近走上。

周　近　右贤王，你刚才说得很有趣啊！哈……

去　卑　司马请！

周　近　右贤王请！

去　卑　周司马请，周司马是曹丞相的使臣，还是司马请。我听说曹丞相也是善于狩猎的，想必是好箭法。

周　近　是的，曹丞相是最善于狩猎的，你知道，他有一次，一天就射杀了山鸡七十多只。

去　卑　七十多只？

[穹庐外高呼："单于王驾到！"继而全体高呼："单于王驾到！"

[四胡侍卫上，单于后上。

去　卑		呼厨泉单于，酒宴都已备齐。准备好了的节目，我看，可以开演了。
单　于		左贤王和董都尉还没有来，还是再等一会儿吧。（回顾周近）周司马，你所说的曹丞相的相貌，和我这里所传说的大不相同啊。
周　近		你们所传说的是怎样？
单　于		是说曹丞相魁梧奇伟，仪表堂堂……
去　卑		须长四尺，声如洪钟。
周　近		（拊掌大笑）啊哈哈哈哈，（向去卑）你们说得完全不对！右贤王！你们是怎么弄错的？
单　于		（向去卑）去卑，不是我们往年派去的人，亲眼看见的吗？
去　卑		是的，是他们回来说的。
周　近		（回思，忽有所悟）啊哈，我想起来了，是有那么一回咪。（执杯在手，起立徘徊）几年前曹丞相把袁绍消灭了，做了冀州牧。在那时候，你们派遣了使臣去向丞相致贺来着。
去　卑		是的，那是四年前的事。我记得是在秋天。
周　近		对了。那时曹丞相要接见你们的使者，他觉得自己的相貌不扬，便请我的老师清河崔琰来代替他。他自己却拿着刀站在崔老师的旁边，装成一个卫士。（一面陈述，一面做姿态表示）
单　于		啊！是那样的吗？难怪回来的人说，汉朝连当卫士的人，一眼看去，都像英雄豪杰呀！
周　近		所以你们所传说的曹丞相的相貌，其实是崔老师崔季珪的相貌。
去　卑		曹丞相真是一位会用心思的人啊。
周　近		你说得不错。曹丞相没有一刻不在用他的心思。他就由于用心过度，经常爱发晕病啦。
单　于		很厉害吗？
周　近		不，倒不那么厉害，不过总每每发作。丞相真是一个多才多艺的人，你们知道吗？曹丞相会作诗，会写字，会下棋，会骑马射箭，会用兵，会用人。他的手下真真是猛将如云，谋臣如雨啊！
去　卑		那，我们是知道的。听说曹丞相的部下有荀彧、荀攸、郭嘉、

蔡文姬

钟繇，都是神机妙算的军师；还有张辽、许褚、夏侯渊、夏侯惇，都是一将当千的勇士！

周　近　一点也不错，他们都是一些了不起的人。他们对于曹丞相都是心悦诚服的。你们要知道，曹丞相能够用人，这就是他的一项大本领。什么人在他的手下都可以发挥自己的才智。大家真是又爱他，又怕他。

去　卑　是怕他？……

周　近　是怕他太贤明啦。他那一双眼睛炯炯有神，你如果立在他的面前，就好像自己的心肝五脏都被他看透了的一样啊。不过，曹丞相的可怕之处还不单在这里。

去　卑　可怕之处还在什么地方呢？你说。

周　近　（得意地）是在他当机立断，执法如山。只要你一有错处，他是丝毫也不容恕的。就是自己的儿女，他也要加以处分。因此，我们大家都感觉着——最好不要伤了丞相的和气。呼厨泉单于，这一点我要请求你们特别留意。

单　于　（生气地）来人哪！传达我的命令，快请左贤王陪同董都尉前来赴宴！

一侍卫　是！（下）

去　卑　周近司马，关于这一层我们是常常留意的。所以这一次你们奉了曹丞相的命令来到敝邦，要把蔡文姬接回去，单于和我是完全同意的。我要告诉你啦，左贤王是不甘心的，他这人野心勃勃，不晓得会要闹出些什么乱子。

周　近　这么说，他自命为冒顿，是有用意的吗？

去　卑　可不是？你想，我们的祖先冒顿单于，他是打败过汉高祖、侮谩过吕太后的人。他公然要学他！

周　近　这个可麻烦了。难怪我们来了好几天了，蔡文姬到底回不回去，都还决定不下来。

去　卑　不过，我们早就准备好了，不管左贤王同不同意，我们都要送蔡文姬回去，决不辜负曹丞相的盛意。

周　近　这就很好。所以我刚才当面警告了他。我说：如果不把蔡文姬

|||送回去，那后果是严重的，曹丞相的大兵一到，你要立地化为齑粉！
去　卑|你这话说得正当时，像左贤王那样的人，正应该使他知道曹丞相的军事力量。
单　于|去卑，你的话说得太多了！你怎么能说到曹丞相的军事力量上来？曹丞相这次送来了厚礼，要迎接蔡文姬回去，实在也是对于我们南匈奴至诚和好的一种表示。匈奴和汉朝多少年以来屡以兵戎相见，现在已经如像一家，这并不是件小事情啊，董都尉转达曹丞相的意旨说，只因为匈奴和汉朝已经如同一家，所以蔡文姬才能回去。曹丞相再三嘱咐过，蔡文姬回不回去决不勉强，一切由我们来定夺。去卑，你想一想，这怎么能谈得到军事力量上来呢？
去　卑|是，是。我只是附和周近司马的话，有失检点。
单　于|（向周近）周近司马，我们决定叫文姬回去，也正是对汉朝和好的诚恳表示。曹丞相既然看重蔡文姬的文采，要她回去参与文治声教的事业，我们理当从命。不过她和左贤王是十二年的夫妻了，又有了儿女，一时难于割舍，这也是人之常情啊。
周　近|是，是。左贤王的心境，我也能够领会。
去　卑|不过，左贤王也实在是太执拗了。他虽然在说蔡文姬舍不得自己的儿女，我看，其实分明是左贤王自己在刁难。他刚才把董都尉请去了，我倒担心，该不是对董都尉心怀不善吧？
单　于|左贤王那样不顾大局吗？
去　卑|那也很难说。

［穹庐外——侍卫高呼："左贤王到！"
［二侍卫先上，左贤王后上。

左贤王|呼厨泉单于。（向周近）周近司马。
单　于|（向左贤王）怎么样？董都尉呢？
左贤王|（稳重地）一切都顺利解决了。
单　于|（吃惊）什么？顺利解决了？你是说……
左贤王|文姬下了决心，我也下了决心。

单　于　我在问你董都尉啦！
左贤王　我正要说到他，他已经和我成为生死之交，你们看，（把腰上的玉具剑横陈膝上）他的玉具剑都已经在我手里了。
　　　　〔单于、右贤王和周近均大惊失色。
单　于　（含怒意）你当真做出来了吗？
左贤王　（开始诧异，继而大笑）哈、哈哈哈，你们到底在惊惶些什么？董都尉很快就收拾好啦。
单　于　（大怒）来人哪！
　　　　〔左右屏壁后及大穹庐中有胡兵，手执刀、斧、盾牌等拥出。
单　于　给我把左贤王拿下！
　　　　〔右贤王和周近均起立，手按腰间所佩刀剑。但因左贤王颇得人心，胡兵们都面面相觑，不肯动作。
左贤王　（徐徐起立，愈加大笑）你们发了疯吗？
　　　　〔时此董祀身着胡装，佩轻吕刀，由右侧入场。左贤王起立相迎。诸人见场中情形均不免意外而略踌躇。
董　祀　（向左贤王）这是怎么回事？
单　于　退下！
左贤王　董都尉，有趣得很，有趣得很！他们发生了误会，以为我把你伤害了呢！
　　　　〔左贤王与董祀相视大笑。
董　祀　（向单于）更换服装，来迟了一步，请单于原谅。
单　于　不。你来得正是时候。（请大家就座）董都尉。你完全变了样啦？
董　祀　是的，这是左贤王赠送给我的匈奴服装，我把我的汉装也留赠给了左贤王。
单　于　你们很快就成了好朋友啦？
董　祀　不仅是好朋友，而且还是亲戚呢。蔡文姬是我的表姐，我们是姨表姐弟，这是左贤王所没有料到的。
左贤王　是呀！亲戚再加上好朋友，这是最难得的。我们大家应该推心置腹，开诚布公，我今天这一半天，真是添了不少的智慧！
单　于　是的，一有了偏见，就容易发生误会。左贤王，你刚才说，蔡文姬已经下了决心，你也下了决心，你叫大家准备动身，没有问题吗？

左贤王　没有问题，但我还有一点请求。

单　于　你还有什么请求？

左贤王　董都尉他们远道回去，为完全起见，我请求你派兵护送。

单　于　我已经决定派遣右贤王去卑率领骑兵二百名护送，一直送到曹丞相住的地方去。

左贤王　哦，那就很周到了。

单　于　（向董祀）董都尉，曹丞相送来的礼品实在太隆重了，黄金千两，白璧十双，锦绢百匹，我们实在是受之有愧。我们匈奴无物可报，谨备黄羊二百五十头、胡马百匹、骆驼二十头，这些牲畜一则供你们在路上运输，二则供你们的台粮，特别是骆驼二十头，是专诚奉献曹丞相的，请代达我们的微意，问候曹丞相起居。

董　祀　谢谢你，呼厨泉单于，汉朝和匈奴永归于好，这正是曹丞相的希望，也是我们大家希望的。

单　于　我听说，匈奴人是夏禹王的苗裔，匈奴人和汉人本来就是兄弟嘛！

董　祀　是，正是那样。

左贤王　好吧，我希望从今以后，我们所有的兄弟，都要永远和好！

单　于　好啊！左贤王，你说得好！

众　人　好啊！左贤王，你说得好！

　　　　［蔡文姬上。侍琴、侍书随后上。

蔡文姬　（至单于前敬礼）呼厨泉单于，劳您久候了。

单　于　不，我们大家正专诚等你，你已经下了决心，回汉朝吗？

蔡文姬　是的，我已经下了决心，左贤王也下了决心。

单　于　好的，这对于匈奴和汉朝的和好，是有很大的贡献的；匈奴和汉朝本来是一家人，不分什么彼此。我听说，你是舍不得你的一双儿女。做母亲的人，要和儿女分离，的确是件苦事。

蔡文姬　谢谢单于的关切。认真说，和我的儿女们分离就好像割掉了我的心肝一样。

单　于　文姬夫人，你安心回去吧。左贤王会好好照顾他们，我们也要特别照顾他们。匈奴和汉朝已经是一家，你的儿女留在这里也是一样，将来长大了，让他们回到你那里去好了。

蔡文姬　谢谢单于的关切。

左贤王　好吧！让我来引见一下吧。（把文姬引到周近前，二婢相随）这位就是汉朝的副使周司马。

周　近　（毕恭毕敬地拱手鞠躬）屯田司马周近，恭候文姬夫人万福。

蔡文姬　（答礼）长途跋涉，辛苦了。

　　　　〔左贤王、文姬回身、立场中，面向众人。

单　于　现在我想请大家就座，重整酒宴。传令下去，歌舞可以开始了。

左贤王　（向众）等一等！（向单于）呼厨泉单于，酒宴、歌舞是不是不用了？不是说时间很紧迫吗？是不是叫他们准备动身呢？

单　于　那也好。

左贤王　（回向右贤王）去卑，行李的准备是不是已经停当了？

去　卑　早已准备好，等了你三天了。

左贤王　（回向董祀）董都尉，你看是不是就准备动身啦？

董　祀　请你问问文姬大姐，看她还有什么话吩咐？

左贤王　（回向文姬）文姬，你安心回去吧。你还有什么话吩咐？

蔡文姬　（沉抑但又沉着地）我的心都碎了，我也没有什么话好说。就让我向你告别吧。（向左贤王敛衽为礼）我，祝你永远安康！

左贤王　（回礼、感慨地）我祝你一路平安！

蔡文姬　（向单于敛衽为礼）祝单于永远安康！

单　于　（答礼）祝王妃一路平安！

蔡文姬　（向全场的人敛衽为礼）祝大家都永远安康！

全场的人　（同声喊出）祝文姬夫人一路平安！

　　　　〔全场肃然，或行半跪礼，或行敛衽礼，或鞠躬拱手，有感动垂泪者。

　　　　〔文姬被二婢搀扶着，徐徐向左首走去。

　　　　〔后台合唱，有音乐伴奏。

愁为子啊日无光辉,
焉得羽翼啊将汝归?
一步一远啊足难移,
魂销影绝啊恩爱遗。
肝肠搅刺啊人莫我知。

(幕落)

【第三幕】

[长安郊外,蔡邕之墓畔。墓碑题"左中郎将蔡邕之墓",八字,墓前有石人、石马各一对。墓畔有亭,亭中有石桌、石凳之类。
[背景是一片森林,远远可见汉代陵墓,如茂陵、卫青、霍去病之墓等。天上有新月、群星闪烁。时已夜半,万籁俱寂。
[舞台一侧有天幕二三,表示文姬等来此谒墓,留墓畔露宿。
[俄而,文姬着披风,独自一人由天幕之一走出,因经长途跋涉,兼复思念儿女,愈形憔悴。在墓台前往来屏营,时时仰天叹息或掩袖而泣。此时在她的情绪中回旋着《胡笳诗》第十七拍中的词句。
[后台合唱,有音乐伴奏。"去时怀土啊心无绪,来时别儿啊思漫漫。塞上黄蒿啊枝枯叶干,沙场白骨啊刀痕箭瘢。风霜凛凛啊春夏寒,人马饥荒啊骨肉单。岂知重得啊入长安?叹息欲绝啊泪阑干。

蔡文姬 (行至墓前跪祷,向墓独白)父亲,大家都睡定了,我现在又来看你来了。你怕会责备我吧?曹丞相苦心孤诣地赎取我回来,应该是天大的喜事。但我真不应该啊,我总是一心想念着我留在南匈奴的儿女。他们总是一时一刻都离不开我的心。(起立屏营)我离开他们已经一个月了,差不多每晚上都睡不好觉。我总想在梦里看见他们一眼,但奇怪的是他们总不来入梦。一个月了就总不能看见他们一次啊!(抚墓碑发问)啊,爹爹,该不是孩子们生了病吧？该不是碰到什么灾害吧？该不是……唉！我真不敢想象啊，但我的心却一刻也不让我停止想象。我无时无刻不在想啊，饭也不想吃，觉也不能睡。像这样，我到底能做些什么呢？啊，我辜负了曹丞相，我辜负了你啦，爹爹！（跪下）曹丞相要我学那曹大姑班昭，让我回来继承父亲的遗业，帮助撰述《续汉书》。但我现在已经成了一个废人。我有什么本领能够做那班昭？我有什么力量能够撰述《续汉书》呢？啊，父亲，请你谴责我吧！谴责我吧！我为什么一定要回来？我为什么一定要回来啊？……（倦极，倒在墓前，昏厥）

［舞台转暗，渐渐转明，在纱幕后现出各种各样的情境。首先出现山川萧条，路边有白骨，有褴褛人群在道途中流离，有胡兵追逐。尘烟蒙蒙。蔡文姬时年十八岁，素服（因其前夫卫仲道身死未久，尚在孝中），负琴一具，与赵四娘同在逃难中，为胡兵所获，受盘询。旋遇左贤王，时尚无声。胡兵们均惊呼："左贤王来了！左贤王来了！"作鸟兽散。文姬与赵四娘得到礼遇。

左贤王　（问赵四娘和蔡文姬）你们是什么人？
赵四娘　我姓赵，叫赵四娘。（指文姬）这位是我的姨侄女，蔡文姬。我们都是这陈留郡的人。
左贤王　看来你们都像是大户人家的女子？
赵四娘　（指文姬）我这姨侄女是有名的蔡邕蔡伯喈先生的小姐，……
左贤王　哦，难怪得，我说这位小姐怎么长得这样清秀！蔡伯喈先生，我们匈奴人也是知道的，他是汉朝的一位大学者，不幸他在长安被司徒王允杀死了。你就是他的小姐吗？难怪得！你们怎么这样零落呢？
赵四娘　我们的一家都被杀光、抢光了。我已经是一个孤人，我的姨侄女也成为一个孤人了。
左贤王　你们打算到什么地方去？
蔡文姬　（向赵四娘）你告诉他，我们打算到江南去。
赵四娘　是啊，我姨侄女说，我们打算到长江以南。
左贤王　到长江以南？很远吧？

赵四娘　是很远啦。

左贤王　你们怎么能去呢？

赵四娘　我们娘儿两人，打算沿途乞讨，沿途卖唱，总可以过活下去。我这位姨侄女，她是会弹琴，会唱歌的。

左贤王　想是想得好，但你们还没有逃出陈留，今天如果不遇着我，不是很危险吗。

赵四娘　谢谢你，大王！

左贤王　没有什么，我也只是偶然碰着你们。如今晚的局面，实在闹得也太不像样了！什么外戚，什么宦官，还有既非外戚也非宦官的豪强大户，他们就只晓得争权夺利，草菅人命。以前是抢田地，抢财产，抢官职，抢百姓的子女，现在是抢起皇帝来了。四处都在杀人放火，一杀就杀得一个精光，一烧也烧得一个精光，不要说你们，就有翅膀也飞不到长江以南，即使飞到了，长江以南的情形又怎样呢？恐怕也差不离吧？还不是一样的在争权夺利、杀人放火？你们往哪里逃呢？

蔡文姬　四姨娘，你告诉他：实在没有路走，我们就跳进黄河！

赵四娘　是啊，我们走到绝路，就跳进黄河啊！

左贤王　那倒干脆。但我想，也可以不必那儿轻生吧！生命不是宝贵的东西吗？

蔡文姬　四姨娘，你告诉他，人生还有比生命更可宝贵的东西！

赵四娘　是啊，人生还有比生命更可宝贵的东西！

左贤王　我懂得你们的意思，我们匈奴人里面也有好人，他们是轻生死，重义气的。（踌躇了一会儿）我想这样兵荒马乱的年辰，你们倒不如跟我一道到匈奴去。

赵四娘　（吃惊）到匈奴去？

左贤王　我们匈奴也是好地方，牛羊遍野，骆驼成群。夏天的草原是一片碧琉璃，冬天的草原是一片银世界。你们到那边，喜欢什么，我就给你们什么。到了匈奴，我就完全能够保护你们了。（又踌躇了一会儿）我要老老实实地说一句话：我很喜欢这位小姐（指着蔡文姬）。我在匈奴也看过了不少的女子，但不知怎的，我今天一看见了这位小姐，就像遇到了一位仙女啦。我们匈奴人是直爽的，有什么话就说什么话。只是这位小姐也喜欢我，那就再好也不过了。前朝不是有过一个王昭君吗？

［赵四娘感到突然，回看文姬。

蔡文姬　（沉着）四姨娘，请你问他，他回匈奴的时候，是不是要经过长安？

左贤王　（不等赵四娘转达）是要经过的。经过长安以后再往西北走啦。

蔡文姬　（向赵四娘）我倒有意思到长安去替父亲扫墓。

赵四娘　那吗，我们就仰仗他把我们保护到长安去吧。

［文姬点头。

赵四娘　（向左贤王）我想请你把我们送到长安去，就到长安。

左贤王　那不成问题。我绝对保护你们，使你们两位长远住在一道。你们能骑马吗？

赵四娘　驯善些的马是能够骑的。

左贤王　那吗，好！来人哪！（回顾胡兵）鞴两匹好马！

［胡兵下，闻马嘶声。

［暗场一会儿，复转明。远远现出万里长城，一片荒凉的草原；文姬与赵四娘在草原中艰苦赶路，赵四娘背着胡女，文姬手提包裹，正向长城的一座关门走去。有马蹄㗖㗖声，文姬与赵四娘惊惧。赵四娘因年老负重，失足倒地，脚受伤。文姬先为解下胡女，置之地上。想挽起赵四娘，不能起立。胡女号哭。俄而马蹄声止，有连呼"妈妈"之声，胡儿奔驰入场。

胡　儿　妈妈，妈妈，妈妈，你们回去，怎么不带我去？（拥抱文姬）

蔡文姬　（抚摸胡儿）啊，伊屠知牙师，你赶来了？你爹爹呢？

胡　儿　我不知道他往哪儿去了。我打了兔子回家，看见你和四姨婆不在，昭姬小妹也不在。我处处找你们，我想你们一定是回汉朝去了。我骑着马赶来，幸好把你们赶上了。妈，你为什么不告诉就走呢？

蔡文姬　怕你爹爹知道啦，你爹爹是不肯放你走的。你现在来了就好了。四姨婆把脚跌坏了，赶快把你的马牵来，让她骑吧。

［忽然雷电震闪，大雨滂沱，文姬从地上将胡女抱起，以头掩护之。胡儿以身庇护赵四娘。四人艰难万状。

［文姬忽然昂头，怒目四向盘旋，放声大呼："天啊，你是有眼睛的吗？苍天啊，你为什么这样折磨我啊?!"此语反复数遍。

［胡儿一面要照拂赵四娘，一面担心他的母亲，处于两难之中。赵四娘毅然向胡儿："伊屠知牙师，快去扶着你母亲！"胡儿奔赴文姬身旁，加以扶持。

［胡女号哭。

［舞台渐渐转暗，有人连呼"文姬夫人"之声。

［转明，文姬仍倒在墓前。侍琴正搀扶着她，使她坐起身来。

［侍书自天幕中捧出姜汤一杯，走向文姬。

侍　琴　文姬夫人，文姬夫人！……

蔡文姬　（醒转）伊屠知牙师呀！……

侍　琴　文姬夫人！

侍　书　文姬夫人，请你喝杯姜汤啦，提提神。

蔡文姬　（就侍书手中呷之）谢谢你们。（做回思状）啊，我在这儿倒睡了一觉，做了好多怪梦啦。

侍　琴　你梦见什么?

蔡文姬　我梦见四姨娘，也梦见我的女儿。我们母女四人在逃回的途中，在草原上遇着滂沱大雨，雷电交加。正在无法可施的时候，醒转来了。啊，尽管怎样艰难，就留在梦里不醒，不是更好吗？

侍　书　文姬夫人，你太悲伤了。这样是有伤你的身体的。我们还是回天幕里去吧。

蔡文姬　谢谢你们。天幕里气闷得很，这儿要更开朗一些。我想一个人在这儿走一走。

［二婢扶文姬起立，徐徐向墓亭走去。

蔡文姬　（被扶上亭，择一石凳，对月而坐，向侍琴和侍书）你们都去睡觉去吧，让我一个人在这儿休息一会儿。

侍　书　我是睡了一大觉的。侍琴姐你去睡吧。我留在这儿陪伴夫人。

侍　琴　我也不知不觉地睡了一大觉，睡得很甜。我现在也不想睡了。

蔡文姬

蔡文姬　你们都去睡，还只是半夜呢。明天一早不是要赶到华阴去吗？
侍　琴　夫人要去睡，我们就扶你去；你不去睡，我们都在这儿陪你。
侍　书　对，我们就在这儿陪你。
蔡文姬　你们都不想去吗？
侍　书　不想去。
蔡文姬　（向侍琴）好吧，请你去把那焦尾琴抱来。
侍　琴　是。
侍　书　侍琴姐。（将手中姜汤杯交给侍琴）

　　　　〔侍琴持杯下亭，入天幕中，抱琴而出。上亭，将琴放在文姬面前的石桌上。

蔡文姬　（调好琴弦，自行弹唱）

　　　　我与儿啊各一方，
　　　　日东月西啊徒相望，
　　　　不得相随啊空断肠。
　　　　对萱草啊忧不忘，
　　　　弹鸣琴啊情何伤！
　　　　今别子啊归故乡，
　　　　旧怨平啊新怨长。
　　　　泣血仰头啊诉苍苍，
　　　　胡为生我啊独罹此殃？
　　　　胡与汉啊异域殊风！
　　　　天与地隔啊子西母东。
　　　　苦我怨气啊浩于长空，
　　　　六合虽广啊受之应不容！

　　　　〔在文姬弹唱中，董祀由另一天幕中走出，在月下徘徊静听。俟文姬弹唱毕，向墓亭走近。

董　祀　文姬大姐，你在这样的深更半夜还在这儿弹琴？
蔡文姬　我睡不着觉啦，把你闹醒了吗？
董　祀　是别人把我叫醒的，大家都在替你担心，怕你把身体弄坏了。

　　　　〔侍书扶文姬步下墓亭，侍琴抱琴相随。

蔡文姬　我自己也知道，我这样实在不好，但我总是管辖不住自己。

董　祀　大姐，你是弹得很好，也是唱得很好的。你的音调真是充满了宇宙，你的歌词真是震荡人的灵魂。你是在用你全部的心血，全部的生命，在那儿弹奏，在那儿歌咏。

蔡文姬　公胤，你那样欣赏吗？

董　祀　是啊，大姐，从我们欣赏者来说，你这样的调子，这样的歌词，是愈多愈好的，但从你创作者来说，你这样全心全意沉没在你的悲哀里，恐怕不能够经久吧？

蔡文姬　是的，公胤呀，我自己也知道，但我总是管辖不住啦。

侍　琴　董都尉，刚才文姬夫人在那墓台上晕倒了一会儿呢！

董　祀　是那样吗？大姐，你假使病倒了，我们是对不起曹丞相，对不起伯喈先生的！

蔡文姬　是，我对不起你们。

董　祀　不要那样说。我们总希望你把心胸放得更开阔一些。

蔡文姬　我也想做到那样，但我丢下了的两个儿女却一时一刻也不能忘怀。

董　祀　侄儿侄女有四姨娘照管，是平安无事的，你请放心吧。你请多想些更快乐的事。譬如：大姐，你留在南匈奴十二年，现在能够平安地回来了，这难道不是一件天大的喜事？（文姬点头）你十二年前离开故乡时是怎样，十二年后的今天又是怎样？百姓逐渐地在过着安居乐业的生活，这难道不是又一件天大的喜事？

蔡文姬　是的，我们感谢曹丞相。

董　祀　大姐，你还请想想，从前我们的边疆，年年岁岁受到外患的侵扰，而今天呢，是鸡犬相闻、锋镝不惊。我们从南匈奴回来，沿途都受到迎送，没有些微的风吹草动，难道这是一件小事吗？

蔡文姬　不，不是小事。这是我自己亲身的经历。

董　祀　那吗，你为什么不从这些大处着想，只是沉浸在个人的儿女私情里面呢？大姐，请你把天下的悲哀作为你的悲哀，把天下的快乐作为你的快乐，那不是就可以把你个人的感情冲淡一些吧？如今"马边悬男头，马后载妇女"的时代，已经变成为"箪食壶浆，以迎王师"的时代。大姐，你在这一路上，你难道都还没有感受到吗？

蔡文姬　我感受到了，只是我自己的悲哀太深，总是扭不转来呀。

董　祀　大姐，我是同情你的，我要向你说句老实话，我从小时就敬重着你。我觉得你博学多才，就是班昭也不能和你相比。

蔡文姬　你把我看得太高了！

董　祀　（迟疑一会儿）但我现在更要向你说句老实话，我对你是有点失望了。到底个人事大，还是天下事大？天下的人，几年前有多少人流离失所，妻离子散，你不曾这样悲哀，而你现在却只怀念着你一对平安无事的子女。你的心胸为什么那样狭窄呢？

蔡文姬　（惊悟）啊，公胤，我感谢你。

董　祀　因为你是我的姐姐，我才毫不掩饰地这样说。但我也是鼓起勇气的，在路上我早就想说又怕伤了你的心，但在今天我却不能不说了。不说，就好像看着一个人沉溺在水里，袖手旁观地不肯搭救他一样。大姐，你老是这样下去，是要毁灭你自己的。我们看着你毁灭，那是对不住你，对不住伯喈先生，也对不住曹丞相。请你把我的话来回味一下吧，这可能是逆耳之言，不大好听的。

蔡文姬　（在倾听中逐渐愁眉解锁，面带笑容，精神振作了起来）公胤，你的话说得真好，这对于我要算是起死回生的良药。我感谢你，是你两次把我搭救了。公胤，我要向你发誓，我从今以后要听你的话，尽量减少个人的悲哀。

董　祀　好吧，大姐，只要你不生气，不再那么悲哀，那我就再高兴也没有了。我们的话已经说得不少了，还是请你去休息一会儿，明天我们还要赶路。

蔡文姬　好，我听你的话。你也该去休息。明日兼程赶路，好早日见到曹丞相。（矫健地向天幕走去）

　　　　　［侍书、侍琴随后。

　　　　　［董祀停立目送之。

蔡文姬　（走至天幕前，止步，回顾董祀）公胤，明天见！

董　祀　（拱手）明天见！

［文姬进入天幕中，侍书、侍琴随入。

（幕落）

【第四幕】

［邺下，曹丞相之书斋。夜。

［琴棋弓矢，图书文物均可适当布置，但须朴质而庄重。曹操尚俭约，不喜奢华，具有平民风度。多才多艺，喜谐谑潇洒，不拘形迹。但亦有威可畏，令人不敢侵犯，当时的习惯还是席地而坐，地上全面敷毡毯，座有坐垫或蒲团之类。书案须矮，但曹操所用之书案要大些，案上陈列文书笔砚之类，砚乃瓦砚，形如长箕而有四足。曹操善书，在案旁不妨设一有釉陶筒（不能用瓷，当时尚无瓷）插入纸卷画轴之类。

［曹操在灯下看书，不断击节称赞、连赞，"好诗！好诗！"其夫人卞氏坐在一旁缝补被面。曹操所用被面已历十年，每岁解浣缝补。

卞　氏　这条被面真是禁用啊。算来用了十年了，补补缝缝，已经打了好几个大补丁。

曹　操　补丁愈多愈好。冬天厚实，暖和些。夏天去了棉絮，当单被盖，刚合适。

卞　氏　（笑出）你真会打算。

曹　操　天下好多人都还没有被盖，有被盖已经是天大的幸福了。

卞　氏　是呀，天下好多人都还没有被盖，有被盖已经是天大的幸福了。

曹　操　（拍案叫绝）啊，好诗！好诗！（继之以朗吟，一面以手击拍）
为天有眼啊何不见我独漂流？
为神有灵啊何事处我天南海北头？
我不负天啊天何配我殊匹？
我不负神啊神何殛我越荒州？

蔡文姬

　　　　好大的气魄！有胆力、说得出！
卞　氏　你在读谁的诗啊？
曹　操　蔡文姬的《胡笳十八拍》，是董祀前几天由长安派人送回来的。
卞　氏　哦？蔡文姬已经到了长安吗？
曹　操　早就到了，恐怕在这一两天就要回到我们这儿了。
卞　氏　我们要好好地欢迎她呀。怪可怜的，陷没在南匈奴，足足十二年！你说，她今年有多大年纪了？
曹　操　算来怕已有三十一二吧。我记得她是在她父亲充军的时候生在朔方的，那是光和元年。蔡邕在朔方九个月，朝廷赦免了他们。但蔡邕在回来的路上又得罪了五原太守王智，他们又要杀他，弄得来在江海亡命十二年。直到初平元年才回到洛阳，他立即就被董卓强迫利用了，实在可惜。
卞　氏　他为什么不逃走，就像你当年那样呢？
曹　操　文人的短处就在这些地方了，他说他也想逃走，但没有下定决心。
卞　氏　亡命十二年中，蔡文姬是跟着她父亲的吧？
曹　操　那当然了，不过回到洛阳以后不久就分开了。她父亲就在初平元年三月跟随朝廷迁都到长安，文姬就留下来了，她在初平三年嫁给河东卫仲道，不久她父亲在长安遇害，她母亲赵五娘也跟着死了，唉，蔡伯喈的死实在是一项大损失。他的文章和学问，今天还没有人能赶得上他。
卞　氏　我听说蔡文姬也很有才学的啦？
曹　操　她小时候很聪明，记性很好，能够过目成诵。现在看她这首《胡笳十八拍》使我感觉着蔡中郎是有一个好女儿啦。唉，这也是艰难玉成了她。她在父母死后的第二年丈夫又死掉了。
卞　氏　哎呀，真可怜的！
曹　操　丈夫死后回到陈留，不两年就在兴平二年（公元195年）又流落到匈奴去了。
卞　氏　哎呀，这孩子真是灾难重重啦！
曹　操　是呀，我也可怜她！所以这一次才派人去南匈奴把她接回来。

我看她回来是可以承继她父亲的遗志，做出一番大事业的。她父亲想纂修《续汉书》，这对她不就是最适宜的事吗？

卞　氏　我听说她在南匈奴十二年，已经有了一子一女，这次她的孩子们能够一道回来吗？

曹　操　不能，那边的左贤王不肯。

卞　氏　那不又是伤心的事？

曹　操　是啊，她的《胡笳十八拍》就是写出她这天大的伤心。（一面谈话，一面翻阅诗稿。似乎能够五官并用）

卞　氏　算来她要小我十六七岁，你看，我是把她当成妹子呢，还是当成侄女儿看待？

曹　操　当然是当成侄女儿了。蔡伯喈和我是忘年之交，我是把蔡文姬当成自己的女儿一样看待的。（又拍案叫绝，使卞氏大吃一惊）哦，好诗，好诗！（击拍吟哦）好诗，好诗！（击拍吟哦）"怨啊欲问天，天苍苍啊上无缘，举头仰望啊空云烟。"（重重地击拍）

卞　氏　值得你那样欣赏的诗，那一定是很好的了。

曹　操　实在好得很，实在好得很！（继续击拍吟哦）"今别子啊归故乡，旧怨平啊新怨长，泣血仰头啊诉苍苍，胡为生我啊独罹此殃？"简直是血写成的！（停一会儿继续吟哦）"天与地隔啊子西母东，苦我怨气啊浩于长空。六合虽广啊受之应不容。"（又重重击拍）

卞　氏　（流泪，频频以手巾拭之）多么悲哀啊，你读得我都流出眼泪来了。

　　　　［此时曹丕入场。曹丕时年二十二岁。手执简牍一通，走向曹操侧近跪地呈献。

曹　丕　爹爹，遣胡副使屯田司马周近迎接蔡文姬回来了。

曹　操　蔡文姬已经到了吗？我同你母亲方在这儿谈到她。

曹　丕　周近到府报到，他呈缴了董祀的这通表文，南匈奴右贤王去卑也到了。

曹　操　董祀没有回来吗？

曹　丕　表文里说他在华阴落马，把左脚摔断了，要在当地治疗。

曹　操　哦，你把它念一遍给我听。（把简牍推给曹丕）

蔡文姬

曹　丕　（展开简牍念出）"待罪臣董祀诚惶诚恐，死罪，死罪，顿首禀白丞相曹公麾下。卑职从长安赶赴华阴道中，不幸失足落马，致左胫骨折断，不能行旅。遵医嘱，当应留华阴疗治，恐需一月方能治愈，程期已迫，不敢羁延，谨遣副使屯田司马周近护送蔡琰回邺，先行报命。南匈奴呼厨泉单于所遣报聘使者右贤王去卑，亦由周近导引晋谒。所贡方物，由周近面呈。卑职一旦痊愈，即回邺听受处分。卑职董祀诚惶诚恐，死罪，死罪，顿首顿首。建安十三年四月十日。"

曹　操　好，那位周近我现在就接见他，你去叫人把他引到这儿来。

卞　氏　（收拾针黹，离座）我去替你吩咐吧，（向曹丕）子桓，你留在这儿。

曹　操　那也好。

　　　　［卞氏下场。

曹　操　（把《胡笳十八拍》的抄本递给曹丕）子桓，这诗你看过吗？

曹　丕　啊，《胡笳十八拍》董祀送回来的时候，我早就看到了，我还抄了副本呢。

曹　操　你也欣赏吗？

曹　丕　哈，我觉得是《离骚》以来的一首最好的诗。

曹　操　你的眼力不差。我看你那一批文友王粲、刘桢、阮瑀、应玚，恐怕没有一个人能够作得出来。

曹　丕　不行，我们没有那样的经历，没有那样磅礴的感情。不仅我们这一批，据我看来，自秦汉以来就没有这样一个人。司马迁的文章是好的，但他的不是诗，屈原、司马迁、蔡文姬他们的文字是用生命在写，而我们的文字只是用笔墨在写。

曹　操　你这见解好。"苦我怨气啊浩于长空，六合虽广啊受之应不容。"

曹　丕　实在是首好诗。我很欣赏，她这第十拍：（据稿指点朗诵）"城头烽火不曾灭，疆场征战何时歇？杀气朝朝冲塞门，胡风夜夜吹边月。"这些诗句多么精巧多么和谐啊！

曹　操　我看，她的长处就在善于用民间歌谣体。像这七言一句的诗在西汉末年以来的歌谣和铜镜铭文里面早就有了，但一般的文人学士却不敢采用。你的那两首《燕歌行》是七言诗，倒还写得不错，但也只有那么两首啊。

曹　丕　文人学士总是墨守成规的，四言诗固定了一千多年，近年才逐渐着重五言诗。七言诗要被人看重，恐怕还不知道要隔多少年代呢。

曹　操　这些都还是技巧上的事情，可以概括成为有独创的风格。但这《胡笳十八拍》，我看，最要紧的还在有感情，有思想。这诗里面包含有灭神论的见解啦。

曹　丕　是的，她的胆子真够大，把天地鬼神都咒骂了。

曹　操　我欣赏她的正在这些地方，但她会受人排斥的恐怕也就在这些地方吧。

曹　丕　对、对、对。

　　　　〔一侍者入场。

侍　者　屯田司马周近到了。

曹　操　请他进来。

　　　　〔侍者应声下。不一会儿周近入场，远远跪地向曹操敬礼，更向曹丕敬礼。曹氏父子分别答礼。

周　近　小官周近敬候曹丞相万福，敬候五官中郎将起居。

曹　操　（指近旁座席、刚才卞氏所坐者）辛苦了，请到这儿坐下，仔细地谈谈。

周　近　（惶恐）不、不，小官不敢领座。

曹　操　（豁达地）不必那么拘形迹吧。"恭敬不如从命。"

周　近　好，那小官就遵命了。（起立，上前就座）

　　　　〔曹丕亦选一稍远座席坐下。

曹　操　你们是今天到达的吗？

周　近　是，是今天下午申时初刻到达的。离开龙城，一共走了四十五天。南匈奴单于呼厨泉，要小官代达他的敬意敬候丞相万福。

曹　操　多谢他啦。

周　近　来时他贡献了黄羊二百五十头，胡马百匹，骆驼二十头，并由右贤王去卑率领胡骑二百人护送。贡品已妥帖点交。

曹　操　那边的政治情形怎样？

周　近　据小官的管测，呼厨泉单于和右贤王去卑是心向本朝的，由于三郡乌桓平定了，丞相这次又特别以隆重的玉帛赎回蔡文姬，他们对于丞相特别是畏威怀德。呼厨泉单于特遣右贤王去卑领兵护送，也就足以表见他们的诚意。

曹　操　那么那位左贤王的态度是怎样？

周　近　（略作思虑）此人的态度——我觉得不大佳妙。

曹　操　啊？

周　近　赎回蔡文姬，他是不同意的，做了种种的刁难，拖延时日，最后小官只好向他说：你如果不把蔡文姬送回，后果是严重的，曹丞相的大兵到境，那就玉石俱焚了！

曹　操　（目光更加炯然）哦，你向他说过那样的话？

周　近　是的，小官是在最后一天才说出的，我看到左贤王实在桀骜不驯，只好警告他一下，不过……他听到我那样说，倒似乎反而妥帖了。此人我感觉实在傲慢，他自命为"冒顿"也可以想见他的野心勃勃了。

曹　操　他是在追慕他们的祖先吧。

周　近　正是那样的，不过我向呼厨泉单于和右贤王去卑说过，他不会成为"冒顿"而是会成为前不久被丞相临降斩首的三郡乌桓的单于"蹋顿"的。

曹　操　（笑出）哈哈，你很有风趣，不过"冒顿"在匈奴本音是读为"墨毒"的。

周　近　（惶恐）那小官有失检点了。但我看到呼厨泉单于和右贤王去卑也喊他是"矛盾"啦。

曹　操　那怕是在和左贤王开玩笑。好吧，请你谈谈蔡文姬的情况。

周　近　看来还好，长途跋涉，倒还没有生病，这是托丞相的洪福。

曹　操　董都尉把她的《胡笳十八拍》从长安送回来了，我刚才看到。她这诗你看过吗？

周　近　我看过。蔡文姬夫人沿途都在弹唱。

曹　操　你觉得怎样？

周　近　（揣摩不透曹操的问意，迟疑了一会儿）小官不通音律也不大懂诗。不过，我觉得好像很悲哀，很放肆，似乎有失"温柔敦厚"的诗教。

曹　操　唔，你这倒也是一种看法。

周　近　（自以为揣摩很熟）小官觉得蔡文姬夫人似乎有些不愿意回来，在她的诗里充满着怨恨，甚至于说到她的怨气之大连宇宙都不能容下。

曹　操　但她不是很怀念乡土吗？她在诗里面不是在说"无日无夜啊不思我乡土"？你看她不是又在说"雁南征啊欲寄边心，雁北归啊为得汉音。雁高飞啊邈难寻，空断肠啊思愔愔"？你怎么能说她不愿意回来？我看她是舍不得和她的儿女生离，所以才那样悲哀。

周　近　是，是，丞相所见极是。蔡文姬夫人的心境是很乱的，她既怀念乡土，又舍不得儿女，她既过不惯匈奴的生活，又舍不得左贤王。据小官看来，蔡文姬和左贤王的感情很深，诗里面虽然着重说到自己的儿女，但也说到左贤王宠爱她。像左贤王那样的野心家，以冒顿（先说为"矛盾"后改口为"墨毒"）自居的人，我就不大理会，为什么蔡文姬夫人对他会有好感？

曹　操　（觉得他说的话牵涉太远，有意转换话题）董都尉的伤势怎么样？

周　近　相当严重，把左脚的胫骨折断了，将来说不定会成为残废。

曹　操　他是怎样落马的？

周　近　他骑在马上睡觉，马失前蹄，他就跌下马来。

曹　操　你们在路上赶得很紧吗？

周　近　其实也不那么紧，只有董都尉的生活——似乎可以说，是有些——失检点的地方。

曹　操　唔！是怎样的？

周　近　启禀丞相，他和蔡文姬是竹马之交，他们是太亲密了。我听说他们有时深夜相会整晚都不睡觉。

曹　操　（有些声色）哦，有那样的事吗？

蔡文姬　　　　　　　　　　　　　　　　　　　　　　　　　　　　　　155

周　近　丞相可以调询同路的任何人，我看每一个人都是知道的，特别是同来的匈奴人，啧有烦言。

曹　操　哼，我倒没有想到董祀这后生是这样！

周　近　（看到话已投机）董都尉的态度，我实在也不能理会。他和蔡文姬特别亲密，其实都还是情理中事，最难令人理会的是他同左贤王的来往啦。

曹　操　他和左贤王怎样？

周　近　左贤王对于本朝是有敌意的，我们在南匈奴的期间，他事事刁难，对于我们的行动也常常监视。他想拘留着蔡文姬不让她回来，总是借口蔡文姬舍不得她的儿女。呼厨泉单于后来给了他们三天考虑，可是左贤王总是拖延、推诿。到了第四天，左贤王突然把董都尉请到他那里去了，据他说，蔡文姬要亲自和董都尉见面以做最后的决定。我们还担心有什么阴谋，不让董都尉去，但他毕竟去了。然而奇怪得很！

曹　操　（有些颜色）怎么样？

周　近　真是想不到的事啊。董都尉去了之后，却和那位桀骜不驯的怀抱敌意的左贤王立地成为了好朋友。他们相互以刀剑相赠，据说是成为了"生死之交"，左贤王把他的轻吕刀送给了董都尉，董都尉也把丞相赐给他的玉具剑和朝廷的命服都送给了左贤王。

曹　操　（含怒意）是真的？

周　近　小官没有半点虚构，同行的人，人人都可以对证。

曹　操　人人都可以对证吗？

周　近　是，人人都可以对证！

曹　操　哼，这岂不是暗通关节吗？

周　近　那进一步的情形小官就无从知道了。

曹　操　（眼神闪烁，决绝地向着曹丕）好，子桓！你给我记下一道饬令！

曹　丕　（应命、从腰带上的小佩囊中取出铅条和木片一枚，这在古代称为"铅椠"以备记录）请父亲念。

曹　操　"十万火急，饬华阴县令：屯田都尉董祀暗通关节，行为不端。

令到之日，着即令其自裁！建安十三年四月二十日。"

曹　丕　（记录好、送呈曹操）请父亲署名。

曹　操　（把简牍接到手里，念了一遍，签好字，交还曹丕）你立即派人兼程送往华阴！

曹　丕　是！（起身将下）

曹　操　你把周司马也领下去。

曹　丕　周司马，你同我一道下去。

曹　操　明天上午辰时正刻（今之九时）在后花园松涛馆中接见右贤王去卑，周司马陪见。你们好生部署。

　　　　〔曹氏父子在交谈中周近已跪起半身，颇呈得意之态。向曹操拱手敬礼。

曹　丕　父亲，蔡文姬夫人何时召见？

曹　操　那再做考虑。（向曹丕）子桓，关于她的情况你可以好好查询一下。

曹　丕　（起身）是，我一定留意。（向周近）周司马，请你同我一道下去。

　　　　〔周近再向曹操敬礼一次，起身。

（幕落）

【第五幕】

〔丞相府后园中的松涛馆，有苍松古柏甚为畅茂，花坛中芍药盛开。同日晨。

〔幕启：自台左上四书童，察看屋内布置，后向台右作揖："有请丞相！"后走至后方。曹与右贤王自右上，后随丕近上。

曹　操　（对右贤王）谢谢你和呼厨泉单于，你们送了那么多礼物来。

去　卑　对中原来说，我们匈奴的骆驼恐怕比较稀奇一点，所以呼厨泉单于特别贡献二十头，以表示诚意。

曹　操　真是多谢你们。右贤王，请坐。我想请问你，左贤王和你是不是亲兄弟?

去　卑　不,他是我伯父的儿子。呼厨泉单于和我是亲兄弟。

曹　操　你们还和睦吗?

去　卑　(迟疑了一会儿) 不那么太好。

曹　操　为什么呢?

去　卑　左贤王豪强得很,他一心想学我们的先祖冒顿(墨毒)单于,他自己也就取名为"冒顿"。我们照着汉字的音,背地里喊他是"矛盾"。

曹　操　唔,我也听人这样说过。

去　卑　他对于汉朝不是心服的!这次送回蔡文姬夫人,在他实在是万分勉强,我们真怕他会闹出什么乱子呢。

曹　操　可是他和董都尉很要好,不是吗?

去　卑　是的,那倒是一件稀奇的事。起初倒也并不那么好,在我们临走的那一天,他请董都尉去和蔡文姬见面,不到几刻工夫,不知道怎的,他们竟成为"生死之交"相互以刀剑相赠了。

曹　操　唔,董都尉在途中对于你们的态度还好吗?

去　卑　人倒是蛮和气的,就只是文姬夫人沿途总是在夜里弹琴唱歌,董都尉有时在深更半夜里陪着她,弄得我们好些人都睡不好觉。

　　　　［此时侍者由左翼隅上场,向曹操跪禀。

侍　者　禀报丞相,蔡文姬夫人来了,恳求拜见丞相。

曹　操　(迟疑) 她来了?请夫人接见她吧。

曹　丕　(插话) 父亲,要不就请文姬夫人到这儿来,当着周司马的面,把她和董祀的情形再弄清楚一下?

曹　操　(略加思索后) 也好。(向侍者) 你去请她进来。

　　　　［侍者下。

去　卑　(向曹操行礼) 耽误丞相时间太久,我告辞了。

曹　操　好,我们以后还会见面的,希望你在这里多住几天。(向曹丕) 子桓,你陪送右贤王出园。你关照他们,要以藩国王礼接待右贤王,不得怠慢。

曹　丕　是。(领右贤王下场。不一会儿,复入,归还原位)

［周近欲告辞退下。

曹　操　（向周近）周司马,你可以多留一会儿。把这闷葫芦打开,也可以使文姬心服,使董祀死而无憾。

周　近　（鞠躬）这是小官的万幸。

［侍琴和侍书扶文姬入场,立在阶下。文姬披发跣足,憔悴不堪;曹操见之,不胜诧异。

［文姬立阶下,向曹操敬礼。

蔡文姬　蔡文姬拜见丞相。

曹　操　文姬,你回来了。

蔡文姬　我感谢丞相把我赎取回来了。可我今天来,是来向你请罪的。我是有罪之人,不敢整饰仪容,特来请求处分。

曹　操　我不曾说你有罪啊,文姬?

蔡文姬　丞相,我听说你已经饬令屯田都尉董祀在华阴服罪自裁,罪名是"暗通关节,行为不端",而且和我有关。既是董祀之罪当死,那么文姬之罪也就不容宽赦。因此,我不召而来,请求处分。但请丞相把罪情明白宣布,文姬不辞一死,死了也会感恩怀德的。

曹　操　（考虑了一下）好,把事情说清楚也有好处的。我先说明董祀的"行为不端"。我听说董祀在归途中,对于夫人缺乏尊重,不能以礼自守。他同夫人每每深夜相会,弹琴唱歌,致使同行的人不能安眠。这是真的吗?

蔡文姬　丞相,除此之外,还有什么其他不端的行为?

曹　操　这已经是构成死罪了。

蔡文姬　丞相,如果没有其他的罪行,那"行为不端"的罪名实在是冤枉啊!

曹　操　怎么?文姬,你如果能解释,就请你解释吧。

蔡文姬　（一面陈述,一面做适当的行动）沿途我在夜里爱弹琴唱歌,这是我的不是。我这次回来,留下了我的一双幼儿幼女,这悲哀总使我不能忘怀。我在到长安以前,日日夜夜都是沉沦在悲哀里面。我寝不安席,食不甘味,在夜里就只好弹琴唱歌,以排解自己的悲哀。我弹的不是靡靡之音,我唱的也不是桑间濮上之词,我所弹的唱的就是我自己作的《胡笳十八拍》,是诉述自己的悲哀。这歌词,我听说董都尉已经抄呈丞相,请丞相复按。

曹　操　是的,你的《胡笳十八拍》,我已经拜读了。

蔡文姬　就因为我沉沦于自己的悲哀,董都尉倒经常对我劝告。我不否认,他对我有深切的关怀;丞相知道,我们是亲戚,从幼小时就是一道长大。我们是同学同乡,如姐如弟。但我们是相互尊重的,并不曾"不能以礼自守"。我们在深夜相会就只有过一次。

曹　操　哦!是那样的吗?

蔡文姬　那是到了长安,在我父亲的墓上。我夜不能寐,趁着深夜静,大家都已经睡熟,我独自一人到父亲墓上哭诉。一时晕厥,被侍书、侍琴救醒过来。我因为在天幕里感觉气闷,便留在墓亭上弹琴,也唱出了一两拍《胡笳诗》。现在想起来,我实在太不应该。在深夜里弹唱毕竟扰了别人的安眠。董都尉那时也被我扰醒,他走到墓亭下徘徊,最后给予我以深切的劝告。他责备太只顾自己,不顾他人。他教我应该效法曹丞相,"以天下之忧为忧,以天下之乐为乐"。像我这样的沉溺在儿女私情里面,毁灭自己,实在辜负了曹丞相对我的期待。他的话太感动人了,使我深铭五内。可惜我不能够照样说出。董都尉说的那番话,侍琴、侍书都是在场的,我可以质诸天地鬼神,我没有丝毫的粉饰。

曹　操　(有些憬悟)侍书、侍琴,你们是在场吗?

侍　书　是的。

侍　琴　自从文姬夫人离开匈奴龙城,我们是朝夕共处的。

曹　操　那你们就是很好的证人了。董都尉的话你们都记得?

侍　琴　和文姬夫人所说的差不离。

侍　书　只有遗漏,没有增添。我记得,董都尉说过,如今黎民百姓安居乐业,已和十二年前完全改变面貌了。这是天大的喜事。他怪文姬夫人为什么不以天下的快乐为快乐。

曹　操　董祀的话是有道理的。文姬夫人,请你讲下去。

蔡文姬　自从董都尉劝告了我，我的心胸开朗了。我曾经向他发誓：我要管辖我自己，要乐以天下，忧心天下。自从离开长安以来，我就不曾在夜里弹琴唱歌了。我觉也能睡，饭也能吃了。我完全变成了一个新人。但是，我万没有想到，毕竟由于我而致董都尉陷于死罪！这是使我万分不安的。

曹　操　（受感动，感到自己有些轻率，误信了片面之词，意态转和缓）文姬夫人，这一层，看来是把董都尉冤枉了。但我听说左贤王是有野心的人，他想恢复冒顿（墨毒）单于的雄图。自名"冒顿"，他也轻视本朝。这些可是事实吗？

蔡文姬　（点头）是事实，全是事实。

曹　操　他不肯放你回来，也不肯放你的儿女回来，做了种种的刁难，对于我派遣去的使臣也加以监视，这些可也是事实吗？

蔡文姬　（点头）是事实，全是事实。

曹　操　那就好了。人各爱其妻子、儿女，这在左贤王，我倒认为是不足奇怪的。但奇怪的是屯田都尉董祀了。听说在你临走的一天，他被左贤王引去和你见面，他们两人便立地成为了"生死之交"。左贤王赠刀于董祀，董祀把我给他的玉具剑和朝廷的命服也都赠给了左贤王。这样的奇迹又该怎样解释呢？

蔡文姬　丞相，这些是不是就构成"暗通关节"的罪状的原因？

曹　操　是啊，恐怕只好做这样解释吧？

蔡文姬　丞相，如果只是这样，那又是冤枉了好人了！

曹　操　怎么说？文姬！你不好一味袒护。

蔡文姬　我决不袒护谁。丞相。请允许我慢慢地说吧。

曹　操　讲。

蔡文姬　（停一会儿）左贤王是一位偏强的人，我和他做夫妻十二年都没有能够改变他的性格，我很惭愧。但他是一位直心直肠的人，我也能够体谅他。他是不肯放我回来的，但他终于让我回来了。他要我回来遵照丞相的意愿，继承我父亲的遗业，帮助撰修《续汉书》。他说这比我留在匈奴更有意义。左贤王的改变这倒要感谢董都尉的一番开诚布公的谈话啦。（略停、调整

思索）

曹　操　文姬夫人，你请休息一下吧。（向侍书与侍琴）你们把文姬夫人引下去，替她穿戴好了，再服侍上来。

蔡文姬　感谢丞相的关切。

〔侍书与侍琴扶文姬下。

〔曹操离座步下馆阶，曹丕与周近跟随。

〔曹操在园中徘徊，有所思索。

曹　操　（止步，向周近）周司马，看来这个事情是有些错综啦。

周　近　（惶恐地）可是小官始终不能误会董都尉和左贤王何以会立地成为了"生死之交"。要说奇迹，实在也是一个奇迹。

曹　操　（向曹丕）子桓，我现在感觉着我们有点轻率了。昨天晚上我们如果把侍琴和侍书调来查问一下，不是也可以弄清些眉目吗？

曹　丕　是啊，我在今天清早才想到。我曾经调侍琴来询问过一下，但因时间仓促，我没有问个仔细。我也认为，她们或许不知道。

曹　操　常说"兼听则明，偏听则暗"，看来是一点也不错的。我们这回可算得到了一次教训了！

〔侍琴与侍书扶文姬登场，衣履整饬。发已成髻着冠。

〔文姬向曹操、曹丕、周近等分别敬礼。

曹　操　文姬，你请坐下讲吧。（指示一株大树下的天然石）你已经站了好半天啦。

〔侍琴与侍书扶文姬坐于石上。

蔡文姬　谢谢丞相的关切。（向周近）周司马，你是不是向左贤王说过：如果不让我回来，曹丞相的大兵一到就要把匈奴荡平？

周　近　（有些不安，勉强地）是，我是曾经说过。

蔡文姬　你这话，很刺伤了左贤王，也几乎使我改变了回国的念头。左贤王误认为你们都是带兵的人，你们一位是都尉，一位是司马啦。他认为你们一定有大兵随后。在我也认为，如果真是这样，那就是师出无名，我也宁肯死在匈奴。因此，我、左贤王把董都尉请来，由我当面问他。我是叫左贤王潜伏着偷听，让我单独和董都尉见面，诱导他说出实话。董都尉是带着侍书和侍琴

　　　　　一同来的，哦，董都尉对我所说的一番话，侍书和侍琴也是在场的。

曹　操　（向侍琴和侍书）侍琴、侍书，你们都听到吗？那好，文姬夫人，请你休息一下，你让侍琴讲吧！侍琴，你讲！董都尉到底说了些什么？

侍　琴　董都尉首先交代了丞相带去的礼品，接着他便宣扬了丞相的功德，宣扬了丞相的文治武功。他说，他自己只是屯田都尉，周司马也只是屯田司马，并没有大兵随后。他说，丞相用兵作战是为了平定中原，消弭外患。他说，丞相善用兵，但绝不轻易用兵。正因为这样，才成为"王者之师，天下无敌"。他说，他也体谅了左贤王，说他不肯放走儿女是人情之常。他要文姬夫人体贴丞相之大德，丞相所期待的是四海一家。他劝文姬夫人以国事为重，他所说的还多，可惜我记不全了。

曹　操　（向文姬夫人）侍琴说的没有错吗？

蔡文姬　她说得很扼要。我要坦白地承认啊，董都尉的话感动了我，但更有力的是感动了在旁偷听着的左贤王。左贤王突然露面，向董都尉行了大礼，并且他十分感动地把自己的佩刀献给董都尉，还对董都尉发誓："从今以后他一定要永远和汉朝好！"

曹　操　侍琴，这话你确是听到的？

侍　琴　是的，他确是那样发誓的。

曹　操　侍书，这话你也确是听到的？

侍　书　是的，左贤王的确是那样发誓的。

曹　操　（深受感动）看来左贤王倒是一位杰出的人物啦。

蔡文姬　就在这样的情况下，董都尉也感激地把自己所佩的玉具剑解赠给左贤王，他也声明这是曹丞相赏赐给他的，在他是比自己的生命还要宝贵的物品。

曹　操　（已恍然大悟）啊，是那样的！

蔡文姬　再说到赠送衣服的事吧。那是匈奴人的习惯，对于心爱的朋友，要赠送自己本民族的服装。左贤王照着这种民族习惯，又赠送了董祀一套匈奴服装，而且让他穿戴上了。董都尉也是出于一时的感激，他就把他穿戴的衣服冠带也脱下，留赠给左贤王，但却没有想到这是以朝廷的命服轻易赠予别人。实在也要怪我，当然我也没有注意到，没有从旁劝止他啦。……

〔在文姬陈述中，在场者表情上须有不同的反应。曹操须表示感动而憬悟，时做考虑之状。周近渐由疑虑而惶恐，以致失望。曹丕则处之以镇静，不动声色。侍琴、侍书应时时相视，表示对文姬的关心，对周近的怀疑。他们已觉悟到事情是出于周近的中伤离间。

曹　操　（不等文姬再说下去，便打断她的话头）文姬夫人，这一切我都明白了，谢谢你。你今天来得真好，我是轻信了片面之词，几乎错杀无辜。（向曹丕）子桓，你取出铅椠来，为我记下一道饬令。

曹　丕　（取出铅椠）请父亲口授吧。

曹　操　"华阴县令即转屯田都尉董祀：汝出使南匈奴，宣扬朝廷德惠，迎回蔡琰，招徕远人，克奏肤功，着晋职为长安典农中郎将。伤愈，即行前往视事，毋怠！建安十三年四月二十一日。"

〔曹丕书毕，晋呈曹操签署。

曹　操　（向曹丕）你赶快派人选乘骏马，星夜兼程前往华阴投递，务将前令追回缴锁。不得有误。（曹丕将下又唤止。向周近）周近，你知罪吧？

周　近　（惶恐地叩头）小官万分惶恐，死罪，死罪。

曹　操　本朝和南匈奴和好，得来不易，险些被葬送在你的手里。……子桓，听令！

蔡文姬　丞相，周近司马看来也未必出于有心，他是错在片面推测，好在真相已经大白，请丞相从轻发落吧。

曹　操　好，我也太不周到。既然文姬讲情，子桓，你把周近带下去从宽议处。

周　近　（再叩头谢恩）感谢丞相的大恩大德！（回头又向文姬敬礼）感谢文姬夫人！

〔文姬答礼无言，周近随曹丕下。

曹　操　（十分和蔼地向文姬）文姬，真是辛苦了。你这次来得真好。我们把你接回来，正像刚才你所说的，希望你帮助撰修《续汉书》。你知道，这是你父亲的遗业呀。好，这件事我们以后再作商议。让我亲自引你去见见我的夫人，她是很惦念你的。

蔡文姬　谢谢丞相，还有一件事要禀白丞相。

曹　操　什么事？

蔡文姬　侍琴和侍书服侍我将近两个月，我感谢她们，我也感谢丞相。现在我的生活自己可以照管了，请丞相允许她们立即回丞相府服务。

曹　操　啊，这是小事情。你也不能没有人照拂啦。我看就把侍琴留在你身边，让侍书回来好了。我们进后堂去吧，慢慢商量，慢慢商量。

〔曹操先行，二婢扶蔡文姬随下。

（幕落）

【第六幕】

〔魏王府中的松涛馆（同上幕）。八年后，建安二十一年的秋天，近午时分。桂花、菊花等正开，晴光满园。是年曹操封为魏王，呼厨泉单于来朝贺，曹操留置于邺。松涛馆此时已成为蔡文姬的住处。馆中布置有所改变，图书甚多、牙签满架。壁间适当处悬有蔡邕画像及焦尾琴等，有各项盆栽古玩。侍琴在室中拂拭、摘来菊桂插换馆中瓶花。

〔蔡文姬席地而坐，就案写作。俄而吟哦出声。

蔡文姬　（吟哦）妙龄出塞啊泪湿鞍马。
　　　　十有二载啊毡幕风沙。
　　　　巍巍宰辅啊吐哺握发，
　　　　金璧赎我啊重睹芳华。
　　　　抛儿别女啊声咽胡笳，
　　　　所幸今日啊遐迩一家。

春兰秋菊啊竞放奇葩，

熏风永驻啊吹绿天涯！

［卞氏步入园中，侍书随后。先为侍琴所发现，即呼唤文姬留意。

侍　琴　文姬夫人，王后看你来了。

蔡文姬　（离席，下阶相迎）恭候王后午安！

卞　氏　（答礼）啊，文姬夫人，你又在作诗了？

［侍书向文姬敬礼以后，步上馆阶，帮侍琴收拾。

蔡文姬　我想重写一首《胡笳十八拍》，来抒发一下回来后的心情，但是作不好啦。

卞　氏　你刚才念的一首不就很好吗？（接着）哦，你连谱都制好了！

侍　琴　文姬夫人她作诗，总是连谱一道制的。

卞　氏　多才多艺的人就有这些好处。（读诗）这就好了。侍琴，你赶快叫人拿到铜雀台去，叫歌伎们赶快练习，说不定魏王回头就要用它啦。

［侍琴接稿将下。

蔡文姬　那才只有一首呢。

卞　氏　一首也好，何必要作十八首呢？

蔡文姬　侍琴，你赶快拿去！

卞　氏　我听说，你把你父亲的遗著四百多篇，全借记忆，已经记录出来了。你在《续汉书》的撰述上提供了很多宝贵的材料。你真是了不起啊！

蔡文姬　那全要感谢魏王和王后的鼓励。

卞　氏　我正要告诉你一件大喜事呢。南匈奴呼厨泉单于亲自来朝贺魏王，昨天已经到了。

蔡文姬　已经到了吗？真是一件大喜事啊！

卞　氏　今天上午魏王接见他们，我还听说董祀也一同来了呢。

蔡文姬　（更有喜色）董中郎也来了吗？

卞　氏　他是从长安回来述职，陪伴着呼厨泉单于一道来的。你们怕已经七八年不见面了吧？

蔡文姬　是的，我从南匈奴回来已经整整八年了。

［侍琴入场，走向卞氏和文姬。

侍　琴　事情真凑巧，我出去就碰见铜雀台的乐师。把歌词和谱交给她，她说好得很，她们立地就练习。据说，歌词不长，有了谱很快就可以演奏的。

卞　氏　那就好了。去做你们的事吧，不要管我们。

［侍琴应命走上松涛馆，见侍书已代为打抹停当，二人携手走入内室。

卞　氏　昨晚魏王告诉我，董祀的脚已经完全好了，并没有成为残废啦。魏王还告诉我今天接见了呼厨泉单于之后，他还要亲自给你带一件很好的礼品来。我问他是什么礼品，他说"到明天就知道了"，他不肯告诉我啊！

蔡文姬　多谢魏王那样关心。不知道有没有关于我的儿女们的消息啦？

卞　氏　你又在思念你的儿女啦？

蔡文姬　是的。我离开他们八年了。三年前，左贤王打退了鲜卑人的侵犯，但他自己也身受重伤，医治无效。听到这消息时，我很难过了好一阵，现在总算平静下来了。以后又传来了一些消息：有时说女儿死了，有时又说儿子死了，都不知可靠不可靠。我不愿意去想啦。

卞　氏　这一次我看就可以问清楚了，你不必担心吧。

蔡文姬　这一次董中郎一定会替我打听清楚的。不过，我实在也有点担心，万一他们都死了，我这已经平定了八年的心境恐怕又要卷起波澜来了。

卞　氏　你想开些吧。文姬，这些年辰倒好了，前十几二十年，你想，不是整村整落的人都死净灭绝了吗？有的几万户的郡县，剩下来只有几百户。魏王的诗"白骨露于野，千里无鸡鸣"，你是熟悉的了。

蔡文姬　（点头）我很挂念着四姨娘。关于她的消息，却什么也没有。

卞　氏　"吉人天佑"，像赵四娘那样的好人总会有好报的。好在这一次就可以问明白了。我昨晚还同魏王说要他让董祀和你见见面。他说那是当然。你们大概很快就可以见面了。

蔡文姬　谢谢你，王后。
　　　　〔此时侍琴和侍书自内室中捧围棋棋具出，安置在馆的回廊上的一隅。
　　　　〔曹操服王服，携胡儿、胡女入场。其次为五官中郎将曹丕与长安典农中郎将董祀。胡儿此时年十六岁，胡女九岁。可适当配备一些侍从。

曹　操　（在馆上诸人不注意中，远远呼出）文姬夫人，我给你带来了！你意想不到的礼品！董中郎！
　　　　〔馆上人闻呼，仰视。文姬与卞氏即离局下阶迎接。
　　　　〔侍琴与侍书收拾棋具及书案等入内室，抱出坐垫，在馆中敷陈席位。正中四席，左右各二席。

曹　操　（向伊屠知牙师兄妹）快去见你们母亲。
　　　　〔伊屠知牙师兄妹越次向文姬跑去，在文姬前行屈膝半跪礼。昂首仰望其母。

蔡文姬　（开始有些诧异，继而眼泪涌出）啊，伊屠知牙师，昭姬小妹呀！你们回来啦！
　　　　〔文姬前进抚抱儿女。母子均喜极而流泪。余人见此情景，深受感动。

蔡文姬　（渐就平定，挽起其子女，引向卞氏）快去见过王后，你们应该喊婆婆。

胡儿、胡女　（向卞氏行屈膝半跪礼）婆婆万福。

卞　氏　（答礼扶起）哦，这真是再宝贵也没有的礼品了！伊屠知牙师，长得这样魁梧！多大年纪了？

胡　儿　十六岁。

卞　氏　（向胡女）昭姬小妹你呢？

胡　女　婆婆，我九岁。

卞　氏　啊，真是一对珊瑚树啦。（回向文姬）文姬，你可高兴了！

蔡文姬　感谢魏王和王后。（此时始向曹操及余人分别敬礼）

曹　操　我们都到松林里去走走吧。

蔡文姬　待我来引路。

曹　操　（制止之）不，你们母子留在这儿，可以多谈一会儿。（向董祀）董中郎，你也陪着谈谈。

卞　氏　文姬……

曹　操　夫人，走啊！

侍琴、侍书　文姬夫人……

卞　氏　侍琴、侍书，走吧！

　　　　［文姬、胡儿、胡女、董祀留在园中，余人步入馆后松林中。

蔡文姬　（向董祀）公胤，你的脚完全好了吗？

董　祀　完全好了。大姐，我感谢你，是你救了我的性命，我这一次回到邺下来才知道。

蔡文姬　啊，那你应该感谢魏王。

董　祀　当然应该感谢。

蔡文姬　你们的四姨婆呢？

胡　女　她死了。

蔡文姬　她死了！……

胡　女　是的，她死了。前年夏天是我先得的伤寒病，四姨婆衣不解带地照拂我。我好了，可四姨婆又病倒了，大家都说是我的病传给了四姨婆，四姨婆是因为我死的。

胡　儿　是的，四姨婆临死的时候对我说："妹妹还小，要好好照拂妹妹，你要好好做人，就像你爹爹左贤王那样。"她还说，她对不起妈妈，没有尽到责任。

蔡文姬　是我没有尽到责任。（淌下眼泪）

胡　女　（从怀中取出一面小圆铜镜）妈，这面铜镜是你留下的，我给你带回来了。

蔡文姬　哦，这是我留给你爹爹做纪念的。

胡　儿　爹爹在临危的时候告诉我们："长大了一定回到汉朝去，看妈妈。"他从怀中取出这面镜子，叫我们见了妈妈时，请你允许他转赠给董大叔。

蔡文姬　你爹爹是那样吩咐的吗？你们就遵从爹爹的遗嘱吧。

　　　　［胡儿、胡女把铜镜献给董祀。董祀虔诚地接受。

蔡文姬

胡　儿　妈妈，还有这把宝剑呢！（指示腰上所佩玉具剑）这是董大叔送给爹爹的，爹爹临危时给了我。

蔡文姬　你懂得你爹爹的意思吗？

胡　儿　我想来是：要我主持正义，诛除外寇，替爹爹报仇。

蔡文姬　你爹爹可以瞑目了。

　　　　[此时曹操偕其余诸人自馆后绕出。文姬拭去眼泪，偕胡儿与董祀迎接上去。

曹　操　（见文姬泪痕）文姬，你又在哭啦。你不是说，你向董祀发过誓，你不再悲哀了，你要以天下人的快乐为快乐吗？

蔡文姬　魏王，我感谢你的教训。但我现在的哭也不纯全为的悲哀。四姨婆死了，她成为了圣母。左贤王死了，他成为了英雄。他们是永垂不朽的。

曹　操　好，好，你说得很好。很好！我们还活着的人总要做些无愧于圣母、无愧于英雄的事！好，我听说，你作了一首好诗啦。我已经打发人去叫铜雀台的歌伎队出场献出，让我们欣赏欣赏。

　　　　[启幕：曹操等坐于庭中，音乐伴唱时歌舞伎表演《胡笳诗》：

　　　　妙龄出塞啊泪湿鞍马，
　　　　十有二载啊毡幕风沙。
　　　　巍巍宰辅啊吐哺握发，
　　　　金璧赎我啊重睹芳华。
　　　　抛儿别女啊声咽胡笳，
　　　　所幸今日啊遐迩一家。
　　　　春兰秋菊啊竞放奇葩，
　　　　熏风永驻啊吹绿天涯！

　　　　[曹操及众人可分成三组：曹操、胡儿为一组；曹丕、董祀为一组；卞氏、文姬、胡女、侍琴侍书为一组。各组中每人姿态，或坐或立，可适当布置。

　　　　[歌唱一遍之后，各人鼓掌，继复弹唱一遍。

曹　操　歌词是很好的，谱也很好，弹唱也都很好。今晚在欢迎呼厨泉单于的宴会上可以作为一个节目演出。题目好不好定名为《重睹芳华》呢？文姬，你觉得怎样？

蔡文姬　题名很适当。请魏王决定好了。

曹　操　好，就那样定下来。不过我还要出一个题目，叫作"生死鸳鸯"，文姬，要请你们表演呢！

蔡文姬　是怎样的内容？

曹　操　就是你们自己的本事。文姬，你陷没在匈奴，沉溺在悲哀里，是董祀把你救了。董祀受了误会，几乎冤枉被杀，是你把他救了。左贤王临死的时候，把董祀留给他的玉具剑留给你的儿子，把你留给他的铜镜转送给董祀，他的用意是很深的。（回向众人）啊，今天真是四喜临门啊。呼厨泉单于来朝，遐迩一体；《胡笳十八拍》之后，《重睹芳华》；生死鸳鸯，镜剑配合；乾坤扭转，母子团圆。（向卞氏）夫人啊，董公胤未有室家，蔡文姬已无悲愤，这是天作之合啦！让我们俩老夫老妻来替天行道吧！

　　[曹操往前牵引董祀，卞氏牵引文姬，引至舞台正中让他们相向握手。

　　[胡儿、胡女上前，面对观众、做屈膝半跪礼。

胡　儿　（起立，扬举右拳，亢声高呼）祝天下父母永远康乐！

祝四海苍生永远安宁！

祝魏王与王妃千秋万岁，万岁千秋！

　　[全场同声呼和。唯最后一声，曹操与卞氏均未作声；曹操则高拱两手，回向全场敬礼；卞氏则俯首敛衽，表示十分谦和。

（幕落）

《收获》1957年3期

霓虹灯下的哨兵

沈西蒙　漠　雁　吕兴臣集体创作　沈西蒙执笔

主要人物

　　路华　鲁大成　童阿男　赵大大　陈喜
　　洪满堂　通信员　解放军战士若干
　　春妮　阿香　童妈妈　周德贵　阿荣
　　林媛媛　罗克文　林乃娴　胖妈
　　曲曼丽　非非　老开　老七　美国记者
　　短打甲、乙、丙
　　修女甲、乙　卷发女人及其丈夫
　　资本家及其太太　戴眼镜的及其夫人
　　卖冰淇淋的　卖馄饨的　舞女
　　卖五香茶叶蛋的　银圆贩子　擦皮鞋的
　　过路群众若干
　　英国兵　美国兵　日本兵　女学生　阿男爹及示威群众若干

序　幕

　　〔炮火，炮火。
　　〔雄壮的《中国人民解放军进行曲》的旋律在炮火中回荡。
　　〔一面历经战火的鲜红的连队战旗，在奔腾翻滚的硝烟中漫卷。
　　〔连队的战斗组在奋勇前进：战士们有的端着冲锋枪前进；有的抱着转盘枪前进，有的甩着手榴弹前进。

［这里已是上海的近郊。时隐时现的炮火染红了午夜的天空，火光中时而看到"百老汇"大楼的轮廓，时而看到江海关大楼的剪影。

［一幢教堂的钟楼塔尖矗入云霄。

［敌机掠过。

［耀眼闪烁的照明弹映照着连长鲁大成和指导员路华。连队的号手、旗手在他们身后。

［战士甲欣喜若狂地迎面奔来。

战士甲　报告连长、指导员，到啦，大上海到啦，吹冲锋号吧！

　　　　［战士乙奔上。

战士乙　报告，敌人的坦克反扑了！

鲁大成　（喊）三排长！

　　　　［三排长陈喜应："有！"

　　　　［陈喜带领赵大大等三排战士跑步前来。

路　华　同志们！渡长江是你们开的路，占南京是你们开的路，现在解放上海，也要你们开路……

鲁大成　你们是解放大上海的开路先锋，上！

陈　喜　（挥手）三排跟我上！

　　　　［三排的战士随陈喜前进。路华参加三排的战斗行列。

　　　　［隆隆的坦克声在轰鸣。强烈的光柱穿透浓密的硝烟，射向我军的爆破手。爆破手抱着炸药包在光柱照射下中弹倒下。又一个战士跑上去接过炸药包继续前进，又中弹倒下。陈喜上前接过炸药包迂回跃进。

　　　　［一声巨响，火光四射，敌坦克被炸毁，陈喜倒地。少顷，路华奔来扶起陈喜。

路　华　三排长！陈喜！（迅即给陈喜的头部裹伤）

　　　　［两个战士抬担架上，把陈喜抬上担架。

　　　　［坦克声又起。路华抱起炸药包前进。陈喜猛然跳下担架，喊着"指导员……"追去。

　　　　［爆炸声烈。接着，万籁俱寂。

霓虹灯下的哨兵

［战士们呼唤"指导员……指导员……"的声音在硝烟弥漫中回荡。

［一群被打伤的和没有被打伤的敌兵夺路鼠窜。一个着美式军服的国民党军官和一只眼睛上蒙着黑纱带的老开上，狂叫着"挡住"并不断地鸣枪射击。

［赵大大奔来，他夺过敌兵手中的冲锋枪扫射，敌兵纷纷举手投降。老开逃，赵大大追击。

［三个敌兵端着上了刺刀的枪合围赵大大。赵大大夺过敌兵的枪展开白刃战。赵大大以一敌三，左右冲刺。随后又徒手格斗，拳打脚踢，打得敌兵抱头跪地讨饶。

［老开复上，指挥敌兵端着枪从赵大大背后扑来。刹那间，鲁大成赶到，左右开弓，枪挑敌兵，撂倒一个，捅了一双。老开逃，鲁大成率赵大大穷追老开。

［又是一阵硝烟。

［春妮拉着一车军粮上。推车的是老班长洪满堂。他们在敌机轰击下蛇行前进。一个高射机枪手负伤，春妮忙去救护伤员。

洪满堂　春妮！
春　妮　洪大叔，伤员要紧！

［春妮给伤员裹伤，敌机俯冲扫射。春妮抱起地上的转盘枪对空猛烈地射击……

［激越的冲锋号声。

［连队的战旗迎风招展。

——灯暗

第一场

［仲夏。

［上海，南京路。

［夜雾蒙蒙，炮声依稀。

［童阿男悄悄出现在街头工事里。他回头，一声呼哨，林媛媛奔上。她惴惴不安。

童阿男　林媛媛！
林媛媛　童阿男！
童阿男　你怎么才来？
林媛媛　我妈把我关在房间里，亏了胖妈帮我逃出来的。学生会的人呢？
童阿男　早跟周老伯欢迎解放军去了。我特地留下来等你的。
林媛媛　那赶快走吧！
童阿男　（止步）前面有人！
林媛媛　是不是解放军？
童阿男　不清楚。
林媛媛　是不是我妈和表哥？
童阿男　不像。

［两人躲进工事。少顷，复又探出头来。

林媛媛　童阿男，我……
童阿男　怎么，你后悔了？
林媛媛　我怕撞见他们，妈一定会把我送到国外去的。
童阿男　那先到我家去躲一躲。
林媛媛　我不。你看，这些慰劳品，我一定要亲自送到解放军手里。

［一阵枪声。

童阿男　嘘——蹲下！

［三两匪徒簇拥着穿国民党军服的老开，鬼鬼祟祟地走来。

老　开　当心有人盯梢。

［老七从大楼里迎出来。

老　七　马处长！
老　开　嘘——从现在起，我的代号：K。
老　七　K先生，请吧！小舢板准备好了，笃定！马上送你出黄浦江。
老　开　计划变了，美国人要我们蹲下来。
老　七　蹲下来？
老　开　让共产党红的进来，不出三个月，我们叫他趴在南京路上发霉、

　　　　　变黑、烂掉！（进大楼）
老　七　好！
　　　　　［匪徒们随老开进大楼。
　　　　　［童阿男跃出工事，跟踪。林媛媛追上。
林媛媛　快走吧！
童阿男　不！这批角色来路不明。林媛媛，我望风，你快去联络解放军。
林媛媛　你一个人……
童阿男　我会对付，你快去。
　　　　　［罗克文声："媛媛——"
林媛媛　表哥来了！
　　　　　［童阿男、林媛媛又躲进工事。
　　　　　［西装笔挺的罗克文手提着提琴匣，一手拎着旅行皮箱过来。后面随着林乃娴，她着旗袍，脚穿高跟鞋。
林乃娴　克文，看见没有？
罗克文　（耸耸肩胛）眼睛一眨，连影子也不见了！
林乃娴　（呜咽起来）……找不到媛媛，我什么都完了！
罗克文　姑妈，你别哭，你一哭我的心更乱了。
林乃娴　你真是个书呆子，连一个女孩家都看不住！
罗克文　我不相信表妹真有勇气抛开我们。她的歌声已接近西洋水平，她已经看见艺术的顶峰，难道她愿半途而废，从此虚度一生吗？这是不可思议的，不可思议的！
林乃娴　废话少说好吧！快去找找吧！
　　　　　［童阿男探出身来。
童阿男　喂，此路不通！
林乃娴　（失色）哟，吓死人啦！
罗克文　（定神）哦，原来是你。
林乃娴　什么人？
罗克文　学生会的。一个穷学生，码头上扛过箱子，南京路上擦过皮鞋。
童阿男　怎么，皮鞋要擦吗？
林乃娴　好像是媛媛的同学？

童阿男　高攀不上，是两个学校的。（跳出工事）
林乃娴　对了，是在一个会里的。那天反饥饿是你领着媛媛去参加游行的！
童阿男　后来在半路上，你又把她拉回去了。
林乃娴　因为她肚皮不饿。小阿弟，不瞒你说，在这乱世当口，我家媛媛又不见了。
童阿男　是吗？
林乃娴　是的，你要是看见……
童阿男　对不起，我没看见。
罗克文　姑妈，跟这种人搭讪没好处。
童阿男　林太太，跟国民党跑没出路，还是跟共产党走前途光明。
林乃娴　讲这话，说不定你也是共产党？
童阿男　还不够资格。（进工事）
罗克文　共产党要这种人？！姑妈，走！
　　　　〔罗克文走去。
童阿男　喂！当心吃流弹。
　　　　〔林媛媛乘机跑掉。童阿男跳进工事。这时，匪徒们走出大楼，他们换上了解放军服装。
短打甲　什么人？举起手来！
罗克文　老……老百姓，不要开枪！
短打甲　我们是解放军，不要惊慌。
罗克文、林乃娴　（大惊）啊！（忙回头跑）
短打甲　跑什么？回来！（走近）怪不得，一个戴眼镜，一个穿高跟鞋，都不是好东西！
　　　　〔老开和老七出现在大楼门口。
林乃娴　先生，我们是安分守己的人家……（认出老七）哎呀，你不是丽丽舞厅的老板么？请你说句好话吧！
老　七　噢，林太太。同志，这位太太是安分守己的好百姓。
老　开　哼！太太？老子就是来革你们这帮太太的命的！
　　　　（丢眼色）

霓虹灯下的哨兵　　　　　　　　　　　　　　　　　　　　　177

短打乙　（指箱子）这是什么？

罗克文　（拒绝）箱子。

短打乙　小赤佬，里面一定是子弹。

罗克文　谁说的？是钱！

　　　　［短打乙夺过箱子。

短打甲　（指提琴匣）这是什么？

罗克文　梵娥琳。

短打甲　什么？

罗克文　这叫小提琴。

短打甲　机关枪！（抢走）

罗克文　野蛮！

林乃娴　克文，算了，走吧！（拖罗克文下）

　　　　［老开率匪徒们走去。

　　　　［童阿男突然出现在老开跟前，挡住他们去路。

童阿男　（张臂）哎呀，解放军，辛苦了！我是来欢迎你们的。

老　开　你是……

童阿男　学生纠察队。

老　开　那我们会师了！

童阿男　会师了。请，去办事处休息吧？

老　开　用不着，我们还有任务。

老　七　解放军同志还有事。

　　　　［匪徒们走去。

童阿男　喂！那边有地雷。

　　　　［老开等改变方向。

童阿男　那边也有！

老　开　那请你带路。

　　　　［老开见童阿男转身，猛然一拳击倒童阿男。短打甲上前将童阿男打昏。

老　开　搞干净，塞进阴沟洞里。不然，我们在南京路上的计划，就要前功尽弃！

〔老开、老七跑下，短打甲、乙将童阿男拖下。少顷，林媛媛声："阿男！童阿男！"林媛媛奔上。

林媛媛　童阿男，阿男！（进大楼）

〔三排长陈喜率班长赵大大及战士上。

林媛媛　解放军同志，反动派跑了。我的同学童阿男也不见了！

陈　喜　八班长，追！（进大楼搜索）

赵大大　是！

林媛媛　我也去！

赵大大　（一愣）子弹不长眼，把你打伤了，咱可赔不起。（顿足）不要来！（下）

〔陈喜出。

陈　喜　回来，你回来！

〔林媛媛跑远了。

〔鲁大成声："三排长，陈喜！"地下党员周德贵带领连长鲁大成和指导员路华上。

鲁大成　逮着了没有？

陈　喜　溜了！

鲁大成　这帮土匪，在南京路上和我们打游击了。（拔出枪）周老伯，看我抓活的！（下）

路　华　那两个青年学生呢？

陈　喜　女的跟八班长追去了，那个叫童阿男的不见了。

陈　喜　周老伯，你们地下党领导工人、学生护厂、护校，迎接了解放，你又亲自带路搜索残匪，够辛苦了，你休息吧！

周德贵　怎么？看我周德贵年老了是吧？不中用了是吧？同志，想当初我在这条马路上和英国人打过仗，冲过锋，二十五年前，我就是工人纠察队员。闲话少说，（招手）跟我来吧！

路　华　（向陈喜）走！

〔通信员上。

通信员　报告，紧急命令！

路　华　（接过命令）快到前边去，请连长回来。

　　　　　［通信员跑下。
　　　　　［赵大大奔上。
赵大大　报告，发现一个妇女，起先见我害怕，后来向我要箱子，说她的箱子给抢了。
路　华　（惊）什么箱子？什么人抢的？好好请她过来。（听赵大大喊了一嗓子）大大，你这大嗓门，不叫上海人害怕？
赵大大　是。（润润嗓子，小声地）大嫂，别害怕。过来，俺们指导员请你。
　　　　　［林乃娴胆战心惊地走来，抬头见一排解放军站在跟前，忙又回头。
赵大大　回来，解放军你怕什么？
林乃娴　不怕，一只箱子，小意思，算了。
路　华　一只箱子，什么形状？
林乃娴　（比画着）不大，里面装了……装了点……
路　华　什么人抢的？穿什么衣服？什么样子？
赵大大　说啊，是不是穿我这号衣服的？
林乃娴　（点头）是的，他，他说是解放军。
赵大大　解放军会抢东西？你——
　　　　　［林乃娴吓得后退。
路　华　你别走，我们要调查清楚。
林乃娴　（胆战心惊）算了，当兵的，拿一点总是难免的。不过那只箱子，哪位长官捡到了，请打个招呼。（由手提包内取出一沓钞票递向路华，一点小意思，给弟兄们喝杯老酒。（见路华在笑，于是又加两根金条）那，那就算我慰劳各位劳苦功高的将士们吧！
路　华　收回去吧。告诉你，我们是人民解放军，是毛主席的兵，我们不拿群众一针一线。
林乃娴　不要不好意思，上海滩当兵的我见过不少，英国兵、美国兵、日本兵、中央军，拿两根条子算不得啥！
赵大大　（来火了）走！（林乃娴陡地一跳）你把解放军当成什么人啦？

　　　　　［林乃娴吓得赔着笑脸退去了。

路　华　赵大大，你干什么！
赵大大　这是什么作风！
路　华　这是人家的习惯。
陈　喜　真是大白天活见鬼了！
路　华　哎，"入城守则"怎么学的？

　　　　　［通信员领着鲁大成、周德贵回来。

鲁大成　指导员，什么事？
路　华　有新任务！
鲁大成　好哇！上海解放了，我正愁没仗打。舟山还是台湾？
路　华　南京路！
鲁大成　什么意思？（看命令，失声）什么？叫我们站马路？
路　华　对，就在这儿站岗放哨，守卫大上海！
周德贵　（上前握住鲁大成的手）好极了，我们热烈欢迎你们！
鲁大成　周老伯！我们解放军打仗在行，站马路，还是头一回哩！
陈　喜　好嘛！上海从我们手里解放，当然要由我们来站几天，看看大上海到底是什么玩意儿？
鲁大成　你少啰唆，（示命令）这是叫你来看玩意儿的？

　　　　　［战士甲奔上。

战士甲　报告！在阴沟里发现一个被打伤的青年学生。
路　华　人呢？
战士甲　来了。

　　　　　［战士们用担架抬童阿男上。林媛媛跟在后面。

周德贵　（上前）阿男，阿男！
童阿男　（苏醒）周老伯！……那个特务……马处长……
周德贵　马处长？
童阿男　……把我打伤……他现在的代号……（昏迷）
路　华　赶快送医院！

　　　　　［战士甲、乙护送童阿男下。林媛媛跟下。

周德贵　连长、指导员，那个马处长，就是当年在南京路上杀害阿男父

霓虹灯下的哨兵　　　　　　　　　　　　　　　　　　　　　181

亲的凶手。现在，他又在南京路上潜伏下来了！

路　华　同志们，看来在南京路上站岗还不简单哩！胜利了，可是一场新的阶级斗争任务又摆在我们面前了。

鲁大成　有党的领导，有工人阶级的支援，站就站。走！

赵大大　上哪儿？

鲁大成　我说你跟我一样，脑子里少根弦儿嘛，站马路！

　　　　［指战员迎着朝霞，雄赳赳地在欢迎他们的腰鼓声中走向前方。

——灯暗

第二场

南京路。

［华灯初上。

［摩天楼上霓虹灯光闪闪烁烁。霓虹灯组成的《白毛女》演出海报和美国电影《出水芙蓉》的广告形成鲜明对照。游园会门口附近响起一阵腰鼓声。

［解放后的革命歌声和爵士乐声此起彼落。

［叫卖"晚报""夜来香"的阿荣、阿香和兜售好莱坞电影画报、影戏票的非非，在奇装异服的人群中穿梭。人来人往，熙熙攘攘。

阿　荣　夜报看哦！要看到美国赤佬在吴淞口吃败仗，要看到解放军演出《白毛女》，要看到旧社会把人逼成鬼，新社会把鬼变成人。夜报来哉！要看到游园会今朝开幕。有特别精彩节目，欢迎参观，欢迎白相……

非　非　（在阴暗处）影戏票要哦，《出水芙蓉》画报要哦，好莱坞明星照片。夜总会，买一送一……（见阿荣，伸出手指，弯了弯）晚报！

　　　　［阿荣走过来。

非　非　共产党给你多少钞票！

　　　　［阿荣无意理睬。

非　非　（拦住）今朝晚报，我统统包销！

阿　荣　滚开。

非　非　看见吧，（拍拍钞票）钞票！

阿　荣　（推开）送给阎罗王去吧！（走开）

非　非　晚报！我要看好莱坞消息。

阿　荣　你听好，（大声）要看到美国赤佬吃败仗，要看到解放军演出《白毛女》，要看到游园会有特别节目……

　　　　［非非捏拳，无可奈何。阿荣高喊着过去。

　　　　［老七奔上。

老　七　非非，不妙，解放军把住游园会门口，混不进去！

非　非　看我的。摆点噱头嘛！

老　七　不行，碰着一张熟面孔。真见鬼，万万没想到，塞进阴沟洞里的小赤佬又爬出来，一下变成解放军了，就是他在游园会门口站岗！

非　非　（起腿）阿哥，你让我走吧！

老　七　（抓住他）挡一挡。我去和老开碰碰头，今晚非把这个小赤佬扳掉不可。不然——

　　　　［童阿男着解放军军装追来。老七溜走。

非　非　（嬉笑迎上）解放军同志，敬礼！你们赶走了外国赤佬，消灭了反动派，替我们上海人出了口气，你们劳苦功高！你们辛苦了，吸支烟。

　　　　［童阿男将他推开。

非　非　（迎上）请接受我对你十二万分的敬意！（塞过去两张电影票）好莱坞的，我请客。还有明星照片，背后还有歌曲。（扭动身腰，唱起"解放区的天……"）

童阿男　好极了，跟我走一趟！（一把抓住非非衣服）

非　非　自己人，这算啥?!

童阿男　这张传单，谁撒的？（示手中传单）

非　非　什么？传单？（接过，念）"游园会，洗脑筋，要中毒，请当心。"哎呀，我不知道！

童阿男　刚刚从你跟前跑过去的人呢，戴鸭舌帽的？
非　非　男的？女的？老的？少的？
童阿男　不要装佯！你当我这个解放军是洋盘？走！你们是穿连裆裤的！
非　非　同志饶命！不是我，是他。（遥指）喏，那边——
　　　　［童阿男一回头，非非脱手逃逸。
　　　　［赵大大上。
赵大大　童阿男！
童阿男　有，班长！等一等，我去对过跳舞厅撳个阿飞。
赵大大　（一怔）什么，跳舞厅？阿飞？回来！这个浪荡兵！
　　　　［赵大大正欲追去，两个修女突然迎面过来。修女见赵大大，忙站住。赵大大见修女打粉，愣然，手摸枪托。
　　　　两个修女见状失色，忙掉头走。赵大大松了一口气。
　　　　修女见他无所作为，便从他身后飘然而过。她们边走边向赵大大画十字，彬彬施礼后，匆匆跑走。
　　　　［卷发女人抱着大包小包礼物和她的丈夫一同走过，见赵大大，向她身边男人示意。
卷发女人　解放军，你好！哟，这个兵，好黑！（笑）咯咯……（回头向赵大大献上一只小狗熊，不在意，一个小钱包落地）慰劳的。
赵大大　回来！（还小狗熊，挥手）去吧。
卷发女人　哟，这个兵好厉害啊！（和她的丈夫同下）
　　　　［赵大大转身，见地上钱包，捡起。
赵大大　喂，喂……
　　　　［卷发女人及其丈夫复上，着急地寻找钱包。
赵大大　喂，是你的。（递钱包）
卷发女人　哎呀，谢谢，谢谢！（对其丈夫）这个人真好！
　　　　［卷发女人和她的丈夫同下。
　　　　［"夜来香要哦！""买夜来香！"卖花的大辫子小姑娘阿香上。阿春走近赵大大身旁，拦住他的去路。
阿　香　解放军，夜来香要哦？
　　　　［赵大大躲开。

阿　香　请赏光买一枝吧!

〔赵大大背转身。

阿　香　花是香花。你看看。有白兰花、栀子花、茉莉花、黛黛花。还有夜来香。请你随便拣一枝吧! 不相信? 你拿一枝回去,放在房间里,插在枕头旁边,到夜里特别香,你一定喜欢!

赵大大　(不知所措)大小姐,你。你站远点好不好?

阿　香　解放军,不要你钱,你闻闻好吗? (把花送到赵大大面前)

赵大大　走开! (捂鼻子)我鼻子不通。

阿　香　唉! 解放军同志,做好事,买一枝吧! 你能买我一枝花,就叫我阿香少饿一顿饭,少挨一顿打。你不晓得我卖花的苦衷。我是借了印子钱来做生意的。今天印子钱到期了,要还债。家里妈妈还在等我回去开伙仓呢,难道你不能可怜我一个卖花的阿香吗?

〔赵大大被阿香说得有些同情了。

阿　香　买一枝吧! (上前将花向赵大大军衣小口袋上插去)

〔这时,一美国记者持照相机过来,镁光灯一闪,操英语说:"谢谢!"扬长而去。

赵大大　回来,不准跑! (追去)

〔非非伪装醉汉,跨狐步,摇摆过来,直向赵大大身上撞去。赵大大推开,非非就势倒在地上。

赵大大　(边把非非扶起,边喊着)抓住他! 抓住他!

〔赵大大刚撒手,非非复又倒向他怀中。

〔童阿男追来。

童阿男　班长,出什么事了?

赵大大　快上去把那个外国记者捉住。把照相机缴下来!

童阿男　班长,这就是那个阿飞!

赵大大　快去,他对我拍照!

童阿男　是! 哈罗! (追去,下)

赵大大　(不解)阿飞? 阿飞? ……

非　非　……对。我姓非,叫非非。我是码头工人。

赵大大　码头工人?

霓虹灯下的哨兵

非　非　今天解放了，我心头痛快，多喝了几盅，真是这个……（唱）"解放区的天……"

　　　　　　［三轮车工人上。

赵大大　三轮车，把他送到家里！

非　非　再见……

　　　　　　［非非向赵大大一个立正："格得拜！"三轮车工人拖非非下。

　　　　　　［童阿男推美国记者上，后面跟着看热闹的人们。

童阿男　走！堂堂美国记者，偷偷摸摸做啥！班长，是不是他。把照相机交出来！

美国记者　你们有什么权利问一个外国记者要照相机！这是违背《国际公法》的。你知道吗？

童阿男　公法？现在是什么皇历？此地是什么地方？难道还是你们所谓冒险家的乐园吗？现在军管时期，你拍摄军事岗哨，破坏我们的游园会，你该当何罪！

　　　　　　［群众中引起不同反应。

美国记者　什么？游园会？笑话，我奉劝诸位，这完全是骗人的把戏！完全是政治宣传，完全是洗脑筋……

赵大大　住口！

美国记者　你们的民主呢？自由呢？可怜，连一个人说话的权利都给剥夺了！

赵大人　现在就是没有你说话的资格！

美国记者　我要控告！向联合国控告！

赵大大　联合国？哈哈！新鲜！眼下它认识我，我还不认识它哩！

童阿男　照相机拿来，不然我们就不客气了！

　　　　　　［美国记者欲逃。

赵大大　（扬起手臂）站住！

美国记者　（愕然）怎么？你们要开枪？要用武力？你们的"约法三章"到哪儿去啦？我希望大家说句公道话，我希望今天在南京路上能听到真正自由的声音！

　　　　　　［一位戴眼镜的先生，拉赵大大到一旁。

戴眼镜的　适可而止吧！美国人不好惹。现在贵军解放上海之初，立足未稳，乱子闹大了不好收拾。

卖冰淇淋的　喂，眼镜朋友，不要成事不足败事有余好吧！胆子放大些，天塌下来有解放军顶着！

群　众　还有我们上海人。

资本家　（提心吊胆）不要闹僵了，上海滩还是要和美国人做生意的。不做生意，上海人吃什么？

舞　女　就是嘛，没有美国人，阿拉上海哪能办呢？

卖冰淇淋的　（对资本家）放心，要饿，不会饿到你们这帮资本家头上的！

资本家　我是替大家担心，再闹下去，上海滩真要坍了！

　　　　［周德贵背着修电灯的工具包，由人群中站出来。

周德贵　怎么？上海滩要坍？

童阿男　周老伯。

周德贵　（走近戴眼镜的）看样子这位是好心肠的先生，（对资本家）这位是大老板，是吧？我们都是中国人，都是吃一条黄浦江的水，对吧？那么在外国人面前，枪口为啥要对准自己人？胳臂为什么要朝外弯？我们上海人，过去在这些帝国主义分子面前，卑躬屈膝，做牛做马有百多年了，对吧？今朝我们解放了，对吧？站起来了，对吧？那么把胸脯挺起来！把奴隶腔收起来！拿出中国人的派头来，只要我们大家团结，上海滩决计不会坍！美国狼，快滚蛋！

　　　　［群众呼应……

童阿男　（挥舞拳头，唱起）"团结就是力量……"

　　　　群众一起跟着唱，歌声的浪潮把美国记者包围起来。

周德贵　（走近美国记者）记者先生，听听，南京路自由的声音！

　　　　［美国记者走投无路，到处受到歌声的撞击，没有办法，只好举起双手，走到赵大大和童阿男跟前。

美国记者　我要求保护我的人身安全。（交出照相机）其实，我们之间完全可以和平解决。

赵大大　走吧！

霓虹灯下的哨兵

美国记者　去哪？

赵大大　军管会！

　　　　［美国记者无可奈何地走开。

童阿男　那个阿飞呢？

赵大大　送他上三轮了！

童阿男　哎呀，他们是联党的呀！

赵大大　是吗？哼！你注意岗哨，我就回来，走！（押美国记者）

美国记者　（走，又回身）解放军先生，请你们不要得意，你们可以红的进来，但是，不出三个月，就叫你们趴在南京路上完蛋！

　　　　［美国记者狼狈而下，人们笑声四起。

卖冰淇淋的　喂！美国赤佬，棒冰来哉（一支棒冰朝美国记者掷去）

周德贵　各位，游园会快开幕了，请大家入场吧！

　　　　［人们拥向游园会。

戴眼镜的　（擦去头上的汗珠，上来拍拍童阿男的肩膀）小战士，好险哪！

夫　人　怎么，游园会还去吗？

戴眼镜的　唔，应付应付吧！免得叫共产党难堪。（与夫人同下）

资本家　我看美国人的话有道理。

太　太　听说白毛女真怕人，是个鬼魂！还是去看《出水芙蓉》吧！

资本家　对，美国人回来不好办。向后转！

童阿男　喂！你这算什么话？

资本家　对不起，你我桥归桥，路归路，大家不来去。（与太太同下）

童阿男　我看美国人的阴魂附在你身上了！

周德贵　阿男，当心敌人一心一意想破坏我们的游园会，我们一定要给他们点颜色看看！

童阿男　是，到我们连里去坐坐吧！

周德贵　不了，电灯厂派我到游园会值班。怕今晚线路出毛病。再见！（下）

童阿男　再见。

　　　　［林媛媛手上拎着一只腰鼓，由另一边走来，见童阿男，轻步走

	到他背后,将阿男手中晚报抽去。
童阿男	(转身)媛媛。
林媛媛	(热烈地与阿男握手)童阿男,想不到,你也是个解放军了。让我仔细看看,真好看!
童阿男	林媛媛,马路上不要这样!
林媛媛	(笑)告诉我,你出院后为什么不给我写信?我到处打听你的消息。
童阿男	我也到处打听你的消息。我想,你现在是个大演员,名字也登报了,还会认识我这个当小兵的童阿男吗?
林媛媛	别刺人好吧?(低下头来)我现在不过在《白毛女》里客串,跑跑龙套,合唱合唱。
童阿男	报上不是说特别邀请你参加游园会的独唱表演吗?
林媛媛	那是在闭幕式上。反正也没有什么了不起。
童阿男	可是我觉得你很了不起。你们的演出很重要,连我们解放军也在为你们出力。
林媛媛	是吗?
童阿男	当然啦!
林媛媛	那你肯来看我们的演出吗?今晚是开幕式,据说陈毅市长也要来。我心里很紧张。阿男,你来好吗?
童阿男	我很想来,不过现在我有任务!
林媛媛	什么任务?
童阿男	替游园会站岗放哨。
林媛媛	我们就在游园会里演出,看看戏又有什么?是吧?
	(拉童阿男膀子)
	(罗克文迎面走来。曲曼丽身背腰鼓溜上,复又隐去。
罗克文	媛媛!
林媛媛	表哥?
	[静场。
罗克文	媛媛,你跟我回去。媛媛,你听见没有,姑妈在等你!
林媛媛	等我演完戏再说。

霓虹灯下的哨兵　　　　　　　　　　　　　　　　　　　　　　　　189

罗克文　我反对你参加这种演出。这不是歌剧,不是音乐,是一种胡闹!
林媛媛　(着急)表哥,你不要说了好吧!
罗克文　我要说,这完全是政治宣传完全是政治利用,完全是……
童阿男　住口!罗克文!你不要做美国人的应声虫!
罗克文　什么?你……我不想辩论!(挽住媛媛膀子)媛媛,我们回家去!(拉媛媛走)
童阿男　不准你拆台。你想破坏游园会么?你这样做,小心上敌人的当!
　　　　[林媛媛抽出身来躲到童阿男身后。
罗克文　什么?你……(抱头)我找姑妈去!(奔下)
林媛媛　表哥,你等等,你回来……(惊慌起来)阿男,你看怎么办?
童阿男　(决然)挺起胸膛,参加游园会的演出。
林媛媛　那你送送我,陪我去吃晚饭好吗?
童阿男　好。上哪儿?
林媛媛　国际饭店。
童阿男　国际饭店?那是有钱人去的地方。
林媛媛　解放了,平等了,有钱人去得你就去不得?走!
　　　　[陈喜走来。
童阿男　排长来了,我请个假。报告排长,有位同学约我。
陈　喜　谁?
林媛媛　排长,你好!(鞠躬)
陈　喜　哦,我们见过。
童阿男　排长,她……(缺乏勇气)
林媛媛　(连连点头)我……我想……
陈　喜　什么事?尽管讲吧。
林媛媛　我想请阿男陪我吃点晚饭,然后送我去游园会演出。陈排长,你同意么?
陈　喜　(对童阿男)你看呢?
　　　　[童阿男丢个眼色给林媛媛。
林媛媛　同意吧!你能同意,那真是太感激了。
陈　喜　既然如此,只好同意喽!

林媛媛　（雀跃）你，（握手）你真伟大。
陈　喜　（向童阿男招招手）过来！帽子戴正，风纪扣扣好。你是解放军，大方些，别叫上海人笑话！要钱用吗？
林媛媛　不需要，不需要。
陈　喜　小心影响！
童阿男　是！
林媛媛　真是个好排长。

［曲曼丽溜上，注视着他们的背影走去，未提防碰上陈喜。

曲曼丽　（马上应付）陈排长，你好！（热情握手）不认识了？我是"中华"的，庆祝"七一"大游行我们在一起搞过宣传，你还到我们学校做过报告，讲过故事，忘了？
陈　喜　记得记得。可惜把名字忘了。
曲曼丽　我叫曲曼丽，你有本子吗？
陈　喜　有。

［曲曼丽在陈喜的本子上签名，看陈喜胸前的纪念章。

曲曼丽　真漂亮！原来你是个了不起的英雄。今晚游园会，我们和解放军有联欢舞会，你能参加吗？
陈　喜　我不会跳舞。
曲曼丽　随便得很。有跳舞的，唱歌的，表演的，还有讲故事的。哎呀，对了。你的英雄故事太动人了，给同学们很大的教育。我们欢迎你再去讲故事，好吧？
陈　喜　（笑笑）这……
曲曼丽　这是你们进行宣传教育的好机会，难道你愿意错过吗？来吧，热闹得很，还有电影明星呢！
陈　喜　是吗？好吧！
曲曼丽　太好了，我在门口等你。（一扬手）一会儿见！（下）

［陈喜下意识地跟着扬扬手。
［通信员上。

通信员　三排长！有人来看你。
陈　喜　谁？

霓虹灯下的哨兵　　　　　　　　　　　　　　　　　　　　　　191

通信员　嫂子，春妮儿。（招手）老班长！

陈　喜　咋呼什么！就说我不在这儿，叫她去连部。

通信员　（一把抓住他）什么话，媳妇来了不接接，瞧你还害羞哩。（喊）老班长，三排长说他不在这儿。

陈　喜　你干什么……

　　　　〔炊事班长洪满堂（人们叫他老班长）挑着一副菜担，领着春妮走来。春妮手上拿着一根支前扁担和一个红布包袱。

洪满堂　喜子，看谁来啦！瞧你们俩，还不好意思哩，过去！

　　　　〔通信员扑哧一声笑出声来。

陈　喜　老班长，在南京路上，正规些好吧！

洪满堂　唔？倒怪严肃的！

陈　喜　本来嘛，这么多眼睛在瞅着咱们。（走近春妮）你，你来了，来干什么？

　　　　〔春妮低着头。

洪满堂　废话！来干什么还用你问！来相你的！

　　　　〔春妮羞笑。

陈　喜　（着急）别嚷嚷好吧！小心影响！（走近春妮）你拿根扁担干吗？卜卜愣愣打着人怎么办？

洪满堂　什么？人家是支前模范，上海解放有她一份功劳！扁担还没放下就来看你，这是多大情分！

春　妮　（轻声地）大叔，别说了。

陈　喜　这么说，你也辛苦了。

洪满堂　净是废话，快带你媳妇逛逛大上海。

陈　喜　我带班。

洪满堂　我准你假。

春　妮　你们怪忙的，别耽误了他的工作。

洪满堂　这么说，倒是我老头儿错了？

春　妮　大叔！别说啦！

陈　喜　老班长，别叫我为难。

洪满堂　不成，千里姻缘我引的线，到了还是我不对？！

春　妮　大叔，别生气。

陈　喜　敬礼，好吧。（护送他们走去）

　　　　［阿香喊着"阿男，阿男"奔上，见阿男不在，又奔向游园会门口。
　　　　［赵大大回来。阿香又急忙奔回。

阿　香　（见赵大大）解放军，请问阿男呢？我有要紧事找他商量。他在哪儿？

赵大大　你是他什么人？

阿　香　我是他姐姐。

赵大大　他在游园会门口站岗。

阿　香　他不在了。

赵大大　不在了？（看望）

阿　香　（潸然泪下）解放军，（向赵大大突然跪倒）请你救救我吧，救救我吧！

赵大大　（忙扶着）什么事？站起来说。

阿　香　印子钱，今天期满。有人在追我，逼我，打我……

赵大大　（见阿香口角淌血，忙拉起）你起来，有我在这儿，谁敢打！
　　　　［改换了装束的老七上。

老　七　（过来招呼）解放军同志，这是我的家务事，请原谅。

赵大大　家务事？她是你什么人？

老　七　我家老板干女儿。（对阿香伪善地）阿香，过来，过来。来。肚子饿了吧？阿哥陪你去，老板在旅馆里等你吃晚饭。

阿　香　我不饿。（不停地发抖）

老　七　不要怕，过来。老板那儿我多说两句好话，印子钱我去替你垫。只要你把那个人找来见一面，印子钱可以一笔勾销。（一把抓住她辫子）看你往哪跑！（一巴掌把阿香打倒在地，再打……）

赵大大　不准动！（推开老七）再动老子揍死你！

老　七　好，好！今天看在这位解放军面上饶过你。阿香，你心中要有数！（急去）

赵大大　小大姐，过来。（给她手巾，抹去口角血迹）他到底是你什么人？对你为什么这么狠？

霓虹灯下的哨兵

［阿香失声悲泣。

赵大大　告诉我赵大大。
阿　香　不能说，实在一言难尽……
赵大大　你说好了，没有你弟弟，我照样替你报仇。
阿　香　（摇摇头）我怎么能连累你这位同志呢！（欲走）
赵大大　上哪去？
阿　香　找弟弟。
赵大大　等等，（从口袋内掏出一手绢包，取钱塞在阿香手里）这钱，你先拿去吧。
阿　香　我不能要。
赵大大　拿去吧。
阿　香　这……（欲跪）
赵大大　去吧。

　　　　阿香慢慢走去，下。
　　　　［《白毛女》中喜儿"北风吹，雪花飘"的曲声，轻轻传来。
　　　　［赵大大怀着愁闷的心情向前走动。陈喜上。

赵大大　看见阿男没有？
陈　喜　陪女同学吃晚饭去了。
赵大大　陪女同学吃饭还了得，非关他禁闭不可！（拔腿欲走）
陈　喜　回来！马路上小点声好吗？是我批准的。
赵大大　能准吗？排长！
陈　喜　你呀，脑子里就是少根弦。领导上海兵就得放灵活点，得讲究点情面，大炮筒子能解决问题？
赵大大　我，我有意见！
陈　喜　有意见回去提！
赵大大　是！我带班去。
陈　喜　算了，黑不溜秋的，靠边站站吧！

　　　　［赵大大扭头走去，见鲁大成、路华过来，敬礼，闷头下。

鲁大成　（目送赵大大走去）什么意思？陈喜！
陈　喜　有！

鲁大成　你这儿有什么情况？
陈　喜　情况？没啥，一切都很正常。
鲁大成　照你看，南京路太平无事啰？
陈　喜　就是，连风都有点香。
鲁大成　(惊讶)什么，什么？你说什么？
陈　喜　(嘟囔)风就是有点香嘛！(走去)
鲁大成　不像话！
路　华　南京路上老开固然可恨，但是，更加可恼的倒是这股熏人的香风！
鲁大成　老路，这种思想不整一整，南京路这个地方——不能待！
路　华　不，连长，一场新的战斗已经打响了，我们准备迎战！
　　　　〔鲁大成睁大眼睛看着路华。
　　　　〔爵士乐声大作，霓虹灯耀眼欲花。

——灯暗

第三场

　　　　〔当晚。
　　　　〔部队驻地。
　　　　〔一幢洋房，院落幽静。
　　　　〔背景中霓虹灯光仍隐隐现现，乐声恼人。
　　　　〔黑影中，赵大大在蒙头睡觉。
　　　　〔路华打着电筒走来，手电光落在赵大大床头。鲁大成跟上。
路　华　谁？大大吗？赵大大。
　　　　〔赵大大不作声。
路　华　你看看，睡觉不把鞋脱了，也不把被盖好。(动手为他脱鞋、盖被)
赵大大　(突然坐起)指导员，我睡不着！
路　华　怎么啦？(摸他上额)不舒服？手有些凉，是不是病了？我叫卫生员去。

鲁大成　我去吧。

赵大大　（激动）指导员……我受不了！

路　华　怎么？出什么事了？赵大大，你尽管说。

赵大大　让我到前方去吧！到有仗打的地方去。南京路，我不想待。

路　华　为什么？

赵大大　（不服气的口吻）我脸黑！

鲁大成　（被他逗笑了，忙收敛笑容）脸黑？脸黑就不能站岗放哨了？不能当家做主人了？你看这算个什么问题？（走出，到窗口又探进头来）脸黑怎么的？脸黑是你行军打仗太阳晒的，说明你健康，光荣！（下）

路　华　大大，在战场上，你向来是挺胸前进的，怎么来到南京路反倒垂头丧气了？

赵大大　指导员，你看看这灯光，你听听这声音，喳喳喳，喳喳喳，简直乱七八糟！资产阶级说我脸黑，我不在乎，脸黑我就不革命了？别说他看不惯我，我还看不惯他呢！没有我这黑脸，他能解放？可是领导上也说我脸黑！

路　华　谁说你脸黑？

赵大大　排长，说我是大炮筒子。童阿男这个上海兵我不会带，刚才他和女学生去吃馆子，我反对，可是排长批评我脑子里少根弦！

路　华　噢，怪不得童阿男这么晚还没回来，是他准的假？

赵大大　（点头）今晚游园大会，连部规定我带班，可排长说他要亲自出马，说："你黑不溜秋的靠边站站吧。"

路　华　连部今晚不是准他假了吗？不准他去！通信员！

　　　　〔通信员上。

路　华　房子收拾好了吧？

通信员　房子腾出来了，也打扫好了。

路　华　床呢？

通信员　都安置好了，是老班长亲自动手搞的。指导员，你房让了，床也让了，你自己怎么办？

路　华　哪儿都可以。小鬼，把三排长的被子抱过去，今晚把我的铺就送到这儿来。赵大大，怎么样？今晚我们俩做伴，欢迎吗？（见赵大大点点头）对了，小鬼，回头你再去找找童阿男。看见三排长叫他回来休息。

［路华和通信员把陈喜的被子、洗脸用具抱走。

路　华　赵大大，等着啊，我一会儿就来啊！（下）

　　　　［陈喜唱着小调回来，掏出一双花花袜子，解绑腿。

赵大大　（跃起）别唱了好吧！

陈　喜　（笑笑）你这个人啊，脑袋瓜子就这么古板。怪不得上海人见你就有点怕。（又唱起来）

赵大大　（耐住性子）排长，我今天有话想和你唠唠。

陈　喜　有话改天再唠吧！

赵大大　不成，我憋不住了，要冒了！我对你有意见。

陈　喜　你呀，部队到了南京路就数你的意见多，什么事总不顺眼，这还行吗？

赵大大　指导员说了，今晚要你在家休息，我去带班。

陈　喜　行吗？这种场合，算了，还是靠边站站吧！唔？

　　　　［赵大大立刻叠被子，打背包。

陈　喜　打背包干啥？

赵大大　上前方。

陈　喜　谁批准的？

赵大大　报告已经送给连部了。

　　　　［陈喜听了心不在焉，走向内室。

　　　　［院子里传来敲门声。

陈　喜　（在内室）谁？赵大大，去看看。

　　　　［赵大大放下背包，出门一看是阿香，十分诧异。

赵大大　阿香？……

阿　香　阿男在吗？

赵大大　他还没回来。

阿　香　那，我走了。

赵大大　什么事？和我说一样。要不，等他回来，叫他去看你。

阿　香　不，别叫他回去。同志，钱，你拿回去吧。
赵大大　为什么？
阿　香　我用不着了。
赵大大　（一把抓住她）到底出了什么事，你说吧！
陈　喜　（在内室）赵大大，什么事？
阿　香　此地不是说话的地方，你能出来一下吗？
赵大大　你先走一步，我随后就到。

　　　　［阿香出院子，赵大大回宿舍背枪，随阿香下。陈喜拎着一双老布袜出来。

陈　喜　唉！再见了，

　　　　［陈喜将布袜扔出窗外。洪满堂走过院子，捡起布袜扔进屋。

陈　喜　（见袜）怎么，还不愿走？好，靠边站站吧。（将袜子扔至角落，拿过小镜子梳头）

　　　　［春妮上，双手捂住陈喜眼睛。

陈　喜　谁？一定是春妮！松手，松手嘛！别打打闹闹的，同志们见了多难为情！瞧，有人来了。（春妮夺下他手中的梳子，藏在一边）
陈　喜　给我，快给我！你还这么淘气，看你还跑！（追）
春　妮　坐好，不准动！

　　　　［陈喜无奈，端正坐下。

春　妮　（走近）喜子，今天是什么日子？忘了？三年前，就是今天，我们在干吗？
陈　喜　干吗？我在干民兵，你在闹支前。
春　妮　还有，想想看。
陈　喜　忘了。
春　妮　（指头点了一下陈喜的前额）真该打！洪大婶把你送到我家里干什么？
陈　喜　（记起来）唔，我们今天成的亲。
春　妮　（甜蜜地回忆）那天晚上，我们俩也是面对面坐着，没有一句话，可心里感到多么高兴。第三天，天刚蒙蒙亮，我就送你参加了部队。自那以后，心就跟着你走……你倒好，一过江，信

　　　　也不写……

陈　喜　人家忙嘛。

春　妮　再忙，写信的时间总有的，托人带个口信也好呀！这颗心跟着你担了多少惊怕！（过分激动，泪珠滚出）

陈　喜　你看你，别这样，叫人家看见！

春　妮　我高兴，喜子，今晚你一定要去站岗吗？

陈　喜　要去，这是任务。

春　妮　不能带我去看看？

陈　喜　你？我一个解放军，身边带着个妇女，拖拖拉拉的，像话吗？

春　妮　（觉得陈喜讲得字字有道理）别怪我，喜子，见了你，一步都不愿离开。好，你去吧。我在家等你。喏，把这两个鸡子揣着，饿了好垫垫饥。（将鸡蛋往他新军衣口袋中塞）

陈　喜　（忙躲闪已来不及了）你看，你看，把新军装给弄脏了。（将两个鸡蛋掏出扔在桌上）

春　妮　都怪我。（忙用绣花手绢给他揩拭军衣）看！干净了吧？

陈　喜　（闻闻手）糟糕，手上也有味了！

春　妮　（用手绢替他揩手）嗯，别那么娇贵了。好了吧？（给他手绢）把它带着。

陈　喜　算了，够腥的了。（将手绢丢一边）

春　妮　好，都怪我！（瞅他一眼）

　　　　[游园会里的乐声阵阵传来。

陈　喜　糟糕！（急忙整装）

春　妮　（帮他整装，见他衬衣破了袖子）我不在眼前，就不知道照看自己。来，缝两针。

陈　喜　算了，没时间了。

春　妮　几针就行了。（捡起他床上的绣花针线包）这还是我给你的针线包？一直带在身边？（陈喜点点头，春妮满意地看他一眼，替他缝袖子）

陈　喜　春妮。

春　妮　嗯？

霓虹灯下的哨兵　　　　　　　　　　　　　　　　　　　　　199

陈　喜　你出来一直没有回过家？

春　妮　没。

陈　喜　你不想妈吗？

春　妮　想。

陈　喜　你打算什么时候回去？

春　妮　你叫我什么时候回去，就什么时候回去。一切听你的。

陈　喜　情况你都看见了，紧张得很，恐怕我没时间陪你玩。

春　妮　我都想过了。看你工作忙本想看看你就走，可又好像有许多话要说。

陈　喜　什么话。说吧。

春　妮　守着你又好像没有什么话好说了。（笑了）

陈　喜　春妮，我看你明后天就走吧，好不好？

春　妮　你这话是真的？

陈　喜　真的。部队刚进城，我怕别人有意见，等安定下来，我回家看你。

春　妮　喜子，你，你……

陈　喜　就这样，好吧！

　　　　〔游园会音乐声似在催促。

陈　喜　（站起来）人家在等我作报告，没时间了。

春　妮　你等等。（跟着站起来）

陈　喜　来不及了！（将线扯断）

春　妮　（提着断了的线和针，黯然）你……陈喜！

陈　喜　（停步，回头）春妮，怎么啦？我句句都是好话，我不能上哪都把你带在身边，特别在大庭广众面前。不回去你就在屋里待着，千万别上大街。

　　　　〔春妮感到意外的震惊，以异样的眼光盯着陈喜。

陈　喜　瞧你，别生气了。我就回来！（下）

春　妮　陈喜！……（捂脸扑到陈喜床上）

　　　　〔路华拖着一床军用被子回来，见状，心情沉重起来，捡起鸡蛋、手绢，走到春妮跟前。

路　华　怎么？春妮……

春　妮　（抬头）没啥。

路　华　两口子吵嘴了？是不是他欺负人？

　　　　［沉默片刻。洪满堂走过院子，停立。

春　妮　怪我不好，不该来打搅他。

路　华　（劝解）陈喜这个同志性子犟，好顶撞人，倘若他有不是的地方。别在意他。他的心对你还是好的。

春　妮　（将针线交给路华）他把线扯断……

路　华　（愕然）什么……是真的？他人呢？

春　妮　到游园会去了。

路　华　（起立，欲走）我找他去。

春　妮　指导员，不要去，别妨碍他工作。

路　华　（回头）万万没想到。春妮，别难过。

春　妮　我不难过，我担心他……指导员，你对他很好，在你给我的信里经常表扬他。你告诉我你很喜欢他，他聪明、能干，战斗勇敢，做事伶俐，而且还是个好党员。这些我都相信，我春妮但愿他别辜负党对他的培养。

路　华　春妮，你也是个党员。我老实告诉你，陈喜的情况我们本来有些了解，但不知来得这么凶，露得这么快……

春　妮　好了，指导员。（把针线包交给指导员）这，交给你。

路　华　（接针线包）要走？你不能走。你走了，比打我骂我还狠。春妮，你不能走！

　　　　［春妮忍住泪，咬着下唇，低着头向外走去，迎面洪满堂持旱烟管走来。春妮见洪满堂，回身伏墙而泣，只听见洪满堂旱烟管"嗞啦"作响。

　　　　［鲁大成上。

鲁大成　老路，刚才我到各班去转了一圈，一、二排情况不错，你看一排的决心书，二排的保证书。三排可倒好，赵大大打了个报告放在连部，要求离开南京路，到有仗打的地方去。还有童阿男，跟个女学生去吃馆子。到现在还没回来！这些兵……都是些什么兵！

洪满堂　这儿还有个好样的呢!

鲁大成　（不解）什么?

洪满堂　陈喜嫌春妮跟不上趟了!

鲁大成　啊!

洪满堂　（捡起老布袜）瞧，甩啦!

鲁大成　好哇!（接过布袜子）香风吹进骨髓里了!他人呢!通信员!通信员!

路　华　连长，别走，我们三个人都在这儿，马上开个支委会。

鲁大成　完全同意。马上召开支委大会。非把他找回来整顿不可。（把布袜塞进挎包）

路　华　连长，整一顿，怕解决不了问题吧!

鲁大成　任务这么紧，随他胡闹下去，三排非趴在南京路上不可!（对路华）这些人早整一顿早好了，都是你老是不同意!

春　妮　同志们，都怪我春妮不好，给你们领导上添麻烦。

　　　　（走）

路　华　春妮。

春　妮　（回头）我看清楚了，这里工作很重要，像在前线打仗一样。我这次回去，一定高高兴兴地工作，一定像过去一样支援你们打胜仗。（奔下）

鲁大成、路华　春妮……

　　　　[沉默。]

洪满堂　就让她这样走了?他们用小米把我们养大，用小车把我们送过长江，送到南京路上，就让她含着眼泪回去了?乡亲们知道了会怎么样?……怎么都不吭气啦?耷拉着脑袋干啥?不然向上级打个报告，要求把我们这伙人撤下来吧……

鲁大成　什么什么?!撤退?你开什么玩笑!（激奋起来）我当班长的时候，你就是个老兵，我们这个连的底细，你还不清楚?你说，我们什么仗没打过?什么炮弹没挨过?什么阵地没守过?撤退?不错!开始叫我们站马路，我思想没扭过弯来，可是既然来了，钉子就钉在这个阵地上了!有党和上级领导，打不退这股资产

　　　　　阶级香风我就不姓鲁!
洪满堂　哎,对啦。
　　　　　[童阿男越墙进院子,见室内有人说话,站住谛听。
鲁大成　我的意见,要打退这股香风,先把童阿男遣散回家,不然部队
　　　　　有危险。
路　华　上海兵绝大多数是很好的,他们给部队带来新鲜血液,个别也
　　　　　有缺点是难免的。
洪满堂　怎么说人家还是个孩子,又是苦人家出身。
鲁大成　苦人家出身,不错。可是他身上沾染了南京路上的旧习气,不
　　　　　然他为什么跟那资产阶级女学生一块儿混?在个大马路上,还
　　　　　这样!(以手挎路华的胳膊做状)趁早送走,免得影响大家!
洪满堂　送走阿男,我是不同意呀!我的意见,先把陈喜找回来好好整
　　　　　一顿!
路　华　整一顿,遣散回家,我都不同意。这一仗要比推翻三座大山难
　　　　　打得多。
鲁大成　难打得多?
路　华　(语气深沉)毛主席说,夺取全国胜利只是万里长征刚刚走完了
　　　　　第一步。看来,这第二步比打鬼子、消灭国民党反动派的路更
　　　　　长,更艰巨,更复杂。毛主席说,中国革命在全国胜利并且解
　　　　　决了土地问题以后,国内的基本矛盾,就是工人阶级和资产阶
　　　　　级的矛盾。帝国主义和国民党反动派的残余还会搞乱。所以许
　　　　　多从未遇见过的问题,人和事,需要我们去打交道,去认识,
　　　　　去解决。打思想仗,不能简单化。好在问题刚刚露头,防微杜
　　　　　渐还来得及。
鲁大成　那你说怎么办?
路　华　办法只有一条,牢记毛主席的教导,从阶级教育着手,来个敌
　　　　　前练兵,怎么样?我看马上行动起来,老洪去劝劝春妮,连长
　　　　　去找陈喜,我去找童阿男,嗯?
鲁大成、路华:好吧!
　　　　　[通信员上。

通信员　报告,童阿男没找到(悄悄走近鲁大成)连长!赵大大叫一个大辫子给拖走了!

鲁大成　你胡扯什么!他会干这种事?

通信员　真的。不信,你去看。

鲁大成　乱了套了!(走进院子,见一个黑影)谁?

童阿男　报告,童阿男!

鲁大成　不错,回来啦!(耐住性子)好了,进屋吧,老班长把饭给你留在伙房里。

童阿男　(解释)一位女同学有困难要我帮忙,叫我陪她去吃饭,把她送进游园会。我又不好推辞!

鲁大成　不好推辞,(刚想发作,意识到不对,马上忍住性子,好声好气地)你就不推辞啦?你现在穿上军装了,懂不懂?穿上军装就是中国人民解放军,解放军就要懂"三大纪律八项注意",不然就不能打胜仗……

童阿男　连长,何必大惊小怪呢!我不过吃吃国际饭店而已!

鲁大成　嚄!好大口气。吃吃国际饭店,还"而已"?国际饭店是咱们去的地方吗?

童阿男　为什么去不得?解放了,平等了,有钱人去得,为什么我去不得?

鲁大成　(被问得一时难以回答)还一大套呢!好吧,你去得。国际饭店、咖啡馆、跳舞厅,你都去得!你呀,再这样胡闹下去怎么配穿这套军装!(对通信员)走吧!(匆匆下)

童阿男　(愕然)怎么,不要我了?开除了?(进屋,遇见路华)指导员,我走了。

路　华　你往哪去?

童阿男　解放了,哪儿都可以去,哪儿都一样革命。(感情地)你需要我的时候,打个招呼,我还会回来,再见。

路　华　站住!

童阿男　唔,对了。(将搭在肩上的军装送到路华跟前)你的交情我是不会忘记的。(下)

路　华　（愕然）童阿男，你回来！老洪，把这套军装保存好。（冲至门口）童阿男！……（下）

洪满堂　这，这说走还就走了？

——灯暗

第四场

［林乃娴家小客厅。

［沙发，钢琴。钢琴盖上放着放大的林媛媛头像、瓶花。罗克文在弹琴，情绪似愤似泣。

［林乃娴自外入。

林乃娴　克文，克文，克文！

［罗克文转身。

林乃娴　你倒轻松，一个人弹起琴来了。媛媛呢？

［罗克文摇头。

林乃娴　我不是叫你到游园会门口去等她么？唉，你呀真是个书呆子。怎么办？要是没有媛媛，我真是活不下去了！……解放军的文工团里我也厚着脸皮去过！

［罗克文抬头。

林乃娴　（摇头）音信全无。告诉你，外面风声很紧，好像又要打仗的样子。

罗克文　是吗？打就打吧！打得越大越好，反正这个世界，不是为我们安排的。

林乃娴　克文，你发疯了是吧！

罗克文　除了音乐艺术，世界上一切与我毫无关系，一切我都没兴趣。（垂头，又弹琴）

林乃娴　你不要再弹了好吧！要弹死人啦！我给公安局打个电话去。

［曲曼丽上。

林乃娴　噢，曼丽小姐。

曲曼丽　林伯母，你好。

林乃娴　真是稀客，怎么有空来？

曲曼丽　路过，看你们家还没有熄灯，我就闯进来了。密斯特罗，这么晚了，还没回去睡觉。

罗克文　睡不着。曼丽，你来得好，我觉得这世界上只有我一个人。陪我出去走走好吗？

曲曼丽　外面正在下雨。

罗克文　我喜欢在雨里散步，把我淋个够，淋个痛快！

曲曼丽　你别小资产阶级情调好不好？把你的罗曼蒂克调子收敛收敛吧。你应该振作起来，跟上时代，不然真要请你去改造改造。

罗克文　你在学校里也不过……现在竟摆起革命家的派头了！

曲曼丽　密斯特罗，何必呢，我不过是为你好。你是个艺术家，是最高尚的，你要爱惜自己，别闷在象牙塔里，出去晒晒太阳，换换新鲜空气跟上时代的步伐。否则，你会给时代的轮子辗得粉碎。好了，别生我的气了，我们还是好朋友。把手伸过来，我是向你告辞的。

罗克文　上哪儿去？

曲曼丽　最近解放军在我们学校招募女兵，不久我就要到前线去。

林乃娴　（大惊）是吗？你妈怎么舍得！

曲曼丽　当然反对。

林乃娴　这么说，真要打仗啦？

曲曼丽　大家都这样讲，你们还是早做打算为好。

林乃娴　（惊慌起来）我家媛媛怎么样？解放军会不会把她招去？

曲曼丽　很难说。刚刚她在游园会和我商量过要到南京去，投考军政大学，并且要和她的一个男朋友一起去。

林乃娴　天啊！她走了没有？

曲曼丽　还没有，刚才我在马路上还看见她。

林乃娴　马路上？

曲曼丽　对，她那个男朋友还在她身边。

林乃娴　克文！赶快！

罗克文　好的。我们马上把她找回来。我们马上离开上海。曼丽，请你带路。（挽曲曼丽）

林乃娴　你们等等。胖妈。把媛媛的雨衣、雨鞋拿来，还有毛背心。

［胖妈上。

胖　妈　太太，心放宽点，媛媛会回来的。

林乃娴　不是你身上肉，当然说得轻巧！

胖　妈　现在世界不同了，有解放军，小姑娘不会出毛病的。不像我小时候，在南京路上给人家拐去了当童养媳！

林乃娴　胖妈，政治方面闲话少讲讲好吧！我做人，向来是吃饭困觉，不问天下大事的。（走）

［前门电铃响。

林乃娴　胖妈快去看看！

胖　妈　谁呀？

林媛媛　（外声）我呀。胖妈，快来开门，快点！

胖　妈　太太，媛媛回来了。

林乃娴　快去开门，快点，快！

［胖妈下。

林乃娴　我的上帝！

［少顷，林媛媛缓步走来。

林媛媛　妈，我回来了。

［林乃娴不理。

林媛媛　妈，那我走了。

林乃娴　（忙回头）媛媛，我的心肝，你不要再伤我的心了，好吗？（拖住她）你爸爸在国外教书，还不知哪年哪月才能回来，你表哥又是个书呆子，你是妈唯一的贴心人，你不能再欺骗我了，好吗？

林媛媛　妈，你怎么啦？要是我有什么不轨的行为让天雷打死！

林乃娴　（捂她嘴）别瞎说！看，身上也淋得稀湿，赶快淋浴换衣服，把毛背心套上。

林媛媛　等一等。妈，你看谁来了？（向门外）你进来，来！（拉童阿男进屋）

　　　　　［童阿男有些尴尬，林乃娴一惊。

林乃娴　是你？

　　　　　［童阿男扭头要走，林媛媛上前拦住。

林媛媛　妈，你不是欢迎吗？是他送我回来的。我要他今晚在我家住一夜，你同意吗？我想你会同意的，是吗？（停顿，见林乃娴不表示态度）不然，我送他回去。阿男，走。

林乃娴　媛媛！

林媛媛　答应了！那请你安排一下睡觉的地方好吗？

　　　　　［林乃娴无可奈何，站起。

林媛媛　可怜的妈妈，去吧。

　　　　　［林乃娴被林媛媛推下。林媛媛下而复上。

童阿男　我好像在做梦……（欲走）

林媛媛　阿男，干吗？为什么不坐？

童阿男　林媛媛，这是你的家？

林媛媛　嗯。

童阿男　我想走了。

林媛媛　你把我送回来，结果把我一个人留下，过意吗？（推他坐下）喏，吃糖。你喜欢听音乐吗？

　　　　　［童阿男点头。

林媛媛　（开收音机）"梦幻曲"……你听，静静地听，它会把你带到银色的世界里去！唉，阿男！告诉你，我现在正走在人生的十字路口，我想彻底离开这个家庭。游园会，打腰鼓，我也觉得疲倦了。你能再助我一臂之力吗？

　　　　　［童阿男一时无从说起，苦笑。

林媛媛　真的，我能像你多好，当上解放军，背上枪，在南京路上巡逻。特别是夜深人静，大地在沉睡，黄浦江水静悄悄的，只听见我们人民解放军的脚步声在行进，而你就在这个行列中。阿男，你在想什么？是疲倦了，还是不舒服？我送你去休息好吗？

童阿男　媛媛，我想告诉你件事，我希望你给我力量。我已经不是解放军了！

林媛媛　真的？为什么？
童阿男　我自己也莫名其妙……
林媛媛　没有挽回的余地了吗？

　　　　[童阿男摇头。

　　　　[静场。

林媛媛　你打算怎么办？
童阿男　进厂，做工去。
林媛媛　（突然喜上眉梢）不，我们到南京去。
童阿男　做什么？
林媛媛　投考军政大学。
童阿男　投考军大？（见到一线希望）我够条件吗？
林媛媛　当然够。走吧，阿男，现在是再好没有的机会了。投考军大比你在南京路站岗更富有诗意。你想，军政大学，读书、唱歌、骑马、打仗——而且我们俩又在一起，互相帮助，互相鼓励……
童阿男　（握手）林媛媛，这是你的真心诚意？
林媛媛　真心诚意。
童阿男　谢谢你给我指明了出路。
林媛媛　定了？
童阿男　定了。
林媛媛　改天我来接你。（握手）

　　　　[林乃娴上。

林乃娴　好了，该休息了！
林媛媛　阿男，走。（送童阿男下。少顷，复上）
林乃娴　媛媛，你与阿男到底是什么关系？
林媛媛　（想了想）朋友关系。
林乃娴　媛媛，我求你，听妈一句话，以后不要和他来往好吗？不然我只好死在你眼前！
林媛媛　妈！你怎么啦？
林乃娴　你要知道，听说解放军要拉女学生到火线去开仗！
林媛媛　妈，这话是谁说的？

霓虹灯下的哨兵

林乃娴　不用问，你答应我，以后不要再和姓童的解放军来往。
　　　　［胖妈上。
胖　妈　太太，有封信。
林乃娴　你去照顾一下客人。（阅信）胖，胖妈——
胖　妈　太太，怎么啦？
林乃娴　信是从哪儿来的？
胖　妈　就在门上小信箱里。
林乃娴　什么人送来的？
胖　妈　不知道。
林乃娴　胖妈，这两天要当心点，门窗要关紧。
　　　　［罗克文匆匆回来。
罗克文　姑妈。
林乃娴　克文，你来得正好。
罗克文　姑妈，什么事？
林乃娴　你看。
罗克文　（接信）信，这几天我经常接到无头信，警告我当心被改造，洗脑筋。
林乃娴　嘘！那个姓童的闯到我家来了。
罗克文　童阿男？童阿男到这儿来，是不是与我这事有关？信上特别提到了童阿男，他时刻在注意媛媛和我们家的行踪。
林乃娴　我的天！这可怎么办？
罗克文　（看完信）童阿男一定是当局派来调查我们的！
林媛媛　无聊！妈妈，你听我说……
林乃娴　克文，赶快请他走。
林媛媛　表哥！
林乃娴　媛媛！
　　　　［林乃娴正推媛媛，童阿男上。静场。
童阿男　你们的话我都听见了！
罗克文　你？一个当兵的到这里干什么？半夜三更，弄得我们全家不太平！

［童阿男走，林媛媛挡住。

林媛媛　表哥，你懂得礼貌吗？客人是我请来的。
童阿男　你们……（扭头奔下）
林媛媛　阿男！
罗克文　媛媛！（挡住她去路）
林媛媛　（泣）……
罗克文　媛媛，（走近）你知道，我们和政治是向来不搭界的。难道你真愿不顾一切地要去毁灭自己吗？要革命，要进步，我不反对。只要你有本钱，有本领，有好嗓子，革命自然会来敲你的大门。你跟这种人走，真叫人费解。（温情地）媛媛，我忠告你。赶快回来，回到艺术中来，埋头练声吧！不然，你的天才，连同你的锦绣前程都将因你的年幼无知、狂热激进而全部化为烟云。
林乃娴　我的好女儿！上海不能蹲了，咱们赶快走吧！
罗克文　姑妈，我们赶快离开上海，媛媛，我们走吧！
林媛媛　讨厌！讨厌！我讨厌这一切！从今以后，我们一刀两断（愤然奔下）
林乃娴　媛媛！（追下）
罗克文　媛媛！（倒在沙发里）

——灯暗

第五场

［"紫竹调"的乐声。
［公园的一个僻静的角落。
［一列红灯在树丛中穿过。
［游园会已近尾声。
阿香不安地在靠椅前走动。片刻，赵大大走来。
赵大大　好了，这儿什么人也没有，就我一个当兵的和你一个卖花的。
阿　香　我，我总觉得后面有个人在追我，有些怕！

霓虹灯下的哨兵　　　　　　　　　　　　　　　　　　　　　　　　211

赵大大　天塌下来，有我顶着。你说吧。（见阿香凑近）站远点。

阿　香　不过这件事，只能你知道，我知道，不能让第三个人知道。阿香死了事小，连累你们解放军，我良心上过不去。

赵大大　我保证！

阿　香　（四顾）有个人，今天半夜，要逼我去香港，卖给个大老板。

赵大大　为什么？

阿　香　为了抵押欠债，后来那个大亨说，只要叫我弟弟去苏州河见一面，这债就一笔勾销，而且还给我钱……

赵大大　大亨？大亨是什么玩意儿？

阿　香　就是大流氓。听说他和美国人有来往。

赵大大　（一把抓住阿香手腕）他在哪儿？你带我去看看。

阿　香　放了我吧，我是冒着性命危险来告诉你这件事的，你千万要替我瞒着，不然我全家人性命就都完了。我求你做做好事，告诉我弟弟，今晚千万不要回家。让他好好当解放军，只要阿男当好解放军，我阿香会有出头的日子的。（欲走）

赵大大　不行，我赵大大不能眼看着他们把你带到香港去，他到底是个什么人？是不是在南京路上打你的那个人？（顿足）说啊！

阿　香　我怕……（躲闪）

赵大大　（厉声）你回来！

阿　香　放我走吧！

赵大大　不要怕，我是个粗人，嗓子大。

阿　香　不。你是个好人，你是个大好人。

赵大大　走吧！（抓着她手）你指点一下，我不会让人知道是你说的。

阿　香　有人来了。（挣脱跑开）

〔赵大大正回头，通信员带鲁大成上。

鲁大成　哈哈，赵大大。你真有两下子。花花草草的，地形选得不错呀！

赵大大　连长……

鲁大成　少啰唆！我都看见了。好吧，现在你说怎么办？

赵大大　现在我要马上去南京路找个人。（欲走）

鲁大成　是嘛！有人在等你是吧？

赵大大	（点头）有人在等我，有要紧事情。
鲁大成	嗨，赵大大，赵大大！想不到你的魂给南京路上一条大辫子勾引去了！怪不得你这两天总是神魂不定，愁眉不展，我以为你真看不惯南京路，要求到有仗打的地方去。闹了半天，我这个连长还蒙在鼓里打呼噜！
赵大大	连长，我原来的想法是错误的。我要求上级给我批评。
鲁大成	只要你能回心转意，还是个好同志。走吧！
赵大大	不过，今晚你还是让我跟她去一趟。
鲁大成	怎么？跟你说了半天，你还是你——赵大大！
赵大大	有！
鲁大成	你的报告我批准了。
赵大大	连长，请你把报告退给我，我哪儿也不去了。
鲁大成	好嘛，你马上回去打背包，马上离开南京路到前方去！
赵大大	连长！前方在这儿，这儿有情况。
鲁大成	（见赵大大态度挺严肃，一怔）什么情况？
赵大大	刚才那个小姑娘是阿男的姐姐。她说今晚有人逼她去香港，咱们解放军能见死不救吗？
鲁大成	这是真的？
赵大大	（急得要哭的样子）真的，连长！我什么时候撒过谎？
鲁大成	嘻！你为什么不早说？快去把她找来！
赵大大	是！（下）
鲁大成	（对通信员）你怎么汇报情况的？我说他不会吧！
通信员	我……我也不清楚！
	［赵大大上。
赵大大	她害怕，跑没了。我们赶紧到她家里去！
鲁大成	不，我们把情况向上级汇报，马上处理。走！
	［鲁大成、赵大大、通信员同下。
	［雨珠点点。童阿男茫然走来，猛听后面有人喊"童阿男！"他迅速转身隐藏在树荫中，路华奔上。
路　华	童阿男，阿男。

霓虹灯下的哨兵

［阿荣跑来。

阿　荣　解放军同志，指导员，你看见阿男没有？
路　华　我正在找他。
阿　荣　刚刚我碰见他阿香姐，她要我告诉阿男，叫他今晚不要回家。
路　华　什么意思？
阿　荣　叫他好好当解放军，替阿香姐报仇！
路　华　（一怔）报仇？发生什么事情了？
阿　荣　不清楚。
路　华　你带我到他家看看好吗？
阿　荣　好。

［阿荣带路华下，童阿男自树丛后出来。

童阿男　姐姐找我？报仇？出事了！（欲走）

［林媛媛奔上。

林媛媛　阿男，你别生气，我向你赔不是。刚才你走后我和家里闹翻了。阿男，我们马上走吧！

［曲曼丽潜上，在远处窥视。

童阿男　媛媛，你稍等等，让我回家去一趟。
林媛媛　阿男，你不要再犹豫了！

［曲曼丽悄然走到林媛媛背后。

曲曼丽　媛媛，让他回家去一趟吧，等游园会结束后，还来得及。放心吧，我替你们搞车票，送你们上火车。
林媛媛　好！后天在老地方见面。再见！
童阿男　再见！（奔下）
曲曼丽　媛媛！你的行为真叫我感动，你啊，真像暴风雨中的海燕。（挽林媛媛的膀子下）

［大雨倾盆，灯光闪闪。

——灯暗

第六场

〔苏州河畔。童阿男家。

〔子夜,阴云弥漫。海关钟响十二记。

〔棚户,路灯,大厦的剪影。

〔路灯下,一个挑馄饨担的过来。

〔童妈妈缓缓上。

卖馄饨的　童妈妈,深更半夜,才回来?
童妈妈　有点急事,去找他周老伯,谁知他又不在。
卖馄饨的　还是为了阿香的事?

〔童妈妈点头。

〔卖馄饨的过去。

〔童妈妈进屋,点灯。

〔短打甲跟踪,窥探。短打乙跑上。

短打乙　过来一个解放军。
短打甲　阿男吗?
短打乙　像,马上动手?
短打甲　不,太招摇。叫阿香带他上小舢板!

〔短打甲、乙二人下。

〔阿荣领路华上,后面跟着通信员。

阿　荣　指导员,到了,这就是阿男家。

〔刚好童妈妈拎着小包袱走出。

阿　荣　童妈妈,有人找。指导员,这就是童妈妈。这位是南京路上的指导员,阿男的上司。
童妈妈　长官!
路　华　童妈妈,你老人家好?

〔二人进屋,通信员在门外警戒。

阿　荣　指导员,我领报去,发好报再来接你。再会!(下)
童妈妈　长官请坐。

霓虹灯下的哨兵　　　　　　　　　　　　　　　　　　　215

路　华　童妈妈，我叫路华，你就叫我路同志吧！

童妈妈　路同志，坐，坐，这么晚了，同志来有什么事？

路　华　阿男今天回来过没有？

童妈妈　没有。

路　华　好像阿香去找过他？

童妈妈　是呀。

路　华　找阿男干吗？

童妈妈　说起来同志不要见笑，我们是穷人家，只指望阿男今晚能回来一趟。想想办法，救救急。

路　华　老人家，有什么紧急事情和我讲也一样，我是阿男的好朋友。

童妈妈　（不愿全说出来）有笔印子钱压在头上，日子有些过不下去了。

路　华　印子钱？啊，欠了多少？

童妈妈　（忙掩饰）没多少。（转身提小包袱）同志请坐，我……

路　华　童妈妈，你这是干什么？

童妈妈　实在没法子。这是他爹留下的一件皮背心，我想……

路　华　（接过她手中包袱）我这儿有些钱，（送过去）你看……

童妈妈　不，不，怎么能要你的钱，政府已经救济过两回了。

路　华　老人家，收下。这，不是我的……是阿男的。

童妈妈　阿男的？

路　华　是阿男积蓄下来的津贴费，我替他保存的。（将钱塞在童妈妈手里）

童妈妈　真的？

路　华　真的，阿男让我带给你的。

童妈妈　（泪珠盈眶）真没想到，阿男他……同志这是救命钱哪！（跪下）

路　华　（忙扶起）童妈妈，你不要难过！

童妈妈　我……我高兴，我喜欢，我做梦也没想到他会碰着你这般好同志。啊，请坐坐，我去叫碗馄饨你吃。

路　华　童妈妈，我不饿。阿香她出了什么事了？

童妈妈　就为了还不起这断命的印子钱，有人逼她去香港。

路　华　什么人？

童妈妈　是个跳舞厅老板，叫老七。

路　华　这人在哪里？

童妈妈　苏州河小舢板上，在等阿男回来。老七讲，只要能跟阿男这孩子碰碰头，见见面，说什么往事就一笔勾销了。我正担心孩子回来出差错。现在好了，不用他回来了。好了，阿香有救了……你坐坐，我就回来。（出门）

路　华　通信员！

通信员　有！（进屋）

路　华　打电话报告连长，说这儿有情况！

通信员　是！（下）

路　华　（十分纳闷儿）老七怎么敢逼阿香去香港？这是个什么人？为什么和阿男见见面，往事就一笔勾销了？这倒有些蹊跷！往事？什么往事？为什么要到苏州河的小舢板上去？奇怪！

　　　　［这时阿香推门进来。

阿　香　（大声）弟弟，你快走！

　　　　［路华转身，阿香愕然。

路　华　你，你是阿香吗？

　　　　［阿香点头。

路　华　你妈告诉我，有人要逼你去香港？

阿　香　是的。同志，你——

路　华　我和阿男是好朋友，好同志。有什么事尽管对我说。

阿　香　解放军同志，快走吧！求你告诉阿男，千万千万，今晚不要回来，有人要暗害他。

路　华　什么人？老七？

阿　香　听说，还有个人叫老开。

路　华　老开？他在哪？

阿　香　在苏州河上。

路　华　你带我去。

阿　香　不行，他们人多。他们本来想借我的手杀害我的亲弟弟。（哭）我差点上他们的当……同志，你快走吧！

霓虹灯下的哨兵　　　　　　　　　　　　　　　　　　　　　　217

　　　　　　［路灯下，老七指挥着短打甲、乙、丙冲进屋内，吹灯，与路华厮打起来。

阿　香　（奔出）解放军同志……
　　　　　　［老七捂住阿香嘴。
短打乙　（指倒在地上的路华）昏过去了！
短打甲　啊！上当了，不是阿男，是个军官。
老　七　糟！装麻袋！
　　　　　　［五香茶叶蛋的叫卖声传过来。
老　七　有人，来不及了。（对阿香）你去联络解放军，好，把她掼到苏州河里去！
　　　　　　［匪徒将阿香抬走。
　　　　　　［通信员跑上，扶起路华。
通信员　指导员，你怎么啦？
路　华　快，叫连长把队伍带到这儿来。
通信员　那你……
路　华　快去！
　　　　　　［通信员跑下。
　　　　　　［路华挣扎起来，追出。少顷，童妈妈端一碗馄饨回来。
童妈妈　路同志！（点灯）人呢？（喊）路同志！唉，真是，馄饨不吃就走了。
　　　　　　［童阿男上。
童阿男　妈。
童妈妈　（回身见童阿男站在门口）阿男！（放下碗抓住童阿男）阿男我的好儿子！快给妈看看！
童阿男　家里出了什么事啦？
童妈妈　好了，没事了，亏得带回来这笔钱，你阿香姐有救了。
童阿男　钱？谁送来的钱？
童妈妈　阿男，不是你托路同志带钱来家的吗？
童阿男　我的钱？
童妈妈　是呀，你看。（取钱给阿男看）他说这些钱是你积蓄下来的津贴费。

童阿男　姓路的？是什么人？
童妈妈　说是南京路上的指导员，你的上司。
童阿男　妈，他人呢？
童妈妈　刚刚还在。阿男，你怎么了？
童阿男　我，我……（奔走，又回，坐下）
童妈妈　阿男，你又得罪人了？又闯祸了？啊？
童阿男　妈，我对不住他！（抱头）

　　　　〔阿荣奔上。

阿　荣　童妈妈！童妈妈！（见童阿男）阿男，不好了，老七把阿香扔进苏州河里啦！
童妈妈、童阿男　啊？！
阿　荣　亏得指导员和几个船老大，把阿香姐救起来了。
童阿男　带我去！
阿　荣　走！

　　　　〔他们正欲动身，路华抱着阿香回来。

童妈妈　（哭）阿香！
路　华　（忙将阿香放在躺椅上）还来得及，快送医院。你？阿男！（一阵晕眩，险些摔倒，但又挣扎站稳，欲下）
童阿男　指导……指导员，你上哪去？
路　华　追老七。
童阿男　你负伤了，让我去！
路　华　你脱下了军装，离开了连队，又没有带枪，你去干什么？你还是在家里好好想想吧！（冲下）
童阿男　妈，你好好照应阿姐。指导员！（追下）

　　　　〔通信员声："连长，到了，在这儿。"鲁大成率陈喜、赵大大等人上。通信员将他们引进童家。

通信员　这是阿男家。
鲁大成　童妈妈，我们来迟了。
赵大大　（到阿香跟前）唉！……

霓虹灯下的哨兵　　　　　　　　　　　　　　　　　　　　　　　219

鲁大成　（对陈喜）我的三排长，瞧见了没有！南京路上太平无事了？
陈　喜　（支吾）没想到……（低头）
鲁大成　没想到的事多着呢！赵大大留下，护送阿香进医院。其余同志跟我走！

——灯暗

第七场

[部队驻地院子里，小树林丛中平添了一幅标语："欢迎大会"。陈喜及八班战士们面前，堆着花生糖果，但每个人都肃然端坐，不吃也不说话。

[半晌，鲁大成走来。

鲁大成　怎么啦？泥菩萨似的，这像欢迎的样子？开斗争会的架势嘛！（命令）陈喜，叫你们排的人吃糖，吃花生，听见没有？这是任务。
陈　喜　（噘着嘴，机械地看看大家）吃！想吃的就吃。
鲁大成　不想吃的就不吃啦？你带头！
陈　喜　我，吃不下。（见鲁大成在瞪眼，便对赵大大下命令）赵大大，你这个班长。带带头，动动嘴好不好？
赵大大　开了小差不处分，还欢迎，我想不通！
鲁大成　想不通也得通！
赵大大　我欢不起来嘛。
鲁大成　欢不起来也得欢！（停顿）这是支部决定。当儿戏?！陈喜，你耷拉着脑袋干吗？兵跑了，你逛公园；兵来了，你耷拉着脑袋。你这个排长啊……大家听着，我指挥，唱支歌。唱《解放军进行曲》！（发音）"向，向，向……"（音总是发不准，总是在向上飘，逗得大家都捂着嘴扑哧扑哧发笑）严肃点！赵大大，你起个头。
赵大大　（猛然发出雄壮之声）"向前、向前、向前……"
鲁大成　齐步——走！"向前……"

　　　　　［在鲁大成指挥下，全体战士响亮地唱起歌来。
　　　　　［路华上。他头上还裹着纱布，笑着欣赏鲁大成。
路　华　连长，你真有两手啊！
鲁大成　（边指挥边和路华说话）人是我轰走的，当然我更要使上点劲欢迎他。人呢？
路　华　一头钻进伙房就不出来了。
鲁大成　那还是我去请吧。
路　华　不用，我把童妈妈、周老伯他们请来了，我们先欢迎童妈妈、周老伯。
鲁大成　好！（向大家招呼）大家跟我走，欢迎童妈妈去。
　　　　　［鲁大成指挥着战士们唱着歌走出树丛。
　　　　　［洪满堂走来。
路　华　怎么样了？
洪满堂　不行，说什么也不出来。
路　华　你没本事！
洪满堂　算了。我弄点东西给他吃，今晚就跟我睡一起，明天一早跟大家一块出出操，上上课，就下了台了。
路　华　不行，不能那么随便。今天咱们请了他妈妈和周老伯来干什么？
洪满堂　那不是你借的东风么？
路　华　是呀，上政治课他不来参加怎么行？这个上海兵的脾气，我稍微摸到了一点点。爱面子。好了，今天我们不把他当成欢迎对象，让他和我们一起欢迎他妈妈。你看怎么样，啊？
洪满堂　指导员，你呀，可真会摸人的性子。
路　华　你告诉他，说他妈妈和周老伯来了。
洪满堂　（跷大拇指）你行！（笑着走下）
　　　　　［院子外面传来一阵锣鼓声。通信员跑上。
通信员　指导员，周老伯和童妈妈来了。
路　华　请到这儿坐。
　　　　　［少顷。鲁大成引童妈妈、周德贵走来，路华迎上。
童妈妈　（将一盒礼物送给路华）指导员，收下吧！这是一点心意。

霓虹灯下的哨兵

路　华　童妈妈，我们心领了，礼物带回去，留给阿香吧。

童妈妈　不，指导员，我没有别的报答解放军，这点东西是……

周德贵　礼轻情意重。指导员。收下吧。

童妈妈　还有这钱，我用不着了。

路　华　不，不，童妈妈……

童妈妈　我都清楚，阿男都讲了，指导员，没有你们，多少钱也救不了我阿香的命啊！我报答都来不及，怎么肯花你的钱呢？

路　华　童妈妈，如果你不把我当外人，就请你收下，算我们全连给阿香的住院费吧！

鲁大成　这笔钱，是指导员的一点残废金，他要你收下，就收下吧！

童妈妈　指导员，同志们，这叫我说什么好！（拭泪）

鲁大成　童妈妈……

童妈妈　（流泪，半晌不语。边拭泪边回忆着）阿男爹要活到现在，该多高兴！

　　　　〔洪满堂领童阿男上。

路　华　童妈妈，阿男的父亲也是叫反动派杀害的吗？

童妈妈　（点头）唉！早先他爹和周老伯一道在厂里，为了和外国人斗争，给反动派打死在南京路上！

周德贵　提起南京路，同志们，老话说不完了！我周德贵活了五十多年，亲眼看见英国海盗、东洋鬼子、美国赤佬、国民党反动派在南京路上奸淫烧杀，横冲直撞！几十年来单单倒在南京路上的革命同志和工人兄弟就无计其数！从跑马厅到黄浦滩的块块砖头上，都有我们的烈士的鲜血，有的资本家说南京路是外国人的金镑、银镑堆起来的，我说，不，是我们劳苦大众双手开出来的！是烈士们用鲜血铺出来的！我记得那年……

（倒叙：雪花飘落。童妈妈身背着幼小的童阿男，手牵着阿香，慢步走来。

　　　　〔童妈妈画外音："阿男他爹和周老伯被厂里开除，整年整月不回家，我们一家流落在南京路上沿路讨饭。……事过几年，阿男爹回来了，我们全家团圆了，谁知道美国人又打来了！"

［周德贵画外音：那年夏天，反革命头子蒋介石勾结帝国主义，重新占领上海。我们工人联合各界同胞，配合你们解放军打胜仗，发起游行示威、罢工斗争。我和阿男爹也参加了。正当阿男爹带着群众向美国兵冲过去，谁知国民党侦缉队长上来了。他，就是现在潜伏在南京路上的老开。

［一支疯狂的美国歌曲传过来。

阿男爹离开童妈妈转身奔去。

阿男爹带着群众上来，老开带着警察上来，警笛四起，开枪，阿男爹倒地。周德贵上来抱起阿男爹，群众四散。阿男爹又从血泊中站起来，身上鲜血斑斑。屹立不动。周德贵带领群众逼上，老开惊逃。童妈妈奔上，拖着阿男爹……

［倒叙结束。灯亮。

周德贵　阿男爹就这样英勇牺牲在南京路上，我不会忘记，那年我和童妈妈去收尸的时候。童妈妈一手领着童阿男，一手拉着阿香，哭倒在血泊之中。

童阿男　（奔到童妈妈膝前大哭）妈！

童妈妈　（抚着童阿男的头发）总算盼到了解放，盼到了你们！（对童阿男）妈万没想到你会办出这种丢人的事情！这怎么对得起同志们和你死去的爸爸！

周德贵　不要叫你爸爸的血白流，要牢牢站在你爸爸鲜血浸过的地方，让它在你面前开花结果。

路　华　阿男，记住老人家的话。你是工人阶级的后代，千万不要忘本哪。追求资产阶级享受，自由散漫，是和无产阶级思想，和"三大纪律八项注意"水火不相容的。同志们，今天我们站在这条马路上，要把革命前辈们为它流血牺牲的革命事业继承下来，担当起来！

［通信员抱着童阿男脱下的军装，庄重地走到路华跟前。

鲁大成　（接过军装，对童阿男）你脱下这套军装，指导员把它保存下来，还把它洗干净，希望你回来再穿的。

路　华　这军装，是无数先烈用鲜血换来的！这帽上的红五星，永远闪

霓虹灯下的哨兵

耀着毛泽东思想的光辉。现在，你把它戴上，穿上吧！不要革命一阵子，而要革命一辈子！

［童阿男接过军装，热泪盈眶。

赵大大　（走近童阿男，把冲锋枪送过去）欢迎，欢迎你回到班里来！

［鲁大成和战士们热烈鼓掌。

［童阿男捧着枪和军装，捂头悲恸。

鲁大成　好啦，咱们又在一个大锅里吃饭啦！对我有意见尽管提。我这个人哪，就是性子躁，好了，我错了。八班长，回头开个会，让阿男提提意见，我也来参加做做检讨。

童阿男　（反而抽泣起来）不，是我、是我错了。我对不起大家，我对不起……

洪满堂　（过去给童阿男擦了擦泪）看你！（塞一个大苹果给他）给！

赵大大　走，换军装去。

［赵大大领童阿男下。战士们热情地拥下。

鲁大成　童妈妈、周老伯，你们今天给我们上了一堂很好的政治课，不仅对大家，对我这个连长教育也很大。看来，我们往后得经常请你们来上上课，是不是？指导员，啊？

路　华　对，我赞成。

鲁大成　周老伯。我们是南京路上的子弟兵，你就担任我们解放军的政治教员吧！

周德贵　那不敢当，不敢当！

童妈妈　指导员，连长，孩子就交给你们了。

路　华　童妈妈。你放心吧！我们会像亲兄弟一样对待他。

周德贵　走吧！

洪满堂　别忙，晚饭好了。在厨房里。不是别的意思，就想请你俩尝尝我洪满堂的手艺灵光勿灵光。走，咱俩还得先干两盅。

周德贵　那我去弄两个熏鱼头。

洪满堂　芋头？我这儿有。还有香干炒大蒜、小葱拌豆腐！

鲁大成　还有什么？

洪满堂　豆腐拌小葱。

［童妈妈道谢，众人走下。
［剩下陈喜一人默默地坐在一角。
［鲁大成和路华回来。

路　华　陈喜呀，童阿男回来了，你去照应一下嘛。
　　　　［陈喜不语。
鲁大成　说话嘛！
陈　喜　调我去学习吧！
鲁大成　排长不想当了？
陈　喜　当不好。
　　　　［洪满堂回来收拾糖果。
洪满堂　三排长，阿男的军装都换好了，你快去照应照应，带他一起来吃晚饭。你也来陪陪。
鲁大成　打退堂鼓了，想"伸腿"！
陈　喜　谁说我想"伸腿"了，我要求去学习。
洪满堂　学习？到哪里去学习？你就好好在南京路上学习学习吧！你呀，同志啊！思想没扎根，一阵香风差一点把你脑袋瓜吹歪了！（欲走）
陈　喜　干吗都朝我使劲？为什么把问题都算在我的账上？
鲁大成　（打断他的话）对你就要严格，要批评！你是什么人哪？你是党员，是干部！你还委屈啊？
路　华　你以为连长在你面前小题大做吗？不，你的思想深处已经发霉了，已经出现腐烂的斑点了！虽说才刚刚冒芽，但不及时给你指出来，它马上就会遍布你的全身！
　　　　［陈喜不禁为之一震，瞠目结舌。
路　华　对我们支部，对我们全连来说，你的问题要严重得多！
洪满堂　你呀……同志，好好想想吧！（下）
鲁大成　陈喜呀陈喜，我真为你难过，为你揪心哪！不要再捧着老皇历过日子了！还像从前似的只要能打仗，思想上有些小毛病没关系，无所谓？别人给提点意见，不过下点毛毛雨，你头一歪，根本不接受。现在好啦，来到南京路，气候、雨水都合适啦，

霓虹灯下的哨兵　　　　　　　　　　　　　　　　　　　　　　225

叫香风一吹，冒芽露头了。就成天价逛马路、逛公园，再不拿出个小本子，签名啊，留地址啊，这是干什么？让女学生一捧就昏了头！因此，让阿男随便离开岗位，你"纰漏"捅大了！老开的线索就从你们的岗位上滑掉的！我不知道你自己怎样看法，我和指导员交换过意见，认为做一个共产党员，要把毛主席的话牢牢记住，反正艰苦朴素的老传统不能丢！

[通信员上。]

通信员　报告！连长电话！

鲁大成　（走，又回，掏出洗好补好的布袜子）你啊，赶快把那双花花袜子脱下来，换上这双老布袜吧！还是它结实、耐穿，穿着它，脚底板硬，站得稳！过去穿着它，能推倒三座大山，今天穿着它照样能改造南京路！

通信员　连长，司令部电话！

鲁大成　（指布袜）希望你的检讨就从这儿开始，在这上面找找思想根源吧！（下）

[陈喜捧着自己丢下的老布袜，思绪万千。]

路　华　不要以为拿枪的敌人被打倒了，就万事大吉了。对我们革命者来说，这不过是万里长征刚刚走完了第一步。你以为花花绿绿的上海滩太平无事了？是安乐窝？这是战场，是另一种战场！敌人没有睡觉，他们一刻也没忘记暗算我们，而你呢，想放下武器，举手投降！

陈　喜　举手投降？（瞪着路华，十分吃惊）

路　华　不是吗？毛主席在七届二中全会上告诫我们："务必使同志们继续地保持谦虚谨慎、不骄不躁的作风，务必使同志们继续地保持艰苦奋斗的作风。"而你甩掉老布袜，瞧不起赵大大，撇开春妮，扔下针线包，这与童阿男脱下军装、放下枪支，有什么两样？

陈　喜　组织上给我处分吧！

路　华　处分要能解决问题倒好办了。重要的问题在于认识这一战斗的意义：这是一场你死我活的斗争！毛主席说，有一些人不曾被拿枪的敌人打败，但却经不起糖衣裹着的炮弹的攻击。要么我们倒在南京路上，要么我们在党的领导下，和工人阶级一起改造南京路。……我也有错误，没有把三排的工作做好。

陈　喜　指导员，你别戳我的心了！

路　华　（掏出针线包）春妮临走，叫我把针线包藏起来。我想还是还给你好，它跟着你行过军，打过仗，立过功。记得有一回，我负了伤。你用它缝过我被子弹打穿了的军装。……拿去吧，里面还有封信是春妮给我的，说不要给你看，我想你应该看看。

［陈喜接过针线包，拿信看。灯光暗。有一聚光灯照着他。

［春妮的声音："指导员，我非常难过，不是为自己，是为陈喜。我们俩从两小无猜，到参加革命，没有斗过一回嘴，生过一回气，我觉得有这样一个好丈夫，真是幸福。婚后第三天，我亲自送他参加自己的队伍。听说他常立战功时，欢喜得我啊，挑着担子唱着歌把军粮送往前方。谁想到刚刚胜利，刚刚进入大城市，陈喜的思想就起了变化。多大的变化呀！我密针细线给他缝的布袜扔掉了，那绣着一对鸳鸯的针线包，是我做姑娘时背着人偷偷给他缝的，也当着我的面扔掉了！……指导员，他是把部队的老传统扔掉了，把解放区人民的心意给扔掉了，把他自己的荣誉扔掉了！指导员。我多么为他难过！党培养他这么多年，没倒在敌人的枪炮底下，却要倒在花花绿绿的南京路上了！……我真为他的前途担心！指导员，我知道，你一直对他很好，你拉他一把吧！"

［灯亮。陈喜扑在桌子上，啜泣。

路　华　记得你入党的那天炮火在你的周围爆炸。你屹立在沂蒙山头，举着拳头，面对东方刚升起的太阳宣誓："打倒蒋介石，解放全中国，为共产主义奋斗到底！"在你的申请书上染满了鲜血。毛主席在七届二中全会上讲话的声音，只不过几个月的工夫，却在你脑子里淡漠了，多么可怕呀！还记得我们常唱的《国际歌》吗？要把旧世界打得落花流水。这包括我们思想上的旧世界，

　　　　一切非无产阶级意识，和它进行斗争，宣战，决裂！不然，无
　　　　数先烈为之流血牺牲打下的红色江山，就要在我们手中葬送掉！
　　　　陈喜，我的好战友，挺起胸来投入这场新的战斗吧！
　　　　〔陈喜渐渐昂起头来。
　　　　〔童阿男全副武装跑步上场。
童阿男　（向陈喜）报告！童阿男前来报到！
陈　喜　跟我上岗。
　　　　〔二人跑下。
　　　　〔赵大大带领战士全副武装过场。
　　　　〔鲁大成匆匆回来。
鲁大成　指导员，刚才司令部来电话说，老七虽然落网，老开还想利用
　　　　林媛媛的关系继续瓦解我们部队，把童阿男搞走！
　　　　〔警报声响。
鲁大成　好嘛，天上地下都配合上了！通信员！
　　　　〔通信员闻声上。
鲁大成　通知所有岗哨，严加警戒！
　　　　〔通信员应声下。
鲁大成　刚才电话上参谋长亲自交代：今晚游园会，陈毅司令员和其他
　　　　军政首长都来参加……

　　　　——灯暗

第八场

　　　　〔南京路。
　　　　〔花店门口。
　　　　〔非非站在一角等人。
　　　　〔少顷，曲曼丽拎着提琴走来，将提琴匣塞在非非手里。
非　非　你要的两张火车票。（把车票交给曲曼丽）
曲曼丽　东西在这里面，把指针对到九点半，你手脚干净点！

非　非	老开在菲莉门口等你！
曲曼丽	知道！
非　非	有人盯梢。
曲曼丽	我会对付！
非　非	（会意）曼丽，等着我！（进花店）
曲曼丽	非非！快点！

　　　　［陈喜走过来。

曲曼丽	陈排长。
陈　喜	曼丽。
曲曼丽	你看，多巧，我们俩又碰面了。
陈　喜	真巧。今晚游园会有什么新节目？
曲曼丽	嗯……今晚是游园会最后一天，有唱歌……
陈　喜	有唱歌，跳舞，划船，还有讲故事，对吗？
曲曼丽	对，对，还有林媛媛的独唱表演。
陈　喜	是吗？
曲曼丽	你能去吗？
陈　喜	没问题！
曲曼丽	不怕人家说你闲话？（改口）当然，你陈排长能去，那我们还是非常欢迎的……你的故事真是讲得太好了。
陈　喜	是吗？这回要讲一个最精彩的。
曲曼丽	太好了，那我在老地方等你。
陈　喜	不，我想和你一道走。
曲曼丽	唔？哦……有人托我买一束花，送给林媛媛，然后。我还要去约个人。
陈　喜	啊，如此，那我就不打扰了。
曲曼丽	会场上见好吗？不要失约。我要听你讲最精彩的故事。
陈　喜	好，一定把最精彩的先讲给你一个人听。再见。（一扬手，走去）

　　　　［曲曼丽笑着进花店。赵大大走过来，和修女相遇。两修女为他祝福，下。

　　　　［卷发女人抱着大包小包礼物和她的丈夫一同过场。

卷发女人　哟。巧（向她身旁男人示意）这个兵，好……

赵大大　好黑是吧？

卷发女人　好威武啊！这个兵，真崭！（和她的丈夫同下）

　　　　　［陈喜上。

陈　喜　注意提琴匣子，东西可能在那里面！

赵大大　是！

陈　喜　问问阿香，他们到花店干什么？

赵大大　我看，先把那个女妖婆抓起来算了……

陈　喜　别打草惊蛇！主要目标是老开。告诉阿男，叫他准时赴约，一刻也不要离开林媛媛。

赵大大　是！排长，要是阿男不愿去，我代表代表算了！

陈　喜　（笑）靠边站站吧！这种事你代表不了。我先走一步了。（下）

　　　　　［曲曼丽和非非走出花店，曲曼丽手拿花束向左走去。
　　　　　［非非手提提琴匣向右走去，赵大大突然站在他面前。

非　非　解放军同志，你好！你辛苦了！今天我是特地来拜望你，向你表示敬意。你解放了我，你又把我从醉生梦死中扶起来。你真是……（唱起来）"解放区的天……"

赵大大　住口！（指提琴匣）打开看看。

非　非　提琴，哦！你要听小提琴？好！（打开琴匣）

　　　　　［赵大大拿过提琴，打开，没有发现什么。

非　非　需要的话，可以奉送，算我慰劳。

赵大大　不！今天我慰劳。一回生二回熟，走，去喝两盅！

非　非　改天吧！（佯作酒嗝）……改天奉陪……（晃动起来）

赵大大　怎么？又喝醉了？（猛喝）站好！（笑笑）嘿嘿，你还当我是洋盘？三轮车！

　　　　　［阿荣手臂上扎一块"人民纠察队"臂章跑来。

阿　荣　有！阿飞，认得我吧？

赵大大　你替我好好"招待"他，我回头就到！

阿　荣　是！（对非非）走！

赵大大　（对阿荣，指指提琴匣子）当心！

阿　荣　晓得！（押非非下）

　　　　　〔阿香送走客人，见赵大大。

阿　香　赵大大同志！

赵大大　你好！

阿　香　你好！

赵大大　忙吧？

阿　香　忙。赵大大同志，告诉你。刚才有个阿飞进来买花。

赵大大　买花？后来呢？

阿　香　后来，开开提琴匣子……

赵大大　干吗？

阿　香　他拿出一盒松香交给一个女学生。

赵大大　后来呢？

阿　香　后来，女学生把松香放在花里！

赵大大　什么花？

阿　香　白玫瑰。

赵大大　后来呢？

阿　香　后来那个女学生把花拿走了。

赵大大　阿香，谢谢你，再见。

阿　香　出什么事了？

赵大大　（回来）对。南京路还不太平，要提高警惕。

　　　　　〔阿香连连点头，欲进店内。

赵大大　等等，我也买一把花。

阿　香　什么花？

赵大大　红玫瑰！

　　　　　——暗转

　　　　　〔在菲莉咖啡店门口。老开提着箱子，遇曲曼丽，对表，示意，走去。罗克文醉意十足地走出咖啡店。

曲曼丽　密斯特罗！你醉了。

罗克文　人生难得几回醉。

曲曼丽　一定又是为了你表妹。告诉你，她没有走，还在上海。

霓虹灯下的哨兵　　　　　　　　　　　　　　　　　　　　231

罗克文	在上海?不是说被他们骗走拉去当兵了吗?
曲曼丽	还没到时候,今晚闭幕式上还有林媛媛的女高音独唱。今晚游园会许多大人物都来参加,不少明星一起登台表演。
罗克文	和明星同台,这是不可思议的。走,你带我去游园会。不过,我总不能空着两只手……
曲曼丽	你看!这是什么?(将藏在身后的一束白玫瑰亮出来,交给罗克文)
罗克文	哦,美啊!(吻花)曼丽,我现在非常需要它。你找到了媛媛,又告诉我这个好消息,我全家不知该怎么感谢你!
曲曼丽	谢我干什么?今晚我想你应该鼓起勇气,把花送上舞台,给林媛媛捧场,给媛媛祝贺,让她在人们心中留下最难忘的印象,她就很快成名,很快攀上歌王的顶峰。那时,就再也不必担心人家拉她去当兵了。
罗克文	好。

〔曲曼丽、罗克文下。

〔赵大大和童阿男悄悄跟上。

赵大大	童阿男,你马上去游园会找到林媛媛,一步也不要离开她!
童阿男	班长,我真不想再看见她!
赵大大	不!这是任务!(耳语)看见没有,花转到罗克文手上去了。
童阿男	嗯!
赵大大	喏!(将红玫瑰交给童阿男)把他手上的花换下来,千万不能惊动那个曼丽小姐!
童阿男	笃定!(追踪而去)

——暗转

〔游园会角,林媛媛的歌声伴着琴声徐徐传来。

〔童阿男捧着一束红玫瑰走来,站在长椅的一角。

〔少顷,罗克文捧着一束白玫瑰走来,站在长椅的另一角。他俩相觑半天,尴尬得很。之后,两人只好背对背地坐在条长椅上。

〔静场。

童阿男	贵姓?

罗克文　罗。贵姓？
童阿男　真巧，想不到在游园会上……
罗克文　在一条长椅上……
童阿男　又见面了。
罗克文　又见面了！

　　　　［静默片刻。
童阿男　（赞叹地）这歌声真动人！
罗克文　真动人！
童阿男　是林媛媛在表演吗？
罗克文　不知道！
童阿男　你是来给她献花的吗？
罗克文　献花的！怎么样？
童阿男　你看我这束花好看吗？红色的，不妨我们交换下？
罗克文　笑话！请站远点，我不想和你站在一起！
童阿男　看来，你对我还是有不少成见。我相信事实会判明一切的。你为什么一定要离开上海？为什么你不去参加游园的行列，把你的小提琴献给伟大的祖国呢？
罗克文　小提琴？又来了，请你不要向我宣传。（站起，欲走）
童阿男　罗克文，我希望你不要听信谣言，上了坏人的当。你该醒醒，不要再糊涂了！
罗克文　请你走开！让我一个人留在这里！
童阿男　我不能离开你，今晚我对你们负有责任，我要保护你们的安全！
罗克文　安全？无稽之谈！（走去）

　　　　［前面传来一阵热烈的掌声。
童阿男　罗克文，你回来，回来！

　　　　［远处，曲曼丽在喊："花！花！"
　　　　［童阿男看看手中的花，闪至树丛中。
　　　　［曲曼丽上。
曲曼丽　（轻轻喊着）花！花！密斯特罗！花！（看看表）见鬼！

　　　　［林媛媛走来。

霓虹灯下的哨兵

曲曼丽　（迎上去）媛媛，来，这儿来坐坐吧！真没想到，今晚头一档节目就是你的独唱。你唱得太好了！有个人要给你献花。看，到现在连影儿还不见，这个人真是开玩笑！

林媛媛　算了，都是自己人。曼丽，你替我办的车票呢？

曲曼丽　放心，都办好了。（掏出车票）喏，两张。

林媛媛　谢谢你。

曲曼丽　等一等。最后，你不是还要参加大合唱吗？（见林媛媛点头）合唱以后不是还要谢幕吗？

林媛媛　这些，我都不想参加了，等阿男一到，马上就走！

曲曼丽　谢幕以后，市长不是还要接见吗？市长接见，这多光荣！等接见完了再走，还来得及……不过你空着两只手好意思吗！我去把送花的人找来。你等我！（下）

[童阿男走到林媛媛面前。

童阿男　花！请你收下！

林媛媛　（雀跃）阿男！原来是你……（接过花来）

童阿男　喜欢吗？

林媛媛　喜欢！没想到，你已经在等我！

林媛媛　好了，马上我们就要展翅高飞了！

童阿男　不过，我不想飞了。老实告诉你，我不走了！

林媛媛　别开玩笑了，车票都买好了，你看！（给他车票）我们马上就走！

童阿男　现在，我们哪儿也不能去！（将车票撕碎）

林媛媛　你疯啦？

童阿男　不！清醒了，我归队了。我觉得，我认识你是个错误。

林媛媛　既然如此，请你走开！

童阿男　暂时我还要和你坐在一起。

林媛媛　何必要和错误坐在一起？（欲走）

童阿男　别走！我知道，你不会谅解我。告诉你，指导员的话提醒了我，南京路苦难的声音唤醒了我。我不能忘记过去，更不能愧对未来。我要从歧路上回头向前！

林媛媛　你说些什么？我一点也不明白。

童阿男　你现在是不会明白,不过将来也许你会明白的。革命要我们脚踏实地地进行工作,进行斗争。敌人还在我们身边,我们却还在做虚无缥缈的幻梦!

林媛媛　你说什么?敌人在身边?

　　　　[罗克文的喊声:"媛媛!……"

童阿男　你表哥来了,你替我马上把他手上的花换下来!(退入树后)

　　　　[林媛媛持花呆立,罗克文上。

罗克文　媛媛,终于找到你了。我是来向你祝贺的。真想不到,你已在音乐舞台上列入名流。喏!你看这束花多美!

　　　　[罗克文把白花献给林媛媛,林媛媛把红花交给罗克文。

罗克文　(见红花)怎么,这是……去他的吧!(将红花扔掉)走,我们回家去吧!

林媛媛　市长还要接见我们呢。

　　　　[又一阵热烈的掌声。

林媛媛　听,首长们来了。

罗克文　走,我陪你去。

　　　　[林媛媛挪动步子。

　　　　[童阿男跃出。

童阿男　(向媛媛)把你手上的花交给我!

罗克文　(制止)你不要欺人太甚!你走开!

童阿男　媛媛!快给我!

罗克文　(挡住)别睬他!

童阿男　给我!里面有炸弹!

　　　　[林媛媛一惊,花跌落地上。童阿男捡起,从花束中取出一块松香大的东西。

童阿男　这是什么?

罗克文　不,不知道。

林媛媛　那是什么?

童阿男　定时炸弹!

　　　　[罗克文护着林媛媛躲向椅子背后。

霓虹灯下的哨兵

童阿男　难道你要炸毁游园大会，在南京路制造惊人事件吗？
罗克文　不，不，我，我，这是别人给我的！快！快扔掉！
林媛媛　阿男，你自己小心！
童阿男　你们躲开！（奔去）
林媛媛　阿男！

　　　　［童阿男声："不要来！"］

林媛媛　（惊愕）万一，他有什么意外……
罗克文　（自责）我的罪过，是我的罪过，但愿……我去看看。
林媛媛　不，让我去！

　　　　［童阿男声："有危险。不要过来！"］
　　　　［曲曼丽上。］

曲曼丽　媛媛，密斯特罗！花呢？
罗克文　狗特务！
曲曼丽　密斯特罗，可不好开这种玩笑！
罗克文　问你，花里放了什么东西？
曲曼丽　放了东西？啊，密斯特罗，你啊！真是忘恩负义！
罗克文　走，去公安局。
曲曼丽　站开！（掏出枪，向童阿男方向走去）
罗克文　抓特务！（拦住）

　　　　［曲曼丽开枪将罗克文打倒。］

林媛媛　（急扶罗克文）抓特务！

　　　　［曲曼丽正欲开枪打林媛媛，侧面飞来枪，正中曲曼丽的手腕，枪落。陈喜抢步前来，脚踏曲曼丽落地的手枪。］

陈　喜　曼丽，没失约吧？我按时到达，可惜稍晚了点。我要讲的故事快完了，说时迟，那时快，解放军一枪击中她手腕，顺手就缴下她手中枪。那位曲曼丽小姐，便乖乖地举起了双手。怎么样？精彩吗？
曲曼丽　精彩！
陈　喜　最精彩的还在后头。

　　　　［童阿男上。］

童阿男　报告！炸弹引信卸掉了。
陈　喜　听到没有，你们的炸弹失灵了，你们的老开也落网了。阿男，送罗克文进医院。走！

——暗转

［医院走廊。

［宁静、肃穆。

［林媛媛坐在长靠背椅上焦急地等待着。

［护士甲走过，林媛媛起立。

护士甲　林小姐，现在你不能见他。
林媛媛　让我见他一面也许能增添他一份力量。
护士甲　他一直在昏迷中，现在正在输血。
林媛媛　输血？
护士甲　安静些，不要过分感情用事。（下）

［林媛媛凝望着手术室的门。良久。泪珠滚落。

［路华拎着小皮箱和提琴匣轻步走来。林媛媛回身，见路华，低下头来。

路　华　（打破僵局）贵姓林，叫林媛媛吗？我们在解放上海的那天晚上见过面。在南京路上你也来欢迎过我们。

［林媛媛的视线转向窗外。

路　华　见到你表哥了吗？
林媛媛　（摇头叹息）
路　华　不要难过，医院会尽力量使他恢复健康的。
林媛媛　我难过，他毕竟是我表哥，在学习音乐的过程中，他给过我不少帮助。但是我痛苦，因为他处处成为我生活中的绊脚石。现在我才明白一点，原来认为埋头音乐不问政治是艺术家的清高，结果呢，恰好堕落到自私自利的泥坑里，上了反革命分子的当！多么可怕可耻！我知道，我不该在这种时候向你说这些不该说的话，但是我抑制不住自己，我想得到你的帮助。
路　华　我能给你什么帮助呢？倒希望你对我们解放军提些意见。
林媛媛　不要使我难堪吧，指导员。我很惭愧，对阿男，对解放军，我有过错。

路　华　这是很难免的。一个人在前进的道路上，总要经受一些波折。在南京路上，我们认识你和你的一家，使我们当兵的增长了不少见识。

林媛媛　我从阿男身上见到了你的力量。

路　华　嗬？

林媛媛　真的！阿男的行为是令人钦佩的，他的精神是高尚的。而表哥呢？他生命是可贵的，而他的灵魂是可怕的！

路　华　很有意思。不过，我要和你辩论了。我相信他的灵魂会变的，会和他的生命一样可贵起来的。

林媛媛　你相信他？

路　华　相信。在游园会上，他不是表现得很勇敢么？要相信时代。革命的时代会让所有爱国青年都变好起来。你自己不是也在变么？

林媛媛　我？很惭愧，我没有跟上时代。我恨我自己，恨我为什么生长在上海，出身在这样的家庭，有这样的母亲和表哥。

路　华　家庭出身并不能决定一个人一生的命运。（林媛媛望着他）不要埋怨家庭，不要埋怨上海，更不要以为摆脱家庭就算很革命了。他们和你在精神上有千丝万缕的联系，不是一刀就能两断的。我坦率地说吧，主要在于自己改造的决心。

林媛媛　我现在不知如何是好，不知该往哪儿走。（泣）

路　华　希望你能长期地无条件地全心全意地到工农兵群众中去，到火热的斗争中去，把自己的思想感情来一个变化，来一番改造，把立足点从小资产阶级、资产阶级方面移过来。移到工农兵中来，移到无产阶级这边来，这才是你真正的生活道路。当然啰，真正做起来，你还要准备多淌几次眼泪。

［林媛媛羞笑。］

林媛媛　（少顷）那你马上帮助我离开上海吧！种田或者做工都行。

路　华　嗬！这么大的决心哪！为什么把你喜爱的音乐丢了？

林媛媛　音乐，（笑笑）太抽象！

路　华　（笑起来）这可把我难住了！不过，人民需要的。你可没有权利把它丢掉啊！对不对？我看音乐是好东西，工农兵就很喜欢听音乐。聂耳不是和码头工人一起扛活，一同向帝国主义做斗争，用音乐激励青年吗？冼星海和八路军同扛枪，同打仗，用音乐鼓舞敌后军民奋起斗争，不是很有力量吗？（唱起）"风在吼，马在叫，黄河在咆哮……"他们利用文艺作为团结人民、教育人民打击敌人消灭敌人的有力武器，号召人民起来战斗！不是很具体吗？

林媛媛　认识你，感到很幸运，这些话我好像从来没有听说过。指导员，想不到，你，有这么美好的语言。

路　华　许多话不是我的，是革命导师说的，是毛主席说的！

林媛媛　（热泪涌出）毛主席说的……

路　华　对。（由口袋里掏出一本《在延安文艺座谈会上的讲话》）这本书，作为我们送给你的纪念品吧。

林媛媛　（双手捧过书来）《在延安文艺座谈会上的讲话》……指导员，我衷心感谢你！

　　　　［这时手术室门开开，护士甲陪童阿男出来。

路　华　（迎上）怎么样？

童阿男　他很好。

护士甲　他苏醒了。

林媛媛　是你……（与童阿男热烈握手）

童阿男　他一直在骂那个女特务，还提起那只小提琴。

路　华　全都在，（拿起皮箱和小提琴）这是刚刚从老开手里缴回来的。（将皮箱和小提琴递给林媛媛）走，先去看看他吧！

　　　　［路华同林媛媛进手术间。

　　　　［林乃娴上。

林乃娴　护士小姐。罗克文怎么样？

护士甲　嘘！（摆摆手入内）

童阿男　他很好。

林乃娴　你也在这？我林乃娴总算认得你了。为了你，弄得我家破人散，弄得罗克文如此下场！（哭）

霓虹灯下的哨兵　　　　　　　　　　　　　　　　　　　　　239

童阿男　林太太！

林乃娴　好了，我们没有什么可说的了。我相信解放军千千万，像你这样的人是少见的。你回去，告诉那位救罗克文的解放军，我要去拜望他。没有他，我家克文不知要闯出什么样的滔天大祸，解放军中有这种人，我从心里佩服，而你……

童阿男　（实在无话可答，只好连连点头）好吧，再见（下）

[护士甲将罗克文的病床推出来，后面跟着路华、林媛媛。

林乃娴　（迎上）克文！

[罗克文露出一丝微笑。

护士甲　真亏那位解放军救了他，还给他输血。

林乃娴　指导员，共产党伟大解放军伟大，我服了！那位同志叫什么名字？我要给他磕头。

罗克文　他叫童阿男。

林乃娴　（失色）什么？童阿男？！

——灯暗

第九场

[景同第七场。转过年来的秋天，节日气氛。阳台上挂下一幅标语："抗美援朝，保家卫国"。

[小树丛中，陈喜在缝制一双棉手套。

[洪满堂悄悄走来，向陈喜招呼。

洪满堂　喜子，有人来送行啦！

陈　喜　谁？

洪满堂　咱们的劳动模范——春妮。

陈　喜　她根本不会来。

洪满堂　你呀，小喜子，你当人家像你呢。

[春妮拎了一篮子苹果走来。

洪满堂　你看，这是谁来了？

陈　喜　春妮!

洪满堂　好了，我们的心意算尽到了。剩下的——我给你们做吃的去了。(下)

陈　喜　你真的来了。

春　妮　意外吗?

陈　喜　没想到。谁写信告诉你的?

春　妮　指导员和洪大叔。

　　　　[陈喜倒茶给春妮，春妮回身坐在一边佯怒。

　　　　[沉默。陈喜继续缝手套，不小心猛然扎了手。春妮拿过陈喜手中的针线。

春　妮　谁的?

陈　喜　阿男的。

春　妮　线?

　　　　[陈喜在背包内掏出春妮送给他的针线包，走到春妮跟前。

陈　喜　给。

　　　　[春妮看着针线包。

陈　喜　指导员又把它还给我了，给。

　　　　[春妮拿过针线包，丢在地上。

陈　喜　哎……(急忙捡起针线包，又拍又吹)人家是准备带到前线去的。(抽出一根线交给春妮，鼓起勇气)春妮，你批评吧!你骂吧!现在你能骂我顿才痛快。

春　妮　谁跟你来讨债的!

陈　喜　我的心……

春　妮　你的心真狠!

陈　喜　怎么?

春　妮　为什么连个信都不给，就偷偷走了。

陈　喜　我想，等到了朝鲜再给你写信。

春　妮　怕我扯你后腿?

陈　喜　到了朝鲜彻底向你检讨，彻底认错，像过去一样，和立功喜报一起捎给你。我想这样做，也许会使你更加谅解。

霓虹灯下的哨兵　　　　　　　　　　　　　　　　　　　　　241

春　妮　我恨死你了！（偎依在陈喜怀中，落泪）

陈　喜　南京路一年多的生活教训，我一辈子不会忘记。我们解放了，世界上许多人民还在水深火热之中。请相信我陈喜，到了朝鲜一定会对得起党，对得起连队，对得起你春妮同志！

春　妮　喜子，你现在想的做的都比我好。去吧，美国鬼子打来了，你能走在前头，我也感到光荣。只是觉得我们在一起的时间太短、太少……

〔赵大大走来，见状，措手不及，忙用钢盔遮住脸。

春　妮　赵大大，来！（给赵大大揣苹果）

赵大大　排长，你看！

陈　喜　给你，你就吃。

赵大大　是。（咬一口）好甜哪，嫂子。

春　妮　赵大大，你和喜子一起走啦？

赵大大　唔，我和排长缘分好，我们俩一起过长江，一起上了南京路，现在又要一起去跨鸭绿江。嘿，放心，到了朝鲜，我们俩一起向老解放区人民报喜，向你报功。

春　妮　你真好。

〔童阿男上。

童阿男　报告排长，一切准备完毕。

陈　喜　好。

春　妮　（持手套）阿男，戴上，看看你排长的针线活儿怎么样？

童阿男　谢谢你，敬礼！

春　妮　不用谢我。

童阿男　排长的活儿是你亲手教的。现在排长又把活儿教给了我。（掏出针线包）看，我把它带到朝鲜，好叫我常想起你春妮嫂子。

〔鲁大成上。

陈　喜　（喊口令）立正！

〔陈喜、赵大大、童阿男三人并排站着。

鲁大成　看到了？不错，还真有个雄赳赳气昂昂的样子！阿男，你连长说话像唱大花脸，猛一听怪吓人的。

童阿男　开头吓了我一跳,往后就会想你的。

鲁大成　开头你也吓了我一跳。(从皮挎包里拿出一双布鞋来)坐下,把这双鞋换上。

童阿男　连长……

鲁大成　这双鞋,还是我当战士的时候,有一回在战场上,我的班长送给我的。追击敌人的时候,他带头冲锋。他牺牲了,我就一直留着没舍得穿。现在你去抗美援朝,穿上它,去打美国鬼子!

童阿男　(捧着鞋)连长……

〔一群战士拥着路华走来。

路　华　阿男,你要走了,在你临走的时候,向你宣布一件事:上级批准你入团了。

〔大家热烈鼓掌。

童阿男　指导员,我还很不够。

路　华　同志们,事情是这样。(取出两张破碎的和一张完整的入团申请书来)一年前,阿男曾写过一张申请书,在背后,他写着:"我忘了南京路的过去,我还不配成为一个战士。"结果把它撕了。事隔三个月,他又写了一张,在背后又写着:"我为什么要躲避南京路?在南京路跌倒,应该在这里站起来。我缺乏勇气,有虚荣心,爱面子,我没有资格入团。"结果也把它给撕了。又隔了三个月,他写了第三张申请书,才把它交给党。在这张申请书上,他写着:"我要永远听毛主席的话,永远跟党走,把我的青春,我的一生贡献给伟大的共产主义事业。"党根据童阿男同志对革命的热情追求和决心,根据他的表现,批准他入团了!

〔大家热烈鼓掌。

路　华　阿男,这撕碎的两张,你应该把它牢牢保存着,这是你一生中最有意义的记录!

童阿男　(庄重地接过两张破碎的申请书)指导员,你都知道?

鲁大成　你一张张撕,指导员给你一张张地捡,什么事他都知道。

　　　　　［洪满堂激动地擦眼泪。
鲁大成　老洪！你干什么？（自己也擦眼泪）
洪满堂　拦不住了，翅膀长全了，要飞了，要跑了！我觉得南京路在前进，我看见部队在成长，后继有人了！你们到了朝鲜以后，有用着我老班长的时候，就打个招呼，我老班长扛扛行军锅什么的还中！
路　华　同志们！你们到朝鲜。我们在南京路，目标只有一个。将革命进行到底！陈喜啊！赵大大！
　　　　　［陈喜、赵大大走向路华。
路　华　你们俩是老兵，一路上要多多照应阿男。
陈喜、赵大大　是！
童阿男　指导员，我请求，在我离开连队的时候，让我在南京路站完最后一班岗。
路　华　好吧！

　　　　——暗转

尾　声

　　　　　［"中华人民共和国万岁！""毛主席万岁！"的霓虹灯照亮夜空。
　　　　　［童阿男全副武装在站岗。
　　　　　［阿荣已是个新兵，前来接岗。
阿　荣　报告！周阿荣前来接岗。
童阿男　我们的任务——
阿　荣　坚守岗位，保卫大上海！再见！
童阿男　再见！
　　　　　［阿荣走去。
　　　　　［路华背着童阿男的背包偕陈喜、赵大大走来，后面跟着通信员。鲁大成、洪满堂也在手牵手地送别其他战友们。
童阿男　指导员，别送了。

路　华　（深情地）不让我陪你们在这条马路上再走一趟。

　　　　［林媛媛赶来。

林媛媛　阿男！等等！

童阿男　（回头）媛媛。

林媛媛　要到朝鲜？

童阿男　对！

林媛媛　（给童阿男一个本子）留作纪念，再见！

童阿男　再见！

　　　　［林乃娴和罗克文走来。罗克文与童阿男握手。

　　　　［春妮拎着一篮苹果跑来。

春　妮　家乡苹果，带走吧！

通信员　指导员，童妈妈和周老伯他们来了。

　　　　［这时锣鼓声起，战士们拥着周德贵、童妈妈、阿香上。

童妈妈　（走近童阿男跟前）阿男！北边冷，把这件皮背心带上。别忘了你爸爸在南京路上流的血。

周德贵　同志们！今天工会派我当代表到你们这儿来，一来是欢送我们的子弟兵去抗美援朝，二来是欢迎同志们继续站在南京路上，保卫祖国的社会主义建设。我代表南京路的全体职工向你们表示崇高的敬意！（将一面绣着"南京路上子弟兵"的锦旗，展示在部队面前。）

　　　　［路华、鲁大成代表部队隆重接过锦旗。

路　华　童妈妈，周老伯！部队有这样的好战士，这是你们的功劳，是上海工人阶级的功劳。

童妈妈　是你们大家，是毛主席！

　　　　［礼炮轰鸣。

鲁大成　跑马厅焰火开始了！同志们，各就各位！

童阿男　（敬礼）再见了！

　　　　［战士们走去。

　　　　［林媛媛、春妮、阿香挥手送别。

　　　　［周德贵、童妈妈招手。

〔欢乐的人们在送行。
〔灿烂的灯光下,一队威武的中国人民解放军唱着嘹亮的战歌走过。

——幕落·剧终

《剧本》1963年2期

狗儿爷涅槃

锦　云

时　间　现代。

地　点　北方，一个傍山小村。

主要人物

　　狗儿爷（陈贺祥）

　　祁永年（还有他的幻影）

　　李万江

　　苏连玉

　　冯金花

　　陈大虎

　　祁小梦

1

　　[舞台上一片漆黑。在渐生的微光中，可见一个形状巍峨的旧式砖砌门楼的剪影。

　　[先闻一阵窸窸窣窣的响声。一根火柴划亮了，旋又被风吹灭。在火光一现中，我们看见了他——狗儿爷。狗儿爷，这记载着他和他的父辈一段辛酸历史的不雅的诨号，已经伴随着我们主人公走过七十余载的人生旅途。村中的老少爷儿们，似乎忘记了他的堂堂大名——陈贺祥。此刻他已老态龙钟，满头堆雪，但那神态，却像一只困兽，张望着，扑捉着，也伺机着。又一

根火柴被他划着，又灭去。

狗儿爷　娘的！一辈子不走运，临了儿连根洋火都划不着，邪了，邪了……

　　　　［又划一根，着了。他去引燃一个用柴草扎成的火把——

　　　　［他身后出现了祁永年的幻影——姑依旧称之为祁永年吧，他做吹火状，随即一阵风哨声，擎在狗儿爷手中的刚刚引着的火把又灭掉。

狗儿爷　（猛回头，始惊愕，继平缓地）是你？
祁永年　是我。
狗儿爷　你不是人。
祁永年　……不是人。
狗儿爷　你是鬼。
祁永年　……是鬼。
狗儿爷　你来干什么？
祁永年　因为你想我。
狗儿爷　我想你干吗？
祁永年　因为……你闷得慌。到了咱这岁数，想谁来谁就来。（指门楼）就这么烧了？
狗儿爷　烧。
祁永年　放火可是犯法，
狗儿爷　我烧我儿子！
祁永年　还有我闺女一半儿呢。
狗儿爷　一块儿烧！
祁永年　烧了，烧了，你"了"啦？哈哈！
狗儿爷　你笑什么？
祁永年　我笑你。
狗儿爷　笑我啥？
祁永年　笑你不如我。
狗儿爷　（蔑视地）我会不如你，嗯？我会不如你？

祁永年　你狗儿爷就是不如我。我住过这门楼，大荷包掌柜的我当过，死了——虽说死得不那么开心，大小算个三顷地的财主，也闭眼了。你呢，得门楼，烧门楼，这就叫狼肉贴不到狗身上。

狗儿爷　你给我滚，臭地主！

祁永年　咱俩可是儿女亲家。

狗儿爷　我压根儿不认，怕脏了我的门风。

祁永年　咱俩，一辈子鸡吵鹅斗，一辈子冤家对头，这晚儿，该讲和了。人家小两口可正商量过好日子呢——

　　　　〔门楼的另一侧，出现陈大虎、祁小梦。

祁小梦　门楼是你爹的命根子，你敢动？

陈大虎　破车碍好道，就得动动。

祁小梦　今儿下午可是闹了个人仰马翻。

陈大虎　人老了，好糊弄。

祁小梦　你爹可不好糊弄。

陈大虎　还不是照样蒙他。咱就说把门楼卖了，卖钱还账。他一病二十年，卖门楼子还了他吃药的钱。

　　　　〔狗儿爷、祁永年一直在谛听。

祁永年　听听，卖啦！

陈大虎　明天就卖，卖了就拆。

狗儿爷　明天卖，老子今天烧！烧了才痛快，烧了才足性，烧了才踏实，烧了……

祁永年　烧吧，烧吧，又红火又热闹！

狗儿爷　你神气个啥？一个三顷地的破财主！五道庙的神仙——没受过大香火。大财主，咱当过……

祁小梦　老头子好像是睡了。

陈大虎　折腾够了，也该歇歇了。

祁小梦　偏有那老人，越老越精，越老越死性，越老越难对付，你爹就是。

陈大虎　财迷转向呗！

祁小梦　蛤蟆不长毛——天生的那道种儿！你不财迷？东拉西扯地忙活

狗儿爷涅槃　　　　　　　　　　　　　　　　　　　　　　　　　　249

陈大虎	一天，上炕累得直哼哼，相儿！
陈大虎	那为谁？我是扒子，你是匣子，我的宝贝匣子……
祁小梦	行啦，快看看你爹去吧！
祁永年	嘻嘻，财主的热屁你都拾不着，还当过——
狗儿爷	当过！你狗儿爷当过大财主，你狗儿爷挂过千顷牌！
祁永年	不就是收了我那二十亩地的好芝麻？
狗儿爷	呸！那怎么是你的呢？大炮一响，你兔崽子滚蛋了，全村人跑光了。（回味而神往地，可闻枪炮声隐隐）就剩那没边儿没沿儿的一汪金水儿似的好庄稼，满洼满洼的饱盛粮食，瞅着眼宽，想着舒心，拿着顺手——谁的？咱的！你狗儿爷的！天爷嚷，人活到这份儿上，才有点儿滋味，嘿嘿，哈哈……
祁永年	揣着元宝跳井——舍命不舍财的土庄稼孙，嘿嘿，哈哈……

［陈大虎急促的喊声："爸爸，爸爸！"

［笑声、喊声隐去。枪炮声大作。暗。

2

［枪声时而遥远，时而响在耳畔。

［狗儿爷身后是大片熟透了的秋粮，这会儿，他满头的白发消失，复成壮年。

狗儿爷	说咱狗儿爷上炕认得媳妇，下炕认得鞋，出门认得地不对！这地可不像媳妇，它不吵不闹，不赶集不上庙，不闹脾气。小媳妇子要不待见你，就捏手捏脚。扭扭拉拉，小脸儿一调，给你个后脊梁。地呢，又随和又绵软，谁都能种，谁都能收。大炮一响，媳妇抱着孩子，火燎屁股似的随人群儿跑了。穷的跑了，富的也跑了。地不跑，它陪着我，我陪着它。好大的粮食囤啊，就剩我，还有这个不怕死的蝈蝈儿……

［一左一右，光环里同时出现祁永年和陈大虎的面孔。

祁永年	生死有命，富贵在天——甭你美，狼肉贴不到狗身上！
陈大虎	（同时）这大概是我爹一生中最得意的时刻。这点事，怀里抱着

我的时候他就说，手里领着我的时候他还说，现在，你们有工夫，就听他说。我想，听一回也就够了。风吹票子满地滚的时候，咱各打各的主意。

[左右隐去。

狗儿爷　怎么着，这庄稼不该收？熟掉地的粮食，眼瞅着不收，阎王爷都不饶你。——哈，好喜人儿的高粱！好长势，好品种，（指点）"歪脖黄""打锣槌""凤凰窝""黑老婆儿翻白眼"，嘿，穗头挺大，秧不高——"母猪翘脚"。来吧，挑进篮儿里就是菜……呸！小家子气，高粱原本是贱粮，吃多了拉不出屎来，还是这"金皇后"老玉米……哟，芝麻！张开嘴儿的芝麻，坐角低，秸秆高，一水儿的"霸王鞭"，老祁家的，好长的地头：足有五百方，我给他扛活的时候，半天锄不了一遭地。姓祁的跑了，谁的，你狗儿爷的，来吧！（砍芝麻）真他妈过……砍完了芝麻刨花生，还有黍子呢，过年好吃精饽……（炮声）"你个财黑子，连老婆孩子都不要了！"媳妇抱孩子跑的时候这么骂我。阎王爷不收就能活着回来，要收你，一个炮弹下来，我不去炸死俩，我去了饶一个。孩儿他妈，你要是福大命大活着回来，我的小乖乖，你就喝香油吧！（砍着，念着）舍不得孩子套不住狼，舍不得媳妇逮不住和尚，舍不得孩……（渐向舞台深处）

[炮声渐隐。

3

[已是战后。祁永年逃难回来，打上狗儿爷门来。

祁永年　（恶狠狠）狼肉贴不到狗身上！狗儿爷，小狗子——

[狗儿爷上。

狗儿爷　（踌躇满志，哼着河北梆子《大登殿》"十呀八年，才坐了西帝长安……"要说当个地主可也不易——忒累！为倒腾这十几石芝麻，腰都快累折了。（立刻纠正自己）小家子气！没吃过猪肉还没见过猪跑？那时候你就是陈大掌柜的了！瞧人家祁永年，

狗儿爷涅槃　　　　　　　　　　　　　　　　　　　　　　251

一年到头，长袍短褂儿，干鞋净袜儿，横草不拿，竖草不拈，出门就骑驴，吃咸菜泡香油……这刚才，谁呀？叫大号成不成——陈贺祥！

祁永年　（鄙夷地）大炮一响，倒把你小子端起来了。我说，这年成不错吧？

狗儿爷　敢情！（神秘地）不瞒你说，盆里碗里，连鞋窠拉儿里都是香油，油脂麻花吃腻了不说，敢情油性忒大了跑肚拉稀。

祁永年　（不阴不阳地）说吧，工钱怎么算？

狗儿爷　工钱，啥工钱？

祁永年　你给我砍芝麻，我得开给你工钱哪！

狗儿爷　噢，二十亩芝麻，穷命一条。要芝麻拿命来。

祁永年　我告诉你，还乡团可要回来。

狗儿爷　我告诉你，区小队可离这儿不远，过河儿就是。

祁永年　这芝麻是我的，长在我地里的。

狗儿爷　这芝麻是我的，装在我口袋里的。

祁永年　还有王法没有？

狗儿爷　王法叫大炮轰啦！

祁永年　天生的无赖，贱种。

狗儿爷　你小子骂人？

祁永年　祖上无德，你爹就是贱种！

狗儿爷　你爹就是贱种！

祁永年　你爹不是贱种？跟人家打赌，活吃一条小狗儿，赢人家二亩地，搭上自个儿一条命，还给你挣了个狗名字。

狗儿爷　（不平地）那是因为我爹没有地，他喜欢地，可是没有地……你爹不是贱种？你爹一落草儿脑门子上就錾着字——大财主？呸！光绪年间发大水，满洼里沟满壕平，地里不剩一根草刺儿，偏你们家的房顶上长了二尺高的香菜——到今儿我也不明白，那泥皮房顶上怎么会长香菜呢？

祁永年　傻小子，那是财神爷指使我爹，把一大包香菜籽儿拉拉到抹房和泥用的麦糠里啦。

狗儿爷　我爹倒是听说了，第二年抹房，在那麦糠里拌上了香菜籽儿、倭瓜籽儿，还有西葫芦籽儿，偏巧七七四十九天没见一个雨星星儿。俺们爷儿俩也没少给财神爷上供，还不如喂狗呢！

祁永年　那是你爹命贱。

狗儿爷　你爹命也不贵，是他那香菜卖得贵。损不损？卖到大饭庄里一角钱一根！你们家这三顷地就是这么来的。

祁永年　哎，就是这么来的，发财啦！

狗儿爷　就许你发财？老子也要发发，可劲儿地发发！

祁永年　你这不是正道儿！

狗儿爷　老子土里刨食儿，敢说不是正道儿？

祁永年　少废话，赔芝麻！

狗儿爷　赔你个"坐着"，爷没工夫！

祁永年　狗性难改，那年你就把我的大辕骡掉进井……

狗儿爷　赖谁？我给你扛活儿，你不叫我歇，也不叫牲口歇，它渴急了，还不往井里扎？你把我吊在你们祁家那座高门楼上，水沾麻绳一通打，肉皮子坏了还能长起来，可惜了我那件刚上身的老寨子布的小褂儿叫你打烂了。挨打顶了你的骡子，小褂儿你得赔我，赔我！

祁永年　胡搅蛮缠！把芝麻还我，没事儿。

狗儿爷　想要芝麻，没门儿。

祁永年　别忘了，这地——我是地主！

狗儿爷　大炮一响，你滚蛋了，我就是地主！

祁永年　我是地主！

狗儿爷　我是地主！

　　　　〔一阵枪声震耳，李万江持枪跑上，他是民兵小队长。

李万江　谁是地主？

狗儿爷　（指祁永年）他是！

李万江　（训斥地）逃亡地主祁永年听着：命令你即刻回家，仔细如数地清理浮财，把土地文书匣子准备出来，听候斗争处理。

祁永年　（惶恐地）是。

狗儿爷涅槃

李万江　老老实实，不准捣鬼！
祁永年　是。(欲下)
狗儿爷　(神气地)回来！
祁永年　是。
狗儿爷　老老实实，不准捣鬼！去吧。
祁永年　是。(下)
狗儿爷　(兴奋欣喜地)万江兄弟，咱们的队伍打回来了？
李万江　打回来了！
狗儿爷　解放了？
李万江　解放了！
狗儿爷　不受祁永年的气了？
李万江　永远不受了！
狗儿爷　咱，有地种了？
李万江　很快就平分。
狗儿爷　大恩大德，大恩大德！兄弟，你狗哥半辈子忍受祁家的，别的房子俺不要，求你做主，把祁家那高门楼儿，俺吊在上头挨过打的，把它分给咱吧，行呗？
李万江　行，就分给你！
狗儿爷　大恩大德，大恩大德……
　　　　〔村中乡亲苏连玉风风火火地跑来。他是个剃头匠，常赶集串乡，因而消息灵通，一个办好事不见多好、办坏事不见多坏，而又非常乐意助人办事的家伙。
苏连玉　狗儿哥……俺狗嫂没啦！
狗儿爷　(急切地)她……
苏连玉　俺们都躲在东沙岗的柳树巷里，一个炮弹下来，炸了个锅底儿坑，嫂子她就……
狗儿爷　我那大虎呢？我儿子呢？
苏连玉　孩子倒没事，好好儿的，抱回俺家去了。
狗儿爷　(大恸)我的亲人……我的儿……
　　　　〔暗。

4

　　　　〔陈大虎的声音："爸爸，爸爸！"
　　　　〔灯光照亮门楼的一角，满头白发的狗儿爷偎伏在那里。
　　　　〔陈大虎找到了狗儿爷。
陈大虎　爸爸，您又晕乎什么呢？
狗儿爷　（一动不动地）我想你妈。
陈大虎　（平静地）亲妈死了，就为您那二十亩芝麻……
狗儿爷　想你后妈。
陈大虎　后妈走了，就为您死心眼儿，想不……
狗儿爷　（紧紧抱住门楼的砖角）门楼，我的门楼！
陈大虎　就剩这门楼，还有我。您要哪个，说话吧！
　　　　〔祁小梦披衣上。
祁小梦　大虎，城里打来长途电话，问咱的白云石厂啥时候开工？
陈大虎　照时不误——明天。
祁小梦　明天？这门楼……
陈大虎　拆。不拆怎么走汽车？爸爸，回屋去吧！
祁小梦　折腾病了，还得俺们伺候您，都挺忙的。
狗儿爷　（无奈何）虎儿的妈，虎儿的妈，我的亲人哪……
　　　　〔暗。

5

　　　　〔光启前，先闻苏连玉的声音："狗儿哥，走吧！"
　　　　〔春日拂晓，凉风习习。路边有星星点点的花草。狗儿爷和苏连玉并肩走来。
苏连玉　我的哥哥，瞧你这三心二意的劲儿，这是娶媳妇，美差，不是上杀场！

狗儿爷　美差是美差，可这么快，不怕老少爷们儿笑话？

苏连玉　没人笑话这个。老话儿说：女人好比是墙上的泥皮，揭去一层还有一层。走了穿红的，就有挂绿的。你这二茬子光棍的罪，还没受够？种地、开油坊，里里外外，又当爷们儿，又当娘儿们，不是事儿。我担着剃头挑子走村串户，早就替你留神趸摸了。

狗儿爷　这兵荒马乱的，缓腾缓腾再说吧！

苏连玉　得了，狗儿哥，别拿捏着啦。桃村那头我可递过话儿去了，我说俺们陈大爷中年丧妻，日子足性，别的甭说，光香油家里也盛个三缸两缸的。听我这一说，那小寡妇小嘴儿乐得瓢儿似的。再说那小模样儿，就别提多俊了，我想想长得跟谁似的，咱村就没么个……对，就跟你们家石屋东墙上贴的那张吕布戏的那个貂蝉似的。

狗儿爷　真的？

苏连玉　去了瞧哇，这又不是隔山买老牛。说句丧良心的，见了她，恨不得头年柳树巷那一炮打的不是你媳妇，干脆是我那块"产业"——邋遢相儿！长得磨盘似的。

狗儿爷　别瞎说。人家多大？

苏连玉　十九。

狗儿爷　我都三十八啦。

苏连玉　怕啥？这年头，有您这十五石五斗芝麻戳着，黄花闺女都能娶，小寡妇算啥？咱哪，事不宜迟，说去就去，有把儿烧饼先攥到手，不能临了儿放了秃尾巴鹰，给它来个先下手为强——抢！

狗儿爷　抢？

苏连玉　听我的，没错儿。他们那儿是敌占区，还没闹"妇女解放"呢，寡妇嫁人缺多大理似的，谁要生了这个心儿，再是个漂漂亮亮的，那帮子红了眼的光棍汉就都来下家伙，谁抢到手是谁的，还有半路上让人劫走的呢。瞧，我还带根打狗棒呢！（亮出身后的棍子）

狗儿爷　（也早有准备）我还带了根绳子，万一要……

苏连玉　（恍然）敢情你小子早有准备，还在这儿穷磨牙！走吧，趁天没亮。

狗儿爷　十八里地，一跑就到。
苏连玉　记住，到那儿，别说你三十八。
狗儿爷　知道。
　　　　（二人隐去。随即灯光照出一树桃花。冯金花背身站在树下。狗儿爷在央求。不远处有苏连玉持棒的身影。

狗儿爷　你叫冯金花？
　　　　［冯金花点头。
狗儿爷　"寻"我你愿意？
　　　　［冯金花摇摇头。
狗儿爷　哎呀，到这时候了，来点痛快的吧！先扭过脸儿来行不行？
冯金花　（转身）给你，让你看个够。
　　　　［狗儿爷假装吸烟，划亮一根火柴，他是要借亮瞅瞅，火光照亮两个人的脸。
狗儿爷　娘的，是挺中看。
冯金花　妈的，你多大啦？
狗儿爷　三十……三十一。
冯金花　比我大一轮。
狗儿爷　你也属狗？
冯金花　什么？
狗儿爷　（急数算）子丑寅……属蛇，都属蛇，你看我这记性。
冯金花　我嫌你大。
狗儿爷　还大？这小女婿的拳头，大女婿的馒头——大女婿知道疼，我的傻奶奶儿！我疼……
冯金花　呸！怎么个疼法？
苏连玉　（插话）瞧他那满脸胡楂子。
冯金花　嗯？
狗儿爷　这……（猛见苏连玉向他伸出三个指头）噢，我许给三条。
冯金花　三条，哪三条？
狗儿爷　居家过日子，男的是扒子，女的是匣子——咱可别是没底儿的匣子。赶明儿你当家，我交钥匙，行呗？

狗儿爷涅槃　　　　　　　　　　　　　　　　　　　　　　　　　257

冯金花　差不离儿。第二呢？

狗儿爷　大麦二秋，不用你下地。

冯金花　我还是肉皮子嫩，日头晒了长毒疮。

狗儿爷　我行，庄稼人有闲死的，没累死的。眼下地不多，日后地多了，咱兴许还能雇个人手儿呢！

冯金花　真的？你说还能雇人？

狗儿爷　怎么着，就许他们雇我？告诉你，咱……有存项！

冯金花　听说了，第三？

狗儿爷　第三……（苏连玉又向他伸出三个指头）噢，许你不上三台：一不上井台，咱村南有甜水井，村北有凉水泉儿，我把大缸小缸老给你挑得满满的。二不上磨台，捅驴屁股抱碾棍，本来不是娘儿们干的，粗罗麸子细罗面，供上你吃用了。三不上锅台，我会烙饼摊鸡蛋，切细咸菜丝儿泡香油，咱见天吃这个。还有什么你说，我满应满许，行了呗？

冯金花　哼，你们男的都这样儿，这会儿急得蹽蹦儿，说啥都行，过后儿就变卦！

狗儿爷　咱狗儿爷可不是那路人。

冯金花　（掩口）……

狗儿爷　大名陈贺祥——我说孩儿他妈……

冯金花　去，来不来的先叫这个！

狗儿爷　我样样儿许了你个老满儿，可有一宗，你可得把咱大虎看顾好，那可是咱陈门后承啊！

冯金花　（伤神地）我死了男人，又新死了孩子，奶还没吊上去，（抚胸）老胀得疼，怀里空得慌，缺个孩子。

狗儿爷　嘿，芝麻粒儿掉进针鼻里——巧啦！连玉兄弟，成啦——

冯金花　谁说成啦？

狗儿爷　不成？不成再说，咱长长的工夫耐耐的性儿，你还要怎个儿？

冯金花　俺们这儿的老例儿，不管新人旧人，不能脚踩地走着出村，不能落下话把儿，说俺们是自个儿走来的。

狗儿爷　可眼下，哪儿去找人马车辆呢？这么办，我背你——（摆架势）

冯金花　累死你！
狗儿爷　心疼了不是？
苏连玉　还有我呢。（吓唬地）瞧，大道上可有一伙人过来啦！
狗儿爷　孩儿他妈，快——
冯金花　（趴上后背，捶他脊梁）你个狗儿爷……
狗儿爷　回家吧，我的狗儿奶奶！（小跑）
冯金花　哎哟，瞧你，硌我腰啦……（咯咯笑，被狗儿爷背下）
苏连玉　（羡嫉地）好事儿全叫他摊上啦！喝喜酒去。

6

[舞台一片敞亮，敞亮得有些耀眼。磨砖对缝的海青门楼修饰一新。紫红紫红的大枣压颤了枝条。门楼前、枣树下，略置矮方桌、矮板凳。

[冯金花坐在矮凳上纳鞋底儿，随着针线的走动，嘴里悠然地哼着什么小曲儿，比如说是"大轱辘车呀轱辘轱辘转哪转哪转哪转到了咱们的家……"

[幕后传来狗儿爷的喊声："往哪儿跑……"遂上，手里攥几颗红枣。

冯金花　嚷谁呢？又是这么纸糊的驴——大嗓儿！
狗儿爷　你倒自在，我给牲口拌顿草的工夫，让人家把枣树刨了你也不管。也没见过这样的穷孩崽子，由打小枣儿刚落花胎儿就来糟害，不怕贼偷，就怕贼惦记。（又喊起来）有人养活没人管的听着，你家是过日子，人家也是过日子！
冯金花　行了，行了，火上房似的，不怕人家笑话。本来嘛，大枣大枣，谁见谁拢，一个稀罕物儿，吃个就吃个，乡里乡亲的，抬头不见低头见，莫不成谁家还能房顶上开门儿？
狗儿爷　今儿丢仨，明儿就许丢五个。（看手里的大枣）咱小虎儿呢？
冯金花　让那院他连玉大婶抱去玩啦。你过来瞅瞅……
狗儿爷　啥？

狗儿爷涅槃

冯金花　虎儿的大鞋底子，都快赶上你啦！
狗儿爷　邪乎，四岁的孩子能有我脚大？
冯金花　我说，明儿我想赶个集去。
狗儿爷　一哭二笑，三赶集四上庙——娘儿们的能耐。
冯金花　我想找个先生瞧瞧，过门儿这几年了，我也没……
狗儿爷　就为这……嗨，年轻的时候我就算过一卦，说我命中一子，怕啥？好儿不在多，一个顶十个。
冯金花　想起这档子，就觉乎着对不住你。（抽咽起来）有个一男半女的，也是我的个依靠。
狗儿爷　你这么疼虎儿，还怕虎儿不疼你，不护你的怀？
冯金花　谁知道呢，一层肚皮一层山……
狗儿爷　咱虎儿可是有良心的，用不了几年就长大了——他大了，我也老了！
冯金花　你不老，老了，我也不嫌。
狗儿爷　是呗，小女婿的拳头……
冯金花　行了，说说又来劲儿，唱曲儿似的哄我，当初你三条五条地满嘴抹蜜，过了门儿怎么样，这几年拿人当驴使，差点儿没把人累死。
狗儿爷　过日子就得抽筋扒骨。眼下好了，菊花青卖了，气轱辘大车拴上了，磨扇压手的日子总算过去了，趁眼下地皮子贱，能多抓挠几亩是几亩，先把苏连玉大斜角这三亩买过来，好一好儿明年还能多置点。（仰看门楼）你老祁家吹灯拔蜡，完蛋啦！高门楼，过浆砖、小布瓦儿、磨砖对缝，十里八村儿头一份儿的体面，姓陈啦！见天见打这走几趟，不吃饭心里也舒坦。姓祁的，哪天老子也把你挂在这儿门楼上打打秋千。你狗儿爷有这么大权力？有！谁给的？咱政府！

　　［苏连玉上。苏连玉（喊）狗儿哥！

狗儿爷　瞧，肥猪拱门来啦！
冯金花　连玉兄弟，过来坐。
苏连玉　嫂子，虎儿可真聪明，扳着手指头数数儿，一气儿能数到三百。

从小看大，三岁看老，这小子大了准不是善茬儿，秀才、举人手拿把攥。（回身叫）来吧，这老地方，你还不熟？

［祁永年神情畏缩地走来，停步，直盯着那本属自己现却已归外姓旁人的门楼，心思无限。

狗儿爷　（扯过苏连玉）你怎么把他给带来了？
苏连玉　买地卖地，这得过帖子，写文书，咱村除了他，没人会写。
狗儿爷　你就不许顺手划拉划拉？
苏连玉　我呀，贴对联儿还把个"肥猪满圈"贴屋里呢！不怕，咱斗争性儿归斗争性儿，事儿归事儿，就算咱借他的手使唤使唤，让他伺候伺候咱。还不行？
狗儿爷　对，今儿让他伺候伺候咱。……祁永年，过来坐吧！
祁永年　不不，我就站站。
苏连玉　叫你坐你就坐，站着怎么写字？
祁永年　是。（坐下，打开布包，摊开笔砚）
狗儿爷　虎他妈，咱那张高丽纸呢？
冯金花　在墙柜东头的皮匣里。
狗儿爷　快，给咱钥匙。

［冯金花把拴有铜铃的钥匙给他。

冯金花　（得体地）祁家大哥，喝水。
祁永年　不敢不敢。看得出，日子挺发旺啊！
冯金花　托共产党的福呗。
祁永年　是，是，这眼下，又要置地……

［狗儿爷取纸回来，让冯金花回屋里。

狗儿爷　（接着）手里头有俩糟钱儿，闲着也是闲着，就置买点儿。庄稼人地是根本，有地就有根，有地就有指望，庄稼人没了地就变成了讨饭和尚，处处挨挤对。这理儿——你在行啊！
祁永年　是，是。
狗儿爷　（卖谝地）这菊花青也是贱骨头，这两天不大拿食儿，大把大把的料豆子抓给它，闻都不闻，叫我灌了它两勺子香油才好了。连玉兄弟，这气轱辘车就是比咱那笨式花轱辘拿活，打足了气

狗儿爷涅槃　　　　　　　　　　　　　　　　　　　　　　261

　　　　　自个儿就往前蹿，邪不邪？大菊青都座不住坡，那天愣抻断了两根后鞘。

苏连玉　（顺口答音）那是，马是龙性。

狗儿爷　还有这门楼，这一归置，更体面了吧？

苏连玉　体面多了。

狗儿爷　老祁，你说呢？

祁永年　体面。

苏连玉　（对祁永年）还愣什么？开写吧。

祁永年　老苏，你是要卖……苏连玉村东大斜角，三亩。

祁永年　（感触殊深）大斜角……

苏连玉　这你门儿清，在先是你们祁家祖遗产呢。

祁永年　（落笔，随口念出）立卖契人苏连玉，因本身不便……

苏连玉　对，本身不便。娘儿们半拉身子骨，常年干不了活儿，除了生孩子没耽误，别的全误了，张嘴物儿不少，干活儿的不多。我也就会剃头，挣不上仨瓜俩枣，有点地也撂荒了。往下写。

祁连玉：因本身不便，愿将大斜角地三亩……

苏连玉　写明内有水井口。

祁永年　（脱口）知道。

苏连玉　对呀，狗儿哥，你忘啦？那年那头骡……嫂子，你不知道，就在这门楼儿上，他把俺狗……

狗儿爷　（觉得有挫锐气）别说啦！写——

祁永年　（写）东至……

苏连玉　东至柳树巷，西至老官道……唉，这你门儿清，我才种几年儿？

祁永年　（写）愿卖多少？

苏连玉　三石芝麻。

祁永年　三石芝麻？（对苏连玉）便宜呀！

苏连玉　便宜就便宜，俺们哥们儿过得着。

祁永年　（对狗儿爷）太便宜啦！

狗儿爷　你还有完没完？瞅着眼儿热你买！叫怎么写你就怎么写不得了，仨鼻子眼儿……跟我这多出一口气儿！写，三石芝麻……

祁永年　（摇头惋惜，写）三石芝麻，卖与……

狗儿爷　写大名，陈贺祥！

祁永年　（写）永不翻悔，恐口无凭，立字为证。立字人：苏连玉、陈贺祥。代笔人：祁永年。二位，有印章呀？

狗儿爷　印章？（摇头）

祁永年　那就……摁个手印儿吧！（慢条斯理地打开随身携带的盒）

（狗儿爷和苏连玉摁手印，祁永年加盖印章。狗儿爷盯着那方神秘的印章，不觉欣欣然、怅怅然。）

祁永年　这儿，还缺个"中人"呢——

狗儿爷　中人？

祁永年　买卖借当，都需有中人。

狗儿爷　我知道。

苏连玉　现成的，就他，村长——李万江。

狗儿爷　我去找他——

苏连玉　（有意拦下）先不用，咱这是"周瑜打黄盖"，两厢情愿的事——是两厢情愿吧？

狗儿爷　两厢情愿——"愿打愿挨"。

苏连玉　这就结啦，等哪天遇到他，念叨一声，让他也撺这么一家伙，齐活。先写上——李万江。

〔祁永年写毕，把他所用什物，郑重其事地包起。

狗儿爷　兄弟，到地里看看去吧！

苏连玉　你呀，比当初娶俺狗儿嫂还心急，撂不住接夜的屁，走！

狗儿爷　（支走地）你先走一步，我随后就到，我这……跟老祁说句话。

苏连玉　大斜角我等你。（下）

狗儿爷　（一时拿不准自己的感觉）祁……祁掌柜！

祁永年　（吓坏了）别别别，我这……伺候着呢！

狗儿爷　你说这地买得值？

祁永年　（抖擞地）太值啦！那地身儿半沙半胶儿，又禁涝又禁旱，离村儿又不远，这么便宜就出手，怪啦！

狗儿爷　我也觉乎着有点怪。

狗儿爷涅槃　　　　　　　　　　　　　　263

祁永年　（寻思，忘形地）嗯，这位苏爷担着剃头挑子绕世界转悠，走南闯北，耳目灵，会不……会不会是要打第三次世界大战哪？

狗儿爷　什么？——你，你想变天？

祁永年　不不，我什么也没说，我可什么也没说呀！（欲走）

狗儿爷　你别走！

祁永年　我求求你，高高手儿……

狗儿爷　我什么也没听见，行啦吧？咱说旁的……你看呢，这眼下——（指门楼、院落）反正你也是用不着啦，你就把那……（比画）小匣匣，还有那小方块块儿，倒给我吧，兴许我能用上它。怎么样？祁掌柜。

祁永年　（似乎懂了）这个，你不能用……

狗儿爷　胡说！我怎么就不能用？就许你能用？

祁永年　这上边儿刻的是我的名字——祁永年。

狗儿爷　咱把它磨磨，把"你"磨了去，重新刻上"我"——陈贺祥。

祁永年　你看呢，该"斗争"我的，你们都拿去了，这个，我还留着它，兴许，兴许我还有用着它的时候。

狗儿爷　你小子，还是贼心不死呀！

祁永年　不不，我是说，乡亲们谁要求我写个文书借帖的，对巧还得用它一下，比方说，今儿这事儿。好，请留步——（溜走）

狗儿爷　呸！让你留着，留着它做酱吧！一个小匣匣儿，一个小石块块儿，算啥？老子到集上，刻它一斗两簸箕！

［冯金花闻声上。

冯金花　这又是跟谁嚷呢？

狗儿爷　祁永年，那老不死的！

冯金花　人哪，一时说一时，在先瞧他有多么威风啊，这会儿成落架的黄瓜啦！行啦，杀人不过头点地。

狗儿爷　这小子，还做梦呢！虎他妈，我到……（自得地）咱那三亩地上看看去。

［一阵马嘶。

狗儿爷　别忘了给咱那菊花青添草拌料，狗儿奶奶！

冯金花　忘不了你那心尖子！
狗儿爷　俺看看地去。(扔下那串带铜铃的钥匙，当啷响)

7

[脚下是陈家坟地。新月投下一片朦胧。有秋虫二三鸣唧。
[狗儿爷踉跄走来。

狗儿爷　看看地去，看看地去，看看我的地，看看我的地去！撒手不由人，这是最后一趟啦……一壶酒，满满儿一壶酒，他一杯，我一杯，我一杯，他一杯，小酒壶一打跟头，酒净了，人醉了，菊花青没了，气轱辘车没了，地没了……

[一左一右的光环里，现出祁永年和陈大虎的面孔

祁永年　十年河东十年河西，老阳儿不能总响午。瞧，三天好日子没过，就乱了。乱吧，乱吧，叫你们乱成一锅粥！
陈大虎　(同时)还是这些陈芝麻、烂谷子！爸爸，您就不能说点新鲜样儿的？说吧，说说也好。说说您就知道为什么您撅着屁股拜了一辈子财神奶奶土地爷，临了儿也没发了财。谢天谢地，我没有随您——眼珠子没有长在后脑勺儿上！

[左右二人隐去。

狗儿爷　咱的地没啦，爹！那不是我的酒。是他的——李万江的酒，他提来的，满满儿一壶。李村长是好人，是恩人，给咱这么大脸，不能不喝。他一杯，我一杯，我一杯，他一杯，小酒壶一打跟头，酒净了，人醉了，就都没了！不是没了——李村长说——乡长指示，咱村要"一片红"，人家都红了，他狗儿爷不能当"黑膏药"！不当，打仗支前，土改分田，咱没落(读la)过，后来——我说——可是，把那人马土地，说声归，就归了大堆堆儿，你一人浑身是铁捻多少钉？一人指挥几百条锄把子，能行？别忘了，亲哥儿俩为一垄青苗，还打出花红脑子来呢！可是行呗——他说——你就瞎好儿吧，傻老爷们儿，眨眼之间，咱就楼上楼下，电灯电话，喝牛奶，吃饼干。我说：我不情愿。他

说：你就是财黑子，地虫子，三斧劈不开的死榆木头，脑袋瓜子赛石头。我急了：当"黑膏药"，俺认了。他说：那就揭"膏药"！我问：怎么个"揭"法？他说：把你新买的"大斜角"，还有（指脚下）这坟地葫芦嘴儿，都拢过来，划出那边边沿沿、零零星星的来跟你换，是膏药也贴在脚指头上，不能胸脯上来块黑。——别蒙我啦，谁不知道"远女儿近地无价之宝"啊！再说那都是薄碱沙洼，种一斗，收八升，不换！——不换就得归堆儿，一片红，乡里还等着报喜哪，来，喝！——喝！这工夫，我媳妇，小金花插嘴啦：逢自庄稼主儿过日子，就得随个大溜儿，图个顺气，人家都那样，独独儿咱来个花"虎拨拉"（一种灰绿色鸟）一个色！人家万江兄弟没日没夜地跑动是为谁，还不是为咱好？丑话说前头，你要不入，咱就分家，虎儿俺们娘儿俩入，俺们可不跟着你当那个"膏药"户。听听，敢情她们老娘儿们也开会了。——还是嫂子明白，狗儿哥，别二心不定啦，眼看这就楼上楼下——话攻耳朵酒攻心，家神招外鬼，内外夹攻，走投无路，我就归堆儿啦，归堆儿啦——爹！菊花青，那菊花青舍不得走啊，舍不得离开我刚给它做好的三块板儿拼成的新柳木槽啊！这地，也没了，爹，小狗儿——你白吃啦！我，对不起你……失声伏地）

［祁永年走来。站定，拍了拍他。

祁永年　都后半夜了，秋风可凉，紧自趴着，留神冻着。

狗儿爷　（昏沉沉地）爹，爹，我是狗儿，来了！

祁永年　狗儿兄弟……

狗儿爷　（看不清）你是谁？

祁永年　兄弟，怎么样？这把土儿还没攥热乎儿，就奶妈子抱孩儿——人家的啦！我早就说过，这狼肉贴不到狗身上，当初……

［远处射来一束手电光，照在他二人身上

狗儿爷　（认出）是你？臭地主！你是瞧出殡的不嫌殡大，看着火的不嫌火苗子高，地没了——你解恨！（一巴掌打在祁永年的脸上）

［李万江上

李万江	打得好！狗儿哥，不能让他看咱的笑话。明天开大会，刘乡长给你戴一朵这么大的光荣花！——祁永年，你要老老实实！
祁永年	是。
李万江	你不要错打算盘。对你，我们从来没有放松警惕，一旦有风吹草动，拿你是问！
祁永年	是。
狗儿爷	（欣喜地）兄弟，就你能降伏这坏东西，你是大英雄，俺一辈子听你的。
李万江	好大哥，咱回家吧，明天开大会——
狗儿爷	（想想）可是，我不要开大会，不要光荣，俺要地，要马，要车……
李万江	老哥，不能走回头路。
狗儿爷	不能走回头路？
李万江	对。天不早了，嫂子还在家等着呢，快回家吧！
狗儿爷	回家，回家——（猛回身）地没啦……爹！（一头伏地）

　　[此间，祁永年一直缩在一旁瞅着。

李万江	祁永年！
祁永年	有。
李万江	还愣着干什么？背上他——回村。

8

　　[数年后的秋天。庄稼道上。一阵"嘿嘿嘿"的痴笑声。头发已见花白的狗儿爷狂跑上。冯金花手提一摞捆在一起的方方的草药包追上。这是她带他看病回来。

冯金花	虎他爸，别乱跑，听话——
狗儿爷	丧门神，扫帚星，哪来的野娘儿们别动手动脚的，我不认识你！（奔跑）
冯金花	（扯住他）别往庄稼地里钻，刚下过雨，一陷两脚泥。听话，顺道儿回家。
狗儿爷	这娘儿们，别拉我。

冯金花　我求求你，别瞎跑，回家吃药。

狗儿爷　别拉我……

冯金花　你的病——

狗儿爷　我要拉屎！

冯金花　（无可奈何）唉，就在这儿……

狗儿爷　多轻巧——就在这儿，败家子儿！金粪银粪，不如人粪，一泡屎三棵苗，那是随便的？"猫不脏天，狗不脏地"，我上我的"大斜角"——

冯金花　"大斜角"没了。

狗儿爷　上我的"葫芦嘴儿"。

冯金花　也没了。

狗儿爷　跑了？飞了？地还能长翅膀？你这娘儿们……（痴笑，自言自语）多好的地呀！一大片，又一大片，老天爷把地交到凡人手里头，你们就这么个种法儿，活糟哇！荒成了草山，滚成了草蛋，长疯了的草都把小苗儿给掐死了，儿子们，对不起你们的庄稼祖宗啊！瞧吧，到时候，阎王爷都不能饶你，不能饶你……

[苏连玉背筐上。

苏连玉　狗儿哥，这程子好点吧？

狗儿爷　好着哪，锅也砸啦，树也伐了，这倒好，光屁股裹脚——干净利落！你不是说，除了媳妇和烟袋，都归大堆儿吗？

苏连玉　那是大队长李万江说的。

狗儿爷　你是谁？

苏连玉　（大声）副大队长苏连玉。

狗儿爷　（痴笑）你还要卖地？三石芝麻——便宜！不是肥猪拱门，是过路财神，三石芝麻，落了个光荣。还卖地？你先等等——俺有点急事儿……

苏连玉　（拉住他）狗儿哥，别绕世界跑，你听我说……

狗儿爷　我说你跟这娘儿们犯的可是一路病，告诉你（附苏连玉耳上）……

苏连玉　嗨！那快去。

［狗儿爷颠颠儿跑下。

冯金花　（痛苦地摇头）见了你们还明白点儿，就是不认得我。白天是个疯子，晚上是个死人。我过的这是什么日子啊……（抽泣）

苏连玉　（无言可慰）嫂子，这是五十斤豌豆，先凑合吃。（从筐里取一布袋，递过）

冯金花　也多亏你们当干部的，还总惦着俺们。

苏连玉　这事还不能让他知道。

冯金花　谁？

苏连玉　李万江。

冯金花　为啥？

苏连玉　（诡秘地）瞒产私分。

冯金花　那咱不要。

苏连玉　嘿，真是李万江领导的好社员，他那儿把死章，你这穷耿直，我倒里外不是人儿。这根食算给我病老哥哥的，行吧？

冯金花　人穷顾不得脸面，要就要。可不管怎么说，人家万江兄弟可是大好人，办事一碗水儿端得平，财帛上五指漏缝，一点儿不占便宜。你们当干部的要都像他就好啦！

苏连玉　都像他？带头儿吃苦，带头儿受苦，见社员总拉拉着个苦驴脸子，自个儿混得屋里屋外茅帘草舍，家不像家，日子不像日子，三十大几啦还没娶上媳妇，外头忙活一天，回来还得撅着眼子捅锅腔子，他倒够得上苦典型。

冯金花　（掩口）叫你褒贬得人家就没人啦！那天见他打县上开会回来，穿个四兜的制服，还真像个大干部呢！帽子底下露出一圈儿青脑瓜皮儿了，大眼睛忽闪忽闪的，挺精神，怎么就……（忘情地）真是好汉无好妻，赖汉娶花……

苏连玉　（看着她，又意外发现地）是吗？

冯金花　（赧然，又伤神地）看我，自个儿的心还操不完呢！（指布袋）就这，也吃不到接新粮食，可怎么了！

苏连玉　嫂子，大秋头子上，不能枕着烙饼挨饿。眼瞅黍子黄梢了棒子苍皮儿了，秋天猫猫腰，胜似春天走一遭——社员谁不趁这会儿到地里掠个斗儿八升的？大秋上骡子马还摘籀嘴，许它道边上逮一嘴呢；你就不许晚上也背个筐，出来到地里转转，小的溜儿的弄点儿？

冯金花　嫂子长这么大没偷过人家，我怕人逮。

苏连玉　这算什么偷啊！上边说了，这叫小摸小拿儿，圆乎脸儿一抹长乎脸儿，就过去了。再说挤到这肯节儿上了，除了咱那位一把死拿的李万江，碰上谁也是睁只眼儿闭只眼儿。

冯金花　你又说人家。

苏连玉　还是那话，干部要都像他那么丁是丁，卯是卯，当社员的就没法儿活。

冯金花　（一时畅快）要都像你呢？

苏连玉　都像我？干脆，穷得卖裤子！

冯金花　那倒轻省了。

苏连玉　怎么？

冯金花　都甭下地干活儿啦——

苏连玉　嫂子，你可真逗！

〔这工夫，"嘿嘿"的痴笑声从庄稼地里传来，苏连玉应声跑去。冯金花蹙额叹息。少顷，苏连玉跑回——

苏连玉　嫂子，快回家给俺狗儿哥洗裤子吧！

<h2 style="text-align:center">9</h2>

〔夜。风雨刚过，雷声渐隐，月露微光。有哗啦哗啦的庄稼叶子的响声，间或有掰下玉米棒子的声音："嘎巴——嘎巴——"
〔李万江大声吆喝。他紧紧抓住一个背筐人的手腕，从黑压压的青纱帐到亮处来。被抓的是她——冯金花。

冯金花　万江兄弟，是我！

李万江　是谁我不管，我就知道，今儿黑夜你是第七份儿。背上筐，跟我回大队部，明儿早起开大会，一律坦白交代。

冯金花　斗争？

李万江　嗯，不斗行吗？

冯金花　兄弟，你高高手，我就过去啦！

李万江　一回过去，下回照样不要脸。

冯金花　你说，谁不要脸？

李万江　谁偷谁不要脸。噢，因为干的人多了就不说"偷"，叫"摸"，叫"拿"。一回事，现在叫你们摸光了，拿没了，秋后往上缴什么？社员吃什么？

冯金花　（豁出去）吃我呀！吃我，吃我这不要脸的老娘儿们！

李万江　一别来横的，二别来浑的。小鬼子横不横？还乡团浑不浑，李万江由打十六岁扛枪当民兵就没怕过。

冯金花　功劳不小啊！不怕横的，不怕浑的，饿的你怕不怕？冯金花十九岁进了你们村儿，啥时候干过爱财不顾脸的事？你要"一片红"，是我帮忙替你揭了"黑膏药"。"黑膏药"揭了，没过几年，老财迷鬼疯了，除了吃喝不省人事，让我白日黑夜地这么挨着，守着，我早就够够儿的啦！你说我不要脸，我早就不要脸啦，我吃过苏连玉给的不要脸的粮食。

李万江　你？

冯金花　你别瞎疑心，老娘不是见谁都稀罕，那是瞒产私分的。

李万江　好你个老苏！

冯金花　你说我不要脸，我真错看了你！用不着你斗争，这半死不活的日子我早就够了，我这就跳井去，叫你们斗我的死尸吧……长号）我的妈呀——

李万江　嫂子，别价，这半夜三更的，忒瘆人……

冯金花　我不要脸，我不要脸，我可没了活路……（先诉说，后转为传统哭调）捶板石呀，一面光呀，湛青的豆角拉子秧啊，我的妈呀！

李万江　嫂子，嫂子，是我不要脸，还不行吗？

冯金花　（抹泪起身）就是你不要脸！叫你把村里闹得这么少吃没烧的，一点不心疼，还有脸发态度，莫怪人家把你说得秃钱儿不值。

李万江　（替她背起筐）嫂子……

冯金花　别这么一口一个嫂子，叫得怪瘆得慌，你比俺……

李万江　冲着狗儿哥——

冯金花　这会儿别提他！

李万江　我说，这可下不为例。

冯金花　不，我还来——

李万江　还来？

冯金花　为了叫你逮我，为了瞅瞅你这会儿的好脸子。不价，啥时候见了，脸老阴得水儿似的，活像谁欠你二百吊，总没个笑模样儿。

李万江　（无可奈何）嘿嘿！

冯金花　瞧你那俩虎牙。

李万江　别来了！这么着，我这干部可没法儿当。

冯金花　就来！

李万江　我说你——狗儿爷有病，你这狗儿奶奶也有病啊是怎么的？

冯金花　有病。

李万江　也是疯病？

冯金花　胡说，饿病。

李万江　你？

冯金花　是饿病。饿了，更睡不着。睡不着就瞎想，想咱村里的人……你呢，三十大几的人啦，屋里连个女人都没有，你不想？

　　　　〔顿时沉默。有雨点声。

冯金花　又下起来了，泥着可受不了，我这还带条口袋呢，快来挡挡。

　　　　〔李万江沉默如一桩木头。冯金花跑过去，用口袋为他也为自己遮雨。

冯金花　我，受不了啦……（扑进李万江的怀里）

　　　　〔一条口袋严实地盖住俩人的头。

10

　　　　〔晚上。村街。狗儿爷提一只牲口料斗子上。

狗儿爷　牲口、人一样，都爱吃个新儿。先刷牲口槽，槽得刷，不能有馊性味儿。添草，草要碎，寸草铡三刀，没料也上膘。撒料，料要炒，炒了才有香份味儿。潲水，水要清，不能打发要饭花子似的，给人家馊泔水。草上膘，料长劲，水提精神，匀溜溜儿地拌好了，躺在炕上，你就听吧——吭哧，吭哧哧……对，马不得夜草不肥！你听，咱菊花青的槽口多好啊！红缨鞭穗一甩，菊花青翻蹄亮掌，真亚赛脚底生风……（对着某处细端详）瘦了，瘦多了，鬃也不打，毛也不梳。（向远处招呼）小子，那夹板拴儿勒得紧，吊它脖子，听见没有？活儿累，料不足，使不得法，能不瘦？没人心疼，我心疼。料，咱炒得了，口粮里攒的，细火里煨的，（尝一粒）真香，乖乖，等着，等着，我来了……

[一座房前。屋内传出阵阵嬉闹声、喊声："……对拜，进入洞房！"
[苏连玉从屋里出来，他已有几分醉意。

苏连玉　哎哟，我的狗儿哥，这地方，今儿你可不能来哟！

狗儿爷　不，让我来，我想它……

苏连玉　想也不行啦！

狗儿爷　让我进去看看。

苏连玉　你进去就乱套啦……

狗儿爷　看看我那菊花青。

苏连玉　菊花青？（恍然）吓死我啦——这儿没有菊花青。

狗儿爷　这不是牲口圈？

苏连玉　这是洞房，娶媳妇的洞房。走吧！

狗儿爷　是谁——谁娶媳妇？

苏连玉　（迟疑地）李万江——

狗儿爷　万江兄弟，半截子入土了才成家，真不易。他多大？

苏连玉　三十八。

狗儿爷　瞧瞧，记得不，我娶你金花嫂子的时候，就是三十八。

苏连玉　（试探地）金花嫂子呢？

狗儿爷　（尽力回想）她？不是说……赶集去啦？

苏连玉　对对，赶集去啦！

狗儿爷　快回来了。

狗儿爷涅槃　　273

苏连玉　对对，去吧！
狗儿爷　不，万江娶媳妇，我得扰他杯喜酒喝喝。
苏连玉　别别，你不是要去看菊花青？
狗儿爷　（小声，神秘地）——瘦了，溜儿圆的屁股蛋儿都见棱见角啦！给它送料去，可香啦——别动手，不是给你的！
苏连玉　对，不是给我的。（哄他走）老哥，饲养处在那边儿。
狗儿爷　（辨认）可不是，我的门楼子在那边儿——我的"大斜角"在那边儿——我的菊花青在那边儿，对不对？谁说我糊涂，这心里亮堂着哪！乖乖，来了，来了……
苏连玉　老哥慢着点，黑灯瞎火，深一脚浅一脚的。（舒口气，对屋内喊）嗨，我说不近不离儿的就得啦，天不早了，人家也该歇着啦，散散儿吧！

[屋里人声散去。冯金花从里面出来。看衣着打扮，她还真像个新媳妇

冯金花　累苦你了，连玉兄弟。
苏连玉　错了不是？从今往后，得改口叫哥哥，我比狗儿哥小，可比万江大。
冯金花　唉，揪心哪！都到这晚儿了，这一步，我也不知道走得对不对。
苏连玉　蛮好。你想，要不是合情合理，人家公社里就给判"离"了？狗儿哥人已经是那样了，何必再饶上一个呢？可话又说回来了，我老苏眼里不揉沙子，这些年你对万江这点心思，我愣没瞧出来！
冯金花　去，说说就没正经的。我所不放心的就是这一老一小。（指屋内）我也跟他说了，我说我跟陈家过了十多年，实在没办法才走了这一步，今儿嫁给姓李的，姓陈的我还得伺候，一套碾子一套磨，都得拉。你呢，在村里大小担份差事，对陈家不管是老的少的，都得另眼看顾，往后过日子上有个马高镫短的，不能说是一推六二五。
苏连玉　不会，你不是说——万江兄弟可是个大好人！
冯金花　别打岔！听我这么说完了，他一句话差点儿没把我气个倒仰。

苏连玉　他知啥？

冯金花　（模仿）得了嘛，你就赌好儿吧，那一老一小，就当是我的一个老丈人，一个小舅子。我说——放你的狗屁！

　　　　［屋里传出李万江的喊声："金花，金花……"

苏连玉　瞧，等着急啦。他呀，别看三十多了，你还得慢慢儿调理调理呢！

冯金花　去你的，还是哥哥呢！

苏连玉　三天没大小嘛。得，我别尽自耽误着啦！（一笑，下）

　　　　［冯金花欲进屋，又停住，心事重重地站在屋门口。这工夫，狗儿爷提着料斗子又转回到这里。

狗儿爷　那小子，把着一槽牲口，他不经心喂，还不让别人喂。幸好，没让他看见。可我把料往槽里一倒，忽拉伸过来八张嘴，三下两晃，料没啦，吃到菊花青嘴里没几个豆豆儿。这大锅吃饭，大槽喂料，谁也甭打算上膘，瞧这么着，非趴架不可。一哟，又转回来了。听这悄没声儿的，八成闹新房的也散了。喜酒没喝上，咱去听听"窗户根儿"，听听这小两口……

　　　　［狗儿爷走到屋前，冯金花转过身来，四目相对——

冯金花　（猛然下跪）我对不起你，下辈子变牛变马，我还你，我还你……

狗儿爷　（觉得好笑）嘿，"窗户根儿"也没听上，正赶上新媳妇上拜。糟啦，没带拜钱！啧，蝎拉虎子戴帽盔儿——不露脸儿。你等等，我回家找俺那拿钥匙的，给你要拜钱。

　　　　［冯金花起身跑进屋里，咣啷一声关上屋门。

狗儿爷　（想想）赶集去啦？嗯，赶集，上庙，烧香，祷告，一个尼姑嫁老道……

11

　　　　［一个白天。高门楼下。

　　　　［狗儿爷坐在台阶上细心地收拾一个水罐。

狗儿爷　风一阵，雨一阵，雷公电母要一阵。刮风下黄土，满地铺金子，必是好年成。下雨天上掉鲤鱼，一尺长的大鱼，尾巴挨着眼的小鱼。不好，鱼是驮米的驴，吃鱼费粮食，阎王爷不答应。阎王爷厉害，说一不二。地动山摇，花子摔瓢，摔了瓢不要饭，有吃的。吃饱饭，耍浑蛋。浑的怕横的，横的怕不要命的。你要拆我这门楼，非要管我这门楼叫"四舅"；我说是你妈的舅姥爷，我一骂，"四舅"没认下，外甥也滚蛋了。有两样东西不能横，一个是地，一个是媳妇。我就横了一回，就都不回来了。不回来，我去找。不是找媳妇，是找地。有了地，没的能有，没了地，有的也没。上哪儿找？不是天边儿，不是地沿儿，告诉你——（诡秘地）风水坡，坡上有棵橡子树，树下有个凉水泉儿，泉边儿有个窑窑儿，整好住我一个人儿。那儿有地，开出多少都归自个儿。那儿风凉，一个苍蝇都没有。你去？不行。李万江独独儿批准我一个人，说是另眼看待，邪不邪？我寻思着，是咱有能耐，有力气。不假，有这水罐子，有这把镐头，去到天边儿也是条汉子，有土就扎根。忘不了你，李万江，俺的大恩人。（仰看门楼）老伙计，我先走走，还回来，甭难受，照看你，有咱儿子。儿子呢？俺大虎呢？大虎！大虎！谁说的，他正跟一个丫头打恋恋，可不能找个瞅着喜相、不会过日子的。像俺金花那样，嘴一份手一份的，打灯笼难选，就是爱赶个闲集儿，玩儿疯心了，还不回来，不回来……去赶集，去上庙，去烧香，去祷……（倚门框，似睡非睡）

［祁永年出现在他眼前。

祁永年　狗儿爷，有些日子不见了，身子骨儿还结实？

狗儿爷　祁永年？你老多了法，可恶。

祁永年　不待见，咱走。

狗儿爷　别走，说会儿话，实在闷得慌。

祁永年　你儿子呢？

狗儿爷　找女人去了。

祁永年　你女人呢？

狗儿爷　赶集没回来。

祁永年　菊花青呢？

狗儿爷　死啦！又有一匹小菊花青，它下的，也入辕儿啦！

祁永年　你的？

狗儿爷　大伙儿的。

祁永年　老句老话儿怎么说来的？忘了？

狗儿爷　没忘——爹有不如娘有，娘有不如自有，自有不如怀里揣，怀里揣不如手里攥！啊，你反动！李万江，他说反动话。

祁永年　别喊，你看——（打开布包，亮出那方印盒）

狗儿爷　小匣匣，给我！

祁永年　你用不着啦。

狗儿爷　用得着，告诉你——我上风水坡啦！

祁永年　那也不给。

狗儿爷　我明白，咱庄稼人都一路脾气，有恩的报恩，有仇的记仇，你还记着我那年打过你一巴掌。来，打我一下，两不该。

祁永年　我打不了你了，因为我……已经死了！

狗儿爷　（并不意外）你死了？好像听说过。

祁永年　革命小将一棒子下去，我就……对，罪该万死，狗命一条。

狗儿爷　狗命，人命，总算是一条性命儿，阎王爷给张人皮披披也不容易，怪可惜了儿！

祁永年　舍不得吃，舍不得花，光知道攒钱置地，一辈子没吃过一条直溜黄瓜，完了得不到一炉香。也是心里闷，才来找你。

狗儿爷　你不是还有个闺女，叫个啥？

祁永年　叫小梦，和你们虎儿一般大，苦了她啦！

狗儿爷　本是你的种儿，活该倒霉。

祁永年　女大当嫁呀。

狗儿爷　谁敢沾惹呀？好好儿的干白净的主儿没罪找枷杠？拿来吧，小匣匣——

祁永年　不给。

狗儿爷　你是人死心不死——

祁永年　人家都那么说。

　　　　　［陈大虎引祁小梦上。

陈大虎　来吧，他疯疯癫癫的，认不出你来。
祁小梦　万一要认出来呢？
陈大虎　认出来也不怕，早晚你也得进这门楼儿啊！
　　　　　［此时，祁永年的幻影并未离去，且在以下的戏中只在狗儿爷眼
　　　　　中存在，大虎、小梦均"视"而不见。
陈大虎　爸爸，爸爸！
狗儿爷　（似醒非醒地）嗯，虎儿，你妈还没回来？
陈大虎　不是赶集去了？
狗儿爷　集上热闹？
陈大虎　热闹。
狗儿爷　这是谁？
陈大虎　快叫哇，叫——爸爸。
祁小梦　（腼腆地）大叔。
狗儿爷　（欣慰地）噢，好，好，就是你们俩——打恋恋？（猛然）你，
　　　　你怎么像他？
祁永年　是我闺女不像我？
狗儿爷　你姓啥？
祁小梦　……
陈大虎　说呀
祁小梦　姓"梦"，叫"梦祁"。
狗儿爷　你不是这个祁永年的闺女？
祁小梦　（痛苦地）不是。
祁永年　是又怎么样？
狗儿爷　是我不要她。
祁永年　你不要，他要——我们祁家的大姑老爷。
狗儿爷　我宰了他！
祁永年　不能收留收留？
狗儿爷　要说咱陈、祁两家，前半辈儿没有人情也有水情，让孩子离开
　　　　你这块臭地，找个吃饭安身的地方，也不为过。

祁永年　是啊，我这"帽子"也不能传辈呀！

狗儿爷　不行，说出大天来也不行！这闺女——就算她是水葱儿似的，要是你祁家人，进了陈家，这门楼儿怎么算？嗯？这门楼儿，姓陈还是姓祁？

　　　　［陈大虎、祁小梦见其"状"，相视摇头。

祁小梦　（怯怯地）大叔，不姓祁。

狗儿爷　可我越端详、越寻思……

陈大虎　（岔开）爸爸，您又鼓捣这破罐子干啥？

狗儿爷　破罐子？就这一罐子凉水灌进肚里，是割麦子，是锄大田，一百个伙计甩下他九十九个，他祁家雇长活就爱找咱陈狗儿爷，别看我把他骡子掉井里头……噢，爸爸要走了。

陈大虎　您上哪儿？

狗儿爷　（神往地）风水坡，橡子树，凉水泉儿……

祁小梦　大虎，你不记得？咱小时候去过，那有酸枣棵子、红榴榴儿，一朵一朵的小蓝花儿，像星……

狗儿爷　闺女你去过？

祁小梦　嗯。

狗儿爷　我就去那儿。我还是不放心，你真不是祁家的闺女？

祁小梦　真不是。

狗儿爷　你知道吗？那老家伙死啦！老天爷要收人，不，老天爷管神仙，不管他，是阎王爷，派来兵呀将的，一通儿闹呼，一棒子下去，脑浆迸裂……

陈大虎　爸爸，您说上风水坡的事，万江大叔能同意？

狗儿爷　他呀，见我就赔笑脸儿，好像欠我什么似的。

祁永年　嘻……

狗儿爷　你甭捡乐儿，咱还没完呢。——（对陈大虎）跪下！

陈大虎　爸爸……？

狗儿爷　冲着咱门楼跪下，跪呀！

　　　　［陈大虎无奈，跪在门楼下。

狗儿爷　还有你，进了陈家门儿，就随陈家人儿，也跪下。

　　　　　［陈大虎拉祁小梦跪下。
狗儿爷　跟着我说。噢，（对祁永年）你也别走，好好听着，瞅着，看看陈家人的骨气。俺陈门有后，不像你，断子绝孙！——头句话，不忘新社会的好儿，不忘大救星的恩。说！
陈大虎　说啦。
狗儿爷　二句话，看好家，护好院，守住门楼儿，替下老砖，揭换残瓦，看见门楼如见爹妈。说！
陈大虎　说啦。
狗儿爷　记住祁家仇，不见祁家……
陈大虎　疯话！小梦，这倒不赖，就算咱俩在这儿拜天地吧！
祁小梦　让我记住祁家仇呢，你还说笑话儿。
狗儿爷　说！
　　　　　［传来急促的钟声。
陈大虎　爸爸，别说啦，万江大叔敲钟呢，催人干活儿去。
狗儿爷　不忙，祁永年听着——
祁永年　是。
狗儿爷　记住祁家仇，不见祁家人——闺女，说！
祁小梦　（难忍地）记住祁家仇，不见祁家人……爸爸！
狗儿爷　（满意地）唉。
　　　　　［又是一阵钟声，夹着李万江的喊声："上工喽——"

12

　　　　　［风水坡。
　　　　　［祁小梦前来给公爹送饭。
祁小梦　（喊）爸爸！
　　　　　［狗儿爷上。他的装束活脱一个前清的山民，差只差后脑勺上少条辫子。
狗儿爷　一瓢水倍儿凉，三尺树荫凉儿，就算上了金銮殿。
祁小梦　爸爸，我给您烙的金银饼，您瞧，银子裹着金子。

狗儿爷　干活儿要讲究，吃饭要将就，不价，损寿。阎王爷说：这半罐子油，你不能吃！我就没吃，我在那老玉米根儿起，一棵给一勺儿，数物件儿都馋，一个理儿，那小老玉米喝了油，足性啦，夜里我就听它们比着赛地拔节儿，嘎巴，嘎巴……眼瞅那玉米大喇叭口甩着，穗头半吐半咽了不是，天不下雨，掐脖儿旱，"天灵灵，地灵灵"一祷告，登时满天跑云彩，小雨下得又细发又匀和，点点入地。要不，大棒儿能结这么壮实？说归齐，那半罐油我还没舍得都使上，剩下的让老鼠喝了，喝就喝，阎王爷不饶它。好闺女，累不累？

祁小梦　爸爸说的——有闲死的，没累死的。

狗儿爷　孝顺闺女，门楼修没修？

祁小梦　修得光光亮亮。

狗儿爷　祁家的人见没见？

祁小梦　压根儿见不着他们。

狗儿爷　好，吃饭。

　　　　〔金银饼就凉水，爷儿俩吃着。苏连玉跑上。

苏连玉　狗儿哥！

祁小梦　连玉大叔。

狗儿爷　着急麻撒地找我，又想卖地？

苏连玉　好嘛，我都快卖老婆了。村里动刀子啦！

狗儿爷　见点血去火气——剃头掌柜的，带刀子没有，趁工夫给我脑袋胡噜几下，都成连毛僧了。

苏连玉　还脑袋，要……尾巴！

狗儿爷　猪尾巴？

苏连玉　人尾巴！

狗儿爷　人长尾巴？

祁小梦　上学的时候，老师说人是猴儿变的。

狗儿爷　阎王爷呢，老虎变的？

苏连玉　别说闲篇儿啦，快掰棒子。

狗儿爷　还不熟呢。

狗儿爷涅槃　　281

苏连玉　落住一个是一个，等会儿就全没啦。

狗儿爷　哪一码对哪一码，你打根儿上说。

苏连玉　哪一码对哪一码我不知道，可要打根儿上说，这根儿就在她。

祁小梦　我？

苏连玉　人家说，俺狗儿哥来风水坡，本不是他的主意，是你的主意，本不是他的本性，是你的本性，其实也不是你的本性，是你爹的本性。

狗儿爷　就是我的本性。

苏连玉　糊涂！

祁小梦　我明白了，是我连累了老人，我应该跟我爹一块儿早早儿死了。

狗儿爷　我死？风水坡上这么好的庄稼，我舍得它，它还舍不得我呢！我呀，就是那摔不死的老刺儿猬。闺女，你知道刺儿猬为什么摔不死吗？你一摔，它就——轱辘。一物降一物，黄鼠狼有办法……

[李万江同陈大虎上。

李万江　老苏，你倒先来了。

苏连玉　通个风，报个信，咱不就少办点损事吗？

陈大虎　爸爸，咱回家吧，把风水坡上的庄稼让给人家。

狗儿爷　这提灯喝号的，来红毛儿妖精了？熟透的庄稼，在还乡团的枪子儿底下爹都没让过。让？往远里说，爹指望它和祁家比个高低；近里说，这么好的闺女，仨瓜俩枣地娶了人家，爹还指望它给闺女补办一份彩礼呢！

陈大虎　爸爸，您还不明白，您要护着风水坡，人家就整治她。她可早有了身子，三个月啦。

狗儿爷　哈，谢天谢地！过路财神，你们听着，俺陈家要见下一辈人啦！老村长，到时候喝咱翻身户的满月酒！

李万江　喝，喝，可眼下这地……

狗儿爷　大兄弟，你告诉他们，说这是"另眼看待"。

李万江　（为难地）这一时一个"现在"，现在不是要割尾巴吗？你的尾巴，又不是普通的、一般的、平平常常的尾巴，而是一条很长很长的尾巴。因为你的儿媳妇，她爹，你的亲家，他不是死了吗？

狗儿爷　你八成是吃错药了吧?
李万江　(顾不得了)她不是祁永年的闺女吗?
狗儿爷　不许你往我脑袋上扣屎盆子!你睁眼瞅瞅,那老王八羔子能有这么好的闺女?
苏连玉　老哥,麻烦就在这儿,你现在"成分"不干净了,又在这风水坡上闹"单干",人家不狠狠儿地割你的尾巴?——千真万确,她是祁永年的闺女。
狗儿爷　(疑信参半)闺女,你真是祁家的那……小梦?
祁小梦　爸爸,我是小梦!
狗儿爷　你们,你们起誓发愿的……蒙我?
祁小梦　爸爸,俺上没兄下没弟,孤身一人,无依无靠,看在我抽手笨脚地服侍您、伺候您三年的份儿上,您就收下我吧!
狗儿爷　趁着你妈不在家,你们欺负我呀!
陈大虎　爸爸,交出风水坡吧!
狗儿爷　不交。
陈大虎　要不他们就拉她走,开大会……
狗儿爷　(神情骤变)他敢!是祁永年的闺女,是又怎么样?九狗还出一獒呢,一个窝里出来的也不能都是坏蛋。告诉他们,你更名改姓了,叫陈祁氏,这也不大好……
李万江　老哥,无论如何,这尾巴也得割。因为……
狗儿爷　你别说了!我就寻思着,眼时下,还不如解放前了呢!
李万江　(骇然)你说什么?你敢……
狗儿爷　那晚儿,还乡团把咱挤对急了,咱还能找八路军去呢,这晚儿,叫俺找谁去呀?
苏连玉　嗨,这叫竹竿捅水沟,捅进一节说一节,这一节叫割尾巴,再说你这尾巴又不是一般的尾巴。
狗儿爷　尾巴?我早就掐头去尾光剩中当间儿啦!是谁出的这缺德主意,我×他八辈祖宗!好嘛,又要割尾巴——儿媳妇你先避一避,我让大伙儿瞧瞧,看咱狗儿爷腚上有尾巴没有?
祁小梦　(款款地)万江大叔,老人正病着,别惊动他了。这风水坡上犯

狗儿爷涅槃　　　　　　　　　　　　　　　　　　　　　　　　283

狗儿爷　　了什么法，犯了什么罪，我姓祁的顶着，我跟你们走，走吧。
狗儿爷　　闺女，你走了，谁还给俺送饭哪？
　　　　　［冯金花出现在人群当中。
冯金花　　李万江，当初我跟你怎么说的？你又是怎么应的？你喝了迷魂汤似的要干什么？你那个小乌纱帽帽儿值几个大？不顶吃，不顶喝，还那么贪着它，二郎爷喝西北风——你有这神瘾？不干正好，少昧良心。这割尾巴的官司我打了，天大的事朝我说——还不快走？让人家一家人在这风水坡……（悲戚地）团圆团圆吧！
狗儿爷　　这位大嫂，心眼儿真快性，说话真受听，人家还是老娘儿们呢！可叹哪，你们当官儿的！
　　　　　［除狗儿爷一人外，其他人都隐去。

13

　　　　　［狗儿爷痴痴望着。
　　　　　［祁永年幻影出现。
祁永年　　认得吗？
狗儿爷　　有点儿眼熟。
祁永年　　瞧，又来了，那两口子。
　　　　　［李万江、冯金花出现在远处，相互说着什么。
狗儿爷　　还要割尾巴？
祁永年　　过去几年的事就别提了。这回，兴许是美事儿。
狗儿爷　　这一阵儿云彩，一阵儿雨的。
祁永年　　冷够了就回暖。
狗儿爷　　走。
祁永年　　聊会儿。
狗儿爷　　没工夫。
　　　　　［二人隐去。
冯金花　　（又一遍叮咛）牵上菊花青。

李万江　忘不了——我为啥去的?

冯金花　槽头买马望母仔——这匹小菊花青跟那老菊花青一模一样,脱个影似的。酒呢?

李万江　提上了。

冯金花　把那两个老腌儿鸡子儿带上,他顶爱吃这个。

李万江　带上了。

冯金花　别这么丧荡游魂的,高兴点儿。

李万江　高兴,高兴,二十多年了,我又把马给人牵回去,我都干了些个什么呀?

冯金花　我的爷爷,想开点儿吧,你可别有个好歹的,要再疯一个,我可就没法儿了。你把马送到风水坡,哥儿俩喝一顿,他心口一热,气儿一顺,阿弥陀佛,也许能明白过来呢!

李万江　那敢情好,我也省心的,连马带你,我一块儿还给他。

冯金花　我抽你!你当我也是这匹马呢——女人就这么不值钱?

　　　　[一阵马嘶,灯光暗去。复明,狗儿爷、李万江同坐风水坡。

李万江　喝,满满儿一壶。

狗儿爷　难得,先捅一口。说吧,兄弟,你要一片红,狗儿哥决不当黑膏药。

李万江　不说这个。先吃——

狗儿爷　老腌儿?难得。(品味)嗯,是味儿,哪儿来的?

李万江　腌的。

狗儿爷　谁腌的?

李万江　我媳妇儿。

狗儿爷　嗯,老娘儿们都会这个,喝!

李万江　喝!老哥,你这会儿明白吗?

狗儿爷　老弟,我什么时候糊涂过?

李万江　那是我糊涂。你说,这人世上的事儿,有时候几十年一个老模样儿,可有时候呢,一个早起就变了,还越变越邪乎,越变越没边儿。

狗儿爷　都是属孙猴儿的。可阎王爷说啦,再怎么变,那高门楼也姓陈,

狗儿爷涅槃　　　　　　　　　　　　　　　　　　　　　　　　　　　285

也不能把他变回来……

［祁永年幻影出现。

狗儿爷　哟，他还真来了。

祁永年　荒郊野外的，孤得慌，来蹭口酒喝。

狗儿爷　去！

祁永年　咱们可是儿女亲家，你陈家娶了我闺女。

狗儿爷　那不假，不光娶了，我孙子都有了。可有一宗，咱这亲戚不走动。

李万江　（愕然）狗儿哥，你怎么了？

狗儿爷　喝咱的，甭理他。

李万江　谁呀？

狗儿爷　祁永年。

李万江　我要说的就是他。

祁永年　你看看。

狗儿爷　你少插嘴！——怎么，你说？

李万江　他真要是还……嗨，这么说吧，他真要能来了，也和咱平起平坐啦！

祁永年　你看看。（一屁股坐下）

狗儿爷　去，去，我怕脏了这块土。

李万江　你这观点儿不时兴了，这不行。

狗儿爷　怎么行？把你的酒给他喝？

李万江　按眼时下的令儿，给就给。

祁永年　你看看。（伸手接杯）

狗儿爷　（接李万江手中酒杯，冲祁永年泼去）给你，我叫你喝，叫你喝！你要平起平坐，休想！你想认亲家，没门儿！

［二人撕扯成一团。

李万江　你这是怎么了？狗儿哥，狗儿哥，（拉也拉不住，大喝）陈贺祥——我给你送马来啦！

狗儿爷　马？（痴笑）嘿嘿……你又哄我：楼上楼下，电灯电话……

李万江　不是哄你，是板上钉钉。菊花青，我给你牵来啦！

狗儿爷　我不要。等哪天，你再拿一壶酒来喝喝，又牵去了。

李万江　不会啦!

狗儿爷　要会呢?

李万江　我保险。

狗儿爷　谁保你的险?

祁永年　死榆木头!

狗儿爷　你少插嘴。

李万江　谁要再来那套浑不讲理的,我也豁啦,再就不种地了,饿死他!噢,还有地,"宝葫芦嘴儿",也归你种了。

狗儿爷　真的?

李万江　蒙你——天打雷劈!

〔一阵马嘶。

狗儿爷　菊花青?我的菊花青,乖乖,你在哪儿?

李万江　凉水泉儿,橡子树上拴着呢。

祁永年　凉水泉儿,橡子树上拴着呢,橡子树上拴着呢……

狗儿爷　滚,一万年我也不理你!

〔祁永年隐去。

狗儿爷　我得先饮饮它,叫它美美儿喝个够,清潾潾的长流水,喝个够……(兴冲冲下)

〔山谷间回响着一声呐喊:"我有马啦!"李万江百感交集地追过去。

〔有顷。狗儿爷双手捧水罐,凝视着自己倒映在罐内清水面上的容颜,缓缓走上。李万江随其后。

狗儿爷　(低唤着)狗儿爷,陈贺祥,老伙计,一根儿黑头发也没啦!这一脑瓜子白雪花花儿,换了点儿什么呀?万江兄弟,这是你?脸像个核桃皮。你——四十几啦?

李万江　(苦笑)唉,六十喽。

狗儿爷　你六十?我比你大一轮,那我就七十二?老天爷呀……

李万江　老天爷不管这个。

狗儿爷　噢,阎王爷……

李万江　收起你的阎王爷吧!那小学生的书本子上说,这是规律,大自然的。

狗儿爷　自然大老爷呀,你再让我倒退三十年,不,二十年,我要攒上全身的力气,攥断它十根锄把子,不赛倒他祁永年,不把他那小匣匣儿拿到手,不挂上千顷牌,我就在这凉水泉儿里头一头浸死!

李万江　还是不大明白。(大声)老哥,这也不晚!

狗儿爷　有你这么一说,咱还有儿子,还有孙子呢。耕、耩、锄、耪、筛、簸、扬、拿,都学到手,才算一个庄稼人。我要手把壶儿地调教他们。骡子马不调教还不能入辕儿呢。

李万江　是时候了,白露早,寒露迟——

狗儿爷　秋分种麦正当时。

李万江　早种一天——

狗儿爷　早熟十天。

李万江　牵上菊花青,驮上铺盖卷儿,儿子媳妇和孙子都等着急啦,回家吧,我的老哥。

狗儿爷　(一时自得地)走!儿子、媳妇、孙子、菊花青、高门楼……(回忆、思忖)虎儿的妈,俺虎儿的妈呢?赶集?(摇头)不对……万江兄弟!

李万江　怎么?

狗儿爷　快回村!我得找金花去,找俺的金花去,找俺的金花去!不管是死,还是活。她跟俺受苦受累半辈子,俺得好好儿补付补付她!

李万江　没忘了她?

狗儿爷　忘不了,那是媳妇儿。

李万江　回村——我告诉你。

14

[随着一阵阵的马嘶声,微光照亮那座门楼——它愈显破旧了。
[一阵刹车声。陈大虎、祁小梦上。他俩兴致很好。

陈大虎　(回身招呼)师傅,谢谢啦!

祁小梦　这趟城逛的,累死了。
陈大虎　祁家大小姐,别那么娇嫩啦!快去看看儿子吧。
祁小梦　就知道疼你那宝贝儿子。

　　　　［苏连玉匆匆跑来。

苏连玉　这班车一到,就知道你们公母俩回来了,可把我等急啦!侄媳妇放心,你们龙龙在俺们家玩得可好啦,小子真聪明,扳着手指头数数儿,能数到五百了……
祁小梦　真麻烦大婶。
陈大虎　大叔,推土机怎么样?
苏连玉　明天就到。销货合同呢?
陈大虎　敲定了,三千吨。
苏连玉　这年头,张嘴就成千上万。三千吨,三对三,三三见九……这一泡儿下来,钱可不老少!
陈大虎　小意思,比起人家大王庄的白云石厂来,差远去了。
苏连玉　我早就说过,你小子不是善茬子,心气儿高着呢!
陈大虎　万江大叔可是还半信半疑呢。
苏连玉　他呀,怎么说呢,村里孩子都给他编成曲儿了:李万江,老一套,认准受穷一条道儿,塞他一个大元宝,他抱着元宝去上吊!连你爹都算上,你苏大叔比他们强就强在这心眼儿稍微活泛这么一点儿。
祁小梦　要不您怎么老不吃亏呢!
苏连玉　侄媳妇别寒碜我了,咱这是自私自利。这回可说出大天来也跟你们摽在一块儿,干定了,咱也弄个小万元户当当。得,我这就去乡政府,把咱白云石厂的营业执照取回来。
陈大虎　苏大叔,等您回来喝酒,咱顺便商量明天开工的事。
苏连玉　误不了。(下)
陈大虎　(温存地)歇歇吧!
祁小梦　嘻……
陈大虎　笑啥?
祁小梦　笑城里那丫头,穿的那小衣裳儿,光胳膊露腿,也不错,又省布又凉快。
陈大虎　这就叫进步，赶明儿你也来它一件穿穿。
祁小梦　在村里？妈哟，我怕吓死两口子。
陈大虎　管他们呢，我爱瞅就行呗！
祁小梦　去你的！
陈大虎　你没见人家明出大迈的，就这么拉着扯着——（搂住祁小梦的肩膀）
祁小梦　这么甜哥哥蜜姐姐儿的，俺可不惯。
陈大虎　老封建……
　　　　［冯金花踌躇地走上。
冯金花　（怯怯地）小虎……
陈大虎　（不知如何是好）……大婶！
祁小梦　（热情地）大婶，您屋里坐。
冯金花　不啦。你们俩在家？门楼旧多了，你们——没有修修它？
陈大虎　不用了，明天就拆。
冯金花　拆？
陈大虎　砖头都酥了，不拆也得塌。
　　　　［祁小梦给这位"稀客"端来一盘红枣。
祁小梦　大婶，您吃枣儿。
冯金花　（喃喃地）大枣大枣，谁见谁拢……
陈大虎　大婶，您来……？
冯金花　我来看看你爸爸。
陈大虎　您知道：爸爸他在风水坡呢，几年不回家了。
冯金花　你万江大叔给他送马去了。
陈大虎　多余。
祁小梦　（制止）大虎。
陈大虎　本来就是多余，肚子疼上眼药，管屁用！
冯金花　怎么这么说话？马是他的家业，满盘子满碗的指望，见了马，兴许能明白过来。
陈大虎　还是别明白，明白了，我这儿不好办，您也……

冯金花　孩子，别这么说。这些年，他不容易，活过来就不容易。我愿意让他明明白白地再过几年，让他明明白白地再看看这个家，看看这座门楼，看看你们，也让他明明白白地再看我一眼……小虎，我对不起你们爷儿俩呀！

陈大虎　您别说啦，妈！

祁小梦　（恸哭）我爸爸……要能活到这晚儿，就好啦……

陈大虎　奶奶，你就别凑热闹啦！

　　　　［马嘶声。狗儿爷步履硬朗地走上。

狗儿爷　马来啦！

祁小梦　（热情向前）爸爸！

狗儿爷　（高声答应）唉，好闺女，快把东间屋拾掇出来，安上木槽，俺俩先住一块儿。

　　　　［冯金花躲之不及，欲言又止。

狗儿爷　（一眼瞥见她，神态大变）虎儿，你妈，她赶集去，还没回来？

陈大虎　没有。

冯金花　（稍稍定心，十分尴尬地）你，身子骨好……

狗儿爷　你是……万江弟妹？多亏你呀，多亏你呀……走吧，万江兄弟回家啦。

冯金花　让我，跟小梦姑娘，给……马，再拾掇一回屋子吧！

狗儿爷　不。梦，你过来，早先，你们家这院子的格局，你还记得吗？

祁小梦　不记得。听我爸爸念叨过，说进这门楼往里是屏门，过了屏门往里走，一边是丁香树，一边是荷花缸……

狗儿爷　对，对！

祁小梦　正面是大厅，东西是配房。

狗儿爷　（神往地）对，对呀！后来分到手的户都把房子拆去另盖去了，咱落下这个门楼。门楼是脸面，有了门楼就不愁院子。虎儿，眼时手里头活泛吗？

陈大虎　您要干什么？

狗儿爷　干什么？他祁家人能盖个院子，咱陈家人就是白吃饭的？

陈大虎　没有，一个子儿也没有。大白天的说梦话！

冯金花　小虎，有话跟你爸爸好好说。
　　　　［苏连玉抱镶入镜框的营业执照上。
苏连玉　哟，这老子回来啦!
狗儿爷　(没好气地)等着买你的地呢!
苏连玉　还不大明白。
冯金花　老苏。
苏连玉　您……也来了?
冯金花　知道他回来，过来看看。想不到还这么油糊心似的，不认人。
苏连玉　(放心了)那咱可就明说了，营业执照拿到手啦，等厂子办起来，你们小公母俩就是正副经理，你苏大叔顶损也得弄个副经理当当吧?等推土机一到，咱就拆门楼，破土动工。
狗儿爷　(暴跳)什么?你们是要拆门楼?这乌烟瘴气的，你们——你们要拆门楼?
苏连玉　(蒙哄)是这么回事儿，这门楼子老了，想想，你老它能不老，拆了它，等俺金花嫂子赶集回……
狗儿爷　(神态骤变，悲怆地)她回不来了!刚才我在枣树上拴马的时候，东街坊俺二奶奶告诉我啦。老苏哇，你一辈子蒙我呀?
　　　　［李万江上。
李万江　老哥呀，到我家去吧，咱俩心碰心地说说!(见冯金花，惊)你也来了?
狗儿爷　万江兄弟，领弟妹回家吧。俺那金花，虎儿他妈，不回来了。是神，我给她修座庙;是鬼，我给她修座坟，就在我心里头。可你们，你们不能斩尽杀绝呀，我的一村之长!你不能眼瞅着有人串通一气，拆我的门楼，摘我的心哪!
陈大虎　爸爸。
狗儿爷　谁是你爸爸?你早就忘了祖宗!
陈大虎　俺没忘。太爷爷俺没听说过;爷爷为二亩地，生吃一条狗，死了;爹想地想疯了。不就是为发家吗?这家您儿子发定了!
狗儿爷　你发家?呸!俺年轻的时候，大年五更还提着围灯去捡粪呢——你有这点出息?好好的院子，叫你糟蹋得破狼破虎，我问你，门口那块下马石呢？

陈大虎　盖厂房，垫地基了。

狗儿爷　厂房，厂房，厂房是你亲爹？你安的什么花花儿肠子，中的什么邪？不一扑纳心地种地，忘了黄土生金，抓多少钱也是打河漂儿！这个理儿，你小兔崽子懂吗？

陈大虎　（耐心开导地）爸爸，您看咱这地方有多好！前面临马路，后面贴白云坡，瞧那白花花的，一水儿的白云石。这东西是宝贝，外国人盖洋楼都用上这个，出多少都有销路。费不了多少事，加工加工，石头打滚就变钱。不能光瞅着这破门楼子，土里刨食儿啦！

祁小梦　是呀，那几亩地您手捋胡子就种了。您不种也不要紧，咱花钱请人帮工。等门楼一推，厂房盖起来，就在大门口盖间小屋，春冬两闲，您就在这儿看看传达室，养养花，养养鸟，接接电话。给您开双份工资，按月拿奖金。

狗儿爷　嘿，真是不是一家人，不进一家门，好个枣木棒槌——一对儿！你们这是要把我扫地出门哪！好儿子哎，你爹顶着枪子儿抢芝麻，外搭你妈一条命，为的谁呀？早知道你是这么个孽种，出娘儿胎我就把你摔死了！还有你，善眉善眼的闺女，敢情也这么阴毒！到了儿还是没改你们祁家的门风儿。（大声）祁永年——

　　　　〔祁永年幻影出现。

祁永年　有。

狗儿爷　这可是你闺女！

祁永年　龙生龙，凤生凤。

狗儿爷　你这坏事种！

苏连玉　得，又迷心啦。

狗儿爷　（对幻影）这是你的圈套，明的不行，你来暗的，把你的丫头派来毁我的家呀！这是我一把血一把汗挣的，是新社会给的。李万江你给做证——还有你，（对苏连玉）剃头的——还有你，（对冯金花）这位大嫂——你们都给做证，俺这份家业来得容易吗？不能叫这败家子儿们由着性儿糟践！

狗儿爷涅槃　　293

陈大虎　（只好直说）爸爸，这门楼卖了！

狗儿爷　（愕然）卖了？

陈大虎　您病着，打针、吃药，落（读la）下一屁股两肋的饥荒，卖钱还账。

狗儿爷　卖给谁了？

苏连玉　卖给我啦！

狗儿爷　（摇头顿足）苏连玉，你可真是俺的喝一个井里水长大的好兄弟哎！当初你卖给俺地，今儿你买我的门楼……多少钱？

苏连玉　（随口而出）三石芝麻！啊，不——价钱另议，明天一准过户儿，明天。

狗儿爷　明天？

陈大虎　明天。

狗儿爷　（求救）老村长，我问你管不管，管不管？

李万江　我管，我管，我管不了！老哥刚回村，你还不知道，眼时下的一大特点，就是谁也不听谁的。全村几百口子都是能人；就我一人是笨蛋。兄弟一百个对不起你，别的单说，唯独这拆门楼的事，我不敢管，不能管，也管不了。那什么——你找乡长去吧！

狗儿爷　你当官儿不做主？

李万江　明儿我就下台。

狗儿爷　孩子哭，给妈抱了去？

李万江　乡长比咱官儿大，想必主意高。

狗儿爷　去就去，找到大乡长，连你们大伙儿一齐告！

苏连玉　狗儿哥哎，您去也白去，我刚从乡里回来，听说来了两个日本客人，乡长正陪着喝酒呢！

狗儿爷　什么什么？乡长也当汉奸！完了，完了……

陈大虎　爸爸，您就歇歇心吧！

狗儿爷　我人死心也不能歇！

陈大虎　我们供您吃，供您喝，样样儿由您的性儿，伺候您，孝顺您，把您当老神仙供着，还不行吗？

狗儿爷　你要当孝子？
陈大虎　当孝子。
狗儿爷　孝顺我？
陈大虎　孝顺你。
狗儿爷　这门楼，不拆啦？
陈大虎　破车挡好道，挪挪窝儿，理所当然的。
狗儿爷　（狠狠一掌打过去）反叛！
　　　　［众人各以不同的姿态愣住。
　　　　［暗。

15

　　　　［门楼，祁小梦的咯咯咯的笑声。陈大虎的嘿嘿嘿的笑声。
　　　　［狗儿爷和祁永年，第一场时的情状。沉默有顷，开始动作。
狗儿爷　（收拾着，点燃火把）明天，明天，你们有你们的明天，我有我的明……
祁永年　我可没有我的明天——好好，有我闺女的明天。
狗儿爷　（发现他还在身旁）滚，我永远不想见你！
祁永年　（叨念着）过了今天是明天，明天明天好热闹……（隐去）
狗儿爷　明天好热闹，好热闹……（狂呼）门楼——我的门楼！（掷出火把）
　　　　［一束强光，照着跪伏在门楼前的狗儿爷。

16

　　　　［满台大火。巍巍门楼被火焰吞没。
　　　　［人声、马达轰鸣声，雄浑地交织在一起，直响到终了。
　　　　［有人喊："推土机来啦！""快救火呀！"
　　　　［陈大虎、祁小梦上。二人的神色像是刚刚从火里钻出来。
陈大虎　老爷子呢？

祁小梦　走了。
陈大虎　菊花青?
祁小梦　牵去了。
陈大虎　快,你和连玉大叔张罗救火,收拾利落,天亮推土机就要来了,一分钟也耽误不得。
祁小梦　你呢?
陈大虎　找爹去!(快步跑下)
祁小梦　去哪儿——
　　　　〔传来陈大虎的声音:"风水坡——"
　　　　〔火渐熄。
　　　　〔马达声大作。推土机隆隆开入。

　　　——幕落全剧终

《剧本》1986年6期

天下第一楼

何冀平

主要人物

　　卢孟实——福聚德掌柜的。

　　唐德源——福聚德老掌柜的，也是东家。

　　唐茂昌——唐德源的大儿子。

　　唐茂盛——唐德源的二儿子。

　　常　贵——福聚德的堂头。

　　罗大头——福聚德的烤炉的。

　　王子西——福聚德的二掌柜。

　　玉雏儿——卢孟实的相好，胭脂巷的妓女。

　　李小辫——福聚德的灶头。

　　修鼎新——福聚德的"瞭高儿"兼账房；前为克五的"傍爷"。

　　克　五——某王爷的后代，食客。

　　成　顺——福聚德的徒弟。

　　福　顺——福聚德的徒弟。

　　福　子——唐茂昌的"跟包的"。

　　警察、宫里包哈局的执事、中人钱师爷、总统府的侍卫副官、瑞蚨祥的四爷、胭脂巷的女人、送花的伙计、食客等。

第一幕

时　间　1917年。夏。
地　点　前门外肉市"福聚德"。

　　正阳门（又称前门）外，堪称"天子脚下"，人口稠密，市井繁华，京师之精华尽在于此。店铺、茶楼、戏院、摊位鳞次栉比。白天人群熙来攘往，入夜灯火辉煌，历经五百年繁盛不衰。
　　就在正阳门外，俗称前门大街的东边市房后面，有一条胡同，叫肉市口。每天早上天色微明，肉市就热闹起来，本来不算宽的街道两边，埋着沙马杆子，搭着棚子，里里外外摆满了卖猪肉的肉杠子，上面摆着从东四、西四"汤锅"挑来的鲜猪肉。到这儿来买肉的有附近饭馆里的采买，宅门里做饭的厨子，小户人家的主妇，偶尔也有宫里御膳房的太监。讨价还价，你买我卖，声浪纷然。到十点钟左右，肉尽人散，这里酒肆、茶楼的买卖开始兴旺起来。内城里的旗人刚起身，提笼架鸟，带着仆从，结朋携友来喝茶、聊天、听评书，一坐就一天。转眼就到了傍晚"饭口"的时候，肉市口里又换了另一番情景。原来，就在这条小胡同的两边儿，一家挨一家地开着密集的饭馆子，每家馆子都有独特的风味佳肴：正阳楼的涮羊肉、大螃蟹，东兴楼的酱汁鲤鱼，烧饼王的吊炉烧饼，天泰馆的小米粥……最有代表性的，要数声噪京城的烧鸭子（直到解放前后才叫作"烤鸭"）。老字号"福聚德"，就坐在这肉市口里。
　　道光十七年，一个操着山东荣成口音的唐姓后生，在正阳桥头，御用辇路的石板道旁，用两块石头支一条案板，摆了一个卖生鸡鸭的小摊儿。他为人和气，买卖公平，生意越做越精，直至用一枚枚辛苦钱在饭庄林立的前门脸儿买下一小块铺面房，立下他的百年基业。
　　如今，福聚德老唐家的家业已经传到第三代。门脸儿正中门楣上并排挂着三块匾,"福聚德"居中,"鸡鸭店"在右,"老炉铺"在左。这时的福聚德身兼三职:烧鸭子、生鸡鸭、"苏盒子"(当年人们吃春饼的各种熟肉,切好摆放在特制的木盒里,故而得名)。前厅左边摆着两只大木盆,是烫鸭毛用的,赶上旺季,大木盆里边热腾腾地装满开水,旁边坐满了人,一个个手脚麻利地拔着鸭毛。沿墙根,一排木架子上挂着开好生的鸭胚子,那鸭子都吹好了气,抹上了糖色,一只只肥嫩白生,十分好看。前厅右边是福聚德的百年烤炉,红砖落地,炉火常燃。炉口有一副对联:金炉不断千年火,银钩常吊百味鲜。横批:一炉之主。这是福聚德里最富神秘色彩的一隅。当年这座炉和烧鸭子的技术是店里的最高机密,坐在曲尺形柜台后面的账房和二掌柜,除去支应柜上的事,就是牢牢地盯着烤炉,不许任何人靠近。

走进二道门是一个敞堂,两边分别是库房、柜房和开生间,后来又加了两间"雅座儿"。敞堂正中是一面描金富贵花的影壁,前面有个养活鱼的大鱼盆,后边有门通向"热炒"的厨房。(第一幕时除了影壁,其他的还都没有)

幕启时,正当饭口。肉市口里热闹非凡,各家饭庄子的厨灶正在煎炒烹炸,跑堂儿的招呼着客人,食客们磕杯碰盏。这几天,酒肆、饭庄的生意特别好。清朝的最末一个皇帝,在"子民"们"帝制非为不可,百姓思要旧主"的呼声下,由张勋保驾,又坐了"大宝"。紫禁城内外的遗老、遗少们顿时兴奋起来,翻腾出箱底的朝衣,续上真真假假的辫子,满大街跑的都是"祖宗"。按照我们中华民族的传统,表示心情愉快的唯一形式就是"吃",所以,肉市口里回光返照般地闹腾起来。

二掌柜王子西站在福聚德大门口,朝对过儿元兴楼饼铺,用手比画着。(此时,福聚德里还没有面案,饼和烧饼都是外买)

王子西　(比画着)荷叶饼,二百块!来人,去西边取十个烧饼,要热乎的。

　　〔小徒弟福顺应声从王子西手里接过两个竹牌子,一路小跑下。

　　〔一个身穿号衣的警察边喊边上,手里拿着一卷皱巴巴的旗子。

警　　察　挂龙旗！挂龙旗！二掌柜的，你们怎么还不挂？
王子西　嗨，昨儿找了一宿，今天说去估衣铺定一面，又抽不出人来。
警　　察　得了，我卖你一挂吧。（抽出一面）留神！马粪纸糊的。（端详着王）您这辫子怎么瞅着那么假。（用手去揪）
王子西　（叫起来）哎！得，您行好吧，这包炉肉丸子您拿回去熬白菜。
　　　　　［警察接过肉，又叫喊着走了。
王子西　（试着劲揪了揪脑后的辫子）本来就是马尾巴续的。
　　　　　［克五和修鼎新从雅座里出来。这克五是个公子哥儿，家里头大师傅的饭吃腻了，整天在外边泡馆子，是京城里有名的食客。他身后的修鼎新是个"傍爷"，是专门陪主子"吃"的高级奴仆。他会吃，懂吃，能挑眼，各饭庄都知道，要侍奉好老爷、小爷，关键是这些当"傍爷"的。两人穿着清时的袍褂，梳着大辫，和周围气氛格格不入，像是刚从棺材里跑出来的。
　　　　　［常贵在前面殷勤地引着路，王子西在下边迎着。
克　　五　（吃得高兴，满面红光）常巴儿，刚才我上台阶的时候，你怎么说来着？
常　　贵　（马上想起来）我说您是步步登高。
克　　五　嗯，皇上刚坐龙庭就赐我们老爷顶戴花翎、绿呢大轿。
常　　贵　给您贺喜，老太爷保驾有功还得高升！
克　　五　那我现在下台阶呢？
常　　贵　（全凭脑子快）您这叫后辈老比前辈高，五爷您赶明儿得超过老爷子！
克　　五　（大笑）行，常巴儿，你这张嘴，能把烤熟的鸭子说活了。
常　　贵　就怕没伺候好五爷。修二爷，您吃着还顺口吗？
克　　五　比焖炉的香，修二爷你说呢？
修鼎新　（矜持地）还不错。
王子西　二位爷抬举。
克　　五　（撒给常贵一把钱）拿去分分。
常　　贵　（快步走到柜台前，把钱哗啦一声倒在装小费的长竹筒子里）五爷赏下了，咱们喊一声——

［幕后众声："谢克五爷！"］

克　五　得了，得了。（瞅见挂起的龙旗）皇上重登大宝，你们知道啦？

常　贵　知道，知道！您瞅这街面上够多热闹。

克　五　（俨然是个朝廷命官一般）头一天，皇上一口气就下了九道上谕，叫黎元洪退位，他竟敢拒不受命。我们老爷参本，请皇上赐黎元洪自尽。

常　贵　对，叫他自己个上吊。

克　五　可皇上心慈，说刚登基就杀人不好，可是念我们老爷一片忠心，钦赐紫蟒、花翎。

修鼎新　明天，克老爷要在府上扣谢天恩，用二十只鸭子、一只烤小猪。

王子西　是，是，一定准时送到！盼二位爷常来光顾，给小店门面增光。

克　五　（一摆手）修二爷，车来了吗？

修鼎新　候了多时了。

克　五　咱们下站是哪儿啊？

修鼎新　"新盛长"明儿一早开张，今晚上请您去吃头碗"鳗面"。

克　五　（不耐烦地）又是面条子，腻味死了。

修鼎新　这"鳗面"是梁武帝的长公子昭明太子从扬州学来的点心。用鲜活大鳗鱼一条，蒸烂去骨和入面中，清鸡汤轻轻揉好，擀成纸一样薄的面片，用小刀切成韭菜叶宽窄的细条，清水煮到八分熟，加鸡汁、火腿汁、蘑菇汁，烧一个滚，宽汤，重青，重浇，带过桥，吃到嘴里，汤是清的，面是滑的。

克　五　（听得动了心）让你这么一说，咱们就去给他个面子。（忽然打了个饱嗝儿）我也不能刚吃完了又吃啊。

修鼎新　华清池新添蒸馏水沐浴，一律西洋设备，水龙头都是金的，他们经理请您好几回了。咱们先去华清池洗个澡，您歇歇乏，消消食，然后去"新盛长"吃宵夜，您看怎么样？

克　五　你提调吧。

常　贵　二位爷慢走。

克　五　（回过头）常巴儿，下回来我还得考你一样新鲜的，看你小子长进不长进！

常　贵　常贵一定不辜负五爷的抬举。

　　　　　［克、修二人下。

王子西　瞅模样，克五挺高兴，没挑出什么毛病来吧？

常　贵　（只是摇头，口干得说不出话来）

　　　　　［小徒弟成顺机灵地把一碗凉得正可口的茶递过去。

常　贵　（一饮而尽）他说咱们的挂炉烧出的鸭子比焖炉的强。

王子西　谢天谢地！

成　顺　我一看克五那张脸就害怕。听说，有一回他带修二爷去正阳楼吃螃蟹，吃出蒸螃蟹没垫紫苏叶子，一脚就把桌子给掀了，吓得正阳楼两天没敢开门。

常　贵　都知道克五会吃，其实会吃的是跟在他后边的那位修二爷。原先他傍克老太爷，而今又傍克五爷，是个专门会吃的主儿。有一回，克老爷子去便宜坊吃鸭子，嫌擦嘴的手巾把儿硬，这位修二爷脑子快，想起来发面饼了。从那儿以后，咱们烧鸭子饭庄都得预备六瓣荷叶饼供主顾们擦嘴用。

王子西　他是旗人？

常　贵　浙江金华人，专门出火腿的地方。他说金华火腿所以好吃，是因为每做一批火腿的时候，中间一定要夹杂一只狗腿。

王子西　听着都邪性！

常　贵　他说，做什么菜都有这个道理，这叫狗腿——

　　　　　［幕后一个浓重的山东口音叫喊起来："成顺，得了！"

成　顺　（吓得拔腿就往烤炉跑）

常　贵　我听这声不对劲儿。

王子西　兜儿里没银子，烟瘾又犯了，按着点，千万别让那位听了去。（朝挂着门帘的柜房努努嘴）

　　　　　［成顺托着一只枣红色油亮的大烤鸭上，常贵接过来小心地放在一只干净的铁筒子里。

王子西　骡马市东口，大门刘。今天常师傅不去了。

成　顺　（兴奋地）让我片？

常　贵　（点头）

王子西　你留神，片片带皮，一共一百零三片——
成　顺　（接）丁香叶大小，要是片出骨头来，马上打发我回家！（欲下）
常　贵　带两张荷叶饼，万一人家"四圈"没摸完，就得饿你个前胸贴后背。
成　顺　哎！
王子西　打对过儿"全赢德"门口走，把车铃铛摇响着点。
成　顺　哎！（跑下）

〔烤炉师傅——山东大汉罗大头上。他膀大腰圆，剃着光头，一手拿着檀木烤杆，一手提溜着一只鸭子。

罗大头　（把鸭子一扔）我不干了！
王子西　又来了不是？烤鸭、烤鸭，就瞅你这烤炉的，你不干，我们都得散伙。
罗大头　我罗大头自打跟师傅学徒起，没待过这么窝火的饭庄子！二掌柜，今儿什么日子？
王子西　五月十五。
罗大头　算大账的日子！从一早起，两位掌柜的没露过面，一个上武术馆，一个泡戏园子。他们福聚德不想干了，我大头不能跟着一块儿糟蹋手艺！
常　贵　咱们冲老掌柜。
罗大头　我对得起他们。庚子年八国联军烧了前门脸儿，要不是我从大火里抢出这块匾，没有今天的"福聚德"！混到而今，我大罗这兜儿里连个叮当带响的都没有了。我把话说下，今天少分我半成，我拔腿就走！
王子西　我的大爷，小声点嚷。
罗大头　（越嚷越大声）我还是别处不去，专奔对过儿全赢德烧鸭铺。
常　贵　大罗！老掌柜的病着，你是成心要他的命？
罗大头　常头，这不是做买卖的样儿！

〔门帘一挑，钱师爷上。

钱师爷　罗师傅说得有理，对面正缺二位这样的，要想"跳门槛儿"，我给递信。

天下第一楼

罗大头　你是要账来的吧？干什么来的，你说什么，我们哥儿们的事掺和不着你！

钱师爷　你硬气！都是街面上混的人，谁用不着谁？

罗大头　我就用不着你！你小子吃钱使人、拉皮条、当中人，不是老爷儿们干的事！

王子西　钱师爷，我们大罗这几天心里有火，不是冲您。炉肉要"放汗"了，罗师傅，你去瞅着点。（推罗下）

钱师爷　不知好歹。

常　贵　您喝口热的。

钱师爷　（脸一拉）不用。（拿起柜台上的算盘）"同鼎和"的白面是一百大洋；"六必居"的甜面酱是五十；头前儿修鸭堆房，这是三百；加上新进的这批水鸭子，一共是六百二十块。请掌柜的出来见见吧。

王子西　都是老交情，您再抬抬手。

钱师爷　甭废话。

常　贵　您别生气，跟您说句过心的话，我们老掌柜一病，二位少爷轮流坐庄，我们这也是两个人四个主意，不知听谁的好。得，您多包涵了，回去跟几位掌柜的说句好话，再宽限几天，我给您作揖了！

钱师爷　（把眼一瞪）甭来这一套！跑堂的替掌柜的作揖，你不够格！今天了也得了，不了也得了，拿钱吧！

王子西　一个劲跟您说好的，好歹行个方便。

钱师爷　有钱没钱？没钱，别怪我不讲仁义！（把手一招，拥进来四五个人，抬脚就要掀桌子）

王子西　（吓坏了）哎，哎！

［老掌柜唐德源上。

唐德源　（喝住）钱五成！

钱师爷　（收敛）哟，老掌柜？这一向好哇！

唐德源　你是来要账的？

钱师爷　（示意打手们退下）哪儿？我是来贺喜的。您这程子生意多好啊，可不像您老太爷刚买下这块地那会儿。

唐德源　那会儿，你在鲜鱼口人市当"力巴儿"。

钱师爷　（语塞了一下）满北京城谁不知福聚德的烤鸭子啊？得了，您就把这点钱赏下来吧，往后，我好给您办事。

唐德源　回去跟这几位东家说，今天是福聚德算大账的日子，我脱不开身，明儿一早二掌柜带着钱到各柜上去，一笔了清。常贵，包两只大鸭子，叫福顺先送钱师爷回去。

钱师爷　（不敢得罪，就坡下）我谢谢您，鸭子我不带了，拿张鸭票子就得了。

唐德源　给钱师爷取鸭票子，鸭子也带上。

钱师爷　（得了便宜，眉开眼笑）那我就拿着了。老掌柜，您好好养病。二掌柜的，咱们明儿见。（下）

唐德源　（坐下，喘气）

　　　　〔几位客和一个伙计打扮的人进门来。

伙　计　掌柜的，来一个"苏盒子"。

常　贵　"苏盒子"一个——（下）

王子西　你是估衣铺的吧？这几天生意好啊？

伙　计　敢情！头年闹革命党那会儿收的估衣，两天就卖光了，急得我们掌柜的恨不能上棺材里扒去。

王子西　哎，我记得你小子辫子铰了呀？

伙　计　（小声）我是盘上了，革命来了盘上，皇上来了再放下来。

王子西　好，成井绳了。

　　　　〔常贵把一个长六寸、高四寸的圆漆盒子捧上来，打开盒盖。

常　贵　一共十六样，酱鸡块换口条了。

伙　计　（闻了闻）是清酱肉吧？

常　贵　放心，"盐七、酱八"，少一个花椒粒儿都不卖，您就吃去吧！

　　　　〔小伙计捧"苏盒子"下。

王子西　（小心地向老掌柜）天儿不早了，下幌子吧？

唐德源　广和戏散了吗？

王子西　今天晚上全部《龙凤呈祥》，得过十二点。

天下第一楼　　　　　　　　　　　　　　　　　　　　　305

唐德源　再等等。风水先生请了吗？
王子西　请了，他说子时准到。
唐德源　（拿起柜台上公众茶叶筒闻了闻）怎么让大伙喝茶叶末子？
常　贵　（掩饰地）这回张一元来的茶叶末子味儿特别好。
唐德源　（不再问下去）这几天买卖怎么样？
王子西　挺好，今天克五带修二爷来了。
唐德源　哦？没挑什么差池吧？
王子西　没有，订了二十只，还给了不少赏钱。
唐德源　常头伺候的？
王子西　是。
唐德源　告诉柜上，克五爷的赏钱给常贵二成。
常　贵　掌柜的，不用——
唐德源　你家里头紧，不用跟我客气。子西，账都清了？
王子西　清了，您过过目。
唐德源　大少爷、二少爷看过就行了。
王子西　他们……
唐德源　他们俩呢？又没来？
常　贵　啊，一定有什么事耽误了。近来二位少掌柜对柜上的事可挺上心的。南口儿全赢德不是要开张吗？二少爷买了一千头麻雷子，吩咐到那天不等他们放，咱们先放，崩崩晦气；大少爷也憋着一口气，说，非争出个高低来不可！您瞧，二位少爷这心气儿。
唐德源　（未置可否）子西，今天算完账，先把欠的钱拿出来，拉一屁股账还跟对过儿争什么高低！（见王态度不明）嗯？
王子西　（支吾地）啊。
唐德源　子西，你听见没有？
　　　　〔罗大头拎着一只生鸭子上。
罗大头　（边走边喊）这是谁进的鸭子，这不是砸牌子吗？
常　贵　（向罗使着眼色）大罗，你再挑挑，一两只难免。
罗大头　（不理）全这样！这是贪便宜进的病鸭子。掌柜的，这鸭子我不能烤。罗大头的手艺伺候过宫里的太后。知道的，是鸭子不好，不知道的还以为我大罗装熊呢！

唐德源　（拿起鸭子，熟练地捏捏）子西，这一批明儿赶早卖给汤锅，咱们不能用。福聚德有名声，全凭东西好，还是那句老话，"人叫人连声不语，货叫人点手自来。"

罗大头　有您这句话，罗大头气就消了。今晚天真好，我出去遛遛。

常　贵　早点回来，今天是算大账的日子，回头又找不着你。

［罗大头下。

唐德源　大罗那口嗜好还没戒？

常　贵　戒不了，为口烟，把老婆也丢了。

王子西　听说他把老婆卖的那个主儿，人还不错。头年，那个女人还生了个闺女，倒比跟着他强。

唐德源　怎么也是他的结发之妻，老话说，好女不嫁二夫，好货不更二主——（想起刚才的事）子西，这批鸭子是你开的账？

王子西　是二少爷。

唐德源　他整天舞刀弄杖的，哪会看鸭子？你倒是跟着点。

王子西　我是跟着去的，我说——

唐德源　子西，你跟我不是一天两天了，现在柜上的事全仗你，你得挺起来才行；对门再有三天就开张了，咱们的鸭子、葱、饼有一样不好，就是把主顾往人家那边请。

王子西　掌柜的，您跟老爷子待我的好，我一辈子忘不了，可我最近不知怎么了，添了个头疼的毛病，（做作地）疼起来呀，就觉着天也黑了，地也裂了——

唐德源　前几天，你说有个师兄弟？

王子西　啊，卢孟实，学生意的出身，而今是玉升楼的账房。

唐德源　也是咱们那儿的人？

王子西　荣成大卢营的，打小我们就在一块儿，哪天我领来您看看，方眉正脸的，有股子福相。听说，他娘生他的时候，就瞅见吹着打着，八抬大轿里坐着个胖小子……

唐德源　（不想听这些）他肯来吗？

王子西　正是心气儿盛的时候，谁不想往高处走？再者，他跟玉升楼掌柜的有仇，早不想在那儿干了。他来我退，让他掌二柜。

唐德源　这事我再琢磨琢磨。

常　贵　您累了，后边躺会儿直直腰。

唐德源　那俩孽障一回来就结账。（下）

常　贵　二掌柜，我多句嘴，自掌柜的接了柜上的事，一直是"自掌自东"。您是他远房兄弟，拿二柜他放心，那卢孟实可是两姓旁人啊。

王子西　可再这么下去，我撑不住了。最要命的是今天这账，老爷子让我明天去还钱，我拿什么还？

常　贵　这么干，没进项？

王子西　（翻账）大少爷请名角支了五百，二少爷给什么"精武会"捐款，拿走一千。他们跟我要钱，我不敢说不给。老掌柜说我挺不起来，我得听着。没见老掌柜直请风水先生吗？气数要危！有一天，福聚德关了门，还得说是我闹的。

常　贵　老掌柜是个爱脸的人，怎么也得瞒过去。

王子西　瞒过初一，瞒不了十五。

　　　　〔一阵喧哗，车铃声、马蹄声、人生、吆喝声，迭次而起。广和戏园散戏了。

王子西　散戏了，福顺！（见福顺睡着了，踢了一脚）又冲盹儿，快出去！

福　顺　（吓得跳起来，跑到门口）来哟，（打个哈欠）来吃鸭子，挂炉的，脆皮——

　　　　〔三个人走进来。

常　贵　（迎上）几位爷，看完戏了？吃点什么？喝两盅？（让进一个单间儿）

　　　　〔卢孟实上。他三十来岁，人干净利落，走起路来脚下生风，一来就带来一股子生气。

卢孟实　子西兄！

王子西　嗬，说你你就到。常头，这就是我刚才提起的卢孟实。

卢孟实　常师傅，久闻您的大名，一直没得一见，今天幸会了。

常　贵　（打量着这个头是头、脸是脸的年轻后生）您客气了，常贵不过是个伺候人的。

卢孟实　不能这么说！不论写书的司马迁，画画的唐伯虎，还是打马蹄掌的铁匠刘，只要有一绝，就是人里头的尖子。听说，您有一批老主顾，您走到哪，他们跟到哪，哪家饭庄子有了您，等于拉住一批撵不走的客人。

常　贵　您过奖了。（送茶后，去招呼客座）

王子西　怎么，陪玉雏儿姑娘看戏来了？

卢孟实　（一笑）顺带办点事。

王子西　别遮遮掩掩的，出门在外，有个相好的不为过，别当真格的就成了。

卢孟实　我真是找她打听事的。我听说内联升有本不对外的秘本《履中备载》，你知道吗？

王子西　没听说过。

卢孟实　他们把北京城里王公亲贵们的穿鞋尺寸、爱好式样，全记下来了。

王子西　这是干什么？

卢孟实　比方说，贾府的老爷想巴结李府的老太爷，送双千层底、锦绣帮儿的官靴，就到内联升如此这般一说，内联升保险做一双正可李家老太爷脚的靴子，这份礼送得就又体面又可心。

常　贵　您是想……

卢孟实　我想咱们的饭庄子要是把北京城里头这些大宅门里老老少少的喜庆日子都记下来，碰上"三节两寿"，咱们人到礼到，人家订咱们的酒席，早有准备；不订，送一盒子寿桃、寿面，让人家心里痛快，知道咱们细致周到，以后多有光顾。

王子西　你就是爱出幺蛾子，就是你们那个掌柜的不值当为他下这么大的心。

卢孟实　（长出了口气）

王子西　拿人不当人，要不大伯他不至于就……

卢孟实　（不愿提伤心事）也是他太老实，要是我——

　　　　　〔风水先生上。

王子西　先生来了，我们掌柜的候您多时了。

风水先生　子时还未到。

唐德源　我请先生来，是想——

风水先生　（打断）不必开口，先带我看看您的福宅。

唐德源　请。

风水先生　本家不要动。

唐德源　子西，你领先生去，我陪卢先生。

王子西　孟实，这就是老掌柜的。

　　　　　〔王子西陪风水先生下。

卢孟实　老掌柜，孟实给您请安。

唐德源　不敢当，坐。你刚才说的我都听见了。

卢孟实　我和子西兄这儿瞎聊，让您见笑了。

唐德源　想得不错，你把这些都对我们说了，不怕我们抢了玉升楼的生意？

卢孟实　船多不碍江，有比着的，才见长进。

唐德源　好。有个事，我想听听你的主意。

卢孟实　您说。

唐德源　就在我们对过儿，有家烧鸭饭庄要开张，门脸儿和我们一模一样，连屋里的椅垫子、门口遮阳的帐子都不差分毫。那边掌柜的，原来是我这儿管账的；那边掌灶的，是我歇了工的。这家字号叫"全赢德"，意思是全部地要赢过我们福聚德去。你说这件事，要是你怎么办？

卢孟实　到瑞蚨祥扯两丈红绸子，做个大大的红幛子，写上"前门肉市福聚德全体同仁贺"。到全赢德开张的那天，掌柜的领头，雇一副锣鼓吹打过去贺喜开张，祝告生意兴隆。

唐德源　为什么？

卢孟实　咱们是江湖买卖，不干欺生灭义的事。有本事，买卖上见。

　　　　　〔风水先生边说边上。

风水先生　好地方，好地方，风水宝地啊！前临驰道，背靠高墙，尤其

　　　　　一边一条小胡同,这胡同叫什么名字?
唐德源　井儿胡同。
风水先生　"井"字,看看,低了就掉井里头了。
唐德源　您是说——
风水先生　房子太低,够不着福气!得在这儿起一座楼,两条胡同正是两杆轿杆子,这是一顶八抬大轿哇,前程无量,前程无量!
唐德源　先生,您说得盖楼——(见人多不便)请后边用茶。
　　〔唐陪风水先生下。
卢孟实　(半思忖半自语)他说这儿是一顶轿子……
王子西　嗐,说是金銮殿也没用。
卢孟实　生意还不景气?
王子西　没有上心干的人。哎,对了,有件事我一直想跟你商量——
　　〔福聚德的大少爷——少掌柜唐茂昌上,后面紧跟着捧角——"跟包的"福子。
唐茂昌　(边走边唱边琢磨)"刘备本是靖王的后,汉帝玄孙一脉留——"
福　子　(用嘴打着锣鼓点过门)
唐茂昌　这个"一"字,还是谭鑫培谭老板吐得好。
福　子　您这个"一"字,另有一股味,余派,余老板的味。
唐茂昌　是吗?(唱)"一脉留——"福子,我想把今晚上这几位角儿都请来。你说,他们来不来?
福　子　福聚德少掌柜的请客,他们准来!
唐茂昌　我得拜个师。
福　子　您要"下海"?
唐茂昌　老这么着不行,得让梨园行的捧捧我。
福　子　说不定,这几位老板陪您唱一出呢?
唐茂昌　(越想越乐)福子,这件事你要是给我办到了,福聚德你自由来往!
福　子　(眉开眼笑)谢唐老板!
唐茂昌　(接过常贵送上来的小茶壶)二少爷呢?
常　贵　还没回来呢。

天下第一楼　　　　　　　　　　　　　　　　　　　　311

唐茂昌　（发现卢孟实）这是哪位呀？

王子西　玉升楼的，我师兄弟卢孟实。

卢孟实　（迎上去）唐掌柜，我听过您的《乌盆记》。

唐茂昌　（顿时来了精神）哦？

卢孟实　在天盛，您那段反二黄，真有味，扮相也好。

唐茂昌　那天眉毛吊得不好，一高一低，您在台底下看出来没有？

卢孟实　（顺情说好话）没有，一点儿不显。

唐茂昌　嗓子也不太好，直"冒"。

卢孟实　您是"云遮月"的嗓子，调门儿低点好。

唐茂昌　哟！您跟余老板说的一样！（得遇知己）下礼拜，我有一出《探母》，我给您留座儿。

卢孟实　那太好了，（信口）我就爱听您的戏。

唐茂昌　（拉住）别走，咱们一块儿吃饭，您给我提提。

卢孟实　都是什么时候了，吃饭？

唐茂昌　我逢看戏、演戏都不吃饭；常贵给这位大爷拿只好鸭子带上。

卢孟实　谢谢您，鸭子我不带了，您记着我的座儿。（下）

唐茂昌　哎，让我的车送送！（思忖）这位怎么这么面熟啊，谁啊？

王子西　他是玉——

唐茂昌　（忽然想起来了）噢！瞧我这记性？玉连成那个唱小生的！

王子西　（无奈地）魔障了。

唐茂昌　（自语）有专听我的戏的，（兴奋起来）就这么着了，福子，明天下帖请他们，一个不许落。

福　子　这事我包了！嘿嘿，唐老板，我还没吃饭哪。

唐茂昌　常贵，包只鸭子给福子带走。

王子西　少掌柜，老爷子来了，在里头躺着呢。

唐茂昌　嗯。（整整衣服，下去见爹）

　　　　〔福子挑了一只大鸭子，乐颠颠地下。

王子西　还不如搭棚舍鸭子呢，倒落个好名声。

常　贵　（打着苍蝇）唉，不是做买卖的样儿啊！

　　　　〔忽然，后院里咚的一声，吓了两人一跳。

王子西　二少爷回来了！这个更邪，有门不走，跳墙。

　　　　[唐茂盛上。他一身武侠打扮，灰色缎子裤褂，腰间系一条宽丝板带，带穗上绣着一朵绿色的牡丹。

唐茂盛　听见响儿了没有？

王子西　听见了。

唐茂盛　（遗憾地自语）还得练轻功。常贵，不是这样打苍蝇。你看看，（运气）来了，来了！（拿起桌上的筷子"啪啪"夹住两只）得这么打。

常　贵　二少爷，我不会。

唐茂盛　不会，学呀！我也打得不好，我师傅往那儿一站，苍蝇就往身上飞。

常　贵　许是他刚吃完鱼。

唐茂盛　哪儿呀？用气。丹田气冲顶，嗳——（摆起架式）

　　　　[唐茂昌上。

唐茂昌　（厌烦地）要练，上西郊野地。

唐茂盛　你甭管我，你有你的嗜好，我有我的稀罕。

唐茂昌　看看你这身打扮，要学，学学林冲，人家懂得"夜尽更筹，听残滴漏"。王胡子算什么？草寇。

唐茂盛　（急了）你说王胡子是草寇？我告诉你，头年菜市口杀王胡子，我亲眼见过，人头落了地，还瞪着眼，张着嘴，把黄土地啃起一溜黄烟，是条汉子！

唐茂昌　得，得，我不跟你争，爹叫你呢。我劝你趁早套上件大褂，省得挨骂。

常　贵　（把一件大褂递过来）穿上点吧，二少爷。

唐茂盛　（不屑地披上大褂，下）

唐茂昌　（无精打采地）搭桌子。

　　　　[几个客人从小单间里出来，都有些醉。

甲　（争抢着）四哥，账我付。

乙　怎么着，看不起你四爷？一进门我就说了，我的东！

丙　（掏出一把钱塞给常贵）算账。

乙　　　（一把按住）不行！

常　贵　几位爷好义气！天子归位，连天好戏，几位明天还来，听完戏还是我这儿喝酒，轮流坐庄，怎么样？

甲　　听堂子的，今天四哥，明天该我！

常　贵　好嘞！一共两块二毛六。账到柜！慢走。

　　　　［几个人说笑笑下。

　　　　［几个徒弟把一张桌子摆在厅堂里，桌子放着账簿、笔砚、算盘。

　　　　［幕内，唐德源和二儿子吵起来，唐茂盛气呼呼地上。

唐茂盛　不愿意看见我？我还不愿意回来呢！别把我逼上五台山！

唐德源　（追上）远远儿地走，唐家三代正经买卖人，不缺你这样的！

　　　　［众人劝住。

唐德源　（气呼呼地）结账！

　　　　［唐家兄弟坐在桌子后面，唐德源靠在旁边的一张太师椅上。

唐茂昌　（向王子西）叫吧。

王子西　（打开账簿）都在二院候着，不叫的不许进来。常贵！

常　贵　（走到桌前）

唐茂昌　（翻翻账）常贵，这半年，你干得不错，按说该多分点，可眼下柜上手头紧，你是庄子里的老人儿了，拿一成零钱吧。

常　贵　（动了动嘴，欲说又止）哎。

唐茂昌　常贵，你有借支啊。五月你老婆病借三十，后来你五小子病又借二十，加起来就是五十，刨去借的，你还欠柜上二十块。

王子西　（在唐茂昌身边说了些什么）

唐茂昌　听说你家人口多，手头紧，可柜上也紧，容你半个月，下月还清。

唐德源　分三个月还吧。

常　贵　谢谢好掌柜。

唐茂昌　（瞥了父亲一眼）下一个。

王子西　先叫成顺吧，大罗还没回来。

成　顺　（站在桌前）

唐茂昌　这半年干得不错，送你大洋十块。（看看成顺的表情）不少了，别的饭庄子学徒的哪有零钱花？你得知足。
成　顺　我知足。
唐茂昌　钱在柜上存着，别乱花，什么时候用什么时候取。下一个。
　　　　［罗大头上，他吸足了烟，劲头儿不一样。
罗大头　掌柜的，该我了是不是？
唐茂昌　（例行公事）你这半年干得不错，该多分点，可柜上欠着账，拿不出多余的钱来，大家都得担负着点。
罗大头　（讨厌绕弯子）明说，你给多少吧？
唐茂昌　一成五。
罗大头　（顺手抄起烤鸭子的杆子，连上边勾着的鸭子一块儿扔出窗外）您另请高明吧！（掉头就走）
王子西　大罗！大罗！
唐茂盛　（不受这个）拿糖是不是？我还是不吃这一套，要走你就——
唐德源　（喝住儿子）大罗，你回来！
罗大头　老掌柜，你早晚耽误了这份买卖！（下）
唐德源　账先不结了！（对伙计们）你们先去吧。
　　　　［场上只剩下父子三人。
唐茂盛　不就是抢出来这么块匾吗？有功似的！全是您和我爷爷惯的。摔掌柜的，他也太——
唐德源　你住嘴！把账给我。
唐茂昌　（递过账簿）
唐德源　我问你，这半年透支多少？红利多少？结余多少？
唐茂昌　账是王子西算的，我看了，没记住，大概是——
唐德源　（打断，对唐茂盛）你说。
唐茂盛　（索性地）大哥看了，我没看。
唐德源　一笔糊涂账！你们就这样当掌柜的？你们这是存心要把祖宗留下的这份产业糟蹋喽！
唐茂昌　爹，您也病着，犯不着发这么大的火。说实话，我们俩各有所好，就是不愿意伺候这些个鸭子。
唐德源　混账！说话不摸摸脑袋，你们哪个不是吃鸭子饭长大的！你爷爷十四岁进京，两条板凳支一块案板起的家。买下这块地那年，正好生了你，爷爷给你起名叫茂昌，为的是咱们唐家祖祖辈辈守住这份家业。

唐茂盛　谁也没说把福聚德给卖了。

唐德源　你别说话！看看你那样儿；你妈就是生你落下病死的，不如不要你这个孽障。

唐茂盛　嗬，您这话也太绝户了，没有我您活不到今儿。

唐德源　你这个不孝顺的东西，你给我走！

唐茂盛　我不孝顺？！您看看！（一把搂起袖子）这是什么？（胳膊上有一条伤疤）"割股疗亲"，大哥你唱的戏里头有吧，那是假的，这是真格的！上回爹久病不起，是我割了这儿一块肉，放在您的药锅里，您才好的。

唐德源　（睁大了眼睛，说不出话来）

唐茂盛　明白了吧？我的肉当药引子，您喝了病才好的。

唐德源　（忽然一阵恶心，大叫一声，大口大口地呕吐起来）

唐茂昌、唐茂盛　爹，爹！

　　　　［众人上，有的捶背，有的掐人中。唐德源依然呕吐不止，人渐渐支持不住了，众人都慌了手脚。

唐德源　（断断续续，声音微弱）子西——

王子西　我在这儿，掌柜的，您得挺住了，大夫这就来。

唐德源　（挣扎起来）我，不要大夫，去，快去请卢——孟——实……

唐茂昌　（惊诧）卢孟实？那个唱小生的？！

　　　　——幕落

第二幕

第一场

时　间　三年后。
地　点　福聚德。

　　在福聚德三间门脸儿的地皮上起了一座大楼。楼下的敞堂还是当初的样子，舞台左侧搭起一道楼梯，登梯上二楼是呈"冂"形的十余间单间雅座，每间窗棂上都雕着花，有的还没来得及上漆，露着白木茬。新油的门柱，上灰勾缝的砖墙，四白落地的厅堂，挂在正中的金字老匾，十分气派。

　　〔幕启：清晨，福聚德的伙计们还在酣睡。王子西上。

王子西　起，起，天都大亮了。

　　〔伙计们从各个角落里爬起来，罗大头从楼上的雅座出来，伸着懒腰。小福顺把自己捆在柜台上，怎么也起不来，急得直叫。

福　顺　成顺师兄，快点帮我解开。
王子西　等等，我说你干吗哪？
福　顺　柜台太窄，睡着就往下掉，我就——
王子西　花花点子还不少，把这脑筋往学买卖上用点，你就阔了。
　　〔给他解开。
福　顺　（一骨碌爬起来，规规矩矩地站着）
王子西　还不赶快干活？叫二掌柜看见，马上让你"打回封"。
　　〔伙计们忙活着把被褥抢进里间，扫地、捅火、挂幌子……
王子西　（照例吩咐）今天新楼头天上座，都精神着点，晌午没定座，晚上大掌柜拜师学艺，十四间雅座都换大席面——
　　（看见成顺从后面提溜活鸭子）留神它叫唤，二掌柜还没起哪！
罗大头　哎，搅了卢二掌柜的鸳鸯好梦，马上叫你小子"打回封"，走人。
成　顺　您瞅！（鸭子头夹在腋下，一只手攥着鸭嘴）
罗大头　（对王子西朝后院眯眯眼）那小娘儿们昨晚上又没走。

王子西　（笑笑）你少管闲事。（继续吩咐）挑好的先开四十只，告诉对门元兴楼、泰丰馆，晚上准备四百张荷叶饼，二百个吊炉烧饼，随叫随上要热乎的，赶早去天桥把昨天的炉肉折箩卖了；盯着熬粥、剥葱、砸烂蒜。（分配完活，他照例要去遛早儿、吃点心）

罗大头　三掌柜的，问你个事儿。

王子西　你说。

罗大头　前儿个来试工的那个厨子李小辫儿，今晚上来不来？

王子西　来呀，二掌柜说了，咱们而今起了楼了，是正经饭庄子，"鸭四吃"太老套了，得添热炒。

罗大头　听说，赶明儿提他当灶头？

王子西　（连忙回避）这事我可不知道，聘工请人的事归他。福顺，看住"抓彩"的匣子，不吃饭不许抓。

罗大头　（火上来了）弄个"跑大棚"的二流子货跟我争，你们可留神我参刺儿！

王子西　这两天二掌柜的正为盖楼欠的债犯愁，你可别找不顺序。

罗大头　我举荐的卢二群，地道"荣成帮""抓炒王"王玉山的大徒弟，他为什么不用？

王子西　人家有话，凡是跟他们姓卢的沾边的，一概不用。

罗大头　这就显得他清白了，别让我——

王子西　哟，尽跟你聊了，差点误了我的热萝卜丝饼。

罗大头　萝卜，有什么吃头？

王子西　这你就外行了，好像牙萝卜绵白糖，掺上青红丝，玫瑰桂花蜜，上等猪板油和的皮子，上炉一烤，说是酥心的吧，它馅是整的，说不是酥心的吧，入嘴就化，去晚了就吃不上热乎的啦！（边说边笑着下）

罗大头　老泥鳅！福顺，买炸果子去。

成　顺　（机灵地端着热油条上）师傅，刚出锅，脆的。

罗大头　（边吃边琢磨）李小辫儿，还他妈的梳小辫儿。

成　顺　（捧着一碗豆浆递上来）听说这老头子倔着呢，说死也不铰。

罗大头　八成是辫子兵逃跑那年，大街上捡的。（大笑）

福　顺　（煺着鸭毛）人家说他会做"满汉全席"。
罗大头　呸。胳肢窝里夹菜刀，跑堂会的，什么好货！也就是他——（往后一指）请来当爷爷，我告诉你们，要是跟这路货学走挤了，这辈子甭想出头。你听见没有？（用手指重重戳一下福顺的额头）
福　顺　（被戳得差点摔进热水盆里）哎哟！
常　贵　（提开水壶上）叫唤什么？不懂规矩！
福　顺　（委屈地）不是我——
常　贵　又嘴硬，昨儿的事，二掌柜还没问你呢。
　　　　〔一个衣履整洁的小后生上，手里抱着一精巧的竹筐，里面装着整枝的晚香玉。
后　生　大爷，您柜上订的花，给您送来了。
罗大头　这儿除了鸭子就是老爷儿们，没人要这个。
后　生　没错啊，肉市福聚德——
常　贵　（想起）许是玉雏儿订的，你等等，我问问去。（下）
后　生　（端详着大楼）大楼起得不赖呀，还带抓彩哪。（伸手）
福　顺　哎，你吃饭吗？
后　生　嗬，抓个粉盒儿、腿儿带的，我还没地方放呢。
　　　　〔玉雏儿随常贵上。
玉雏儿　小生子，你来了？
　　　　〔这个玉雏儿，人生得并不漂亮，但眉目间透着一种妩媚，一股聪慧；一身月白纺绸袄裤，清素淡雅中透着俏丽。
后　生　晚香玉给您送来了，您瞅瞅，七个须，八个瓣儿，多大朵儿。
玉雏儿　（拿起一枝闻闻）嗯。
后　生　这对玉兰花，是我们掌柜的特意挑出来的，送您闻香。
玉雏儿　（别在胸前）替我谢谢你们掌柜的。（掏出一个红封包）这你拿着。
后　生　您又给钱，谢谢您。（下）
玉雏儿　福顺，先养在水盆里，晚上一个桌插五枝，有黄叶儿记着掰下去。（四周看看）楼上门帘还没挂上？

天下第一楼　　　　　　　　　　　　　　　　　　　　　　　　319

常　贵　照您说的，浆去了，一会儿就送来。

玉雏儿　（欲上楼）

常　贵　这有卢掌柜的一封信，您给带去吧。福顺，跟玉雏姑娘上去看看还有什么不齐全的地方。

　　　　［玉雏儿、福顺上楼，下。

罗大头　嗬！成内掌柜的了，弄什么晚香玉，一股"窑子"味儿。

常　贵　你别看不起人，八大胡同的"堂子菜"在北京也是一绝。

罗大头　别让她吹了，白送我都不吃。

常　贵　你也太金贵了，宫里头的大阿哥吃了都叫绝，所以才送了她这个诨名叫玉雏儿，那意思是比宫里的御厨儿不在以下。

罗大头　福聚德算是发了，弄个婊子掌内柜，请个"跑大棚"的当灶头。常头，下半晌那个什么小辫儿就来了，咱爷儿们给他点颜色儿看看。

常　贵　（倒着开水，声音不大，却有分量）你手里又富裕了，是不是？

罗大头　自从他卢孟实掌二柜，我大罗够服帖了吧？他怎么老瞅不上咱爷儿们？

常　贵　就瞅不上你这个吃、喝、抽、赌、吹的人性。

罗大头　嘿！"勤行"里的大厨子哪个不这样？

常　贵　说白了吧，卢二柜就怕干咱们这行的让人瞅不起。

罗大头　瞅得起又怎么样？！他爸爸不是让玉升楼的掌柜给——

常　贵　大罗！你嚷什么？不要饭碗了！（解下围裙）

罗大头　你上哪？

常　贵　昨儿发的卖鸭血钱，家里头的在外边等着，小五又病了。

罗大头　你这一辈子就给那窝小的奔了，长大哪个也不孝顺你。

常　贵　指他们孝顺？我尽我的心吧。（下）

罗大头　成顺，李小辫来了，你先给他个下马威。

成　顺　哎！我就说我师傅是福聚德的顶梁柱子，名厨驼背刘的徒弟，御膳房烤炉孙老爷子的正宗。

罗大头　（满意地）嗯，他要问是哪派呢？

成　顺　什么哪派？

320　戏剧卷

罗大头　傻了不是?!厨子分两派。一是大帝派,讲究色、香、味、形,文火细烧,原汁原味;一是菩萨派,讲究小打小敲,急火短炒,油重味浓,实惠造福。

福　顺　您呢?

成　顺　(机灵地)还用问,当然是大帝派。

罗大头　嗯,詹王大帝。

福　顺　不懂。

罗大头　就他妈的懂吃!说的是老年间,三皇五帝那会儿,有一天皇上山珍海味吃腻味了,把厨子头詹大叫上金殿来,问他天下什么东西最有味。詹大连想也没想,张口就说,盐最有味。皇上一听就急了,一拍惊堂木:"废话!这是戏弄本宫,拉下去砍了!"

福　顺　杀了?!

罗大头　杀了詹大。御膳房的三千厨子可不干喽,大伙捏咕好了,打那天起,谁炒菜也不放盐。皇上吃了不到两天,就认可了,天下真是盐最有味。为了给冤死的詹大出气,厨子们叫皇上让位七天,尊詹大师傅为詹王大帝。"詹王"就是咱们厨子供奉的祖宗,打那——

[卢孟实暗上,他见所有人又在听罗大头神聊,心里不满,咳嗽了一声。这一声很起作用,所有的人都立时忙活起来,连罗大头也拿起一根烤杆,漫不经心地端详着,嘴里解嘲地哼起了小调儿。

卢孟实　(两眼在店里一扫,顺手在烫鸭毛的木盆里沾了一下)这是烫鸭子的水吗?兑开水!

[成顺提起一壶开水兑进去,木盆里腾起热气。

卢孟实　(对福顺)下手。

福　顺　(把手下到滚水盆里,马上又拿出来。抬眼看看卢孟实,第二次放下去)

卢孟实　(厉声)再兑!下手!

福　顺　(咬着牙再次把手下到水盆里,很快烫得把手抽回来)下不去了。

卢孟实　下几把了?

福　顺　三把。

卢孟实　三把鸭子，两把鸡，记住喽！（接过成顺的毛巾擦干手）福顺，昨儿个，鸭子是你送的吧？

福　顺　（连忙解释）我没送错，西总布胡同65号，吴——

卢孟实　一句一句的，讲清楚了。

福　顺　昨天晌午十二点，三掌柜让我往西总布胡同65号送两只鸭子。我到那儿一看，是个大杂院，笼屉里蒸的窝头都是杂色的。我挨家问哪位吴大爷要鸭子，那些人直拿眼翻我。有个小子，说我是成心寒碜人，动手要打我。

卢孟实　实话？

福　顺　我要是说瞎话，天打五雷轰！

卢孟实　请三掌柜的来。

罗大头　这会儿啊，八成刚出致美斋。

　　　　〔王子西提着一个小红蒲包，匆匆上。

王子西　（知道自己回来晚了，讪笑着）就为等这炉热萝卜丝饼。孟实，你瞅瞅，跟六国饭店厨房里的小六角瓷砖似的，都连着个儿哪，尝尝。（递过去）

卢孟实　（不喜欢这套）我吃早点了。

王子西　留俩给玉雏儿姑娘啊。

卢孟实　（更不喜欢这种不合场合的玩笑）昨天送鸭子的电话是你听的？

王子西　是，听得真真的。声音挺年轻，说话文绉绉的。

卢孟实　这就怪了，你说没听错，他说没送错，这两只鸭子怎么下账？

王子西　肉烂在锅里，不是没糟践吗？

卢孟实　（拿起算盘）送鸭子的脚钱，烤鸭子的工钱，没卖出原价的损耗钱，加一块儿是四块六毛七。我这人不蔽着掖着，柜上起大楼欠着一笔子债，该算计的就得算计。

王子西　（闷声不语，脸耷拉得老长，嘟囔着）谁家的小王八蛋在这儿捣乱……

　　　　〔玉雏儿自楼上下。

玉雏儿　得了，得了，这账归我出。子西大哥，楼上有两扇窗户没钉结实，您看看去。

［王子西下。众暗下。

卢孟实　以后额外的账都归你出。

玉雏儿　（一笑）把人都得罪光了，坐上"轿子"也没人抬你。（打开手绢，把一块玉佩递给卢孟实）

卢孟实　怎么在你这儿？（接过）

玉雏儿　你掉在床底下了。

卢孟实　（抚摸着玉佩）昨晚上怎么也睡不着了，想起小时候，娘为我买这块轿子形的玉佩，走遍了卢家营大集，我却拉着娘，哭着要吃榆钱糕……

玉雏儿　如今总算没让老人家白为你操心。

卢孟实　可惜他们都没活到今天，爹死在人家秤砣底下……

玉雏儿　（怕惹卢伤感，岔话）门口那副对子想好没有？

卢孟实　我托人请修二爷写去了。哎，我说，我把这个修鼎新请来当"瞭高儿"的好不好？

玉雏儿　（拾掇着柜台）怕他拉不下脸来。

卢孟实　克家被抄了家，他连嘴都混不饱，还顾得上脸！哎，我想把楼上这些雅座都起上名字，按次序，什么"一帆风顺""五子登科""六六大顺"……

玉雏儿　（笑嗔地）盖楼的钱还没还上，又出幺蛾子，今天可是钱师爷要账的日子。

［卢孟实望望四周，与玉雏儿耳语。

玉雏儿　小心别露馅儿吧。

卢孟实　我叫你包的银包呢？

［玉雏儿朝柜下努努嘴。

卢孟实　还挺像。

玉雏儿　你可真胆大。

卢孟实　不胆大，敢勾引八大胡同的人尖儿？（拿起玉雏儿的手）这金戒指不好看，明儿我给你打个翠的。

玉雏儿　（抽回手）别嬉皮笑脸的，谁知道你是真的还是假的？

天下第一楼

卢孟实　我起誓——

玉雏儿　得了，不怕你老婆找了来?

卢孟实　我休了她。

玉雏儿　她要是给你生个一男半女呢?

卢孟实　瞅她那丑样儿，生出来也是个怪物，我不要，(附在玉雏儿耳旁)我等着你，你得给我生个儿子……

玉雏儿　去!(把信交给卢孟实)刚来的。

卢孟实　我不看。

玉雏儿　万一有什么事呢?

卢孟实　(漫不经心地看信，渐渐激动起来)这丑八怪还真生了……真生了个儿子!我有儿子啦，你看。

玉雏儿　(妒嫉、羡慕交集)是吗!

卢孟实　(兴奋地)常贵!告诉灶上，晚上添俩好菜，我出账，我得儿子啦!

常　贵　这可是大喜!那年我得小五儿，还请了三桌哪。二掌柜，这得摆席请客呀。

卢孟实　请，我请你们坐席吃八碗。玉——(这时才发现玉雏儿不在了)

王子西　走了。

　　　　[卢孟实笑着摇摇头。

常　贵　(上)二掌柜，全赢德知道咱们大楼头天上座，他们减价二成。

卢孟实　哦?子西兄，开张抓彩的广告你登报了没有?

王子西　没有，我老觉得饭庄子抓彩头，不对劲儿。

卢孟实　嘻!常头，你说行不行?

常　贵　头年，泰丰楼开张倒也这么干过。

卢孟实　常头，你看住门口儿，有要紧的主顾千万拦过来。

常　贵　放心吧。刚才当家的说，多亏昨儿个您派人给家里头送钱，要不小五就烧坏了，常贵这辈子感激不尽。

卢孟实　孩子缓过来没有?

常　贵　已经不烧了。柜上也不富裕，这钱我一准还上。

卢孟实　(一摆手)欠债归欠债，该花的就得花，常头，你对福聚德有

　　　　功。李小辫来了吗?
常　贵　在后院候了多时了。
卢孟实　成顺,去把罗师傅换下来。
　　　　［李小辫上。他五十开外,干瘦精明,脑后边垂着一条细小的辫子。迎面碰上罗大头,欲打招呼。罗不理,大模大样地坐到正当间。
卢孟实　这是新来的李师傅,今晚上掌灶,厨房里的事由李师傅支配。灶上的事归大罗。常贵,你把晚上的菜唱唱。
常　贵　(清清嗓子,有板有眼,如钢板剁字)拌鸭掌七寸、七寸糟鸭片、卤生口七寸、七寸鸡丝黄瓜、炸瓜枣七寸、七寸糟溜鱼片、清炒虾仁七寸、七寸油爆肚仁、烩两鸡丝中碗、中碗烩四喜大扁、烩什锦丁中碗、中碗烩"总理各国事务衙门"。
李小辫　劳驾,您把后边这菜再唱一遍。
常　贵　烩"总理各国事务衙门",时新菜名,就是大杂烩。
李小辫　噢,杂烩。
常　贵　三掌柜,鱼到了吗?
王子西　养在影壁前头木盆里。
常　贵　(接唱)干烧活鳜鱼两尾,扒鱼唇三斤两盘盛,葱烧海参三斤两盘盛,汤烧肘子两大个,鸭骨熬白菜两出海,什锦八宝豆泥,三不沾,带四鲜果、四干果、四蜜果、四看果,进门点心,干们碟儿。齐了!
卢孟实　烧鸭子每桌两只;荷叶饼、烧饼、小米粥随叫随上;爷儿们桌加"老虎酱",女客桌上绵白糖。今晚上给大掌柜的拜师学戏,来的都是梨园行的名角,大伙好好干,我向东家要赏。福顺,给我开饭。(下)
　　　　［李小辫系上"二尺半",到大木盆前边捞起一条活鱼。
罗大头　(阴阳怪气)鳜鱼有十二道刺儿,就是十二属相,万一被本命的那道扎着了就得玩儿完。
李小辫　(把鱼往地上一摔,鱼被摔死)会拾掇的,不能让它扎着!
罗大头　听说过吗?宫里头挂炉烧鸭子的孙老爷子,是我师傅。

天下第一楼

李小辫　（不动声色）当今宣统皇上的御厨是我师兄弟。
成　顺　（上）师傅，鸭子该"燎裆"了。
罗大头　（大喝）拿烤杆来！
　　　　［罗大头托起檀木烤杆，从鸭架上轻轻一挑，挑起一只生鸭胚，鸭背朝着烤炉，快手把杆向上一抬，前手往右一拧，挂钩倾斜，悠着劲儿往炉膛里一送，鸭身荡起，飘过火苗儿，稳稳当当地挂在炉子的前梁上。
　　　　［看着的徒弟不觉叫起好来，罗大头满脸得意。
　　　　［李小辫"刷"地从怀里抽出一块红绸子，"哗"地铺在切冷菜的案垛子上，从柜里拿出一块清酱肉，"当、当、当"，手起刀落，肉切成薄片，倒成一个月牙形。李小辫把肉片摆进碟子，托起红绸，鲜红的绸面上，连个肉渣儿都没有。
　　　　［众人不禁赞叹。
罗大头　（不屑）绸面切肉，天桥的把式。"满汉全席"，会吗？
李小辫　玩过几回。
罗大头　多少菜式？
李小辫　一百零八样。
罗大头　为什么取一百零八样？
李小辫　三十六天罡，七十二地煞，天上地下无所不包的意思。
罗大头　特色呢？
李小辫　冷、热、甜、咸、荤、素六样；寿酌不用米饭，喜酌不用桃包。（白了一眼大罗）其实也是百里搭席棚，中看不中吃的玩意儿。
　　　　［罗大头正要借机性起，一个宫里打扮的人飞奔而至。
宫　差　谁是掌柜的？宫里包哈局的执事到了，快点迎着！
王子西　快去请掌柜！
常　贵　大少爷上蟠桃宫赛车去了，请二掌柜的应酬吧！
王子西　你们都先回避。（众人下）
　　　　［卢孟实边穿马褂边上，飞迎上刚进门的大执事。
卢孟实　（行清礼）给大执事请安。
执　事　免了。嗬，什么时候楼都盖好了？老掌柜的呢？

卢孟实　老掌柜唐德源过世了，我是福聚德的二柜卢孟实。

执　事　明天宫里头要用鸭子。

卢孟实　是。

执　事　二十只，午时三刻从西华门进宫，先交包哈局验查，再送御膳房。

卢孟实　是。

执　事　有腰牌吗？

卢孟实　有。

执　事　叫送鸭子的带好腰牌，千万不能误了时辰。

卢孟实　您放心，保险误不了。（双手奉茶）

执　事　（喝了一口，打量卢）哪儿人哪？

卢孟实　山东荣成大卢营。

执　事　乡下这两年好吗？

卢孟实　倒是不愁吃喝，大执事想到乡下玩玩？

执　事　万一冯玉祥再往宫里扔炸弹，咱们也得找个去处啊。

卢孟实　您真会说笑话。

执　事　这可不是笑话，哪天紫禁城不叫住了，我就先奔你这儿，好歹是本行。（呷了口茶）昨天你们是不是接了个电话，让往西总布胡同送鸭子？

卢孟实　我们马上就送了，可没找着人。

执　事　上哪儿找人去？是皇上打着玩的。

王子西　哟，敢情是皇上，我还以为是谁家小——（忙自己打嘴巴）

执　事　这两银锞子，算是内务府给你们的赔偿。

卢孟实　这可不敢当，皇上通过的电话，我们马上摆香案供起来。

执　事　（悻悻地）民国了，没那么多说头了，咱们回客。

〔几个民国士兵迈着僵硬的步伐上，后边跟着总统府侍卫处的一个军官，常贵跟着。

常　贵　王副官，您怎么往全赢德去哇，您不照顾我们了？

副　官　你们这儿太贵？

常　贵　贵人吃贵物，东西好哇！

天下第一楼

卢孟实　就为您，我特意请了一个大厨子，原来同合居的头份红案。
副　官　我就听你这张嘴，就饱了。（发现大执事）这位——
卢孟实　（小声）宫里包哈局的大执事。
副　官　哦?

　　　　〔大执事正在琢磨怎么和这位政府官员打招呼。

副　官　（朝大执事行了个军礼）您好!
执　事　啊，您好!（却不知该怎么还礼）
副　官　您别动。刚才那个礼是民国的，这个才是奴才我的。（说着按清礼请安）
执　事　（就势扶住）快免了吧。
副　官　当今"上边"好?
执　事　好。徐大总统好?
副　官　好。徐总统最尊重大清，常对我们说，我们是为当今幼主摄政的。
执　事　您太过谦了。如今皇上也崇尚共和，前几天还召见了洋派大博士胡适，还亲口念诵了他的七言绝句，（用读"四书五经"的腔调）"匹克尼克来江边"，这位老爷的诗，称得上是满汉加西洋啊。

　　　　〔两个人都不自然地笑起来。

执　事　您执公，咱们回客了。
卢孟实　送大执事。

　　　　〔大执事等下。

副　官　你跟他挺熟?
卢孟实　宫里常用我们的鸭子。
副　官　你跟他给我要一个宫里的物件，行不?
卢孟实　我哪有那么大的面子呀?
副　官　大总统他们要的那些咱要不起。什么皇上写废的字啦，闻过的鼻烟啦，都行，清室一完，这些就都成古董了。
卢孟实　您脑子真好使。您再试试您这手气好不好吧。（对人）请玉雏儿姑娘来!
副　官　弄些针头线脑的糊弄人，我不抓。

卢孟实　您试试。

　　　　［玉雏儿换了衣服，笑容满面地捧起彩票。

副　官　（不经意地抽了一张）你那点心眼儿我都明白。

卢孟实　（接过彩票一转身，迅速做了手脚，惊异地大叫）哎哟！

副　官　怎么啦？

卢孟实　可了不得，您抓了个金戒指！

　　　　（众人愕然）

副　官　（喜出望外）真的？

卢孟实　我还能骗您！玉雏儿付彩。（朝玉雏儿使了个眼色）

玉雏儿　（会意，反身把手上的戒指用力退了下来）

副　官　我手气就是好，昨晚上"打四圈"，两把都是自摸。

卢孟实　您要走运，您瞅我这楼，八抬大轿的形儿，您要在这儿再请几桌，还得高升。

副　官　好！就借借你的福气。今晚上总统府六桌，下礼拜侍卫队给我订四桌，九月初四总理老太太生日走堂会，干脆也是你们来吧！

卢孟实　（记下）好嘞！

副　官　今晚上请的是段祺瑞的侍卫长，这可有关军机大事，侍候不好就得找碴儿干起来。

卢孟实　您别吓唬我。

副　官　前边都干上了，光同仁堂的三七止血散，我们就赊了好几担了。

卢孟实　会不会打到北京来？

副　官　没听人说吗？前边吃紧，后边紧吃，打进来也碍不着你。我走了。（下）

王子西　（不满）都照这么抓，三天就得关门。

卢孟实　玉雏儿呢？

王子西　回胭脂巷了。

　　　　［钱师爷带着要账的人上。每人手里都拿着要账的蓝布札子。

钱师爷　二掌柜，二掌柜，我们又来了。

卢孟实　您准时，这几位……

钱师爷　这位是六必居的，那位是泰丰楼的，全恒钱庄的……

卢孟实　（不等听完）原来都是贵客！成顺，沏几碗好的来。
钱师爷　二掌柜，咱们今天不兜圈子，痛痛快快怎么样？
卢孟实　您说怎么办吧？
　　　　〔一个脚夫上："掌柜的，您这儿的洋面到了。"
王子西　我们这儿没买——
　　　　〔几个巡警上："掌柜的，我们来了。"
卢孟实　来得正好，几位辛苦维持着点闲杂人等。往里搬！
王子西　（不解）你什么时候买面了？怎也不——
卢孟实　（拉住子西）小心着点，要是掉包、裂口，撒了我的面，我可一个子儿也不给。
　　　　〔脚夫们把一袋袋面扛进福聚德内。巡警们虚张声势地吆喝着。
卢孟实　（拿起算盘）奎祥本厂子盖楼的钱还欠六百加一月七厘六的利，这是……
　　　　〔几个要账的人光顾着看洋面。
钱师爷　这面便宜？
卢孟实　福聚德没进过便宜货。官价，两块大洋一袋。
要账人　您买这么些干什么？
卢孟实　穷修门面富修灶啊。（继续打算盘，不小心碰掉一个银包，钱滚了一地）
钱师爷　二掌柜，买卖做得不赖啊。
卢孟实　过得去吧。上午宅门富商，下午衙门贵胄，这不，晚上总统府六桌，下个月总理老太太在这做寿，人都要累散了。
钱师爷　你可给福聚德赚大发了。
卢孟实　（体己的）买卖是人家老唐家的，我不过是替买看吃。就拿几位这段公事来说吧，依着我，一笔清，福聚德还在乎这点儿？
众要账的　那是、那是。
卢孟实　东家不干哪！换句话说，分月支取也有好处。几位柜上多得一份，我也好向东家交代，不过是几位多跑两趟。钱师爷，您是我们这儿的老中人了，您说，每月您来，我怎么样？
钱师爷　凭良心，卢二爷够朋友，可咱们行里有句老话：内怕长支外怕

330　　　　　　　　　　　　　　　　　　　　　　　　　　　　戏剧卷

欠，了了账，您心里也清净不是？

卢孟实　我姓卢的做买卖，讲究的是个"信"字，如果今天几位逼我一笔了清，我砸锅卖铁也成全各位。可一样，往后咱们再不来往，福聚德不订各位的货，各位也别来我这揽买卖。几位是看眼前，还是看长远，几位自己掂量。

（不再理会，指挥抬面）

［几个要账人互相交换了一下眼色。

钱师爷　卢二爷，买卖不成仁义在，您先别上火，咱们谁跟谁？还不是给人家跑腿。

卢孟实　（不置可否）

钱师爷　这么着，卢掌柜的今天也忙，你们几位回去再跟各位柜上商量商量，您听话儿。

卢孟实　也好。给几位带上鸭子，挑大个的。（要账人下）钱师爷，留步。这个银锞子是皇上刚派人送来的，您做个念心儿吧。

钱师爷　（见钱眼开）这些事你交我了，福聚德开这么大的买卖，得让他们上赶着。

卢孟实　拜托了。

［钱师爷下。

卢孟实　（一下子坐在太师椅上，长出了一口气）

王子西　我说，你借印子钱了吧？

卢孟实　你过来。（耳语）

王子西　（惊诧已极）啊？！我的妈，我这腿肚子直转筋。（腿一软，坐下）

卢孟实　（大笑）我不是跟你说过吗？愣堵城门不堵阴沟！你支应着点，我去趟胭脂巷。（一身轻松）

［卢孟实下。

王子西　（越想越后怕）常贵。

［常贵上。

王子西　留神点门口，我得躺会去。（下）

［常贵坐在门口补围裙。寂静，听得见几声小贩的吆喝声由近而远。克五溜进来。他早没了当初的威风劲，一件绸大褂破了几

个三角口子，鞋也塌了帮。

常　贵　（听见动静）谁？

克　五　常巴儿，还认得五爷吗？嗬，大楼起得了，你们老掌柜想了一辈"轿子"，到了儿没坐上。

常　贵　是您啊，您找谁？

克　五　不找谁。（在店里踅摸着，眼睛溜过架子上的鸭子，咽了口唾沫）吃饭。

常　贵　吃饭？

克　五　怎么着，瞅不起我克五？甭瞅我们家犯了事，破船上还有三千钉哪。

常　贵　要不怎么说瘦死的骆驼比马大呢。

克　五　当初你们请都请不来你五爷，我在哪家馆子里吃一顿，立时能招十桌人。我们家吃饭的碟子都是描龙的。

常　贵　那是。

克　五　皇上用五爪龙，王爷用四爪龙，七品以上只能用三爪，你知道我们家用几爪的？

常　贵　您家一定用的是五爪的，要不怎么能触犯龙颜，抄家没产呢。

克　五　常巴儿，你小子是聪明！你猜猜，昨天我找着什么啦？

常　贵　金条。

克　五　比那东西实惠。（从怀里小心地掏出一张纸）你们福聚德的鸭票子！

常　贵　这东西自老掌柜去世我们就登报作废了。

克　五　（急）什么?！这上边白纸黑字写着："凭票取大烧鸭子两只"，有你们的大印。

常　贵　有什么也没用，废了。

克　五　嘿！这是大爷花了银子买来的，银子废不废？

常　贵　那会儿的银子，今天只能买一只鸭腿子。

克　五　（撒赖）那不行，今天这鸭子我吃定了！

　　　　［唐茂昌上。

唐茂昌　福子，把骡子牵到鲜鱼口去遛遛，让它落落汗。

常　贵　（忙站起来）大掌柜回来了，哟，怎么弄这么一裤管子土呀！福顺，快拿掸子来。

［成顺、福顺上，围着唐茂昌忙活。

常　贵　今天蟠桃宫的跑马赛车热闹吧？

唐茂昌　敢情，全是行家，涛贝勒、肃王爷、乐家五少爷。最出彩还是余振庭余老板，一下趟子就是碰头好，那精神，黑缎子小帽、梅花鹿皮坎肩，下身是皮套裤、锦帮靴、荷叶袜子带花边，中间一条搭膊，系得不松不紧，往马鞍子上一坐，嗒嗒嗒嗒，马蹄磕马蹄，跟戏台上唱快板一样，嗒嗒嗒、嗒，苍！真帅！

克　五　您来的是赛车吧？

唐茂昌　您看见啦？

克　五　您执鞭，名老生小叫天跨沿子。

唐茂昌　（来了精神）您看还行吗？

克　五　就是那匹骡子装扮得差了点。

唐茂昌　（十分重视）噢，您说！

克　五　讲究骡子前脸挂苏子，苏子上头穿珠子，跑起来嘀嗒带响，有个说头叫"蹄踏碎玉"。

唐茂昌　（佩服地）行家！您往下说。

克　五　当年，我爷爷执鞭，谭鑫培跨沿子，一路响鞭响铃，八面来风！

唐茂昌　（羡慕至极）噢！？这位爷府上是——

常　贵　（耳语）……

唐茂昌　噢，敢情是克家公子，失敬。

克　五　而今可不比当初了。

唐茂昌　想当初秦琼卖马那阵，他还不如您哪！您想他往荒郊一站，唉——（唱）"不由得秦叔宝两泪如麻，提起了此马来头大，兵部堂王大人相赠咱，遭不幸困至在天堂下，欠你的房钱无奈何，只得来卖它——"

克　五　唐大爷这两句髯口儿真有点余派的味。

唐茂昌　（兴奋）是吗？克家公子要是没有要紧事，到后边咱们好好聊聊。

克　五　事嘛，有一点儿。您看，这是您柜上发的鸭票子，常巴儿他说

天下第一楼

什么也不给我。
唐茂昌　为什么不付给五爷？
常　贵　大少爷，这鸭票子咱们早登报作废了。
唐茂昌　对了，我忘了。这么着吧，就付五爷这一份，下不为例。
常　贵　大少爷，这口子可开不得。

［福子跑上。

福　子　大爷，车在门口等您去看行头，您倒是快着点呀。
唐茂昌　着什么急，也得容我把靠卸了，换上褶子！（欲下）
克　五　哎，唐大爷，我那鸭子——
唐茂昌　嗨！（接唱刚才的最后一句）"摆一摆手儿，你就牵去了吧。"（下）
克　五　（得意）听见没有？赶紧伺候着！常巴儿，我吃一只，带一只，那只鸭架桩给我送家去。（跷腿一坐，耍起公子哥的派头）

［常贵把王子西拉出来。

王子西　（呵斥）克五！
克　五　（吓得站了起来，见是王子西，又坐下）常巴儿，去泰兴馆给我端碗小米粥，买俩桃，要脆的。
王子西　克五，我们的鸭票子早作废了，你赶紧给我走！
克　五　你们东家许下我的！还告诉你，你五老爷不但今儿吃，明儿还来呢，就这样的鸭票子，我们家有一叠子呢！
王子西　（气急败坏）这位大爷，整天不着柜，一回来就添乱。
常　贵　这鸭子说什么也不能给他，许了克五一张，就得招出一千张来。
王子西　孟实也不在，你也不能把他打走啊。（急中生智）对了！我上武术馆找二少爷去，克五是个屄包，一吓唬，准走。（急下）
克　五　烤上了没有？大爷我吃了一辈子鸭子，还真不知道是怎么烤出来的。（走向烤炉）嗬，怎么这么热啊？
常　贵　哎，你往哪儿跑啊？烫着！

［罗大头的呵斥声："躲开，躲开！"上。

罗大头　谁他妈的跑这儿碍事来了？！
克　五　这不是罗大头吗？
罗大头　你还该我俩烟泡呢！

克　五　该你的，还你，急扯白脸地干吗！罗大头，我教你那手儿，试了没有？

罗大头　是比干着抽过瘾，你小子有两下子。

克　五　大爷我拜师傅学过。

罗大头　抽大烟也拜师傅？别吹了。

克　五　你不信？年轻那会儿，我爸爸怕我在外边胡来，染上病，想找个事由把我拴住，就花钱请师傅教我抽大烟，有约在先，如能成瘾，定有重酬。嘿，我还真争气，不到一礼拜我就上瘾了。你们知道克五会吃会抽，没听克五逛八大胡同吧，这都是我爹有见识。

常　贵　您老太爷真是"教子有方"。

克　五　师傅说，抽烟有三大好处："却小病，伴寂寥，助思考。"罗大头，想学我教你，不收学费，三天让我吃一回鸭子，就全齐了。

　　　　〔修鼎新穿得整整齐齐地上。

修鼎新　请问卢二掌柜的在柜上吗？

常　贵　你是——

克　五　（叫起来）修二爷！（扑上来一把抱住）

修鼎新　（不禁唏嘘，但还是推开克五）五少爷，我先把公事了了，咱们再叙旧。请问，钱师爷说您这儿要个"瞭高儿"的？

常　贵　是是，我们二掌柜的没在，您先坐坐。

克　五　修二爷，全完了！咱俩冬天涮羊肉的紫铜锅子让少奶奶卖了铜了，那套吃螃蟹用的木槌、扦子都烧火了，最心疼的是埋在后花园那几坛子"佛跳墙"，全让讨逆军挖走了，我光闻了闻味儿，一口没吃着……

　　　　（王子西带二少爷上。

唐茂盛　克五在哪儿哪？克五！你老子协同张勋复辟是当今的罪臣，你不好好改邪归正，整天在烟馆、饭馆闹事，今天二爷要教训你！

克　五　干什么，干什么你？

唐茂盛　把鸭票子给我！

克　五　（不肯）

天下第一楼　　　　　　　　　　　　　　　　　　　335

唐茂盛　（抢过来一把撕碎）出去！

克　五　干什么这么厉害？当初你爸爸上赶着叫我"衣食父母"，我还不理他呢。

唐茂盛　（火）你再说一句？

修鼎新　（见势不对）五爷，走吧。

克　五　（还嘴硬）我不怕他，他这大楼头一天开张打主顾，你不怕倒霉？

唐茂盛　（大吼一声）把大门给我上了！

　　　　〔几个小徒弟高叫着，一片"上大门"的声音。

常　贵　（喝住福顺等人）二少爷，关起店门打主顾，这可犯大忌啊！

王子西　您吓唬吓唬就得了，可不能真打。

唐茂盛　（推开常、王）都给我躲开！克五，有种的你别跑！

　　　　（成顺、福顺摘幌子，上大门。王子西、常贵急得团团转。克五也慌了神，唐茂昌听见喊声也跑出来。

　　　　〔卢孟实上。

卢孟实　这是干什么？大白天的上门板！

王子西　你可回来喽！（对卢讲经过）

卢孟实　这可不行！二少爷，当初怡和楼在庄子里关门打人，转年就关了张；再说今天尽是来看大楼的人，您就不怕砸了买卖？

唐茂盛　我豁出买卖不做了！

克　五　（躲在卢身后）哼，我今天就叫你打，不打你不是人！快来人看哪，福聚德的掌柜的打主顾——

唐茂盛　（一把椅子摔过来）

卢孟实　（用手架住）克五，还不快走？修二爷，拉他走！

　　　　〔修等连拉带搡地把克五推下。

唐茂盛　克五！别让二爷碰上你！（众人拉唐茂盛下）

唐茂昌　干什么？不就一张鸭票子吗？给他不就完了。

卢孟实　柜上定了的事不能更改。

唐茂昌　你老有话说。你身为二柜，是给柜上了事的，你倒好，小事了大，大事了上房。我真不知道，这个买卖你是怎么当的家？

福　子　大少爷，该走了。

唐茂昌　这乱子要是出在晚上,我还拜什么师?(谛听)哪儿响啊?
成　顺　二少爷气得在后院打面口袋哪。
唐茂昌　瞅瞅把他气的,这要是——
王子西　(突然想起)哎哟,那面口袋可不能打!
唐茂昌　他不打人,打几下面口袋还不行?多事。(走到柜上把红纸包着的钱拿了一捆交给福子)走!
卢孟实　大少爷,这钱不能拿。
唐茂昌　你要干什么?我爹临终把你叫来,可没说把买卖让给你,福聚德我是掌柜的!福子,拿走。

　　　　[唐茂盛跑上。

唐茂盛　大哥!了不得了,后院的洋面口袋里装的都是黄土!
唐茂昌　(惊愕)黄土?!
卢孟实　大少爷,你听我说——
唐茂昌　(呵斥)反了你们!卢孟实,你等着跟我去见官。茂盛,把钱全给我拿走!
王子西　(着急得红了脸)大爷、二爷,黄土的事我可一点都不知道,全是他……
卢孟实　这银包里装的——也是黄土。
唐茂昌　(失声)啊?(手中银包落地,果然摔了一地黄土)
　　　　(众人愕然,惊恐。疑惑的眼光全部逼向卢孟实)
唐茂盛　(跳起来,吼声如雷)卢孟实——
卢孟实　(急)千万别嚷。成顺,赶紧关大门!

　　　　——幕落

第二场

　　　　[暗转,晚。
　　　　[福聚德内灯火通明,人来人往。
　　　　[楼上雅座里坐满客人,传出磕杯碰盏、说笑谈论的声音。
　　　　[伙计们楼上楼下地忙活着。

［常贵俨然是此刻的指挥，他机敏、沉着、有条不紊，颇有点大将风度。

常　贵　（向楼上听了听动静，知道客人来得差不多了。走到影壁前边，侧身，向着后面厨房）李师傅，我这是八桌，客全齐了。热菜听信儿冷荤走——

［福顺等小伙计托着冷盘，鱼贯上场，穿过敞堂，上楼梯，按着常贵的指派，把菜肴分别送进各间雅座。

［楼下单间的客人招呼算账。

常　贵　（快步上前，撩起门帘）三位，吃好了？一共是三块六毛八。（客气话）我候了吧。（利落地把钱交柜、找钱、送客）外边黑，慢走，回见。（把客人赏的小费扔进大竹筒子，趁空喝口茶）

修鼎新　这三位瞧着眼生。

常　贵　这几个是"高买"，您瞅穿的、戴的，多阔。专住大饭店，下大馆子，瞧准了金银首饰店，进去足买。买完一溜，影儿都抓不着。

修鼎新　你这双眼睛真是不揉沙子。

常　贵　看人也有窍门儿。这么说吧，您看见一堆人在那儿抢球，那准是美国人；一堆人在一块儿洗澡，那就是日本人；您要是瞅见一堆人在一块儿抢着付账给钱，那准是中国人。

修鼎新　（大笑）

福　顺　师傅，酒过一巡了。

常　贵　（向修）我怕您开头站不惯，说个笑话解解乏。（腿脚麻利上楼，站在楼梯口，声音洪亮）拿生鸭子来瞅——

［小伙计们从鸭架上挑下一只只肥嫩白生的生鸭，用托盘捧着送进雅座。

［看生鸭子，是老年间烤鸭店的规矩。

［常贵熟练地托起一只生鸭，轻巧地单手挑起主客桌的门帘，侧身把鸭一亮，而后下楼。他下楼不踩台阶，顺着阶沿儿出溜，既快又没声响。

［小伙计们也依次把生鸭撤下，送到烤炉。唯独福顺下来最晚，

一脸惊慌。

福　顺　师傅！这只让客人写上字啦——

　　　［白嫩的鸭身上有个草写的"寿"字。

常　贵　修先生，您看看，这是……

修鼎新　（不以为然地扫了一眼）这是范东坡的字，在鸭身上写字，一是防备你们以小换大，二是考考烤炉的手艺。讲究鸭熟之后，字还在，不走形。

常　贵　噢，告诉大罗，小心这只。修先生，您是行家。

修鼎新　（得意起来）范东坡算什么食客？他跟我吃过一次菊花火锅，便再不敢和我论吃了。

常　贵　（听得新鲜）哦？

修鼎新　常巴儿，你说，涮羊肉……

福　顺　哎，你叫我师傅什么？

常　贵　（宽容地）修先生不惯。您接着说。

修鼎新　涮羊肉的汤放什么才鲜？

常　贵　放点冬菇、口蘑、大虾钱儿。

修鼎新　范东坡也这么说。

常　贵　不对？

修鼎新　"鲜"字怎么写？

常　贵　鱼字边儿加个羊字。

修鼎新　北以羊为鲜，南以鱼为鲜，广和居有道名菜叫"潘鱼"，是当今秀才潘祖荫以鱼羊为鲜的道理，用羊肉汤汆鱼片。买鲜活的鲫鱼烧好汤，以它做底汤涮羊肉，那才成全一个"鲜"字。

常　贵　修先生果然高人一筹。您说做火腿必然放一只狗腿在里边，不知道是怎么个道理？

修鼎新　（笑笑）要想甜，放点盐。做菜懂得这个道理，味道一定好。做人懂得这个道理，一世无烦恼。

　　　［幕后传来炒勺磕锅底的声音。

常　贵　（知是热菜出锅了）预备走热菜！（嘱咐伙计）炸、炒、烹、煎、烩，别乱了次序，李师傅头天上灶，不许你们欺生。去吧。

天下第一楼　　　　　　　　　　　　　　　　　　　　　　339

　　　　　［伙计们托热菜上，每盘必先请常贵过目。

常　贵　这是主客桌儿的。梨园行的有位不吃香菜。小生子，把袖子放下来，桌上有女客……

　　　　　［李小辫轻轻上楼，掀起门帘，悄悄看。

常　贵　（自一单间出）您找掌柜的?

李小辫　吃得怎么样?

常　贵　总统府要吃咸，梨园行要吃淡，行!

李小辫　全仗您提携，改日我另谢。

修鼎新　李三儿，你炒菜不尝底子?

李小辫　（翻了修一眼）你叫我什么?

修鼎新　……

常　贵　他刚来，不懂，您——

李小辫　（不依不饶）掌柜还叫我声师傅呢，李三儿是你叫的?!

修鼎新　你，你凶什么?

李小辫　你不是当初了！别老想着欺负人!

常　贵　李大哥，等您炒菜哪，您看我了。

李小辫　（一摔围裙，下）

修鼎新　（气得手足无措）我不干了，我得走。二掌柜的呢?

常　贵　修先生，干咱们这行，您得学会忍哪。

修鼎新　我修鼎新从座上客成了侍候人的下人，一个下九流的厨子也能斥责我?

常　贵　快别说了，掌柜的就忌讳听什么"下九流"!

　　　　　［一个军人从雅座出来，叫人去买烟。

常　贵　酒过三巡，鸭子上炉——

　　　　　［几个胭脂巷的姑娘，花枝招展地上。

　　　　　［卢孟实自楼上下，招呼姑娘们上楼。两个姑娘围着卢七嘴八舌地说着。

卢孟实　两个女人比一百只鸭子还吵。

姑　娘　（不依不饶）你说什么?谁是鸭子?

卢孟实　客都齐了，快上楼吧！（把她们推上楼）

某姑娘　掌柜的，门口还有"五十只鸭子"哪！

卢孟实　（没听懂，往外就走，正撞上进门的玉雏儿）

　　　　［姑娘调皮地大笑起来，下。

卢孟实　（赔笑）来了。（看看玉雏儿）赔了一下午的不是，还恼？

玉雏儿　门口有辆车，像是余老板的。

卢孟实　他来了？

玉雏儿　你们大少爷真有本事。

卢孟实　还不是我给他请的？

玉雏儿　那他还不得好好赏赏你？

卢孟实　赏我？差点送了官。

玉雏儿　（笑）是为那些黄土吧？

卢孟实　你还笑？

玉雏儿　我笑有本事的使唤人，没本事的听人使唤。

卢孟实　我没本事。（欲走）

玉雏儿　就知道跟我急。瞅我带什么来了？（拿出一个小食盒）尝尝。

卢孟实　（拈起一块放进嘴里）

玉雏儿　我们那边有个串胡同的老太太，每天下半晌挎个篮子沿街吆喝，酱鸭膀、卤鸭肝，什么都有。我们那儿八条胡同的姐妹，都爱买她的小菜下酒。

卢孟实　是挺好吃。

玉雏儿　就知道吃！都是从你这儿出去的。

卢孟实　这些东西又不能烤。

玉雏儿　不能烤，还不能卖？你不是嫌"鸭四吃"不热闹吗？不会来个"鸭五吃""鸭八吃"，把这些下水都做成菜。

卢孟实　（兴奋起来）快拿笔来。

玉雏儿　（忙去柜上取纸笔）

卢孟实　（突然又沮丧起来）我这么上劲儿干什么？有那俩"搅屎棍"，什么也干不成。

玉雏儿　真是属风筝的，一会儿高，一会儿低。

卢孟实　线儿在人家手里攥着，高低由不得我。

天下第一楼　　　　　　　　　　　　　　　　　　　　　　　341

玉雏儿　要是我就把线儿铰了!
卢孟实　铰了?
玉雏儿　不当大掌柜的,一辈子还是听人家使唤。
卢孟实　你说——
玉雏儿　你真的没想过?
卢孟实　老掌柜临终托付我,我这不是抢人家的祖业?!
玉雏儿　怎么提得上抢?干好了,给天下人留下一个福聚德,也是你卢孟实一世的功德。
卢孟实　(不由钦佩玉雏儿不同一般的见识)你往下说!
玉雏儿　大少爷喜欢戏,就让他撒开了唱去。
卢孟实　那二少爷呢?
玉雏儿　交给我了。
卢孟实　(吃醋)那可不行!
玉雏儿　(笑骂)呸,我给他另找个好的。行了,有人给你生儿子,有人给你出点子,我的卢大掌柜的。
卢孟实　(仿佛重新相识)玉雏儿,我当上掌柜的头一件事,就是把你接出来。
玉雏儿　这种话我听得多了,再说吧。(欲下)
卢孟实　(深情地)我是真的!

　　〔王子西急上,玉雏儿甩开手,跑上楼。
王子西　孟实,咱们要进的那五百只小白眼鸭,让全赢德高价拦走了。
卢孟实　咱们怎么一点不知道?
王子西　他们暗地里使钱了。
卢孟实　好,他不仁就许我不义。他们不是打听咱们怎么养鸭子吗?你找人去散风,就说鸭子肥全仗着通风走气。叫堆房的老头把鸭舍的窗户全打开。
王子西　这么冷的天,鸭子不得感冒啊?
卢孟实　嗨,把鸭子全轰我屋去呀!
王子西　明白了,明白了。我去了。(下)
卢孟实　福顺,给我请大掌柜的。

福　顺　二掌柜的，这会请……

卢孟实　快去！

　　　　［不一会，唐茂昌下楼来。

卢孟实　有点要紧事。

唐茂昌　（一脸不乐意）说。

卢孟实　咱们的鸭子让对过儿抢了。

唐茂昌　抢了，就再想法子买去。

卢孟实　是。可而今北京有三种鸭子，从运河来的南方鸭叫"湖鸭"，个头小可肉嫩；潮白河的"白河蒲鸭"，个儿大肉也肥，可货少；再有就是玉泉山的"油鸭"，骨头架子小油多，烤出来太油腻，点心铺用鸭油合适……

唐茂昌　（早不耐烦）你到底想跟我说什么？

卢孟实　我就是拿不定主意进哪种，想——

唐茂昌　哪种好要哪种呗，这你也问我？

卢孟实　这是要紧的事，不问您我做不了主，还有最近小市上鸭毛卖不出价来，我想先倒给山货铺……

　　　　［楼上一个男人探出身："鸭大爷，鸭老板，您怎么暗场就下了，听见鸭子叫啊？"（笑）

唐茂昌　杨老板您替我跟师傅解释解释，我这就来。还有什么，快说！

卢孟实　昨天起，定点关城门了，鸭子晚上进不了货，鸭血、鸭肠、鸭下水也运不出去，我想——

唐茂昌　行了，你看着办！（上楼）鸭子、鸭子，我都快让鸭子给咬死了！（下）

卢孟实　（暗暗一笑，看见修）修先生，还习惯吗？

修鼎新　二掌柜，我是耳闻您一贯平等待人，才来做下人的。

卢孟实　不能让人瞅不起我们做饭庄子的，是我这辈子的心愿。

修鼎新　瞅得起又怎么样？

卢孟实　自己先得瞅得起，别人就不敢瞅不起。

修鼎新　我看你办不到。

卢孟实　我要试试。我请你写的对子有了吗？

修鼎新　做对子讲究情致，或怡情悦性，或富贵堂皇，或着意秦人旧舍，或暗喻世态炎凉，不知你喜欢什么？

卢孟实　你琢磨了一辈子美食，跑了半辈子饭庄，你喜欢什么？

修鼎新　对于吃，我只喜欢一句话：天下没有不散的宴席。

卢孟实　（望了一下修）这样的对子可不吉利。

修鼎新　可是实话。

常　贵　（上）总统府那几桌尽议论什么打呀杀的。

卢孟实　只要不在咱们这儿杀，爱杀谁杀谁。我上去盯着。（上楼）

　　　　〔成顺手里端着一个盆，被罗大头推着，上。

罗大头　去，倒了。

成　顺　师傅，这可是拿枪的那桌上要的，二掌柜的直嘱咐别惹他们——

罗大头　哪这么些废话！去，远远地倒！

　　　　〔成顺无奈，下。

罗大头　李小辫儿，我叫你能。（下）

　　　　〔楼上管弦声声，几个人把唐茂昌拉出来。

唐茂昌　诸位都是名角儿，哪轮到我唱啊？

众　　不唱，老板不收你！

唐茂昌　唱段《法门寺》？

众　　不听，不听，反串，唱《起解》。

唐茂昌　来段《红娘》吧。（顺手接过小伙计的托盘）五姑娘，拉个过门儿。

　　　　〔京胡起，唐茂昌将唱将舞，"将张生，隐藏在棋盘之下……"

唐茂昌　现丑，现丑，入席，请！

　　　　〔常贵同修鼎新捧着一盘大小包。

常　贵　成顺！这小子哪去了？去，给每个车夫一包炉肉，一个红封包，说清楚，这是咱们大爷赏的。

　　　　〔两伙计应声下。

　　　　〔李小辫上，样子十分焦急，王子西随上。

李小辫　常哥，你看见一盆红小豆了吗？

王子西　你放哪儿了？说话要上八宝豆泥了。

罗大头　（从烤炉边踱过来）八成忘了煮吧？

李小辫　下午就煮出来了。
王子西　改戏换拔丝山药吧?
修鼎新　这可是总统府那桌要的。
王子西　(急)那帮正找碴儿呢,这不是添乱吗!
李小辫　(急得满头大汗)快,派人买绿豆糕!
王子西　成顺,快,南口儿天义顺。

　　　　[成顺欲下,罗大头朝成顺使个眼色。常贵暗下。

罗大头　八道菜,四大碗,不是头等的大厨子侍候不下来。
李小辫　(突然醒悟)罗大头,都是"勤行"里的人,别干损事!
罗大头　(瞪眼大叫)哎,你出娄子,别找寻别人!
王子西　得了,祖宗,楼上还有客哪!

　　　　[成顺空手上。

成　顺　没有绿豆糕。
罗大头　(幸灾乐祸)这下可褶子啦。
修鼎新　那些人吃不好,可是掉脑袋的事。
李小辫　(强硬地)脑袋掉了不过是个死,手艺栽了,是我一辈子的名声。
王子西　改菜吧,我跟掌柜的说去。
李小辫　不改!李小辫今天栽了,从此,再不掌勺。(解下围裙)告辞!

　　　　[常贵奔上,手里捧着一个纸包。

常　贵　(气喘吁吁)李、李师傅,绿、豆糕。
李小辫　(接过掰下一块,一闻)行。(掉头就往厨房跑,忽然又转回身)常贵大哥,李小辫这辈子忘不了您的恩义。(急下)
常　贵　(抹把汗)撤荤盘子,上手巾把,预备走鸭子!(下)
罗大头　(狠狠地)妈的,胳膊肘子往外拐!成顺,盯着出鸭子,撤火,我睡觉了。(下)
卢孟实　(上)李小辫呢?今儿菜不错,几位老板赏下了。后天,余老板家有个堂会,叫他去掌灶。

　　　　[李小辫边上边说:"气上足了,就撤火,出锅。"

卢孟实　李师傅!
李小辫　(阴着脸)二掌柜的,我李某没能耐,我到别处新鲜新鲜。(交

天下第一楼　　　　　　　　　　　　　　　　　　　　　　　　345

围裙）

卢孟实　这是怎么啦？
李小辫　我李小辫从来不待"窝子买卖"。
卢孟实　福聚德不敢说是江湖买卖，你这话怎么说？
李小辫　今天，咱们初来乍到，考咱不怕，给咱寒碜我可不干。
王子西　（在卢耳边讲了几句）
卢孟实　（听着脸沉下来）尽干些下九流的事。李师傅，你先后边歇会儿。
　　　　［李小辫下。
卢孟实　叫罗大头！
成　顺　他躺下睡了。
卢孟实　卷铺盖起来。
王子西　我说你少惹他，东家拜师，这节骨眼儿上——
卢孟实　叫！
　　　　［罗大头上，一脸不在乎。
卢孟实　（直截了当）豆泥是你倒的不是？
罗大头　不是。
卢孟实　大丈夫敢作敢当，别让我查出来，寒碜！
罗大头　（白了卢一眼）是我你怎么着？
卢孟实　我卢孟实做人讲究两样，在家孝顺父母，出门对得起朋友，你罗大头不可我的心！
罗大头　可不可心我吃的是老唐家的饭，你管不着！
卢孟实　我是这儿的二掌柜。
罗大头　我是老掌柜的爸爸请来的，你差得远了。
卢孟实　楼上有掌柜的，你上那儿嚷去。
罗大头　别以为我不敢——
　　　　［唐茂昌陪余老板下楼来。
唐茂昌　师傅，说话上鸭子了，您忙什么。
余老板　不吃了，大轴儿还一出戏呢。
唐茂昌　待会儿我叫人装暖壶里给您送园子去。
卢孟实　（迎上）余老板，您怎么走哇？

余老板　菜都不错，（拿出红包）这个给大伙儿分分。再给总统府那桌添俩菜，说我送的。

卢孟实　您来，就太赏脸了，还叫您破费。（向众）余老板赏下了！

［台上台下伙计们齐声高喊："谢余老板——"

余老板　茂昌，一会你就坐下场门"场面"旁边。

唐茂昌　（受宠若惊）哎。

余老板　听我那句"昨夜晚吃醉酒和衣而卧"，留神"卧"字后边的甩腔儿，（唱）卧——

罗大头　（炸雷般地）东家，少掌柜！

［唐茂昌、余老板一惊。

唐茂昌　（怒）干什么这是？师傅，没吓着您吧？

罗大头　卢孟实他要辞我！

唐茂昌　辞你就走。

罗大头　您也让我走？！福聚德的烤炉都是我砌的，不看我也得看这些鸭子！

唐茂昌　还不拉住他！师傅您刚才说——

余老板　（一笑）怪不得他们叫你鸭老板呢，你柜上有事，我先走了。（下）

唐茂昌　（追）余老板，师傅！

罗大头　（不知好歹）掌柜的！

唐茂昌　（甩开大罗）我的事全砸在你们身上。从今往后，你，你，你，（指卢、王、罗等）谁也不许再跟我提一个"鸭"字！福子，走！（下）

卢孟实　（正中下怀，暗暗一笑）常贵，预备走鸭子！

——幕落

第三幕

时　间　八年后。

地　点　福聚德店堂。

此时是福聚德的鼎盛时期。雕梁画柱的大楼金碧辉煌，门前那块黑底金字的陈年老匾泛着辉光。门前停的是汽车、马车、绿呢大轿，门里进出的是达官显贵、商贾名流，福聚德已是赫赫扬扬，名噪京师。

今天是大年初六，饭庄店铺大开张。福聚德伙计们簇拥着王子西将那两块老年间的铜幌子，当当正正地挂在门前。而后，掌案的把砧板剁得当当响，掌勺的啪啪啪地敲着炒勺，账房把算盘拨拉得劈啪响，百年老炉中的炉火像浇上了油，烧得呼呼蹿火苗子，这就是旧时买卖家讲究的"响案板"，以求新年里买卖兴隆。

福聚德的伙计们头脸干净，新鞋新帽，面带笑容，垂手而立，迎接着新年里的第一批客人。

王子西　福顺，盯着点门口，胡同口，有要紧的主顾先喊一声。
福　顺　（已经长成个大小伙子）放心吧，二掌柜！（下）
王子西　过了正五过初六，过了初六还照旧，说话这年就过完了。
常　贵　咱们大开张，对过儿大关张。
王子西　全赢德那掌柜的就不是发家的样儿，伙计多吃半个馒头，他都耷拉脸子。
常　贵　那边伙计也怪可怜的，跟掌柜的说说，怎么搭济一下。
王子西　这事他想得到，别忘了，他爹也当过伙计。
常　贵　这十来年了，我都没敢问过，玉升楼掌柜的真干过那么缺德的事？
王子西　就为丢了几两银子，用这样的大秤（指墙上挂着的丈把长的大秤）把柜上的伙计，出门秤一次，进门秤一次。
常　贵　老爷子就这么窝囊死的？
王子西　要不孟实这么咬牙跺脚地干，心里窝着口气。
常　贵　今天大开张，怎没见他？
王子西　唉，头年一忙，我忘了给侦缉队送礼了。
常　贵　那可是些惹不起的祖宗。
王子西　这不孟实又打点去了。（拿出一张单子）这是今天的水牌，上什么菜你编排一下，下半晌瑞蚨祥东家、警备司令吴家有订座。我今天得赶致美斋头炉萝卜丝饼。（常下，王欲下）

〔唐茂昌带福子气冲冲地上。

王子西　（见脸色不对，小心地）大爷今天得空儿，没上戏园子？
唐茂昌　卢掌柜呢？
王子西　外出了。
唐茂昌　昨天我让福子拿五百块钱，他为什么不给？
王子西　他说"东六西四"分账是合同上写的，每月初一准把月钱送到府上去，额外的么——
福　子　（狗仗人势地）额外的？这儿全是大爷的！大爷拿钱买行头置场面干的是正事，不像他拿钱养婊子！
王子西　哟，你可别这么嚷，玉雏儿而今顶半个掌柜的。
唐茂昌　（更火起来）你告诉他们，这儿是老唐家的买卖。把钱柜打开。
王子西　（为难）大爷——
唐茂昌　开呀。

　　〔王子西无奈，打开钱柜，福子拿钱。

唐茂昌　这几年，卢孟实在老家置产业，你知道吗？
王子西　这我可不知道。
唐茂昌　子西，你是福聚德的老人儿了，这些年我没理柜上的事，二爷又在天津，柜上的事，你得下心。
王子西　（怯懦地）是，我……

　　〔外面一阵喧哗，福顺上。

福　顺　常师傅家小五儿，非要进来找他爸爸。
王子西　今天开张有忌讳，不许穷小子进门，叫常头出去。

　　〔玉雏儿上。

玉雏儿　门口吵什么？哟，大爷来了？
唐茂昌　（爱搭不理地点点头）福子，走！
玉雏儿　急什么？歇歇脚，喝口茶。
福　子　我们怕闪了舌头。（随唐下）
玉雏儿　大爷怎么啦？
王子西　我也正纳闷儿呢。都说孟实在老家置了不少房产，你知道吗？
玉雏儿　您听谁说的？
王子西　我也不大信。

天下第一楼　　　　　　　　　　　　　　　　　　　　349

玉雏儿　孟实苦干了十年，有点积蓄不假，可是，他辛辛苦苦把个要关张的福聚德拾掇得名噪京师，就落了这名声，就太冤枉人了。

王子西　那是，那是。哟，我的萝卜丝饼！（下）

　　　　［几个衣着差不多的男人上，样子不像正经客人。

常　贵　几位爷儿过年好！吃饭请上楼吧。

某　甲　（打量着店堂，又盯住玉雏儿）早听说你们这儿有个叫什么"雏儿"的，有手堂子菜的绝活。

常　贵　（接）我们灶头叫李小辫，最拿手"三不沾"，不沾筷子、不沾牙、不沾——

某　乙　（打断）大爷专门为堂子菜来的，有没有快说，少废话！

常　贵　（发现来人衣襟下有枪，示意玉雏儿下）爷儿们别急，我——

某　乙　（推开常）你躲开！

玉雏儿　别忙，我就是玉雏儿。

某　甲　（凑近）久闻大名了，在胭脂巷不出金子见不着您的面，今天伺候伺候我们爷儿们吧。

玉雏儿　（不紧不慢地）那是应当的，几位，想吃什么？

某　乙　（怔了一下）你会做什么？

玉雏儿　玉雏儿生在苏州乡下，会做的都是些乡间小菜。几位听我报几样：珠联璧合、富贵有余、连生贵子、百年好合、蓝田种玉、好事发财、雪里藏珍、合浦还珠、春苗飞絮、金玉满堂，不知几位是喜酌、梅酌、会亲酌呢，还是寿酌、羌酌、进学酌？

　　　　［几个人听傻了。

某　乙　（假充内行）什么酌不酌的，哥儿几个就是图个热闹，来个"金玉满堂"。

　　　　［其余的人随着附和。

某　甲　（留个心眼儿）咱们吃过见过，四大堂、八大楼都会过，你先说说什么叫"金玉满堂"？

玉雏儿　（不慌不忙，慢启朱唇）经霜乳唾好燕窝二两，用天泉水发好，银针挑去黑丝，加嫩鸡汤、好火腿、玉柱蘑菇烂煨成玉色；吕宋青鲨翅，不用下鳞，只取上半原根，用肘子、鸡汤、鲜笋、

|||冰糖炖两天，煨成金色；小刺参滚内汤泡三次，鸡汁、肉汁、虾子汁烧成枣红色；再加三钱"西施舌"，七个乌鱼蛋，十枚银杏，配上笋尖丝、鲫鱼肚、香菌、木耳、野鸡片，烧几个滚儿，勾琉璃欠儿，下明油，倒挂出锅，盛在金托金盏四爪金龙钵里，叫作"金玉满堂"。

某　乙　（不由吐出一口气）我的妈哟，这得多少钱一钵呀？
玉雏儿　不多，有二两金子足够了。
某　甲　这菜也就给皇上吃吧？
玉雏儿　皇上倒怕没有几位爷的口福。（抖开一个极标致的围裙，就要下厨）
某　甲　（知道这个玉雏儿不好对付）我们几个今天不想吃金呀玉的，想试试你家常的手艺。
玉雏儿　好啊，一会我调一碗醋椒鸭丝汤，给几位醒酒好不好？常贵，请几位上楼吧。

[几个男人上楼。玉雏儿拉住常贵。

玉雏儿　我看这几个来者不善，您小心点。（下）

[罗大头上，身后跟着克五。

罗大头　你干吗老跟着我？
克　五　你带我瞅瞅鸭子，弄个鸭架桩也行。（贪婪地四处看着）

[福顺追上。

福　顺　出去、出去，谁让你进来的？
克　五　干什么你们？告诉你们，五爷而今是"闻香队"的！
罗大头　怪不得老在饭庄子门口转悠呢！（众哄笑）
克　五　大爷隶属侦缉队，闻的是烟土！
罗大头　哈，这回你爸爸教你的本事可有用了。
克　五　罗大头！你身上就有烟！
罗大头　没错，烤一只鸭子俩烟泡儿，刚才帅府赏的。
克　五　烟泡儿也不行，拿出来！
罗大头　帅府成箱的，有能耐上那儿闻去。
克　五　烟太多我就闻不出来了。（嬉笑）得了，给俩鸭脖子还不行！

天下第一楼

罗大头　这小子成心捣蛋，别忘了，你还该我们二爷一顿打哪，我先替二爷出出气！（拿烤杆）哎，我的杆呢？

成　顺　（慌忙跑上）我，我这给您擦呢。

罗大头　（用手一摸）放屁！头还热着呢。

成　顺　（知道瞒不过去）是掌柜的让我——

罗大头　掌柜的是你祖宗？跪下。

　　　　〔一个衣着整齐的小伙计快步跑上，用大拇指向横一划，这手势是告诉大伙掌柜的回来了。所有人立即回到自己的位置上，垂手而立。

　　　　〔卢孟实上。他人到中年，衣着华贵，面容丰满，一脸威严。身后跟着修鼎新。

　　　　〔卢孟实向店里扫了一眼，坐在当年老掌柜的那把太师椅上。

卢孟实　（把手一伸）

　　　　〔小伙计马上把一个蓝花白地的细瓷小碗送到他手上。

卢孟实　（呷了一口）欠火。

修鼎新　鸭汤欠火，告诉二灶添硬柴加大火。

卢孟实　（喝着，头也不抬）谁让他进来的？

修鼎新　（暗向克五使眼色，让他快走）

克　五　（反而凑上来）卢掌柜的，不用说你这儿了，就是王爷贝勒府，我也随便串胡同。我闻出来了，你后院有烟土！

卢孟实　赶走！

克　五　送我只鸭子咱们了事，要不然——

福　顺　走！

修鼎新　（小声）五爷，走吧。

克　五　修二，你敢情整天吃香的喝辣的，你没良心！卢孟实，你等着！（被众人拉下）

卢孟实　（阴着脸）年初四，谁出去看戏了？

小伙计　我。

卢孟实　看的什么戏啊？

小伙计　（支吾地）大、大戏。

卢孟实　戏票呢？

小伙计　（怯怕地）扔了。

卢孟实　瞎话！初四天唱的是落子。下作的东西，店规怎么写的？背！

小伙计　第、第九条，店员不许看落子、听花鼓，不许……

卢孟实　人家为什么看不起"五子行"？不能自己走下流！我看你是吃饱了，家里有富裕了，给我走着！

小伙计　（慌了神）饶我这回吧，再也不敢了，掌柜的！（向周围人求情，但没有人敢说话）

卢孟实　有人在东家那儿告我，在老家买地置房子，不错，有这事。做饭庄子的就不能置产业？就都得吃喝嫖赌走下流？我还想买济南府，买前门楼子哪！成顺！

成　顺　是。

卢孟实　你哪天办喜事？

成　顺　二月二。

卢孟实　龙抬头，好日子！（从修手里取过一个红封包）这是柜上送的喜幛子钱。

成　顺　谢谢掌柜的！

卢孟实　披红挂绿，骑马坐轿子，怎么红火怎么办。让那些不开眼的看看，福聚德的伙计也是体面的。散吧！

罗大头　（憋了一肚子火）等等，成顺动我的烤杆。

卢孟实　（不动声色）怎么啦？

罗大头　这是坏柜上的规矩！烤炉的不到七十不传徒弟，皇上都认可过。

卢孟实　（笑起来）皇上都在日本租界当了寓公了，这规矩早该改改了。

罗大头　别忘了你们当初是怎么把我请回来的，我一撂杆不干，福聚德就得关门。

王子西　（调解地）这是干吗？谁不知道，福聚德指着大罗一根杆撑着哪，啊？！

罗大头　（故意拿糖）今天我不烤了，你们另请高明吧！（甩手就走）

王子西　哎，楼上还有座儿呢。

卢孟实　走了，就再别回来。

天下第一楼

罗大头　（爆发地）卢孟实！别跟我这儿摆掌柜的，你那点底别以为我不知道！

常　贵　（急拦）大罗！

王子西　这是干什么，散了！

罗大头　（甩开常贵）你爸爸怎么死的？攀着秤钩儿，蜷着腿，让人家拿大杆秤当牲口秤，憋闷死的，别以为我不知道……

卢孟实　（脸色由青变得煞白，突然高声笑了起来，那笑声凄惨中带着一股昂扬，听着使人发抖）你——给我出去！

罗大头　别人五人六的，美得你几辈子没当过掌柜的，上这儿耍威风。

卢孟实　（大吼）走！

　　　　〔众人要拦。

卢孟实　谁拦，谁跟他一块儿走！

　　　　〔罗大头骂骂咧咧下。

卢孟实　成顺，拿起来。侍候下今天这些座儿，我升你当灶头。散！

　　　　（众伙计下）

王子西　（担心地）下半晌是瑞蚨祥孟四爷的座，这可是吃主儿。

卢孟实　谁候？

福　顺　我。

常　贵　掌柜的，我候吧。

　　　　〔楼上某甲叫着："堂子，叫玉雏儿给我们上汤啊！"某乙："还得喂你一口啊？"淫笑。

卢孟实　（皱眉）什么客人？提玉雏儿干吗？

王子西　不知道。侦缉队打点好了？

卢孟实　不买账，看来想敲咱们一笔。

修鼎新　这是全赢德的地契、账簿，你盖章就过户了。

卢孟实　（感觉不适）留我晚上看吧。全赢德的伙计柜上的，愿留的都留下，千万别让他们没地方去，还有……（一阵眩晕）

王子西　（扶住）怎么啦？去后边躺躺。

　　　　〔唐茂盛上。

唐茂盛　嗬，门口的"气死风"都换电灯泡啦！

卢孟实　（强打精神）二爷来了，泡茶。天津福聚德生意兴隆？
唐茂盛　兴隆什么！
卢孟实　那地界好哇，前边劝业场，对过儿新明大戏院，热闹。
唐茂盛　地界好有什么用？人不行。
卢孟实　您那位新二奶奶，天津卫的人尖儿，连那些吃砸八地的都怵三分。二奶奶谁都不怕，就服您，对吧？
唐茂盛　（笑）你这都听谁说的？
卢孟实　我这儿有内线。
唐茂盛　她们这些姐妹，都不是省油的灯。
卢孟实　待会儿，就这吃饭，我叫玉雏儿给您做。
唐茂盛　我今天来，是想跟你借点东西。
卢孟实　瞅您说的，这楼上楼下不都是您老唐家的？
唐茂盛　分号要修门脸儿，用点钱。
卢孟实　用多少？
唐茂盛　我大哥在法家花园起的那间馆子支了多少，我就用多少。
卢孟实　（知来者不善）行，过了五月节，我给您送天津去。
唐茂盛　哟，你跟我这打镲呀？
卢孟实　您看，这影壁得描金了，后院堆房要挑顶子……
唐茂盛　福聚德日进百金，还跟我来这套？
卢孟实　有进还有出哪。修先生，拿账来。
唐茂盛　（不看）这事就这么着了。另外，我还要借个人。
卢孟实　谁？
唐茂盛　分号缺个好堂头，我要常贵。
卢孟实　这可不行，饭馆让人服，全仗堂、柜、厨，您这不是撤我大梁吗？我给您换一个。

（示意王子西帮他一起说）

王子西　（多一事不如少一事）二爷要，就——
卢孟实　不行。有批老主顾不见常贵不吃饭。

　　［**常贵自楼上下。**

唐茂盛　常贵，跟我去分号。

天下第一楼　　　　　　　　　　　　　　　　　　　355

常　贵　我？我，（望卢，卢气得说不出话）我也得安顿安顿家里头。

唐茂盛　还怕跑了老婆子？晚上的火车，票给你买好了。（对卢）银票你记着麻利开，我去瞅瞅我大哥。晚上，这儿吃饭、拿钱、带常贵。（下）

常　贵　（依恋地望着卢）掌柜的……我去了。

卢孟实　（欲骂无言，欲哭无泪，一拳砸在柜台上）

　　　　〔几个男人酒足饭饱，下楼来。

某　甲　吃了一桌子，就最后那碗汤有味。

某　乙　你不说是谁做的？

某　甲　（对卢）掌柜的，你可真有生意眼，弄这么一棵"摇钱树"种在后院。哟，你怎么直瞪我？吃醋哇？哈哈……

常　贵　（扶住醉醺醺的甲）大爷，这边走。

某　甲　走？明天我还得吃"回头"呢。玉雏儿，明儿见——

　　　　〔几个人下。

卢孟实　（把满腹怨气、憋闷撒向玉雏儿）你下来，下来，婊子！

　　　　（一掌向玉雏儿打去，突然，剧烈的头疼使他站立不稳，倒在玉雏儿身上）

王子西　快扶他后边歇歇去，这儿有我哪！

　　　　〔玉雏儿扶卢下。

王子西　唉，不知道打哪就给你横插一杠子，想得挺好，一下子全完。

修鼎新　架不住，一个人干，八个人拆。

王子西　我头也直疼，出去遛遛。（下）

成　顺　修先生，熟了！

　　　　〔成顺上。烤杆上挑着一只烤得焦黄的小鸡〕

成　顺　你闻闻，香味都出来了。

修鼎新　我吃了一辈子烤鸭，还真没吃过烤鸡。

成　顺　这是罗大头的一绝，掌柜的都不知道。

修鼎新　（伸手去拿）

成　顺　（一闪）上回你让我烤炉肉，就让掌柜的瞅见了，罚了我半天工钱。

修鼎新　（不耐烦地掏出一块钱）拿去。（把鸡放到鼻子底下闻着，似说似唱，无不感慨）生前啼声喔喔，死后无处可埋，以我之腹，做汝棺材，呜呼哀哉，拿好酒来——（不禁伤情）

　　　　［李小辫悄悄上，学着卢孟实的声音，咳了一声。

修鼎新　（吓了一跳，把鸡忙往大褂底下藏）
李小辫　掌柜的一会儿不在，你们就闹鬼儿。
成　顺　修先生不知道怎么啦？
修鼎新　来，来，来，二位，有酒，有菜，今天修某我也和你们论一回吃。《易》称鼎烹，《书》称盐梅，说的是《易经》里写过做菜，《尚书》里讲过调味。我修家三代为官，可你们知道我最敬重的是什么人？

　　　　［李小辫与成顺不解地摇摇头。

修鼎新　就是厨子。（朝二人拱手躬身）
李小辫　你别拿我们开心啊。
修鼎新　真的！就连我的名字也与厨子有关。
李小辫　（不以为然地一笑）
修鼎新　（认真地）修鼎新，鼎者，器之名也，供烹调之用。革去故而鼎取新，明烹饪者，有成新之用。
成　顺　（茫然地摇摇头）
修鼎新　你手里的炒勺，就是鼎；面前放着酸甜苦辣五味佐料，你把它们调和在一起，做成一种从未有过的美味佳肴，你就有生成之恩，和合之妙，鼎新之功。
李小辫　您太高抬我们了。
修鼎新　不，不，古人称宰相为"鼎辅"，说白了，就是掌勺的厨子。
成　顺　他喝多了。
修鼎新　（又喝了一口）大到一国，小至一室，都要有人执掌。古诗云"盐梅金鼎美调和"，就是比喻宰相用朝廷这个大炒勺做菜。
成　顺　（奇怪地望着修）他没喝几口呀。
李小辫　赶紧给他调碗醒酒汤，千万别让掌柜的知道。
修鼎新　掌柜的也是个掌勺的，你我就是他的"佐料"，你是咸的，我是

天下第一楼　　　　　　　　　　　　　　　　　　　　　　　　　　357

苦的，罗大头是辣的。福聚德是他的炒勺，我看他到底能做出个什么菜来，什么也做不出来……

李小辫　快拉他去后院井台漱漱口，拿盆凉水擦擦脸。

修鼎新　我没醉——（被成顺拉下）

　　　　［李小辫欲下，忽然听到唏嘘声。

　　　　［常贵面容凄楚上。

李小辫　常哥？（想起常贵就要离开福聚德）几十年了，说走就走，也是舍不得。

常　贵　（摇摇头）这块伤心的地方，有什么舍不得的？我是伤心，小的儿他，他不能看不起老的儿。

李小辫　怎么啦？

常　贵　我这一辈子，骂，不许还口；打，不许还手，心里头流眼泪，脸上还得笑，我就为这一家老小奔……

李小辫　常哥，到了儿出了什么事啊？

常　贵　小五儿，他非去瑞蚨祥当学徒。

李小辫　好事啊，生在苏杭、死在瑞蚨祥嘛。

常　贵　可——

　　　　［传来福顺的应酬声："孟四爷，您来了！"这一声喊，如同号令。福聚德的伙计们从四面八方跑上，各自站在自己的位置上。修鼎新上，与孟四爷寒暄。

孟四爷　我们的座儿呢？

常　贵　（擦干泪，格外精神地迎上来）楼上六号雅座。您瞅，门上雕着六子拜弥陀，今个儿正初六，四爷六六大顺，八面来风！几位爷，请！

　　　　［常贵引几位上楼，把他们送进单间，退出侧身站在门口。

常　贵　几位爷吃着、喝着，我唱唱菜单几位听听：酱鸭心、卤鸭胗、芥末鸭掌、鸭四宝、烧鸭舌、烩鸭腰、清炒鸭肠、鸭茸包。这是用鸭身上的舌、心、肝、胗、胰、肠、脯、掌十样东西做的鸭子菜，学名"全鸭席"。几位爷，想吃点什么？

孟四爷　好口才，你看着办吧。

常　贵　好嘞，慢等。（下楼他一向不踩楼阶，下到最后一阶时，腿突然一软，打个趔趄，正好被刚进门的王子西扶住）

王子西　（扶住）常贵，怎么磕磕绊绊的？

常　贵　（笑笑）没事。（下）

王子西　福顺，早上常家小五儿找他爹干吗？

福　顺　（靠近王，轻声地）小五儿想到瑞蚨祥学徒，人家不要。

王子西　为什么？

福　顺　说他爸爸是堂子。

王子西　常贵可不是一般的堂子，上到总统，下到哥儿大爷，谁不知道福聚德的常贵？

常　贵　（托四凉盘上）来了——（又转身向着厨房方向）粉皮拉薄，剁窄，横切一刀，多放花椒油！（上楼）

修鼎新　（望着常贵，感慨地）常贵是那份酸的。

王子西　你说什么？

　　　　［唐茂昌上，身后跟着罗大头。

罗大头　（喋喋不休）我是老掌柜那辈的烤炉，他当二柜的时候就瞅不上我，瞅不上我就是瞅不起您，瞅不起老掌柜……

唐茂昌　（打断）行了，这一道你就缠着我。

罗大头　您不到柜上来，不知柜上事，他哪来那么多钱买房子买地？他还想买济南府买前门楼子哪！

唐茂昌　你先回去。（罗下）孟四爷来了吗？

王子西　（殷勤地）楼上六号。

　　　　［唐上楼，常贵小心地拦住他。

常　贵　大爷，我在福聚德干了多半辈子，今天要走了。

唐茂昌　到哪儿去？

常　贵　二爷要起我到天津分号去。

唐茂昌　（不关心这些）去吧，到哪儿都是福聚德。

常　贵　（小心地）常贵在柜上几十年，没跟您张过嘴，今天有件事求大爷。

唐茂昌　说吧，说吧。

常　贵　我就一个儿子叫小五儿,他想到瑞蚨祥当个学徒,烦大爷亲口跟孟四爷说一声。

唐茂昌　就这事啊,行了。(上楼)

常　贵　谢谢大爷。(人仿佛年轻了)福顺,撤荤盘子,上手巾把儿,准备走热菜。(似乎想起什么,快步走到六号雅座门外)几位爷吃着,喝着,我念个喜歌给几位爷下酒。

　　　　〔王子西惊异地抬头望着常贵。

常　贵　(面色绯红,声音有点发颤,清了清嗓)吃的是禄,穿的是福,八大酒楼全都在京都。福聚德,赛明珠,挂炉烤鸭天下美名殊。皮儿脆,入嘴酥,肥不腻,瘦不枯,千卷万卷吃不足!全鸭席,胜珍馐,三十元,有价目,食落您老自己肚,胜过起大屋。您看厅堂敞,楼上楼下好比游姑苏。更有美酒赛甘露,请君饮过,添丁添财添寿又添福——

　　　　〔雅座里响起喝彩声和稀稀落落的掌声。门帘里递出一杯酒。

常　贵　(恭敬地接过酒)谢谢孟四爷!常贵平时不喝酒,今天四爷赏的,我一定干了。(一饮而尽。烈酒下喉脸更红了,他抖擞了一下精神)酒过一巡了,鸭子上炉。(下)

王子西　这个喜歌儿,就他添儿子那年唱过一回,今儿可是反常。

福　顺　瑞蚨祥东家在里边坐着,这不明摆着吗?

　　　　〔唐茂昌、孟四爷自单间出。

唐茂昌　票是明晚上的,在庆乐,您可得来。

孟四爷　我准来,我带几位顺天时报馆的,叫他们写文章捧捧您。

唐茂昌　那太好了。您快入席,别送了。

常　贵　(托着菜盘,小声提醒)大爷——

唐茂昌　(想起)噢,四爷,我这儿的堂头有个儿子想到您柜上学徒,您给说一声。

孟四爷　哟,不是我驳您的面子,这事怕不成。

唐茂昌　常贵您认识啊。

孟四爷　不是认不认识,柜上老规矩,"五子行"的子弟不能在店里当伙计。

唐茂昌　怎么呢?

孟四爷　您想啊，二月二，五月五，八月十五，年三十，柜上必搭大棚叫伙计们坐席吃八碗，到时候都是大饭庄子走堂会，要是他老子在下边伺候，他怎么在上头坐啊。

唐茂昌　有理，有理。您入席吧，明儿见。

〔常贵失神地摇晃了一下。

王子西　小心菜！

〔唐茂盛上。

唐茂昌　茂盛，我正要找你。（把唐茂盛拉到一旁）

〔门外吵吵闹闹的人声，夹杂着外国话和狗叫。福顺慌张上。

福　顺　二掌柜，洋人来了。

王子西　又不是没见过，慌什么？

福　顺　他们都长得一个样，我怎么下账啊？

王子西　前门进，后门出，一人先交一块美金。

福　顺　我还不会洋文哪。

王子西　叫常头啊。

〔一些洋人涌进店堂，叫着："duck！"

常　贵　（迎上去）Hello, please up! Don't carry the dog!（请上楼！不要把狗带进来！）

洋　人　Why?

常　贵　这是饭馆的规矩，这儿有店规。

洋　人　（斜瞥着常贵）中国的狗怎么能进来？

常　贵　没有过，我们福聚德向来对中国人、外国人一个样。

洋　人　你就是中国的狗，跟在人后边跑。（边说边学，其他洋人开怀大笑）

常　贵　（压抑着的羞辱突然爆发）我是堂子，是伺候人的，可我是人，您不能瞅不起人！

洋　人　（大笑）人，dog！（一巴掌打在常贵脸上）

〔洋人们拥上楼去。常贵直挺挺地站着。

王子西　常头，打坏没有？

常　贵　我，该打。该让人瞅不起，臭跑堂的……

天下第一楼

王子西　福顺，你去应酬。
常　贵　（猛地推开福顺）我看他们还怎么打?!（噔噔噔地上楼去）
唐茂盛　他想做福聚德的主，没门儿！抹了他，咱把买卖收回来。
唐茂昌　我是想收回来，可也得找个碴儿啊。

　　　　[常贵自楼上下。

常　贵　（面无血色，声音嘶哑）楼上鸭子两只，荷叶饼三十，高苏二斤，白酒——（突然，手往前一伸，人栽倒在桌子上）
修鼎新　常头，常贵！快，叫掌柜的！

　　　　[卢孟实急上，大家围着常贵呼唤着。

卢孟实　这是中风，人要不行。
修鼎新　他伸着五个手指头是什么意思？
王子西　一定有话说，快叫，叫！

　　　　[众人呼叫，因有客座，声音不敢太大。

常　贵　（艰难地张开嘴，气息微微）白，白酒五两——（说完头无力地垂在桌子上）
福　顺　常——
卢孟实　（捂住福顺的嘴）别哭。子西，叫辆车赶紧送医院。
唐茂盛　常贵我不要了，给我换福顺吧。
卢孟实　这会儿救人要紧！

　　　　[人们抬常贵下。

唐茂昌　卢掌柜，你打算怎么打发常贵？
卢孟实　有病给治，人死好好发送。
唐茂盛　你对伙计倒不错，可用的都是我们的钱。
卢孟实　我当掌柜的，不在伙计们身上打主意。
唐茂盛　那你就在我们身上打主意？
卢孟实　（不示弱）这话什么意思？
唐茂盛　福聚德日进百金，这么多钱都到哪儿去了？别以为我们不知道！
唐茂昌　先父临终没把买卖交给我们弟兄，而托付给了你，你可得对得起他老人家。
卢孟实　卢孟实问心无愧。

唐茂盛　你说，福聚德是你的买卖，这大楼的事都得你做主，有这事没有？
卢孟实　（平静地）有。
唐茂昌　这儿的钱、账、买卖一概不许我们过问，这话你说过没有？
卢孟实　说过。
唐茂盛　凡事不问我们的意思，你一个人独断专行，这事你干过没有？
卢孟实　全是这么干的。
唐茂盛　你到底安的什么心哪？
卢孟实　我看你们兄弟不是经营买卖的人，怕耽误了先人留下的这份产业。
唐茂盛　说得多好听，耽误不耽误，你干吗操这么大的心？
卢孟实　我愿意操心。这楼是我看着起的，福聚德的名声是我干出来的，店规是我订的，这些人是我一手调理的。这里的一个算盘珠子、一根草棍儿都是我置的，我不能糟践了它们！
唐茂昌　卢掌柜，话是这么说，可你别忘了，这份买卖他姓唐！福聚德到什么时候，我们也是掌柜的！买卖我们要收回来了。

　　　　［克五领着一帮人，气势汹汹地拥进店里。其中几个就是前半晌来吃饭的男人。

克　五　五爷我又来了。
卢孟实　干什么？
克　五　侦缉队！你这儿有人私藏大烟。
卢孟实　克五，说话要有凭据。
克　五　（指指鼻子）这就是。
队　长　（指挥手下）搜！

　　　　［侦缉队的人把福聚德弄得一片狼藉。克五等拉罗大头上。

克　五　（拿着一包烟土）瞅瞅，藏酒坛子里了！
卢孟实　（气得说不出话）你，你就这么不争气！
罗大头　掌柜的，四两都不到，克五他成心！
队　长　哼，下九流的玩意儿，捆好拉出去示众。

　　　　［克五等人把大罗手脚对捆在一起。

一男人　嘿，借你们秤杆儿用用。
卢孟实　……（晃然间，父亲当年受辱的情景，仿佛重现，不由人摇晃了一下）等等！罗大头是个烤炉的厨子，不是烟贩子。我愿意做证，福聚德愿保！

队　　长　（斜视着卢）谁能保你呀？

［伙计们把眼光望向唐家兄弟，可是他们不说话。停顿。

队　　长　谁是掌柜的？

唐兄弟　（指卢孟实）他——

队　　长　掌柜的，跟我们去侦缉队聊聊吧？

罗大头　（大叫）福聚德早把我辞了，没别人的事！

卢孟实　（亲手给大罗解开绳子）大罗，我不辞你，好好烤你的鸭子，正经做人。

罗大头　（愣住了）

玉雏儿　（急上！扑向卢）孟实！

卢孟实　（笑笑拍拍玉雏儿的肩膀）刚才委屈你了。（抬起头，看着他亲手起的大楼）这"轿子"我到了儿没坐上。（解下腰带上那块轿形玉佩，轻易地扔出窗外，昂然地随侦缉队下）

罗大头　（突然痛哭失声）掌柜的……我对不起你！

克　　五　（跳上太师椅）从今往后，五爷还是你们的常客。常贵，赶紧伺候着！大爷我吃一只，带一只，鸭架桩给我送家去！

——幕落

尾　声

［福聚德店堂。唐茂昌坐在太师椅上。

唐茂昌　卢孟实走了，买卖我们收回来了。往后我和二爷掌柜，子西还是二柜，子西呢？

［王子西匆匆上，手里托着一个小蒲包。

王子西　（知道自己晚了，随机应变）热萝卜丝饼，刚出锅的，我给二位买早点去了。

唐茂昌　这些年，我们受卢孟实的气……

［福子上。

福　子　大爷，场面我都带来了，就这么一句"尾声儿"，他们老吹不好。
唐茂昌　后边练去。（继续）我们受气……
　　　　［第一幕时那个警察上。
警　察　（边上边喊）挂旗，挂旗！
王子西　又挂什么旗？
警　察　换什么掌柜的，挂什么旗，您交钱吧。
王子西　（接旗端详）我说你们有准儿没准儿？
警　察　嗨，跟您这儿一样，甭管张三、李四谁当掌柜的，也得烤鸭子，不论皇上、总统、长毛、大帅，谁来也得吃鸭子，这就叫江山易改，本性难移。没的说，给包一只吧。
　　　　（拿了鸭子，喊着"挂旗"下）
　　　　［玉雏儿上。
玉雏儿　（旁若无人）福顺，箱子套好了，别掉下来。
唐茂盛　玉雏儿，卢孟实回家怎没带着你呀？
玉雏儿　（恬静地）他家里有老婆。（朝门外）抬上来！
　　　　［几个脚夫抬着两块硬木漆金的对联上。
玉雏儿　孟实说，他这辈子该干的都干了，就差门口这副对子，临走打好了，请给挂上。
唐茂昌　（看）"好一座危楼，谁是主人谁是客。只三间老屋，半宜明月半宜风。"
　　　　［脚夫们把对联挂好。
修鼎新　（心领神会）"好一座危楼，谁是主人谁是客。只三间老屋，半宜明月半宜风"……差个横批："没有不散的宴席"。
唐茂昌　（感到有点不大对劲儿，刚要说什么）
　　　　［幕后"尾声儿"曲起，这是熟悉的京剧结束曲，一吹打起来，戏就该收场了。
　　　　［大幕徐徐落下，把一切关在幕内，只剩下那副对联。
　　　　——全剧终

《十月》1988年3期

窝头会馆

刘 恒

主要人物

苑国钟——五十岁。房主。绰号苑大头。贫嘴却厚道。
古月宗——七十三岁。前房主。清末"举人"。迂腐而风趣。
肖启山——五十六岁。保长。人称肖老板。圆滑且凶悍。
周玉浦——四十五岁。中医。营推拿正骨。怕老婆而又怕事。
田翠兰——四十二岁。厨子妻。曾为暗门子。刀子嘴豆腐心。
金穆蓉——四十岁。中医妻。旗人。对己对人有无限不满。
牛大粪——四十岁。淘粪夫。兼具底层人的义气与油滑。
关福斗——二十五岁。木匠。厨子的养老女婿。憨厚而正派。
苑江淼——二十二岁。苑家儿子。左翼大学生。坚定而忧郁。
周子萍——二十二岁。周家女儿。左翼大学生。单纯而浪漫。
肖鹏达——二十二岁。肖家儿子。释放的犯人。偏执而堕落。
王秀芸——二十三岁。王家女儿。木匠妻子。守本分的孕妇。

第一幕

（一九四八年夏　处暑　白昼）

［南城死胡同里的一座小院儿，坐北朝南，品相破败，却残存着一丝生机。东北角一棵石榴，西南角一棵海棠，两棵树让一条晾衣绳勒着，像在院子当间横起了一根绊马索。

［正房是一座摇摇欲坠的砖楼，两层摞在一起也没高过东侧邻院

的大北屋。楼底一层三间，东边两间住着苑国钟。他是房主，喜欢酿私酒腌萝卜，还喜欢侍弄茉莉花儿。窗台上下廊子内外摆满了花盆和坛坛罐罐，台阶下边儿则是一口胖得离谱儿的大水缸。缸口搭了青石板，比八仙桌还高一块，几个倒扣的菜坛子围着它，做了现成的小板凳儿。楼底西边隔出一间，租给了木匠关福斗，小两口儿快抱孩子了。楼上的格局比较古怪，总共两间房，居然在正中打了隔断。西边那间大一些，带着半个平台和下楼的暗梯子，住户是清末的举人古月宗。平台上高低错落，摆满了他的蛐蛐罐儿，虫子们时不时就嚷嚷起来，是欢唱也是哀鸣。隔断东边那间看上去很憋屈，廊道上安了栅栏门，门外连着带扶手的楼梯。木头台阶在中途拐了个弯儿，斜着伸到院子里，几乎把房主的窗户给挡严实了。房主乐意，因为住在脑瓜顶上的不是外人，是他的宝贝儿子苑江淼。他是铁道学院的大学生，让痨病害得休了学，闷在屋里读书静养，除了偶尔吹吹口琴、咳嗽咳嗽，听不出他有别的动静。

正房的左右耳房都在暗处，一边是茅厕，挡着一人多高的竹篱笆；一边是月亮门儿，通向后夹道。

[东厢房是三小间，干净得要命。租户是中医周玉浦，他不大开方子，擅长正骨推拿和针灸，主业却是做膏药和倒卖药材。媳妇金穆蓉是旗人，又信了天主教，规矩多得不得了。女儿周子萍念师范，平时不着家，但是有一间屋子笃定是她的，从绣了紫百合的窗帘儿能看出来。

[西厢房也是三小间，紧南边儿这间却敞着，透过苇子帘儿能看见煤堆、案板、灶台和各种家伙什儿。租户是王立本，他从小就在这个院子里给人做饭，混到一把年纪了还是做饭。媳妇田翠兰以前是卖大炕的寡妇，从良之后改卖炒肝和窝头了。她把闺女王秀芸嫁给了关福斗，让这小木匠倒插门儿，踏踏实实地给老王家当起了养老女婿。

[院子靠胡同这边没有墙，也没有大门和门框，舞台顶部垂下一坨挂着彩匾的门楼子，"窝头会馆"四个字斑驳可辨。字体、落

款、印章非乾隆莫属，却怎么看怎么像蒙事，是专门吊在那儿唬人的。

院子的地面在舞台上高起来，不多不少地往后退，留给小胡同和大门台阶一些位置。舞台一侧，死胡同的尽头，挡着一棵粗大的黑枣树，结满了果实。与这棵茂盛的雌树相呼应，舞台深处的后夹道里站着一棵死去的雄树，枯朽的枝干伸到砖楼的屋脊上，奇形怪状像生了锈的铁器。

［大幕在此强彼弱的口琴声和拉锯声中展开，枯树枝子不时坠落，发出嘎巴嘎巴的断裂声。那是一首外国的口琴曲，旋律和节奏十分优美，与我们看到的情景却极不相称。灶台上的笼屉热气蒸腾，王立本扎着脏围裙匆匆忙忙地捏窝头码窝头。田翠兰蹲在大盆旁边儿，兴致勃勃地拾掇一些白色的条状物，过了好一会儿我们才弄明白她洗的是猪肠子。周玉浦窝在躺椅上翻报纸，却没耽误干活儿，两只脚来来回回地蹬着铁辊子，在一个研器里碾药面儿。二楼的平台上，古月宗旁若无人地捣腾蛐蛐罐儿，颤巍巍的身子时隐时现。不知道是什么人在伐那些枯树杈子，眼看着树冠就秃下去了。田翠兰直起腰来看着楼上那间围着栅栏挂着窗帘的黑屋子。

田翠兰	嘿！小淼子！紧着咳嗽就别吹了，本来就是痨病梗子，你就不怕吹吐了血吗？大妈我听着可上不来气了啊……我都快吐血了！

［口琴声戛然而止，传来蛐蛐儿小心翼翼的鸣叫。

田翠兰	我说大兄弟，你哧哧哧笑什么呢？吃膏药啦？
周玉浦	我吃黑枣儿了！您瞧这字儿印的……一粒儿一粒儿像不像黑枣儿？我瞅着它们就想乐。
田翠兰	那甜枣儿都告诉你什么了？
周玉浦	国军……咱们英勇的国军在东北又打赢了！
田翠兰	新鲜！他们什么时候输过？明是脑浆子都给打出来了，顺着腮帮子直滴答，自要一上报纸，嘿！敢情是搂着脸巴子庆祝胜利，人家扎堆儿舔脑儿呢！

［周玉浦笑得嘎嘎的。金穆蓉挎着满满一笸箩膏药走出东厢房，

在躺椅上轻轻踢了一脚。

金穆蓉　玉浦，过来搭把手。

周玉浦　哎！

［周玉浦士兵似的跳了起来，帮着老婆把膏药夹在晾衣绳上。田翠兰拎起一嘟噜肥肠儿，从绳子的另一头开始晾，把两块膏药晃地上了。

田翠兰　呦！对不住了您！

金穆蓉　翠兰姐姐，我真就看不明白，您这着的是哪门子急啊？

田翠兰　我没着急您也甭着急……穆蓉妹子，这就给您捡起来了。

金穆蓉　您那肠子掉地上倒不碍的，我们这膏药怎么办呐？

田翠兰　瞧您说的，猪肠子掉地上不碍的，我那肠子我得让它掉自个儿肚子里不是？

金穆蓉　您甭客气。您就告诉我……这膏药沾上土坷垃怎么使啊？给谁使啊？

田翠兰　那不是贴腰的吗？谁腰疼给谁使啊！

金穆蓉　我们拿出来使，再硌着人家，人家不给钱也就罢了，真要算计我们，讹我们一道，我们找谁讲理去？

田翠兰　找我呀！您让讹您那孙子找我，您让他讹我来。谁怕谁呀？（话中有话）想变着法儿讹我，他姥姥！

金穆蓉　没您这么捡便宜话儿的……谁讹谁了？

田翠兰　爱谁谁！谁敢讹我我抽谁！您让他讹我试试？您把那膏药递给我，我他妈糊他腚眼子！我糊死臭丫挺的！

周玉浦　穆蓉，咱少说两句……听我的！姐……您也少说两句！

金穆蓉　闭嘴！往后不许你叫这人姐！

田翠兰　别介！叫我妈，我还不乐意呢！

周玉浦　不说了……咱都不说了……都别说哩……

［拉锯声悄然停顿。王立本一边捏窝头，一边假装找东西，在老婆跟前乱晃悠。谁都没搭理他，就像世上根本没这个人。苑国钟慢吞吞地走来，用木头背架驮着几盆茉莉花，俩胳膊各挎了一个竹篮子，里面有中药包和熏蚊子的艾蒿瓣儿，还有灌满私

　　　　　　酒的旧玻璃瓶子和盛咸菜的柳条壳儿。他在台阶上退了半步，笃着鼻子端详那棵黑枣树。

苑国钟　（嘟囔）哪个歪嘴子夜壶干的？又在树后头撒了一泡……哪天逮着兔崽子，我要不骟了他我就不姓苑！（跨进院子，笑眯眯地看着大家）你们叽叽喳喳嚷嚷什么呢？知道胡同口的街坊怎么跟我嚼舌头来着？（模拟）不得了啦！你们院儿那俩母鸡又踩蛋儿啦！（周玉浦哧哧笑，被媳妇点了一脚）瞧见没有？这唾沫星子多寒碜呐，可谁让你们自己个儿不嫌寒碜呢？翠兰妹子，您给扶一把……（蹲身卸下背架）你们都听大哥一句，掐架的累活儿给公的留着，母的好好趴窝里歇着去。您不喜欢下蛋喜欢下煤球儿都没关系，甭管黑的白的，瞅不冷子给挤一个囫囵个儿的出来您就是神仙了……玉浦兄弟，您说是不是？

周玉浦　那是……那是！

金穆蓉　（瞪着田翠兰画十字，低声）哈利路亚！

田翠兰　（高声以对）阿弥陀佛！

苑国钟　（戏谑）关帝爷圣明！二位先别走，我有正经事儿跟你们说……立本儿，接着……（把艾蒿瓣儿和中药包递给王立本）别耽搁！赶紧把艾蒿瓣儿点着了挂茅房去，熏不死那蚊子也得把它熏傻喽，让它分不清哪是砖头哪是屁股，我看它叮谁去……那草药茬子不着急，泡一过儿再煎，得拿文火好好煨它……（转过身来）翠兰妹子，穆蓉妹子，知道今儿是什么好日子吗？

田翠兰　就冲您这一笑，没憋好屁。还不赶紧放出来，没看见手里都端着活儿呢吗？

苑国钟　（高声）今儿是好节气，处暑！是我苑国钟要饭的日子口儿了……（见众人回避便收敛了笑容）我不是要租钱，我要的是饭钱！你们两家儿东厢西厢住着我的瓦片儿，不能不赏我一口饭吃。过来瞧瞧，啊？多好的茉莉花儿，有人看没人要，花骨朵儿倒给掐没了！三瓶子酒……一滴答也没卖出去。咸菜倒是出去了，俩熟人儿一人扰了一大把，没给钱给俩字儿……尝尝！

田翠兰　给你俩字儿是便宜的！不是熟人儿，人家非要赏你俩大嘴巴蹬你两脚，你不是也得接着吗？

苑国钟　（运气）没错儿，我该着！我……

　　　　［二楼传来窸窸窣窣的声音，苑国钟和众人扭头往上看。苑江淼从屋子里走出来，端着一个竹篦子暖壶。他脸色苍白，头发略显蓬乱，神色却十分宁静。他打开前廊栅栏门的锁头，出门之后又反身锁好，顺着楼梯往下走。他沉浸在自己的思索中，轻轻咳嗽着，眼睛始终盯着脚底下。苑国钟小心翼翼地迎过去。

苑国钟　你好好歇着呀……快递给我，我给你灌暖壶去。

苑江淼　爸，我自己来。

苑国钟　小淼子，咱们……咱们后半晌儿去不成澡堂子了。

苑江淼　（缓步）为什么？

苑国钟　新来的这掌柜不地道，他怕主顾嫌弃病人，死活不卖给咱们澡牌子……

苑江淼　噢……（平静地走向灶棚子）人家没什么错儿。

苑国钟　（轻轻叹息）你们都瞧见了吧？

田翠兰　瞧见什么了？

苑国钟　您说……我这儿子是不是念书念傻了？

田翠兰　他没傻您傻了。

苑国钟　我怎么就傻了我？

田翠兰　满世界就没您这么惯儿子的！他再有病您也是他爸爸，就算他得了神仙的病他也不是神仙，他是您儿子！您犯不着一天到晚供着他……

苑国钟　我不是他爸爸，他是我爸爸……成了吧？

田翠兰　您还别不爱听！让他休了学是让他养病的，没白日儿没黑界地看书看书，就知道看书……您瞪着俩大眼珠子也不知道管管？这是养病呐？这不儿上赶着找死呢么！

苑国钟　我儿子喜欢看书，看了书他高兴……我得变着法儿让他高兴。

田翠兰　您也跟着高兴了是不是？您吃浆子吃多了吧？

苑国钟　您爱说什么说什么……我是心疼他，大半夜听他咳嗽，我心口都裂成两瓣儿了！我不想招我儿子不高兴……

窝头会馆　　　　　　　　　　　　　　　　　　　　　　　　　371

田翠兰　搁着我，他要不听劝就把书给他扯喽，把口琴给他撅喽，把……（看见苑江淼走出棚子，连忙改口）小淼子，这几屉窝头都是新茬儿棒子面儿，蒸得了你趁热儿尝尝。

苑江淼　（轻声）谢谢大妈。

苑国钟　儿子……晚上我给你烧一锅热水，咱自个儿蹲水缸里涮涮……

苑江淼　不用了。

田翠兰　（悄声）他懒得说话，还偏去烦他，您这不是找着挨臊呢么？

苑国钟　（目送儿子进屋，垂头丧气）他不是念书念傻了……他是嫌我跟你们催租子呢！每回一要房钱他就不爱搭理我……您说，我又没跟他要，他老这么臊着我干吗？

田翠兰　那您就甭要租子了，您还是要儿子吧。

苑国钟　（不悦）你们存心要饿死我是不是？话说回来，饿死我没关系，你们不能饿着我儿子……这不！你们都瞧见了，刚给他抓了药，可什么药能治得住痨棵子这号病呀？死马当活马医呗，人家跟我要多少钱我也得乖儿乖儿递过去，跟我要脑袋我不是也得给么？你们把我扒光了瞧瞧，身上要是还剩着一个大子儿，我这就躺下，我请二位扒我的皮！我……

周玉浦　苑大哥！我们刚囤了几口袋药材，挺老大的花销……

苑国钟　我跟你说不着，你们家银子不归你管……（笑眯眯地对着金穆蓉）大妹子，您听好了，（掰手指头）大暑一笔，芒种一笔，加上处暑这一笔……咱把这三缕儿头发拧成一条大辫子！欠我这一季房钱……您就一股脑儿给清了吧，啊？您省心我省心，连老天爷都跟着省心了……（手指朝天）咱让人家操了多大的心情……对不住了您呐，老天爷！

金穆蓉　国钟大哥，欠了房钱是对不住您，可我们掉在坑里爬不出来，您不是看不见吧？您有眼睛啊……

苑国钟　（一愣）是啊……我有眼睛，都看见了。你们在坑里抓挠儿，我那坑已然给填平了。我早就让人家给活埋啦……你们就没看见吗？您的眼珠子横是没长在我眼眶子里吧？

金穆蓉　（口气放软）您用不着起急，这不是跟您商量呢么？您瞧……玉浦在西鹤年坐堂您也知道，人家刚刚涨了堂租您不知道吧？屁股大一块地方，您知道他们要多少钱？我们玉浦挣三碗饭得拨给人家两碗半！上回进的那些党参您也看见了，钱没少花可全都发了霉……

田翠兰　（一边晾猪肠子一边插嘴）发了霉倒是发了霉，可也没见着耽误了卖，蜂蜜水儿里泡泡，老阳儿底下晒晒……做那大药丸子多水灵呀！

金穆蓉　还没完没了了！又哪儿碍着您了？

田翠兰　得！是我碍着您了……我躲您远点还不成么？

苑国钟　等等！您往哪儿躲啊？先把房钱撂下，等我数完了您爱往哪儿躲往哪儿躲，您哪怕插个翅膀儿飞了呢……掏钱吧您呐！

田翠兰　您等我把肠子掏干净了再给您掏钱，我……

苑国钟　翠兰子！甭捣腾废话了，啊？我不爱听……掏钱。

田翠兰　活该您儿子臊着您。

苑国钟　活该我认了！别给软的啊，我要硬的……您给掏两块叮当脆的吧。

田翠兰　（翘起胯骨）手黏着呢，自己进兜儿里掏去。

苑国钟　（尴尬，对着金穆蓉）您也屋里取（音qiu）去吧？

　　　　〔田翠兰朝苑国钟偷偷丢了个媚眼儿。金穆蓉看在眼里，一脸鄙夷，画完十字之后拂袖而去。

金穆蓉　哈利路亚……

田翠兰　（对着金穆蓉的背影，高声）阿弥陀佛！

苑国钟　关老爷圣明……（犹犹豫豫地把手伸到对方口袋里，轻声）您是属王八的？怎么咬了人就不撒嘴呀？

田翠兰　那是！我一撒嘴她不得叮住我鼻子？上回洗猪肠子，脏水沁了她药材笸箩，愣讹了我半袋儿白面！

苑国钟　您犯不着跟她较那个劲，人家信的是玛丽亚。

田翠兰　她信玛丽亚，我信观世音，我能矮她一头不成？她脊梁后头有耶稣戳着，我屁股后头还蹲着弥勒佛呢……谁怕谁呀！

　　　　〔田翠兰扭动腰肢挑逗，苑国钟汗都下来了，掏出几个铜板数了

窝头会馆　　　　　　　　　　　　　　　　　　　　　　　　　　　373

数，不甘心地接着掏。周玉浦偎在躺椅上假装看报纸，窥视他们。王立本则视而不见，摇着冒烟的艾蒿辫儿走向茅房。

田翠兰　哎哎哎！您掏够了吧？

苑国钟　不够……你们两口子一份儿，您闺女两口子还一份儿呢。

田翠兰　您掏半天掏着硬的没有？

苑国钟　我得问问我这俩耳朵……洗您的肠子去吧！

　　　　〔苑国钟离开对方，熟练地弹着银元，一边贴在耳根子上听辨，一边凑近了周玉浦的躺椅。

苑国钟　我说玉浦兄弟……

周玉浦　哎……您说。

苑国钟　你媳妇进教门有两年了吧？

周玉浦　到腊月整三年。

苑国钟　都知道你屋里这大格格爱使小性儿，觉着随了天主还不得改改？脾气看涨！按说不至于呀？这世上谁招她了？谁惹她了？是傅司令得罪她了还是蒋委员长欺负她了？你跟她进过教堂，你给说说，是哪路儿神仙发了话了？看谁谁不顺眼……这到底是怎么档子事儿呢？

周玉浦　不瞒您说，我还想找个人打听打听呢。头一回进教堂我就打呼噜，推醒了接着打，我媳妇眼泪还没下来呢，把那神父给弄哭了！打那儿起，穆蓉她再也没让我跨进教堂一步……

苑国钟　你不去你闺女跟她去。

周玉浦　去两回也不去了。

苑国钟　你闺女也打呼噜？

周玉浦　打呼噜就好了……（低声）人家改信马克思了！

苑国钟　马马马……马什么？

周玉浦　马克思。

苑国钟　他是谁呀？一贯道的？

周玉浦　嘿！哪儿跟哪儿啊……（俯在对方耳边嘀嘀咕咕）您知道了吧？

苑国钟　（紧张）我不知道！你什么也没说过，我什么也没听见过！这姓马的不认识我，我也不认识他，我就认识房钱！快招呼你媳妇

374　　　　　　　　　　　　　　　　　　　　　　　　　戏剧卷

拿钱……紧着呀！你们倒是……

［后夹道突然传来砍伐声，苑国钟一哆嗦，仿佛被斧子劈了后脖颈。他盯着楼顶震颤的树枝，吃力地挪动脚步。

苑国钟　干吗呢？（大声）嘿……干吗呢你们！

田翠兰　（怯懦）……他们伐树呢。

苑国钟　谁呀？

田翠兰　我闺女……我闺女他们两口子。

苑国钟　（发火）你让他们干的？占便宜没够是吧？蹬鼻子上脸踹脑门儿……想蹲我天灵盖儿上拉屎是吧！

田翠兰　不是我……

苑国钟　谁？不是你是谁？你说！谁？！

古月宗　（慢条斯理）我。

苑国钟　……古爷？

古月宗　你瞎嚷嚷什么呀？是我让他们伐的。

［古月宗晃晃悠悠地下了楼梯。他的肩膀上用褡裢兜着几个蛐蛐罐儿，一手拄拐杖，一手拿铁钎子这儿掏掏那儿捅捅。苑国钟看他打了个趔趄，赶紧上去搀了一把。砍伐声清脆而急促。

苑国钟　古爷，后夹道那棵树我押给棺材铺了，您知道呀！

古月宗　废话！不知道我能急着赶着雇人下斧子吗？

苑国钟　您这话儿是怎么说的？

古月宗　我命里缺这口棺材。腊月初八我整岁七十三，不备一口六个面儿的小木头宅子我过不了这个坎儿……明戏了吧？

苑国钟　不明白！您想睡棺材您上棺材铺躺着去呀，您糟蹋我的树干吗？我是房主，那树是我的，砍不砍我说了算，您凭什么说砍就给砍了呢？

古月宗　你是房主没错儿，可这窝头会馆是民国十六年（1927）你从我手里买过去的……对吧？

苑国钟　（不知道对方葫芦里装的是什么药）对……对呀！

古月宗　三百二十块现大洋……我把这房子卖给你了，对吧？

苑国钟　对……对呀！

窝头会馆　　　　　　　　　　　　　　　　　　　　　375

古月宗　可是呢，我没把树卖给你呀……对不对？

苑国钟　（愣住了）对……不对！不对！！古爷，您好歹也顶了个举人的名头儿，您见过世面，您知道前朝皇上吃了韭菜嘴里是什么味儿，您说您在跟前儿闻过呀！您千万可别恶心我……我花钱买了院子，院子里的树能不是我的吗？院子是我的，院子里的东西能不是我的吗？

古月宗　我也是院子里一东西，我是你的吗？

苑国钟　……

古月宗　说！我，古月宗，这老东西是你的还是我自己的？

苑国钟　您当然是您的了！

古月宗　这不结了！

苑国钟　可您要是棵树呢？您要是长在我后夹道里呢？您不是我的您是谁的呀？您活该把根儿扎这儿了！

古月宗　矫情！

田翠兰　老爷子！您别拿着铁钎子乱扎，墙皮儿都让您给扎酥了，小心砖头掉下来砸您那脚后跟！

古月宗　怎么着？院子是他的，蛐蛐儿也是他的？你们答应，蛐蛐儿答应了么？我都懒得笑话你们……（从怀里掏出房契，一折一折打开）我跟你对对房契，把你那张也拿出来，让它凉快凉快……苑大头！

苑国钟　您别这么叫我，我不爱听！

古月宗　（开心大笑）你不爱听？给洪宪皇帝发丧那年……（对着田翠兰和周玉浦）那年这小子还给我看大门儿呢！不好好在院子里待着，跑到街上看袁世凯出大殡……你们猜怎么着？老百姓堵了一街筒子，不看那死的了都看这活的，都说怎么他妈这么快呀！袁大头转世了嘿……（众人笑）苑大头！你说，有这回事儿没有？

苑国钟　（自嘲）有这回事！我脑袋是大了点儿，可是我那苑不是他那袁，我是草民我带着草字头儿呢！您也甭管圆大头方大头吧，我就是扁大头，我就是一馅儿饼……后夹道那棵树也不是您的，它是我的。

古月宗　你给我念念房契，你能念出一个"树"字儿来，我磕死你脚底下……念呐！

苑国钟　我？我念不着。

古月宗　你不念我念。我就喜欢这两句儿，我念给你们公母几个听听……（田翠兰和周玉浦凑过来）卖者……这指的是我……（宣旨一般）卖者痛失老宅，身心染恙，切须调养……我差一丢丢儿没背过去……切须调养，自立契之日起，无偿……就是不给钱……无偿暂住原宅一间，待另购新居之后，即行搬离，买者不得干涉之……（喜悦而夸张）之之之！耳朵眼儿都痒痒吧？听进去了没有？

周玉浦　（恍然大悟）合着您……打民国十六年到今儿，还……还没购得新居呢？

古月宗　（乐不可支）做梦都想搬出去，找不着合适的呀！

田翠兰　今儿都民国三十七年（一九四八）了……这得省多少房钱呐？

古月宗　说得是呢？他一跟你们催租子，我心里那蜜罐子就给打翻了，躹儿得我啊……就别提有多难受了！

苑国钟　古爷……祖宗！您就不能被窝儿里偷着乐去？

古月宗　我怕乐大发了挺被窝儿里，出来透透气儿。

苑国钟　您已然大发了您快了！您别忙活了，我白送您一口棺材，您赶紧挺直了躺进去，我这就给您钉钉子成不成？

古月宗　嘿！小子……你说的？

苑国钟　我说的！怎么着吧？

古月宗　你们都听见了啊……树归他，棺材归我了。

苑国钟　您存心扇我脸巴子我认了！可那棵树它本来就是……

　　　　〔金穆蓉端着一笸箩成捆儿的纸币走过来，二话不说往篮子里倒。苑国钟赶紧张开衣襟兜住，连连后退，掉在地上的也来不及捡。

苑国钟　哎哎哎！我不要软的，您给我硬的！

金穆蓉　您将就着吧。

苑国钟　软的就软的，您倒是给我金圆券呀！弄这么多法币……

金穆蓉　自己兑换去！您啐口唾沫数数？

苑国钟　想数……数得过来么?
金穆蓉　我不欠您了。
苑国钟　我也没欠您的,可我没法儿不谢谢您。
金穆蓉　您受累,免了吧。
古月宗　(单膝下弯,仄歪了一下)大格格,我这儿给您请安了!
金穆蓉　(搀起对方)您别这么客气……您老吉祥!
古月宗　托您老家儿的福!您家里头……在满洲过得还舒坦吧?
金穆蓉　还凑合。
古月宗　听说让共匪给围在锦州城……出不来了是么?
金穆蓉　出来了……躲到天津卫去了。
古月宗　噢……(哪壶不开提哪壶)说是天津也快给围严实啦?
苑国钟　(幸灾乐祸)怎么就那么招人待见呢?走到哪儿人家跟到哪儿,真绝了去了。
周玉浦　(窥视夫人黯然的脸色,带哭腔儿)咱扯点儿别的成么?您几位好歹给扯点儿别的……成么……啊?
苑国钟　(盯着大门)嘿!站住!你站住……
　　　　[牛大粪把淘粪车停在大门外,跑到黑枣树后头去小解。苑国钟用衣襟兜着法币,追到大门口台阶上,冲着那棵树大声嚷嚷。
苑国钟　牛大粪!这回可我让逮着你了!你缺德吧你就!你别叫牛大粪了,叫牛大尿(音sui)得了!挺老沉个物件儿,逮个空儿就敢往外提溜,什么人呐你!
牛大粪　(从树后头绕出来,嬉皮笑脸地系着缅裆裤)哎呦嘿……舒坦!苑大哥,是我这尿(音sui)泡对不住您了,可把我给憋惨喽!
苑国钟　你见天儿淘茅房,哪个茅坑儿盛不下一股水儿啊?你非得憋着跑这儿来滋我的树?
牛大粪　不瞒您说,这条粪道上一百多个茅坑儿,哪个我都不能使。老丫挺给我们定了规矩,哪怕拉了裤兜子,哪怕拿手捧着自己给咽下去,也别使人家主顾的茅厕。
苑国钟　你们老板这主意挺地道。
牛大粪　您就损吧您……上回一爷们儿没守规矩,正蹲着使劲呢,叫住

	家儿一女眷给撞上了，饶着赔了仨月薪水，脑袋还让人家给拍成紫茄子了……
苑国钟	就这么着吧，往后你自己拿手兜着啊！再让我逮着你，我把你弄成烧茄子，不信你就试试。
牛大粪	行！我自己喝下去……您敛这么多擦屁股纸干吗？
苑国钟	你那眼眶子里塞的是羊粪蛋儿还是药丸子啊？
牛大粪	不跟您逗了……我劝您赶紧上果子巷排大队去，您知道几个兑几个吗？
苑国钟	街上贴着告示呢，三百万法币换一块金圆券。
牛大粪	没那个行市啦！您今儿要能排上，四百万还能换一张，轮到明儿去，保不齐换一块钱就得要您六百万了……
苑国钟	（唉声叹气）那还换什么劲呐？我留着笼火使得了。
牛大粪	（凑近一些）您听说了没有，国军把延庆县城给丢了，说是平谷县城也给弄丢了……（兴致勃勃）这要是一路儿丢下去，下回就得丢到德胜门城根儿啦！
苑国钟	（小心四顾）西瓜都快丢了，丢俩芝麻算什么呀？哪天早起一睁眼，天安门楼子都是人家的了……（见古月宗走来，连忙大声）往后别饶世界滴答你那哈喇子，天儿这么热，可胡同哪儿哪儿都闻着不是味儿。
牛大粪	得了您呐，您说什么是什么了……（给古月宗鞠躬）举子爷！您老吉祥！添蛐蛐了没有？您说您要逮一蛐蛐儿皇上，您逮着他了么？
古月宗	没呢！那孙子他老不上朝，我守在太和殿门口干着急不是……大粪，怀里揣铜子儿了没有？
牛大粪	揣着俩仁的。
古月宗	我前边儿这是曹锟和段祺瑞，后边那是张作霖和孙传芳，仨大子儿投一注，你赌哪蛐蛐儿赢啊？
牛大粪	（犹豫）……还是曹锟蛮横，我就这爷们儿了。
古月宗	齐哩！我在胡同口阴凉里候着，淘干了茅清子赶紧过来。
牛大粪	古爷……伙计们想托我跟您打听个事儿。

窝头会馆　　　　　　　　　　　　　　　　　　　　379

古月宗　玩儿婊子我可不会，玩儿蛐蛐儿我门儿清……什么事儿你直说。
牛大粪　那几个伙计弄不明白，这窝头会馆怎么非得叫窝头会馆，不叫它馒头会馆呢？
苑国钟　没错儿！叫包子会馆多油腥呀，叫驴打滚儿会馆都比窝窝头体面。
古月宗　我掐头儿去尾跟你简短截说……我一穷祖宗从乡下进京赶考，在这院子里住俩月，啃了六十天窝窝头，一考嘿！他、他妈考上了！他脑瓜子一蒙把这院子给买了，起名窝头会馆，还给立了规矩……往后不是赶考的一个也不让进，赶考的不穷也不让进，能进来的见天儿啃窝头，直啃到我这块儿，足足啃了二百多年……再没有一个考上的，憋在那窝窝眼儿里头，愣是任谁都钻不出来了！
牛大粪　您不是考上了么？
古月宗　别跟我装蒜！我那举人的名头儿是买来的，你不知道么？苑大头没告诉你……他都告诉你什么了？
苑国钟　我告诉他窝头底下那眼儿是死的，钻不过去，要是改成焦圈儿会馆，早就钻出去了。
牛大粪　（笑）那眼儿也忒大了！门楼子上这匾……真是您写的？
古月宗　废话！不是我写的，能是乾隆写的吗？
牛大粪　落款儿可是乾隆！您写不了那么好吧？
古月宗　你想让康熙落款儿我也能给你落……得得得！曹锟这儿可等不及了，你多招呼几个伙计过来……冲你身上这香喷喷的喜气儿，今儿你不赢都不成，你那俩半钱儿自等着下小崽儿吧！
牛大粪　是吗？我……（惶然盯着胡同口，对苑国钟）那老丫挺的来了……您让一让，我得赶紧忙活去了。

〔牛大粪挎着淘粪桶奔了茅房。苑国钟脚底下绊蒜，钱捆子撒了一地，田翠兰扑过来帮着他往起捡。肖启山跟古月宗打了照面儿，满目和善却不肯让路，倒是长者闪开了身子。

古月宗　肖老板！您赏个大子儿听一段儿吧？
肖启山　您让我听谁呀？

古月宗　前边儿这是谭鑫培和杨小楼，后边儿那俩是梅兰芳和荀慧生……唱得那叫脆生！我给您逗逗，让他们好好给您哼唧哼唧？您想听哪个呀？

肖启山　我想听杜鲁门，您有吗？

古月宗　洋蛐蛐儿？还真没逮着过呢。

肖启山　（温和）我就爱听杜鲁门叫唤，逮着了言语一声儿……眼下您哪儿也别去了，咱们找个阴凉地儿聊会儿。

古月宗　我上胡同口儿顺一碗炸酱面，就手儿给您踅摸踅摸杜鲁门去……（逃离）您先候着！

肖启山　别跑……（笑）跑到哪儿我也能把你逮回来。

　　　　［苑国钟兜好了钱，刚走两步又撒了。肖启山夹着账本和布带子，踏上了台阶。苑国钟把田翠兰的围裙扯下去，盖在钱捆儿上笑眯眯地迎过来。伐树声不紧不慢，肖启山往后夹道那边瞧了一眼。

苑国钟　肖老板！这是哪阵风啊这么仁义，把您给兜来了？

肖启山　多大的风啊？都把我给兜落了地了，怎么就没把你给兜飞了呢？

苑国钟　兜飞了又给兜回来了？谁让您就是小旋风儿呢？说句真格儿的您可别不爱听，您这模范保长光知道上区党部开会去，活活儿把吃窝头的老街坊给忘了是不是？

周玉浦　肖保长您坐，我让穆蓉给您沏壶高的去……（掏烟）您先抽根儿骆驼！刚在黑市上淘换的洋骆驼……

田翠兰　待会儿炒肝儿做得了给您盛一碗尝尝！

肖启山　（笑容可掬）得得得，别瞎忙活了！来干什么你们能不知道么？我不是串门子的，没那么多闲工夫……（在大水缸旁边坐下）谁也甭啰嗦了，忙完了正经事儿咱们再扯闲篇儿，都过来听着啊……（打开账本，念绕口令儿似的）电灯费，渣土费，大街清扫费，大街洒水费，城防费，兵役费，水牌子费……绥靖临时捐，绥靖建设捐，守防团捐，护城河修缮捐，下水道清理捐，丧葬捐，植树捐，房捐，粪捐，树捐……还有一个是……（找着了）马干差价？对，马——干——差——价……诸位，我说全乎了没有？

窝头会馆　　　　　　　　　　　　　　　　　　　　　　　381

［所有人都蒙了，像木头桩子一样戳在周围。肖启山莫名其妙，前后左右地打量他们。苑国钟笑容凝固，忍不住要哭似的。

肖启山　聋啦？替我掌掌口条儿，有落下的没？

苑国钟　（有气无力）还有落下的呢？没落下都活不成了，再有落下的，您也别收税了，您叫辆排子车给唔们收尸得了。

肖启山　（打趣）臭皮囊活着都没人儿稀罕，硬了谁要啊？

周玉浦　肖老板，城防费和兵役费不是年根儿才收呢吗？这才处暑……且不到日子口儿呢！

肖启山　不知道打仗呐？打仗能不花钱么？今儿打的是东北，明儿那炮弹兴许就能掉你们家炕头儿上来……耗到年根儿再找你收钱，让我跟你那碎骨头渣滓要去？我要得着么还？国钟……钱上的事儿你门儿清啊，今儿怎么成呆鹅了？真有什么不明白的地方，你照直了说。

苑国钟　我压根儿就没弄明白，这马——干——差——价……它到底是个什么物件儿？

肖启山　说老实话，我也不大明白……我这么跟你说吧，这马干差价的意思就是……马干的差事打算让你给干喽，可是你不是马啊，你干不了，你们家也没有马替你当差，怎么办呢？你给出个价儿吧……马干差价！大概齐就这意思，明白了么？

苑国钟　（频频点头）明白了……我还剩半个不明白。

肖启山　这耳朵接着呢。

苑国钟　我记着树捐就一个呀，您怎么给弄出俩树捐来了？

肖启山　那个是植树捐，这个……（指指后夹道）谁让你叫我听见了呢？树可不是随便砍的，你得给国民政府补个伐树的捐。

苑国钟　（捂着腮帮，牙疼似的）哎呦哎！

肖启山　（笑）你还是呦哎呦吧！咱这大民国不缺你那俩小钱儿，可谁让你是民国的一个民呢，该孝敬你就得踏踏实实孝敬着。别说牙疼，就是肋叉子疼……你也得把挂在骨头上的钱串子给我撸下来！

苑国钟　您让我说句不好听的行么？

肖启山　你还是积点儿德说句好听的吧。

苑国钟　……这民国……这民国它压根儿就不该起这个名儿。

肖启山　（众人一愣）那你打算让它叫什么呢？

苑国钟　叫我说哈……民国要不像个民国，叫他妈官国算了！

肖启山　……你这是好听的吗？

苑国钟　（田翠兰偷偷杵他后腰，被他扒拉开）不好听的给您夹着呢，没好意思蹦出来。

肖启山　平时胆儿小得跟个兔儿爷似的，一让你掏钱你就揣儿。吃软饭拉硬屎，什么屁你还都敢放……中华官国？（笑）真亏你想得出来！

苑国钟　（意犹未尽）本来就是么！动不动跟我要钱，动不动跟我要钱，我跟他们要过么？您替他们跟我要过一百回钱了，您替我跟他们要过一个大子儿么？您到当街上拦一辆奥斯汀试试，您跟那当官儿的说……一姓苑的跟你要两块钱，不给不行！不给不让你走！您看他揣儿不揣儿？他揣儿了，我凭什么不能揣儿呀！

田翠兰　（打圆场）苑大哥真逗嘿！他多逗啊……他……

周玉浦　开玩笑有两句就得了……（使眼色）给两句正好儿。

苑国钟　（没发现肖启山脸色陡变）可不是正好儿么！咱给它三民主义改成三官主义，官吃官喝官拿……正可好儿！

肖启山　（高声）苑国钟！闭上你丫那臭嘴！你还没完了你？共军离城门楼子还远着呢，你那狗鼻子就闻见味儿了……你他妈烧得慌是吧？你想上哪儿凉快去？炮儿局还是半步桥？你说！你懒得动，我背你丫过去！

〔伐木声缓慢有力，众人则鸦雀无声。肖启山在一瞬间露出了凶悍的本相，却很快恢复了平静。苑国钟缩着脖子，毕恭毕敬地戳在那儿。金穆蓉把茶盘子放在青石板上，轻手轻脚地斟水。

金穆蓉　（柔声柔气）上礼拜大弥撒，您夫人怎么没去呀？

肖启山　（近乎慈祥）老毛病犯了，喘得下不炕。

金穆蓉　听您夫人念叨……说是小达子秋天就能从牢里出来了？

肖启山　别跟我提这人儿，一提他我脑门子就往起鼓。

金穆蓉　我记着……（察言观色）刑期还差着两三年呢吧？

肖启山　差是差着呢，可谁还稀待关着他？时局有今儿没明儿的，到底怎么着谁说得明白？别说小达子，那些杀人放火的主儿都一拨儿一拨儿从牢里往外撒……不是什么好兆头儿。

金穆蓉　这年头儿满世界跑枪子儿，牢里怕是比街面儿都安生。

肖启山　说是那么说……你们家子萍还好吗？暑假放了好些日子了，胡同里怎么也见不着她人影儿呢？

金穆蓉　（与丈夫匆匆对视）北边儿打仗，吉林几个女同学回不去家，她在学校里陪着人家解闷儿呢。

肖启山　一顶一的丫头片子……唔们家那癞蛤蟆这辈子甭想！

金穆蓉　瞧您说的……（又扫了丈夫一眼，话中有话）谁还不是认命呢？往后就得个人儿顾个人儿，能凑合着活下去就算万幸了。

肖启山　（叹息）甭管怎么着吧，命还在呢，钱也在呢，趁着能喘气儿咱们得紧着抓挠了……诸位都别渗着啦！照老行市来吧，省得一箍节儿一箍节儿算着麻烦……（见众人不动）耳朵长毛儿啦？没听清楚？你们真觉着亏吗？你卖膏药，你卖炒肝儿，你卖私酒卖咸菜……你们逮着什么卖什么，政府跟你们要过一厘钱的税吗？没有我挡在这儿，你们能这么轻省？你们别拿屁股拿脑门子好好琢磨琢磨……

田翠兰　我这就给您拿去！

周玉浦　您先点根儿骆驼！您让我给您点根儿骆驼……

肖启山　（吼）赶紧拿正经的来！

周玉浦　您饮着……您先饮着……

　　　　[女人们退回各自的屋里去了。苑国钟叮叮当当地翻找零钱，肖启山则闭目养神，不想搭理他。牛大粪背着粪桶从茅房走出来，苑国钟怕他趟了藏着的法币，挪几步挡在甬道儿上。

苑国钟　别从肠子和膏药底下过，上那边儿绕石榴树去。

肖启山　（对着牛大粪发泄）……你倒脚稳当着点儿！把腰杆子挺起来！你们瞧土鳖这两步儿走，娘们儿似的，还是个瘸娘们儿……活他妈揍性！敢把粪汤子漾出来，你趴地上给我舔喽！

牛大粪　（谦卑）得嘞！您擎好儿！（嘟囔）你个丫挺的……

田翠兰　（捏着纸包从屋里出来，递给肖启山）按规矩呈给您了……就牙

384　　　　　　　　　　　　　　　　　　　　　　　　　　　　　　戏剧卷

　　　　　签儿这么小不点儿的生意，往后全仗着您照应了，等唔们混成了大棒槌……可得好好孝敬孝敬您！

肖启山　你别拿那棒槌骇我脑瓜子就成了……小斗子呢？

田翠兰　后头伐树呢……（紧张）您找他有事？

肖启山　甭打听，你先让他过来。

田翠兰　（对着月亮门儿）小斗子！福斗！福斗！

关福斗　（幕后）哎！

田翠兰　肖老板找你呢，你跟秀芸都过来！别磨蹭……紧着！

关福斗　来了来了！来了……

　　　　〔关福斗拎着长把儿大斧子跑出来，险些收不住脚，把众人吓了一跳。他用衣襟抹着满头大汗，半天匀不过气儿来。王秀芸背着一大捆枯树枝子，溜着墙根儿钻进了伙房。

关福斗　……妈的……这树瓢子真硬，铁疙瘩似的……肖老板！您……您找我？

肖启山　（上下打量对方）我看你就跟个铁疙瘩似的……家里有镐头么？

田翠兰　（抢话）没有！

肖启山　（瞪她一眼）有铁锹么？

关福斗　……有。

肖启山　你把那斧子给我扔喽，给铁锹换个结实点儿的木头把子，扛上它这就跟我走。

田翠兰　……上……上哪儿去？

肖启山　上坟地里给你挖坑儿去。

田翠兰　（真急了）您到底打算领我姑爷上哪儿啊？

　　　　〔金穆蓉从屋里走出来，把沉甸甸的纸包递给肖启山，翘着莲花指为对方斟茶。周玉浦愁眉苦脸地看着老婆的一举一动。范国钟唉声叹气，装模作样地数着一把铜子儿。

肖启山　（心平气和）这程子你们谁到永定门外头去溜达过？那些个飞机呀，就甭提有多闹腾了……胖的瘦的在脑瓜儿上一块儿嗡嗡嗡，跟闹蝗虫似的死活它就落不下来！为什么你们哪个知道么？

周玉浦　……跟日本人学？反共防共……想给咱们市民撒传单？

金穆蓉	八成是南苑飞机场出事了吧?
肖启山	可不就是呢么!共军的炮弹砸在机轱辘道儿上了……翅膀短点儿的,贴边儿还能凑合着往下出溜,剩下的可惨喽!蒋委员长大老远从南京飞来,生生落不下去,翅膀长得忒长啦!怎么来的又怎么回去了……你们说他闹心不闹心呐?这叫他妈什么事儿啊!啊?
田翠兰	我还是没听明白,您让我姑爷扛着铁锨去干吗?您就是让他扛着斧子过去,那蒋委员长该下不来……他不还是下不来么?
苑国钟	(成心添堵)您还别说……要是咱们都扛着斧子过去呢?嫌翅膀忒长了咱们给他砍短点儿成不成?我估摸能下来人家也不下来了,任谁都不想下来了!想飞走的还不定得有多少呢……你们说是不是?
周玉浦	玩笑话有半句就得……(使眼色)半句正好儿。
肖启山	(不恼)不定哪天……飞机轱辘落你丫脑袋上你就踏实了。
苑国钟	他要嫌我舍不得掏钱给他乱花,成心砸我一下儿我认了!
肖启山	你当你他妈养活儿子呢?(喝茶)小斗子你听好了……出了胡同奔菜市口,往北走到西单牌楼磨身儿往东,一直扎下去,什么时候撞着东单牌楼了你什么时候停下来。那儿有人管你三顿饭,天黑了帐篷里有你的草铺,天亮了拿着铁锨拌三合土砸大夯,自要待够了二十天,保你能踏踏实实顺原路回来……(对着田翠兰)我还你们公母俩一个全须全尾(音yi)儿的养老女婿,咱就这么着了行么?
苑国钟	炮儿局……打北边儿搬南边儿去啦?
田翠兰	(浑身发软)福斗犯什么错儿了?让唔们当这等子牢里的差事?
肖启山	好差事!在大马路南边修飞机场!顿顿儿离不了白米饭白面包,羊肉氽丸子就美国的虾米罐头……傻小子,享福去吧你!赶紧回屋跟老婆吃个嘴儿喝两口奶豆子,这就跟我走。
田翠兰	(慌神儿)肖保长,他肖爷……我亲叔儿!您抬抬手儿,甭让唔们去了成么?一家子都指着他呢,您可怜可怜我们!闺女的肚子都五个来月了,福斗出去要有个三长两短的……
肖启山	说什么呢你?这不是去半步桥儿,真把他毙了活儿谁干呐?

田翠兰　去年下半年儿，胡同口老赵家那二小子，说是征了修马路去，到了儿让人给弄到高碑店挖战壕，一个大马趴那儿就没起来……让枪子儿给挺过去了！您是活菩萨，您饶他一命得了……

肖启山　他不去谁去？你去?！

田翠兰　要去家儿家儿得有人去，凭什么拆我们一家儿的房柱子呀？

金穆蓉　（阴阳怪气）我们家倒是想出一口子，可惜了儿缺您那个福气，现找个倒插门儿的壮丁，怕是也不赶趟儿了……自要是保卫咱这民国，谁去不是去呀？拆了柱子救国家，房子塌了也就塌了……值！

　　　［田翠兰被噎得说不出话来：王秀芸躲在苇子帘儿后面，用树枝儿捅丈夫的脊梁，福斗恍然大悟，砰然倒地发起了羊角风，抽筋儿拧下巴外带吐白沫儿。院子里顿时炸了窝。王立本一屁股骑在那两条乱蹬乱踹的腿上，像收拾小马驹儿似的。王秀芸端着葫芦瓢，往男人脸上喷水，又掐人中又啪啪地扇小嘴巴儿，两口子配合得十分默契。

田翠兰　福斗！福斗……（哭了）福斗哎！

王秀芸　妈！您哭什么呀？离死还且着呢！

苑国钟　舌头！快！拿两根儿筷子硌他牙上，留神他把口条咬折了咽下去！

周玉浦　呦！吐了……杂合面儿窝头给吐出来了！

金穆蓉　你别上手……给你拿我手绢接着！

苑国钟　糊块膏药成么？往他嘴巴子上糊块膏药试试……

王秀芸　爸！您轻点儿……您都把他腿肚子拧前边儿来了！

王立本　（头一回说话，尖声）大头！快摘个石榴去！

苑国钟　哎！摘摘……摘石榴干吗？

王立本　囫囵个儿塞嘴里，专治羊角风！

苑国钟　塞得进去么？塞进去还拿得出来吗？可别噎死你姑爷……（突然惨叫起来）看着！你们眼瞎啦！看脚底下！看着……你们……我……

　　　［院子里再一次鸦雀无声，连抽疯的人都被惊得不敢动弹了。苑

国钟异常窘迫，瘪茄子一样耷拉着脑袋。那条围裙被众人踢到一边儿去了，露出了一叠叠散乱的法币。肖启山眯缝着眼睛，轻轻嗅他的鼻烟儿。

肖启山　你个小妈妈儿的……（打了个喷嚏）唬我跟唬孙子似的！你们缺德不缺德呀？小斗子，老木匠死那年你在哪儿干活儿来着？

关福斗　……在白纸坊给一阔主儿修亭子。

肖启山　那年十六军九十四师征兵，我领着人征到你头上……你个臭小子当着大伙儿干什么来着？

关福斗　（憨笑着爬起来，一副好汉做事好汉当的样子）……没干什么，抽羊角风来着……它想抽我有什么办法呀？

肖启山　打光棍儿抽风，娶了媳妇还是抽风，你还真会挑时候儿，进了洞房趴在炕席上……你也这么抽来着吧？你就不能换个花样儿？

关福斗　我师傅没教我别的……奉军招兵他抽风，直军招兵他还是抽风，皖军招到他头上他接着抽！他要不抽风他怎么就成了我师傅呢？不抽风他也当不成木匠不是……

肖启山　（笑）你小子还真有得说！得了……接着砍你的树去吧。

田翠兰　他肖爷！您是他亲爷爷是我亲叔儿！我给您磕一个……

肖启山　你别介！我还没说完呢……一天六毛钱，二十天多少钱，你们两口子钻被窝儿里好好捏捏手指头。现在我不跟你们要，要你们也没有……等你们再拿儿锅炒肝儿换了正经东西，别让我催，麻利儿给我包好了送过去。

田翠兰　您饶命就饶到底，饶半条命让我们怎么喘气儿啊？

肖启山　你们怕死不想去，我不得花钱雇人替你们死去？得了，有一个算一个，你们该干吗干吗去……苑国钟！这一地烂纸片子是你的吧？你站那儿别动，我这就过去抽你丫挺的……你动？你敢动？

〔苑国钟真的不敢动了。斧子在后夹道发出嘹亮的啸叫，整个院子都在震颤。肖启山把碍脚的法币踢开，抬起了一条胳膊。苑国钟吓得一缩脖子，那只手却轻飘飘地落在他肩膀上了。俩人依偎着走到大门口，窃窃私语，像亲哥儿俩似的。

肖启山　你跟我说老实话，你儿子的病糟到什么成色了？

苑国钟　（闭着眼长长地松了口气）……您……您刚才问我什么来着？

肖启山　你们家苑江淼的病……横儿不至于说死就死了吧？

苑国钟　听协和那洋大夫的口气，像是还有几年的命。可上个月碰上一蒙古大夫，硬跟我说活不过一年去了！我上中央公园找俩半仙儿打了好几卦，都说过了阴历年就得备丧事……我不敢当真可也不敢不当真呐！肖老板，我姓苑的都这样儿了……您要是不心疼我谁心疼我？

肖启山　我要按户口底子征你们家男丁修飞机场，你不儿也得掏钱代工么？我要是不心疼你，你可没这么轻省。国钟……你是跟我玩儿幺蛾子啊，还是真的成光屁溜子了？

苑国钟　我要蒙您我就不是人揍的！但凡有点儿遮盖，我儿子能住不起医院？就为了抓几副好药，我把家里能卖的都卖干净了……我没钱交政府的差事了！除了这地上的，您伸手掏进来摸摸，您薅不着正经东西，就剩几根儿鸡巴毛啦！

肖启山　得得得得！又来了……照你这么说，就剩这一撮杂毛儿了……（逼视对方）你打算拿什么东西给你儿子办喜事儿呀？

苑国钟　（愕然）您……我……那什么……

肖启山　别跟我装傻！你想给你儿子冲喜，托人找了好几家儿了对不对？

苑国钟　（惊惧）您小点声儿！别让我儿子听见……这事儿我没敢告诉他呢。

肖启山　你连话都不敢跟他透，你还给他冲哪门子喜呀？

苑国钟　您说不冲喜怎么办？您要说卖脑袋能救他的命，我这就把脖子上顶的这东西切下来给您搁这儿，您信不信？

肖启山　我信！我信……（沉吟片刻）劈柴胡同一姓刘的怕招病，没答应你？

苑国钟　是唔们没相中！那丫头俩大眼珠子不怎么动弹，瞧着瘆得慌。

肖启山　你说是她命不好，还是你儿子的命太好了？

苑国钟　命好？您这是想寒碜我？

肖启山　我是想顺便给你们搭挂一人儿。

窝头会馆　　　　　　　　　　　　　　　　　　　　　　　　　389

苑国钟　……谁呀？

肖启山　高台阶老肖家的黄花大闺女……大排行老三的肖鹏芝！

　　　　［苑国钟差点儿踩空了从台阶上掉下去。他活像一只被逼到了墙角的耗子，肖启山则老猫一样盯着他，不出声儿地笑着。

肖启山　瞧不起我？

苑国钟　……不是……哪儿的话……您……我……

肖启山　（熟练地打手势）八条粪道，六眼甜水井，四个铺面，俩院子……你看他们家哪块儿委屈了你了？

苑国钟　不能够！您说哪儿去了？

肖启山　老肖家做事从来不要单儿，养活孩子都是龙一对儿凤一对儿……老大在南京当参谋抖威风，老二嫁到南洋享清福，老三在家里等着出阁，整天吃香的喝辣的……老四虽说倒了点儿霉，可是从泥坑子里说爬出来他就准能爬出来……（咄咄逼人）你看这一窝儿福蛋，给你们家那痨病棵子当大舅子小舅子大姨子……当个冲喜的小媳妇儿够得着资格了没有？

苑国钟　您是太阳，我们是鸡蛋黄儿，挨……挨不上。

肖启山　挨不上？怎么个意思？

苑国钟　一个天上一个地下，我们……还真是不敢挨上去。

肖启山　你儿子有病，我闺女也有病，俩病凑一病！我们天上的还没说吓得慌呢？你们地上的怎么就说不敢了？

苑国钟　俩人都有病是都有病，可您闺女……她是……她是个疯子呀！

肖启山　（沉默良久）……得！明白你意思了，你看着办吧，我等你回话儿……我再给你撂下一句沉的。自打你惦记给儿子冲喜，你饶世界踅摸人儿，独独绕开我们家高台阶儿，你不拿眼皮子夹我。苑国钟，就这一句……你他妈得罪我了！回见了您呐。

苑国钟　（追下台阶）您留步……您留步！听我说……您看我欠您那捐……

肖启山　我包圆儿了！

苑国钟　我……我怎么没听明白呢？

肖启山　（微笑）谁让我心疼你呢？我替你垫足了交上去，算我下给你一笔印子钱，六分的利，十天一结。我不见你……有人来替我拿。

[肖启山扬长而去，中途停了下来。后夹道那棵树吱吱嘎嘎地倒下去。随着一声闷响，传来砖瓦破碎和墙体坍塌的声音。所有人都跑到院子里，关福斗和王秀芸冲出月亮门，奔向了呆若木鸡的苑国钟。

关福斗　苑叔儿！明明冲那边儿倒下去了，间儿拧一麻花儿，栽这边儿来了！

王秀芸　……拴着大绳呢……没勒住！

苑国钟　（颤抖）砸了我房你们赔！得赔我……你们！

田翠兰　赔你个大萝卜！你那房不是好好的吗！

金穆蓉　不对吧……瞧着像是把东院的大北房给砸了。

周玉浦　没错儿！你们把黄局长他们家房给砸了！瞧啊……西山墙塌了一块……你们都过来瞧啊！

苑国钟　天呐！还不如砸我的房呢……你还不如砸我脑壳呢！小斗子……我拿菜刀剁了你！

肖启山　（笑容可掬地凑过来）你们就知道给我找麻烦！我这保长又添了事由儿了……我得赶紧问问那院的管家去，这得怎么个赔法儿呀？国钟你别着急，我替你包圆儿。他们让你赔多少你都别上吊去，也别上筒子河扎滋泥去！有我呢……（笑出了声儿）我全都给你包圆儿喽！

田翠兰　（嗅来嗅去）什么味儿？什么味儿……（大惊）药！药煳了！立本儿，你个棒槌！药巴锅啦！

　　[苑国钟想说什么没说出来，带着惨笑悠然昏厥。关福斗和周玉浦上前托住了他的身子。舞台上的一切凝固了片刻，灯光渐暗，隐约传来蛐蛐儿的欢唱和悠扬的口琴声。大幕飞速地拉严了。

第二幕

（一九四八年秋　霜降　黄昏）

　　[口琴声由远而近，大幕拉开之后却渐渐消失了。几棵树果实稀疏，泛黄或泛红的叶子七零八落。黑枣树的树干糊着一副白纸

黑字的对联，上联"你尿我老树"，下联"我日你大爷"。字是乾隆体，与匾上的字相同。楼底西侧的梯子旁边儿，两条板凳支着一口尚未完工的棺材。关福斗在廊子里推刨子，王秀芸坐在刨花儿堆里打磨锯齿，钢锉发出尖厉的摩擦声。东厢房窗户根儿摆了一条板凳，周玉浦用搁在凳子上的小铡刀切药材，筐箩都快接满了。古月宗从棺材后头转悠出来，端详着它的每一处细节，活像个古董店里的掌柜的。田翠兰在伙房里紧忙活，抽身来到院子里，麻利儿地蹲到大盆跟前，扑在搓板上吭哧吭哧地洗起了脏衣裳。

田翠兰　（高声）秀芸！你踏实待会儿！吱啦吱啦的……你就不怕惊着肚子里那孩子？

古月宗　（摩擦声消失）孩子没惊着，我的蛐蛐儿全给惊着了……小斗子，你说怎么办吧？我那些蛐蛐儿不会叫唤了，你们得赔我个会叫唤的。

关福斗　（埋头干活儿）我会叫唤，您要么？

古月宗　个儿大的我不要。

王秀芸　（收拾刨花儿，肚子明显大了）赔您个什么您才乐意呢？

古月宗　你们把那孩子赔我得了。

田翠兰　（嘎嘎笑）古爷！您真逗！

古月宗　……等秀芸把孩子生下来，咱们就见天儿都能听见叫唤了。

关福斗　古爷，您还是自己哼哼两声儿得了。

古月宗　我是想哼哼来着，怕吓着你们。等哪天我爬到棺材里去，再悄没（音mo）声儿冷不丁地爬出来……

　　　　〔二楼有动静，众人不约而同地往上看。苑江淼端着一个带盖儿的搪瓷大痰盂儿，重复着那些刻板的动作——打开栅栏门的锁头，出门之后又反身锁好，顺着楼梯往下走。他神色疲惫，轻轻咳嗽着，眼睛一如既往地盯着脚底下。

田翠兰　小淼子……

苑江淼　（一愣，停下来微笑，目光清澈）大妈……您有事儿？

田翠兰　那什么……咱那茅房不是俩茅坑儿么，右手那坑儿往后单归你用，

	痰盂里的黏痰有血没血你都倒那坑儿里,别往旁的地方倒……
苑江淼	我明白……我爸都跟我说了,您放心吧。
周玉浦	快去吧孩子!四角儿刚撒了白灰,里头干净着呢。
苑江淼	哎!谢谢周叔儿……我去了。
	[苑江淼的身影消失在竹篱笆后面。院子里静悄悄的,半天没有人动,也没有人说话。田翠兰重重地叹了口气,大家随即散开了。
古月宗	(嘟囔)脸色儿不对劲……比我这棺材板儿还白净。
周玉浦	要说真是个好孩子!怪可惜了儿的……
田翠兰	你看着心疼,你倒是给开个机灵点儿的方子呀!
周玉浦	我那点儿能耐都在推拿和正骨上,针灸也凑合,可扎针儿管什么用啊?本来就吐血,扎不好扎喷了,苑大哥还不得宰了我?您瞧他那副眉眼儿,我掂量着……他这会儿正拎着砖头趸摸垫背的呢。
古月宗	该活的是活不下去了,该死的可又死不了……都是因为天底下谁都镇不住谁了!要是从天上能掉个皇上下来……哪怕好歹有个胳膊粗点儿的从地底下冒出来呢……(梦游一般)等下回宫里殿试的时候,我是不见准爬得进去喽,可坐在那儿划拉毛笔字儿的,必是有我介壁儿这一位啊……谁让这小淼子他念书往死里念呢!
田翠兰	您可别提皇上,一提皇上您嘴里就没人话了。您留着那些嚼头儿跟那棺材唠叨去……您爬到里边儿嘟囔去。
关福斗	(持续干活儿)古爷,有些事儿我一直都弄不明白……那年是哪个坎儿让您过不去了?这好端端的小院儿,您怎么说卖就给卖了呢?
古月宗	这院子坏了风水,我不撒手不行了。
关福斗	怎么的呢?
古月宗	流年不利!生生就让我撞上俩傻瓜。
关福斗	是哪两个呀?
古月宗	头一个傻瓜是教书先生,祖家儿是江南的阔主儿,有花不完的

窝头会馆　　　　　　　　　　　　　　　　　　　　　　　　393

银子享不尽的清福儿……嘿！他不好好教书做学问，整天在广安门货场乱窜，跟扛大个儿的在一块儿混……有能耐您也扛大个儿去呀，要么您就拎着大板儿锹卸白灰去。他不！他撺掇人家罢工，这不明儿摆着找死吗？就这屋儿……（指着楼上苑江淼的屋子）他交了半年房钱，住了仨月不到，让人家薅出去把脑瓜子给崩了……整个儿就是一大傻蛋！

关福斗　那傻瓜是哪个呀？

古月宗　（更来气了）哪个呀？那个！张作霖手底下一二百五！三十啷当岁儿一狗屁团长，整天晾一大秃瓢儿，站房顶上吹口哨儿放鸽子……（指着东邻院）他住那院，鸽子落我楼顶上他轰不下来，一上火儿你猜他怎么咋？一手拎一盒子炮就砰砰砰！不把子弹打光了不算完……他这一犯傻不要紧，我受得了吗？搁着你，你是要房子你还是要命啊？

关福斗　搁着我我也卖了！可是……苑叔儿他一看大门儿的，怎么一眨巴眼儿就掏出那么多现大洋来了？搁着我……还不得挣个大半辈子？

田翠兰　小斗子！老实干你的活儿，别人家的事儿甭乱打听。

古月宗　（诡秘地）他往下打听我还不一定告诉他了。有些个事情……说不清楚听清楚了麻烦，说清楚了没听清楚……那就更麻烦了不是？

［苑江淼按原路静悄悄地走回来，大家屏息注视。田翠兰摊着湿淋淋的双手，欲言又止，终于忍不住凑了过去。

田翠兰　小淼子……大妈有几句话想跟你念叨念叨。

苑江淼　（站在楼梯拐弯处）您说。

田翠兰　你爸爸见天儿在外头捣腾小买卖儿，想搭我们家灶伙……往后你想吃什么跟大妈说，大妈变着法儿给你做。

苑江淼　谢谢您……我这病传染，还是自己吃吧。

田翠兰　不碍的！碗筷勤拿开水烫着点儿……小淼子……

苑江淼　（走两步停下来）……您说。

田翠兰　（扒着栏杆儿仰视）大妈是看着你长大的……你爸一人儿把你拉

	扯大了真是不容易！你妈一生下你来就死乡下了……
苑江淼	（温和）我知道。
田翠兰	你打小儿就害了童子痨，多少街坊劝你爸爸别治了别治了，扔到城墙根儿算啦！治不好……你爸爸那时候火力壮，大雪天儿怀里抱着你四九城转悠着找大夫，人冻得跟个冰葫芦似的，回到家来气儿都不喘一口，拿橘红丸捻碎了和着蜂蜜喂你呀……
苑江淼	我都知道……（微笑）您今天说这些干什么呀？
田翠兰	自打你这回犯病退了学，你就没过你爸爸一个好脸儿……有一年多吧？你连你的屋儿都不让他进！你不能这样儿对你爸……他是打心眼儿里疼你，街坊都能看出来，你当儿子能看不出来吗？
苑江淼	（平静）您还有什么事儿么？
田翠兰	冲喜的事儿他是不该瞒着你……他不是为了你好么？你吭哧吭哧地跟他说话，他抹过头去眼睛里转泪花子，我看不下去……
苑江淼	我明白……那件事我不想再提了。大妈您忙吧，时间不早了，我得看书去了。
田翠兰	（目送对方的背影）看书看狠了伤身子，别整天钻进去不出来……吹口琴也伤身子，看书看累了你干点儿别的。
	［众人沉默。苑江淼锁好栅栏门，飘进屋子里去了。王秀芸帮丈夫抬棺材盖儿，田翠兰冲过去搭把手儿。
田翠兰	福斗你不长眼！她都七个多月了，你让她干这个？
关福斗	（委屈而恭敬）您别赖我，光知道图省钱……唔们想雇个小工儿您也不乐意。
田翠兰	我的手不这儿闲着呢么？外头雇俩半爪子，一天敢要你三斤杂和面，再不好好给你干……钱烧的？杂和面都一块六一斤了你们知道么……哎哟！哎哟呦呦……
关福斗	别砸着您脚！
王秀芸	妈您怎么了？
田翠兰	膀子！我这膀子……
周玉浦	（颠颠地跑过来）让我看看……快让我看看！您老是看不起我这手艺，老说我在西鹤年坐堂是蒙事，这回您犯在我手里了吧？

窝头会馆　　　　　　　　　　　　　　　　　　　　　　395

古月宗　（凑热闹）来吧您呐……想怎么叫唤您就怎么叫唤吧！大点儿声儿，让我听听……叫得还挺欢实！挂零儿了没有？撅起来让我瞜一眼……

关福斗　您让开点儿……添什么乱呐！

　　　　［田翠兰被扶到大水缸跟前坐好，周玉浦闷着头一通乱捏，任凭她疼得龇牙咧嘴也不撒手，最后抻着胳膊使劲儿一哆嗦，对方惨叫一声之后便踏实了。

周玉浦　先别动！别动……再揉几把就齐活了。

田翠兰　大兄弟……您挣钱可真容易。

周玉浦　那是！我本来还想研磨研磨内经和方剂，后来一想算了……这年头儿欠账的多，打人的和挨打的也跟着多，街上净是鼻青脸肿的，我不愁没饭吃。这几年……学生们越来越不老实，动不动就上街游行，当老师的当老妈子的都敢跟着上街叫板，起哄架秧子能少得了挨揍么？您想啊……

田翠兰　（看见金穆蓉踏上台阶）大兄弟……

周玉浦　（背对着大门）他们挨了拳头挨了棒子……让人家给揍得拉了胯了脱了臼了，能不来求我么？天底下找揍的人死不绝，我下辈子都不打算干别的了……

　　　　［周玉浦觉着不对劲，扭头一看傻眼了。金穆蓉站在大门口，抱着一个耶稣受难的十字架，怒目而视却故作镇静地走向了东厢房。周玉浦跑过去献殷勤，想把十字架给拿过来。

周玉浦　（轻声）……她膀子扭了，非让我给她弄弄……（掏钱没掏着，赶紧掏另一个口袋）不白弄，给钱了……你看！自当是出一回诊了……

金穆蓉　（突然站住）怎么不接着弄啊？

周玉浦　（发蒙）穆蓉……

金穆蓉　你刚才说谁找揍来着？

周玉浦　咱进屋说去……

金穆蓉　我看你就找揍……别往我手上搁，倒贴的钱我不要，你给我扔回去。

田翠兰　哎哎哎哎……大妹子！您说什么呐？
金穆蓉　（针锋相对）他田姐姐，当着孩子呢，给我们留点儿面子，也给自己剩块儿脸皮……别动不动就往男人身上蹭，谁还不知道您有多干净。
田翠兰　干净？我没您干净！您要是不干净，您不在大宅子里好好捂着，跑这死胡同儿里来受什么罪呀？都掉茅坑儿里了还那么干净……瞧白得您嫩得您！您还知道是仰巴儿着舒服还是拱着舒服吗？
金穆蓉　（招架不住却不甘示弱）你……你才是蛆呢！往哪儿拱我也知道我们家门板的朝向，黑更半夜的，我不会睁着眼往人家门框里钻。
田翠兰　（愕然）……有本事您……您再替我说一遍？
金穆蓉　（一字一顿）我说不过您……我没您那么多好听的，我就剩一句……有本事出广安门，回莲花池卖您的烂炕席去，别在这儿寒碜自个儿了。
关福斗　（震惊）周婶儿！您想骂人就骂您的……您怎么这么说话呀？！
周玉浦　（绝望）……都少说两句……都少说两句呗……成么啊？
王秀芸　（乞求）妈！您回屋里待着去吧？
田翠兰　（爆发）滚！好听的还在后头呢，谁想耳根子清静谁给我滚蛋！周玉浦，你现在就给我说清楚，你手里那钱是谁的？是我倒贴给你的，还是你老婆倒贴给你的……你老婆头一回是怎么个德性来着？你一个卖仁丹的，跑到贝勒府给大格格扎针灸，你扎人家大腿根儿里乱搅和你拔不出来了是吧！（怒视金穆蓉）我睁着眼往人家门框里钻，您闭着眼请人家往自己的大门儿里钻……您还有什么说的？还他妈说什么呀！
周玉浦　（崩溃）……不说了……咱都不说了……姑奶奶我求求你们哩！
古月宗　（对关福斗）瞧见没有？东太后能格儿吧？再能格儿她也干不过西太后！家事类乎国事，东弱西强……这都是有说法儿的。
关福斗　（懊恼）成啦您！

　　〔关福斗赌气似的干活儿。金穆蓉冲进了屋子，田翠兰紧张窥视，防备对方反扑。苑国钟步履蹒跚地走来，用背架驮着茉莉花，挎着两个竹篮子，情绪极其低落。金穆蓉把十字架抱出来，落着泪往门框上钉，锤子屡屡落空。周玉浦拖开她，把锤子抢过去自己钉。田翠兰一阵风似的回到屋里，端出来一尊弥勒佛和一个木托子，在门框上找地儿。苑国钟僵在大门口，被吓坏了似的看看这个看看那个。

田翠兰　福斗！我把墙上的神仙薅下来了，你找个大钉子给我揳到门框上去，让他坐高儿高儿地往下看……看看谁还敢欺负咱们！

王秀芸　妈……您……

田翠兰　揣着你那孩子回屋儿去，等佛爷坐稳当了你再出来。

关福斗　（一脑门子官司）别人家的事儿您不让打听，自己家的事儿您总得让我打听打听吧？周婶儿刚才喷的那些脏话儿……

田翠兰　甭跟我提这个，轮不着你！

关福斗　您……

苑国钟　（有气无力却强颜欢笑）街坊跟我说，你们院儿那俩母的又掐上了。闹了半天没踩蛋儿，改修庙啦？还搭着半拉洋庙……小斗子，你先帮我把背架卸下来……（盯着十字架）吊那儿光不出溜那位……他是谁呀？

关福斗　（卸花盆，没好气）不知道！

苑国钟　……谁惹着你了？

关福斗　您甭管！

苑国钟　一庙供俩神仙，没把你供起来……不乐意了？

关福斗　还是把您供起来吧！

[古月宗绕着棺材咪咪笑，苑国钟莫名其妙地看着他。关福斗和周玉浦踩梯子蹬凳子，好一通忙活，终于让耶稣和弥勒佛隔空对视了。苑国钟拎着篮子往伙房走，里面有中草药、酒瓶子、包肉的荷叶、芹菜梗儿和装杂粮的小口袋儿。他凑近弥勒佛，又怕挨揍似的绕开了。

苑国钟　您这姑爷今儿怎么了？

田翠兰　（搪塞）嫌我不给他雇小工儿……今儿卖得不错？

苑国钟　（沮丧）得不着正经票子，淘换点儿东西算了。

田翠兰	（欠身窥视篮子）咸菜都出去了，酒也没少卖？
苑国钟	（索性站住）家儿家儿都吃不起油炒不起菜了，下饭可不得就咸菜么？以前吃好的还落下毛病了，一啃咸菜疙瘩他就生闷气，怎么办呢？现成的！买完了我的咸菜接着灌我的酒。
田翠兰	花儿也出货了？
苑国钟	您琢磨呀，喝高了……花盆儿里戳两根儿筷子他都敢抱回家去。
田翠兰	脸儿都绿了还逗贫呐？一天没吃饭光喝酒了吧？
苑国钟	（打个酒嗝）剩下的卖不出去，拎着忒沉……都给拥肚子里了。我说……（轻声）您怎么又跟那格格干上了？
田翠兰	想在门框上钉一排骨架子妨我？门儿都没有！您近乎点儿瞧瞧，都露着呢吧？可她那个全是骨头棱子，我们光这肚子就顶他们浑身的肉了！
苑国钟	……要是单论肥瘦……您这边儿也忒胖了点儿了。
田翠兰	我们还高兴呢！她请那位……愁眉苦脸的多寒碜呐！瞧我们……笑得多自在。往后他不干别的了，没白日儿没黑界地替我坐在这儿笑话他们。
苑国钟	（嘟囔）您真累得慌。
田翠兰	您说什么？
苑国钟	噢！我是说……他要是没笑话人家，他笑话您呢？
田翠兰	不能够！
苑国钟	笑归笑，眼神儿不对……您过来瞧，他笑话我呢。
田翠兰	您真是喝多了。
苑国钟	他笑得我瘆得慌……（走进伙房）砂锅给搁哪儿了？
田翠兰	水缸后头。
古月宗	（颤巍巍地凑过来）翠兰子，知道他笑什么呢？
田翠兰	一个坐着，一个站着，您说他还能笑什么？
古月宗	不对……那位可不是站着，他让人拿大钉子揳木头上了，倒了血霉了他。你们这弥勒佛跟我一个毛病，看见别人儿倒霉，想不高兴他不成……他想憋着不乐，把肚子都憋成鼓了，到了儿还是没憋住。

窝头会馆　　　　　　　　　　　　　　　　　　　　　　　　　　399

田翠兰	憋不住您脱裤子把它放喽……（愕然盯着伙房）您干吗呢？苑大哥！您想干吗……（冲进去把苑国钟拽出来）喝糊涂啦？您怎么拿菜刀切自己手指头啊？捏着……捏住喽！
苑国钟	（攥紧一根手指）……没事儿……拉个小口子……不碍的……（朝聚拢的众人）你们该干吗干吗去！
王秀芸	苑叔儿！往后搭伙不用您上手切菜……
田翠兰	哪儿是切菜呀！他切了手指头往药锅里滴答血呢……这不是有病吗！
周玉浦	苑大哥，您让我看看……（发现金穆蓉瞪着他，连忙缩回去）您心里有什么不痛快，您说出来！全都说出来……行么?！
苑国钟	（笑容凄苦）我没什么不痛快，我痛快着呢……我新弄一治痨病的偏方，熬药的时候得往里滴答几滴血……滴答几滴血……（眼睛里突然涌出了泪花）我治不好儿子的病……我没能耐呀！我没辙了……可是我有肉有骨头有血，我有汗毛儿有头发……我想拿这条老命跟我儿子换！我就不信……我不信救不了我儿子的命……
王秀芸	（擦眼泪）苑叔儿！
田翠兰	（难过）您别着急，且到不了那一步儿呢。
苑国钟	（胆怯地看看楼上）你们小点儿声儿，别让我儿子听见。他怎么哼嗒我都成……我怕他恼了把药汤子泼地上。
古月宗	那也轮不着拉自个儿的肉，你弄个小鸡儿拉它脖子不齐了！
周玉浦	什么血都不行，得是一家子的才管用，直系的最好……（小心地瞟一眼金穆蓉）这偏方我好像听人说过……
苑国钟	您几位都各忙各的去吧，待会儿我叫你们你们再围着我……劳驾您给让让，让我过去。

［众人默然四散。苑国钟打算回屋里去，中途停下来想了想，踏着梯子上了二楼，在栅栏门儿跟前好一阵儿犹豫，终于开口了。

苑国钟	……江淼！我割了二两里脊，弄了点儿芹菜梗子，晚饭我给你炒肉丝儿……小淼子……你听见了吗？（屋里没动静）……我刚才又上澡堂子求了人家一趟，掌柜的这回算是应下了。他还是

怕老主顾嫌弃病人，不让咱们泡大池子……他答应让咱们洗单间儿的搪瓷盆儿，贵点儿就贵点儿吧。他们说那盆子给牛皮癣的使过，我捡了把韭菜叶儿，到时候我先把那椅子和盆子拿韭菜水儿给你涮涮……小淼子……你听见了吗？（还是没有动静，气馁了）儿子……你要不想让爸陪你去，爸给你雇个搓背的……爸在门口儿遛弯儿等着你……

［苑国钟狼狈地退下来，街坊们都不好意思看他。古月宗则喜气洋洋，蹲在墙根儿用铁钎子扎来扎去。苑国钟进屋磨蹭了一会儿，捧出一尊关公的陶瓷塑像，放在水缸的青石板上了。

苑国钟　（郁郁寡欢）关帝爷圣明！那二位晾出来了，您也出来待会儿……（向塑像鞠了一躬）今儿是好日子啊！今儿霜降了……今儿是我……

古月宗　今儿是窝头会馆的主子要饭的日子口儿了！你们快围上去……围上去给他施舍呀。他断不敢拿菜刀拉你们，他得剩半个胆儿给自己留着……

苑国钟　古爷！求您一句，您能不能站到我跟前儿来？

古月宗　我要是不打算过去呢？

苑国钟　您还是过来吧……您让我掐死您得了！

古月宗　（指弥勒佛）瞧他那俊模样儿，都笑成什么了……我上人家脚底下猫着。

周玉浦　古爷，您就少说两句……成么？

苑国钟　（坐在菜坛子上）我是一句都不想言语了，没力气了……（嘬手指头的伤口）谁都不容易！就那点儿房租，上个月还能买半袋儿白面呢，现在能买一小撮儿，够包俩饺子的了，还得是开水煮的不能是蒸饺……我都赶不及给大伙儿涨房钱！你们看着给吧，最好给我粮食，杂和面儿也行，黑豆面儿也行……您实在没得给，往我脸上啐口唾沫也行，我拿它当块儿干粮咽下去！反正我没法儿赶你们走……

田翠兰　（把准备好的钱放在关帝爷脚下）关老爷，钱太少拿不出手……还是您替他儿子可怜可怜这当爹的吧。

窝头会馆　　　　　　　　　　　　　　　　　　　　　　　401

关福斗　（突如其来）妈！您还嫌给得少吗？树砸了房，硬逼我赔了他二十块……您怎么还给他呀！

田翠兰　一笔说一笔！你苑叔儿钻死胡同借了印子钱，咱欠谁的也不能欠他的……（对苑国钟）就这么多了，爱要不要……欠下的拿你们搭伙的煤钱和工夫钱顶了。

苑国钟　（谦卑）行！合适……我合适。

周玉浦　苑大哥……您过来我跟您说几句要紧的，是这么回事儿……（把苑国钟拉到石榴树底下）我跟我们那口子合计过了，这个月……这个月我们什么都不打算给您了。您爱信不信，我们把家底儿赔了多一半儿出去了！

苑国钟　（懊丧）您大点儿声儿说，我听不见。

周玉浦　（声音压得更低了）……实话告诉您吧，我在西鹤年坐堂，我们家穆蓉在外边儿也没闲着……

苑国钟　（一愣，挥手让偷听的田翠兰走开）……她……她……干那个了？

周玉浦　……干……干哪个呀？

苑国钟　（不知道怎么比画合适）……就……就那个？

周玉浦　（醒悟之后急坏了）暗门子？不是！您扯哪儿去了……执政府那时候，她不是念过两天儿洋人的护士学校么……唔们孩子小那会儿，穆蓉多爱打扮儿呀！花销上实在撑不住了，抽不冷子也给人接个胎五的……这半年儿实在是缺钱缺得心慌了，咬牙干了几回，最后这回……（哭腔儿）把人家那大肚子给弄拧巴了！

苑国钟　（不由也跟着压低了声音）上礼拜六……她把你们家能使的碗全给拽地上了，就为这个？

周玉浦　何止啊……也想拿碎碗茬儿切胳膊腕子来着，比您可邪乎！

苑国钟　你们真的什么都不打算给我了？

周玉浦　……真的。

苑国钟　你们总得让我舒服舒服吧？您给我俩嘴巴得了？

周玉浦　（一愣）我……我给您两块儿膏药……你看行吧？

苑国钟　行！怎么都行……（看着大门口外边儿）哎哟！立本儿……血哩呼啦的怎么了你？！

王秀芸　妈！快看我爸……爸！

　　　　〔王立本挑着货郎担子，半个脑袋全是血；他晃晃悠悠，目光呆滞，像打瞌睡似的。众人呼啦一下围过来，把他挽到菜坛子上坐好。田翠兰使劲儿摇晃他肩膀，急得要哭了。

田翠兰　立本儿！你怎么了你！谁干的？你告诉我……我把那王八蛋脑瓜子揪下来！木头！你倒是说话呀……秀芸，快上屋里揪块儿棉花去！

关福斗　爸！我这儿有斧子！您告诉我是谁？谁！

王立本　（擦擦口水儿，十分平静）……一大帮喜欢吃屎橛子的。

古月宗　得……让人给打傻了。

王立本　（慢悠悠地却出人意外）你他妈才傻呢……一伤兵吃我的炒肝没给钱，他说他吃着猪粪了。

苑国钟　那您就别跟人家要钱了！

王立本　我没要钱……我说对不起您，肠子没洗干净，您别打我您走吧……他待一会儿又回来了，招一群伤兵就着窝窝头把一锅炒肝全给舔干净了。

田翠兰　你心疼就骂人家来着？

周玉浦　不能吧？大哥一直是哑巴呀！

王立本　我说你们喜欢那味儿你们就吃吧，不要钱……介壁儿一卖大棒骨汤的，拿骨头喂他的小狗儿，问我他养的这小畜生最喜欢吃什么，我没敢说它喜欢吃炒肝儿……我说您熬点儿猪粪喂它试试……

田翠兰　嘿！你不是找揍吗！平时你三脚踹不出个屁来……

王立本　（被人挽着往屋里走，平静地辩解）……人家一听就受不了喽……我没说什么呀……我怕还怕不过来呢……就顺嘴儿哆嗦了一句……

苑国钟　您还想怎么哆嗦啊？您一句就把两条腿儿的哆嗦成四条腿儿了，您了不得了您……（又一次盯着大门口）牛大粪！站住……你给我站住！

　　　　〔牛大粪跑到大树后边儿去了。苑国钟追出来准备开骂，一琢磨

窝头会馆　　　　　　　　　　　　　　　　　　　　　　　　　　　403

　　　　　　就泄了气。牛大粪嬉皮笑脸地挪出来，扎紧裤腰上的麻绳儿。

牛大粪　　今儿您没忍心骂我？您心疼我那尿泡？
苑国钟　　我不心疼那尿泡，我心疼这民国。
牛大粪　　怎么的呢？
苑国钟　　民国都多少年了？两条腿儿的国民不知道怎么拉撒。
牛大粪　　（笑）它趁早儿别管我拉撒！我肚子饿得慌，您赶紧让民国给我弄点儿吃的吧……（神秘而兴奋地压低声音）您听说了没有，长春让人家给攻下来了！徐州那边儿也干上了……芝麻撒了一地还没来得及捡起来，这大西瓜……它眼看就得裂成八瓣儿了！
苑国钟　　大西瓜裂开没裂开我不知道，我就知道黄局长他们家山墙让树给砸裂了。我借了印子钱刚给他们家砌上，一场秋雨下来又他妈裂开了。我现在不想干别的，我就想站当街上骂人……跳着脚儿骂大街！
牛大粪　　（苦笑）您也就敢骂骂唔们这号儿的，您还敢骂谁呀？
苑国钟　　你给我念念树上那副对子！
牛大粪　　我不识字儿，您忘啦？那写的是什么呀？
苑国钟　　……想恶心恶心你大爷。
牛大粪　　我没大爷，我们家六代单传。
苑国钟　　这世上我就想掐死俩人儿，一个你，一个古……
牛大粪　　（见古月宗踱过来）古爷！您老吉祥？您那曹锟这回可把我们哥儿几个坑苦喽！
古月宗　　谁让这曹大总统喜欢后庭花儿呢！他不咬段祺瑞的脑袋他老闻人家的后身儿，能不输吗？自己那大夯都给卸下来了……
牛大粪　　您吆喝那蛐蛐皇上到底逮着了没有？
古月宗　　逮着了……（从怀里掏出葫芦罐）过来，给你睩一眼。
牛大粪　　（笑）您弄一傻大个儿当皇上？
苑国钟　　（探头看）这不是一油葫芦吗？
牛大粪　　可不是么，还是个母的……都挂零了。
古月宗　　（得意洋洋）这你们就不懂了吧？大头，我撂个闷儿给你们俩猜猜……老娘们儿涮了老爷们儿，打一人儿。

苑国钟　还用得着猜么？东屋的大格格。
古月宗　大格格她大姑妈的老姨的二奶奶的三舅母……
牛大粪　谁呀？
古月宗　慈禧！
牛大粪　这话儿怎么说呢？
古月宗　雌的不就是母的吗？洗不就是涮吗？一老娘们儿涮了满朝的文武老爷们儿……（扭头往回走）慈禧雌洗……让这雌的把大清国生生给洗皱巴、涮稀塌了，等我逮个公的立马儿把她给换喽。
苑国钟　民国也稀塌了，涮它的可全是老爷们儿。
古月宗　母的折腾够了，公的……就不兴往回找补找补？
牛大粪　找补得也忒大发了……（发现肖启山走来却并不惊慌，很有底气地对苑国钟）瞧那老丫挺的，又憋坏呢……我先颠儿了。
　　　　〔肖启山依旧沉稳，却流露了难以掩饰的茫然。苑国钟胆怯而麻木，一副死猪不怕开水烫的样子。肖启山为牛大粪和粪车让路，口气平淡而温和，像换了一个人。
肖启山　牛子……得紧着走了，你再磨蹭安定门城门就关啦。
牛大粪　知道。
肖启山　去不成粪场就回来，上后院儿棚子里忍一宿。
牛大粪　不去……（离开）您那狗太凶，我怕它咬了我。
肖启山　（苦笑摇头，对苑国钟）瞧见了吧？天还没塌呢，一个个后脖颈儿都支棱起来了。
苑国钟　我就没见您跟手下的力巴儿这么和气过……（佯装往对方身后左右打量）您的头发丝儿也支棱起来了吧？
肖启山　你胡趸摸什么呢？
苑国钟　您没带俩巡警过来……没打算把我铐走？
肖启山　我至于吗？不就是点儿印子钱么，这回还不上等下回，咱俩谁跟谁呀，还能没商量？你真以为……我跟马路对过儿那徐保长似的，动不动让巡警拎着盒子炮跟着他饶世界催钱去？那种事儿我不干……
苑国钟　您是比那姓徐的仁义，可您站在这台阶儿上打个呼哨，杂种儿

窝头会馆　　　　　　　　　　　　　　　　　　　　　　　　　　405

	猫不算……光野狗就得跑过来一百多条！倒真是不怎么叫唤，拎着大棒子瞪着你……谁受得了啊？
肖启山	（笑）那也得是把我惹急了……我跟街坊不玩儿这套，都是老实人，禁不住吓唬。说点儿正经的吧……别这儿晾着了，咱先进院子里去。
苑国钟	（挡住去路）拿疯子冲喜的事儿别提，我儿子恨不能吃了我。今儿您要再提这事儿我就疯了！小斗子是假的我是真的，我现在就疯……
肖启山	（揽住对方）我来就是为冲喜的事儿！可不是给你儿子冲喜……是给个大户人家冲喜。
苑国钟	您打算拿谁给人家冲喜呀？
肖启山	拿你呀。
苑国钟	……
肖启山	（大笑）……咱们进去说进去说！
	［众人听到动静，陆续聚拢到院子中间，露出巴结的笑容。肖启山点头寒暄，发现了门框上的摆设。他朝耶稣画了个十字，朝弥勒佛双手合十，给关帝爷作了个揖，就势坐到菜坛子上。
肖启山	你们别这么瞧着我，怪吓人的。今儿我不跟你们要钱，你们都笑得自在点儿……你们自己出去看看去，从西单牌楼到西四牌楼再到沙滩儿，游行的人挤了满街筒子，跟浆子似的，汪汪汪汪……扯着脖子叫唤的就六个字儿，（掰手指头）反——对——苛——捐——杂——税！
周玉浦	（谦卑）他们游他们的，我们不去汪汪去……我们都是顺民。
肖启山	（讪笑）你去不去都没人儿拦着你，也没人儿拦着你沾人家的光……你们上捐的日子往后推了。
田翠兰	（窃喜）是吗！推到哪日子口儿了？
肖启山	等他们闹腾完了再说。
金穆蓉	肖保长……他们要是老也闹腾不完呢？
肖启山	（一愣）……那么大个儿的太阳……它要是死活都想从西边儿冒出来，一时半会儿又没人摁得住它……（在怀里掏东西）那就

随人家的便儿了，爱怎么着就怎么着吧……（掏出了几张白纸）它还能怎么着啊？各位听好了，娘们儿都回屋里忙自己的去，剩下的我叫着谁谁站到我跟前儿来……苑国钟！

苑国钟　……我？

肖启山　别愣着！站过来……王立本……周玉浦……关福斗……行了！就你们这几个脑袋足够……弄多了倒显得不真着了。

古月宗　（不知何时爬到棺材里去了，突然冒出头来）……慢着……还有我呢！

肖启山　（吓了一跳）……没您的事儿！您眯一觉儿再出来。

苑国钟　这是要干吗呀？拉出去枪毙去？

肖启山　（开涮）枪毙多可惜了儿啊！枪子儿那么金贵……一人儿就给你们一张薄纸片子，坐下来把它给我填满喽。周玉浦，你有学问，你替他们把这几张表格填上字儿。

周玉浦　……什么表格？

肖启山　免你的捐。

周玉浦　（喜出望外）哎呦……我这就拿我的笔去！（走到中途发现笔就在身上）……我来填！我来帮你们填……我这是派克笔，好使着呢……（在水缸旁边坐下，兴奋地看着表格，愣住了）肖……肖保长！这是怎么回事？这……这不是免捐的买卖呀！

关福斗　周叔儿，那格子里都写什么了？

周玉浦　入党表格……

苑国钟　入入入……入谁？

周玉浦　入国民党！

〔大家都呆住了，女人们从屋子里向外张望。王立本一边儿捏窝头，一边儿凑近表格闻了闻。肖启山表情坦然，摆弄着鼻烟壶。

苑国钟　肖保长，这是怎么回事儿？

肖启山　我不是跟你说过了么，要给个大户人家冲喜。

苑国钟　您绕这么大弯子……想把哥儿几个领到哪沟里去啊？

肖启山　咱谁也别藏着掖着的了，除了屁股朝天有眼儿无珠的，谁都能看出来……这民国弄不好要玩儿完。你说那话，死马当活马医，抓一把活食儿当药引子给它冲冲喜，真说不定翻个身它就坐起来了……（冷笑）不是我难为你们，是区党部那帮孙子的主意……我照办。

苑国钟　合着……合着是让我们给咽气的主儿当丫鬟去？

肖启山　（继续开涮）你们要觉着委屈，就当自个儿是后宫里的妃子得了……皇上要驾崩了，把你们的臭脚巴丫子杵他胳肢窝里，让他凉快凉快，没你们什么亏吃吧？

苑国钟　这要不叫吃亏，还有什么叫吃亏呀？我爸爸都没舍得让我陪葬，我陪他们地底下玩儿去？找死我会，还没到日子呢！您赶紧把那表格……把这一沓子纸钱儿拿别人那儿烧去得了。

肖启山　（竭力克制）苑国钟，你揣着一肚子明白跟我这儿装糊涂，你是时时处处见着谁跟谁抖机灵儿……你装傻装得自个儿都回不去了，你是个大傻子了你知道吗？

苑国钟　我是大傻子您不是，您甭管是不是您都肯定不是装的。

肖启山　（运气）你就变着法儿骂我吧！你不填没关系，我找人替你填，反正我得跟上头交差去，我不能难为了自个儿……（突然抽搐了一下）小斗子！你想干吗？你别抽！别在这儿抽！你别躺地上吓唬我……一看你眼神儿就不对劲……（又抽搐了一下）害得我都想抢你前边儿得瑟了！

关福斗　（憨笑）我不抽风……我师傅抽风。镰刀锤子党让他入他抽，青天白日党让他入他还是抽，芝麻绿豆党让他入他接着抽……我干活儿去了。你们爱怎么填就怎么填，反正我什么都不入。

肖启山　（嘟囔）那就入你媳妇儿去吧……玉浦，填字儿啊！

周玉浦　（胆怯四顾）苑大哥，要真能给咱们免捐……填就填吧？不就是一张纸么？（朝东屋大声）穆蓉！我可填了啊？（没有动静）……信仰？信仰这一栏儿……肖保长，您看我填"悬壶济世"合适么？

肖启山　"三民主义"几个字儿你不会写？

苑国钟　你还是填"起死回生"吧……（侍弄茉莉花，自言自语）你不是吹牛，你那膏药贴心口上能起死回生么？你把它们浇上醋抹

　　　　　　上黄酱拌上辣椒面儿吧唧给它糊到……
周玉浦　（高声）子萍？穆蓉……咱闺女回来了！
　　　　［周子萍挎着鼓鼓囊囊的书包，夹着几本书，急匆匆地进了院子。她充满青春活力，脚步富有弹性，大大方方地跟街坊们寒暄。金穆蓉冲出东厢房，立即放缓脚步，不想让焦灼的心情泄露出来。
周玉浦　（掏手绢为女儿擦汗）今儿怎么想起回家来了？
周子萍　去琉璃厂买点儿文具，顺道儿回来一趟。
周玉浦　可别随着人家游行去！九号小簸箕哥儿俩上街看热闹儿，让警备司令部的水枪把眼珠子给滋了，都今儿了还瞧不清人影儿呢。
周子萍　我明白您意思！我不去游行……妈，您给我凉碗白开水，我待会儿喝……（兴致勃勃地踏上木头楼梯）江淼哥！江淼哥……你开的书目我都给你借来了！
金穆蓉　子萍你等一等！
周子萍　（停在楼梯拐弯处）妈……
金穆蓉　（心平气和）孩子，妈跟你说过多少回了？你不是小丫头儿了，说话办事要稳当。有什么事儿不能站在底下说，非得凑人家跟前儿去？
周子萍　我给江淼哥带书了。
金穆蓉　你回回给人家带书……你是谁雇的碎催子呀？
周子萍　妈……
金穆蓉　人家自己就不能下来取吗？赶紧把东西搁下……几粒儿唾沫星子都能染上痨病，你凑那么近不是自找是什么？咱们又不是瞧不起谁，也不是成心跟谁过不去……你苑大爷和江淼哥哥他们都懂这个道理。
　　　　［苑江淼开锁，偎着栅栏门轻轻咳嗽。他拎着一个同样鼓鼓囊囊的书包，始终面带微笑，友善地注视着周子萍。周玉浦心绪不宁地填表格，苑国钟放下花盆，注视着儿子的一举一动。
苑江淼　子萍，你把书包放楼梯上……先退下去。
周子萍　（往上走）江淼哥……

金穆蓉　（厉声）子萍！

苑江淼　听话……你先下去吧。

周子萍　（放下书包和书籍，哀伤）江淼哥，你脸色不好……你太累了！我觉得你不能再这样看书了，你……

苑江淼　我没事，什么事都没有……看书累不着我。我真的不累！别担心……你先下去，等我把上回借的书搁下，你再上来拿……别惹父母生气。

周子萍　（倒着退下去）……我明白。

苑江淼　我的读书笔记大家都看了么？

周子萍　大家传看了，都觉得好极了……文笔非常精彩，大家都很佩服你！

苑江淼　你替我给大家带好儿……（交换书包之后，也倒着身子往楼上退）我不会耽误时光，我向你们保证，我一定做好我还能胜任的事情……（意味深长）要抓紧一切时间好好读书……

周子萍　（重返原处，拎起对方搁下的书包）江淼哥，你注意身体！看书看累了一定要好好休息……（突然想起什么，掏出一叠钱想送上去）……你等等！这是学生自治联合会为你捐的款，给你治病用的……

金穆蓉　（高声）子萍你给我站住！

苑江淼　（几乎与金穆蓉同时大声喝止）你不要上来！下去……我早就说过，我不要任何捐款！拿回去！你下去……

周子萍　（被对方突如其来的恼怒惊呆）都是同学的心意……有你们铁道学院学生会捐的，也有我们师范各年级的同学捐的……大家凑这些钱，就是想帮帮你……

苑江淼　（缓和口气）我很好……真的很好。你把钱拿回去……那么多同学欠伙食费，稀粥都喝不饱，我怎么能要他们的钱？（咳嗽加剧）拿回去，还给人家……要么送给最需要的人。子萍……（深情凝视）替我谢谢大家！

周子萍　（目光湿润）我明白……

　　　［苑江淼反身走向栅栏门，周子萍依依不舍地退下来。苑国钟盯

着姑娘手里那叠儿钱，下意识地几乎是贪婪地朝她凑过去。

苑国钟　子萍姑娘……

周子萍　苑伯伯……（发现对方盯着自己的手，突然醒悟）苑伯伯，江淼哥不收……您替他收下吧？

苑国钟　这怎么好意思拿呢……（死盯着钱不放）真怕烫了手。

周子萍　您就收下吧！您家里有大亏空……

苑国钟　那我就不好意思了……（抢夺似的把钱抓了过去，两只手紧紧攥着，神经质地连连鞠躬）谢谢！谢谢！你替我谢谢菩萨们！谢谢大伙儿！

苑江淼　（高声）放下！（抓着栅栏门剧烈咳嗽，平复之后依旧难抑懊恼）爸爸！您把钱还给人家……（喊叫）听见没有？快还给人家！

[空气凝固了。苑国钟紧紧攥着钱，像抓着几根救命的稻草。他半天挪不动步子，踉踉跄跄地走近楼梯，可怜巴巴地仰视着儿子。

苑国钟　儿子……

苑江淼　（尽量保持平静）您把钱还给子萍。

苑国钟　（嗓音沙哑）儿子……

苑江淼　您不把钱还给人家……（激动）我就不是您的儿子！

田翠兰　小淼子！

苑江淼　您不用管……这是我们父子俩的事情。

苑国钟　钱还热乎儿着呢……（怯生生）这是好心人捐给咱们的。

苑江淼　（克制）……那是捐给我的，不是捐给您的。我想把它还回去就必须还回去……您不能说拿就拿。

苑国钟　你的……不就是我的么？

苑江淼　您的是您的，我的是我的……（情绪逐渐失控）爸爸！您的眼睛里除了钱还有什么？我求求您了！请您把那钱放下吧……您紧巴巴地攥着人家的钱干什么？那是人家的钱！

苑国钟　……攥着怎么了？这钱……这钱它还能不干净？

苑江淼　我怕它沾了您的手不干净！

苑国钟　（双手颤抖）……我……我……

田翠兰　小淼子,不能这么跟你爸爸说话!

苑江淼　(苦笑)我还能怎么说话?爸爸,您告诉我……(指着身后的屋子)民国十六年,租房子住在这儿的那位教书先生是什么人?

苑国钟　……韩先生是赤党。

苑江淼　韩先生是怎么被抓走的?

苑国钟　……有人来抓他……他就给抓走了……把我也捎带上了……(急于辩解)我就替他往邮局送过几回信,我没干过别的……古爷知道,你立本儿大爷和肖老板他们都知道!

苑江淼　您平平安安回来了……(咳嗽)可人家被枪毙了。

苑国钟　(焦灼)他是赤党!人家毙的就是赤党!我不是赤党,我可不是得回来么……人家毙我干吗呀?

苑江淼　那笔钱是哪儿来的?您为什么一直瞒着不肯说?

苑国钟　(苦苦挣扎)我……我……你别听人家乱嚼舌头!乍穷乍富都免不得给人说闲话,穷了笑话你活该,富了咒你遭报应……你爸爸里外都是清白的,我没干过对不起人的事情!

苑江淼　可是过后您买了这个宅子!

苑国钟　(一时语塞)我……

苑江淼　(忧伤而轻蔑)您还想说什么?

古月宗　(突然从棺材里冒出头来,充满喜悦)苑大头!你说给大伙儿听听……那几百块现大洋哪儿来的?是人家赏你的,还是从地底下挖出来的?

苑国钟　闭上您那豁牙床子!那钱是我自个儿挣来的!

古月宗　扯!你在烧锅背了半年酒糟,在六必居洗两年萝卜,进我这院子的时候你是一穷光蛋!那钱要是赏你的算你有福儿,要是抢来的算你胳膊根子硬朗……(哧哧笑)要是从我们家地底下刨出来的,听好喽……你得一五一十给我吐出来!

肖启山　(把对方按回棺材)您再躺回去眯一觉,能不醒先别醒了。

苑江淼　(极度疲倦)从我懂事儿起,您嘴里永远是钱……钱……钱!催着人家要钱,躲在屋儿里数钱……为了钱您跟街坊计较翻脸吵架,做梦您都惦记着……

田翠兰　小淼子！街上是个人就这揍性，你爸爸他没什么错儿！
苑江淼　（轻声）烂透了……里里外外都烂透。
苑国钟　……没有钱……我拿什么养活你还供你上学？
苑江淼　钱的来路不正，我宁愿当初您把我扔到城墙根儿去！
苑国钟　（站立不稳）儿子……你这么说话是想要我的命！
苑江淼　我念您的养育之恩，我愿意叫您一声儿爸爸……（抬高声音）爸爸！请您把捐款还给周子萍，还给我那些同学。世上不是就您一个人等钱用，求求您了……赶快还给人家！
　　　　〔苑江淼见苑国钟没有反应，径直走下楼梯，一言不发地去抢夺父亲手里的钞票。苑国钟神情恍惚，死死攥着钞票不撒手。父子俩挣巴起来，田翠兰和周子萍等人上去劝解。
苑国钟　（哀求）别跟我抢……爸爸指着这钱呢！
田翠兰　撒手！都撒开手…
苑国钟　儿子……我得拿它开方子救你的命啊！
周子萍　江淼哥！你别这样……让大伯收下吧！
　　　　〔苑江淼情急之下给了父亲一个耳光，钞票落叶似的撒了一地。众人惊呆了。苑江淼猛然清醒，被极度的痛苦、内疚和无奈给摧毁了。
苑江淼　（轻声，抱歉似的）……我不想治病了，我盼着我死！我死了……就再也用不着花您的钱了……您的钱上有血……（向楼上飘去）对不起……对不起您……
苑国钟　（悲痛欲绝）……儿子！
　　　　〔苑江淼影子一般飘回屋里去了。苑国钟歪着肩膀不动，田翠兰上前劝慰，却转身揉起了眼窝儿。肖启山检验填好的表格，频频挑剔。一片静寂之中，肖鹏达悄无声息地溜进了院子。他玩世不恭地看着大家，用偏执的目光盯住了周子萍，像盯住了一个猎物。金穆蓉用身体挡住女儿，示意她赶紧回屋去。
肖鹏达　周婶儿！您别跟我打马虎眼，我看见周子萍了！
肖启山　小达子……你来干什么？
肖鹏达　（不看父亲）没什么急事儿，您先忙您的……

窝头会馆　　　　　　　　　　　　　　　　　　　　413

肖启山　没事儿家待着去。

肖鹏达　我溜达溜达就走……周子萍？你还认我是谁么？

周子萍　……

肖鹏达　自打我从监狱里出来，你为什么老躲着我？上学校打听你去，都说你不在。堵在胡同口等你，你也老不回来……（笑）我又不是社会局的探子，更不是保密局的特工，我就是军需仓库里一看家的耗子——一个芝麻粒儿大的贪污犯……你说你们怕我干什么呀？

金穆蓉　（紧张）……子萍她……她学校功课太忙了！

肖鹏达　（笑）忙？忙着上街游行呢吧？

肖启山　小达子！跟老街坊说话别没轻没重的！

肖鹏达　我知道！您那是大事儿，您忙您的……（走近金穆蓉）周婶儿，您也不能太势利眼了吧？我没进去那会儿，您三天两头儿上我们家套近乎儿，您图什么呀？

金穆蓉　（尴尬）我……

肖鹏达　您含着一嘴蜂蜜夸我，那些话我可都记着呢，一想起来我就堵得慌！

金穆蓉　我跟你母亲是教友，夸你两句是客套，我……我没有别的意思。

肖鹏达　您没有我有！实话告诉您吧，我在里边儿谁都不想，就惦记一个人……（朝周子萍指着自己的太阳穴）要是没她那张脸蛋儿在这儿陪着我，我早就死在牢里了……（转身走向父亲）爸！我那宝贝姐姐又发疯了，抱着您的青花瓶子使劲儿往墙上拽。

肖启山　（大惊失色）你说什么?!

肖鹏达　您别着急，我替您夺下来藏好了……爸，这些老街坊一个个愁眉苦脸……这是打算给谁出殡呢？

古月宗　（再次从棺材里探出头来）达子……往这儿瞧！

肖鹏达　古爷！您这老棺材瓢子还活着呐？

古月宗　等你呐小子！过来……我让你瞜瞜什么叫皇上。

肖鹏达　您别吓着我……这一地金圆券是谁的？苑叔儿！您这脑袋比我进去那会儿得缩了大半圈儿……您怎么了？您眼珠子怎么红啦？

古月宗　（幸灾乐祸）他觉着自个儿忒冤得慌！

肖鹏达　冤？您有我冤吗？都是倒买美军的剩余物资，仓库主任把吉普车和炮弹给卖了什么事儿没有，我就卖了二十几个轮胎，临了儿都算我头上，他们生生就把我给装里边儿去了！苑叔儿，您说我冤不冤？您……您这是……（惊恐地往后闪身子）您想干吗？

苑国钟　（直眉瞪眼地转向田翠兰）我儿子刚才干什么来着？

田翠兰　苑大哥……

苑国钟　他……他是给了我一大耳贴子么？

田翠兰　（伤心）您别跟孩子计较，他是让病给拿的。

苑国钟　（手里捏着仅剩的一张纸币不肯撒手）这钱热乎儿着呢……它真让我心疼！您说我寒碜不寒碜？儿子扇我的脸巴子，不觉着怎么着……就是心疼！我脸皮厚，抽我就抽我了……可我就是心疼！

周子萍　苑伯伯……

王秀芸　苑叔儿……

［两个女孩子哽咽了。突然，传来隆隆的炮声，所有人都被吓得矮了矮身子。苑国钟的目光在天上搜寻，急等着要发泄了。

肖鹏达　这是吓唬傅作义呢……是共军打的空炮。

肖启山　……是国军的炮吧？像是给咱们壮胆儿的。

田翠兰　（恐惧）谁的炮也是炮……那炮弹掉谁怀里谁得抱着！

苑国钟　（仰天大吼）朝这儿掉！掉我怀里来！使劲儿砸呀！往黄局长他们家山墙上掉一颗！砸烂了它！谁他妈爱赔谁赔……省得我赔他了！

金穆蓉　（恐惧地画十字）您积点儿德吧？炮弹再真掉下来！

苑国钟　（歇斯底里）我就怕它不掉下来！朝我脑袋上掉……替我把窝头会馆端到天上去！谁爱啃窝头谁把它拿走，老子不要啦老子噎着了！来个脆巴儿的……砸我呀您倒是！

周玉浦　（捏着一张表格，缩着脖子凑过来）苑大哥，信仰这一栏儿……您看我给您填什么合适呀？

苑国钟　（想都没想）钱！

周玉浦　……您……您说什么？

窝头会馆　　　　　　　　　　　　　　　　　　　　　　　　　　　　415

苑国钟　问我儿子去……

［炮声平息下去了。苑国钟耗尽了力气，像个孩子一样抽搭起来。棺材里的油葫芦嘟嘟地低鸣，口琴声从楼上飘逸而出，短暂的戏谑之后奏出了深深的忧思与悲伤。众人凝立不动，大幕迅速地拉严了。

第三幕

（一九四八年冬　大雪　黑夜）

［口琴曲随着大幕的开启而逐渐消失，传来咚咚咚的敲打声。树干上的对联残缺不全，只剩了"日你大爷"几个烂字。院子里满目萧瑟，灯火尽熄，只有东厢房和苑江淼的屋子透出微弱的烛光。棺材刷好了大漆，躺在老地方咚咚作响，伴随着古月宗朦胧的喊叫声。

古月宗　……让我出去……行啦！我不在里儿待着了，忒凉快了！受不了了……放我出去呀！苑大头，我憋不住尿了！你可别寒碜我……来人呐！救命……苑大头杀人啦！

关福斗　（冲出屋子）来了！古爷……您怎么又钻进去啦？

王秀芸　（挺着大肚子跟出来，拎着灯笼）盖子冻上了吧？妈！妈！您睡了没有？您出来给搭把手儿……小斗子一人儿挪不动！

田翠兰　（睡眼惺忪地跨出屋门，裹着棉袄发抖）这老不死的又犯病啦？他怎么越不想死越作死呢？（挪棺材盖子）明儿你们给这棺材盖儿安把锁，自要他活着就别让他看见钥匙，等他死了再打开把他搁进去……

古月宗　（狼狈地从缝隙中钻出身子）苑大头杀人啦……我里边儿躺好儿好儿的，正听皇上叫唤呢……他上完茅房打边儿上过，就手儿把盖子给我捂上了……

田翠兰　他跟您逗闷子呢。

古月宗　有他这么逗闷子的吗？想逗闷子钻进来躺我边儿上啊？他这是想憋死我！

田翠兰　您以为他自个儿不想死呐？他的印子钱利滚利还不清了，肖阎王明儿天一亮就来拿他的房契……他心里不痛快，您就别跟他计较了。

古月宗　他再不痛快他也不能不让我痛快呀！你还别说……（笑）里边儿待着就是比外边儿待着暖和……快搀我一把！翠兰子……你刚才说什么来着？

田翠兰　我说给棺材安把锁，省得您没事儿老进去挺尸去，唔们没那闲工夫陪您玩儿这个！

古月宗　（一本正经）别安锁了……你们给我安俩合页吧。

田翠兰　（目瞪口呆）您说什么？

关福斗　……安哪儿啊？

古月宗　（踢一踢棺材的头顶板）安这儿！小斗子……你把这板儿给我拆了，再比着给我做一门儿，安俩合页……俩合页够了吧？

关福斗　您说胡话呢吧？您是不是刚才憋在里边儿给吓着了？

古月宗　可不是给吓着了么！吓得不轻……我躺在那儿一琢磨，要是在地底下醒过来了……没门儿我怎么出去呀？求阎王爷现安一门儿？他忙得跟三孙子似的，万一顾不上我把我给忘了呢？我不是就再也出不来么？

关福斗　您要想出来进去方便，您让我打这口棺材干吗？

田翠兰　可不是么！您找两块门板一夹把自己填巴了多省事儿啊？想什么时候出来什么时候出来，横着打个滚儿就齐了。

古月宗　你们不要剩下的工钱，我可不能不要这个门！

关福斗　（无奈）……那……那我就给您弄个门儿？

王秀芸　（嘟囔）合页钱和工钱……您得另添。

古月宗　合页要是安反了，我一个子儿都不给你们！门得往里边儿开，朝外边儿开让土挡着我还是出不来呀……（突然听到棺材里油葫芦叫唤，急忙从怀里掏出葫芦罐儿查看）嘿！这茬拉孙儿……怎么不打招呼就出宫了？小斗子……（把上半身儿扎进棺材）小皇上跟太上皇抢棺材了，赶紧帮我逮它！

田翠兰　秀芸……快屋儿里去，小心冻着肚子！

王秀芸　哎……您也睡去吧。

田翠兰　(捡起簸箕走进伙房撮煤,怪口叫一声蹿出来)谁!谁……谁在里边呢?

关福斗　妈!您怎么了?!

　　　　[苑国钟从伙房里挪出来,极其落魄却装出几分愉悦,不时掏出酒瓶子灌一口,嘬着一枚生锈的大钉子当下酒菜。田翠兰朝关福斗摆摆手,后者返回棺材帮着逮油葫芦,连连朝这边儿窥视。

田翠兰　您干吗呢?

苑国钟　拿后脊梁贴你们家灶台儿热乎热乎。

田翠兰　您屋儿里没生炉子?

苑国钟　我生不起炉子了。

田翠兰　嗨!我不是招呼您先使我们家煤么?

苑国钟　使着呢……(扭头看着楼上的烛光)我儿子暖暖和和的……使着你们家煤呢。

田翠兰　苑大哥,您乐乐呵呵的,天塌不了。

苑国钟　天塌不了,可是地陷下去房子塌了……(笑得极其灿烂)我跟着一块儿掉下去了……爬不上来了。

田翠兰　您给自己屋儿里笼个火,早点儿睡吧。

苑国钟　翠兰子……想给您托付个事儿。

田翠兰　您说。

苑国钟　我要哪天成了倒卧儿,小淼子吃的住的……您费心给担待着点儿。

田翠兰　(难过)您胡说什么呀?姓肖的真要您走?我招呼大伙儿给您垫房钱。

苑国钟　你们甭管我,我怎么都能对付。天儿这么冷,我儿子得有个暖暖和和歇着的地方……可别冻着他。我付不起他的药钱,你们也付不起……甭给他治病了,别冻着他就行!您听他咳嗽得……他撑不了多少日子了……(潸然泪下)你们老街坊行行好儿,别让我儿子冻着……让他暖暖和和多看两天书……

田翠兰　您放心……您想开点儿!

418　　　　　　　　　　　　　　　　　　　　　　　　　　　　戏剧卷

苑国钟　我儿子没旁的嗜好，他就喜欢看书……他老跟子萍坐在梯子上，念叨书里看来的那些事儿……犯人给砍了头，血溅了一地……爹妈领着病孩子拿馒头去蘸血，拿蘸了的血的馒头喂孩子吃……吃了治孩子的病！

田翠兰　苑大哥，您别钻了牛犄角出不来！

苑国钟　我琢磨着，要是能治好我儿子的病还不用花钱，真不如把我的脑袋砍下来得了……让他蘸我的血浆子，就着干粮吃下去……

田翠兰　别喝了您！快屋儿去……躺着哑巴去，啊？

苑国钟　翠兰子……

田翠兰　您还想说什么？

苑国钟　（憋着一肚子话）我……你……我……

田翠兰　（神色不安，轻声）有什么话咱明儿再说，我姑爷看着咱们呢……我屋儿去了，您也早点儿歇着吧。

　　　　［田翠兰回了西厢房，关福斗也进屋去了。古月宗鬼魂似的围着棺材转悠，苑国钟则围着大门口转悠，百无聊赖地看匾看天看树。周玉浦裹着被子哆哆嗦嗦地跑出屋来，伸着脖子朝胡同口张望。

苑国钟　一晚上跑好几回……等相好儿呐？

周玉浦　说好了今儿上她舅舅家，到现在也没见个人影儿，快把她妈给急死了！

苑国钟　等闺女还用得着点上明火？交房租你们没钱，你们有钱点蜡烛。

周玉浦　穆蓉就着亮儿念洋经呐……（凑近）一边儿念一边儿吧嗒吧嗒掉眼泪。我问她哭什么呢？嘿！她告儿我……摩西领着人出埃及了！

苑国钟　摩西是哪位？他想领你们大格格和子萍……上城外头躲躲去？

周玉浦　躲不远儿！她舅舅住东直门以里……您让我也来一口暖和暖和？

苑国钟　（递酒瓶子）以为你们能躲哪儿去呢！那不跟家门口儿一样？小达子骑他那风头一眨巴眼儿就踪过去了。

周玉浦　子萍有俩表哥，凑一堆儿壮壮胆儿吧……您说天底下有这么不讲理的吗？子萍压根儿就没看上他，他老假模假式儿地跟唔们商量怎么办喜事儿,您说吓得慌不吓得慌?

苑国钟　我倒没觉着吓得慌,我噎得慌……你们欠了我房租不算,还变着法儿糊弄我,往后你们糊弄人家试试?

周玉浦　(呛着了)霸占您几块碎砖头不算什么,赶明儿拧胳膊撅大腿霸占唔们大活人那才真叫惨呢!我陪孩子她妈念经去了……您留神!留神!您留步儿……留步儿……

　　　　[苑国钟踱到关帝爷跟前,掸掸浮尘,古月宗咪咪笑着凑过来。

古月宗　苑大头,活该你倒霉,你把皇上给得罪了。

苑国钟　(不想当正经)我知道皇上是谁呀?

古月宗　(拍拍塑像)西北风飕飕的,你就不该把关老爷搁到外头,你冻着他了。

苑国钟　那两位露着肉的不怕冻,他穿着铠甲呢他能怕冻?就算我把他得罪了,跟皇上有什么关系呀?

古月宗　知道他这手的刀是谁的?这手的元宝是谁的?

苑国钟　……谁的?

古月宗　皇上的!普天下的皇上就趁这东西……想给谁钱给谁钱,想给谁一刀给谁一刀!皇上不给你钱你千万别自己上来拿,皇上给你钱你嫌少也别自己上来拿,你自要伸手拿就给你一刀……你就得老老实实等着皇上赏你。

苑国钟　我要是不拿那钱……我伸手拿皇上那刀呢?

古月宗　拿不着挨皇上一刀,拿着了给皇上一刀,一刀下去钱就是你的了。

苑国钟　(端详塑像)皇上就这两样儿好东西,怎么全到他手里儿去了?也没见他给皇上一刀呀。

古月宗　要不说给他修那么多庙呢,哪个皇上都喜欢他!他压根儿不拿这两样儿东西当自个儿的东西。谁拿皇上的钱他给谁一刀,皇上让他给谁一刀他就给谁一刀……

苑国钟　皇上让他给了我一刀,您的意思……是这个么?

古月宗　就这意思!要不怎么钱也没了,房也没了呢?还不赶紧把他请屋儿里去,别冻着他啦。

苑国钟　他都给我一刀了，我不冻着他我冻着谁呀？我就冻着他……我把他冻出脾气来，让他就手儿也给您来一刀。

古月宗　（笑）嘿！小子你等着！你倒血霉的时候儿在后头呢……（向楼梯挪去）你好歹也是窝头会馆的皇上，现而今你两手空空什么都没了。苑大头，本太上皇开导开导你，抢不着刀把子你就干脆认输了吧。

苑国钟　我要是不认输呢？.

古月宗　要胳膊根儿你不是人家的个儿。

苑国钟　（看着古月宗上楼）您张嘴儿皇上闭嘴儿皇上，您最服气的是哪个呀？

古月宗　一闭眼几百个蛐蛐儿乱蹦，说不准是哪个。

苑国钟　是起头儿那顺治吗？

古月宗　他老顺着人家就让人家给治了，这不行。

苑国钟　是道光皇帝？

古月宗　家底儿不厚偷点儿得了，非得给盗光喽！这更不成。

苑国钟　那光绪呢？

古月宗　别跟我提这位……又没里子又没面子，光剩下棉絮了！

苑国钟　您喜欢乾隆的字儿，是他不是？

古月宗　你瞧见小达子那脚踏车了没有？前轱辘都龙了，后轱辘还不定得歪到哪个姥姥家去呢……

苑国钟　您干脆喜欢我得了。

古月宗　给我玩儿去……袁大头那孙子是个短命鬼呀！

苑国钟　您还哪个都看不上？

古月宗　逮不着好蛐蛐儿，玩儿玩儿油葫芦得了。

苑国钟　那是……玩儿谁不是玩儿呀！

〔俩人叽叽咕咕逗着闷子，回到各自的屋里去了。风声萧瑟，没有别的动静。田翠兰悄悄跨出房门，从伙房里端出一筐劈柴和煤块儿，蹑手蹑脚地钻进了苑国钟的屋子。关福斗暗中窥视，按捺不住地跳到院子里，似乎要冲上去捉奸了，却气馁地去轻轻拍打岳父的窗户。王立本睡眼惺忪地钻出半个脑袋，一副傻到了家的样子，接话慢吞吞的，却透出了无尽的明白。

关福斗　爸！我妈呢？

王立本　被窝儿里呢。

关福斗　您摸摸她在吗！

王立本　在呢。

关福斗　在哪儿呢？

王立本　在被窝儿里呢。

关福斗　（急了）在谁的被窝儿里呢?！

王立本　你知道？

关福斗　在我苑叔儿的被窝儿里呢！

王立本　知道还问我？

关福斗　不是头一回了！您不知道？

王立本　不知道。

关福斗　我妈钻哪被窝儿您不知道您都知道什么呀？

王立本　你老丈人他姓王。

关福斗　您还知道什么呀？！

王立本　他排行老末，前边儿有七个兄弟。

关福斗　（被噎住了）您……

王立本　回屋儿睡觉去。

　　　　〔关福斗在屋子里窜进窜出，乒乒乓乓地收拾木匠家什，与追出来的妻子挣巴在一起。田翠兰匆忙地系着衣扣，与苑国钟先后挪出屋子，邻居们也陆陆续续地聚到院子里来了。

王秀芸　把东西搁下！你别这样……

关福斗　松手！你回屋卷铺盖，咱们这就走人！

田翠兰　（尴尬）小斗子……你想干吗？

关福斗　我想找个耗子洞钻进去清静清静！

田翠兰　……怎么了你？

关福斗　没怎么……我嫌我自个儿寒碜！

田翠兰　你别这儿瞎嚷嚷，有话你和秀芸跟我上西屋说去。

关福斗　您别上西屋您还是回北屋去吧！

田翠兰　（脸色陡变）……你跟谁说话呢？

关福斗　我扇我自己脸巴子呢！我倒插门儿插茅坑儿里了，我活该恶心！我瞎眼了我什么都没看见……我认倒霉我领媳妇走人！明儿我孩子生出来姓关不姓王……

田翠兰　（碰到命根子，一下子被激怒了）你他妈敢！图干净你一人儿滚蛋！那是我孙子，谁抢我跟谁玩儿命……他敢不姓王我就敢掐死他！秀芸，这儿没你事儿，跟孩子上屋儿里去。

王秀芸　妈！您……

田翠兰　去呀！

古月宗　（扒着栏杆俯视）小斗子，你眼窝儿也忒浅啦！你丈母娘不是让你给棺材上把锁么，别费事儿了……你把那锁头安自己眼眶子上吧。

金穆蓉　（站在阴影里）……现世报……报应了。

田翠兰　您痒痒了别自个儿夹着，憋不住难听的您过来喷来。

金穆蓉　我还真不怎么在乎您……（走到弥勒佛跟前微笑仰视）苑大哥，您的双簧这回演砸了吧？每回催租子您都跟她拌嘴，她喷着唾沫星子骂您骂了多少回了，还动不动要死要活的……可是天儿一黑下来，她就上您被窝儿里把钱要回去了。

苑国钟　（自嘲）……也没都要回去……这程子还贴了点儿过来。

金穆蓉　您催租子就催吧，还雇了一托儿。我们子萍她爸爸一直不信……（对着周玉浦）这回你亲眼看见了吧？

苑国钟　（戏谑）玉浦兄弟瞒哄您呢，他什么不明白呀？他贴钱给人家正骨，不是让您逮着好几回么？

周玉浦　苑大哥……

苑国钟　人一娘们儿让他给正骨，他正到人大咂儿（乳房之意）上去了……咂儿上有骨头吗？

周玉浦　说您的事儿呢您扯上我干吗？滥开玩笑一字儿都多……半个字儿都多！

田翠兰　（对金穆蓉）您别乱趸摸了，唔们那神仙笑话您呢。

金穆蓉　我不怕他笑话，有怕的……（沮丧）咱谁也甭看谁的热闹儿，

窝头会馆　　　　　　　　　　　　　　　　　　　　　　　　　　423

一个个都是罪人，上不了天堂……就等着下地狱去吧。

田翠兰　您赶紧上天堂，这儿有梯子，您不爬那门框上拜拜去？

金穆蓉　梯子您自个儿留着使吧，下地狱的时候儿别闪了腰。

田翠兰　（一时语塞）你……

周玉浦　开玩笑有半句就得……跟神仙开玩笑点到就得！穆蓉，外边儿冷，咱屋儿里暖和暖和去。

〔周玉浦扶金穆蓉回屋，自己跑到大门口焦急地张望。苑国钟一直在喝酒，口齿还算清楚，脚步却有些踉跄。他捡起一把斧子，递给关福斗，露出令人恐惧的笑容。

苑国钟　小斗子，你给我一下儿……（指着眉心）就这儿，你照直了给我一下儿。

关福斗　（有点儿害怕）您喝高了？

苑国钟　……里边儿全是难听的，堵得慌！你帮我在这儿劈一裂缝儿，替我把它们全都放出来……听着！你老丈人的家伙不好使……我指的不是擀面杖，也不是炒勺……这句难听的你听明白了没有？

田翠兰　（推搡苑国钟）喝！就知道喝！屋里去……您屋里去！

苑国钟　寒碜事儿都办了，寒碜话儿倒不让说……（醉笑）您这人就一样儿不好，肚皮子软嘴皮子硬，办多大暗事儿也不耽误明着张嘴咬人……头一句难听的说完了，我再给你唠叨唠叨二一句……

田翠兰　作死吧……就作死吧……

〔田翠兰羞愤交加，拽着女儿钻进了西厢房，剩下几个男人在寒风中瑟瑟发抖。关福斗恢复了冷静，却可怜兮兮地没了主意。

苑国钟　小斗子……你苑叔儿的家伙也不好使，可还能凑合着使。我指的不是酒瓶子，也不是酱萝卜……你还想听我说什么好听的么？

关福斗　出了这个院子……我没脸见人了。

古月宗　（下楼梯）有脸没脸是一回事儿……街上净是穿不起裤子的，谁还顾得上看你那光屁溜子呀？

苑国钟　小斗子，你头一回进我的院子，给我做这楼梯，在后夹道那刨花堆儿里……你摁着秀芸干什么来着？

关福斗　（窘迫）您……您胡扯什么呀！

苑国钟　觉着丢脸了是不是？你那后臀尖小馒头似的还挺白，俩后肘子更白……可惜了儿你这黑不溜秋的一张糙脸……丢了就丢了吧。

关福斗　小淼子老嘀咕烂透了……他说咱这院子里里外外都烂透了！我一直当它是胡话……

苑国钟　那本来就不是明白话。

关福斗　今儿我弄明白他意思了。

苑国钟　你弄明白什么了？

关福斗　我们跟孩子早晚得搬出去！

苑国钟　你明白个屁！你明白……（一直在几位神仙之间转悠，此时停在弥勒佛跟前）你丈母娘是什么人你都没弄明白！你还明白？乡下闹瘟病她一家儿死了九口儿，她抱着八个月的闺女要饭要不着，找个旮旯铺了块烂炕席，躺在上边儿卖自个儿的肉……你明白吗？你老丈人把她领回来，两口子踏踏实实折腾小买卖儿……她看见小淼子饿得嗷嗷叫唤，明知道我儿子是童子痨，搂怀里就让孩子叼她的奶头儿……你明白吗？我抱着我儿子在胡同里走，任谁都躲得远远儿的呀！她也想躲，可她看着孩子挨饿她心疼……就算我这院子烂透了，你丈母娘她没烂！她嘴皮子不饶人，可她心眼儿敞亮……她仁义！

［田翠兰躲在屋子里失声痛哭，女儿哀声劝慰。关福斗深受触动，两只手揣在袖筒里，缩着肩膀发呆。牛大粪把粪车停在大门口，掸了掸烂棉袄，吸溜着鼻涕登上了台阶。

苑国钟　……今儿怎么知道守规矩了？

牛大粪　不瞒您说，是憋着一泡来着，路过肖老板他们家高台阶儿……（凑近对方耳边）我滋他们家大门上了！

苑国钟　你可缺德啊！

牛大粪　他缺德缺我这么多年，我好不容易缺他一回怎么的了？

苑国钟　黑更半夜的转悠什么呢？

牛大粪　关城门了……北平给关得严严实实，鸟都飞不出去啦！您知道为什么停电吗？人家占领了门头沟，这边儿电厂的煤供不上了……土八路正摁着傅司令的脑袋喝茶谈判呢，再不投降那茶杯子就

　　　　　拽他脸上去了！
苑国钟　你喝人家茶根儿来着？你怎么什么都知道呀？
牛大粪　得！对不住您……光顾着自个儿高兴，忘了您这儿还窝着心呢。（压低声音）您那房契……还在您手里儿呢吗？
苑国钟　你想抢啊？别抢……我这就拿给你得了。
牛大粪　您别跟我逗……听我一句，您可得把它揣好了！千万别拿给那老丫挺的……这事情要搁在昨儿，天就那么阴着哈，我还真不敢说什么。这眼看着就要晴天儿了，我就明告儿您吧……您让那老王八蛋给玩儿了！
苑国钟　他是猫我是耗子，唔们俩一直玩儿来着……他还能怎么玩儿？
牛大粪　您旁边儿那大宅子早就不是黄局长的了，您知道吗？
苑国钟　……那……那那……它是谁的呀？
牛大粪　黄局长上一季儿就跟老婆孩子偷偷坐飞机颠儿了……留个酸了吧唧的姨太太撑门面，整天哭哭啼啼，让肖老板三吓唬两吓唬，糊弄个白给的价儿就给拿下来了！
苑国钟　牛子……（颤声）你他妈哄我你可不是人！
牛大粪　那大宅子早就姓肖了，饶着给您放了印子钱，还哄着您赔这个赔那个，他打个嗝儿的工夫把您的宅子也就手儿给拎过去了……您说他会玩儿不会玩儿？
苑国钟　（站立不稳）缺德呀……
牛大粪　您说我该不该尿他们家大门？！
苑国钟　（嗓音凄厉）……缺了大德啦！
牛大粪　您可别背过气去！
苑国钟　我……我……（极低的声音）我日他大爷！
　　　　　〔苑国钟跳着脚无声咒骂，被牛大粪和关福斗搀到一边儿去了。周子萍匆匆走来，警觉地往身后看，险些跟探头探脑的父亲撞在一起。
周子萍　爸！
周玉浦　哎哟！你可回来了！快跟我回屋换衣裳去！子萍……（抓着女儿的手往东屋走）你妈已经疯了！她对着镜子薅头发呢，就差把那本儿洋经撕碎了吃下去了……她就差张嘴咬我脑门子了!

周子萍　爸!我还有别的事情……您撒手!

周玉浦　还有什么事儿能比家里的事儿更要紧呐?(不撒手)刀都架到你脖子上了,你怎么就不知道害怕也不知道着急呢?我和你妈让小达子吓得都死好几回了……

周子萍　(被母亲挡住了去路)……妈。

金穆蓉　(凶悍而恍惚)你还知道你这儿有个妈?

周子萍　学校有事儿走不开……

金穆蓉　就算没事儿也能让你们给找出事儿来!

周子萍　妈……

　　　　[栅栏门有动静,众人扭头注视。苑江淼吃力地咳嗽着,面无血色的样子令人吃惊。他拎着沉重的书包,半步半步地走下台阶。

苑国钟　(心碎状)……儿子!

田翠兰　小淼子!你慢点儿……

周子萍　江淼哥……

　　　　[苑江淼举起手掌,示意不必说话,也不必过来。他把书包放在楼梯拐角,露出了如释重负的淡淡的笑容。

苑江淼　……你过来拿吧……书都看完了。

周子萍　对不起!我来晚了!

苑江淼　不晚,刚刚看完最后一本儿……替我把书还给他们。

周子萍　江淼哥!你太累了……

苑江淼　……我去歇一会儿……你和同学……保重……

苑国钟　儿子……暖壶里还有开水吗?

苑江淼　……有。

苑国钟　火着乏了记着添煤,别让它灭了……(见儿子往楼上退,急切)儿子!让爸跟你上去帮着归置归置……啊?

苑江淼　不必了……都挺好的……

　　　　[金穆蓉紧紧抓住女儿的胳膊,还是被挣脱了。周子萍拿起楼梯上的书包,紧紧搂在怀里,泪眼婆婆地看了苑江淼一眼,毅然离去。

金穆蓉　给我站住！你还想上哪儿去？
周子萍　我有事，我得赶回学校。
金穆蓉　你看着我！你眼睛里……你眼睛里压根儿就没有我和你爸爸！
周子萍　妈！等办完了事儿我一定好好陪你们。
金穆蓉　你……（向周玉浦发泄）你就干看着？
周玉浦　嗯？哎……（去阻拦女儿）子萍！
周子萍　爸！您让开！同学们等着我呢……
周玉浦　你舅舅还等着你呢！
周子萍　您撒手！爸……
周玉浦　说好了过去不过去，人家还不得提心吊胆地等咱们一宿……（夺书包）把书给小淼子搁下，赶明儿再替他还！跟我回屋儿拿你的行李箱去……
周子萍　……啊！

[书包里的油印传单撒落在地，众人惊呆了。肖鹏达出现在大门口，西装革履，一手拎着手电筒，一手拎着行李箱。周子萍蹲下身子，手忙脚乱地捡传单。苑国钟傻了似的看看传单，看看儿子，突然醒悟了什么，趴在地上疯狂地抓挠起来。肖鹏达拾起一张，用手电照了照，嘿嘿地笑了。金穆蓉几乎晕过去，倚住了丈夫的肩膀。

肖鹏达　向伟大……的新中国……进军……谁的？
周玉浦　不是我们的！
苑国钟　（同时）我的！是我的……（谄媚地醉笑）这东西是我的。
肖鹏达　您知道这是什么东西吗就说是您的？
苑国钟　烂纸！我在街上捡的烂纸……每回游行的一过去满地烂纸，扫街的收拾不过来。我饶着帮人家打扫打扫，笼火还有了引柴，上茅房也不缺草纸了……
肖鹏达　您别跟我这儿逗闷子了！您拿它笼火擦屁股，您儿子干吗？您儿子答应了，我们子萍还不干呢！
周玉浦　小达子，子萍她……她跟这没关系！
肖鹏达　那您就告诉我，谁跟这有关系？是周婶儿啊还是您呐？

周玉浦　我们……我……

肖鹏达　您别害怕……你们都别害怕！我自己知道就成了，我不告诉外人……（朝苑江淼晃晃那张传单）苑江淼！上边儿密密麻麻的一大堆梦话，都是你写的……也是你印的吧？（讪笑）回回上你们这儿来都闻到猪肠子味儿，外加中药汤子味儿……（闻纸）这回让我闻见香味儿了！

苑江淼　那就请你多拿几张回去，好好闻闻。

肖鹏达　我多嘴问一句，您那新中国在哪儿呢？

苑江淼　（憧憬）……等天亮了，太阳出来了……人人都会看到她！

肖鹏达　我怎么看不见呐？（手搭凉棚）哪儿呢新中国……除了你们家那烂墙头，我什么也没瞧见！

苑江淼　你当然看不见……你是个瞎子。

肖鹏达　（冷笑）他们都说你躲在屋里等死呢，没承想不是等死是找死！我还真是瞎了眼了……苑叔儿，您赶紧领我上去，让我看看您儿子那蜡纸和油辊子，他怎么就刻得这么漂亮印得那么地道呢？我是真佩服他……

苑国钟　（拦在楼梯口，心急如焚却满脸堆笑）达子！达子……听苑叔儿一句！我儿子屋里就一铺盖一桌子一火炉子，剩下的全是书，旁的什么也没有！我见天儿进去给他收拾，桌子底下床后头我见天儿给他清扫，你说的那些物件儿我压根儿没看见过……达子！他有病，我不能让他传染了你，你染了病我对不起你爸爸。咱都离他远点儿，别挨着他，让他死去吧！（发泄心中的伤痛）他就喜欢看书，一天到晚光知道看书……吃多少药也是白搭，他想找死咱不拦着他了，让他死去吧！达子……咱都别搭理他，他爱干什么干什么……他活不了几天了……（近乎哀求）你抬抬手儿，让他过去吧……咱让他边儿待着去……啊？

肖鹏达　（凝视对方）用我爸那话说，您满嘴跑舌头，谁知道您哪句是真的呀。

苑国钟　你苑叔儿哆嗦了大半辈子，吐的字儿要有半个不是真的，你把你那大尖儿皮鞋脱下来，你拿鞋底子抽我！

肖鹏达　这句就不像真的……（笑，心中有了底）您以为我真想上去呢？倒是想兜他的老底儿，可惜我没那闲工夫了。

　　　　[肖鹏达走近紧紧依偎的周玉浦一家，把行李箱一丢，当着众人打开了它。他取出一双白色的高跟鞋，一双红色的高跟鞋，一双黑色的高跟鞋，把它们整整齐齐地码放在周子萍脚边。

肖鹏达　子萍，挑一双喜欢的穿上……穿好了跟我走。

金穆蓉　小达子……你想把子萍领哪儿去？

肖鹏达　您不想让她去的地方我决不领她去。不去炮儿局，不去警备司令部，不去保密局的黑屋子……我们去该去的地方。

周玉浦　……去哪儿啊？

肖鹏达　老励志社的二楼，军官俱乐部。

周玉浦　上那儿干吗去？

肖鹏达　见天儿都是舞会，我请子萍陪着我嘣嚓嚓去！

金穆蓉　（极度恐惧）你到底打算干什么？

肖鹏达　不儿刚跟您说了吗，跳舞去！

金穆蓉　我们子萍向来不去那种地方。

肖鹏达　那她想去哪儿啊？（指着苑江淼）去他那儿？跟着他印传单送传单撒传单？跟着这痨病鬼一块儿做梦一块儿等新中国一块儿找死去？

苑江淼　肖鹏达……（笑得很轻蔑）你不觉得自己很滑稽么？

肖鹏达　你笑话我？

苑国钟　（呻吟并打手势）儿子……你别吱声啊！

苑江淼　（边说边走下楼梯）他们说你在军需仓库偷轮胎，我不觉得你可笑。他们说你不光偷轮胎还偷高跟鞋，我还是没觉出你可笑……你把高跟鞋就这么码到院子里来了，我觉得……我觉得简直太可笑了！

肖鹏达　你觉着可笑是你有病！我们仓库主任昨天上的飞机，抱着英国造的台球杆儿，还拎着一网兜子台球儿呢……怎么着吧？人家摆得起那个谱儿，人家觉着舒坦人家喜欢！

苑江淼　（痛快淋漓）完蛋了！你们真的完蛋了……这是你们活生生的下

场！你们已经没救了……（咳嗽）小达子，你也打算拎着高跟鞋上飞机吗？你给高跟鞋打飞机票了没有？

［众人窃笑。

肖鹏达　（盯住周玉浦）您也笑话我？

周玉浦　（着急）没……没有！我笑话你我不是人！

苑国钟　没错儿！没人儿敢笑话你，我们都笑话那鞋呢。

［肖鹏达像野兽一样环顾四周，脆弱的神经处于崩溃的边缘。苑江淼蹲下来捡传单，周子萍挣脱父母赶过去阻止，阻止不了便帮着他捡。肖启山心急火燎地跑进院子，一眼看见了儿子，立即放慢脚步，装出若无其事的样子。他朝耶稣画十字，朝弥勒佛合十，朝关帝爷作揖，捡起一张传单抖了抖，毫无兴趣地扔回地上去了。

肖启山　……都还没歇呐？

苑国钟　您呢？撑得慌消食儿来了？

肖启山　（稍愣）国钟……

苑国钟　您说。

肖启山　往年到了大雪这节气，总能见着几粒儿雪花子……（看天）今儿潮乎乎的窝囊一天了，怎么还是一颗雪粒子都见不着呢？

苑国钟　说的是呢……（跟着看天，话里有话）它憋什么坏呢它？

肖启山　（吃惊）你说什么？

苑国钟　我说它想给咱们使坏，它憋得正难受呢。

肖启山　（岔开话题）国钟，明儿天一亮，你把房契送到高台阶儿来，我起早儿等着你。

苑国钟　别介！您还是自个儿过来拿吧，万一我天亮前死了呢？

肖启山　（笑）没旁的意思，想陪你喝两盅儿。

苑国钟　我自个儿有酒。

肖启山　就你蒸馏那烂汤子也能算酒？一股子糊巴臭味儿。

苑国钟　您也浑身糊巴臭味儿，都快馊啦……比芥末都呛得慌！

肖启山　（笑眯眯地解嘲）高了，他喝高了……得！我知道你心疼那烂瓦片子呢，今儿我不打算惹你。我绕着你走还不行么……（径直走到儿子跟前，脸耷拉下来）你别这儿给我丢人现眼了，把箱

窝头会馆　　　　　　　　　　　　　　　　　　　　　　　　　431

　　　　　子拎上，赶紧跟我回家去。
肖鹏达　我不回去了。
肖启山　（沉吟片刻）好吧，不回去就不回去……（厉声逼迫）把条子给我留下！
肖鹏达　（顽强抵抗）留不下了，我急等着使它们呢。
肖启山　你往哪儿使啊？
肖鹏达　买飞机票。
肖启山　你放屁！飞机票都订到明年五月份儿了，你上哪儿买去？
肖鹏达　军人俱乐部的舞场有黑市，条子使够了就能淘换到飞机票。您别拦着我！这回我走定了……
肖启山　买张票才使几个呀？
肖鹏达　我得买两张！我……我想带周子萍一块儿走。
　　　　　［金穆蓉浑身一震，与女儿紧紧搂在一起。肖启山盯着儿子冷笑，半天没说话，却挡住了对方的去路。
肖鹏达　爸……您就让我过去吧？
肖启山　两张票也使不了那么多……（凶狠发作）你个小兔崽子！你想兜走我的家底儿可以，先把自个儿脑袋拧下来，给你爸爸押在这儿你再走！
古月宗　（哧哧笑着从棺材里爬出来）新鲜！真新鲜……昨儿看见那儿子跟老子抢钱，今儿又看见这儿子跟老子抢钱，明儿佐巴还是儿子跟老子抢钱！
牛大粪　您少说两句不碍事儿嗒。
古月宗　这都是皇上他们家的戏码儿，翻过来倒过去的……嘿！轮着谁还谁他妈都敢演了！
关福斗　（搡古月宗走开）咱边儿上待着去。
肖启山　古爷。
古月宗　您吩咐。
肖启山　赶明儿我把这小院儿收拾收拾，您给琢磨一副对子，咱把它挂出去。
古月宗　您让我白住我就给您琢磨琢磨，您要不让我白住我就住这口棺材。您要赶我走我立马儿把自个儿埋在您脚底下……我写一副白对子给您挂出去。

肖启山　（笑）行！我多雇几个要猴儿的给您出殡……（对肖鹏达）小达子，你不快点儿把那几双烂鞋收起来你还等什么呀？觉出自个儿像只猴儿了没有？你真打算翻俩跟头给大伙儿瞧瞧？

肖鹏达　（怒视众人）你们都闭嘴！谁也不许笑话我！

［肖启山去拎皮箱，肖鹏达上前抢夺，先是缓慢拉扯，继而剧烈地扭打起来。皮箱脱扣儿，领带、香水儿、纸币、金条……撒在地上，一把手枪滑了出去。众人目瞪口呆。父子俩同时扑向它，儿子眼疾手快，把枪口对准了父亲的脑门儿。

苑国钟　（异常兴奋）别别别别！别……你别！那是你爸爸！

肖鹏达　我知道他是谁！

金穆蓉　小达子！

田翠兰　臭孩子你可别犯傻！

肖鹏达　闪开！都闪开……谁也别管我！

肖启山　（苦笑）好……好……金条归你！想拿走你全拿走……那枪我得留着上坟地打兔子去，你把它给我搁下。

肖鹏达　不行！你让我把它搁下，别的我还拿得走吗？

古月宗　小达子你忒俗了！一手拿刀一手拿钱……这老套子一点儿都不新鲜！

苑国钟　（醉意朦胧地凑近）达子……你那撸子是真的吗？

肖鹏达　别过来……

苑国钟　撸子里有子儿吗？

肖鹏达　……你别过来！

苑国钟　要是假的你趁早儿别这儿糊弄我，要是真的……你搂个火儿试试，咱俩听听它响不响。你对着你爸那鼻子搂一下试试……搂啊。

肖鹏达　（彻底蒙了）……

田翠兰　（惊惶）苑大哥！您醉了！您躲他远点儿……

周玉浦　（欲哭）都什么时候了都……您……您还滥开玩笑呐？

苑国钟　小达子，你替我顶着你爸爸脑门子问问他，介壁儿那狼狗把人给咬了是怎么回事儿？树砸了房我赔，狗咬了人……凭什么让我赔呀？

肖启山　（对着枪口微笑）你那棵树……把人家的狗给吓着了。

苑国钟　狗给吓着了，澡盆也给吓着了吗？他们家澡盆漏水，把地毯给淹了……凭什么也让我赔呀？

肖启山　（分散儿子的注意力）澡盆上有裂缝儿……砖头掉下来砸的。

苑国钟　（走火入魔）山墙在紧西边儿，澡盆在紧东边儿……中间隔着好几道墙呢吧？您告儿我那砖头是怎么飞过去的？澡盆藏在哪儿，它又是怎么知道的呢？砖头跟您一样，长俩大眼珠子了是不是？

肖启山　要不怎么就说寸到家了呢？黄局长财大势大，人家说什么是什么，这口气你要实在咽不下去……你就含着它吧。

苑国钟　啊呸！我把它当个枪子儿啐您……那房是您的！！

肖启山　（惊愕，立即恢复镇静）我有的是时候儿跟你细聊这事儿……小达子！你汗都下来了，把胳膊放下歇会儿吧？我都心疼我这宝贝儿子了……

肖鹏达　别动！爸，您放我走……您答应我别拦着我！

肖启山　我没拦着你，我拦的是那钱……你必得老老实实把钱给我搁下，一大家子还指着它们过日子享福儿呢。

肖鹏达　您还惦记着享福儿呢？乡下地主的地都让人家给分了，您还傻不楞登地在这儿夺街坊的瓦片儿，您自己那点儿零碎儿还指不定落谁手里呢……您想找死我不拦着，我不想陪您一块儿死您也别拦着我！

肖启山　我不拦着你，有人拦着你……人家白把你从牢里放出来啦？

肖鹏达　谁拦着我我跟谁玩儿命！他们做梦吧他们……想让我猫下来，还让我装左倾……我装得了吗？我上哪儿左去？当一回替罪羊我早就够儿的了，我不能当第二回！谁他妈会装谁来……老子颠儿了！

肖启山　你颠儿了不要紧，你妈你爸爸还得留下来过日子呢。

苑国钟　肖老板，您也知道过日子呀？我还知道过日子呢！小达子……你爸爸他想绝我的日子，我做梦都想崩了他……醒过来一瞧，手上什么也没攥着，就几根秃手指头！小达子，你要替我崩了这损主儿，我把关老爷请走，我让你上那水缸上头蹲着去……

肖鹏达　（把枪口对准苑国钟）您废他妈什么话呀您！

苑国钟　（吓了一跳，借着酒劲儿硬挺着）这就对了！搂啊……（脑袋抵住枪口）你他妈倒是搂我呀！

苑江淼　（想冲上去）小达子你把枪放下！

周子萍　（拼命阻拦）江淼哥……

田翠兰　苑大哥！您站着别动……千万别动弹！

古月宗　苑大头！你脑袋上有七个眼儿够啦，别凑他那枪眼儿去！

苑国钟　谁也别过来！我今儿还真想试试，让他崩了我……小达子，你赶紧搂一下让我躺下去好好眯一觉儿！我下辈子都谢谢你……搂啊？

肖启山　（冷酷）你小子是活腻歪了？

苑国钟　腻歪透了！我也早就够儿够儿的了……（脑门儿抵着枪口，逼得对方连连后退）今儿你要么崩了你爸爸，要么你就崩了我，你崩了哪个我都高兴！一个大老爷们儿在城里混，一辈子就惦记两样儿好东西……头一个是儿子，二一个是房子。我祛不了我儿子的病，我白活……我守着一处房子，到了儿一块儿瓦片儿没落着，我还是白活！小子，你赶紧崩了我……今儿不把我撂这儿你对不起我你……

古月宗　达子！听爷一句，你崩这大脑瓜子没用，你崩碎了它金条你也拿不走。你真想把好玩意儿拿走……你还是得磨过身儿去崩你们家那大脑瓜子，你得……

肖鹏达　（歇斯底里）我崩你那脑瓜子！

古月宗　哎呦我的亲妈！

［古月宗被枪口顶住脑袋，立即瘫软了，关福斗和牛大粪架住了他。肖启山弯腰捡金条，像捡白薯一样把它们扔到箱子里。众人断定肖鹏达不敢开枪，气氛便松弛了下来。肖鹏达反而成了最恐惧的人，哆哆嗦嗦地举着枪，不知道应该瞄准谁，更不知道应该如何收场了。

肖鹏达　你们……你们刚才都笑话我来着？

古月宗　我笑话你干吗？那鞋……那鞋花里胡哨的……它们花里胡哨地站那块儿……它们排着队站那块儿等着上飞机……（在极度恐惧中居然忍不住笑了）它们也忒逗了它们！

肖鹏达　（绝望地呻吟）笑！再笑我打死你！

古月宗　哎呦你别！你省着我先别打死我……有个事儿我一直弄不明白，你打死我我死不瞑目啊！你……你让我说出来成么？

肖鹏达　……

古月宗　（罕见的一本正经）苑大头你告儿我！民国十六年冬天，你买房那钱到底是哪儿得来的？你告儿我实话，我老老实实挨一枪，躺棺材里我再也不出来了……你扒开肋巴骨，把心掏出来给街坊们瞜一眼！我可怜你那儿子，他眼巴巴瞧着你呢……你倒是说话呀！

〔静场。众人的注意力离开那把手枪，转到苑国钟身上去了。他仰着下巴，让空酒瓶子对着嗓子眼儿。他漫无目的地游走，神态和步态尚能控制，语调却拖长了。

苑国钟　白住我二十来年房子，吃颗枪子儿您一点儿都不冤。

古月宗　你不说明白我冤，你给说明白了我就不冤了。

苑国钟　我下过誓……打死我我也不说。

古月宗　打死你你不说，可打死我……你总该说了吧？

苑国钟　我说！我这就说……（来到儿子跟前）儿子，不是爸爸不想告诉你，多少年了……（突然哽咽）你爸爸他害怕！我害怕呀……

苑江淼　您究竟怕的是什么呢？

苑国钟　我什么都怕……（来到肖启山跟前）今儿我不怕了，我明着告儿你们吧，那钱是赤党的钱！是赤党藏在这个院子里的，是赤党悄没声儿告诉我地界儿，是赤党让我把它们挖出来的……他们把赤党给杀了，可没杀得了赤党的钱呐！那钱……（轻声）让我给落了。

苑江淼　（震惊而又将信将疑）爸爸……

肖启山　（冷嘲）哼哼……你运气倒真不错。

苑国钟　我说出来了，怎么着吧？儿子……身边儿就韩先生一个赤党我害怕，他们说哪个是赤党他们就毙哪个我更害怕，今儿城外头好歹围着十万二十万呢……我还怕什么呀？你爸爸他不害怕了！

肖启山　（自嘲）没错儿，该轮着唔们害怕了。

古月宗　（颇受打击，恍恍惚惚）苑大头……赤党给抓了走，我把他租的屋子翻了仨过儿……我给他被子拆了弹棉花，我给他花盆里的花儿一棵一棵薅出来，我拿铁钎子把白灰墙都扎成筛子了……我连鸡屁股都抠了！怎么一个大子儿没见着呢？那钱到底给塞哪儿去了？

苑国钟　（踢一口半大的水缸）您瞧瞧里边儿是什么？

古月宗　黄酱……你拿烂豆子沤的黄酱。

苑国钟　……一摞儿一摞儿的，都给码到酱底下了。

古月宗　（眩晕）哎呦……大葱蘸黄酱，我还就好这一口儿！怎么就忘了拿火筷子搅和搅和呢？你不说我死不瞑目，你这一说我活着都闭不上眼睛了……达子！你把那枪借我端会儿成不成？我这就崩了他！不崩了他我眼眶子胀得难受我闭不上我……

肖鹏达　住嘴！！你们……你们别以为我不开枪！

古月宗　（梦呓）你要敢开枪，我还敢打炮呢……你容我解了裤带……

牛大粪　（低声乞求）古爷……您踏实会儿！

　　　　〔苑江淼和周子萍拾掇传单，肖启山拾掇箱子，肖鹏达突如其来地奔向高跟鞋，朝其中一只开枪。孕妇尖叫一声，箱子和传单再失手跌落。巨大的枪声震惊了每一个人，包括开枪者自己。

肖鹏达　爸呗！求求您……那些宝贝您最好别动！

肖启山　（呻吟）你个小王八羔子……

肖鹏达　周子萍！我再问你最后一句，你想不想跟我弄票去？

周子萍　（轻蔑）……请你别再说这种可笑的话了。

肖鹏达　（哀求）一块儿去吧？自要弄着票，立马儿就能从东单飞起来，咱俩一眨巴眼儿就到上海了……

苑江淼　小达子……（笑，指着棺材）你那飞机是长了翅膀的棺材，想飞你自己飞去吧，别刮在东单的大杨树上……当心点儿！

肖鹏达　我没工夫跟你扯淡！周子萍……（发现对方依偎到情敌身边，尖声咆哮）你别给脸不要脸！今儿我就磕你一句话，你跟他走还是跟我走？

金穆蓉　小达子！有话咱慢慢说……你别这样儿行吗？

肖鹏达　不行我说不行！

　　　　[苑江淼的笑容激怒了肖鹏达，朝另一只鞋开枪。王秀芸再次尖叫并昏厥过去，众人抬着她奔向了西厢房。

田翠兰　秀芸！秀芸你醒醒……秀芸！

关福斗　肚子！小心她肚子……你们别窝着她肚子！

金穆蓉　（朝耶稣跪了下来，绝望地画十字）上帝垂怜！我求求您了……您要真能看见我们这些羔羊，您就来救救我们吧……哈利路亚！

苑国钟　关帝爷圣明！（抚摸塑像，密切窥视那把手枪）您想给谁一刀就给谁一刀……今儿您打算给谁一刀呀？

肖鹏达　周子萍！你小瞧了我你可别后悔……你们敢小瞧我肖鹏达你们都别后悔！你们……你们……

苑江淼　你说你像不像一只耗子？你让耗子夹夹着尾巴了？

肖鹏达　你敢再说一遍？谁是耗子？

苑国钟　（打圆场）谁都不是！你听差了……

苑江淼　淘光了家底儿，你们想滚蛋了？那就滚吧……你们确实是一群耗子，收拾好你们的破烂儿赶紧滚蛋吧！

苑国钟　（恐惧）儿子……你招人家干吗呀！

肖鹏达　（快要哭出来了）……周子萍……我说到做到！你要不跟我走……我打死他……我这就打死他！

　　　　[肖鹏达突然挥枪对准苑江淼，苑国钟窜出来挡住枪口，引起一片惊呼。枪没有响，但是危险迫在眉睫，谁都不敢轻举妄动。苑国钟像老母鸡护小鸡儿，张开两臂挡住儿子和周子萍，露出讨好的笑容。肖鹏达浑身发抖，枪口也跟着发抖，认定自己是被人捉弄了。

苑国钟　达子！好孩子……今儿你要是非得打死一个人，不打死一个人你过不去这个坎儿，那你务必得打死我……我不能让你打死我儿子。

肖鹏达　您让开……

苑国钟　我儿子活下来不容易……民国十六年，他们抓韩先生把我一块儿抓了走，我媳妇挺着大肚子逃难，火车开到长辛店就不走了……我媳妇顺着铁道一路儿逃下去，吃不上喝不上，一直拖着爬着回到定县……离娘家还有三里地她爬不动了，大雨哗哗的……她把我儿子生在道岔儿上了……她没熬到家门口儿就死啦！我儿子生下来就在大雨里淋着……他活下来不容易……

王秀芸　（在西厢房里痛苦呻吟）妈……妈！

关福斗　（尖叫）血！妈您看……席子上有血！

田翠兰　（声音惶恐）八成要生了！立本你快……上灶火打水去！

〔西厢房传出阵阵骚动，紧张的对峙却没有丝毫缓解的迹象。王立本拎着生铁盆子出屋，直眉瞪眼地奔向肖鹏达，看不出是走神儿还是想砸对方的脑袋。

肖鹏达　别过来！您别过来！

苑国钟　（提醒）灶火在那边儿呐！

王立本　……噢（稍愣，转身朝伙房走去）……这边儿？

苑国钟　达子，把枪收起来听我慢慢跟你说……

肖鹏达　我不听！我不听……您给我让开！

苑国钟　达子！人得讲良心……你小时候偷我的黑枣，我逮着你想揍你两巴掌，我儿子拦着我不让打，他怕你疼……你想拿枪子儿打他，你想想他疼不疼？我儿子打生下来到现在，那是无比的仁义！你们谁也比不了……街上碰见要饭的，我心疼钱不打算施舍，我儿子生拽着我不让我走，非得让我把给他买甜饽饽的钱给人家扔下……立本儿他两口子，交着住户的租子干着铺面的买卖，凭什么？我想多要钱，我儿子不让……（指着周玉浦）你们进了药材没地儿搁，往后夹道搭一棚子，我一个子儿不敢跟你们要……我儿子不让！还有您……（指着古月宗）古爷！我真要赶您走您还真觉着我有什么不好意思么？我儿子不让……您嫌我儿子的病，怕我儿子在您的门口咯血，换了别人能给您怎么着

窝头会馆

啊？我儿子让我打隔断安梯子，他自己从这边儿绕下来……我儿子仁义呀！你倒想拿枪打他……

苑江淼　爸爸……您用不着给他说这些！

苑国钟　（高声）你别吱声儿！那枪还对着你呐……达子！你别哆嗦，你端稳着点儿……我估摸你万不能打死我儿子，可你备不住得梃死我，我有一肚子话想趁着活着都说出来，你得容我赶紧着了……儿子！你听好喽……当初我上定县去抱你回来，你几个舅舅拎着镐把儿想揍我，他们说我是赤党是我把你妈给害死了……我是赤党？儿子，你要不是害了童子痨，他们还舍不得把你扔给我呢！儿子……打你刚会走道儿我就领着你上铁道边儿遛弯儿去，大一点儿你就知道自己去啦……你坐在道边儿的石头上吹口琴，往紧南边儿的远处看……你想你妈妈了！是吧儿子？

苑江淼　（难过）爸爸……您别说了。

苑国钟　我对不住你妈妈，那时候我就琢磨……我得离赤党远远儿的！我得让我儿子离赤党远远儿的……我后悔我怎么那么糊涂！我大意了，我留下了韩先生这个口琴，我觉得它是个值钱的玩意儿，我舍不得扔了它……怕什么来什么，我是遭了报应了吧？儿子，我指望你躲在家里好好养你的身子骨儿，我操心你的病心都操碎了……可你呢？你让病毁得跟一片儿枯树叶子似的，（抖着传单）你还熬神熬血地给人家干这个！韩先生他不要命，你也不打算要自己的命了……

周子萍　苑伯伯！您别难过……

苑江淼　爸爸，您不用为我担心……儿子觉得值。

苑国钟　你值了……（啜泣）我不值！我什么都不要，我什么都没了……我就要儿子！达子……（情绪失控，怒视对方）你敢碰我儿子一根毫毛，我生吞了你你信不信？我儿子是赤党，我他妈也是赤党，有本事你现在就开枪！你看城外头那些拿枪拿炮的能不能饶了你？能不能饶了你爸爸？

肖鹏达　（怀疑牛大粪或父亲伺机夺枪，惊恐地尖叫）别过来！谁也别过来！都退回去……不退回去我就开枪了！

肖启山　（绝望而无奈）你他妈自己找死你还想搭上我！
王秀芸　（骚动加剧，传出凄厉的呻吟）妈！疼啊……疼死我啦！
关福斗　（哭腔儿）妈您救救她！妈她不行了……您快救救她呀！
田翠兰　（听上去很镇静）别这儿号丧！滚远点儿，别碍手碍脚的……（冲到屋外求援，一脸惊惶）我闺女麻烦了！怕是要生不下来，你们……（似乎想对金穆蓉说什么，突然发现枪还对着人呢）求求啦！小达子，你是我祖宗！我求你别折腾哩……今儿你不开枪都得死人了！

　　[传来产妇杀人一般的号叫，田翠兰跑回了西厢房。周玉浦围着闭目祈祷的妻子转悠，急得连连搓手。牛大粪若无其事，却悄悄地向持枪者靠拢。王立本端着一盆脏水出屋，再次直眉瞪眼地朝肖鹏达走过去，突然失手将盆子扔地上了。肖鹏达打个愣儿的，牛大粪和苑国钟瞬间扑向了他，抓住胳膊和枪身使劲儿朝地上摁。

苑国钟　松手！兔崽子你松手啊！
肖鹏达　放开我！你们放开我……
牛大粪　杂种！你爸爸横，你比你爸爸还横……
古月宗　那刀把子谁抢着算谁的……有种儿的豁出去呗！
肖启山　达子你撒手！把家伙儿给他们！
牛大粪　八路说话就进城了……你还敢横？我让你横……
肖启山　达子你把枪给人家！你让他们拿着它朝咱们比画……
周玉浦　别对着我！别对着我……你们别对着我呀！

　　[几个人扭成了一团。周玉浦和王立本拼命躲闪枪口，前者手脚并用却不停叫唤，后者则如趟八卦掌且一声不吭。突然响了一枪，古月宗扑通一声单腿跪地，像是中弹了，却立刻蹿了起来。手枪当啷啷掉在地上，看不出打着谁了，似乎谁也没有打着，众人群雕一般一动不动。王立本捡起手枪，不知道该往哪儿扔，谁都想躲他远点儿，像躲一条毒蛇。他走出大门，打开粪车的盖子，把手枪丢了进去。苑国钟发现棉袍儿贴腰裂了个大口子，棉花都翻了出来，竟然得意地笑了。

苑国钟　（向大家展示）瞧瞧！没打着！子弹擦边儿了……

苑江淼　（急切）爸您没事儿吧？爸！

苑国钟　没事儿！他没打着……你们说寸不寸？他谁也没打着……他……（突然发软，单膝触地却瞬间挺了起来，继续说笑）达子，吓傻了还是吓疯了？你们家有一个疯的了，你给你爸爸换个花样儿吧……（又一软，另一条腿也点了地，仍旧说笑，众人却傻了）古爷！您刚才心疼了吧？您怕我抢您前边儿睡那口棺材……怕我占您的便宜是不是？

古月宗　（变色）大头……你尿裤子啦？

周玉浦　（看着地上）血……苑大哥您……您怎么流血啦？

苑江淼　（一时不敢相信自己的眼睛）……爸爸！

　　　　［血顺着裤脚淌到地上，袍子裂口处的棉花也被浸红了。苑国钟把手掌举到眼前，迷惑不解地看着上面的血迹。西厢房乱成了一团，田翠兰跑出来求救，刚要开口便呆住了。

苑国钟　……还是打着了……（惨笑着渐渐倒下去）我白乐呵了？

苑江淼　爸爸！爸爸……（想撑住父亲却一块儿跌倒在地）爸爸！爸爸……（搂紧父亲的肩膀，悲痛欲绝）您不要紧吧？您没事儿吧……爸爸！

田翠兰　小淼子！你躲开……让我来！

周子萍　（拍打苑江淼的后背止咳）别着急江淼哥！江淼哥……

苑江淼　（死死搂住父亲不放）爸爸！地上太凉了您靠着我！您靠着我点儿……（哭泣）爸爸……

古月宗　（举着葫芦罐）大头！听见皇上叫唤了没有？自要能听见动静就没你什么事儿，把你那俩大耳朵竖起来！

苑国钟　（惨笑）我竖着呢……听见它叫唤了……不好听！

牛大粪　（想拽走古月宗）您别裹乱了！咱上边儿上待着去……

古月宗　（掏钱）拿着！

牛大粪　您干吗？

古月宗　赶紧给我叫辆洋车去……得拉他上医院！

牛大粪　您仁义！古爷……（小跑儿着离去）擎好儿吧您呐！

肖启山　牛子你等等!

牛大粪　……干吗?

肖启山　我身上没带钱,地上有……拿多少随你。

牛大粪　我手没那么长。

肖启山　花多少算多少,高台阶儿给他结账。

牛大粪　几分的利呀?

肖启山　(噎住了)……

牛大粪　(轻蔑地离去)您想好了给转个数儿吧!

田翠兰　孩子你松松手……让我把你爸爸袍子上的扣子解开!

苑国钟　别忙活啦……翠兰子……

田翠兰　您别说话!

苑国钟　您去管那生的去……死的……就甭管啦……啊?

田翠兰　您胡说什么呀?

王秀芸　(哀鸣)妈我要死啦……您让我死去吧……妈哎!

苑国钟　(开玩笑)傻丫头……还轮不上你死呐!上紧后头排队去……(摇晃田翠兰的手)好人!那神仙绝亏待不了您……

田翠兰　(落泪)他也亏待不了您!苑大哥……

苑国钟　我儿子……您捎带手儿……给照应着点儿……

田翠兰　明白!您放心吧……明白您意思!

苑国钟　小崽子儿等您呢……您得紧着了。

周玉浦　(顶替田翠兰的位置)我来!让我……(朝身后喊口叫)穆蓉!赶紧拿止血散和药棉花去!快点儿!(对周子萍)闺女你帮我抬一下……

古月宗　(走近泪流满面的金穆蓉)大格格,麻烦您赶紧动弹动弹?(不悦)我说娘们儿!甭管生的死的您好歹伸把手儿,拽一个是一个吧!啊?

金穆蓉　(起身奔向东厢房)我们都是罪人!上帝垂怜……哈利路亚……

肖启山　(发现儿子呆立在身边,按捺不住心头怒火)你还愣着干什么?还不快给我滚!滚远远儿的……别再让我看见你!你这就给我死去……兔崽子你永生永世都别惦记回来了!

窝头会馆　　　　　　　　　　　　　　　　　　　　　　　　443

［肖鹏达慌乱地收拾皮箱，居然想把高跟鞋塞进去。肖启山抄起一只鞋，用力砸向儿子的脊梁。肖鹏达抱头鼠窜，临出门依依不舍地看了周子萍一眼。金穆蓉从屋里走出来，把医用品分给丈夫一部分，扭头直奔西厢房。田翠兰跟她打了个照面，彼此呆立片刻，金穆蓉把一个玻璃瓶子递给了对方。

金穆蓉　……给找个大点儿的碗。
田翠兰　……
金穆蓉　我拿它盛酒精使……得把剪子泡进去。
田翠兰　哎！
金穆蓉　拿开水沏点儿碱面儿，把脏爪子都好好洗洗！
田翠兰　哎！我听您的……（紧随对方进屋）什么都听您的！
苑国钟　儿子！我没事儿……儿子……（预感到生命的终结，难掩悲伤）爸爸的话还没说完呢，枪子儿就追上来了……
苑江淼　（抱紧父亲饮泣）您别说话……您靠着我什么都别说。
苑国钟　（为儿子擦拭泪水）儿子……爸爸对不起你……
苑江淼　（哀求）您别说话！
苑国钟　（高声）爸爸对不住韩先生啊！那钱不是给我使的……那是人家的钱……我昧了心让我给使啦！儿子……
苑江淼　您什么都别说！我不怪您……爸爸！
苑国钟　（看着空中一个地方，喃喃自语）……韩先生叮嘱我……让我把钱送到南河沿十六号……交给一个姓朱的先生……我去了十六号……可十六号让人家给抄家啦！
苑江淼　周叔儿……（徒劳地捂着父亲的伤口）我怎么捂不住啊？我爸爸的血捂不住了……您快救救他！
周玉浦　孩子别急……（自己也哭了）咱都别着急！
苑国钟　……我得空儿就到十六号对过儿树底下蹲着……下大雨蹲着……下大雪也蹲着……半年下一个子儿都不敢花……赶上古爷要甩他的房，我昧了心烂了肠子……我把人家的钱给花啦！
苑江淼　（疯了一般用双手捂着父亲的伤口）周叔儿！您帮帮我……捂不住了！我捂不住了……爸！您别流血了！别流啦……再流您就

不行了！

苑国钟　儿子……（回光返照）大老爷们儿在城里混，脑袋上不顶几块自己的瓦片儿心里头不踏实……你爸爸做梦都想有自个儿的房子！可那钱……不是我的是人家的呀……儿子！你骂我贪钱骂对了……你打我嘴巴打得好！你爸爸他遭了报应啦……

苑江淼　爸爸！是儿子对不起您……（想抓起父亲的手扇自己的脸却抓不住，泣不成声）您打我吧！您打我……爸爸！儿子对不起您……

周子萍　（阻止苑江淼，啜泣）江淼哥……你别这样！

苑江淼　（剧烈咳嗽）……爸爸……

苑国钟　立本儿！立本儿……

王立本　在呐。

苑国钟　拿窝头来！快着……蘸我的血……治病……你们快着呀！再磨蹭血就凝啦……儿子……爸爸手不干净……血……血干净……吃了治你的病……快着！给我儿子拿窝窝头来……

　　　　〔西厢房的骚动迟迟不见分晓。王立本端笸箩跪到苑国钟身边，把窝头掰碎了蘸血。肖启山胆怯地缩在一旁，不知道应该干什么，袖着手唉声叹气。周玉浦从苑国钟怀里取出染了血的房契，递给古月宗，后者捏着它颤巍巍地走向肖启山。

古月宗　苑大头的血还挺黏糊儿，这契纸您接着吧？

肖启山　不着急，天还没亮呢……先给他留着吧。

苑国钟　（听见了，打起精神）……肖老板……不敢接了？

肖启山　……没什么敢不敢的。

苑国钟　……还真不打算给您了……拿人家的钱买的……得还给人家。

肖启山　（沮丧无语，看看天上的雪花儿）……雪粒子下来了。

苑国钟　（意识恍惚）立本儿兄弟……对不住。

王立本　（淡然）知道……都知道……

古月宗　您都知道什么呀？

王立本　……我知道地上这红不唧儿的是什么，肠子里那绿不唧儿的是什么我也知道……（含泪）眼眶子里这亮不唧儿的甭管多酸多咸，它也就是一股水儿！我要不知道这个……我他妈就是孙子

窝头会馆　　　　　　　　　　　　　　　　　　　　　　　　　445

　　　　　我白活。
古月宗　（凝视弥勒佛）说得好……大哑巴你说得好啊。
苑国钟　古爷……您白忙活了……棺材归我了……
古月宗　我给你搭一葫芦罐儿，挑个爱叫唤的陪着你。
苑国钟　……您让我……让我……占您大便宜了……
古月宗　（朝几位神仙笑着）对！你占便宜了……苑大头！你哪儿是苑大头啊……你小子压根儿就是一冤大头啊你！
　　　　［雪花亮晶晶的，似有若无。古月宗明明朝弥勒佛笑着，却抖着肩膀嘤嘤地抽泣了。肖启山捡起一只高跟鞋，快快地走下台阶儿，看见牛大粪兴高采烈地跑来，赶紧让路。
牛大粪　降啦！他们降啦……这边儿投降啦！
肖启山　降了？
牛大粪　降啦！！
肖启山　……降了（扔了皮鞋，踟蹰而去）……降了……
牛大粪　（凑到苑国钟身边）苑大哥！苑大哥……洋车给您叫来了……
苑国钟　（在儿子怀抱中弥留）……牛子……我儿子是修铁道的……
牛大粪　（稍愣）我知道……
苑国钟　……我儿子……他喜欢看书……
牛大粪　（觉出不妙）……洋车在胡同口儿等着您呢，咱们走吧？
苑国钟　……火车拉鼻儿了……不坐洋车……我儿子是修铁道的……我儿子……我儿子……他想去新中国……
牛大粪　好哩！咱们就伴儿……咱们一块儿去新中国！
苑国钟　……小子……你……（微弱手势）你得守规矩……
牛大粪　明白！我听您的……（哽咽）往后我守规矩，您放心吧。
苑国钟　（找儿子的手，紧紧抓住）儿子……
苑江淼　（紧紧地紧紧地抱着父亲）爸爸！
苑国钟　……给爸爸吹一个？
苑江淼　……哎。
苑国钟　……吹个吉利儿的……我断着你妈能听见……我想她了……
　　　　［苑江淼掏出口琴边哭边吹，终于吹出了连贯的调子。西厢房突

然爆发出新生儿的哭声，曲子中断了片刻，随后便一以贯之地吹了下去。夜幕下的生者和死者都静悄悄的，那些落叶的树木居然依次开出了绚烂的花朵，与晶莹的落雪交相辉映。大幕在婴儿嘹亮的啼哭声中缓慢地闭合了。口琴曲略带忧伤的旋律逐渐转为轻捷与欢快，甚至透出了坚定的昂扬之气，在剧场内外回旋不绝而又令人回味无穷。

全剧终

《人民文学》2010年1期

敬告作者

为了保护有关作者的合法权益，我社曾多方联系本套书所涉及作者以便洽谈版权事宜。但遗憾的是，由于种种原因，截至本书付梓，仍未能与少数作者取得联系。现谨对尚未取得联系的作者表示歉意，并请有关作者或著作权人见书后，尽快致函作家出版社，以便及时奉寄样书和稿酬。

通信单位：作家出版社有限公司
通信地址：北京市朝阳区农展馆南里10号
邮政编码：100125
联系电话（传真）：010-65925260

图书在版编目（CIP）数据

新中国文学经典丛书·精选本 戏剧卷 / 孟繁华主编 . —— 北京：作家出版社，2023.3
ISBN 978-7-5212-2191-6

Ⅰ.①新… Ⅱ.①孟… Ⅲ.①中国文学-当代文学-作品综合集②戏剧-剧本-作品集-中国-当代Ⅳ.①I217.1 ②I230

中国国家版本馆CIP数据核字（2023）第020037号

新中国文学经典丛书·精选本 戏剧卷

总 策 划：吴义勤 路英勇
主 编：孟繁华
出版统筹：汉 睿
责任编辑：乔永真
装帧设计：天行云翼·宋晓亮
出版发行：作家出版社有限公司
社 址：北京农展馆南里10号 邮 编：100125
电话传真：86-10-65067186（发行中心及邮购部）
　　　　　86-10-65004079（总编室）
E-mail:zuojia@zuojia.net.cn
http://www.zuojiachubanshe.com
印 刷：唐山嘉德印刷有限公司
成品尺寸：152×230
字 数：426千
印 张：28.75
版 次：2023年3月第1版
印 次：2023年3月第1次印刷
ISBN 978-7-5212-2191-6
定 价：68.00元

作家版图书，版权所有，侵权必究。
作家版图书，印装错误可随时退换。